너를 놓아줄게

너를 놓아줄게

클레어 맥킨토시 지음
서정아 옮김

나무의철학

차 례

알렉스에게

프롤로그

젖은 머리가 바람에 흐트러져 그녀 얼굴에 달라붙는다. 그녀는
쏟아지는 비에 눈을 찡그린다. 이런 날씨에는 누구나 서두르게 마
련이라 다들 옷깃에 턱을 묻고 미끄러운 보도를 종종걸음으로 걷
는다. 지나가는 차들이 보행자들 신발에 물보라를 튀긴다. 차들이
내는 소음 때문에 그녀는 교문이 열리는 순간 시작된 아이의 재잘
거림을 몇 마디 이상은 알아들을 수 없다. 아이는 나날이 새로워
지는 세상에 신이 나서 두서없는 말을 쉴 새 없이 쏟아낸다. 그래
도 아이가 가장 친한 친구, 우주에 관한 숙제, 새로 온 선생님에 대
해 이야기하고 있다는 것만은 확실하다. 차가운 공기가 목도리 속
으로 파고들지만 그녀는 신이 난 아이를 보니 미소가 나온다. 아
이도 활짝 웃으며 고개를 들어 비를 맛본다. 아이 속눈썹이 빗물
에 젖어 짙어지고 뭉쳐진 채로 눈가에 달라붙어 있다.

"그리고 이제 이름도 쓸 수 있어요, 엄마!"

"우리 아들, 똑똑하기도 하지." 그녀가 가던 길을 멈추고 아이의

젖은 이마에 키스를 쏟아부으며 말한다. "집에 가면 엄마한테 보여줄 거지?"

엄마와 아들은 다섯 살배기의 다리로 낼 수 있는 가장 빠른 속도로 걷는다. 아이를 대신해서 한 손에 든 책가방이 걸을 때마다 그녀 무릎을 친다.

조금만 있으면 집에 도착한다.

자동차 전조등이 젖은 아스팔트에 반사되어 번득인다. 몇 초 간격으로 비추는 불빛 때문에 두 사람은 눈부셔 앞이 보이지 않는다. 엄마와 아들은 차들이 멈춰 서길 기다리다가 재빨리 혼잡한 도로를 건넌다. 그녀는 아이가 자기와 뛰는 속도를 맞출 수 있도록 부드러운 털장갑에 싸인 작은 손을 꼭 쥔다. 철책 앞에는 빗물에 흠뻑 젖어 색깔이 짙어진 낙엽이 쌓여 있다.

두 사람은 소용한 거리에 다다른다. 이제 모퉁이만 돌면 집이 나온다. 그들은 따뜻한 집을 생각하며 기운을 낸다. 동네에 들어섰다는 안도감에 그녀는 아이 손을 놓고는 눈가에 달라붙은 머리 가닥을 쓸어 넘기다가 머리에서 후두둑 떨어지는 물방울을 보고 소리 내어 웃는다.

"저기 봐." 그녀가 마지막 모퉁이를 돌며 말한다. "엄마가 나오면서 불을 켜뒀어."

길 건너편에 붉은 벽돌집이 보인다. 그 집에는 침실 두 개에 아주 좁은 주방이 있고, 그녀가 항상 꽃을 심으리라 다짐하지만 아무것도 심지 않은 화분들로 발 디딜 틈 없는 정원이 딸려 있다. 엄마와 아들 둘만 사는 집이다.

"엄마와 달리기 시합할 거예요."

아이는 가만히 있는 법이 없다. 잠에서 깬 순간부터 베개에 머리가 닿는 순간까지 기운이 넘쳐난다. 항상 뛰고 항상 달린다.

"이리 와!"

그 일은 눈 깜짝할 새에 일어난다. 엄마가 옆구리에 공간을 느낀 순간, 아이는 따뜻하고 환한 현관 안으로 들어가려고 집으로 달리기 시작한다. 우유와 비스킷, 20분 동안의 텔레비전 시청, 생선 튀김을 곁들인 차. 첫 학기 중반에 이르러서 그녀와 아이의 일과로 자리 잡은 것들이었다.

난데없이 자동차 한 대가 나타난다. 젖은 브레이크가 끼익 소리를 내자 다섯 살배기 소년이 쿵 하고 차창에 부딪혀 빙그르르 돌더니 땅에 내동댕이쳐진다. 엄마는 아들을 쫓아 아직 멈춰 서지 않은 자동차 앞으로 달려간다. 그러다 미끄러져 손바닥을 펼친 채 넘어진다. 그 충격으로 숨이 막힌다.

모든 것이 눈 깜짝할 새에 끝났다.

엄마는 아들 옆에 웅크리고 앉아 정신없이 맥박을 찾으며 한 줄기 흰 구름처럼 허공으로 솟아오르는 자신의 입김을 본다. 아들 머리 밑으로 짙은 그림자가 깔리는 모습을 본다. 자신이 울부짖는 소리가 다른 사람 울음소리처럼 들린다. 고개를 들어 흐릿한 차창을 보니 와이퍼가 활 모양을 그리며 어두운 밤공기 속으로 빗물을 밀어낸다. 그녀는 보이지 않는 운전자에게 도움을 청하려고 비명을 지른다.

엄마는 아들 몸을 따뜻하게 하려고 몸을 숙이고 코트 앞자락을 펼쳐 그를 감싼다. 코트 밑단이 길에 고인 물을 빨아들인다. 그녀가 아이에게 입 맞추면서 제발 깨어나라고 애원하는 동안 그들을 온통 감싸던 노란빛 웅덩이가 점점 줄어들더니 좁은 빛줄기가 된다. 차가 후진하고 있기 때문이다. 차는 끼익끽 경고하는 듯한 엔진 소리를 내면서 네 번을 시도한 끝에 좁은 길에서 방향을 트는 데 성공하지만, 성급하게 회전하는 바람에 가로수로 심어놓은 커다란 시카모어를 긁고 지나간다.

주위가 온통 어두워진다.

1부

1

레이 스티븐스 경위는 자기 방 창가에 서서 받침이가 밀리지 나간 지 1년은 지난 의자를 들여다보았다. 이제까지는 왼쪽으로 몸을 기대지 않는 방법으로 버텼다. 하지만 점심을 먹으러 나간 사이에 누군가 의자 등받이에 검은 매직펜으로 '결함'이라 끄적여놓고 말았다. 레이는 업무지원과가 최근 들어 비품 조사에 열을 올리고 있으니 그 열기가 비품 교체로 이어지지는 않을까 기대했다. 그렇지 않으면 앞으로 자기 평판에 심각한 의혹을 드리울 이 의자에 앉아 브리스톨 경찰청 범죄수사과를 운영해야 할 터였다.

레이는 몸을 숙여 뒤죽박죽 어질러진 위 서랍에서 매직펜을 꺼내고는 쭈그리고 앉아서 등받이의 글씨를 '경찰'로 고쳐 썼다. 사무실 문이 열리자 그는 허둥지둥 몸을 일으키고 펜 뚜껑을 닫았다.

"어, 케이트, 방금 막……." 레이는 케이트 표정을 보고 말을 멈추고는 그녀가 손에 들고 있는 '지휘 통제' 유인물을 보았다. "들고 있는 게 뭔가?"

"피시폰즈에서 뺑소니 사고가 났어요, 경위님. 다섯 살짜리 어린아이가 죽었대요."

레이는 손을 뻗어 한 장짜리 유인물을 받아 들고 훑어보았다. 그러는 동안 케이트는 문간에 어정쩡한 자세로 서 있었다. 방금 근무를 마치고 돌아온 그녀는 범죄수사과에 배치된 지 두 달밖에 되지 않은지라 아직 새 환경에 익숙하지 않았다. 그래도 비교적 생각보다는 잘해내고 있었다.

"차 번호는 확보 못했나?"

"그렇다고 알고 있어요. 정복 근무조가 현장을 통제했고, 지금 경사님이 아이 어머니 진술을 듣고 있어요. 짐작하시겠지만 아이 어머니 충격이 이만저만 아니에요."

"늦게까지 남아 있어도 괜찮아?" 레이의 물음이 끝나기도 전에 케이트는 고개를 끄덕였다. 두 사람은 상대방에게도 아드레날린이 솟구친다는 사실을 알아채고는 민망한 미소를 주고받았다. 레이는 끔찍한 사건이 일어날 때마다 흥분을 느낀다는 데 죄책감이 들었다.

"자, 그럼 가자고."

레이와 케이트는 비를 피하며 뒷문에 모여 담배 피우는 이들에게 눈인사를 했다. "잘되고 있나, 스텀피?" 레이가 말했다. "난 케이트와 피시폰즈의 뺑소니 현장에 갈 거야. 지역정보과에 연락해서 새로 들어온 게 있는지 알아봐주겠어?"

"그렇게 하죠." 레이보다 나이 많은 남자가 직접 만 담배를 마지막으로 한 모금 빨아들였다. 제이크 오웬 경사는 경찰로 일하는 동안 대부분 스텀피로 불렸기에 법정에서 자신의 성과 이름이 불릴 때마다 깜짝 놀라곤 했다. 스텀피는 무용담이 많았지만 말수가 적은지라 남에게 그 이야기를 풀어놓는 일이 드물었다. 그가 레이와 일한 최고의 경사라는 데는 추호도 의심할 여지가 없었다. 두 사람은 몇 년 동안 같은 정복 근무조로 일했는데, 스텀피는 왜소한 체구와 달리 체력이 좋아서 함께 일하기에 알맞은 동료였다.

스텀피 휘하에는 케이트 이외에도 진국인 맬컴 존슨과 앳된 기가 가시지 않은 데이브 힐스던이 있었다. 힐스던 형사는 경찰 일에 열정이 있지만 개성이 뚜렷한 사람으로, 유죄판결을 확보하기 위해서라면 물불을 가리지 않는지라 레이가 보기에는 다소 아슬아슬한 짓을 하곤 했다. 어쨌든 전체적으로 협력이 잘 이루어지는 수사반이었다. 케이트도 선배들에게 빠르게 일을 배우고 있었다. 열의를 불태우는 그녀를 보면 레이는 일에 굶주린 수사 순경이던 17년 전이 그리워졌다. 그때만 해도 조직 생활로 닳고 닳기 전이었다.

경찰 표시등이 없는 코르사에 올라 탄 케이트는 점점 더 심해지는 퇴근길 정체를 뚫고 피시폰즈로 향했다. 그녀는 운전할 때 참을성이 없어 빨간불에 정차해야 할 때면 혀를 찼고 정체 원인을 살펴보려고 목을 길게 뺐다. 케이트는 잠시도 쉬지 않고 몸을 움직였다. 손가락으로 핸들을 톡톡 치고 코를 비틀고 앉은 자세를 바꾸었다. 차들이 다시 움직이기 시작하자 그녀는 그렇게 해야 차가 더 빨리 움직이기라도 하듯이 몸을 앞으로 구부렸다.

"비상등 켜고 싶지?" 레이가 입을 열었다.

케이트가 싱긋 웃었다. "음, 사실 그래요." 눈가에 번진 아이라이너를 제외하면 케이트는 얼굴에 화장기 하나 없었다. 귀갑 헤어 클립으로 집어 뒤로 넘긴 짙은 갈색 고수머리에서 머리카락 몇 가닥이 얼굴로 흘러내려와 있었다.

레이는 수사에 필요한 준비를 마쳤는지 확인하려고 더듬더듬 휴대전화를 찾았다. 그러고는 자동차 사고 수사팀이 현장으로 가고 있는지, 당직 경정이 사고 연락을 받았는지, 누군가 작전 차량 ᵗᵉⁿᵗ, 비상등, 따뜻한 음료 등을 실은 지원 차량을 불렀는지 확인했다. 모든 조치를 취한 상황이었다. 솔직히 말해 지금껏 항상 그랬다는 사실을 레이도 잘 알고 있었지만 하나라도 그르치면 경위인 그가 꼼짝없이 그 책임을 져야 했다. 범죄수사과가 나타나서 이미 처리된 일을 다시 한 번 확인하면 정복 근무조는 짜증을 내곤 했다. 그래도 할 일은 해야 했다. 경찰이라면 누구나 그 과정을 거쳤고, 레이도 짧은 기간이나마 정복 경찰로 근무하면서 비슷한 갈등을 겪었다.

그는 관제실에 전화해 5분 뒤에 도착한다고 알렸지만 집에는 전화하지 않았다. 늦을 때보다 제시간에 퇴근하는 일이 드물어, 그 드문 경우에만 아내 매그즈에게 전화하곤 했다. 직업상 근무시간이 길 수밖에 없는 그로서는 그러는 편이 훨씬 합리적이라고 여겼다.

길모퉁이를 돌자 케이트는 차를 세우려고 주행속도를 늦췄다. 경찰차 여섯 대가 길 아래쪽에 되는대로 세워져 있었다. 비상등이 2초마다 한 번씩 현장을 푸른색으로 물들였다. 철제 삼각대에 부착된 투광 조명등은 빗줄기마저 비출 정도로 환한 빛을 쏘아댔다. 다행히 비는 한 시간 전보다 잦아들어 실안개처럼 가늘어졌다.

케이트는 이곳으로 오기 전에 코트를 챙기고 하이힐을 고무장화로 갈아 신은 다음 경찰서를 나섰다. "멋보다 실용성이 우선이죠." 하이힐을 로커에 던져넣고 부츠를 신을 때 그녀가 웃으면서 한 말이다. 멋이든 실용성이든 신경 써본 적이 없는 레이는 그제야 코트라도 챙겨오지 않은 것을 후회했다.

두 사람은 흰색 대형 텐트에서 100미터 떨어진 곳에 차를 세웠다. 그런 다음 아직 남아 있을지도 모를 증거를 비로부터 보호하려고 세워놓은 텐트로 향했다. 한쪽 자락이 열린 텐트 너머로 과학수사 요원이 무릎과 팔꿈치로 몸을 지탱한 채 어떤 물건을 면봉으로 문지르는 모습이 보였다. 좀더 올라간 곳에서는 종이옷으로 온몸을 감싼 요원이 커다란 가로수 한 그루를 조사하고 있었다.

레이와 케이트가 현장 가까이 다가가자 젊은 순경이 그들을 막아섰다. 형광색 상의 지퍼를 높이 채워 모자와 옷깃 사이로 드러난 얼굴 일부분조차 잘 보이지 않았다.

"안녕하세요, 경위님. 현장을 둘러보실 겁니까? 그러려면 제게 서명하셔야 합니다."

"아니, 안 봐도 돼." 레이가 말했다. "자네 팀 경사는 어디 있나?"

"저기 비니니 십에 가 있습니다." 순경이 대답했다. 그는 길 아래에 조그만 연립주택이 일렬로 늘어선 곳을 가리키고는 다시 옷속으로 몸을 움츠렸다. 그리고 이제야 기억났는지 옷에 얼굴을 파묻은 채로 덧붙였다. "4호예요."

"세상에, 저 일도 할 짓이 아냐." 현장을 벗어나며 레이가 케이트에게 말했다. "수습 순경 시절 비가 쏟아지는데 열두 시간 동안 현장에서 보초 서던 일이 떠오르는군. 다음 날 아침 8시에 나타난 경위가 자기를 보고 웃지 않았다고 야단쳤지."

케이트가 웃음을 터뜨렸다. "그래서 특수 분야를 택하셨어요?"

"꼭 그렇지만은 않아." 레이가 말했다. "물론 그런 이유도 없지 않았지만 가장 큰 이유는 굵직굵직한 일들이 죄다 그쪽으로 넘어가고도 해결되지 않는 데 진력이 나서였어. 자네는 어떤 이유였나?"

"거의 비슷해요."

두 사람은 순경이 가리킨 연립주택 단지에 도착했다. 4호를 찾으면서 케이트가 말을 이었다.

"전 좀더 본격적으로 수사해보고 싶어요. 다른 이유보다도 뭐든 쉽게 질리는 성격이거든요. 복잡한 수사를 하면 머리가 빠개지도록 생각할 수 있어서 좋아요. 간단하지 않고 난해한 십자말풀이 같은 거요. 무슨 말인지 아시죠?"

"알아들었어." 레이가 말했다. "십자말풀이는 도통 젬병이지만 말이야."

"요령을 익히면 돼요." 케이트가 대답했다. "언제 한번 알려드릴게요. 여기가 4호예요."

말끔하게 칠한 현관문이 조금 열려 있었다. 레이는 현관문을 밀어 열고 안을 향해 외쳤다. "범죄수사과입니다. 들어가도 될까요?"

"거실에 있어요." 누군가 답했다.

두 사람이 신발을 문질러 닦고 비좁은 현관으로 들어서자 옷이 잔뜩 걸린 옷걸이가 나왔다. 그 아래에는 성인용 고무장화와 어린이용 빨간 고무장화가 가지런히 놓여 있었다.

아이 어머니는 무릎 위에 움켜쥔 파란색 책가방에 시선을 고정한 채 조그만 소파에 앉아 있었다.

"레이 스티븐스 경위라고 합니다. 아드님 일은 참으로 안타깝습니다."

아이 어머니는 레이를 올려다보았다. 두 손에 붉게 자국이 생길 정도로 책가방 끈을 바짝 감고 있었다.

"제이콥이요." 그녀는 담담하게 말했다. "제 아이 이름은 제이콥이에요."

정복을 입은 경사가 소파 옆 주방 의자에 걸터앉아서 무릎 위에 놓인 서류를 꼭 붙들고 있었다. 레이는 경사의 명찰을 보았다.

"브라이언, 케이트를 데리고 주방에 가서 수사 상황을 알려주지 않겠나? 자네만 괜찮다면 목격자에게 몇 가지 물어보고 싶어. 오래 걸리진 않을 거야. 이야기하는 동안 목격자에게 줄 차를 끓일 수 있겠지."

브라이언 표정만 봐도 레이가 시킨 일을 절대로 하고 싶어 하지 않는다는 점을 알 수 있었다. 그러나 그는 케이트와 함께 자리를 떴다. 서열 높은 자의 횡포라며 케이트에게 하소연할 것이 분명했다. 레이는 그런 일에 개의치 않았다.

"또 질문을 드리게 되어 죄송합니다. 하지만 가능한 한 많은 정보를 되도록 빨리 파악해야 합니다."

제이콥 어머니는 고개를 끄덕였지만 눈을 들지는 않았다.

"번호판을 못 보셨다고 들었습니다."

그녀는 레이 말에 억누르고 있던 감정이 북받치기라도 한 듯 대답했다. "순식간에 일어난 일이었어요. 제이콥이 학교 이야기를 하고 있었는데……. 제가 손을 놓은 건 잠깐이었어요." 제이콥 어머니는 손에 감은 가방끈을 더 꽉 조였다. 레이의 눈에 띌 정도로 그녀 손가락에서 핏기가 가셨다. "정말 빨랐어요. 그 차가 너무 빨리 왔어요."

그녀는 차분하게 대답했다. 분명 절망하고 있었겠지만 겉으로는 드러내지 않았다. 레이는 자신이 아이 어머니 마음을 헤집는 것 같아 괴로웠지만 달리 어찌할 도리가 없었다.

"운전자는 어떻게 생겼던가요?"

"차 안을 볼 수 없었어요."

"다른 사람이 타고 있었나요?"

"차 안을 볼 수 없었어요." 그녀는 침통하고 경직된 목소리로 같은 말을 반복했다.

"알겠습니다." 레이가 대답했다. 대체 어디서부터 시작해야 좋을지 몰랐다.

그녀는 레이를 바라보았다. "그 사람을 찾아내실 거죠? 제이콥을 죽인 사람이요. 찾아주실 거죠?" 그녀 목소리가 갈라지고 말은 불분명해져서 낮은 흐느낌처럼 들렸다. 몸을 앞으로 구부리더니 책가방을 배로 끌어안는 그녀 모습에 레이 가슴이 죄어들었다. 그는 감정을 떨쳐버리려고 깊은 숨을 들이마셨다.

"할 수 있는 일은 뭐든 할 겁니다." 그는 뻔한 말을 하는 자신이 혐오스러웠다.

주방에 있던 케이트가 찻잔을 들고 거실로 돌아왔다. 브라이언이 그 뒤를 따랐다. "이제 진술을 마저 받아도 될까요, 경위님?" 브라이언이 물었다.

'목격자 심기를 어지럽히지 마.' 레이가 속으로 내뱉었다. "그렇게 해. 양해해줘서 고맙고 끼어들어서 미안하네. 필요한 정보는 모두 들었나, 케이트?"

케이트가 고개를 끄덕였다. 핏기가 사라진 얼굴이었다. 레이는 브라이언이 케이트 기분을 건드렸을지도 모른다고 생각했다. 케이트가 들어온 지 1년이 넘었으니 다른 팀원들에 대해서와 마찬가지로 그녀에 관해서도 속속들이 알고 있어야 했다. 그러나 레이는 아직도 그녀를 완전히 파악하지 못했다. 거리낌 없으며 팀 회의 시간에 할 말을 못할 정도로 소심하지 않다는 정도만 알았다. 일을 빨리 배운다는 점도 확실했다.

두 사람은 그 집을 나와 차로 걸어가면서 침묵을 지켰다.

"괜찮아?" 레이는 괜찮을 리 없다는 사실을 알면서도 그렇게 물었다. 케이트는 턱이 굳고 얼굴이 창백했다.

"괜찮아요." 대답은 했지만 그녀 목소리는 잠겨 있었다. 레이는 그녀가 울지 않으려 애쓰고 있다는 사실을 알아챘다.

"이봐." 그는 팔을 뻗어 어색하게 그녀 어깨를 감쌌다. "일 때문인가?" 레이는 이러한 사건을 맡을 때마다 방어기제를 작동시켜 스스로를 보호하려 했다. 사건 후유증에 시달리지 않으려는 방편이었다. 경찰관이라면 대부분 자기만의 방어기제가 있었다. 브라이언이 주방에서 케이트에게 지껄였을 농담을 눈감아줘야 하는 까닭도 바로 그 때문이었다. 그러나 케이트는 충격을 받은 것 같았다.

그녀는 고개를 끄덕이더니 깊고도 떨리는 숨을 들이마셨다. "죄송해요. 정말 원래는 이렇지 않아요. 유가족을 수십 번은 찾아가봤지만……, 세상에 그 아이는 다섯 살이었어요! 세니압 아버지는 아들 양육에 전혀 관여하지 않았대요. 그래서 항상 아이와 어머니 둘 밖에 없었대요. 아이 어머니가 어떤 심정일지 상상할 수조차 없어요." 케이트 목소리가 갈라졌다. 레이는 다시 한 번 가슴이 조여들었다. 수사에만 몰두하는 것이 레이의 방어기제였다. 피해자나 유족 감정에 이입하는 대신 눈앞에 놓인 확실한 증거에만 초점을 맞췄다. 자식이 자기 팔에 안겨 죽어가는 모습을 보는 기분이 어떨지 곱씹어봐야 제이콥이나 그의 어머니 아무에게도 도움이 되지 않았다. 레이는 자기도 모르게 아이들을 생각했다. 집에 전화해서 두 아이 모두 무사한지 갑자기 확인하고 싶었다.

"죄송해요." 케이트가 마른침을 삼키고 겸연쩍게 웃었다. "항상 오늘 같지는 않을 거라고 약속해요."

"이런, 괜찮다니까." 레이가 말했다. "누구나 겪는 일이야."

그녀는 놀란 표정이었다. "경위님도요? 경위님은 감정적으로 반응하지 않으실 줄 알았어요."

"나도 그럴 때가 있어." 레이는 케이트 어깨를 다독이고는 팔을 내려놓았다. 경찰로 일하는 동안 운 적은 한 번도 없었지만 눈물이 쏟아질 뻔한 적은 있었다. "괜찮겠어?"

"괜찮아질 거예요. 고맙습니다."

케이트는 차를 움직이면서 과학수사과가 아직도 열심히 작업하고 있는 현장을 다시 한 번 바라보았다. "대체 어떤 개자식이 다섯 살짜리 아이를 죽이고 뺑소니를 쳤을까요?"

레이는 망설이지 않고 대답했다. "그 자식을 찾아내는 것이 우리가 할 일이지."

2

차를 마시고 싶지 않기만 이썼딘 깃긴으 든나. 두 눈으로 삿산을 감싸고 얼굴이 아리도록 김을 쐰다. 피부를 찌르는 통증 때문에 뺨이 얼얼하고 눈이 따가워진다. 얼굴을 들고 싶은 마음을 억누른다. 얼굴을 마비시켜서라도 머릿속을 떠나지 않는 장면을 흐려지게 하고 싶다.

"먹을 것 좀 갖다줄까?"

그가 나를 내려다보고 있으니 나도 올려다봐야 한다는 것을 알지만 차마 그럴 수 없다. 어떻게 아무 일도 없었다는 듯 내게 먹고 마시라고 할 수 있을까? 속에서 치밀어 오르는 쓸쓸한 신물을 삼켜버린다. 그는 내 잘못 때문에 일어난 일이라 여긴다. 대놓고 말하지는 않았지만 그의 눈을 보면 알 수 있다. 그리고 그가 옳다. 내가 잘못해서 일어난 일이다. 다른 길로 가야 했다. 말하지 말아야 했다. 그 아이를 멈춰 세워야 했다.

"됐어요." 차분하게 말한다. "배고프지 않아요."

사고 장면이 머릿속에서 끊임없이 재생된다. 정지 버튼을 누르고 싶지만 영상은 인정사정없이 돌아간다. 아이 몸이 보닛에 부딪히는 모습이 몇 번이고 되풀이된다. 찻잔을 다시 얼굴에 가져다 대지만 차가 식어버려서 더 이상 쓰라리지 않다. 맺히는 것을 느낄 새도 없이 닭똥 같은 눈물이 무릎 위로 떨어진다. 눈물이 청바지에 스며드는 것을 보다가 허벅지에 묻은 진흙 얼룩을 손톱으로 긁어낸다.

그토록 오랜 시간을 들여 가꾼 집 안을 둘러본다. 쿠션에 맞춰서 산 커튼이 보인다. 직접 만들거나 화랑에서 발견하고는 무척 마음에 들어 두고 올 수 없었던 미술품도 있다. 그때는 가정을 가꾼다고 생각했지만 착각이었다. 그저 집을 장식했을 뿐이다.

손이 아프다. 손목의 맥박이 빠르고 가볍게 뛴다. 통증이 고맙다. 통증이 좀더 심했으면 한다. 차에 치인 사람이 나았으면 한다.

그가 다시 입을 연다. "경찰이 차를 찾으려고 사방에 깔려 있더군. 신문에서 목격자를 찾을 거야. 뉴스에 나올 거야……."

방이 빙글빙글 돈다. 커피 테이블에 시선을 고정한 채로 적당한 때 고개를 끄덕인다. 그는 두 걸음 옮겨서 창가까지 걸어갔다가 되돌아온다. 그가 자리에 앉았으면 좋겠다. 그 때문에 내가 초조해진다. 손이 떨린다. 떨어뜨릴까봐 입도 안 댄 찻잔을 내려놓는다. 하지만 찻잔이 유리 테이블 위에 쨍그랑 소리를 내며 미끄러진다. 그는 절망스러운 얼굴로 나를 바라본다.

"미안해요." 내가 말한다. 입안에서 쇠 맛이 느껴진다. 입속을 깨문 것이다. 피를 삼킨다. 휴지를 달라고 했다가는 그의 관심이 내게 집중될 것 같아서다.

모든 것이 변했다. 차가 젖은 도로에 미끄러지는 순간 인생이 송두리째 바뀌었다. 지금 그 길에 선 듯이 모든 것이 선명하게 떠오른다. 이런 식으로는 살아갈 수 없다.

　잠에서 깨고 나서도 한동안 기분이 어떤지 잘 모르겠다. 모든 것이 그대로이면서도 달라진 것 같다. 그러다 미처 눈도 뜨기 전에 지하철 소음 같은 굉음이 머릿속에서 솟구친다. 그리고 그 장면이 나타난다. 정지할 수도, 소리를 죽일 수도 없는 그 장면이 총천연색으로 펼쳐진다. 완력으로 그 영상을 지울 수 있다는 듯 손등으로 관자놀이를 누른다. 그래도 영상은 쉴 새 없이 되풀이된다. 그렇지 않으면 잊기라도 할 것처럼.

　침대 머리맡 서랍장 위에는 이브 언니가 대학 입학 기념으로 준 청동 자명종이 놓여 있다. 그때 언니는 "자명종이 없으면 넌 절대로 강의 시간을 맞출 수 없을 거야"라고 말했다. 10시 30분이나 되었다는 데 싸싹 노린다. 손의 둥둥을 무겁게 하는 무통이 느껴진다. 고개를 빠르게 돌리면 눈이 보이지 않을 정도다. 침대에서 몸을 일으키는데 온몸의 근육이 아프다.

　어제 입었던 옷을 입고 곧바로 정원에 나간다. 입이 바싹 말랐지만 커피를 삼킬 힘조차 없어 생략한다. 구두를 찾지 못해 맨발로 잔디를 걷는다. 서리 때문에 발이 얼얼하다. 정원은 크지 않지만 겨울이 머지않은지라 저쪽 끝까지 걷다 보니 발가락에 감각이 사라진다.

　마당에 있는 작업실은 지난 5년 동안 내 안식처였다. 언뜻 보면 헛간과 그리 다르지 않지만 생각하고 작업하며 도피하려고 찾는 곳이다. 방 한가운데에 단단히 박힌 물레에서 떨어진 점토 덩어리 때문에 나무로 된 바닥이 지저분했다. 물레를 돌리다가 뒤로 물러나 비판적인 눈으로 작품을 평가하곤 했다. 작업실 세 면을 채운 선반에 중구난방으로 놓인 조각품들은 알고 보면 나만의 기준에 따라 배열되어 있다. 지금 만들고 있는 작품, 굽기는 마쳤지만 아직 색칠하지 않은 작품, 주문자에게 보낼 준비를 마친 작품이 여기저기 놓여 있다. 눈을 감으면 수백 개 작품 각각의 형태가 손가락 밑에, 점토의 축축함이 손바닥에 느껴지는 듯하다.

창틀 밑 비밀 장소에서 열쇠를 꺼내 문을 연다. 생각보다 더 끔찍하다. 바닥은 부서진 점토 조각으로 온통 뒤덮여 보이지도 않는다. 갑작스러운 분노 때문에 만들다 만 둥근 항아리의 반쪽은 끝이 죄다 들쭉날쭉하고 뾰족하다. 창틀에 서 있던 작은 조각상은 형체를 알아볼 수 없을 정도로 조각조각 부서져 있고 그 파편이 햇살에 반짝인다.

문간에는 작은 여인상이 누워 있다. 작년에 클리프턴의 어느 상점에서 주문을 받아 만들었던 조각 연작 가운데 하나다. 가능한 한 완벽함과는 거리가 멀면서도 사실적이고 아름다운 조각을 만들고자 했다. 내가 만든 열 개의 여인상은 곡선과 돌출 부분은 물론 흉터와 불완전한 부분까지도 저마다 달랐다. 어머니와 언니, 도예반에서 가르쳤던 여학생들, 공원을 산책하다 본 여자들을 본떠서 그 여인들을 만들었다. 지금 내 앞에 있는 여인상은 나다. 세밀하게 표현하지 않아서 아무도 알아보지 못하겠지만, 상당히 납작한 가슴, 지나치게 좁은 골반, 과도하게 큰 발만 봐도 딱 나다. 헝클어진 머리 타래가 땋여 목 뒤에서 매듭을 이루고 있다. 몸을 숙여 그녀를 들어올린다. 온전할 거라 생각했지만 건드리는 순간 점토가 손 밑에서 움직인다. 결국 내 손에는 두 동강이 난 점토 덩어리만 남는다. 그 덩어리를 바라보다가 있는 힘껏 벽에 던진다. 점토 덩어리가 작게 부서져 책상에 쏟아져 내린다.

숨을 깊이 들이마시고는 천천히 내쉰다.

사고 이후로 며칠이 흘렀는지, 끈적끈적한 시럽 위를 힘겹게 걷는 기분으로 어떻게 하루하루를 넘겼는지 잘 모르겠다. 오늘이 그 날이라는 결심이 든 계기가 무엇인지는 나도 알 수 없다. 어쨌든 오늘이 그날이다. 지금 당장 가지 않으면 영영 떠나지 못하리라는 사실을 직감하고 여행 가방에 들어가는 만큼만 짐을 꾸린다. 다시 는 돌아오지 못하리라 생각하면서 집안 이곳저곳을 둘러본다. 그렇게 생각하니 두렵고도 자유롭다. 내가 할 수 있을까? 현재 삶에 서 벗어난다고 해서 새 삶을 시작할 수 있을까? 노력은 해봐야지. 이 난국을 온전히 빠져나오려면 이 방법밖에 없다.

내 랩톱은 주방에 있다. 그 안에는 사진과 주소록 같은 중요한 정보가 담겨 있다. 언젠가는 필요할지도 모르는 정보이기에 다른 곳에 저장해놓을 생각은 한 적 없다. 지금 그 일을 할까 말까 생각 할 시간이 없어 그 무겁고 볼썽사나운 랩톱을 여행 가방에 넣는 다. 공간이 많지 않지만 과거의 중요한 일부를 놓고 떠날 수는 없 다. 스웨터와 티셔츠 한 움큼을 빼고 그 대신 나무 상자가 들어갈 공간을 만든다. 향나무 뚜껑 아래에는 내 추억들이 쑤셔 넣어져 있다. 그 안을 들여다보지 않는다. 그럴 필요가 없기 때문이다. 생 각날 때만 쓰고 후회로 찢은 장이 있는 10대 시절의 일기장들, 고 무줄로 묶은 콘서트 입장권 다발, 졸업 증명서, 내 첫 전시회를 소 개한 신문기사 모음, 이런 사랑이 있을까 싶을 정도로 깊이 사랑 한 내 아들의 사진. 소중한 사진. 그토록 사랑받던 사람의 사진 치 고는 그 수가 너무나 적다. 이 세상에 끼친 영향은 미미하지만 내 세상의 중심이었던 아들.

감정을 억누르지 못하고 뚜껑을 열어 맨 위에 있는 사진을 집어 든다. 아이가 태어나던 날 상냥한 조산사가 찍어준 폴라로이드 사 진이다. 보일락 말락 한 분홍색 점처럼 흰색 병원 담요에 싸여 있 는 아들. 사진에서 나는 아이를 낳느라 사랑과 피로감으로 뒤범벅

이 된 산모답게 어설픈 자세로 아기를 안고 있다. 임신 기간 동안 탐독했던 책에서와 달리 모든 과정이 너무도 급작스럽고 무서웠지만 아이에 대한 사랑은 결코 흔들리지 않았다. 갑자기 숨을 쉴 수 없다. 그 사진을 제자리에 넣고 나무 상자를 여행 가방에 밀어 넣는다.

제이콥의 죽음이 1면 기사다. 기사는 주유소 앞마당, 모퉁이 가게, 버스 정류장에서 나를 향해 외쳐대고 있다. 나는 여느 사람과 다르지 않다는 듯 버스를 기다린다. 도망치는 것이 아니라는 듯이.

모두 그 사고를 이야기하고 있다. 어떻게 그런 일이 일어날 수 있을까? 대체 누가 그런 짓을 했을까? 버스가 정류장에 설 때마다 새 소식이 흘러들어오고 단편적인 뜬소문이 승객들 사이로 퍼져 나가 도무지 피할 수 없다.

검은 자동차였대.

붉은색이었다는데.

경찰이 곧 범인을 검거할 거래.

단서가 전혀 없다는데.

어떤 여자가 내 옆에 앉아 있다. 그녀가 신문을 펼치자 갑자기 누군가 가슴을 내리누르는 것 같다. 제이콥이 나를 바라본다. 멍든 눈으로 자기를 보호하지 않고 죽게 내버려둔 나를 질책하고 있다. 있는 힘을 다해 그를 쳐다본다. 목구멍에 단단한 덩어리가 걸린다. 시야가 흐려져 글을 읽을 수 없다. 읽을 필요도 없다. 여기까지 오는 동안 비슷비슷한 기사들이 눈에 들어왔기 때문이다. 교사들이 큰 충격을 받아 한 말, 길가에 놓인 꽃다발에 대한 언급, 사건 심리가 열렸다가 중단된 사연. 가엾을 정도로 작은 관 위에 놓인 노란색 국화 화환을 담은 사진도 보인다. 여자가 혀를 차더니 말을 시작한다. 혼잣말이었겠지만 나 역시 기사를 보고 있으리라 생각하고 하는 말 같다.

"끔찍하지 않나요? 게다가 크리스마스가 코앞인데."

나는 아무 말도 하지 않는다.

"차를 세우지도 않고 그대로 가버리다니." 여자는 다시 쯧쯧 혀를 차더니 말을 잇는다. "생각해봐요. 다섯 살짜리래요. 그렇게 어린아이가 혼자서 길을 건너도록 내버려두다니 대체 어떤 어머니일까요?"

참을 수 없다. 흐느낌이 터져 나온다. 깨닫지도 못한 사이에 뜨거운 눈물이 뺨을 타고 흘러내리더니 그녀가 내 손에 살짝 쥐어준 휴지에 스며든다.

"가여워라." 여자가 어린아이를 달래듯 말한다. 내 이야기인지, 제이콥 이야기인지 모긴이 사실 않든다. "상상할 수조차 없는 일이죠?"

충분히 상상할 수 있다고, 당신이 무엇을 상상하든 현실은 그보다 천 배쯤 더 끔찍하다고 그녀에게 말해주고 싶다. 여자는 구김은 있지만 깨끗한 휴지를 한 장 더 쥐어주더니 신문을 넘겨 클리프턴의 크리스마스 조명 점등식에 관한 기사를 읽는다.

이제까지 살면서 도망치려고 생각해본 적은 단 한 번도 없었다. 그럴 필요가 있으리라고 생각조차 하지 못했다.

3

레이는 자기 방이 있는 3층으로 올라갔다. 경찰의 치안 활동이 하루 24시간 숨 쉴 틈 없이 이어진다는 사실을 잊게 하는 3층은 행정과와 범죄수사과가 함께 사용하는 층으로 카펫이 깔려 있고 사무실마다 조용한 분위기가 감돌았다. 레이는 이곳의 저녁 시간이 가장 좋았다. 방해받지 않고 책상에 늘 쌓여 있는 파일을 빠짐없이 훑어볼 수 있기 때문이다. 그는 탁 트인 공간을 지나 자기 사무실로 들어갔다. 칸막이가 쳐져 있던 모퉁이 자리를 개조하여 만든 방이었다.

"브리핑은 잘하셨어요?"

그 소리에 레이는 화들짝 놀랐다. 고개를 돌리자 자리에 앉아 있는 케이트가 보였다. "아시겠지만 4조는 제 예전 근무조예요. 그들이 관심 있는 척이라도 했으면 좋겠어요." 케이트가 하품했다.

"브리핑은 잘됐어." 레이가 말했다. "괜찮은 사람들이야. 적어도 사건을 기억하기는 하더군." 레이는 1주일 동안 뺑소니 사고 세부 사항을 기록해둔 내용을 브리핑했다. 그러나 다른 사건들이 쏟아져 들어오는 통에 그 사고는 뒷전으로 밀려났다. 그는 정복 근무조를 빠짐없이 찾아다니면서 그들의 도움이 필요하다는 사실을 적극적으로 알렸다. 레이가 시계를 톡톡 치며 말했다. "이 시간에 여기서 뭐하는 거야?"

"언론 보도 이후에 들어온 제보를 훑어보고 있어요." 케이트가 엄지손가락으로 컴퓨터 출력물 더미를 휙휙 넘기면서 말했다. "크게 도움이 되는 건 아니에요."

"조사해볼 내용은 없나?"

"전혀요." 케이트가 말했다. "운전을 엉망으로 하는 자동차를 목격했다는 제보 몇 건, 부모가 자식을 감독하지 못해 일어난 일이라는 잔소리 몇 건, 그리고 여느 때와 마찬가지로 괴상한 생각을 하거나 정신이 이상해진 사람들이 하는 헛소리뿐이죠. 심지어 재림을 예언한 녀석도 있어요." 그녀는 한숨을 쉬더니 말을 이었다. "돌파구가 필요해요. 수사를 이어갈 단서 말이에요."

"답답한 상황이라는 건 나도 알아." 레이가 말했다. "하지만 기다리다 보면 나타나게 되어 있어. 항상 그래."

케이트가 끙 하는 소리를 내더니 종이 더미를 밀어놓았다. "전 천성적으로 끈기가 없는 것 같아요."

"자네가 지금 어떤 기분일지 잘 알아." 레이는 책상 가장자리에 걸터앉았다. "수사에서 지루한 단계야. 텔레비전에서는 다루지 않는 부분이지." 레이는 케이트의 슬픈 표정을 보고 싱긋 웃었다. "하지만 대가를 생각해보면 고생할 가치가 있어. 그 종이 더미 안에 이 사건을 해결할 열쇠가 있을지도 몰라."

케이트가 미심쩍은 표정으로 책상에 쌓인 서류를 쳐다보자 레이는 웃음을 터뜨렸다.

"자, 둘이 마실 차를 끓여올 테니 기다려. 일을 도와줄게."

두 사람은 인쇄물을 한 장 한 장 꼼꼼하게 살펴보았지만 쓸 만한 정보라고는 찾아볼 수 없었다. 레이의 기대가 어긋났다.

"아 이런. 그래도 할 일 한 가지는 해치웠군." 레이가 말했다. "밤늦게까지 수고했어."

"경위님은 우리가 그 운전자를 찾을 수 있다고 생각하세요?"

레이가 굳건한 표정으로 고개를 끄덕였다. "반드시 찾을 거라고 생각해야지, 안 그러면 누가 우리를 믿어주겠나? 이제까지 사건 수백 건을 다뤘어. 당연히 그 사건을 모두 해결한 건 아니지만 해답이 아주 가까이에 있다는 점만큼은 의심해본 적 없어."

"스텀피 경사님 말로는 경위님이 〈크라임워치Crimewatch, 영국 BBC 범죄자 공개 수배 프로그램〉에 제보 호소를 요청하셨다면서요?"

"맞아. 뺑소니 사건의 일반적인 절차거든, 특히 아이가 관련됐을 때는. 안타깝게도 이런 서류를 한참 더 들여다봐야 한다는 이야기지." 레이는 아무런 도움을 주지 못한 채로 분쇄기에 넣어질 서류 더미를 가리켰다.

"괜찮아요." 케이트가 말했다. "초과근무를 신청하면 돼요. 솔직히 말하면 작년에 처음으로 집을 사서 요새 돈이 좀 쪼들려요."

"혼자 사나?" 레이는 요즘 세상에 이런 질문을 해도 되는지 불안했다. 순경이었을 때도 정치적 공정성 때문에 조금이라도 사적인 주제는 무조건 피해야 했다. 앞으로 몇 년 뒤면 사람들이 그 어떤 이야기도 할 수 없게 될 것 같았다.

"대부분은요." 케이트가 말했다. "집은 제가 샀지만 남자 친구가 꽤 자주 자고 가요. 두 가지 면에서 유리한 셈이죠."

레이는 빈 찻잔을 집어들면서 말했다. "그렇군. 이제 어서 집에 가도록 해. 자네가 안 들어와서 남자 친구가 궁금해할 거야."

"괜찮아요. 그 사람은 주방장이에요." 케이트는 이렇게 말하면서도 일어섰다. "저보다 더 힘든 교대 근무를 해요. 경위님은 어떠세요? 사모님이 경위님 근무시간 때문에 힘들어하지 않으세요?"

"익숙해졌어." 레이가 윗옷을 가지러 자기 방으로 가면서 목소리를 높여 대화를 이었다. "아내도 경찰관이었어. 입사 동기지."

라이턴 온 던스모어의 경찰관 교육 센터는 술값이 싼 바가 있는 것 이외에는 이렇다 할 특징이 없었다. 레이가 동급생들과 앉아 있는 매그즈를 본 것은 평소보다 더 지긋지긋한 가라오케 회식이 있던 어느 날 저녁이었다. 그때 매그즈는 자기 친구가 하는 말을 듣고는 고개를 뒤로 젖혀 소리 내 웃던 참이었다. 그녀가 술을 사려고 자리에서 일어서는 것을 본 레이는 맥주 한 파인트^{pint, 약 0.6리터}를 단숨에 들이키고 계산대 앞에 서 있는 그녀에게 다가갔지만 아무 말도 못하고 서 있기만 했다. 다행히 매그즈는 그보다 말주변이 좋았다. 16주 코스 나머지 기간 동안 두 사람은 딱 붙어다녔다. 레이는 오전 6시에 여자 기숙사를 살금살금 기어나와 방으로 돌아가던 때를 떠올리며 웃음을 참았다.

"결혼하신 지는 얼마나 됐어요?" 케이트가 물었다.

"15년. 수습 기간을 끝내자마자 결혼했어."

"사모님은 이제 일을 그만두셨죠?"

"매그즈는 톰을 낳았을 때 잠깐 휴직하고, 막내가 태어나고는 완전히 그만뒀지." 레이가 대답했다. "이제 루시가 아홉 살이고 톰은 중학교 1학년이라 매그즈도 다시 일을 하려고 생각하고 있어. 교사로 재교육을 받고 싶대."

"왜 그렇게 오래 쉬셨죠?" 케이트의 눈은 호기심으로 가득했다. 매그즈 역시 경찰 일을 시작한 지 얼마 되지 않았을 때는 케이트처럼 일을 하지 않는다는 사실을 이해하지 못했다. 당시 매그즈 상사였던 경사가 아이를 가지려고 퇴직하자 매그즈는 중간에 그만둬 버린다면 애당초 취직할 이유도 없지 않냐고 레이에게 말했다.

"아이들 때문에 집에 있고 싶어 했어." 레이가 말했다. 그는 죄 책감으로 마음이 에는 듯했다. 매그즈가 정말 그러길 원했을까? 그저 그렇게 해야 옳다고 생각하지는 않았을까? 그때는 보모를 쓰려면 돈이 너무 많이 들어서 매그즈가 직장을 그만두는 것 외에는 달리 도리가 없어 보였다. 게다가 그녀는 아이들을 직접 등하교시키고 학교 운동회와 추수감사제에도 참여하고 싶어 했다. 하지만 매그즈는 레이만큼이나 영민하고 유능했다. 아니, 사실 그보다 뛰어났다.

"일과 결혼하려면 그에 따르는 거지 같은 조건을 감수해야 할 것 같아요." 케이트가 탁상용 스탠드를 끄는 즉시 두 사람은 암흑 상태에 빠졌지만 레이가 복도로 걸어나가자 감지등이 자동으로 켜졌다.

"직업병은 필수야." 레이가 공감을 표했다. "남자 친구와 사귄 지 얼마나 됐지?" 두 사람은 자동차가 주차되어 있는 마당으로 걸어내려갔다.

"6개월 정도밖에 안 돼요." 케이트가 대답했다. "하지만 다른 때보다 꽤 오래가는 거예요. 보통은 몇 주 사귀다 차버리거든요. 엄마는 제가 너무 까다롭대요."

"왜 그랬지?"

"아, 말로 다 못해요." 케이트가 신이 나서 대답했다. "남자가 집착이 심하거나 아니면 너무 무덤덤하거나 유머 감각이 없거나 머리가 나쁘거나……."

"인정사정없군." 레이가 말했다.

"그러게요." 케이트 콧등에 주름이 잡혔다. "하지만 중요한 일이잖아요, 짝을 찾는다는 건? 지난달에 서른 살이 됐어요. 여유 부릴 때가 아니에요." 레이 눈에는 그녀가 서른 살로 보이지 않았지만 사실 그는 남의 나이를 정확하게 맞히지 못했다. 그에게는 아직도 거울 속 자기 모습이 20대로 보였다. 실제로는 얼굴에 주름이 자글자글했지만 말이다.

레이는 주머니에 손을 넣어 열쇠를 찾았다. "너무 성급하게 정착하려고 하지 마. 장밋빛 나날만 펼쳐지지는 않으니까."

"명심할게요, 아버지."

"이봐, 내 나이가 그렇게 많지는 않거든!"

케이트가 웃음을 터뜨렸다. "야근 도와주셔서 감사드려요. 아침에 봬요."

레이는 검안기 표시어 있는 소매기 뒤에 세운 사기 사늘 빼면서 자기도 모르게 킥킥거렸다. 아버지라니, 당돌하기도 하지.

그가 집에 도착했을 때 매그즈는 텔레비전을 틀어놓고 거실에 있었다. 그녀는 잠옷 바지와 그가 입던 운동복 상의를 입고 어린 아이처럼 다리를 말아서 웅크리고 있었다. 앵커가 지난주에 뉴스를 놓친 지역 주민을 위해 뺑소니 사고 소식을 요약해서 들려주었다. 매그즈는 레이를 올려다보더니 고개를 저었다. "계속해서 보게 돼. 너무 가여워."

레이는 아내 옆에 앉아 리모컨으로 소리를 줄였다. 화면이 사건 초기의 현장을 담은 동영상으로 전환되면서 레이의 뒤통수가 나왔다. 그와 케이트가 차에서 걸어나오는 장면이었다. "그렇지." 그가 한 팔로 아내를 감싸며 말했다. "하지만 꼭 잡을 거야."

카메라를 향해 이야기하는 레이의 얼굴이 화면 가득 잡혔다. 인터뷰하는 사람은 화면에 나오지 않았다.

"당신 생각에 잡힐 것 같아? 단서는 있어?"

"그렇진 않아." 레이가 한숨을 내쉬었다. "사건을 목격한 사람이 없어. 아니, 그런 사람이 있을지 몰라도 제보는 하지 않고 있어. 그래서 과학수사와 제보에 기대를 걸고 있지."

"무슨 이유인지는 모르겠지만 운전자 스스로가 무슨 짓을 했는지 몰랐을 수도 있지 않아?" 매그즈가 몸을 일으키고 얼굴을 돌려 레이를 바라보았다. 그녀는 머리카락을 귀 뒤로 대충 쓸어넘겼다. 매그즈는 레이가 처음 본 이후로 줄곧 길고 곧으며 앞머리를 뒤로 넘기지 않는 스타일을 유지했다. 레이처럼 머리색이 짙었지만 그와 달리 센머리가 전혀 없었다. 루시가 태어난 직후 레이는 수염을 기르려 했지만 하얗게 센 털이 더 많이 나는 것을 알고 사흘 만에 그 시도를 중단했다. 지금은 깔끔하게 면도한 상태를 유지했고, 매그즈가 "눈에 띈다"라고 말했던 희끗희끗한 관자놀이는 보지 않으려 애썼다.

"그럴 리가 없어." 레이가 말했다. "아이는 보닛 정면에 부딪혔어."

매그즈는 그의 이야기를 듣고도 놀라지 않았다. 이제 그녀는 무엇인가를 골똘하게 생각하는 얼굴이었다. 두 사람이 함께 근무하던 때도 그녀가 자주 짓던 표정이다.

레이가 말을 이었다. "게다가 그 사람은 잠깐 정차하고는 후진해서 차를 돌렸어. 제이콥이 죽었다는 사실을 몰랐다 쳐도 그 아이를 친 것만큼은 분명히 알았을 거야."

"병원에 알아봤어?" 매그즈가 말했다. "운전자도 부상을 입었을 가능성이 있으니까."

레이가 미소 지었다. "팀원들이 잘하고 있어. 약속할게." 그는 자리에서 일어섰다. "여보, 내 말을 기분 나쁘게 생각하지는 마. 오늘 하루 힘들었거든. 맥주를 마시면서 텔레비전이나 좀 보다가 자고 싶어."

"그래." 매그즈가 쌀쌀맞은 목소리로 말했다. "당신도 알잖아. 오래된 습관이라는 걸."

"알지. 어쨌든 우리가 그 운전자를 잡으리라는 건 장담할게." 레이가 매그즈 이마에 키스했다. "우린 항상 잡아." 레이는 자신이 제이콥의 어머니와는 하지 않은 약속을 아내와 했다는 사실을 깨달았다. 그 아이 어머니에게는 그저 "최선을 다하겠습니다"라고만 말했다. 결과를 확신할 수 없었기 때문이다. '최선'의 노력이 결실을 맺기만을 바랄 뿐이었다.

레이는 주방으로 가 마실 것을 찾았다. 어린이와 관련된 사건을 섭하면 매그즈는 힘겨워 심단해했다. 뺑소니 사고에 관한 내용을 자세히 말하지 않는 편이 나았을지도 모른다. 레이 스스로도 감정을 억누르기가 쉽지 않았기에 아내 기분을 이해할 수 있었다. 그 혼자만 마음속에 담아두기에는 벅찬 일이었다.

맥주를 들고 다시 거실로 간 레이는 매그즈 옆에 앉아 뉴스에서 아내가 좋아하는 리얼리티 프로그램으로 재빨리 채널을 돌리고 텔레비전을 시청했다.

레이가 사무실에 도착해 우편물실에서 주워 담은 파일들을 책상에 올려놓자 이미 산더미처럼 쌓여 있던 서류들이 바닥으로 떨어졌다.

"빌어먹을." 그는 자기 책상을 심드렁하게 쳐다보며 내뱉었다. 청소부가 들어와서 휴지통을 비우고 엉망진창으로 쌓인 서류의 먼지를 털어내려고 어설프게 시도했다가 미결함 주위에 흔적만 남기고 갔다.

식은 커피가 든 머그잔 두 개가 키보드 양옆에 놓여 있었고 컴퓨터 화면에는 전화 메시지를 적은 포스트잇 몇 개가 중요한 순서대로 붙어 있었다. 레이는 포스트잇을 떼어내 수첩 겉면에 붙였다. 그곳에는 이미 직원 평가를 잊지 말라는 내용의 밝은 분홍색 포스트잇이 붙어 있었다. 할 일이 산더미인데 서류 작업까지 하라니 죽을 지경이었다. 레이는 요식적인 일상 업무를 지독히도 싫어했다. 진급이 다가올 듯 말 듯한 상황인지라 차마 항의할 용기가 나지 않았지만 그렇다고 순순히 받아들이려 하지는 않았다. 그가 보기에 인사고과를 따지는 일은 시간 낭비였다. 특히 어린아이의 죽음을 수사해야 하는 지금은 더더욱 그런 생각이 들었다.

레이는 컴퓨터가 시동되길 기다리다가 의자를 뒤로 넘겨 맞은편 벽에 핀으로 고정해놓은 제이콥의 사진을 바라보았다. 그는 누가 되었든 간에 수사의 중심이 되는 인물의 사진을 눈에 가장 잘 띄는 곳에 놓아두는 버릇이 있었다. 범죄수사과에 배치되었을 때 레이의 상사였던 경사가 범인을 체포하는 일도 중요하지만 "우리가 대체 무엇 때문에 이 개고생을 하는지" 잊지 말아야 한다고 무뚝뚝한 말투로 일깨워준 날 시작된 습관이었다. 원래는 사진들을 책상 위에 두었으나 몇 년 전 어느 날 매그즈가 사무실을 방문한 이후로 상황이 바뀌었다. 지금은 잘 기억나지 않지만 그때 그녀는 파일인지 도시락인지 그가 두고 온 물건을 가져다주러 그를 찾아왔다. 그녀가 깜짝 방문해서 접수 데스크에서 그에게 전화했을 때 그는 하던 일을 방해받아 짜증이 났다. 아내가 자기를 보려고 일부러 외출했다는 사실을 깨닫자 짜증은 죄책감으로 바뀌었다. 사무실로 가던 도중에 매그즈는 경정이 된 옛날 상사의 사무실에 인사차 들렀다.

"여기 오니 기분이 이상할 거야." 두 사람이 상사의 사무실 앞에 섰을 때 레이가 말했다.

매그즈는 웃음을 터뜨렸다. "그만둔 적이 없는 것만 같아. 한번 경찰은 영원한 경찰인가봐." 그녀는 생기 넘치는 표정으로 레이의 사무실을 돌아다니다가 손가락으로 가볍게 책상을 쓸었다.

"어떤 여자와 바람피우는 거야?" 매그즈는 그를 놀려대며 자신과 아이들의 사진이 든 액자에 받쳐 세워놓은 흐릿한 사진을 집어들었다.

"피해자야." 레이가 아내에게서 살며시 사진을 빼앗아 다시 책상 위에 올려놓으며 말했다. "차를 늦게 내왔다는 이유로 남자 친구의 칼에 열일곱 번 찔렸지."

겉으로 감정을 드러내지 않아 매그즈가 충격을 받았는지 알 수 없었다. "피일에 넣어누기 않는 기야?"

"눈에 띄는 곳에 놔두고 싶어." 레이가 말했다. "내가 무슨 일을 하고 있는지, 어째서 이렇게 시간을 들여 일하는지, 누구 때문에 이 일을 하는지 잊어버리지 않으려고." 매그즈가 그 말에 고개를 끄덕였다. 때로 그녀는 레이가 생각하는 것보다 그를 더 잘 이해해주었다.

"하지만 우리 사진 옆에 두는 건 아니지. 부탁이야, 레이." 매그즈는 다시 한 손을 뻗어 사진을 집어들고는 좀더 알맞은 곳을 찾으려고 사무실을 둘러보았다. 결국 사무실 구석에서 놀고 있는 코르크판을 발견한 그녀는 망설이지 않고 책상 위에 놓인 압정을 꺼내 죽은 여인이 미소 짓는 사진을 판 한가운데에 고정시켰다.

그 사진은 오랫동안 그곳에 남아 있게 되었다.

미소 짓던 여인의 남자 친구는 이미 오래전에 살인죄로 기소되었으며, 그 이후 다른 피해자들의 사진이 계속해서 그 자리를 차지했다. 10대 펀치기범에게 온몸에 시퍼렇게 멍이 들도록 두들겨 맞은 노인, 택시 기사에게 성폭행당한 네 명의 여성, 그리고 이제는 교복을 입은 채로 환히 웃고 있는 제이콥이 그 자리에 있었다. 모두 레이의 도움이 필요한 사람들이었다. 아침에 있을 브리핑을 준비하면서 그는 전날 밤 일지에 적어둔 내용을 훑어보았다. 수사를 진척시킬 단서가 많지 않았다. 마침내 컴퓨터가 삐 소리를 내며 켜지자 레이는 마음을 다잡았다. 단서는 많지 않을지 몰라도 아직 해야 할 일이 있었다.

10시가 되기 직전 스텀피 경사와 그의 팀원들이 레이의 사무실 문을 열고 일렬로 들어왔다. 스텀피와 데이브 힐스던은 커피 테이블 주위에 놓인 낮은 의자 두 개에 자리를 잡았고 나머지 사람은 방 뒤편에 서거나 벽에 기대어 있었다. 세 번째 의자는 암묵적인 기사도 정신에 따라 빈 채로 남아 있었다. 레이는 케이트가 그 제안을 무시하고 맬컴 존슨과 함께 뒤편에 서 있는 모습에 슬며시 웃음이 났다. 급하게 빌린 양복을 불편하게 차려입은 정복 근무조의 경관 두 명과 교통사고수사과의 필 크로커 순경이 임시로 차출되어 온 덕분에 팀 인원수가 불어났다.

"여러분, 좋은 아침이야." 레이가 말했다. "오래 붙잡아두진 않을게. 1조에서 온 브라이언 월튼과 3조에서 온 팻 브라이스를 소개하지. 여러분과 함께 일하게 되어 다행이야. 할 일이 많거든. 그러니 힘을 모으자고." 브라이언과 팻이 고개를 끄덕이며 동의를 표했다. "좋아." 레이가 말을 이었다. "오늘 브리핑을 하는 목적은 우리가 피시폰즈의 뺑소니 사고에 관해 알고 있는 점을 되짚어보고 그다음 방향을 어디로 잡아야 할지 알아보기 위해서야. 알다시피 대장이 이 사건에 매달려 있어." 그는 직접 쓴 메모를 들여다보았다. 이미 달달 외운 내용이었다. "11월 26일 월요일 16시 28분에 999 교환원이 엔필드 대로에 사는 여자에게 전화를 한 통 받았어. 여자는 쾅 하는 굉음이 나더니 비명이 들렸다고 했지. 여자가 집 밖으로 나갔을 때는 이미 모든 일이 끝나 있었고 제이콥 어머니가 길거리에 쓰러져 있는 아들 위로 몸을 구부리고 있었대. 구급차는 접수된 지 6분 만에 도착했고 제이콥은 현장에서 사망한 것으로 확인됐지."

레이는 사건이 얼마나 심각한지 인식시키려고 잠시 말을 멈췄다. 그러고는 케이트를 힐끗 보았다. 그녀 표정에는 감정이 드러나 있지 않았다. 그는 그녀가 드디어 방어 체계를 구축하는 데 성공했다는 사실에 안심해야 할지 슬퍼해야 할지 판단이 서지 않았다. 감정을 드러내지 않는 사람은 그녀뿐만이 아니었다. 제3자가 이 방을 둘러본다면 경찰들이 어린 소년의 죽음에 아무런 관심도 없다고 속단할 것이다. 하지만 레이는 그들 모두가 아이의 죽음으로 심란하고 있음을 잘 알았다. 그는 브리핑을 계속했다.

"제이콥은 지난달 다섯 살이 된 직후에 베켓 거리에 있는 성 마리아 학교에 입학했어. 뺑소니 사고가 있던 날에는 엄마가 일하는 동안 방과 후 활동을 했지. 어머니 진술에 따르면 두 사람은 집으로 가면서 그날 있었던 일을 이야기했대. 그러다 어머니가 제이콥 손을 놓쳤고, 제이콥은 집에 가려고 달려서 길을 건넜대. 그녀 말로는 그전에도 아이가 그런 짓을 한 적이 있다는데, 자동차를 두려워하지 않아서 도로 가까이 가면 늘 잊지 않고 아이 손을 붙잡았다는군." 그날 한 번을 제외하곤 말이지, 라고 그는 마음속으로 덧붙였다. 잠깐의 부주의로 그녀는 영원히 스스로를 용서하지 못하리라. 레이는 자기도 모르는 새에 몸을 떨었다.

"아이 엄마가 차를 보았나요?" 브라이언 월튼이 물었다.

"거의 본 것이 없대. 그 차가 제이콥을 쳤을 때 브레이크를 밟기는커녕 속도를 냈대. 그래서 자기도 치일 뻔한 것을 간신히 피했다는군. 실제로 아이 어머니도 넘어져서 다쳤어. 호송한 경관이 부상 사실을 알아차렸지만 그녀는 치료를 거부했어. 필, 여기 있는 사람들에게 현장에 대해 설명해주겠나?"

이 방에서 유일하게 정복을 입은 필 크로커는 도로치안유지과에서 수년간 경험을 쌓은 교통사고 수사관이었다. 레이는 교통과 관련한 문제가 있을 때마다 그의 조언을 구했다.

"할 얘기가 많지는 않아요." 필이 어깨를 으쓱했다. "비 오는 날에는 타이어 자국이 남지 않아서 속도를 추정할 수도 없고 자동차가 충돌 직전에 브레이크를 밟았는지도 확인할 수 없죠. 충돌 지점에서 20미터쯤 떨어진 곳에서 플라스틱 조각을 수거했는데, 차량 조사관이 볼보 안개등에서 떨어져나온 거라고 확인해줬어요."

"조짐이 좋군." 레이가 말했다.

"자세한 상황은 스텀피 경사에게 전달했습니다." 필이 말했다. "안타깝게도 그 일 말고는 드릴 말씀이 없어요."

"고마워, 필." 레이가 다시 메모를 집어들었다. "제이콥의 부검 보고서에 따르면 사인은 둔탁한 힘에 의한 외상이야. 다발성 골절상을 입었고 비장도 파열됐어." 레이는 직접 부검에 참관했다. 증거의 연속성을 지키기 위해서라기보다는 제이콥 홀로 추운 영안실에 있는 것을 상상조차 할 수 없었기 때문이다. 레이는 보면서도 보지 않으려 했다. 제이콥의 얼굴에 시선을 두지 않은 채 내무성에 소속된 법의학자가 한 마디씩 짧게 내뱉는 소견만 들으려 했다. 부검이 끝났을 때에야 두 사람 모두 긴장을 풀었다.

"충격 지점으로 판단할 때 용의 차량은 소형차야. 그러니 승합차나 사륜구동차는 용의선상에서 제외해도 돼. 법의학자가 제이콥 몸속에 있던 유리 파편을 꺼냈지만, 특정한 차량과 연결할 단서는 없는 것으로 알고 있어. 그렇지 않나, 필?" 레이의 물음에 필은 고개를 끄덕였다.

"유리 자체로는 차량을 특정할 수 없어요." 필이 말했다. "가해자의 옷에 동일한 입자가 붙어 있을지도 몰라요. 완전히 없애는 건 거의 불가능하거든요. 하지만 현장에서는 유리를 찾지 못했어요. 충격으로 앞 유리가 갈라졌지만 부서지진 않았다는 얘기죠. 차만 찾으면 피해자에게서 발견한 입자와 맞춰볼 수 있지만 차 없이는……."

"그래도 차량에 어떤 손상이 가해졌는지 파악하는 데는 도움이 될 거야." 레이는 몇 되지 않는 단서를 긍정적으로 해석하고 싶었다. "스텀피, 지금까지 수사한 내용을 요약해주겠나?"

스텀피 경사는 수사의 진행 상황이 지도, 도표, 플립차트를 통해 펼쳐져 있는 레이의 사무실 벽을 바라보았다. 거기의 자료에는 해야 할 일들이 적혀 있었다. "사건 당일 밤 집집마다 돌아다니며 탐문 수사를 했고, 그 다음 날에도 정복 근무조가 한 번 더 돌았습니다. 주민 몇 명이 진술한 바에 따르면 '쾅 하는 소리'가 들리더니 비명 소리가 났다고 합니다. 하지만 차를 본 사람은 없어요. 치안보조관Police Community Support Officer, PCSO, 영국 지역 공동체의 경범죄를 예방하고 단속하기 위해 학교 등에 배치되는 인력을 학교에 보내 등하교시키는 학부모들을 탐문하도록 했고 엔필드 대로 양쪽에 있는 우체통마다 목격자를 찾는 전단지를 넣었습니다. 길가 표지판도 그대로 세워놨고요. 그렇게 해서 온 제보 전화 몇 통을 케이트가 조사하고 있습니다."

"쓸 만한 내용 있나?"

스텀피가 고개를 내저었다. "그럴 가능성은 없어 보입니다, 경위님."

레이는 스텀피의 비관적인 전망을 못 들은 척했다. "〈크라임워치〉에서 공개 수배는 언제 내보내지?"

"내일 밤이요. 사건을 재구성하고 최첨단 자료 화면으로 차량이 어떻게 생겼는지 보여줄 겁니다. 그런 다음 경감님이 진행자와 스튜디오에서 인터뷰하는 내용이 나갑니다."

"누가 늦게까지 남아서 전화를 받아야 해. 방송이 나가자마자 확실한 단서가 나올 수도 있으니 부탁하네." 레이가 일동에게 말했다. "나머지 일은 정시에 하면 돼." 정적이 감돌자 그는 기대하는 표정으로 사람들을 둘러보았다. "누군가 해야 할 일이야……."

"제가 할게요." 케이트가 손을 들어 흔들자 레이는 고마워하는 얼굴로 그녀를 바라보았다.

"필이 말한 안개등은 어떻게 됐나?" 레이가 물었다.

"볼보에서 부품 번호를 받았고 지난 열흘 동안 해당 부품을 주문한 정비소들을 파악했어요. 연락하는 일은 맬컴에게 맡겼는데 이 지역 정비소부터 시작할 겁니다. 사고 이후 정비소에서 안개등을 교체한 차량 번호를 확보할 거고요."

"그래." 레이가 말했다. "그 내용을 수사할 때 감안은 하되 한 가지 증거에 불과하다는 사실을 잊지 말자고. 우리가 찾는 차량이 볼보라고 절대적으로 확신해서는 안 돼. CCTV 영상은 누가 맡고 있지?"

"저희입니다, 경위님." 브라이언 월튼이 손을 들었다. "가능한 한 모든 영상을 확보했어요. 구청에서 설치한 카메라와 그 지역 상점과 주유소의 영상을 전부 손에 넣었죠. 사고 나기 전 30분과 직후 30분 동안 찍힌 영상만 보려고 하는데도 몇백 시간 분량입니다."

레이는 초과 근무 수당이 나갈 생각에 움찔했다. "나한테 카메라 목록을 보여주게나. 전부 다 볼 수는 없을 거야. 그러니 어떤 것부터 중점적으로 보면 좋을지 자네 생각을 말해줘." 레이 말에 브라이언이 고개를 끄덕였다.

"어쨌든 확인할 것이 많겠지." 레이가 말했다. 그는 걱정스러운 마음을 숨기고 자신감에 찬 미소를 지었다. 골든 타임, 즉 범죄자를 검거할 가능성이 가장 큰 사건 직후로부터 벌써 2주가 지났다. 게다가 레이의 팀이 죽어라고 수사했는데도 더 이상 진전이 없었다. 그는 나쁜 소식을 전하기 전에 말을 멈췄다. "다음 공지가 있을 때까지 휴가를 모두 취소한다는 데 이의 없겠지? 미안해. 그래도 크리스마스에는 여러분이 반드시 가족과 시간을 보낼 수 있도록 최선을 다하겠네."

팀원들이 레이의 사무실에서 무리지어 나가며 불만스럽게 웅얼거렸지만, 진짜 항의하는 사람은 없었고 대꾸도 그러시 않으리라는 사실을 알았다. 입 밖으로 내진 않았지만 그들은 모두 이번 크리스마스에 제이콥 어머니의 심정이 어떨지 헤아리고 있었다.

4

브리스톨을 떠나기 무섭게 결심이 흔들린다. 어디로 가면 좋을지 심사숙고하지도 않았다. 데본이나 콘월로 가야겠다는 생각만으로 무작정 서쪽으로 향한다. 아쉬운 마음으로 어릴 때 보내던 휴일을 생각한다. 아이스크림과 자외선 차단제 때문에 끈적끈적해진 손으로 이브 언니와 함께 해변에 모래성을 지었다. 추억은 나를 나무가 늘어선 브리스톨의 대로와 교통 체증에서 바다로 이끈다. 정거장으로 다가가는 버스를 기다리지 못해 추월하려는 자동차들을 보니 두려워서 온몸이 떨릴 지경이다. 한동안 목적 없이 배회하다가 그레이하운드가 일렬로 늘어선 지점으로 가서 매표소 직원에게 10파운드를 건넨다. 그는 나만큼이나 내 목적지가 어디인지 관심이 없다.

버스가 세븐브리지를 건너자 한데 뒤엉켜 소용돌이치는 더러운 회색 물을 내려다본다. 브리스톨 해협이다. 조용하고 익명성이 보장되는 버스다. 그 누구도 〈브리스톨 포스트〉를 읽지 않는다. 제이콥에 관해 이야기하는 사람도 없다. 좌석에 몸을 기댄다. 탈진했지만 차마 눈은 감지 못한다. 잠이 들 때면 사고 광경과 소리가 나를 덮친다. 몇 분만 일찍 갔어도 사고가 일어나지 않았으리라는 생각이 나를 괴롭힌다.

스완지로 향하는 그레이하운드 버스에 같이 탄 승객들을 몰래 살펴본다. 주로 이어폰으로 음악을 들으면서 잡지를 탐독하는 학생들이다. 내 또래인 여자는 신문을 꼼꼼히 읽으면서 깔끔한 글씨체로 여백에 무엇인가를 적어넣고 있다. 이제껏 웨일스에 한 번도 가본 적 없다니 터무니없지만, 이곳에 전혀 연이 없는 것이 지금으로서는 다행스럽다. 새 출발을 하기에는 더할 나위 없는 장소다.

내가 버스에서 마지막으로 내린다. 나는 버스가 떠날 때까지 정류장에 남아 있는다. 떠나며 아드레날린이 솟구치던 때가 이미 아련한 옛일이 된 듯하다. 믹싱 멀리 밀려진 스완시에 노착아니 어디로 가야 할지 생각이 떠오르지 않는다. 어떤 남자가 보도에 고꾸라져 있다. 그가 위를 쳐다보면서 알 수 없는 소리를 중얼거리는 모습에 뒷걸음친다. 이곳에 남아 있을 수는 없고 어디로 가야 할지도 알 수 없어서 걷기 시작한다. 자신과 게임을 하기로 한다. 어디로 향하든 다음 골목에서 왼편으로 꺾은 다음 다시 오른편으로 꺾어 처음 나오는 교차로에서 곧장 앞으로 갈 것이다. 도로 표지판을 보지 않는 대신 교차로마다 가장 좁은 길을 택한다. 사람들이 가장 덜 다니는 길을 간다. 어지러움을 느끼다 못해 발작을 일으킬 것만 같다. 지금 무엇을 하는 거지? 어디로 가는 거지? 이렇게 실성하는 걸까. 그러나 이내 알 게 뭐냐는 생각이 든다. 이제는 어찌 되든 상관없다.

스완지를 뒤로하고 몇 킬로미터를 걷는다. 자동차가 지날 때마다 울타리를 부둥켜안으며 몸을 피한다. 날이 저무니 차가 지나다니는 빈도수도 점점 줄어든다. 여행 가방을 배낭처럼 뒤에 멨더니 끈이 어깨를 파고든다. 그러나 꾸준한 속도로 걸으면서 발을 멈추지 않는다. 내 숨소리만 들리니 기분이 점점 더 평온해진다. 걷기만 할 뿐 무슨 일이 일어났는지, 어디로 가고 있는지 생각하지 않으려 애쓴다. 주머니에서 전화기를 꺼내 부재중 전화가 몇 통인지 확인하지도 않은 채 옆에 있는 배수로에 던져버린다. 전화기가 첨벙 하는 소리를 내며 고인 물에 떨어진다. 나와 내 과거를 연결하는 마지막 조각을 버리자마자 좀더 자유로워진 것 같다.

발이 욱신대지만 이곳에서 멈춰 도로변에 눕는다면 다시는 일어나지 못하리라는 것을 안다. 걷는 속도를 늦추자 등 뒤에서 자동차 소리가 들린다. 풀이 난 길가로 걸음을 옮기면서 자동차가 지나가는 동안 그곳으로부터 시선을 피한다. 모퉁이를 돌아 사라질 줄 알았던 그 차는 5미터쯤 앞에서 서서히 멈춰 선다. 브레이크에서 희미하게 쉭쉭 하는 소리가 들리고 배기가스 내음이 난다. 귓속에서 피가 고동친다. 아무 생각 없이 몸을 돌려 달린다. 여행 가방이 척추를 때린다. 물집 잡힌 발이 부츠에 쏠리는 것을 느끼며 어설프게 달린다. 등과 가슴 사이로 땀이 흘러내린다. 이제 자동차 소리가 들리지 않는다. 뒤돌아보다가 균형을 잃고 쓰러질 뻔하지만 어쨌든 그 차는 사라졌다.

텅 빈 도로에 바보처럼 서 있다. 너무 피곤하고 배고파서 논리적으로 생각할 수 없다. 자동차가 있었는지조차 의문이다. 머릿속을 꽉 채우는 타이어 소리를 이 고요한 도로에 투사시킨 것은 아닐까, 싶다.

어둠이 내려앉는다. 입술에 느껴지는 소금 맛과 해변을 치는 파도 소리로 지금 바다 가까이에 있다는 사실을 알 수 있다. 표지판에 따르면 '펜파흐'인 이 마을은 너무 조용해서 내가 무단으로 침입한 사람처럼 느껴질 정도다. 마을을 걸으면서 겨울철 초저녁의 한기를 막으려고 집집마다 쳐놓은 커튼을 올려다본다. 달에서 흘러나오는 한결같이 하얀 빛 때문에 모든 사물이 평면적으로 보이고 앞에 놓인 그림자가 걸을 때마다 점점 더 길어져서 마치 내가 성큼성큼 걸어가고 있는 듯하다. 마을을 지나 만을 내려다볼 수 있는 곳까지 간다. 그곳에는 길게 펼쳐진 모래를 보호하기라도 하듯 절벽이 에워싸고 있다. 구불구불한 길을 타고 내려가지만 착각을 불러일으키는 그림자 때문에 퇴적암층이 발 앞으로 무너져 내리는 듯한 공포를 느끼고 비명을 지른다. 배낭처럼 멘 가방 때문에 균형을 잃고 넘어져서 부딪히고 구르며 미끄러져 나머지 길을 내려간다. 축축한 모래가 발밑에서 사각사각 소리를 낸다. 숨을 들이마시고는 몸 어딘가에 느껴질 통증을 대비한다. 그러나 아무렇지도 않다. 신체적인 고통에 면역이 된 것일까. 인신의 육세는 몸과 마음의 통증을 동시에 느끼지 못하도록 만들어진 것일까. 아직도 손이 욱신거리지만 다른 사람 손이라도 되는 듯 그 고통에 초연하다.

갑자기 무엇인가를 느끼고 싶은 충동이 솟구친다. 어떤 감각이라도 좋다. 냉기에도 아랑곳하지 않고 신발을 벗어 발바닥에 닿는 모래알의 감촉을 느낀다. 하늘은 검푸르고 구름 한 점 없으며, 바다 위에 무겁게 떠 있는 보름달은 일렁이는 수면에 자신의 쌍둥이 형제를 띄우고 있다. 집이 아니라는 사실, 그 점이 가장 중요하다. 집이라는 기분이 들지 않는다는 것. 코트로 몸을 감싸고 가방 위에 앉아 단단한 바위에 등을 붙인 채로 기다린다.

아침이 밝자 잠을 자지 않은 것을 후회한다. 피로에 찌든 몸이 해변으로 올라와 부딪히는 파도에 산산조각 날 것만 같다. 쑤시고 얼어붙은 사지를 쭉 펴고 일어서서 선명한 주황색 홍조가 수평선 전체에 퍼지는 장면을 지켜본다. 햇빛이 비치지만 따뜻하지는 않아서 몸이 떨린다. 심사숙고해서 세운 계획이 아니었으니 어쩔 수 없다.

해가 뜨니 좁은 길도 좀더 수월하게 헤쳐 나갈 수 있다. 절벽도 생각과 달리 한산하지 않다. 800미터 앞에 나지막하고 실용적으로 보이는 건물이 있고 그 옆에는 캠핑카가 일렬로 늘어서 있다. 여느 동네 못지않게 다시 출발하기에 좋은 곳 같다.

"안녕하세요." 내 목소리가 바깥에 비해 따뜻한 캠핑카 주차 관리소에서 작고도 높게 울린다. "살 곳을 찾고 있어요."

"휴가 오셨어요?" 대답하는 여자의 풍만한 가슴 위에는 〈휴가를 떠나세요〉라는 잡지 한 부가 놓여 있다. "휴가를 보내러 오기에는 생뚱맞은 때인데." 여자의 미소 덕분에 말에서 느껴지던 가시가 무마된다. 나도 미소 짓고 싶지만 얼굴이 말을 듣지 않는다.

"이곳으로 이사하고 싶어요." 간신히 입을 벌려 말한다. 씻지도 않고 머리도 헝클어졌으니 제정신이 아닌 사람으로 보이리라는 생각이 들었다. 이가 딱딱 부딪히더니 사시나무 떨듯 몸이 떨린다. 추위가 뼛속 깊숙이 스며든 것 같다.

"아, 그렇다면." 여자는 내 겉모습에 신경 쓰지 않는 듯 명랑하게 말한다. "세 들어 살 곳을 찾는 거군요? 그런데 이곳은 이번 시즌 말까지 닫아요. 가게만 3월까지 열죠. 이에스틴 존스와 이야기해보세요. 그 사람은 저쪽에 있는 오두막집에 살아요. 내가 전화해볼까요? 일단 따끈한 차 한잔 드실래요? 바깥 추위가 매섭잖아요. 몸이 꽁꽁 언 것 같은데."

여자는 계산대 뒤의 의자로 나를 인도하고는 그 옆에 있는 방으로 사라진다. 끓는 주전자 소리를 뚫고 여자의 말이 쉼 없이 흘러나온다.

"내 이름은 베선 모건이에요." 여자가 말한다. "저는 이 펜파흐 캠핑카 야영장을, 남편 글린은 농장을 운영해요." 그녀는 문틈으로 고개를 내밀며 미소 짓는다.

"뭐, 어쨌든 생각은 그래요. 정말이지, 요즘에 농사짓는 일이 쉽지는 않지만요. 맞다! 내가 이에스틴에게 전화한다고 했죠?"

베선이 대답을 듣지 않고 자리를 비운 몇 분 동안 나는 아랫입술을 깨문다. 차가 준비되어 자리에 앉고 나면 그녀가 물어볼 질문에 어떻게 답할지 머리를 짜낸다. 그러자 가슴속에 든 풍선이 점점 커져서 터질 것만 같다.

하지만 자리로 돌아온 베선은 내게 아무것도 묻지 않는다. 내가 언제 이곳에 도착했는지, 어째서 펜파흐를 택했는지, 심지어 어디 출신인지도 묻지 않는다. 그저 달콤한 차가 가득 담긴 이 빠진 머그잔을 건네주더니 의자에 앉은 피클을 뿐이다. 이깃지깃 옷을 껴입고 있는지라 그녀 체형을 가늠할 길은 없다. 그러나 의자 팔걸이가 그녀의 부드러운 살에 파고드는 모습은 결코 편해 보이지 않는다. 베선은 40대인 듯하나 매끈하고 둥근 얼굴 때문에 제 나이보다 어려 보인다. 짙은 색 긴 머리를 뒤로 바짝 넘겨 하나로 올려 묶었고 검정색 긴 치마 아래로 끈으로 묶는 부츠가 보인다. 그녀가 자리에 앉자 티셔츠 몇 겹 위에 껴입은 발목 길이 카디건이 먼지 덮인 바닥에 끌린다. 그 뒤 창틀에는 막대 모양의 향이 한 줄의 재를 남기고 타서 공기 중에 달콤한 향내를 피운다. 계산대 위에 있는 구식 금전함에는 장식용 반짝이가 테이프로 고정되어 있다.

"이에스틴이 올라온대요." 베선이 말한다. 그녀가 옆에 있는 계산대에 세 번째 머그잔을 올려놓은 것을 보니 이에스틴이라는 남자가 몇 분이면 도착하리라.

"이에스틴은 어떤 사람인가요?" 내가 묻는다. 서로 알고 지내는 이곳으로 오다니 내가 실수한 것은 아닌지 불안해진다. 좀더 익명성이 보장되는 도시로 갈걸 그랬다.

"그 사람은 저 아래에 있는 농장 주인이에요." 베선이 말한다. "펜파흐 저쪽 끝에 있는 농장이에요. 하지만 이곳 언덕과 해안을 따라 난 길에서도 염소를 기르고 있어요." 그녀는 바다 쪽으로 팔을 흔든다. "우리가 이웃이 되는 거죠. 당신이 그 사람 집에 세 든다면 말이에요. 으리으리한 집은 아니에요." 베선이 소리 내어 웃는 것을 보니 나 역시 미소가 절로 난다. 직선적인 그녀 모습에 이브 언니가 연상된다. 단정하고 날씬한 언니는 내가 그녀를 베선과 비슷하다고 생각한 사실을 알면 충격받으리라.

"그렇게까지는 바라지도 않아요." 그녀에게 말한다.

"그 사람은 잡담을 잘 하지 않아요. 이에스틴 말이에요." 베선은 내가 그 사실에 실망할까봐 걱정스럽다는 듯 말한다. "하지만 정말 좋은 사람이에요. 우리 농장 옆에서 양을 키우죠." 그녀는 막연한 손짓으로 내륙을 가리킨다. "그리고 우리처럼 따로 대비책이 필요하고요. 뭐라더라? 사업 다각화라던가?" 베선은 어이없다는 듯 코웃음을 친다. "어쨌든, 이에스틴은 이 마을에 휴가용 별장을 갖고 있고 위로 올라가면 나오는 블라인 케디에도 오두막집이 있어요."

"그 오두막집이 제가 세 들 곳이라는 말씀이죠?"

"성사된다면 당신이 첫 세입자가 되는 거나 마찬가지죠. 한참만이니까." 남자 목소리에 깜짝 놀란다. 고개를 돌리자 홀쭉한 형체가 문간에 서 있는 모습이 보인다.

"그 정도는 아니잖아요!" 베선이 꾸짖듯 말한다. "자, 차를 마시고 이분에게 집을 보여줘요."

이에스틴의 얼굴은 짙은 갈색인데다 주름이 많이 잡혀서 눈이 보이지 않을 지경이다. 그의 옷은 양쪽 허벅지 부분에 손자국이 난 먼지투성이 감색 작업복에 가려 보이지 않는다. 그는 니코틴으로 누래진 흰색 수염 사이로 후루룩거리며 차를 마시더니 나를 찬찬히 뜯어본다. "대부분 블라인 케디가 길에서 너무 멀다고 해요." 그는 말뜻을 파악하기가 어려울 정도로 심한 사투리로 말한다. "가방을 들고 가기에 너무 멀다는 거지. 그렇잖수?"

"집 좀 볼 수 있을까요?" 그 인기 없고 버려진 오두막집이 해결책이길 바라면서 자리에서 일어난다.

이에스틴은 차를 한 모금 머금고 입안에서 돌리고는 삼키면서 남은 차를 다 마신다. 마침내 그는 만족스러운 한숨을 뱉어내면서 밖으로 나간다. 나는 베션을 본다.

"내가 뭐랬어요? 말수가 없는 분이라니까요." 그녀는 웃음을 터뜨린다. "가보세요. 저 사람은 시다러수기 않을 기세요."

"차 잘 마셨어요."

"별말씀을요. 자리 잡으면 놀러 오세요."

기계적으로 그러겠다고 하지만 내가 그 약속을 지키지 않을 것임을 잘 안다. 서둘러 밖으로 나오자 이에스틴이 진흙 더께로 더러워진 사륜 바이크에 걸터앉아 있는 모습이 보인다.

나는 뒷걸음친다. 설마 내가 자기 뒷자리에 탈 거라 생각하는 걸까? 만난 지 5분도 안 되는 남자의 뒷자리에?

"유일한 운송 수단이에요." 그가 엔진 소음 사이로 소리친다.

머리가 빙글빙글 도는 것 같다. 그 집을 봐야만 한다고 머릿속으로 되뇌며 발을 붙잡고 있는 원초적인 공포를 몰아내려 애쓴다.

"따라올 거면 어서 타세요."

발을 앞으로 움직여서 그의 뒷자리에 조심조심 걸터앉는다. 앞에 손잡이가 없지만 차마 이에스틴 허리에 팔을 두를 수 없다. 시동을 켜고 바이크가 급출발해 울퉁불퉁한 해안 길을 달리자 안장을 꼭 붙잡는다. 우리 옆으로 펜파흐 만이 펼쳐져 있고 꽉 들어찬 밀물이 절벽에 부딪혀 부서진다. 해변에서 위로 이어진 길이 나오자 이에스틴은 바다가 보이지 않는 방향으로 사륜 바이크를 몬다. 그는 어깨 너머로 뭐라 외치고 육지 쪽을 보라고 손짓한다. 고르지 못한 길을 튕기듯 달리는 동안 내 집이 되었으면 하는 곳을 눈으로 찾는다.

베선이 오두막집이라고 했지만 블라인 케디에 있는 집은 양치기 움막이나 다름없다. 흰색 칠이 되어 있던 외관은 비바람과의 싸움을 포기한 지 오래인 듯 칙칙한 회색을 띠고 있다. 나무로 된 현관문은 처마 밑에 빼꼼히 난 두 개의 창문에 비해 너무 커 보인다. 마땅한 공간이 있을 것 같지 않지만 채광창을 보니 분명 위층이 있다. 이에스틴이 어째서 기를 쓰고 이 집을 휴가용 별장으로 세 놓으려 했는지 알 것 같다. 아무리 수완이 좋은 부동산 업자라 하더라도 습기 때문에 외벽을 타고 번지는 얼룩이나 지붕 위에 군데군데 떨어져 나간 슬레이트 기와를 아무것도 아니라고 설득하기란 힘들 터였다.

이에스틴이 현관문을 여는 동안 오두막집 외벽에 등을 대고 서서 해안을 바라본다. 캠핑카 야영장이 보이리라 생각했지만 해안에서 이어지는 길이 이곳에서 갑자기 낮아진 탓에 오두막집이 얕은 웅덩이에 들어 있는 형상이라 수평선도, 만도 보이지 않는다. 그저 세 박자 간격으로 바닷물이 바위에 부딪히는 소리가 들릴 뿐이다. 갈매기가 상공에서 빙글빙글 돌며 옅은 햇빛 속에서 새끼 고양이처럼 가냘프게 울어대자 나도 모르게 몸이 떨리고 집 안으로 들어가고 싶어진다.

1층은 길이가 3.7미터 정도에 지나지 않는다. 울퉁불퉁한 나무 식탁이 주거 공간과 커다란 참나무 들보 아래로 웅크리고 있는 주방을 가른다.

2층 공간은 침실과 절반 크기의 욕조가 딸린 소형 욕실로 나뉜다. 거울은 세월의 흔적으로 얼룩이 잔뜩 끼고 금이 가 있어서 내 얼굴이 뒤틀려 보인다. 빨간 머리답게 원래 창백한 안색이 흐릿한 조명까지 받으니 어깨까지 오는 머리와 대조되어 한층 더 투명해 보인다. 다시 아래층으로 내려가자 이에스틴이 벽난로 옆에 나무를 쌓아놓고 있다. 일을 마친 그는 방을 가로질러 오븐레인지를 등지고 선다.

"솔직히 고장이 잦은 편이에요." 그가 쾅 소리를 내며 예열칸을 여는 바람에 깜짝 놀란다.

"제가 여기 세 들어도 될까요? 부탁드립니다." 내가 들어도 간절히 바라는 목소리라 그가 나를 어떻게 생각할지 걱정된다.

이에스틴은 석연치 않은 눈빛으로 나를 본다. "돈은 내실 수 있겠죠?"

"그럼요." 단호하게 대답한다. 하지만 내가 저축한 금액으로 얼마만큼 버틸 수 있을지, 돈이 바닥나면 무엇을 해야 할지는 나도 알 수 없다.

그는 납득하지 못한 표정이다. "직업은 있수?" 점토로 가득한 작업실을 생각한다. 손에 느껴지는 통증은 이제 전만큼 심하지 않다. 하지만 손가락에 감각이 거의 느껴지지 않아 다시 일할 수 없을까 두렵다. 조각가도 아니라면 나는 무엇일까?

"화가예요."

이에스틴은 내 대답으로 자초지종을 알겠다는 듯이 끙 하는 소리를 낸다.

우리는 집세를 정한다. 터무니없이 싸지만 따로 모아둔 돈을 얼마 지나지 않아 바닥낼 정도의 금액이다. 하지만 이 작은 석조 오두막집은 앞으로 몇 달 동안 내 집이 된다. 장소를 찾았다는 생각에 안도의 한숨을 내쉰다.

이에스틴은 호주머니에서 꺼낸 영수증 뒷면에 휴대전화 번호를 끄적인다. "괜찮다면 이번 달 집세는 베선네 가게에 맡겨줘요." 그는 내게 고개를 끄덕이고는 성큼성큼 걸어나가 사륜 바이크에 굉음이 나도록 시동을 건다.

그가 떠나는 모습을 지켜보다가 현관문에 자물쇠를 채우고 잘 움직이지 않는 빗장을 끌어당겨 지른다. 드물게 해가 비추는 겨울날이지만 2층으로 올라가 침실 커튼을 치고 살짝 열린 욕실 창문을 닫는다. 아래층에는 한 번도 걷은 적 없는 듯한 큰 커튼이 철제봉에 고정되어 있다. 커튼을 세게 잡아당기자 접힌 부분에 잔뜩 쌓여 있던 먼지가 자욱하게 일어난다. 창문이 바람에 달그락거리고, 커튼은 느슨하게 끼운 창틀 틈으로 새어드는 찬 공기를 거의 막지 못한다.

소파에 앉아 내 숨소리를 듣는다. 바닷소리는 들리지 않지만 갈매기 한 마리가 내는 구슬픈 소리가 아기 울음소리처럼 들린다. 두 손으로 양쪽 귀를 막는다.

피로가 엄습하자 몸을 공처럼 둥글게 말아 두 팔로 무릎을 감싸고 거친 청바지 천에 얼굴을 댄다. 예상한 대로 감정의 물결이 나를 집어삼킨다. 숨 쉬지 못할 정도로 강력하게 터져나온다. 살아 있다는 사실을 믿기 어려울 정도로 슬픔이 온몸을 압도한다. 심장이 뜯겨 나갔는데 계속해서 고동치는 것이 가능한가. 머릿속에 아이 모습을 새기고 싶지만, 눈을 감으면 보이는 것은 내 품 안에서 미동도 않고 죽어 있는 아이의 몸뿐이다. 그 아이를 떠나보낸 나 자신을 결코 용서할 수 없다.

5

"경위님, 뺑소니 사고에 관해 드릴 말씀이 있는데 시간 괜찮으세요?" 스텀피가 케이트를 거느리고 레이 사무실 문으로 고개를 들이밀며 물었다.

레이가 고개를 들었다. 지난 3개월 동안 뺑소니 사건 수사는 좀 더 긴급한 사건에 밀려 조금씩 축소되었다. 레이는 여전히 스텀피를 비롯한 팀원들과 1주일에 두어 차례 수사 상황을 검토했지만 제보 전화는 줄어들었고 새로운 첩보도 몇 주째 들어오지 않았다.

"응."

두 사람이 들어와서 자리에 앉았다. "제이콥 어머니와 연락이 되지 않아요." 스텀피가 용건부터 말했다.

"무슨 소리야?"

"말 그대로예요. 전화가 끊기고 집이 비었어요. 아이 어머니가 사라진 거예요."

레이는 스텀피와 거북한 표정을 짓고 있는 케이트를 차례로 쳐다보았다. "농담이라고 말해줘."

"농담이라면 웃긴 부분이 있겠죠." 케이트가 말했다.

"그 여자가 유일한 목격자야!" 레이가 폭발했다. "피해자 어머니라는 건 말할 필요도 없고! 도대체 어떻게 놓칠 수 있지?"

케이트 얼굴이 붉어지는 것을 보고 레이는 간신히 화를 가라앉혔다.

"무슨 일인지 토씨 하나 빠뜨리지 말고 이야기해봐."

케이트는 자신에게 설명하라고 고개를 끄덕이는 스텀피를 바라보더니 말했다. "기자회견 뒤에는 아이 어머니와 접촉할 일이 많지 않았어요. 진술서도 받고 사건에 대한 설명도 해줘서 가족 연락관에게 그녀를 일임했어요."

"누가 가족 연락관을 맡고 있지?" 레이가 물었다.

"다이애나 히스 순경입니다." 케이트가 잠시 멈춘 뒤에 말을 이었다. "도로치안유지과 소속이에요."

레이는 푸른색 일지에 뭔가를 쓰고 케이트가 그다음 말을 하기를 기다렸다.

"며칠 전 다이애나가 제이콥 어머니가 어떻게 지내는지 보려고 들렀다가 집이 텅 비었다는 사실을 확인했어요. 그 여자는 달아난 거예요."

"이웃들은 뭐라고 하던가?"

"별말 없어요." 케이트가 대답했다. "제이콥 어머니가 새 주소를 남기고 간 만큼 그녀와 잘 아는 이웃이 없었어요. 그녀가 떠나는 걸 본 사람도 없고요. 그야말로 연기처럼 사라졌어요."

케이트가 스텀피를 힐끗 쳐다보는 모습에 레이가 눈을 가늘게 떴다. "내게 말하지 않은 내용이 있군?"

잠시 침묵이 흐르다가 스텀피가 입을 뗐다.

"지역 인터넷 게시판에 비난하는 분위기가 있었던 것 같습니다. 누군가 그녀에게 어머니 자격이 없다는 식으로 글을 써서 분란을 조장했어요."

"명예를 훼손하는 내용이던가?"

"그럴 겁니다. 지금은 모두 삭제됐지만, 캐시_{cache. 짧은 시간 안에 다시 사용할 데이터를 임시로 저장해두는 영역}에 저장된 파일을 복구해보라고 사이버 수사팀에 부탁해뒀어요. 하지만 그 일뿐만이 아닙니다. 사람들 말을 종합해보자면 사고 직후 정복 경찰들이 아이 어머니를 좀 심하게 추궁했나봅니다. 눈치가 없었던 거죠. 결국 아이 어머니는 경찰이 운전자를 찾으려 애쓰기보다는 자기에게 책임을 묻는다고 생각한 것 같습니다."

"세상에." 레이가 신음했다. 그는 청장이 이런 내용을 전혀 듣지 못했기를 바랐지만 그것이 헛된 기대임을 알고 있었다. "아이 어머니가 그 당시 경찰 조처에 불만스럽다고 표시했나?"

"가족 연락관이 저희에게 처음 한 말이 그 이야기였습니다." 스텀피가 말했다.

"학교에 이야기해봐." 레이가 말했다. "아이 어머니와 연락하고 지낸 사람이 분명히 있을 거야. 지역 보건소에도 문의해보고. 그 동네에 기껏해야 두세 군데밖에 없을 거야. 어린아이가 있었으니 그중 한 곳에는 반드시 등록되어 있겠지. 어딘지 찾아낸다면 그 여자가 새로 등록한 지역 보건소를 알 수 있을 거야. 기록을 보냈을 테니."

"알겠습니다, 경위님."

"그리고 제발 부탁인데, 우리가 그 여자를 놓쳤다는 사실을 〈브리스톨 포스트〉가 알아채지 못하게 해." 레이는 쓴웃음을 지었다. "수지 프렌치가 신나서 떠들어대겠지."

아무도 웃지 않았다.

"주요 목격자를 놓친 것 말고도 내가 또 알아야 할 일이 있나?" 레이가 물었다.

"주 경계 검문에서 아무런 소득도 얻지 못했어요."

"이 지역으로 넘어온 도난 차량이 몇 대 있었지만 모두 소재를 파악했어요. 그날 밤 무인 카메라에 잡힌 과속 차량 목록을 확인해서 용의선상에서 제외했고 브리스톨 정비소와 차체 수리소도 빠짐없이 방문했죠. 뭔가 수상한 점을 기억하고 있는 사람은 없더군요. 적어도 제게는 그렇게 말했어요."

"브라이언과 팻은 CCTV 건을 어떻게 처리하고 있지?"

"눈이 빠져라 들여다보고 있죠." 스텀피가 대답했다. "경찰 영상과 구청 영상은 다 확인했고 지금은 주유소 영상을 보는 중입니다. 두 사람은 동일한 것으로 생각되는 차량이 카메라 세 대에 잡혔다는 점을 알아냈죠. 뺑소니 사고 몇 분 뒤에 엔필드 대로 방향에서 오는 차였어요. 두어 차례 위험하게 추월을 시도하더니 화면에서 사라졌고, 다시는 카메라에 잡히지 않았습니다. 브라이언과 팻이 어떤 회사에서 나온 자동차인지 조사하고 있지만 그 차가 용의 차량이라는 증거는 전혀 없어요."

"좋아. 새 소식 전해줘서 고맙네." 레이는 진전 상황이 없어서 실망하는 기색을 감추려고 시계를 보았다. "두 사람, 퍼브^{pub}에 가 있지 그래? 나는 지금 경정님한테 전화해야 하니 30분쯤 뒤에 합류할게."

"그러죠." 한잔하자는 권유를 마다하는 법이 없는 스텀피가 대답했다. "케이트 자네는 어때?"

"저도 좋아요." 그녀가 말했다. "윗분들이 사신다면 말이죠."

레이는 한 시간 가까이 지나서야 넥스 헤드에 도착할 수 있었다. 미리 가 있던 두 사람은 이미 두 번째 잔을 마시고 있었다. 레이는 직장에서 나오자마자 머릿속에서 일을 몰아낼 수 있는 그들이 부러웠다. 경정과 통화했더니 뱃속에 뭔가 맺힌 듯 속이 거북해졌다. 경정은 상냥하게 말했지만 그 말에 담긴 뜻은 분명했다. 수사를 중단한다는 것이었다. 레이는 한 시간 동안은 일을 제쳐놓고 이 따뜻하고 조용한 퍼브에서 축구나 날씨에 관해 잡담하고 싶었다. 다섯 살배기나 사라진 차와 관련되지 않은 이야기라면 무엇이든 상관없었다.

"저희가 도착하자마자 바로 오실 줄 알았잖아요." 스텀피가 투덜거렸다.

"자네가 산다는 말은 아니겠지?" 레이가 말했다. 그는 케이트에게 윙크하면서 밀을 이었다. "늘늘 노 사토군." 레이는 비터^{맥아} 함량이 많아 다소 쓴맛이 나며 탄산이 적은 영국 맥주 한 파인트를 주문하고 자리로 돌아와 감자 칩 세 봉지를 테이블에 내려놓았다.

"경정님과는 무슨 말씀 나누셨어요?" 케이트가 물었다.

레이는 케이트를 만만히 볼 수 없는 만큼 도저히 거짓말도 할 수 없었다. 그는 맥주를 한 모금 마시면서 시간을 끌었다. 케이트가 그를 바라보았는데, 부서에 좀더 많은 자원이나 예산이 배정되었다는 소식을 고대하는 듯했다. 실망감을 안겨주기 싫었지만 어차피 그녀도 언젠가는 알게 될 일이었다. "솔직히 말해 개판이었어. 브라이언과 팻을 정복 근무조로 복귀시켰어."

"뭐라고요? 왜요?" 케이트가 잔을 어찌나 세차게 내려놓았는지 안에 든 와인이 출렁 하고 튀어올랐다.

"그래도 우리 나름대로 오래 붙잡고 있었으니 운이 좋았지." 레이가 말했다. "게다가 두 사람 모두 CCTV 관련 업무를 잘 처리해쳤어. 하지만 정복 근무조에서 더 이상은 공백을 감당할 수 없대. 그리고 가혹하게 들리겠지만 현실적으로 뺑소니 수사에 돈을 쏟아부을 근거가 더는 없어. 미안하네." 레이는 자신이 그 같은 결정을 내리기라도 한 듯 사과하는 말을 덧붙였다. 그런데도 케이트의 반응은 달라지지 않았다.

"이대로 포기할 수는 없어요!" 그녀는 잔 받침을 들어 가장자리부터 조각조각 찢기 시작했다.

레이가 한숨을 내쉬었다. 수사 비용과 어떤 생명의 희생 사이에서 절충점을 찾기란 너무 어려웠다. 어떻게 어린 생명이 희생당한 일을 비용으로 환산할 수 있겠는가?

"포기하지 않을 거야." 그가 말했다. "안개등 수사는 계속하고 있지?"

케이트가 고개를 끄덕였다. "뺑소니 사고가 일어나고 1주일 동안 일흔세 개가 교체됐어요." 그녀가 말했다. "현재까지 보험으로 처리한 건 모두 진짜더군요. 그래서 지금은 자비로 교체한 자동차 등록자들을 추적하고 있어요."

"봐. 안개등 수사에서 어떤 결과가 나올지는 아무도 모른다고. 수사 규모를 약간만 축소하면 돼." 그는 격려받으려고 스텀피를 바라보았지만 스텀피는 아무런 반응도 보이지 않았다.

"윗분들은 결과가 빨리 나오는 사건에만 관심이 있어." 스텀피가 케이트에게 말했다. "1~2주 내에, 하루 이틀이면 금상첨화고 말야. 해결되지 않은 사건은 다른 사건에 밀려 우선순위에서 탈락하지."

"그런 사정은 저도 알아요." 케이트가 말했다. "하지만 그건 부당하잖아요?" 그녀는 테이블 한가운데에 잘게 찢은 잔 받침을 쌓아올렸다. 아무것도 칠하지 않은 채 속살이 보일 정도로 심하게 물어뜯은 손톱이 레이 눈에 띄었다. "저는 퍼즐의 마지막 조각을 곧 찾을 수 있을 것 같은 느낌이 들어요. 제 말 아시겠죠?"

레이가 말했다. "알아. 자네 감이 맞을 거야. 하지만 당분간은 다른 일을 하는 중간중간에 뺑소니 사건을 수사해야 해. 본격적인 수사 기간은 끝났어."

"왕립 병원에 문의해보면 어떨까 하고 생각했어요. 추돌하면서 운전자가 부상을 입었을 가능성이 있잖아요. 경추 염좌 같은 부상 말이에요. 그날 밤 응급실로 순찰차를 보내긴 했지만 응급이 아닌 일반 내원 환자들을 좀더 구체적으로 조사해야 해요. 곧바로 치료를 받지 않았을 수도 있으니까요."

"좋은 생각이야." 레이가 말했다. 케이트의 제안을 들으니 머릿속에서 무엇인가가 떠오를 듯 말 듯했지만 생각이 나지 않았다. "사우스사이드와 교엔키 병인도 잇기 맏고 확인해봐." 뒤집힌 새노 그 앞에 놓여 있던 전화기가 진동하면서 문자메시지 수신을 알렸다. 레이는 전화기를 집어들고 메시지를 확인했다. "젠장."

스텀피가 놀란 표정을 짓고 케이트는 웃음을 띤 채로 고개를 들어 그를 보았다.

"깜박 잊고 하지 않은 일 있으세요?" 스텀피가 물었다.

레이는 얼굴을 찌푸렸지만 아무 말도 하지 않았다. 맥주를 다 마신 그는 호주머니에서 10파운드 지폐를 꺼내 스텀피에게 건넸다. "둘 다 한 잔씩 더 마셔. 나는 집에 가야 해."

레이가 들어갔을 때 매그즈는 식기 세척기에 그릇을 채우고 있었다. 받침대에 접시를 어찌나 세게 놓는지 그는 움찔하고 말았다. 그녀는 머리를 뒤로 넘겨 느슨하게 땋고 운동복 바지와 그가 입던 낡은 티셔츠를 입고 있었다. 레이는 아내가 언제부터 옷차림에 관심을 끊기 시작했는지 떠올리려 했으나 이내 그런 생각을 한 자기 자신이 한심해졌다. 자기야말로 남의 옷차림을 거론할 자격이 없다는 사실을 깨달았기 때문이다.

"정말 미안해. 까맣게 잊고 있었어." 레이가 말했다.

매그즈는 레드 와인 병을 땄다. 레이는 그녀가 잔을 한 개만 꺼내 온 것을 알아차렸지만 그 이야기를 하지 않는 편이 좋으리라 판단했다.

매그즈가 입을 열었다. "내가 당신더러 정해진 시간에 정해진 장소에 있어달라고 부탁하는 일은 거의 없어. 어떤 때에는 일이 우선일 수밖에 없다는 사실도 잘 알고. 이해한다고. 정말로 이해해. 하지만 오늘 약속은 2주 내내 달력에 적혀 있던 거잖아. 2주 동안 말야! 당신도 약속했어, 레이."

매그즈의 목소리가 떨리자 레이는 머뭇거리며 그녀에게 팔을 둘렀다.

"미안해, 매그즈. 안 좋은 이야기 들었어?"

"아니 그렇진 않았어." 매그즈는 레이의 팔을 떨쳐내고는 술을 크게 한 모금 들이키면서 주방 식탁에 앉았다.

"내 말은 아주 끔찍한 이야기는 없었다는 거야. 다만 힉슨 선생은 톰이 다른 아이들처럼 학교에 잘 적응하지 못해서 조금 걱정된대."

"그래서 선생들은 지금 어떻게 하고 있는 거야?" 레이는 선반에서 잔을 꺼내 술을 채우고 식탁에 앉았다. "그 애에게 이야기는 해 봤겠지?"

"톰이야 다 괜찮다고 대답하겠지." 매그즈가 어깨를 으쓱했다. "힉슨 선생 말로는 톰이 의욕을 갖고 수업에 좀더 적극적으로 참여할 수 있도록 최선을 다했대. 그런데도 톰은 한마디도 하지 않으려 한대. 어릴 때부터 말수가 없었는지 궁금했다고 하더군."

레이가 코웃음 쳤다. "말이 없다고? 톰이?"

"그러게 말이야." 매그즈가 레이를 쳐다보았다. "아까 당신을 어떻게 해버리고 싶었어, 정말로."

"완전히 잊었어. 정말 미안해. 오늘도 전혀 쉴 틈이 없었어. 그러다 퍼브에 잠깐 들러 한잔한 거야."

"스텀피와?"

레이는 고개를 끄덕였다. 매그즈는 톰의 대부인 스텀피를 좋게 생각했고 남편에게 남자만의 시간이 필요하다는 것을 알았기에 퇴근 뒤에 두 사람이 몇 잔을 마시든 너그럽게 이해했다. 레이는 케이트와 함께했다는 이야기는 하지 않았는데, 스스로도 그 이유를 딱 집어낼 수 없었다.

매그즈가 한숨을 내쉬었다. "우리가 어떻게 하면 좋을까?"

"톰은 괜찮아질 거야. 입학한 지 얼마 안 됐잖아. 중학교에 올라가면 어느 아이나 힘들어해. 지금 당장은 물가에 내놓은 아이라고. 내가 말해볼게."

"이번만큼은 잔소리하지 마."

"잔소리 안 해!"

"그랬다가는 상황만 악화될 거야."

레이는 하려던 말을 삼켰다. 두 사람은 죽이 잘 맞는 부부였지만 양육에 관해서는 의견이 판이했다. 매그즈는 아이들에게 훨씬 더 너그러워 아이 스스로 일어서도록 내버려두기보다는 애지중지하는 경향이 있었다.

"잔소리 절대 안 할게." 레이가 약속했다.

"학교에서는 우리에게 앞으로 두어 달 동안 어떻게 되어가는지 상황을 지켜보라고 제안했어. 반 학기가 지나고 몇 주 있다가 또

이야기해보재.” 매그즈가 비난하는 눈길로 레이를 보았다.

　“날짜만 정해.” 레이가 말했다. “꼭 갈 테니까.”

6

자동차 전조등이 젖은 미스앤드에 반사되어 번득인다. 몇 초 간격으로 비추는 눈부신 불빛 때문에 두 사람은 앞이 보이지 않는다. 사람들이 미끄러운 도로를 종종걸음으로 지나간다. 오가는 차들이 보행자들의 신발에 물보라를 튀긴다. 철책 옆에는 빗물에 흠뻑 젖어 색깔이 짙어진 낙엽이 쌓여 있다.

텅 빈 도로.

제이콥이 달린다.

젖은 브레이크가 끼익 소리를 내자 제이콥이 쿵 하고 차에 부딪히고 위로 솟아 빙그르르 돌더니 땅에 내동댕이쳐진다. 차창이 흐릿하다. 제이콥의 머리 아래로 핏물이 고인다. 새하얀 입김이 한 줄기 구름처럼 새어 나온다.

비명 소리가 꿈속을 파고들어 깜짝 놀라 잠에서 깬다. 아직 해가 뜨지는 않았으나 침실 등이 켜져 있어 다행이다. 어둠을 견딜 수 없다. 천천히 호흡해서 세차게 뛰는 심장을 가라앉히려 한다.

들이쉬고 내쉬고.

들이쉬고 내쉬고.

침묵은 마음을 가라앉히기는커녕 짓누른다. 두려움이 잦아들길 기다리는데 손바닥에 초승달 같은 손톱자국이 새겨진다. 꿈은 점점 더 강렬하고 선명해진다. 제이콥이 보인다. 아이 머리가 아스팔트에 쿵 하고 부딪히는 그 소름 끼치는 소리가 들린다.

사고 직후에 악몽이 시작된 것은 아니다. 하지만 한번 시작되자 멈출 줄 모른다. 매일 밤 잠자리에 누워 잠들지 않으려 안간힘을 쓴다. 두 눈을 꼭 감고 어린 시절 여러 가지 결말 가운데 하나를 고를 수 있는 동화책을 읽던 때처럼 머릿속으로 시나리오를 짠다. 5분 일찍, 혹은 5분 늦게 출발했다면 어땠을까 하며 다른 결말을 상상해본다. 제이콥이 살아서 통통한 뺨에 짙은 속눈썹을 드리운 채로 자기 침대에 잠들어 있는 상상도 해본다. 하지만 달라지는 것은 없다. 매일 밤 좀더 일찍 잠에서 깨려고 안간힘을 쓴다. 악몽에서 깨어나야 어떻게든 현실을 역전시킬 수 있을 것 같다. 그러나 악몽을 꾸고 깨어나는 일은 습관으로 굳어진 듯하다. 그 작은 몸이 범퍼에 충돌하면서 내는 굉음과 빙그르르 떨어져 젖은 도로에 세차게 부딪힐 때 내가 뒤늦게 내지르는 비명에 잠에서 깨는 일이 하룻밤에도 몇 번이나 반복된다. 그러기를 벌써 몇 주째다.

나는 돌벽으로 둘러싸인 이 오두막에 처박혀서 세상사와 담을 쌓은 은둔자가 되었다. 우유를 사러 들르는 마을 상점을 경계로 한 발자국도 나아가지 않았고 토스트와 커피만을 주식으로 삼다시피 했다. 베선을 보러 야영장에 가겠다고 세 번이나 결심했지만 세 번이나 그 결심을 저버렸다. 그럴 수만 있다면 나도 베선을 찾아가고 싶다. 친구를 사귀어본 지도, 친구가 필요하다고 생각한 지도 까마득하다.

왼손으로 주먹을 쥐고는 지난밤에 자다가 뻣뻣해진 손가락을 펼친다. 이제 통증 때문에 괴로운 일은 거의 없지만 손바닥에 감각이 없고 손가락 두 개도 여전히 저럿저릿하다. 찌릿하는 느낌을 없애려고 한 손을 움켜쥔다. 당연히 병원에 가야 했지만 제이콥에게 일어난 일과 비교하면 내 부상은 사소하기 그지없어 보였다. 통증은 내가 당연히 치러야 할 대가였다. 병원에 가는 대신 날마다 다친 곳을 붕대로 최대한 감싸고, 상처 난 피부에서 붕대를 떼어낼 때마다 이를 악물고 견딘다. 상처는 점점 아물었지만 손바닥을 뒤덮은 흉터 때문에 더 이상 생명선이 보이지 않는다.

침대에 누운 채 몇 겹으로 덮은 담요 밑으로 다리를 돌려본다. 2층은 난방이 되지 않아서 내벽에 온통 이슬이 맺혀 있다. 재빨리 운동복 바지와 알뜰새 티셔츠를 입으고 옷 속에 낀 머리카락을 그대로 둔 채 조용히 아래층으로 내려간다. 헉 하고 소리가 나올 정도로 바닥 타일이 차가워서 운동화에 발을 집어넣은 다음 빗장을 벗겨내고 현관문을 연다. 태어나서 지금까지 아침형 인간으로 지냈고 해 뜰 때 일어나 화실에서 작업하곤 했다. 일을 하지 않으면 어찌할 바를 모르겠고 새로운 정체성을 찾느라 허우적대는 기분이다.

여름이 되면 여행객들이 찾아오리라. 물론 이렇게 이른 시간에, 그리고 이 오두막처럼 육지 깊숙한 곳까지 오지는 않겠지만 해변을 찾는 여행객이 분명히 있을 것이다. 그러나 지금은 내 차지다. 나만 이곳에 있다는 적막감이 마음을 편안하게 어루만진다. 흐릿한 겨울 해가 절벽 꼭대기 위로 밀고 올라오고, 만을 따라 이어진 해안 길을 군데군데에 끊어놓는 물웅덩이에는 살얼음이 번득인다. 달리기 시작하자 숨결이 뒤로 부연 안개를 뿜어낸다. 브리스톨에서는 조깅을 한 적이 없지만 이곳에서는 억지로라도 몇 킬로미터씩 달린다.

이윽고 심장에 메아리치는 박동에 속도가 맞춰진다. 바닷가까지 쉬지 않고 달린다. 운동화에서 나는 소리로 땅바닥 여기저기에 돌이 박혀 있음을 짐작하지만 매일같이 뛰다 보니 발이 걸려 넘어지는 일은 없다. 이제는 해변까지 아래로 이어지는 그 길에 익숙해져서 눈을 가리고도 걸을 수 있게 되었고 심지어 몇 미터 남은 지점에서 점프해서 해변의 젖은 모래에 착지하는 수준에 이르렀다. 절벽을 끼고 만을 따라 느릿느릿 달리다 보면 바위 몇 개가 바다와 나 사이를 가로막는다.

바닷물은 썰물이 되어 최대한도로 빠졌고, 모래사장에는 떠내려온 나뭇가지와 너덜너덜해진 잡동사니가 남아 있어 욕조에서 물을 빼고 나면 생기는 지저분한 자국을 연상시킨다. 절벽을 등지고 속도를 높인다. 젖은 모래가 발을 빨아들여도 얕은 물 위를 전속력으로 달린다. 매서운 바람을 맞지 않으려고 고개를 숙인 채 폐가 탈 듯이 아프고 귀에서 휘파람 같은 고동 소리가 날 때까지 바닷물을 헤치고 전력 질주한다. 모래사장이 끝나는 지점이 가까워지면 다른 절벽이 어렴풋이 나를 내려다본다. 속도를 줄이기는커녕 가속도를 낸다. 바람 때문에 얼굴을 철썩 때리는 머리카락을 떼어내려고 머리를 흔든다. 더 빠르게 달리다가 앞에 선 절벽에 부딪히기 직전에 팔을 앞으로 뻗고 두 손으로 차가운 절벽을 힘껏 민다. 실아나. 깨. 악몽에서 벗어나.

아드레날린이 빠져나가자 몸이 떨리기 시작한다. 왔던 길로 걸어서 돌아간다. 젖은 모래가 발자국을 삼켜서 이쪽 절벽에서 저쪽 절벽까지 생겼던 전력 질주의 흔적이 사라진다. 발 옆에 있던 나뭇가지를 주워 주위에 느릿느릿 원을 그리지만 나뭇가지를 들어

올리기도 전에 모래가 들어차 원은 형체를 잃는다. 좌절하고는 뭍 쪽으로 몇 발자국을 걷는다. 모래에서 물기가 빠져나가고 있는 그곳에서 다시 나뭇가지로 원을 그린다. 한결 낫다. 갑자기 모래에 내 이름을 쓰고 싶다. 휴일에 산책 나온 아기가 된 것 같아 웃음이 나온다. 나뭇가지가 너무 길고 미끄럽지만 이름을 다 쓰고는 뒤로 물러나 내 작품을 감상한다. 그토록 뚜렷하게 낱낱이 드러난 내 이름을 보자 기분이 이상하다. 그 오랜 시간 동안 남의 눈에 띄지 않고 살면서 지금 과연 무엇이 되었는가? 조각하지 않는 조각가. 자식이 없는 엄마. 그런데도 내 이름이 눈에 보인다. 자기 존재를 알아달라고 외친다. 절벽 꼭대기에서도 보일 정도로 크다. 두려움과 흥분으로 온몸이 전율한다. 모험하는 셈이지만 기분이 좋다.

절벽 꼭대기에 둘러진 철책은 나무 낮아서 있으나 마나 하지만 그곳에 온 사람들에게 무너져 내릴지도 모르는 절벽 끝에 너무 가깝게 다가가면 안 된다고 일깨워준다. 경계표지를 무시하고 철책을 넘어 낙하지점에서 몇 인치밖에 떨어지지 않은 곳에 선다. 해가 솟아오르자 드넓게 펼쳐진 모래는 서서히 회색에서 금색으로 물들고 해변 한가운데를 가로지르는 내 이름은 사라지기 전에 자기를 잡아보라고 부추기듯 춤을 춰댄다.

밀물이 들이차서 글자를 삼켜버리기 전에 사진을 찍어두기로 결심한다. 용기를 느낀 순간을 포착하기 위해서다. 카메라를 가지러 오두막으로 달린다. 발이 한층 가볍다. 무엇에서 달아나는 것이 아니라 무엇을 향해 달려가기 때문이다.

그렇게 해서 처음 찍은 사진은 그다지 특별하지 않다. 화면 구도가 엉망이고 글자도 바다와 너무 멀리 떨어져 나왔다. 글자가 젖은 모래 속에 잠기기 전에 다시 해변으로 달려 내려가 매끄럽게 펼쳐진 모래로 과거의 그 이름을 덮는다. 이번에는 바다와 좀더 가까운 곳에 다른 이름들을 쓴다. 어릴 때 읽은 책의 주인공 이름이나 그저 알파벳 조합 때문에 좋아하는 이름이다. 그런 다음 카메라를 꺼내 모래에 쭈그리고 앉아 이리저리 각도를 잡는다. 처음에는 글자를 파도와, 그다음에는 바위와 함께 담아본다. 푸른 하늘을 비스듬하게 가득 잡아 조합해보기도 한다. 가파른 길로 절벽 꼭대기까지 올라가 아슬아슬하게 가장자리에 서서 움켜잡는 두려움에 등을 돌리고 마지막 사진을 찍는다. 미친 사람이 제멋대로 끄적인 듯 크기가 제각각인 글자로 뒤덮여 있다. 조금씩 밀물이 들어오면서 글자들을 핥고 모래를 휘젓는 것이 보인다. 저녁때가 되어 다시 한 번 바닷물이 빠지면 해변은 깨끗해질 테고 그럼 그 일을 되풀이할 수 있다.

지금이 몇 시인지 짐작은 가지 않지만 해가 이미 중천에 떠 있다. 그동안 100장 가까이 사진을 찍었다. 젖은 모래가 옷에 들러붙은 데다 머리카락이 소금기로 뻣뻣하다. 장갑을 끼우지 않았기에 아릴 정도로 손가락이 얼어붙었다. 집에 가서 뜨거운 물로 목욕한 다음 사진을 랩톱으로 옮기고 쓸 만한 사진이 찍혔는지 확인해보기로 한다. 기운이 샘솟는다. 사고 이후 처음으로 하루에 목적이 생겼다.

오두막을 향해 걷지만 갈림길에 이르자 망설인다. 야영장 상점에 있는 베선과, 언니와 비슷하게 느껴지던 그녀의 태도가 떠오른다. 향수가 마음을 파고든다. 마음이 바뀌기 전에 야영장으로 향하는 길을 택한다. 무엇 때문에 상점에 들렀다고 할까? 돈을 갖고 나오지 않아서 우유나 빵을 사러 왔다고 둘러댈 수도 없다. 궁금한 것이 있다고 할까. 어쨌든 머리를 짜내어 그럴싸한 이유를 생각해본다. 무슨 이유를 대든 베선은 그게 핑계라는 사실을 알아차릴 것이다. 그녀는 나를 딱하게 여기겠지.

100미터도 못 가서 결심이 흔들렸다. 야영장에 도착해서 발을 멈추고 만다. 저쪽에 있는 상점을 보니 창가에 사람 모습이 보인다. 베선인지 확실치 않지만 굳이 확인하려 하지 않고 등을 돌려 오두막으로 달린다.

블라인 케디에 도착해서 주머니에서 열쇠를 꺼내지만 현관문에 손을 대는 순간 문이 살짝 움직이는 것을 보고 잠기지 않았음을 알아챈다. 문이 낡고 잠금장치도 미덥지 못하다. 이에스틴이 어떻게 하면 문을 잡아당겨 꽉 닫을 수 있는지, 어떤 각도로 돌려야 열쇠가 맞아 찰칵 소리를 내는지 보여줬지만 가끔씩 10분 넘게 현관문과 씨름한다. 그는 내게 전화번호를 남겼지만 내가 휴대전화를 던져버렸다는 사실을 모른다. 오두막에 전화선이 있긴 하지만 전화가 설치되어 있지 않아 이에스틴에게 와서 고쳐줄 수 있는지 물어보려면 펜파흐까지 걸어 나가 공중전화를 찾는 수밖에 없다.

집 안에 들어온 지 몇 분쯤 지나서 현관문을 두드리는 소리가 들린다.

"제나 있어요? 베선이에요."

꼼짝 않고 그대로 있을까 하다가 호기심을 억누르지 못하고 문을 여는데 신나서 마음이 뛴다. 그토록 도피처를 찾았는데도 이곳 펜파흐는 쓸쓸하다.

"파이를 가져왔어요." 베선이 행주로 덮은 접시를 손에 든 채 들어오라는 말도 기다리지 않고 안으로 들어선다. 그녀는 오븐 레인지 옆에 있는 조리대에 접시를 내려놓는다.

"감사합니다." 잡담할 거리를 찾지만 베선은 미소 지을 뿐이다. 그녀가 묵직한 모직 코트를 벗는 모습을 보고서야 할 말을 찾는다. "차 드실래요?"

"좋죠." 베선이 말한다. "어떻게 지내는지 알고 싶어서 한번 들르려고 했어요. 가게에 찾아올지도 모른다고 생각했지만 새 집에 적응하는 일이 여간하지 않잖아요." 그녀는 오두막을 둘러보다가 말을 멈추더니 이에스틴이 처음 보여주었을 때와 달라지지 않은 휑한 거실을 찬찬히 훑어보았다.

"가구가 거의 없죠." 내가 민망해하며 말한다.

"이 동네에서 꾸며놓고 사는 사람은 아무도 없어요." 베선이 명랑하게 대꾸한다. "따뜻하고 편안하기만 하면 되죠. 그게 중요해요."

그녀가 말하는 동안 나는 주방을 돌아다니며 두 손으로 할 일이 생겼다는 사실에 감사해하며 차를 만든다. 우리는 각자 머그잔을 들고 소나무 식탁에 앉는다.

"블라인 케디 어때요?"

"최고예요." 내가 말한다. "딱 제가 바라던 곳이에요."

"좁고 춥다는 말인가요?" 베선이 이렇게 말하며 까르르 웃자 그 진동으로 머그잔에 든 차가 밖으로 흘렀다. 그녀는 대책 없이 바지를 문질렀고 찻물이 그녀 허벅지에 스며들어 짙은 얼룩이 되었다.

"저는 넓은 공간이 필요하지 않아요. 불을 피우면 따뜻한 편이고요." 내가 미소 짓는다. "이 집이 정말 마음에 들어요."

"그런데 당신에게는 어떤 사연이 있나요, 제나? 어쩌다 펜파흐에 오게 됐죠?"

"이곳이 아름다워서요." 간결하게 대답하고는 두 손으로 머그잔을 감싸고 그 안을 내려다본다. 베선의 날카로운 눈과 마주치지 않기 위해서다. 그녀도 더는 묻지 않는다.

"그런대로 맞는 말이에요. 살기에 더 나쁜 동네도 있으니까요.

해마다 이맘때면 썰렁해지긴 하지만요."

"차량은 언제부터 임대하시나요?"

"부활절에 개시해요." 베선이 말한다. "그러다 여름이 되면 준비가 모두 끝나요. 그때는 이곳이 몰라볼 정도로 바뀌죠. 10월 단기 방학이 지나면 완전히 닫아요. 가족 중에 누가 방문해서 차량이 필요하면 말씀해주세요. 손님을 이 좁은 곳에 재울 수는 없을 테니까요."

"말씀은 고맙지만 저를 찾아올 사람은 없어요."

"가족이 전혀 없어요?" 베선이 똑바로 쳐다보자 나는 더 이상 시선을 내리깔지 못한다.

"언니가 있어요." 마지못해 사실을 밝힌다. "하지만 이제는 서로 연락하지 않아요."

"무슨 일이 있었는데요?"

"늘 그렇듯 자매 사이의 갈등이죠." 가볍게 대답한다. 지금 이 순간에도 자기 말을 들으라며 나를 다그치던 이브 언니의 화난 얼굴이 눈에 보이는 것만 같다. 그때 내 자신감이 지나쳤다는 사실을 이제야 깨닫는다. 사랑 때문에 눈에 보이는 것이 없었다. 언니 말을 들었더라면 상황은 달라졌을 것이다.

"파이 잘 먹을게요." 내가 말한다. "정말 친절하세요."

"그런 소리 말아요." 베선은 내가 다른 이야기를 하는데도 아무렇지 않아 보인다. 그녀는 코트를 걸치고 목도리를 여러 차례 둘러 목을 감싼다. "이웃이 왜 있겠어요? 조만간 가게에 차 마시러 들러요."

그녀 말에 고개를 끄덕인다. 베선이 짙은 갈색 눈으로 나를 쳐다보자 갑자기 어린아이가 된 기분이다.

"그럴게요." 내가 말한다. "꼭 들를게요." 진심이다.

베선이 떠나자 카메라에서 메모리 카드를 꺼내 랩톱에 꽂고 사진을 저장한다. 쓸 만한 사진은 거의 없지만 거센 겨울 바다를 배경으로 모래에 쓰인 글자가 온전히 담긴 사진이 몇 장 있다. 차를 좀더 끓이려고 오븐 레인지에 주전자를 올려놓고는 깜박한다. 30분이 지나서야 주전자 물이 아직도 끓지 않는다는 사실을 깨닫는다. 손을 뻗어 확인해보니 오븐 레인지가 얼음장 같이 차갑다. 또 불이 꺼졌다. 사진을 편집하는 데 정신이 팔려 기온이 떨어진 것도 몰랐는데 이가 딱딱 부딪히기 시작하더니 멈출 줄 모른다. 베선이 가져온 닭고기 파이를 보니 굶주린 위가 으르렁거린다. 지난번에 오븐 레인지가 꺼졌을 때는 다시 불을 붙이는 데 이틀이 걸렸다. 그 일을 되풀이한다고 생각하니 가슴이 내려앉는다.

몸이 부들부들 떨린다. 언제부터 이렇게 한심해졌을까? 언제부터 결정을 내리고 문제를 해결할 능력을 잃었을까? 원래 이 정도는 아니었다.

"좋아." 크게 소리 내어 말한다. 텅 빈 주방에서 내 목소리가 낯설게 들린다. "이 문제를 해결하자."

몸이 온기를 되찾기도 전에 펜파흐 수평선 위로 해가 떠오른다. 주방 바닥에 몇 시간 동안 쭈그리고 있었더니 무릎이 뻣뻣하고 머리에는 기름 얼룩이 끼었다. 하지만 베선의 파이를 데우려고 오븐 레인지에 올려놓으면서 오랫동안 맛보지 못한 성취감을 느낀다. 식탁에 저녁을 차리고 한 입 먹을 때마다 그 맛을 음미한다.

7

"서둘러라!" 레이가 5분 동안 디짓 신쌔 시계를 보면서 계단 위로 톰과 루시에게 소리쳤다. "이러다 지각하겠다!"

월요일 아침은 그 자체만으로 스트레스가 심한데, 매그즈가 일요일에 언니 집에서 자고 점심시간에야 돌아올 예정이었기에 레이 혼자서 24시간 동안 아이들을 돌본 터였다. 지금은 어리석은 짓이었다고 깨달았지만 그는 일요일 밤늦게까지 영화를 보겠다는 아이들에게 그러라고 했다. 그 결과 언제나 기운 넘치는 루시마저 7시 30분에 깨지 않아 이불 속에서 끄집어내야 했다. 8시 35분이 됐다. 다들 서둘러 나가야 할 시간이었다. 레이는 청장 사무실로 9시 30분까지 오라고 호출받았지만, 이런 속도로 가다가는 그때까지도 계단 발치에 서서 아이들을 재촉해야 할 판이었다.

"빨리 해라!" 레이는 대문을 활짝 열어두고 급히 차에 타서 시동을 걸었다. 루시가 빗질하지 않은 머리를 얼굴 주위로 휘날리며 열린 문 밖으로 뛰어나와 레이 옆자리에 미끄러지듯 탔다. 감청색 교복 치마는 구겨지고 무릎길이 양말 한 짝은 벌써부터 발목까지 흘러내려와 있었다. 꼬박 1분이 지나서야 톰이 나와 차 쪽으로 터덜터덜 걸어왔다. 밖으로 뺀 셔츠 밑단이 산들바람에 펄럭거렸다. 한 손에 든 넥타이를 맬 기색은 전혀 없었다. 톰은 성장기를 거치면서 갑자기 큰 키를 주체하지 못해 항상 고개를 숙이고 어깨를 구부정하게 늘어뜨린 채로 다녔다.

레이가 차창을 열었다. "문 닫아야지, 톰!"

"네?" 톰이 레이를 쳐다보았다.

"대문 닫으라고!" 레이는 주먹을 불끈 쥐었다. 매그즈는 날마다 이런 상황을 겪으면서도 대체 무슨 수로 성질을 내지 않는 걸까, 레이로서는 알 도리가 없었다. 머릿속에 해야 할 일들이 하나하나 선명하게 떠올랐다. 하필 오늘은 아이들을 등교시키는 일 말고도 할 일이 너무 많았다.

"아." 톰은 꼼지락거리며 다시 집으로 걸어가 대문을 쾅 하고 닫았다. 그러고는 뒷좌석에 탔다. "어째서 루시가 조수석에 탔죠?"

"내가 탈 차례야."

"아니거든."

"내 차례 맞아."

"그만들 해라!" 레이가 소리를 질렀다.

그러자 둘 다 입을 다물었고 5분 후 루시가 다니는 초등학교에 다다를 때쯤 레이의 혈압도 가라앉았다. 그가 노란색 지그재그 선에 몬데오를 주차하고 서둘러 루시를 교실까지 데리고 가서는 이마에 입을 맞추고 허겁지겁 차로 돌아오자 어떤 여자가 그의 차 번호를 적고 있었다.

"아, 경위님 차였군요!" 레이가 차 옆에 미끄러지듯 멈춰 섰을 때 여자가 말했다. 그녀는 손가락질하며 말을 이었다. "경위님이 이 정도로 상식이 없으실 줄은 몰랐네요.”

“미안합니다.” 레이가 말했다. “급한 용무가 있어서요. 사정이 어떤지는 댁도 알 텐데요.”

레이는 그 여자가 연필로 공책을 톡톡 두드리는 동안 차에 탔다. 말이 학부모회지 빌어먹을 마피아나 다름없다고 생각했다. 시간이 남아도니 문제를 일으키고 다니는 것이라는 생각도 들었다.

“자.” 레이는 조수석을 힐끗 보며 시동을 켰다. 루시가 내리자마자 톰이 앞에 탄 것이다. 그러나 아이는 단호한 표정으로 창밖만 내다보고 있었다. “학교는 어떠니?”

“좋아요.”

톰의 담임은 상황이 나빠지지는 않았지만 그렇다고 나아지지도 않았다고 말했다. 학교를 찾은 레이와 매그즈에게 친구 하나 없고 수업시간에 가장 기본지인 할도 이외에는 하시 않으며 솔선수범하는 법이 없는 아이라고 묘사했다.

“힉슨 선생이 매주 수요일 방과 후에 시작하는 축구 동아리가 있다고 하더구나. 거기 들고 싶니?”

“아뇨.”

“아버지도 한창때는 날리던 선수였지. 그 실력이 너한테도 옮겨갔을 거야, 그렇지?” 레이는 쳐다보지 않아도 톰이 말도 안 된다는 듯 눈을 치켜떴으리라는 것을 알 수 있었다. 그는 스스로가 아버지와 비슷한 소리를 하고 있다는 사실을 깨닫고 움찔했다.

톰이 헤드폰을 귀에 눌러썼다.

레이는 한숨이 나왔다. 사춘기가 자기 아들을 툴툴거리기만 할 뿐 말을 거의 하지 않는 10대로 만들어놓았다는 사실 때문이었다. 그는 어느 날 딸에게도 똑같은 일이 일어날까봐 두려웠다. 편애하면 안 되지만 레이는 아홉 살이 되어서도 아버지에게 안아달라고

하고 자기 전에 이야기를 해달라고 조르는 루시에게 유독 약했다. 사춘기의 고뇌가 강타하기 전에도 톰은 레이와 자주 부딪혔다. 매그즈는 둘이 너무 비슷하기 때문이라고 했지만 레이는 무엇이 비슷하다는지 알 수 없었다.

"여기서 내려주셔도 돼요." 차가 아직 달리고 있는데도 톰이 안전벨트를 풀면서 말했다.

"두 블록은 지나야 학교가 나오잖니."

"괜찮아요. 걸을래요." 문손잡이에 손을 뻗는 톰을 보자 레이는 문을 열어 아들을 차 밖으로 내던져버렸으면 좋겠다고 잠시나마 생각했다.

"그래, 그렇게 해라!" 레이는 이번에도 도로 표시를 무시하고 길가에 차를 댔다.

"출석 확인할 때까지 도착하지 못한다는 거 너도 알지?"

"갈게요."

톰은 차 문을 쾅 닫고 즐비한 차 사이를 빠져나가 길을 건너갔다. 싹싹하고 익살스럽던 아들에게 도대체 무슨 일이 생긴 걸까? 과묵함은 10대 소년이라면 누구나 겪는 통과의례 같은 걸까? 아니면 다른 이유가 있는 걸까? 레이는 머리를 내저었다. 복잡한 범죄 수사에 비하면 자식을 키우는 일은 아무것도 아니라고 생각하기 쉽다. 하지만 레이라면 톰과 대화하는 일보다는 용의자 취조를 택할 것이다. 톰보다 용의자에게서 말을 더 많이 이끌어낼 수 있을 거라 생각하니 씁쓸해졌다. 다행히 방과 후에는 매그즈가 아이들을 데리러 갈 것이다.

레이가 본부에 도착할 때쯤에는 톰 걱정이 마음 한구석으로 밀려났다. 청장이 자기를 보자고 한 이유를 짐작하기란 그리 어렵지 않았다. 뺑소니 사건이 일어난 지 6개월 가까이 지났고 간간히 진행되던 수사는 이제 중단된 것이나 마찬가지였다. 레이는 참나무 벽으로 둘러싸인 사무실 밖 의자에 앉았다. 청장 비서가 그를 보고 안됐다는 듯 웃었다.

"곧 통화를 끝내시려던 참이에요." 그녀는 말했다. "그리 오래 걸리지 않을 겁니다."

올리비아 리폰 청장은 명민하지만 위압감을 주는 여성이었다. 진급에 진급을 거듭한 끝에 7년 동안 에이본 서머싯 경찰청의 수장을 지내고 있는 인물이다. 한때 차기 런던 광역 경찰청장이 된다는 소문이 나돌기도 했으나 올리비아는 '사적인 이유'로 고향 경찰청에 남는 길을 택했다. 그곳에서 월간 실적 회의 때마다 간부들이 만신창이가 되어 횡설수설하는 꼴을 보는 것이 그녀 취미였다. 올리비아는 경찰 제복을 입고 태어나기라도 한 듯 제복이 잘 어울렸으며, 짙은 갈색 머리를 단단히 빗어 넘겨 쪽지고 검은 불투명 스타킹으로 튼튼한 다리를 감싸고 다녔다.

레이는 양 손바닥에 땀이 나지 않았는지 바지에 문질러 확인했다. 소문에 따르면 청장은 손바닥에 땀이 나는 사람은 부하들의 '자신감을 고취'할 수 없다면서 어느 전도유망한 경관의 경위 진급을 막았다고 한다. 그 소문이 사실인지 확신할 수는 없었지만 위험을 감수할 생각은 없었다. 현재 월급으로 생계에 지장은 없었으나 여유 부릴 상황도 아니었다. 매그즈는 여전히 교사로 일하겠다고 말했지만 레이가 몇 번만 더 진급하면 혼자 벌어도 될 정도로 생활비가 넉넉해질 터였다. 그날 아침에 있었던 일대 혼란을 생각해보면 매그즈는 바깥일을 하지 않더라도 이미 시달릴 대로 시달리고 있었다. 레이는 좀더 여유롭게 살려고 아내에게 일을 시키는 것은 옳지 않다고 생각했다.

"이제 들어가셔도 돼요." 비서가 말했다.

레이는 깊은숨을 들이쉬고는 사무실 문을 열었다. "안녕하세요, 청장님."

청장이 특유의 알아볼 수 없는 글씨로 공책 가득 뭔가를 써넣는 동안 정적이 흘렀다. 레이는 문가를 서성거리며 벽을 잔뜩 메운 수많은 증서와 사진을 감상하는 척했다. 감청색 카펫은 이 건물 다른 곳에 깔린 것에 비해 두껍고 푹신했으며, 커다란 회의용 탁자가 사무실 절반을 차지했다. 저쪽 끝에 놓인 커다랗고 둥근 책상에는 올리비아 리폰이 앉아 있었다. 이윽고 필기를 마친 그녀가 고개를 들었다.

"피시폰즈의 뺑소니 사건 수사를 종료했으면 해."

청장이 먼저 앉으라고 하지 않을 것은 분명했다. 레이는 거리낌 없이 청장과 가장 가까운 의자에 앉았다. 그녀는 눈살을 찌푸렸지만 아무 말도 하지 않았다.

"제 생각에 시간만 좀더 확보할 수 있다면."

"시간은 충분했어." 올리비아가 말했다. "정확히 말하면 5개월 반이었지. 부끄러운 줄 알아야지, 레이. 지역 일간지가 자네들이 '수사 현황'이라 말하는 것을 실을 때마다 경찰이 그 사건을 해결하지 못했다는 사실만 부각돼. 어젯밤 루이스 의원이 전화했는데 이제 그 사건을 묻었으면 좋겠대. 나도 같은 생각이고."

레이는 화가 치밀어 올랐다. "주택가 주행속도를 시속 30킬로미터로 낮춰달라는 주민 청원을 반대했던 사람 맞죠?"

잠시 침묵이 흐르는 동안 올리비아가 그를 냉랭한 눈빛으로 바라보았다.

"종료해, 레이."

두 사람은 매끈한 호두나무 책상을 사이에 두고 말없이 눈싸움했다. 놀랍게도 먼저 항복한 사람은 올리비아였다. 그녀는 의자 뒤로 기대면서 두 손을 뻗어 깍지를 꼈다.

"레이, 자네는 탁월한 경찰이야. 자네의 집요함도 칭찬받을 만하고. 하지만 진급하고 싶다면 수사 능력만큼이나 정치적인 문제도 중요하다는 사실을 받아들여야 해."

"잘 알겠습니다, 청장님." 레이는 절박한 심정이 목소리에 배어 나오지 않도록 각별히 주의를 기울였다.

"좋아." 올리비아가 펜 뚜껑을 열더니 서류함에 담긴 그다음 문서에 손을 뻗으며 말했다. "서로 합의한 거야. 사건은 오늘 종료시키도록 해."

범죄수사과로 돌아가는 길은 차량으로 혼잡했지만 레이는 태어나서 처음으로 교통 정체에 감사했다. 케이트에게 사실을 알리려고 생각하니 견디기 어려웠다. 왜 그녀 생각이 가장 먼저 떠올랐는지 알 수 없었다. 케이트가 아직 범죄수사과 신참이기 때문이겠지, 라고 그는 결론지었다. 그토록 시간과 노고가 많이 투입된 수사를 접어야만 할 때의 절망감을 그녀는 아직 경험해보지 못했을 것이다. 그녀와 달리 스텀피는 청장의 지시를 좀더 담담하게 받아들이리라.

경찰서에 도착하자마자 레이는 팀원을 자기 사무실로 불렀다. 케이트가 제일 먼저 들어와 레이의 컴퓨터 옆에 들고 온 커피 머그잔을 내려놓았는데, 그곳에는 차갑게 식은 블랙커피가 반쯤 담긴 머그잔 세 개가 놓여 있었다.

"지난주에 드신 거예요?"

"응, 청소부가 더 이상은 씻어주지 않는군."

"놀랄 일은 아니에요. 직접 씻으시면 되잖아요." 케이트가 자리에 앉자 스텀피가 들어와 레이에게 가볍게 고개를 숙여 인사했다.

"브라이언과 팻이 뺑소니 사건 수사할 때 CCTV에서 본 자동차 기억하세요?" 스텀피가 자리에 앉자마자 케이트가 말했다. "달아나듯 서둘러 주행하던 차량 기억나세요?"

레이가 고개를 끄덕였다.

"저희 쪽에서는 확보 영상을 보고 차량 종류를 알아낼 수 없으니 웨슬리에게 영상을 맡기면 어떨까 해요. 적어도 그 차량을 용의 선상에서 제외할 수는 있겠죠."

웨슬리 바튼은 핏기 하나 없고 뼈만 앙상한 인물인데 어떤 이유에선지 경찰들에게 CCTV 전문가로 인정받았다. 그는 레드랜드로에 있는 창문 하나 없는 답답한 집 지하실에서 엄청나게 다양한 장비를 사용해 증거물로 사용할 수 있도록 CCTV 영상 화질을 높이는 작업을 했다. 레이도 웨슬리의 신원이 깨끗하리라는 점은 의심하지 않았지만 소름 끼칠 정도로 완벽한 장비 구성을 생각하면 어딘가 꺼림칙한 구석이 있었다.

"미안해, 케이트. 하지만 예산을 승인해줄 수 없어." 레이가 말했다. 그동안 기울인 모든 노고가 돌연 수포로 돌아가게 되었다고 케이트에게 직접 말한다는 것은 생각만 해도 끔찍했다. 웨슬리는 값을 비싸게 불렀지만 실력이 좋았기에 레이는 그녀가 낸 묘안에 감탄했다. 스스로도 인정하기 싫었지만 그는 최근 몇 주 동안 가장 중요한 일을 놓치고 있었다. 톰과 관련된 일로 업무에 집중할 수 없었다. 한동안 아들에게 가슴 찌르는 듯한 분노를 느꼈다. 가정사로 업무를 소홀히 한 것은 용납받을 수 없는 행동이었다. 특히 이번처럼 세간의 이목을 끄는 사건에 대해서는 그러지 말았어야 했다. 중요하지 않아서가 아니었는데, 청장이 종료 명령을 내린 지금은 어찌할 도리가 없다고 생각하며 레이는 씁쓸해했다.

"비용이 엄청나지는 않아요." 케이트가 말했다. "웨슬리에게 말했더니."

레이가 그녀 말을 잘랐다. "어쨌든 예산을 승인할 수 없어." 그가 의미심장하게 말했다. 스텀피가 레이를 쳐다보았다. 경사는 그다음에 어떤 말이 나올지 능히 짐작할 정도로 이 바닥에 오래 있었다.

"청장이 나더러 수사를 종료하래." 레이가 케이트에게 시선을 고정한 채 말했다.

잠시 침묵이 흘렀다.

"그 여자한테 엿이나 먹으라고 하지 그러셨어요." 케이트가 이렇게 말하며 깔깔거렸지만 아무도 동참하지 않았다. 그녀는 레이와 스텀피를 번갈아 보더니 고개를 숙였다. "진짜예요? 이 사건을 이대로 포기하는 건가요?"

"포기할 것도 없어." 레이가 말했다. "달리 우리가 할 수 있는 일이 없어. 안개등 외장을 추적하는 일에서도 아무 진전이 없었고."

"아직 조사할 차 번호가 열두어 개 남아 있어요." 케이트가 반박했다. "자기가 한 일을 기록해두지 않는 정비공이 얼마나 많은지 알면 놀라실 거예요. 그렇다고 추적이 불가능하다는 말은 아니에요. 그저 시간이 좀더 필요할 뿐이죠."

"헛수고야." 레이가 차분하게 말했다. "멈춰야 할 때를 아는 것도 중요해."

"우리로서는 할 수 있는 일을 모두 했어." 스텀피가 나섰다. "하지만 그 일은 건초 더미에서 바늘 찾기나 다름없어. 차 번호도, 색상도, 제조사나 모델도 모른다고. 추가 단서가 있어야 해, 케이트."

레이는 스텀피가 거들어줘서 고마웠다. 그가 말했다. "그런데 우리한테는 추가 단서가 없어. 안타깝지만 당장은 사건 수사를 이대로 끝내야 해. 물론 확실한 단서가 들어오면 수사해야겠지. 하지만 그렇지 않는 한……." 레이는 자기 말이 청장의 언론 보도문과 비슷하게 들린다는 사실을 깨닫고 말끝을 흐렸다.

"정치적인 문제 때문이죠?" 케이트가 말했다. "청장이 '뛰어'라고 하면 우리는 '얼마나 높이 뛸까요?'라고 대답해야 하는 거죠." 레이는 케이트가 이 사건에 얼마나 애착을 품고 있는지 비로소 깨달았다.

"이봐, 케이트. 경찰에서 이만큼 일했으면 가끔은 다른 선택을 해야 한다는 걸 알 때도 됐잖아." 그는 그녀를 가르치려 드는 것 같아 갑자기 말을 멈췄다. "자, 시간이 6개월 가까이 흘렀지만 수사를 끌고 나갈 구체적인 단서가 없어. 목격자도, 법의학적 증거도, 아무것도 없단 말이야. 가능한 한 모든 자원을 이 사건 수사에 쏟아부어도 쓸 만한 단서를 찾을 수 없을 거야. 미안하네. 하지만 우리에게는 다른 사건들이 있어. 다른 피해자들도 생각해야지."

"시도는 해보셨어요?" 분노로 뺨이 달아오른 케이트가 말했다. "아니면 그저 패배를 인정하신 건가요?"

"케이트, 진정해야 해." 스텀피가 경고했다.

케이트는 스텀피 말을 무시하고 레이를 도전적으로 바라보았다. "진급을 생각해서 그러셨겠죠. 청장에게 시비를 걸면 불리할 테니까 그러신 거죠?"

"진급은 그 일과 아무 상관없어!" 레이는 되도록 평정심을 유지하려 했지만 의도와 달리 큰소리로 반박하고 말았다. 두 사람은 서로를 응시했다. 레이는 곁눈질로 스텀피가 기대에 찬 눈빛으로 자신을 바라보고 있다는 것을 깨달았다. 그는 케이트에게 그만 나가보라고 말해야겠다는 생각이 들었다. 레이는 케이트에게 그녀는 분주한 범죄수사과에서 말단 형사에 불과하며 상사가 사건을 종료하겠다고 하면 그렇게 되어야 한다는 사실을 잊지 말라고, 더 이상 왈가왈부하지 말라고 이야기하려 했다. 그래서 입을 뗐지만 말이 나오지 않았다.

맞는 말이었기 때문이다. 레이도 케이트만큼이나 뺑소니 사건 수사를 끝내고 싶지 않았다. 더욱이 그 역시 상사 앞에 서서 케이트처럼 자기 생각을 내세우던 때가 있었다. 지금은 의욕을 잃었거나 케이트 말처럼 진급에 지나치게 눈독 들이고 있는 것일지도 몰랐다.

"그렇게 노력을 쏟아부은 사건이니 받아들이기 어려울 거야." 레이가 부드럽게 말했다.

"그래서가 아니에요." 케이트가 벽에 걸린 제이콥의 사진을 가리키며 말했다. "저 아이 때문이에요. 그냥 너무 잘못된 일 같아요."

레이는 제이콥 어머니가 침울한 얼굴로 소파에 앉아 있던 모습을 떠올렸다. 그는 케이트의 항의에 반박할 말을 찾을 수 없었다. 굳이 그러려고 하지도 않았다. "정말 미안해." 레이는 헛기침하고는 다른 주제로 넘어가기로 했다. "현재 우리 팀이 맡은 다른 사건은 뭐지?" 레이는 스텀피에게 물었다.

"맬컴이 그레이슨 사건 때문에 이번 주 내내 법원에 나가 있고 퀸스 가에서 일어난 중상해 사건 파일도 검토하고 있습니다. 검찰이 기소를 추진하고 있죠. 저는 협동조합 강도 사건에 대한 첩보를 수사하고 있고요. 데이브는 칼부림 범죄 단속 계획에 차출되었어요. 오늘은 '지역사회 포용'에 대해 강의하려고 고등학교에 나갔어요."

스텀피가 '지역사회 포용'이라는 단어를 욕설인 양 내뱉자 레이가 웃음을 터뜨렸다.

"스텀피 자네도 시대 흐름을 따라가야 해."

"제아무리 떠들어댄들 아이들이 칼을 가지고 다니는 걸 막을 수는 없어요." 스텀피가 말했다.

"글쎄, 그럴 수도 있지만 적어도 노력은 해봐야지." 레이는 나중에 잊어버리지 않으려고 일지에 들은 내용을 적었다. "내일 아침 회의 전에 현황을 보고해주겠나? 그리고 도검류 자진 신고 기간을 학교 방학 때로 잡으면 어떨지 자네 생각을 듣고 싶어. 칼을 최대한 수거해서 거리에서 몰아내자고."

"준비하겠습니다."

케이트는 바닥을 내려다보면서 손톱 주변 살을 뜯고 있었다. 스텀피가 가볍게 케이트 팔을 두드리자 그녀는 고개를 들어 그를 보았다.

"베이컨 샌드위치 어때?" 스텀피가 조심스레 물었다.

"그걸로 기분이 나아질 것 같진 않아요." 케이트가 투덜거렸다.

"그렇겠지." 스텀피가 말을 이었다. "하지만 자네가 오전 내내 말벌을 삼킨 불독 같은 얼굴을 하고 있지 않는다면 내 기분은 나아질 것 같아."

케이트가 건성으로 웃었다. "구내식당에서 봬요."

잠시 침묵이 흘렀고 레이는 케이트가 스텀피가 방을 나가기만 기다리고 있다는 사실을 깨달았다. 그는 문을 닫고 책상으로 돌아와 자리에 앉아 팔짱을 꼈다. "괜찮아?"

케이트가 고개를 끄덕였다. "죄송하다는 말씀 드리고 싶어요. 그렇게 말해서는 안 되는 거였는데."

"더 심한 말도 들어봤어." 레이가 싱긋 웃으며 말했다. 케이트가 웃지 않는 것을 보고 레이는 그녀가 농담을 받아들일 기분이 아니라는 사실을 깨달았다. "이 사건이 자네에게 얼마나 중요한지는 나도 알아." 그가 말했다.

케이트는 다시 제이콥의 사진을 바라보았다. "제가 저 아이를 저버린 것 같아요."

레이는 자신이 쌓아둔 방어 체계가 무너져 내리는 것을 느꼈다. 경찰이 제이콥을 저버렸다는 말은 사실이었다. 그러나 레이가 그 말에 동의한다고 해서 케이트의 기분이 나아질 리 없었다. "자네는 최선을 다했어. 지금으로서는 할 수 있는 일을 다한 거야."

"하지만 그걸로는 충분하지 않잖아요?" 케이트가 눈을 돌려 레이를 보더니 고개를 흔들었다.

"그래, 충분하진 않았지."

케이트가 문을 닫고 사무실에서 나가자 레이는 책상을 세게 두드렸다. 책상에 놓여 있던 펜이 굴러떨어졌다. 그는 의자를 뒤로 젖히고 머리 뒤에서 손을 깍지 꼈다. 손에 닿는 머리숱이 얼마 되지 않았다. 갑자기 자신이 너무 늙고 지쳤다는 생각이 들어 눈을 감았다. 그와 매일같이 마주치는 상관들이 떠올랐다. 대부분 레이보다 나이가 많지만 쉴 새 없이 진급해 그보다 어린 나이에 그 위치에 오른 사람도 꽤 있었다. 그들과 경쟁할 여력이 있을까? 애당초 경쟁하고 싶은 마음이 있을까?

수십 년 전 갓 경찰이 된 레이는 진급을 그리 어렵지 않게 느꼈다. 나쁜 녀석들을 가두고 선량한 사람들을 안전하게 지키기, 칼부림과 폭행 사건 단서를 수집하기, 강간범과 기물 파손범을 잡아들이기, 본분을 다해 이 세상을 더 나은 곳으로 만들기 같은 원칙만 지키면 될 줄 알았다. 하지만 그가 정말 그 원칙대로 행동했을까? 돌이켜보니 그는 아침 8시부터 저녁 8시까지 하루 대부분을 사무실에 틀어박혀 있다가 서류 작업에 진저리가 날 때만 현장에 나갔다. 스스로의 신념에 완전히 어긋나는 일이라도 상부에서 시키는 대로 따랐다.

레이는 헛수고와 성과 없는 탐문 결과로 가득 찬 제이콥의 파일을 들여다보았다. 그러고는 케이트의 비통한 표정을, 청장의 결정에 좀더 적극적으로 맞서지 않은 자신에게 그녀가 느꼈을 실망감을 생각했다. 그 때문에 그녀가 자신을 한심하게 생각하리라는 사실을 견딜 수 없었다. 그러나 청장의 말이 아직도 귓가에 울렸다. 케이트가 제아무리 예민하게 받아들인다 한들 레이는 직접 받은 명령을 어길 정도로 무모하지 않았다. 그는 제이콥의 파일을 집어 책상 맨 아래 서랍 깊숙이 넣었다.

8

새벽녘 해변에 내려온 이후로 하늘은 줄곧 비는 쏟을 듯했다. 첫 번째 빗방울이 떨어지자 티셔츠에 달린 모자를 끌어올려 썼다. 생각해두었던 사진을 모두 찍고 난 지금 해변은 글자로 뒤덮여 있다. 나는 글자 주위의 모래를 매끄럽고 손대지 않은 상태 그대로 두는 방법을 익혔고 카메라를 다루는 데도 좀더 능숙해졌다. 미대 교과과정의 일환으로 사진 촬영을 배우기는 했지만 언제나 조각만이 열정을 쏟아부을 수 있는 분야였다. 이제 설정을 조작하고 다양한 조명을 비춰보며 어디를 가든 카메라를 들고 다니면서 다시 한 번 공부하는 과정을 즐기게 되었다. 그렇게 해서 카메라는 과거에 재료로 쓰던 점토 덩어리와 마찬가지로 생활의 일부가 되었다. 아직도 카메라를 들고 다닌 다음 날이면 손이 욱신거리지만 이제는 사진을 찍는 데 문제없을 정도로 손을 움직일 수 있다. 매일 아침 글자를 쓸 수 있을 정도로 모래가 젖어 있을 때 이곳으로 내려와 해가 가장 높은 곳에 뜬 오후에 돌아가는 일은 습관이 되었다. 밀물이 올라올 때와 썰물이 질 때를 알아가면서 사고 이후 처음으로 미래를 생각하기 시작했다. 여름이 오기만을, 해변에 해가 들기만을 고대했다. 캠핑카 야영장이 관광 시즌을 맞아 개장했고 펜파흐는 사람으로 가득하다. 벌써 '현지인'처럼 생각하고 행동하게 되었다니 재미있다. 관광객이 들이닥치는 현상을 못마땅해하고 이 조용한 해변을 내 것처럼 여긴다.

내리는 비로 해변 모래가 군데군데 파이고 불어난 바닷물이 해변 맨 아래의 젖은 모래에 그린 형상을 휩쓸어버리면서 내 성취와 실수가 모두 원상태로 돌아간다. 하루를 시작하며 바다 기슭에 내 이름을 쓰는 일은 습관으로 굳어졌다. 내 이름이 바다에 휘말려 들어가면 몸이 떨린다. 아침에 작업한 성과를 담은 사진이 카메라에 안전하게 저장되어 있기는 하지만 내 작품이 영원히 남아 있지 못한다는 사실이 아직은 낯설기만 하다. 몇 번이고 되돌아가 형태가 완벽해지고 진정한 모습이 드러날 때까지 가다듬을 수 있는 점토 덩어리와는 다르다. 어쩔 수 없이 재빨리 작업해야만 하기 때문에 글자를 쓰는 과정은 기운을 북돋우는 동시에 진을 뺀다.

비가 계속해서 내리며 코트와 장화 안까지 흘러들어온다. 해변을 떠나려고 몸을 돌리는데 천천히 달리는 큰 개와 함께 내 쪽으로 걸어오는 남자가 눈에 띈다. 숨을 죽인다. 남자가 아직까지는 어느 정도 떨어진 곳에 있어서 그가 의도적으로 내게 다가오는 것인지, 그저 바다를 향해 걷는 것인지 알 수 없다. 입 안에 비릿한 맛이 느껴져 입술을 축이려고 혀로 핥지만 소금 맛만 난다. 전에도 그와 개를 본 적이 있다. 어제 아침 해변이 다시 텅 비기만을 기다리며 남자와 개가 떠날 때까지 절벽 꼭대기에서 지켜보았다. 넓게 펼쳐진 야외지만 갇힌 기분이 들어 바닷물이 들어찬 부분을 따라 걷기 시작한다. 항상 이 방향으로 산책한다는 듯이.

"안녕하세요!" 남자가 경로를 살짝 틀어 나와 나란히 걷는다.

말이 나오지 않는다.

"걷기 좋은 날이군요." 그가 머리를 뒤로 젖혀 하늘을 보며 말한다. 50대로 보인다. 방수 모자 아래로 보이는 머리는 회색이고 바짝 깎은 수염이 얼굴을 절반가량 덮고 있다.

천천히 숨을 내쉰다. "그만 가봐야 해요." 어설프게 말을 잇는다. "해야 할……."

"좋은 하루 보내세요." 남자가 고개를 살짝 숙이고는 개를 부른다. 나는 뭍으로 몸을 돌려 절벽까지 천천히 달린다. 해변 절반쯤 와서 뒤돌아 확인하지만 그는 지금도 저 아래 기슭에서 막대기를 바다로 던져 개에게 주워오라고 시키고 있다. 심장박동이 차츰 정상으로 돌아오자 내 반응이 터무니없게만 느껴진다.

절벽 꼭대기까지 기어오를 때쯤 나는 땀에 흠뻑 젖은 상태가 된다. 베선을 찾아가기로 하고는 마음이 바뀌기 전에 재빨리 야영장으로 걸어간다.

베선은 활짝 웃으며 나를 맞아준다.

"찻물 올려놓을게요."

그녀는 상점 뒤편에서 분주하게 움직이는 동안에도 날씨 이야기를 하는가 하면 버스 노선이 폐쇄될지도 모르며 밤사이 이에스틴네 울타리가 부서져서 염소 일흔 마리가 도망쳤다는 이야기를 쾌활한 목소리로 이어나간다.

"알윈 리스가 분명 짜증 났을 거예요."

나는 웃음을 터뜨린다. 내용 자체보다는 베선이 타고난 이야기 꾼답게 요란스럽게 손동작하며 말하는 방식이 재미있어서였다. 그녀가 차를 만드는 동안 나는 상점 안을 거닌다. 바닥은 콘크리트고 벽에는 흰색 회반죽이 칠해져 있으며 두 벽면 가득 선반이 달렸다. 이곳에 처음 올 때만 해도 선반 위에는 아무것도 없었다. 지금은 휴가철 관광객을 위해 시리얼, 통조림, 청과물이 준비되어 있다. 커다란 냉장용 캐비닛 안에는 우유 몇 곽과 신선한 농산물 몇 가지가 들어 있다. 치즈 하나를 집어 든다.

"그건 이에스틴네 염소젖 치즈예요." 베선이 말한다. "있을 때 사두는 것이 좋아요. 성수기에는 놓기가 무섭게 팔리니까요. 자, 이쪽으로 와서 난로 옆에 앉아요. 위에서 어떻게 지냈는지 이야기 좀 해주세요." 검은색과 흰색이 섞인 새끼 고양이가 베선 발치에서 야옹 하고 운다. 베선은 그 고양이를 들어 올려 어깨에 걸친다. "동무 삼아 새끼 고양이 한 마리 키우고 싶지 않으세요? 이 녀석까지 해서 드릴 수 있는 새끼가 세 마리 있어요. 몇 주 전에 내 고양이가 새끼들을 낳았죠. 아비가 누군지는 어찌 알겠냐만."

"말씀은 고맙지만 괜찮아요." 베선의 새끼 고양이는 말도 못할 정도로 사랑스럽다. 털로 된 공처럼 동그란 몸에 메트로놈처럼 까딱거리는 꼬리가 달렸다. 고양이를 보고 있으니 잊고 있던 추억이 표면으로 솟구쳐 올라 의자 깊숙이 몸을 움츠린다.

"고양이를 좋아하지 않나봐요?"

"보살필 능력이 되질 않아요." 내가 답한다. "저는 자주달개비 풀 같은 식물 한 줄기도 살려두질 못하거든요. 제가 키우는 건 뭐든 죽어버려요."

농담이 아니었지만 베선이 웃는다. 그녀는 의자를 하나 더 끌고 와서 차가 든 머그잔을 내 옆 계산대에 내려놓는다.

"스냅을 찍었군요." 베선이 내 목에 걸린 카메라를 가리킨다.

"그냥 만 사진 몇 장 찍었어요."

"봐도 돼요?"

나는 머뭇거리다가 머리 위로 카메라가 달린 끈을 벗어낸 다음 카메라 전원을 켜서 화면에서 사진을 넘겨보는 법을 베선에게 알려준다.

"사진이 멋져요!"

"고마워요." 얼굴이 상기된다. 칭찬받는 일에는 도무지 익숙해지지 않는다. 어릴 때 선생들이 내 작품을 칭찬하고 방문객들이 앉는 프런트에 전시한 적도 있었으나, 미숙하고 가다듬어지지 않았는데도 재능이 있다는 사실을 실감한 것은 열두 살이 되어서였다. 당시 학교에서 학부모와 지역 주민을 대상으로 전시회를 열었을 때 부모님이 그 전시를 보러 왔다. 그때까지 두 분이 학교 행사에 함께 오는 일은 거의 없었다. 아버지는 내 그림 몇 점과 금속을 일그러뜨려 만든 새 조각이 전시된 구획 앞에서 말없이 서 있었다. 나는 가능한 한 오랫동안 숨을 참으면서 치마주름 속으로 두 손 사이로 쉴 새 엄매고 또게며 어쩌고저 링간이긴 끼 만 썼네.

"놀랍군." 아버지가 말했다. 그러고는 나를 처음 본다는 듯 바라보았다. "정말 놀랍구나, 제나."

자부심으로 가득해진 나는 아버지 손을 잡아끌고 비칭 선생에게 갔다. 선생은 아버지에게 미대와 장학금과 멘토링 프로그램에 대해 이야기했다. 나는 그저 자리에 앉은 채로 내게 놀라워하는 아버지를 빤히 쳐다보았다.

아버지가 더 이상 이곳에 있지 않아 다행이다. 아버지 눈에서 실망감을 본다면 견딜 수 없을 것이다.

베선은 아직도 내가 찍은 만 풍경을 보고 있다. "진심으로 말하건대 아름다운 사진들이에요. 판매할 거죠?"

웃음이 터져 나올 뻔했지만 베선은 웃고 있지 않다. 그제야 나는 그녀가 진지하게 제안했다는 사실을 깨닫는다.

사진을 팔 수 있을지 궁금해진다. 이 사진들로는 안 되겠지. 나는 아직 연습하는 중이고 조명을 제대로 비추는 법도 익히지 못했다. 하지만 사진을 손본다면……. "어쩌면요." 이렇게 대답하는 내가 스스로도 놀랍다.

베선은 남은 사진을 넘겨보다가 모래에 쓰인 자기 이름을 보고는 깔깔 웃는다.

"내 이름이네요!"

얼굴이 달아오른다. "실험 삼아 찍어본 거예요."

"멋진데요. 이 사진 살 수 있을까요?" 베선은 카메라를 떠받친 채로 그 사진을 재차 칭찬한다.

"말도 안 돼요." 내가 말한다. "인화해드릴게요. 제게 무척 잘해주셨는데 이 정도로는 턱없이 부족하지만요."

"마을 우체국에 사진을 인화하는 기계가 있어요." 베선이 말한다. "내 이름을 찍은 이 사진과 여기 이 사진을 갖고 싶어요. 바닷물이 나가는 사진이요." 베선이 고른 것은 손꼽아 좋아하는 사진 가운데 하나다. 저녁에 해가 수평선 밑으로 가라앉는 장면을 찍은 것이다. 잔잔한 바다는 분홍색과 주황색으로 빛나는 거울 같고 바다를 에워싼 절벽은 양면 모두 매끄러운 그림자처럼 보인다.

"오늘 오후에 인화할게요."

"고마워요." 베선이 말한다. 베선은 카메라를 조심스레 옆에 내려놓고 고개를 돌리더니 내게 이미 익숙해진, 진지한 표정으로 나를 바라본다.

"음, 당신에게 뭔가 해주고 싶어요."

"그러실 필요 없어요." 내가 말을 잇는다. "이미 해주셨는걸요."

베선은 손을 흔들며 내 항변을 일축한다. "정리하고 있는데 치워야 할 물건이 몇 개 있더군요." 그녀는 문간에 단정하게 놓인 검은색 쇼핑백 두 개를 손으로 가리킨다. "대단한 것은 아니고 이동식 주택을 다시 꾸미면서 필요 없어진 쿠션과 덮개예요. 남은 일생 동안 초콜릿을 끊는다 해도 다시는 몸에 맞지 않을 옷들도 있고요. 근사한 옷은 없어요. 펜파흐에서는 무도회용 드레스가 필요 없으니까요. 그저 사놓고 후회한 스웨터와 청바지와 원피스 몇 벌이에요."

"베선, 옷까지 주시면 안 돼요!"

"안 될 이유가 뭔가요?"

"왜냐하면……."

그녀가 내 눈을 응시하자 나는 말끝을 흐린다. 베선이 어찌나 태연하게 말하는지 나는 전혀 민망하지 않다. 허구한 날 같은 옷만 입을 수도 없다.

"결국은 중고 상점에 가져갈 수밖에 없는 물건이에요. 살펴보고 쓸 만한 것을 고르세요. 말하지 않아도 아시겠죠?"

나는 베선이 "안락한 가정을 위한 장식품"이라 말하는 물건이 가득 든 쇼핑백과 따뜻한 옷을 잔뜩 들고 이동식 주택단지를 떠난다. 오두막에 돌아와서 그 물건들을 크리스마스 선물처럼 바닥에 펼쳐놓는다. 청바지는 너무 크지만 벨트를 매면 괜찮을 것 같다. 베선이 나를 위해 챙겨둔 톡톡하고 부드러운 플리스 스웨터를 만져보는데 눈물이 날 것 같다. 오두막은 얼어붙을 듯 추운데다 나는 원래 추위를 잘 타는 체질이다. 브리스톨(그러고 보니 이제 더 이상 그곳을 '집'이라 부르지 않게 되었다)에서 가져온 옷가지 몇 벌은 소금기 탓도 있지만 욕조에서 손세탁했더니 해지고 뻣뻣해졌다.

내가 가장 열광한 것은 베선의 '안락한 가정을 위한 장식품'이다. 낡아빠진 소파에 밝은 빨강과 초록 조각보를 이어 붙인 커다란 침대보를 두르고 나니 즉시 방이 좀더 따사롭고 안락해 보인다. 벽난로 위에는 바닷물로 매끄러워진 자갈들이 놓여 있다. 해변에서 수집한 것들이다. 그 옆에 베선이 준 쇼핑백에서 꺼낸 꽃병을 올려놓고 오늘 오후에 버드나무 줄기 몇 개를 꺾어오기로 결심한다. 베선이 말한 쿠션은 앉아서 책을 읽거나 사진을 편집하는 벽난로 가장자리 바닥에 놓는다. 쇼핑백 깊숙이 뒤지던 나는 수건 두 장과 욕실용 깔개와 덮개를 한 장씩 더 찾아낸다.

베선은 이 모든 물건이 필요 없어져서 치운다고 말했지만 그때나 지금이나 그 말을 믿지 않는다. 그러나 더는 캐묻지 않을 정도로 그녀를 잘 알게 되었다.

대문을 두드리는 소리에 하던 일을 멈춘다. 베선이 한 말에 따르면 오늘 이에스틴이 찾아올 예정이지만 혹시 몰라 잠시 가만히 있는다.

"안에 계시우?"

빗장을 풀어 문을 연다. 이에스틴은 늘 그렇듯이 내게 무뚝뚝하게 인사를 건네고 나는 그를 반갑게 맞이한다. 처음에는 그런 태도를 나에 대한 거부감이나 무례함으로 생각했지만, 이제는 남들과 어울리지 않으며 인간 감정보다는 자기가 기르는 염소 안위를 염려하는 남자의 특징일 뿐임을 알게 되었다.

"땔감 좀 갖고 왔수다." 그가 사륜 바이크 측면의 짐칸에 대충 쌓아놓은 장작을 가리키면서 말한다. "다 떨어지게 놔둘 순 없지. 내가 안으로 옮겨줄게요."

"차 한잔 드릴까요?"

"설탕 두 개요." 이에스틴이 몸을 돌려 트레일러로 성큼성큼 걸어가다가 뒤돌아보면서 외친다. 그는 들통에 장작을 담기 시작하고 나는 주전자를 올린다.

"장작 값으로 얼마를 드리면 될까요?" 이에스틴과 함께 주방 식탁에 앉아 차를 마시다가 묻는다.

이에스틴은 고개를 젓는다. "내 장작더미에서 떨어져 나온 부스러기요. 팔기에는 적당하지 않은 것들이지."

그가 벽난로가에 차곡차곡 쌓아놓은 장작으로 적어도 한 달은 버틸 수 있을 것이다. 이번에도 베선이 부탁한 것은 아닐까 의심하지만 그처럼 너그러운 선물을 거절할 입장이 아니다. 이에스틴은 물론 베선에게 은혜를 갚을 방법을 생각해보아야 한다.

이에스틴은 고맙다는 내 말을 들은 척도 하지 않는다. "같은 집인지 몰라볼 뻔했네." 대신 화려한 깔개와 내가 모은 조개껍데기와 새로 얻은 보물들을 둘러보면서 말한다. "오븐 레인지는 어때요? 너무 자주 말썽을 피우지는 않나?" 그가 오래된 아가Aga, 무쇠로 만든 스웨덴산 조리용 레인지를 가리키며 묻는다. "다루기 쉽지 않은 녀석이고."

"괜찮아요. 고맙습니다." 나는 미소를 참는다. 이제는 이 레인지에 익숙해져서 다시 불을 붙이는 데 몇 분밖에 걸리지 않는다. 별것 아닌 일이지만 다른 일과 마찬가지로 그 작은 성과를 소중하게 간직한다. 그렇게 하면 내가 저지른 실수가 언젠가는 만회되기라도 하듯이.

"음, 이제는 가야 해요." 이에스틴이 말한다. "이번 주말에 누가 오는데 글리니스가 안달하는 걸 보면 왕족이라도 오는 줄 알겠어요. 내가 글리니스에게 말했지. 그들은 이 집이 깨끗한지, 식당에 꽃이 놓여 있는지 신경도 쓰지 않을 거라고. 하지만 글리니스는 완벽하게 준비해두고 싶어 해요." 이에스틴은 화라도 난 듯 눈을 굴리지만 아내에 대해 말하는 그의 목소리는 부드럽다.

"자녀분들이 오나요?" 내가 묻는다.

"두 딸이 자기 남편과 아이들을 데리고 와요. 집이 꽉 차겠지만 식구가 온다는데 마다하는 사람은 없지 않겠수?" 이에스틴이 작별 인사를 하고 나간다. 그의 사륜 오토바이가 울퉁불퉁한 길을 튕기듯 달려간다.

　문을 닫고 문간에 서서 오두막 안을 바라본다. 조금 전만 해도 그토록 아늑하고 편안해 보이던 거실이 지금은 텅 빈 것 같다. 아이가, 내 아이가 벽난로 앞에 놓인 깔개 위에서 노는 장면을 상상한다. 이브 언니와 자라는 동안 한 번도 본 적 없는 조카들도 떠오른다. 아들을 잃었지만 내게는 아직도 가족이 있다. 우리 사이에 어떤 일이 벌어졌든 그 사실은 변하지 않는다.

　언니와 나는 네 살 터울인데도 어릴 때는 사이좋게 지냈다. 나는 언니를 우러러봤고 언니는 나를 보살폈다. 성가시게 따라붙는 여동생을 원망하는 내색을 한 적도 없었다. 우리는 상당히 달랐다. 내 머리카락은 적갈색에 잘 헝클어져서 수세미 같았고, 언니 머리카락은 회색을 띤 갈색 직모였다. 둘 다 학교 성적이 좋았지만 언니가 좀더 성실했다. 내가 교과서를 방 한구석으로 내팽개치고 한참이 지나서도 언니는 교과서에서 눈을 떼지 않았다. 그러는 동안 나는 학교 화실에 있거나 어머니가 집에서 점토와 물감을 꺼내도 된다고 유일하게 허락한 차고 바닥에 앉아 시간을 보냈다. 깔끔한 언니는 그런 취미를 경멸했다. 내가 젖은 점토로 진득해진 팔을 뻗으면 꺄악 하고 비명을 지르며 도망 다녔다. 어느 날 나는 언니를 '레이디Lady, 영국에서 공작, 후작, 백작의 딸 이름 앞에 붙이는 경칭 이브'라 불렀는데 이 별명은 그대로 굳어져서 우리가 성인이 되고 각자 가정을 꾸리고 한참 지난 다음에도 그대로 썼다. 언니는 내가 지어준 별명을 내심 마음에 들어 한 것 같다. 몇 년 동안 언니가 멋진 디너파티나 아름답게 포장한 선물로 주위에서 찬사를 받는 모습을 보면서 별명에 걸맞게 살려 한다는 것을 알 수 있었다.

아버지가 떠난 이후 우리는 가깝게 지내지 않았다. 아버지를 떠나게 만든 어머니를 결코 용서할 수 없었다. 어머니 뜻에 따른 언니 역시 이해할 수 없었다. 그런데도 지금 그 어느 때보다도 언니가 몹시 그립다. 인생에서 5년이라는 세월은 툭 내뱉은 한마디 말 때문에 연락을 끊고 지내기에는 너무도 긴 시간이다.

랩톱에서 베션이 부탁한 사진을 찾는다. 그와 더불어 떠내려온 나뭇가지로 만든 액자에 넣어 오두막집 벽에 걸어두고 싶은 사진 세 장도 선택한다. 모두 만을 담고 있고 같은 위치에서 촬영되었지만 제각기 다른 사진이다. 첫 번째 사진에서 밝고 푸르던 물과 만 전체를 반짝이며 비추던 햇살은 두 번째 사진에서 회색 평면과 보일 듯 말 듯 희미한 햇살로 바뀐다. 세 번째 사진이 가장 마음에 든다. 항상 피눈을 기고저그는 필네기로자 비행을 쏘기날 성노로 바람이 높게 불어서 절벽 꼭대기에서 균형을 잃지 않으려고 안간힘을 다하면서 찍은 사진이다. 먹구름이 기다란 자국을 만들며 아래로 드리워져 있고 바다가 제 얼굴에 거센 파도를 던져대는 모습이 담겼다. 그날 만이 어찌나 생동하던지 작업하는 동안 심장박동이 온몸을 울릴 정도였다.

저장 장치에 사진을 한 장 더 추가한다. 처음으로 과거에 알던 이름들을 모래에 쓴 날 촬영한 사진이다.

레이디 이브.

언니에게 내가 어디에 있는지 알리는 모험은 할 수 없지만 안전하다는 사실은 알려도 되겠지. 그리고 미안해한다는 것도.

9

"점심 사러 해리스에 가려고 하는데 경위님도 뭐 좀 사다드릴까
요?"

케이트가 레이의 사무실 문 앞에 나타나서 물었다. 회색 정장
바지와 몸에 꼭 맞는 스웨터를 입은 그녀는 외출할 요량으로 가벼
운 재킷을 걸치고 있었다.

레이는 일어서서 의자 등받이에 걸어둔 재킷을 잡아챘다. "같이
가지. 바깥 공기 좀 쐬어야겠어." 그는 주로 구내식당이나 사무실
에서 점심을 해결했지만, 케이트와 점심을 함께하는 데 좀더 마음
이 끌렸다. 게다가 이제야 햇빛이 활짝 비쳤다. 아침 8시에 출근한
이후로 책상에 처박혀 단 한 번도 고개를 들지 않은 터였다. 잠시
라도 휴식을 취해야 마땅했다.

해리스는 늘 그렇듯이 분주해서 계산대를 따라 길게 선 줄이 인
도까지 이어져 있었다. 해리스가 경찰관들로 북적이는 까닭은 경
찰서와 가깝기 때문만이 아니라 샌드위치 가격이 적당하고 포장

이 신속해서였다. 배고픈 기동 경찰로서는 주문한 점심이 나오기도 전에 출동 명령을 받는 것처럼 짜증 나는 일도 없었다.

두 사람은 줄을 서서 조금씩 앞으로 나아갔다. "바쁘시면 제가 사무실로 가져다 드릴게요." 케이트가 말했지만 레이는 고개를 저었다.

"서두를 일 없어." 그가 말했다. "브레이크 작전 계획을 들여다보기 전에 밖에서 숨 좀 돌리고 싶었어. 식당에서 먹자고."

"좋아요. 브레이크 작전이라면 돈세탁 단속이죠?" 케이트가 주위 사람을 의식하며 작은 목소리로 물었다. 레이는 고개를 끄덕였다.

"맞아. 궁금하면 파일을 줄 테니 훑어봐. 어떻게 계획을 세웠는지 감이 올 거야."

"좋죠. 감사합니다."

둘은 샌드위치를 주문하고는 주인인 해리를 곁눈질하면서 창가에 높직한 스툴 두 개를 찾아냈다. 해리는 몇 분도 안 되어 두 사람의 샌드위치가 든 갈색 종이봉투를 허공에 흔들어댔다. 정복을 입은 경찰관 두 명이 창가를 지나갔고 해리는 손을 들어 그들에게 인사했다.

"범죄수사과는 일을 전혀 안 한다는 논쟁에 불이 붙었더군." 레이가 케이트에게 이렇게 말하며 웃었다.

"잘 알지도 못하고 하는 소리죠." 케이트가 샌드위치에서 토마토를 빼내서 따로 먹으며 말했다. "제이콥 조던 사건 때처럼 열심히 일한 적은 없어요. 헛수고였지만요."

레이는 케이트의 목소리에 묻어나는 쓸쓸함을 놓치지 않았다. "헛수고가 아니었다는 건 자네도 잘 알 거야. 범인은 언젠가 자기가 한 일을 입 밖에 낼 거고 말은 퍼지게 마련이지. 그때 잡으면 돼."

"하지만 경찰로서 잘하는 짓은 아니죠."

"무슨 말이지?" 레이 스스로도 자신이 그녀의 직언을 재미있어 하는 것인지, 기분 나빠 하는 것인지 확실히 알 수 없었다.

케이트는 먹던 샌드위치를 내려놓았다. "선제적 대응이 아니라 뒤따라가는 거라고요. 경찰은 손 놓고 앉아서 첩보가 들어오기만을 기다려서는 안 돼요. 직접 나가서 찾아야죠."

레이는 그 옛날 순경 시절 자기가 하던 말의 메아리를 듣는 것 같았다. 매그즈도 그런 말을 했던 것 같다. 다만 매그즈가 케이트 만큼 자기 주장을 적극적으로 밝혔는지는 잘 기억나지 않았다. 그녀는 다시 샌드위치를 집어 들었지만 먹는 행위에서도 어느 정도 결의가 엿보였다. 레이는 떠오르는 미소를 감췄다. 그녀는 자기 생각을 솔직히 밝혀도 될 위치인지 검열하거나 고민하지 않은 채 머리에 떠오른 생각을 그대로 말했을 뿐이다. 케이트의 말을 들으면 심기가 불편해질 경찰이 몇 명 있겠지만, 레이는 원래 직언을 문제 삼지 않았고 오히려 신선한 시각을 들을 수 있는 기회라 생각했다.

"그 사건 때문에 많이 속상했지?" 레이가 말했다.

케이트가 고개를 끄덕였다. "운전자가 잡히지 않고 무사히 넘어 갔다고 안심하면서 활개치고 다닐 걸 생각하면 화가 나요. 게다가 제이콥 어머니가 경찰이 성의가 없어서 범인을 밝혀내지 않았을 거라 여기고 브리스톨을 떠난 것도 견딜 수 없고요." 케이트는 입을 열어 말을 이으려다 생각을 고쳐먹은 듯 시선을 돌렸다.

"무슨 말을 하려던 거지?"

두 뺨이 약간 붉어졌지만 그녀는 개의치 않는다는 듯 턱을 치켜 들었다. "저는 수사를 중단하지 않았어요."

레이는 경찰로 지내면서 서류 작업을 하기에는 너무 바쁘거나 게으른 경찰들이 밀쳐둔 지긋지긋한 서류들을 여러 번 찾아냈다. 하지만 차고 넘치도록 일하다니? 처음 보는 유형이었다.

"제 개인 시간에 하고 있고 경위님이 곤란해하실 만한 일은 없다고 맹세해요. CCTV 영상을 검토하고 〈크라임워치〉에 들어온 제보 전화를 들어보면서 우리가 놓친 것은 없는지 확인하는 거예요."

레이는 케이트가 마루에 사건 자료를 펼쳐놓고 모니터에는 흐릿한 CCTV 영상을 띄워놓은 채로 집에서 시간을 보내는 장면을 떠올렸다. "우리가 그 운전자를 찾을 수 있을 거라 생각해서 그 일을 하는 건가?"

"포기하고 싶지 않아서 하는 거예요."

레이는 그 말에 미소를 지었다.

"그만하라고 말씀하실 건가요?" 케이트가 입술을 깨물었다.

그것이 바로 그가 하려던 말이었다. 그러나 케이트는 너무 열정적이었고 집념이 강했다. 게다가 그녀가 수사에서 달리 얻는 것이 없다 하더라도 손해 볼 일이 있겠는가? 한때 레이가 했을 법한 일을 지금 케이트가 하고 있는 것이다.

"아니." 레이가 말했다. "그만하라는 말은 하지 않을 거야. 내가 하지 말라고 한들 그렇게 된다는 보장이 없거든."

두 사람 모두 크게 웃었다.

"하지만 자네가 무슨 일을 하고 있는지 그때그때 내게 알려주면 좋겠어. 그리고 얼마나 시간을 들이는지 감을 잃지 마. 지금 하고 있는 일보다 우선시해서도 안 돼. 동의하나?"

케이트가 그를 찬찬히 뜯어보았다. "동의해요. 고마워요, 레이 경위님."

레이는 샌드위치가 들어 있던 종이봉투를 구겨서 뭉쳤다. "자, 이제 들어가봐야지. 자네에게 브레이크 작전 파일을 보여주고 빨리 집에 가야 해. 그러지 않았다간 골치 아파져 또." 그는 얼굴을 찡그리는 척하며 눈을 굴렸다.

"경위님이 늦게까지 일하는 걸 아내분이 싫어하시는군요?" 경찰서로 돌아가는 길에 케이트가 말했다.

"최근 들어 우리 사이가 그리 좋지 않은 것 같아." 이 말을 하는 순간 레이는 부정이라도 저지른 듯한 기분이 들었다. 그는 매그즈를 레이만큼이나 오랫동안 알고 지낸 스텀피를 제외하고는 직장 사람들에게 개인사를 터놓지 않는 편이었다. 그러나 케이트에게만 한 말이니 경솔하게 떠벌린 것은 아니라고 레이는 생각했다.

"좋지 않은 것 같다고요?" 그녀가 소리 내어 웃었다. "남 이야기 하세요?"

레이는 쓸쓸하게 웃었다. "현재로서는 아무것도 확실하지 않아. 뭐가 문제인지 정확히 집어낼 수 없고……. 아, 그게 말야. 요즘 우리가 큰아이 톰 때문에 속을 썩고 있거든. 톰이 학교에 잘 적응하지 못하는 데다 침울하고 속을 터놓지 않게 됐어."

"몇 살이죠?"

"열두 살이야."

"그 나이 아이가 할 만한 행동 같은데요." 케이트가 말했다. "제 어머니는 제가 진짜 골칫덩이였다고 하세요."

"그래. 그랬을 것 같아." 레이는 케이트가 그 말에 자기에게 주먹을 겨누는 것을 보고 웃었다. "무슨 말인지 알아. 하지만 정말 톰은 전혀 그 아이답지 않은 행동을 하고 있어. 눈 깜짝할 사이에 변했다니까."

"왕따를 당하는 것 같으세요?"

"그런 생각도 들었어. 하지만 내가 잔소리한다고 생각할까봐 이 것저것 캐묻지는 않으려고 해. 매그즈가 아이와 대화를 잘하는데 매그즈조차 아이에게서 아무 이야기도 끄집어내지 못하고 있어." 레이가 한숨을 내쉬었다. "아이들이란. 이걸 알면 누가 자식을 낳 겠어?"

"전 낳지 않을 거예요." 경찰서에 도착했을 때 케이트가 말했다. 그녀는 출입증을 대서 옆문을 열었다. "적어도 한동안은요. 그것 보다 재미있는 일이 차고 넘치는걸요." 그녀가 소리 내어 웃었다. 레이는 그 홀가분한 삶에 잠깐이나마 질투심을 느꼈다.

두 사람은 계단을 올라갔다. 범죄수사과가 있는 3층 층계참에 이르렀을 때 레이는 문에 한 손을 대고 잠시 멈춰 섰다. "제이콥 조던 사건에 대해서는, 경위님과 저만 아는 일로 해요."

케이트가 활짝 웃었다. 레이는 마음속으로 안도의 한숨을 내쉬 었다. 자기가 분명히 종료하라고 명령한 사건에 아직도 인력이(심 지어 돈도 주지 않고) 투입되고 있다는 사실을 청장이 안다면 한 시도 지체하지 않고 조치를 취할 것이 분명했다. 청장이 전화기를 내려놓기도 전에 그는 다시 경찰복을 입는 신세가 될 것이다.

레이는 사무실로 돌아와 브레이크 작전 계획을 검토하기 시작 했다. 청장은 그에게 돈세탁으로 추정되는 활동 수사를 진두지휘 하라고 했다. 도심의 나이트클럽 두 곳이 실은 여러 가지 불법 활 동이 이루어지는 근거지라는 내용 이외에도 살펴보아야 할 첩보 가 아주 많았다. 나이트클럽 두 곳의 소유주 모두 재계에서 이름 난 인물이었다. 레이는 청장이 자기를 시험해보려 한다는 사실을 잘 알고 있었고 그 시험에 적극적으로 대처할 생각이었다.

그런 다음 오후 나머지 시간에는 3팀이 맡은 사건들을 검토했 다. 켈리 프록터 경사가 출산휴가 중이기에 레이는 그 팀에서 가장 경험이 많은 경장에게 업무를 대행하라고 지시했다. 경장인 션이 잘해내고 있었지만 레이는 켈리가 자리를 비우는 동안 간과하는 일이 없도록 만전을 기했다.

케이트도 머지않아 업무를 대행해야 할 것이었다. 그녀는 좀더 경험이 풍부한 형사들에게도 한 수 가르칠 수 있을 정도로 두뇌가 비상했고 도전을 즐겼다. 그는 케이트가 뺑소니 사건 수사를 계속하고 있다고 말할 때 그 얼굴에 스치던 도전적인 표정을 떠올렸다. 그녀가 그 일에 전념하고 있다는 점은 분명했다.

레이는 그녀를 추동하는 힘이 무엇인지 궁금해졌다. 그저 사건을 포기하기 싫어서일까? 그렇지 않다면 수사해서 긍정적인 결과를 얻을 수 있다고 자신하는 것일까? 사건을 종료하라는 청장 말에 너무 성급하게 동의한 것은 아닐까? 그는 손가락으로 책상을 두드리면서 잠시 생각에 잠겼다. 공식적인 업무 시간은 끝났다. 레이는 매그즈에게 오늘 늦지 않겠다고 약속했다. 앞으로 30분 더 일한다 하더라도 적당한 시간에 귀가할 수 있었다. 마음이 바뀌기 전에 그는 책상 맨 아래 서랍을 열어 제이콥의 사건 파일을 꺼냈다.

그가 시간을 확인했을 때는 그로부터 한 시간 넘게 지나 있었다.

10

"당신임 준 안왔어ㅛ!"펜끄ㅌㄹㅗ 가는 길에서 배긴은 고트 뒷사락을 펄럭이며 숨 가쁘게 따라와서 나를 불러세운다. "우체국에 잠깐 들르려던 참이에요. 이렇게 마주쳐서 잘됐어요. 전할 소식이 있거든요."

"무슨 소식인가요?" 나는 베선이 숨 돌리기를 기다린다.

"어제 어떤 엽서 회사 판매 대리인이 내 상점에 왔어요." 그녀가 말한다. "그에게 당신이 찍은 사진을 보여줬더니 우편엽서로 만들면 멋지겠다고 하더군요."

"정말요?"

베선이 깔깔 웃는다. "그럼 사실이죠. 다음에 이곳에 들를 때 가져갈 수 있도록 견본으로 몇 장 인화해주면 좋겠대요."

나도 모르게 얼굴에 환한 웃음이 떠오른다. "놀라울 따름이에요. 고맙습니다."

"가게에서도 당신 사진이 든 엽서를 판매할 거예요. 일단 웹사이트를 만들어서 몇 장 올려두세요. 고객 명단에 있는 사람들에게 이메일로 도메인을 전송하려고요. 휴가를 보냈던 곳이 아름답게 담긴 사진을 원하는 사람들이 있게 마련이에요."

"그렇게 할게요." 그녀에게 말한다. 웹사이트를 어떻게 개설해야 하는지 짐작조차 가지 않지만.

"이름뿐만 아니라 내용을 써도 되지 않을까요? '행운을 빌어요'나 '축하해요' 같은 말이요."

"네, 그러죠." 로고로 쓰려는 비스듬한 'J'를 인쇄한 채 내 엽서들이 진열된 모습을 상상해본다. 이름 앞 글자만 넣어야지. 누구든 그 엽서를 살 수 있으니까. 뭐든 해서 돈을 벌기 시작해야 한다. 먹는 것이 거의 없어서 지출은 적지만 저금이 바닥날 날이 머지않았고 다른 소득원도 없다. 무엇보다도 일이 그립다. 머릿속에서 들리는 목소리가 나를 비웃지만 애써 그 목소리를 차단한다. 다른 일을 시작하지 말아야 할 이유가 있을까? 사람들이 내 사진을 사지 말란 법이 있을까? 내 조각을 사던 사람들도 있었는데?

"꼭 할게요." 내가 말한다.

"그래요. 그럼 결정한 걸로 알게요." 베선이 기뻐하며 말한다. "오늘은 어디 가세요?"

나도 모르는 새에 우리 두 사람은 펜파흐에 도착해 있었다. "해안을 좀더 살펴보려고 했어요. 다른 해변들도 찍어볼까 해서요."

"펜파흐의 해변만큼 예쁜 곳은 찾을 수 없을걸요." 베선이 말하더니 시계를 본다. "하지만 포트 엘리스로 가는 버스가 10분 후에 출발해요. 출발점으로 삼기에 거기만큼 좋은 곳은 없어요."

버스가 도착하자 기쁜 마음으로 올라탄다. 버스에는 아무도 없다. 운전사와 대화하는 일을 피하려고 운전석에서 한참 떨어진 뒷자리에 앉는다. 버스가 조심스레 좁은 길을 통과해 내륙 쪽으로

가는 동안 바다가 차츰 멀어져가더니 목적지에 도착할 때쯤 다시
가까워진다.

버스가 멈춰선 조용한 길은 포트 엘리스 전체를 관통하는 듯한
돌벽 사이로 나 있다. 인도가 따로 없어서 그 길을 그대로 걷는다.
마을 중심부를 찾기를 바라는 마음에서다. 내륙을 탐색하고 해안
으로 갈 작정이다.

봉투 하나가 울타리에 반쯤 가려져 있다. 매듭 지어 길옆에 난
얕은 배수로에 던져진 검은색 비닐봉투다. 하마터면 휴가 여행객
이 투기한 쓰레기봉투로 생각하고 지나칠 뻔했다.

봉투가 조금씩 움직인다.

어쩌나 살짝 움직이는지 내 상상이 아닐까, 바람 때문에 봉지가
비스럭거리는 기겠지, 라는 생각까지 든다. 울타리로 몸을 기울여
봉투에 손을 뻗으면서 그 안에 틀림없이 살아 있는 물체가 들어
있으리라고 생각한다.

무릎을 굽히고 비닐봉투를 찢어서 연다. 두려움과 배설물로 인
한 악취가 진동하며 나를 강타한다. 그 안에 동물 두 마리가 들어
있는 것을 보고 치미는 욕지기를 간신히 참으며 헛구역질을 한다.
강아지 한 마리는 공포로 할퀸 발톱 자국 때문에 등 피부가 벗겨
진 채 움직임 없이 누워 있고 그 옆에 있는 강아지는 꼼지락거리
며 들릴 듯 말 듯한 소리로 울고 있다. 울음을 터뜨리며 살아 있는
강아지를 들어 올려 코트로 감싸 안는다. 어색하게 몸을 일으켜
세워 100미터쯤 앞에서 길을 건너고 있는 남자를 부른다.

"도와주세요! 제발 도와주세요!"

남자가 몸을 돌려 내 쪽으로 느릿느릿 걸어온다. 그는 내 두려
움에 동요되지 않은 듯하다. 나이 지긋한 그 남자는 턱이 가슴에

닿을 정도로 등이 둥그렇게 앞으로 굽었다.

"이곳에 수의사가 있나요?" 그가 어느 정도 가까이 다가오자 내가 묻는다.

그 사람은 내 코트에 싸여 울지 않고 가만히 있는 강아지를 보더니 바닥에 놓인 검은색 봉투 안을 들여다본다. 그러고는 천천히 고개를 내저으며 혀를 찬다.

"앨런 매슈스의 아들이요." 노인이 말한다. 그는 매슈스의 아들이 있는 곳을 가리키려는 듯 고개를 쭉 빼들더니 끔찍한 내용물이 담긴 검은색 봉투를 집어 올린다. 가슴 전체로 퍼져나가는 강아지의 온기를 느끼며 그를 따라간다.

동물 병원은 좁은 길 끝의 작고 하얀 건물에 있다. 문 위에는 '포트 엘리스 동물 병원'이라는 문패가 달렸다. 매우 좁은 대기실 안에는 무릎에 고양이 바구니를 올려둔 여자가 플라스틱 의자 위에 앉아 있다. 대기실에서는 소독약과 개 냄새가 난다.

접수원은 컴퓨터 모니터를 보다가 고개를 든다. "토머스 씨, 안녕하세요. 무슨 일로 오셨어요?"

내 옆에 있던 노인은 목례를 하고 검은색 봉투를 계산대에 올려놓는다. "이분이 울타리 안에 버려진 강아지 두 마리를 발견했어요." 그가 말한다. "빌어먹게 부끄러운 일이요." 그는 내 쪽으로 몸을 기울이고는 조심스럽게 내 팔을 토닥거린다. "금세 봐줄 거예요." 그가 병원을 떠나자 문 위에 달린 종이 힘차게 짤랑거린다.

"강아지들을 데려와주셔서 감사해요."

접수원은 밝고 헐렁한 푸른색 상의에 검은색으로 '메건'이라는 이름이 돋을새김된 명찰을 달고 있다.

"아시다시피 대부분은 그러지 않거든요."

메건은 소아과 병동 간호사들이 매고 다니는 것처럼 밝은색 동물 모양 배지와 자선 넥타이핀이 빽빽이 꽂힌 끈을 매고 있다. 그 끈에 달린 열쇠가 흔들린다. 봉투를 열어본 그녀는 잠시 해쓱해졌지만 차분하게 그 봉지를 들고 사라진다.

몇 초 뒤에 대기실 문이 열리고 메건이 내게 미소 짓는다. "그 강아지를 데리고 들어오시겠어요? 패트릭이 지금 뵙고 싶대요."

"고맙습니다." 메건을 따라 구석에 선반들이 빼곡하고 형태가 특이한 방으로 들어간다. 맞은편에는 조리대와 크기가 작은 철제 개수대가 놓여 있다. 그 개수대에서 어떤 남자가 형광 초록색 비누로 팔뚝까지 거품을 내며 손을 씻고 있다.

"안녕하세요. 패트릭이라고 합니다. 수의사예요." 그가 마지막 말을 덧붙이더니 소리 내 웃는다. "알고 계셨겠지만요." 그 사람은 키가 크고(나보다도 큰데 좀처럼 드문 일이다) 이렇다 할 스타일이 없는 깊은 금발이다. 푸른색 ┬┵곡 아내노 칭바시와 소매를 말아 올린 격자무늬 셔츠를 입고 있는데, 미소 짓는 입술 사이로 고르고 하얀 치아가 보인다. 30대 중반이나 그보다 좀 더 많아 보인다.

"제나라고 해요." 나는 코트를 열어 검고 흰 강아지를 품에서 떼낸다. 강아지는 형제의 충격적인 죽음에도 아랑곳하지 않는 듯 자그맣게 쿵쿵거리는 소리를 내며 잠들어 있다.

"그럼 어떤 녀석인지 한번 볼까요?" 수의사가 내게 강아지를 조심스럽게 받아들면서 말한다. 그러자 강아지가 깨서 움찔하더니 그를 피하며 몸을 움츠린다. 패트릭은 그 녀석을 내게 다시 건넨다. "진료대 위에 놓고 붙잡아주시겠어요?" 그가 말한다. "이 녀석을 더 불안하게 만들고 싶지 않거든요. 봉투에 넣어서 버린 사람이 남자라면 이 녀석도 시간이 흘러야 남자를 신뢰할 수 있게 되죠." 그는 두 손으로 강아지를 쓰다듬고, 나는 몸을 구부려 강아지

115

귀에 대고 안심시키는 말을 계속해서 속삭인다. 패트릭이 내 터무니없는 행동을 어떻게 생각하든 신경 쓰지 않는다.

"품종이 뭔가요?" 내가 묻는다.

"잡종견이죠."

"잡종견이요?" 패트릭이 조심스럽게 검진해 강아지는 안정을 되찾았다. 나는 강아지에게 살짝 올려놓은 손을 떼지 않은 채 몸을 일으킨다.

패트릭이 활짝 웃는다. "아시다시피 이것저것 섞인 개를 말해요. 귀를 보니 스패니얼이 가장 많이 섞인 것 같지만 나머지 혈통은 짐작할 길이 없어요. 콜리나 테리어가 조금 섞였을지도 모르죠. 순종견이었다면 버려지지 않았으리라는 것만큼은 확실합니다." 그는 강아지를 들어 올려 다시 내게 안겨준다.

"딱해라." 나는 강아지의 온기를 느끼면서 말한다. 녀석은 내 목에 코를 붙인다. "어떤 사람이 그런 짓을 했을까요?"

"경찰에 알리겠지만 경찰이 뭐든 알아낼 가능성은 극히 적어요. 이 동네 주민은 대부분 말수가 없어요."

"이 강아지는 어떻게 될까요?" 내가 묻는다.

패트릭은 수술복 호주머니 깊숙이 두 손을 밀어 넣고 개수대에 등을 기댄다.

"직접 키울 수 있으신가요?"

그의 눈가에는 일평생 눈을 가늘게 뜨고 해를 노려보기라도 한 듯 가느다란 흰색 선이 여러 개 나 있다. 분명 밖에서 보내는 시간이 많으리라.

"발견 당시 정황으로 볼 때 누군가 이 녀석을 찾으려고 나타날 가능성은 없어요." 패트릭이 말한다. "그리고 저희 보호 시설은 공간이 빠듯하고요. 이 녀석에게 집을 마련해주실 수 있다면 큰 도움이 될 겁니다. 제가 볼 때는 좋은 개예요."

"아니, 저는 개는 못 키워요!" 내가 외친다. 이런 비극이 일어난 까닭이 내가 오늘 포트 엘리스로 왔기 때문이라는 느낌을 떨칠 수 없다.

"왜 그러시죠?"

나는 주저한다. 내 주위에서는 항상 나쁜 일이 일어난다는 것을 어떻게 설명할 수 있을까? 다시 한 번 무엇인가를 돌보고 싶은 마음이 들지만 그와 동시에 두려움이 엄습한다. 보살펴주지 못하면 어쩌지? 강아지가 병에 걸리면?

"집주인이 그러라고 허락할지부터 확실치 않아요." 마침내 내가 대답한다.

"댁이 어디신가요? 포트 엘리스에 사세요?" 나는 고개를 젓는다. "피끅에 있는 덴페르에 있어요. 이엉낌에서 멀기 않은 오두매에서요."

패트릭의 눈빛이 어디인지 안다는 듯 번득인다. "이에스틴 아저씨의 오두막에 사시는군요?"

나는 고개를 끄덕인다. 이제는 이에스틴을 모르는 사람이 없다는 사실에 놀라지 않는다.

"이에스틴 아저씨라면 제게 맡겨두세요." 패트릭이 말한다. "이에스틴 존스 씨는 제 아버지와 같은 학교를 나오셨어요. 제게는 아저씨가 숨기고 싶어 하는 정보가 많죠. 원하신다면 코끼리 떼라도 키우실 수 있도록 해드릴게요."

나는 미소 짓는다. 그러지 않을 수 없다.

"코끼리 떼를 키우는 건 사양할래요." 이렇게 말해놓고 갑자기 얼굴이 달아오른다.

"스패니얼은 아이들과 잘 놀아요." 그는 말한다. "아이가 있으세요?"

끝을 알 수 없는 침묵이 이어진다.

11

레이는 매그즈이 잠을 깨우지 않으려고 조심스러면서 침대에서
빠져나왔다. 주말에 일하지 않겠다고 매그즈와 약속했지만 지금
일어나면 그녀가 잠에서 깰 때까지 한 시간 정도는 이메일을 확인
하고 브레이크 작전 파일까지 훑어볼 수 있을 것 같았다. 경찰은
클럽 두 곳에 동시에 수색영장을 발부할 계획이었다. 정보원 말이
맞다면 두 군데에서 모두 대량의 코카인은 물론 합법적인 사업체
로 위장한 출처와 자금을 주고받은 내역이 담긴 서류를 발견할 수
있을 것이다.

그는 바지를 주워 입고 커피를 마시러 주방으로 갔다. 물이 끓
을 때쯤 그의 등 뒤로 살금살금 걷는 발소리가 들렸다. 레이는 몸
을 돌렸다.

"아빠!" 루시가 그의 허리에 달라붙었다. "아빠가 일어나신 줄
몰랐어요!"

"넌 언제 일어났니?" 그가 루시의 팔을 풀고 그녀에게 몸을 굽

혀 입 맞추며 말했다. "어제 네가 잠드는 것을 못 봐서 미안하다. 학교는 어땠니?"

"괜찮은 것 같아요. 일은 어떠셨어요?"

"괜찮은 것 같아."

두 사람은 서로를 보고 환하게 웃었다.

"텔레비전 봐도 돼요?" 루시가 숨죽여 말하며 애원하듯 그를 올려다봤다. 매그즈는 아침에 텔레비전을 보는 데 깐깐한 규칙을 만들어놓았지만 주말인 데다 텔레비전을 틀어주면 레이가 한동안 자유롭게 일할 수 있었다.

"그렇게 해라."

루시는 레이의 마음이 바뀔까봐 허둥지둥 거실로 들어갔다. 텔레비전이 켜지더니 잠시 뒤 만화영화에서 나는 것인지 높은 목소리가 들려왔다. 레이는 주방 식탁에 앉아 블랙베리를 켰다.

그가 8시까지 이메일 대부분을 처리하고 커피를 한 잔 더 끓이고 있을 때 루시가 주방으로 들어와 배가 고프다며 아침 식사는 어디 있냐고 불평했다.

"톰은 아직 자니?" 레이가 물었다.

"네. 게으름뱅이에요."

"난 게으르지 않아!" 위층에서 화난 목소리가 들렸다.

"오빠는 게을러!" 루시가 외쳤다.

층계참을 가로지르는 발소리가 쿵쿵 울리더니 톰이 맹렬한 기세로 계단을 달려 내려왔다. 머리가 부스스한 톰의 얼굴은 짜증으로 잔뜩 일그러져 있었다. "아니라고!" 그는 이렇게 소리치고는 손을 뻗어 동생을 밀쳤다.

"아야!" 루시는 비명을 질렀고 금세 두 눈에 눈물이 그렁그렁하게 맺혔다. 그녀의 아랫입술이 떨렸다.

"세게 밀지도 않았잖아!"

"세게 밀었어!"

레이는 신음했다. 다른 아이들도 루시와 톰처럼 동기간에 자주 다툴까 생각했다. 두 아이를 강제로 떼어놓으려던 찰나 매그즈가 아래층으로 내려왔다.

"8시에 일어났는데 게으르다고 하면 안 되지, 루시." 그녀가 부드럽게 말했다. "톰, 동생 때리면 안 돼." 매그즈는 레이의 커피 잔을 들었다. "나한테 주려고 만들었어?"

"응." 레이는 다시 물을 끓였다. 그는 식탁에 앉아 올 여름방학에 무엇을 할지 계획을 세우는 아이들을 바라보았다. 조금 전에 다툰 사실은 잊은 듯했다. 적어도 잠깐은 그럴 것이다. 매그즈는 대립 상황을 누그러뜨리는 데 어김없이 성공했다. 레이로서는 결코 닿을 수 없는 경지였다. "어떻게 하는 거야?"

"이게 바로 양육이라는 거지." 매그즈가 말했다. "당신도 한번 하려고 해봐."

레이는 반박하지 않았다. 최근 들어 두 사람이 하는 일이라고는 허구한 날 서로를 비난하는 것뿐이라는 생각이 들어서였다. 더구나 종일 직장에서 업무를 보는 일과 아이를 양육하는 일 가운데 어떤 것이 힘든지 논쟁을 되풀이할 기분도 아니었다.

매그즈는 커피를 마시는 중간중간 주방을 돌아다니며 능숙하게 토스트를 만들고 주스를 붓더니 아침 식사를 식탁 위에 올려놓았다. "어젯밤 몇 시에 들어왔어? 들어오는 소리를 못 들었어." 그녀는 파자마 위에 앞치마를 두르고는 달걀을 휘젓기 시작했다. 몇 년 전 크리스마스에 레이가 그녀에게 선물로 준 앞치마였다. 자기 아내에게 프라이팬이나 다리미판을 사주는 한심한 남편들을 흉내 낸 장난이었다. 하지만 매그즈는 계속해서 그 앞치마를 입었다. 앞치마에는 1950년대 주부의 그림과 "나는 와인을 마시면서 요리하는 것이 좋아요. 이따금 음식에도 약간 넣죠"라는 문구가 있었다. 레이는 퇴근하고 집에 와서 조리 기구 앞에 서 있는 아내에게 팔을 둘렀을 때 그 앞치마가 바스락거리며 손가락에 닿던 감촉을 떠올렸다. 한동안은 그렇게 하지 못했다.

"1시쯤일 거야." 레이가 말했다. 전날 밤 브리스톨 외곽에 있는 주유소에 무장 강도가 들었다. 정복 근무조가 사건이 일어난 지 몇 시간 만에 범행에 연루된 네 명을 모두 잡아들여서 레이가 남아 있을 필요는 없었지만 팀에 연대감을 보여주려고 그대로 머물렀다.

커피가 마시기 어려울 정도로 뜨거웠지만 그래도 레이는 한 모금 들이마셨다. 결국 혀를 데고 말았다. 블랙베리가 진동하자 그는 화면을 들여다보았다. 스텀피가 보낸 이메일이었는데 범행을 저지른 네 사람이 기소되어 토요일 아침 법정에 섰고 치안판사가 그들을 구금했다는 내용이었다. 레이는 경정에게 짤막한 이메일을 보냈다.

"레이!" 매그즈가 말했다. "일 안 한다며! 약속했잖아."

"미안해. 어젯밤에 일어난 사건을 마무리했어."

"겨우 이틀이야, 레이. 당신 없이 처리하도록 놔둬." 그녀가 식탁에 달걀이 담긴 프라이팬을 올려놓고 자리에 앉았다.

"조심해." 매그즈는 루시에게 말했다. "뜨겁다." 그녀는 서 있는 레이를 보았다. "아침 좀 먹을래?"

"고맙지만 됐어. 나중에 아무거나 먹을게. 샤워해야겠어." 그는 잠시 문설주에 등을 기대고 서서 세 사람이 식사하는 장면을 지켜봤다.

"월요일에는 창문 닦는 사람이 오니까 대문을 열어두어야 해."

매그즈가 말했다. "그러니까 내일 밤 쓰레기봉투 가지고 나갈 때 열어두는 것 잊지 마, 알았지? 아, 그리고 나무 이야기 하러 옆집 사람들 만나러 갔는데 2주 안에 나무를 벤다고 했어. 물론 내 눈으로 보기 전에는 믿을 수 없지만."

레이는 〈브리스톨 포스트〉가 전날 사건에 대한 기사를 실을지 궁금해졌다. 경찰이 해결하지 못한 사건은 기다렸다는 듯이 싣지 않았던가.

"듣던 중 반가운 소식이네." 그가 말했다.

매그즈가 포크를 내려놓더니 그를 바라보았다.

"왜 그래?" 레이가 말했다. 그는 샤워하러 위층으로 올라가면서 블랙베리를 꺼내 경찰서에서 대기 중인 언론 담당관에게 메시지를 보냈다. 잘한 일을 적극 활용하지 못하는 것은 어리석은 짓이리라고 생각하면서.

"오늘 고마웠어." 매그즈가 말했다. 부부는 소파에 앉아 있었지만, 그 누구도 굳이 몸을 움직여 텔레비전을 켜려고 하지 않았다.

"뭐가?"

"오늘만큼은 일을 미뤄뒀잖아." 매그즈가 머리를 뒤로 기대더니 눈을 감았다. 그러자 눈가 잔주름이 펴졌고 일순간 얼굴이 젊어졌다. 레이는 그녀가 요즘 들어 얼마나 자주 얼굴을 찌푸리는지 깨달았다. 자기도 그러는 것일까 생각했다.

매그즈는 레이의 어머니가 "넉넉한 미소"라고 말하던 웃음을 띠었다. "제 입이 크다는 말씀이시군요." 그 말을 처음 들었을 때 매그즈는 깔깔 웃었다.

그 추억을 떠올리자 레이도 웃음이 나올 것 같았다. 요즘은 미소 짓는 횟수가 줄어든 것 같지만 그녀는 지금까지 그가 보아온 매그즈 그대로였다. 그녀는 아이들이 태어나고 나서 체중이 불었다고 자주 한탄했지만 레이는 오히려 지금 그녀 모습이 좋았다. 매그즈의 배는 동그스름하고 부드러웠으며 가슴은 낮고도 풍만했다. 그녀는 그런 칭찬을 묵살했고 레이가 그에 관해 더 이상 말하지 않게 된 지도 한참 되었다.

"멋진 하루였어." 레이가 말했다. "좀더 자주 이래야겠어." 두 사람은 종일 집에서 빈둥거리다가 햇살을 한껏 받으며 정원에서 크리켓을 쳤다. 레이가 헛간에서 꺼내어 놓은 낡은 스윙볼 세트를 보고 톰이 큰 소리로 "신통치 않다"고 하긴 했지만 두 아이 모두 오후 내내 게임을 했다.

"톰이 웃는 모습을 보니까 좋았어." 매그즈가 말했다.

"최근에는 웃는 일이 많지 않더군. 그렇지?"

"톰 때문에 걱정이야."

"학교에 다시 이야기해볼 거야?"

"그래봐야 소용없을걸." 매그즈가 대답했다. "학년이 거의 끝나가잖아. 선생이 바뀌면 나아지지 않을까 기대해봐야지. 게다가 2학년으로 올라가면 <u>끄트머리</u> 학년이 아니니까 자신감이 붙지 않을까 싶어."

레이는 아들의 심정을 이해해보려 애썼지만, 톰은 이번 학기와 마찬가지로 초등학교 마지막 학년이었던 작년에도 학년 초부터 열의 없이 시간을 보내면서 담임선생 속을 썩였다.

"그저 우리한테 말이나 했으면 좋겠어." 매그즈가 말했다.

"톰은 맹세코 아무 문제도 없다는 말만 되풀이해." 레이가 말했다. "사춘기 사내아이다운 행동일 뿐이지만 그래도 빨리 벗어나야 해. GCSE^{General Certificate of Secondary Education, 중등교육 자격 검정 시험으로 영국에서 대학 입시를 치르기 위해 거쳐야 하는 관문}를 치르는 해에도 저런 태도로 수업을 듣는다면 끝장나는 거야."

"오늘은 당신과 톰 사이가 좋아 보였어." 매그즈가 말했다.

언쟁 없이 하루를 보냈으니 맞는 말이었다. 레이는 톰이 이따금 말대꾸해도 아무 말 하지 않았고 톰 역시 눈을 흡뜨지 않으려고 했다. 즐거운 하루였다.

"블랙베리 전원을 꺼두는 것도 그렇게 나쁘진 않았지?" 매그즈가 물었다. "심장이 두근거리거나 진땀이 나거나 헛것이 보이진 않았어?"

"하하. 그렇지 않았어. 그 정도로 힘들지 않았어." 레이는 당연히 블랙베리 전원을 끄지 않았고 전화기는 종일 호주머니 안에서 끊임없이 울려댔다. 그러다 마침내 화장실에 갈 수 있게 되었을 때 이메일을 훑으며 급한 일을 놓치고 있지 않은지 확인했다. 청장이 보내 브레이크 자전 관련 이메일에 답신을 보냈고, 개이드기 뺑소니 사건에 관해 보낸 문자메시지도 대충 읽었는데 당장이라도 제대로 확인하고 싶어 좀이 쑤셨다. 그가 주말 동안 블랙베리를 꺼두었다가는 월요일에 할 일이 산더미같이 쌓여서 그 주 내내 그 일들을 처리하느라 다른 사건이 터져도 아무것도 할 수 없다는 사실을 매그즈는 알지 못했다.

레이는 소파에서 일어났다. "그래도 이제부터 한 시간 정도는 서재에서 일해야 해."

"뭐라고? 레이, 일하지 않기로 약속했잖아."

레이는 혼란스러워졌다. "하지만 아이들도 자잖아."

"그래, 하지만 난." 매그즈가 말을 멈추더니 귓속에 뭔가 들어가기라도 한 듯 고개를 살짝 흔들었다.

"뭔데?"

"아냐. 괜찮아. 가서 할 일 해."

"내려가서 한 시간만 할게. 약속해."

매그즈가 서재 문을 열어젖혔을 때는 그로부터 두 시간 가까이 지나 있었다. "차 한잔 마시고 싶어 할 것 같아서."

"고마워." 레이가 기지개를 켜다가 등에서 뚝 소리가 나자 신음했다.

매그즈가 책상 위에 머그잔을 올려놓고 레이의 어깨 너머로 그가 읽고 있던 두꺼운 문서 뭉치를 들여다보았다. "나이트클럽 일이야?" 그녀는 문서 맨 윗부분을 훑고는 이렇게 말했다. "제이콥 조던? 작년에 뺑소니 사고로 죽은 아이 아냐?"

"그 아이 맞아."

매그즈가 어리둥절해했다. "그 사건은 접은 줄 알았는데."

"그랬지."

매그즈는 안락의자 팔걸이에 걸터앉았다. 양탄자를 짓누르는 바람에 거실에 둘 수 없어 서재로 옮겨놓은 것이었다. 그 의자는 서재에도 어울리지 않았지만 레이는 이제까지 앉아본 것 가운데 가장 편안한 그 의자와 헤어지는 것을 거부했다. "그럼 범죄수사과가 아직도 수사하는 이유가 뭐야?"

레이가 한숨을 내쉬었다. "범죄수사과에서 하는 게 아냐." 그는 말을 이었다. "사건은 종료됐지만 관련 서류는 아직 파일에 넣어두지 않았어. 우리가 지금 하는 일은 전에 놓친 게 없는지 새로운 시각으로 살펴보는 것뿐이야."

"우리라고?"

레이는 말을 멈췄다. "우리 팀 말야." 어째서 케이트 이름을 꺼내지 않았는지는 알 수 없었지만 굳이 지금 그녀를 언급하는 것도 자연스럽지 않을 터였다. 혹시라도 청장이 낌새 챌 때를 대비해 앞으로도 케이트가 수면에 떠오르지 않도록 하는 것이 안전했다. 이제 갓 경찰이 된 그녀 평판에 흠이 가게 할 필요는 없다.

"아, 레이." 매그즈가 부드러운 목소리로 말했다. "당장 해결해야 할 사건만 해도 차고 넘치지 않아? 미제 사건까지 다시 검토하지 않더라도."

"아직도 따끈따끈한 사건이야." 레이가 말했다. "위에서 우리를 너무 빨리 철수시켰다는 생각을 떨칠 수가 없어. 한 번 더 시도해볼 수만 있다면 뭔가 찾아낼 거야."

잠시 침묵이 흐르다가 매그즈가 입을 뗐다. "애너벨 사건과는 다르잖아."

레이는 머그잔 손잡이를 꽉 움켜쥐었다.

"그 이야긴 하지 마."

"시민을 애닳아서 눗닐 때바나 이번 식으로 스스로를 고문해서는 안 돼." 매그즈는 몸을 앞으로 숙여 그의 무릎을 토닥였다. "이러다 정신이 어떻게 될 거야."

레이는 차를 한 모금 마셨다. 애너벨 스노든 사건은 그가 수사과로 이동하고 나서 처음 맡은 사건이었다. 애너벨 스노든이 방과후에 실종되자 그녀 부모는 넋이 나갔다. 적어도 넋이 나간 듯 보였다. 그러다 2주 후 레이는 자기 집 침대 밑에 유기된 애너벨의 사체를 발견하고는 아이 아버지를 살인 혐의로 체포했다. 아이가 살아 있는 상태로 그곳에 1주일 넘게 갇혀 있었다는 사실도 드러났다.

"테리 스노든에게 어딘지 모르게 이상한 점이 있다는 걸 처음부터 알았어." 그는 마침내 매그즈를 쳐다보며 말했다. "내 의견을 좀더 강하게 내세워서 아이가 실종된 직후에 그놈을 체포해야 했어."

"증거가 없었잖아." 매그즈가 말했다. "경찰의 직감이 대단한 건 사실이지만 감으로만 수사할 순 없어." 그녀는 제이콥 사건 파일을 살며시 덮었다. "이건 다른 사건이야." 그녀가 말했다. "사람들도 다르고."

"제이콥도 어린아이였어." 레이가 말했다.

매그즈가 그의 손을 잡았다. "하지만 제이콥은 이미 죽었어, 레이. 날밤을 새서 수사한다 해도 그 사실은 바뀌지 않아. 그대로 놔둬."

레이는 대답하지 않았다. 다시 책상으로 몸을 돌려 파일을 읽느라 매그즈가 서재를 나가서 잠자리에 든 것도 눈치채지 못했다. 이메일 계정에 접속하자 몇 분 전에 케이트가 보낸 새 메일이 와 있었다. 그는 곧바로 답신을 보냈다.

아직 안 자나?

몇 초 뒤에 답신이 왔다.

제이콥 어머니가 페이스북 활동을 하는지 확인하는 중이에요. 그리고 이베이 경매를 지켜보고 있고요. 경위님은요?

인근 경찰서에 접수된 전소 차량 보고서를 훑어보고 있어. 한동안 접속해 있을 거야.

좋아요. 제가 말 상대 해드릴게요!

레이는 케이트가 한쪽에 랩톱을 두고 다른 쪽에는 군것질거리를 쌓아둔 채 소파에 몸을 웅크리고 앉아 있는 모습을 상상했다.

벤앤제리 아이스크림 먹고 있어?

그가 물었다.

어떻게 아셨어요?

레이는 활짝 웃었다. 그는 새 메일이 올 때마다 확인할 수 있도록 이메일 창을 화면 모퉁이로 끌어내리고 팩스로 받은 병원 보고서를 찬찬히 읽기 시작했다.

아내분과 한 약속 때문에 주말 농안 쉬실 거라면서요?

내내 쉬고 있어! 지금은 아이들이 자니까 일 좀 하려는 거지. 자네도 말 상대가 필요하잖나.

그래주시면 고맙죠. 토요일 밤을 어떻게 이보다 더 즐겁게 보낼 수 있을까요?

레이가 껄껄 웃으며 답을 보냈다.

페이스북에서 수확은 있었어?

두어 사람 정도 가능성이 있어 보이지만 프로필 사진이 없어요. 잠시만요. 전화가 와요. 금방 돌아올게요.

레이는 마지못해 이메일 창을 닫고 잔뜩 쌓인 병원 서류를 읽는데 집중했다. 제이콥이 죽은 지 몇 달이 흘렀다. 이 모든 잔업이 헛수고에 불과하다는 생각이 머릿속에서 사라지지 않았다. 안개등 조각은 볼보를 모는 가정주부가 얼음길에 미끄러져 가로수를 치는 바람에 떨어져 나온 것이었다. 그렇게 많은 시간을 들여도 아무 성과가 없었지만 두 사람은 멈추지 않았다. 레이는 청장 지시를 묵살하고 케이트를 동참시키면서까지 위험한 짓을 하고 있었다. 이미 너무 깊숙이 들어와서 그만두고 싶어도 그럴 수 없었다.

12

조금 더 지나며 따뜻해지게 어느 이기다. 공기가 차가워서 어깨를 세우고 몸을 잔뜩 움츠린다.

"오늘 춥다." 나는 크게 말한다.

혼잣말을 하기 시작했다. 신문지를 가득 채운 짐 가방을 짊어지고는 클리프턴 현수교를 따라 걷던 어느 할머니처럼 말이다. 그 할머니가 아직도 그곳에 있는지, 여전히 매일 아침 다리를 건넜다가 밤이 되면 돌아오는지 궁금해진다. 어떤 장소를 떠나올 때면 그곳의 삶이 전과 똑같이 지속되리라 생각하기 쉽다. 그러나 오랫동안 그 상태 그대로 지속되는 것은 없다. 브리스톨에서 내가 살았던 삶은 다른 사람의 삶일지도 모른다.

그런 생각을 떨쳐버리고 부츠를 신고는 목도리를 두른다. 열쇠에 딱 달라붙어 돌아가지 않는 자물쇠와 날마다 전쟁을 치른다. 마침내 문을 잠그는 데 성공하고 열쇠를 호주머니에 넣는다. 보우가 종종거리며 내 발꿈치에 따라붙는다. 녀석은 내가 시야에서 사라지는 것을 참을 수 없다는 듯이 그림자처럼 나를 따라다닌다. 처음 집에 데려왔을 때는 밤새 울어서 침대에서 함께 재울 수밖에 없었다. 그러기 싫었지만 베개로 귀를 감싸고 울음소리를 듣지 않으려 애썼다. 강아지에게 가까이 갔다가는 후회할 것이 뻔했다. 며칠이 지나자 보우는 울음을 멈추었고 지금은 계단 맨 아래 칸에서 자다가 침실 바닥이 삐걱거리는 소리를 들으면 곧바로 잠을 깬다.

오늘 처리할 주문 목록을 확인한다. 하나도 빠지지 않고 기억하지만 실수하면 안 되기 때문이다. 베선은 휴가 온 여행객들에게 내 사진을 홍보하는 데 여념이 없고, 믿기 어렵게도 나는 지금 바쁘다. 전처럼 전시회나 작품 의뢰 때문은 아니지만 그런 일 없이도 바쁘다. 두 차례에 걸쳐 베선네 상점에 엽서를 납품했고 직접 만든 웹사이트로도 꾸준히 주문이 들어왔다. 새 웹사이트는 전에 유지했던 웹사이트처럼 멋지지는 않지만 직접 만들었다는 생각에 볼 때마다 나도 모르게 자랑스럽다. 사소한 일에 불과하지만 이제는 내가 생각처럼 그렇게 쓸모없는 인간이 아닐지도 모른다는 생각이 든다.

웹사이트에는 내 이름이 드러나지 않도록 했고 대신 사진 갤러리와 허술하고 간단한 주문 체계와 업체명인 '모래에 쓰인 글씨'만 올렸다. 어느 저녁 베선이 오두막집에서 함께 와인을 마시며 골라준 이름이다. 그녀가 내 사업에 대해 어찌나 열정적으로 이야기하던지 맞장구칠 수밖에 없었다. 베선은 "어떻게 생각해요?"라고 계속해서 질문을 던졌다. 내 의견을 묻는 질문을 받아본 게 매우 오랜만이었다.

8월은 야영장이 가장 바쁜 시기다. 아직도 1주일에 한 번은 베선을 만나지만 난방유를 잔뜩 채운 라디에이터에 발을 붙인 채로 상점 한 구석에서 한 시간 넘게 수다를 떨 수 있었던 고요한 겨울이 그립다. 해변도 북적거려서 사진을 찍는 데 필요한 매끄러운 모래를 확보하려면 해가 뜨자마자 일어나야 한다.

갈매기가 우리를 부르자 보우는 모래 위를 달리면서 안전한 하늘에서 자기를 놀리는 갈매기에게 짖는다. 나는 해변에 나뒹구는 잔해를 발로 차내다가 긴 막대를 집어 든다. 바닷물이 빠져나가고 있지만 모래는 따뜻하고 벌써 보송보송하다. 바다에 닿을락말락 한 모래에 주문받은 내용을 쓸 작정이다. 호주머니에서 종이 한 장을 꺼내 오늘 처음으로 쓸 '줄리아'를 발음해본다. "음, 그런대로 간단하겠어." 보우가 무엇인가를 묻는 표정으로 나를 바라본다. 내가 자기에게 말한다고 생각하는 것이다. 그럴지도 모른다. 하지만 보우에게 의지하는 마음이 들어서는 안 된다. 나는 이에스틴이 양치기 개를 바라볼 듯한 눈으로 보우를 바라본다. 기능을 수행하려고 존재하는 개체 수단으로 본다는 말이나. 보우는 성비견 역할을 한다. 아직은 보호 수단이 필요 없지만 필요해질지도 모른다.

몸을 숙여 J를 커다랗게 쓰고 몸을 일으켜 크기를 확인하고는 나머지 이름을 쓴다. 글씨가 흡족하게 쓰이자 막대를 내던지고는 카메라를 든다. 해가 환하게 뜬 지금, 낮은 햇살이 은은한 분홍색으로 모래를 물들인다. 쭈그리고 앉아 카메라의 뷰파인더를 들여다보면서 글씨가 하얀 물거품으로 뒤덮일 때까지 열두 장 정도를 찍는다.

다음 주문을 위해 해변을 돌아다니며 깨끗한 부분을 찾는다. 바다가 던져놓고 간 잔여물 더미에서 나무 막대를 다발로 모아 재빠르게 일한다. 마지막 막대를 놓고 내 창작물을 평가해본다. 막대기와 자갈을 배열해서 만든 액자 테두리가 아직도 물기로 번들거리는 해초 가닥 때문에 한결 부드러워 보인다. 떠내려온 잔해로 만든 하트 모양 액자는 폭이 1.8미터라서 내가 소용돌이 글꼴로 쓴 "용서해줘요, 앨리스"를 담고도 남는다. 나무 한 조각을 옮기려고 손을 뻗는데 보우가 신나게 짖으면서 바다 쪽에서 돌진해온다.

"그대로 있어!" 내가 소리친다. 보우가 내게 뛰어들까봐 목에 두른 카메라를 팔로 감싼다. 하지만 보우는 나를 본 척도 하지 않고 지나치더니 젖은 모래를 흩뿌리며 해변 저쪽으로 달려가서 해변을 걷는 남자의 주위를 껑충껑충 뛰면서 돈다. 처음에는 지난번에 개를 산책시키다가 내게 말을 건 남자라고 생각했지만 그가 방수 재킷 호주머니에 양손을 밀어 넣는 것을 보고 급히 숨을 삼킨다. 그 움직임이 낯설지 않다. 어떻게 그럴 수 있을까? 이곳에서 아는 사람이라고는 베선과 이에스틴뿐인데. 어쨌든 그 남자는 의도적으로 나를 향해 걸어오고 있고 이제 그와 나의 거리는 100미터에 불과하다. 그의 얼굴이 보인다. 아는 얼굴이지만 누군지는 알 수 없다. 어떻게 아는 사이인지 기억해낼 수 없어 위험하다. 목구멍에 조금씩 두려움이 차오르는 것을 느끼며 보우를 부른다.

"제나 맞죠?"

도망치고 싶지만 두 발이 뿌리를 내린 듯 땅에서 떨어지지 않는다. 머릿속으로 브리스톨에서 알던 사람들을 빠짐없이 떠올려본다. 분명히 전에 어디선가 만난 적 있는 사람이다.

"죄송해요. 놀라게 할 생각은 없었습니다." 나는 온몸을 떨며 남자의 말을 듣는다. 그는 진심으로 미안해하는 것 같다. 그러고는 잘못을 만회하려는 듯 환하게 미소 짓는다. "패트릭 매슈스예요. 포트 엘리스의 수의사 기억하시죠?" 그가 덧붙인다. 그러자 갑자기 그가 두 손을 푸른색 수술복 호주머니에 넣던 모습이 떠오른다.

"너무 죄송해요." 간신히 소리 내어 말하지만 내 말은 희미하고 불안하게 들린다. "몰라뵀어요." 나는 눈을 들어 텅 빈 해안 길을 본다. 조금 있으면 사람들이 어떤 기상 조건에도 끄떡없도록 바람막이, 자외선 차단제, 우산을 챙겨서 해변에서 하루를 보내려고 도착할 것이다. 지금만큼은 성수기라서 펜파흐가 사람들로 바글거린다는 사실이 고마울 따름이다. 패트릭의 미소는 따뜻하지만, 이미 한 번 따뜻한 미소에 속아 넘어간 적이 있다.

그는 몸을 숙여 보우의 귀를 쓰다듬는다.

"이 녀석을 잘 돌봐주셨나봅니다. 어떤 이름을 붙여주셨는지요?"

"보우예요." 나는 도저히 견디지 못하고 눈에 띄지 않도록 두 발자국 뒤로 물러선다. 그러자 목구멍에 맺혀 있던 덩어리가 내려간다. 일부러 옆으로 내려뜨린 두 손이 이내 양 허리께로 올라간다.

패트릭이 배료을 끓니니 소우을 어누반신나. 그러자 보우는 한 번도 받아본 적 없는 애정 어린 행위에 신이 나서 배를 긁어달라고 바닥에 등을 대고 비빈다.

"전혀 불안해 보이지 않는군요."

보우의 느긋한 태도에 마음이 든든해진다. 개야말로 사람 성격을 정확하게 파악한다고 하지 않던가?

"네, 잘 지내고 있어요." 내가 말한다.

"확실히 그런 것 같아요." 패트릭이 일어서서 무릎에 묻은 모래를 털어내는 동안 나는 꼼짝 않고 서 있는다.

"이에스틴 아저씨와는 문제없으시죠?" 패트릭이 싱긋 웃는다.

"전혀 없어요." 내가 답한다. "오히려 그분은 개가 있어야 진짜 가정이라고 생각하시는 것 같아요."

"아저씨 생각에 동의합니다. 저도 한 마리 키우고 싶지만 일하는 시간이 워낙 길어서 무리일 것 같아요. 그래도 일하면서 동물들을 많이 만나니 불평해서는 안 되겠죠."

모래가 무늬처럼 박힌 부츠와 구겨진 부분마다 소금이 낀 코트를 걸친 패트릭은 해변과 잘 어울린다. 그는 모래 위의 하트를 향해 고갯짓한다.

"앨리스가 누구길래 제나 씨가 용서를 비는 거죠?"

"아, 제가 비는 게 아니에요." 그는 나를 모래에 그림이나 그리는 괴상한 여자로 볼 것이다. "적어도 제 감정이 담긴 건 아니에요. 다른 사람을 대신해서 사진을 찍는 거죠."

패트릭은 당황한 것 같다.

"일로 하는 거예요. 저는 사진작가거든요." 그가 내 말을 믿지 않을까봐 걱정이라도 된다는 듯 카메라를 들어올린다. "사람들이 모래에 쓰고 싶은 내용을 제게 보내면 여기에 내려와서 글씨를 쓰고 사진을 촬영해서 보내죠." 그 이상 말하지 않지만 패트릭이 호기심을 보인다.

"어떤 내용인가요?"

"대부분 러브레터고 간혹 청혼도 있어요. 하지만 온갖 주문이 들어와요. 지금 쓴 건 누가 봐도 사죄하는 내용이고요. 유명한 인용문이나 좋아하는 가사를 써달라고 부탁하는 사람들도 있어요. 매번 달라요." 얼굴이 미친 듯이 달아오른 것을 느끼고는 말을 끊는다.

"그럼 이 일로 돈을 버시는 건가요? 멋진 직업이군요!" 그의 말이 조롱인지 생각해보지만 전혀 그런 의도가 없다고 확신하자 조금이나마 자부심을 느낀다. 정말로 멋진 데다 아무것도 없는 상태에서 쌓아올린 직업이다.

"다른 사진들도 판매해요. 대부분 펜파흐 만을 담은 사진이죠. 무척 아름다운 곳이라 사진을 사려는 사람들이 많아요."

"정말 아름답지 않나요? 저도 이곳을 사랑합니다."

우리는 몇 초 동안 아무 말 없이 서서 파도가 차곡차곡 쌓이다가 모래로 밀려오면서 산산이 부서지는 장면을 지켜본다. 갑자기 초조해서 달리 할 말을 찾으려 한다.

"이 해변에 오신 이유가 있나요?" 내가 묻는다. "산책시킬 개가 있지 않으면 이 시간에 여기까지 내려오는 사람은 많지 않던데요."

"새를 한 마리 날려 보내야 했어요." 패트릭이 대답한다. "어떤 여자분이 날개 한쪽이 부러진 얼가니새를 데리고 오셨어요. 그 새는 회복되는 동안 저희 병원에 머물렀죠. 그렇게 몇 주 동안 있었고, 오늘은 제가 떠나보내려고 절벽 꼭대기에 데려왔어요. 어떻게든 살아남게 하려고 발견된 곳에서 놓아줬습니다. 그러다 해변에 쓰인 글씨를 봤어요. 내려가서 누구에게 보내는 메시지인지 확인하지 않고서는 못 배기겠더군요. 그리고 이곳에 내려와서야 우리가 이미 만난 사이라는 것을 깨달았죠."

"얼가니새가 잘 날던가요?"

패트릭이 고개를 끄덕인다. "괜찮을 겁니다. 상당히 자주 있는 일이에요. 이곳 출신은 아니시죠? 보우를 데려오셨을 때 펜파흐로 온 지 오래되지 않았다고 하셨던 걸로 기억하거든요. 전에는 어디 사셨어요?"

대답을 생각해내기도 전에 전화벨이 조그맣게 울린다. 이곳 해변에 어울리지 않는 곡조다. 내심 안도의 한숨을 내쉬지만, 이에스틴과 베선은 물론 산책하다가 내게 말을 거는 사람들에게 여러 번 써먹은 이야기가 있으니 문제될 일은 없다. 화가지만 사고로 손을 다쳐 일을 할 수 없기에 사진을 택했다는 사연이다. 어쨌든 사실과 동떨어진 말은 아니지 않은가. 아이가 있냐는 질문을 받은 적이 없는 것을 보면 내가 그 답을 너무 명확히 드러내고 다니는 것은 아닌가 싶기도 하다.

"죄송합니다." 패트릭이 말한다. 그는 호주머니를 뒤져 견과류 한 움큼과 밀짚 부스러기 속에서 전화기를 꺼내려다가 모래에 떨어뜨린다. "음량을 제일 크게 설정해놓지 않으면 벨 소리를 못 들어서요." 그가 화면을 들여다본다. "아쉽지만 당장 가봐야 할 것 같습니다. 포트 엘리스의 구명정 구조소에서 자원봉사를 하고 있어요. 한 달에 두어 번 호출받는데, 지금 제가 필요한가 봅니다." 그는 전화기를 호주머니에 쑤셔 넣는다. "다시 뵙게 되어 반가웠습니다. 정말 즐거웠어요."

그 말에 동감을 표하기도 전에 패트릭은 한 손을 들어 작별 인사를 하고는 해변을 달려 모래가 덮인 길로 올라가 사라진다.

오두막에 돌아오자 보우는 지쳐 바구니에 털썩 주저앉는다. 나는 찻물이 끓는 동안 아침에 촬영한 사진을 컴퓨터에 저장한다. 방해받은 것을 감안하면 생각보다 잘 나왔다. 마른 모래를 배경으로 글씨가 뚜렷이 보이고 떠내려온 나무 막대로 만든 하트도 액자로 그만이다. 조금 뒤에 다시 보려고 가장 잘 찍힌 사진을 화면에 띄워둔 다음 커피를 들고 2층으로 올라간다. 이 일을 후회하겠지만 나로서도 어떻게 할 수가 없다.

맨바닥에 머그잔을 놓고 앉아 침대 밑으로 손을 넣어 펜파흐에 도착한 이후로 한 번도 손 댄 적 없는 상자를 찾는다. 책상다리를 한 채 상자를 내 쪽으로 끌어당겨 뚜껑을 열고 추억과 먼지를 함께 들이마신다. 그러기가 무섭게 마음이 아파온다. 더 뒤지지 말고 상자를 닫아야 한다는 것을 잘 안다. 하지만 지금 나는 약물을 찾는 중독자처럼 확고하다.

법률 서류 묶음 위에 놓인 작은 사진첩을 꺼낸다. 까마득한 시절에 찍어 낯설기만 한 스냅을 한 장씩 손으로 어루만진다. 내가 정원에 서 있는 사진, 주방에서 요리하는 사진, 임신해서 자랑스럽게 부풀어 오른 배를 내보이며 환하게 웃는 사진. 목구멍의 응어리가 단단해지고 눈 뒤에서 익숙한 통증이 느껴진다. 눈을 깜박여 그 깔끄러운 느낌을 떨쳐낸다. 그해 여름은 행복했다. 모든 것이 변화해 새로운 삶이 찾아오고 우리도 다시 시작할 수 있으리라 확신했다. 우리가 새롭게 출발할 수 있는 기회가 왔다고 생각했다. 부풀어 올랐던 배를 손으로 더듬으면서 아기의 머리, 웅크린 팔과 다리, 아직 완전한 형태를 갖추지 않은 엄지발가락이 있었을 부분을 찾는다.

사진 속 내 뱃속에 있는 아기를 놀래지 않으려는 듯 살며시 사진첩을 덮고 다시 상자 안에 넣는다. 사세력이 남아 있는 지금 당장 아래층으로 내려가야 한다. 하지만 그렇게 해봐야 아픈 이를 혀로 당기고 상처 딱지를 긁는 데 지나지 않는다. 상자를 뒤지다 보니 보드라운 천 인형이 손가락에 닿는다. 아들이 나중에 엄마 냄새를 맡을 수 있도록 아기를 가졌을 때 매일 밤 안고 자던 토끼 인형이었다. 그 인형을 얼굴에 대고 숨을 깊이 들이쉬어 필사적으로 아이의 흔적을 찾는다. 억눌렀던 울음을 터뜨리자 보우가 살그머니 위층으로 올라와 침실에 들어온다.

"내려가, 보우."

보우는 내 말을 듣지 않는다.

"나가!" 유아용 장난감을 움켜쥔 채로 강아지에게 소리를 지르는 모습이 영락없이 미친 여자다. 참지 못하고 고함을 질러댄다. 그 대상은 지금 내 앞에 있는 보우가 아니라 내게서 아들을 빼앗아 간 사람, 내 아들의 생명을 끊어놓은 그날 내 삶을 끝내버린 사람이다. "나가! 나가란 말야! 나가라고!"

보우는 바닥에 몸을 붙인다. 긴장으로 몸이 뻣뻣해지고 귀가 머리까지 축 처졌다. 하지만 물러서지 않는다. 내게서 두 눈을 떼지 않은 채 조금씩 몸을 움직여 천천히 다가온다.

싸우고 싶은 마음이 드는가 싶더니 금세 가신다.

보우는 바닥에 닿을 정도로 몸을 웅크린 채 곁으로 오더니 내 무릎에 머리를 기댄다. 그러고는 눈을 감는다. 청바지에 전해지는 보우의 무게와 따뜻한 체온을 느낀다. 나도 모르게 손을 뻗어 보우를 어루만지는데 눈물이 쏟아진다.

13

레이는 11레이크 사건을 수 행하려고 팀을 구성했다. 케이트에게 증거물 수집을 담당하게 했다. 범죄수사과에 합류한 지 1년 6개월밖에 되지 않는 신참이 맡기에는 부담스러운 역할이었지만 레이는 그녀가 그 일을 능히 해내리라 확신했다.

"당연히 할 수 있죠!" 그의 우려를 들은 케이트가 대답했다. "문제가 생기면 언제든 경위님께 도움을 청할게요. 그래도 되죠?"

"언제든 좋지." 레이가 말했다. "끝나고 술 한잔 어때?"

"좋아요. 이따가 저를 말리셔야 할걸요."

두 사람이 1주일에 두세 번씩 근무 후에 만나 뺑소니 사건을 검토하는 것은 습관으로 굳어졌다. 처리해야 할 일이 점점 더 줄어들수록 사건에 관해 논하기보다 사생활을 이야기하는 데 더 많은 시간을 쏟았다. 레이는 케이트가 자기와 마찬가지로 브리스톨 시티 축구팀의 열렬한 팬이라는 사실을 알게 되어 놀랐다. 둘은 최근 각자가 겪은 고난을 하소연하면서 즐거운 저녁 시간을 보내곤

했다. 그는 몇 년 만에 처음으로 자기 자신이 남편, 아버지, 경찰관일 뿐만 아니라 레이라는 사람임을 느꼈다.

레이는 근무시간에는 가능한 한 뺑소니 사건을 다루지 않으려 주의했다. 청장의 명령을 곧바로 어겼지만 근무시간에 그 일을 하지 않는 한 청장에게 꼬투리 잡힐 일이 없으리라 생각했다. 두 사람이 강력한 단서를 찾아내 범인을 체포한다면 분명히 청장도 생각을 바꿀 것이었다.

뺑소니 사건을 계속 수사하고 있다는 사실을 범죄수사과의 다른 구성원들에게 숨겨야 하는 까닭에 레이와 케이트는 경찰서에서 한참 떨어진 퍼브 '말과 기수'에서 만났다. 조용하고 등받이 높은 칸막이 의자가 있는 데다 주인이 십자말풀이에서 눈을 떼지 않아 서류를 펼쳐놓아도 들킬 위험이 없었다. 퍼브에서 마시는 유쾌한 한잔은 하루를 마무리하고 집에 가기 전에 스트레스를 해소하는 데 그만이었다. 레이는 자신이 근무시간이 끝날 때를 기다리느라 시계에서 눈을 떼지 못한다는 사실을 깨달았다.

레이는 5시에 걸려오는 전화 때문에 늦어지는 일이 많았다. 그가 퍼브에 도착하면 케이트는 대개 술을 반쯤 비운 상태였다. 처음 도착한 사람이 술을 주문한다는 암묵적인 합의에 따라 그의 몫인 런던 프라이드 한 파인트가 테이블에 놓여 있었다.

"무슨 일로 늦으셨어요?" 케이트가 맥주잔을 레이에게 밀면서 물었다. "재미있는 일이 생긴 건가요?"

레이가 맥주 한 모금을 꿀꺽 삼켰다. "우리한테 도움이 될 만한 첩보가 들어왔어." 그가 말했다. "크레스턴 단지의 마약상이 조무래기 예닐곱을 시켜서 밀매를 하고 있다는 소식이야. 쏠쏠하게 재미있는 사건이 될 것 같아." 강경하게 주장하기로 유명한 노동당 의원 하나가 걸핏하면 마약 문제를 들고 나와 '무법천지 공영 주택단지'가 사회에 끼치는 위협에 관해 한바탕 설교하곤 했다. 게다가 경찰이 한발 앞서 마약 문제를 근절하고 있다는 인상을 주고자 청장이 애쓴다는 사실을 레이는 잘 알고 있었다. 그는 브레이크 작전이 잘 풀린다면 청장 눈에 들어 이 사건 수사까지 지휘할 수 있으리라 확신했다.

"가정 폭력과가 조무래기 가운데 한 놈의 여자 친구인 도미니카 레츠를 만난 적이 있는데, 지금 그놈을 고소하도록 설득하는 중이야. 수사를 시작하려는 지금 가정 폭력 건으로 경찰을 투입해서 녀석을 겁먹게 하면 안 되지만 우리는 그 여자를 보호할 의무도 있어."

"그녀가 위험한 상황인가요?"

레이는 잠시 뜸을 들인 후에 대답했다. "모르겠어. 가정폭력과는 여자를 고위험군으로 분류했지만, 여자는 남자 친구에게 불리한 증거를 제공하지 않겠다고 고집을 피우면서 수사에 전혀 협조하지 않고 있어."

"작전이 시작되려면 얼마나 있어야 하죠?"

"몇 주는 있어야 할걸." 레이가 말했다. "기다리기엔 너무 긴 시간이지. 그러니까 여자를 보호소로 옮기고, 간다고 한다면 말야. 그놈을 마약 밀매로 잡아넣을 때까지 폭행 혐의로 붙잡아두는 방안을 생각해봐야 해."

"홉슨의 선택Hobsons' choice, 달리 선택의 여지가 없다는 뜻이군요." 케이트가 생각에 잠겨 말했다. "마약 밀매와 가정 폭력 중 어느 것이 더 심각할까요?"

"그렇게 간단한 문제가 아니잖아? 마약 남용으로 일어나는 폭력은 어떻게 할 거야? 중독자가 약값을 마련하려고 저지르는 강도짓은? 마약 밀매의 결과가 얼굴을 한 대 치는 일만큼 곧바로 나타나지 않을지는 몰라도 그 악영향은 범위가 넓고 폭행만큼 큰 고통을 초래하지." 레이는 자신이 평소보다 목소리를 높이고 있다는 사실을 깨닫고는 곧바로 말을 멈췄다.

케이트는 레이의 손에 차분하게 자기 손을 얹었다. "이런, 전 그저 반대 의견을 내본 것뿐이에요. 쉬운 결정이 아니죠."

레이가 멋쩍게 웃었다. "미안해. 이런 주제만 나오면 흥분한다는 사실을 잊었어." 사실 그는 아주 오랫동안 그런 일을 전혀 생각하지 않았다. 그토록 오랜 세월 경찰에 몸담는 동안 일을 하는 이유가 서류 작업과 인사 문제에 매몰되었다. 정말 중요한 일이 무엇인지 상기할 수 있게 되어 다행이었다.

케이트와 잠시 눈이 마주치자 그녀의 열기가 피부로 전해졌다. 그녀는 잠시 후 손을 떼고 어색하게 웃었다.

"마지막 한잔 어때?" 레이가 물었다. 그가 자리로 돌아왔을 때는 어색한 분위기가 일단락된 상황이었다. 레이 스스로도 자기가 정말 다른 상상을 했는지 의문이 들 정도였다. 그는 술잔을 내려놓고 잔 사이에 감자 칩 봉지를 뜯어 펼쳐놓았다.

"제이콥 사건 관련해서는 새롭게 알아낸 것이 없어." 레이가 말했다.

"저도 마찬가지예요." 케이트가 한숨을 내쉬었다. "포기해야 하지 않을까요?"

레이가 고개를 끄덕였다. "그래야 할 것 같아. 미안하군."

"최대한 오랫동안 진행할 수 있도록 허락해주셔서 고마웠어요."

"자네가 포기하지 않은 것이 옳아." 레이가 말했다. "자네와 계속해서 수사를 진행할 수 있어 즐거웠고."

"더 이상 진전이 없는데도요?"

"응. 이제는 중단하는 게 꺼림칙하지 않으니까. 우리 모두 최선을 다했어."

케이트가 천천히 고개를 끄덕였다. "맞아요. 그때와는 다른 기분이에요." 그녀는 레이를 찬찬히 뜯어보았다.

"왜 그래?"

"어쨌든 경위님이 청장 명령에 무조건 따르지 않는다는 사실을 알게 됐어요." 케이트가 환하게 웃으며 말하자 레이가 큰 소리로 웃었다. 그녀가 자기를 좀더 괜찮은 사람이라 생각하게 되어서 기분이 좋아졌다.

둘은 다정한 침묵 속에서 감자 칩을 먹었다. 그러다 레이가 매그즈에게 문자메시지가 왔는지 보려고 휴대전화기를 확인했다.

"집안일은 어떻게 되어가나요?"

"늘 똑같지." 레이가 호주머니에 전화기를 넣으면서 대답했다. "톰은 여전히 밥 먹을 때마다 아무 말 없이 끙끙거리고 매그즈와 나는 계속해서 어떻게 해야 할지 말다툼만 하고 있어." 그는 짧게 소리 내어 웃었지만 케이트는 심각한 표정이었다.

"선생은 또 언제 만나실 거예요?"

"어제 다시 학교에 다녀왔어." 레이가 침울한 표정으로 대답했다. "새 학년이 된 지 6주 정도 되는데 톰이 수업을 빼먹는 것 같아." 그가 손가락으로 책상을 두드렸다. "그 아이를 이해할 수가 없어. 여름 내내 괜찮다가 개학하는 순간 옛날의 톰으로 돌아가더군. 말없고 무례하고 비협조적인 아이로 말야."

"지금도 톰이 왕따를 당한다고 생각하세요?"

"학교에서는 아니라지만 실제로 그렇더라도 왕따를 당한다고 말하겠어?" 레이는 학부모 모임에서 '화목한 모습'을 보이지 않았다며 매그즈와 레이에게 책임을 돌린 톰의 교장을 좋게 생각할 수 없었다. 그날 매그즈는 억지로라도 그를 모임에 끌고 갈 거라면서

145

사무실에 쳐들어가겠다고 위협했고 레이는 약속을 잊을까봐 종일 집에서 일하다가 매그즈를 차에 태우고 약속 장소에 갔다. 달라지는 것은 조금도 없었다.

"선생 말로는 톰이 같은 반 아이들에게 나쁜 영향을 끼친대." 레이가 말했다. "'체제 전복적인' 아이 같대." 레이가 조롱이 담긴 코웃음을 쳤다. "그 나이 아이한테 말야! 개소리지. 말 안 듣는 아이를 다룰 능력이 안 되면 교직을 택하지 말았어야지. 톰은 체제 전복적이지 않아. 심술을 부리는 것뿐이지."

"톰이 누굴 닮아 그러는지 궁금해요." 케이트가 웃음을 참으며 말했다.

"조심해, 에반스 형사! 다시 경찰복을 입고 싶은가?" 그가 웃으면서 말했다.

케이트가 웃다가 하품을 했다. "죄송해요. 너무 피곤해서요. 그만 가서 자야겠어요. 차를 차고에 두고 와서 버스가 몇 시에 오는지 확인해야 해요."

"내가 태워다줄게."

"정말요? 가시는 방향과 좀 다른데요."

"괜찮아. 자, 이 도시의 부촌이 어떤지 내게도 보여줘."

케이트의 아파트는 브리스틀 교외인 클리프턴 한가운데에 자리 잡은 고급 동네에 있었다. 레이가 알기로는 집값이 무지막지하게 뛰어오른 곳이었다.

"보증금은 부모님이 내주셨어요." 케이트가 변명하듯 말했다. "그렇지 않다면 절대로 이곳에 집을 얻을 수 없었을 거예요. 게다가 작아요. 엄밀히 말하면 침실이 두 개지만 조그만 방에는 침대를 넣을 수 없다고 보면 돼요."

"다른 동네라면 그 돈으로 훨씬 큰 집을 살 수 있었을 텐데?"

"그렇겠죠. 하지만 클리프턴에는 없는 것이 없다고요!" 케이트가 팔을 크게 휘둘러 강조했다. "제 말은 이 동네 말고 새벽 3시에 팔라펠을 파는 곳이 어디 있겠냐는 거죠."

레이는 새벽 3시에 할 만한 일이라고는 오줌을 누는 것이 전부였기에 클리프턴의 매력이 와 닿지 않았다.

케이트는 안전벨트를 풀고 문손잡이에 한 손을 올렸다. "올라가서 제 아파트를 구경하실래요?" 그녀의 목소리는 가벼웠지만 기대감이 감돌면서 순간 분위기가 무거워졌다. 레이는 자신이 몇 달 동안 애써 인정하지 않으려 했던 선을 넘고 있음을 깨달았다.

"그러지." 그가 대답했다.

최고급 엘리베이터로는 케이트의 집이 있는 꼭대기까지 몇 초밖에 걸리지 않았다. 엘리베이터 문이 열리자 양탄자가 깔린 좁은 복도 바로 너머로 그 밖에 현관문이 보였다. 레이는 게이드를 따라 엘리베이터에서 내렸다. 두 사람은 문이 미끄러지듯 닫힐 때까지 아무 말 않고 그대로 있었다. 케이트가 턱을 살짝 들고 레이를 똑바로 쳐다보자 머리카락 한 가닥이 이마로 흘러내렸다. 레이는 자기가 떠나고 싶어 하지 않는다는 사실을 갑자기 깨달았다.

"이게 저예요." 케이트가 레이에게서 눈을 떼지 않고 말했다.

그는 고개를 끄덕이고는 케이트의 얼굴로 손을 뻗어 흘러내린 머리카락을 귀 뒤로 넘겼다. 그러고는 무슨 일이 일어나고 있는지 의문할 새도 없이 그녀에게 키스했다.

14

몸을 구부려 내 무릎에 코를 박는 보우의 귀를 쓰다듬는다. 도무지 이 녀석을 사랑하지 않을 수 없다. 이제 보우는 처음에 바라던 대로 내 침대에서 잔다. 악몽이 닥쳐 비명을 지르면서 깨도 보우가 내 손을 핥으며 안심시킨다. 나도 모르는 새에 슬픔은 점점 모습을 바꿔가고 있다. 결코 사라지지 않을 것 같던 생생하고 날카롭던 통증이 무뎌져 이제는 마음 한구석에 가둬둘 수 있을 정도로 은근하게 남았다. 건드리지 않고 그대로 가둬두면 모두 잘되어가는 것처럼 행동할 수 있다. 다른 삶을 산 적이 없는 척할 수 있다.

"이제 이리 와." 나는 창으로 흘러들어오는 햇빛과는 비교도 되지 않는 침대 머리맡 등불을 끄려고 손을 뻗는다. 이제 펜파흐 만의 4계절을 모두 체험했다. 1년 가까이 그 모습을 지켜봤다니 흐뭇하다. 만은 날마다 달라진다. 밀물과 썰물이 바뀌는 시간이 날마다 다르고 날씨 또한 예측할 수 없으며 해변에 떠밀려오는 잔여물도 시시각각 다르다. 오늘 바다는 지난밤 내린 비로 물이 불어났다. 무겁게 깔린 구름 아래로 모래가 회색을 띤 채 물에 잠겨 있다. 이제 야영장에는 텐트가 한 채도 보이지 않는다. 그저 베선네 붙박이 차량과 시즌 말미에 할인을 노리고 휴가를 온 이들의 캠핑카만 몇 대 세워져 있다. 야영장이 폐쇄될 날이 머지않았다. 펜파흐만은 다시 내 전유물이 될 것이다.

보우가 내 앞으로 달려 나가 해변으로 뛰어 내려간다. 들이찬 바닷물 속으로 뛰어들더니 차디찬 파도를 맞고는 짖어댄다. 나는 큰 소리로 웃는다. 이제 보우는 콜리보다는 스패니얼에 가까워졌다. 열 살배기로 보일 정도로 연령에 비해 다리가 길고 결코 고갈되지 않을 듯한 기운으로 넘쳐난다.

절벽 꼭대기를 살펴보지만 아무도 없다. 찌릿하게 밀려드는 실망감을 곧바로 떨쳐낼 수가 없다. 해변에서 단 한 번 만난 패트릭을 다시 보기를 바라는 것이 어리석은 줄 알지만 기대가 느는 것은 어쩔 수 없다.

글씨를 쓸 모래를 찾는다. 겨울이 되면 작업하는 데 시간이 더 많이 걸릴 것이 분명하지만 지금은 사업이 잘 되어가고 있다. 주문이 들어올 때마다 기쁨으로 가슴이 뛴다. 그리고 메시지에 담긴 이야기가 무엇일지 즐겁게 상상한다. 고객 대부분은 바다와 어느 정도 연관이 있는 사람들이다. 사진을 받고 나서 무척 마음에 든다고 이메일을 보내는 사람도 많다. 어린 시절 해변에서 어떤 시간을 보냈는지, 해안에서 가족 휴가를 보내려고 얼마나 오랫동안 저축했는지 알려주는 고객도 있다. 어떤 이는 어느 해변에서 촬영한 사진이냐며 질문하기도 하지만 절대 답해주지 않는다.

일을 시작하려는데 보우가 짖어서 고개를 드니 어떤 남자가 우리 쪽으로 걸어오고 있다. 숨이 막히지만 한 손을 들어 인사하는 남자를 보자 누군지 깨닫는다. 패트릭이다. 떠오르는 미소를 감출 수 없다. 가슴이 뛰지만 두려움 때문이 아니다.

"여기 오면 뵐 수 있을 것 같았어요." 패트릭이 내 앞에 닿기도 전에 말한다. "조수를 두실 생각은 없으세요?" 그는 부츠를 신고 젖은 모래가 잔뜩 묻은 코듀로이 바지와 방수 처리된 상의를 입고 있다. 올라간 한쪽 깃을 내려주고 싶지만 참는다.

"안녕하세요." 내가 말한다. "조수요?"

그는 왼쪽 팔을 쭉 펴서 해변을 쓸어 담는 동작을 취한다. "당신 일을 도와드리고 싶었어요."

농담인지 진담인지 알 수가 없다. 나는 아무 말도 하지 않는다.

패트릭은 내 손에서 나무 막대를 빼앗더니 기대에 찬 표정으로 서서 깨끗한 모래를 살펴본다. 갑자기 당황스러워진다. "글쎄요. 보기보다 어려워요." 나는 당혹감을 숨기려고 심각한 목소리로 말한다. "사진에 발자국이 담겨서는 안 되는 데다 빨리 일하지 않으면 바닷물이 너무 가까이 들이차게 돼요."

이제까지 내 삶의 이런 부분을 함께하려 했던 사람은 아무도 없었다. 내 삶에서 미술 활동은 현실 세계에서 하지 말아야 할 일인 양 언제나 동떨어진 방에 갇혀 혼자 해야 했다.

"알겠습니다." 패트릭의 얼굴에 집중하는 기색이 떠오르자 나는 그만 감동하고 만다. 제아무리 어렵다 해도 모래에 글을 쓰는 일에 불과한데.

나는 주문받은 내용을 소리 내어 읽는다. "간단하고 명확한 내용이에요. '고마워요, 데이비드'."

"아, 그렇군요. 그런데 무엇이 고맙다는지 궁금한걸요?" 패트릭이 모래 위로 몸을 구부려 첫 글자를 쓰면서 말한다. "고양이에게 먹이를 줘서? 내 목숨을 구해줘서? 우체부에게 마음이 있으면서도 내 청혼을 받아줘서?"

나도 모르게 입가가 씰룩거린다. "플라멩코 춤을 가르쳐줘서 고마워요." 내가 자못 진지한 표정으로 제안한다.

"쿠바산 명품 시가 세트를 선물해줘서 고마워요."

"마이너스 통장 기한을 연기해줘서 고마워요."

패트릭은 팔을 뻗어 마지막 문구를 쓰려다가 그만 균형을 잃고 고꾸라질 뻔하지만 메시지 한가운데에 한 발을 디뎌 간신히 몸을 바로 세운다. "이런 빌어먹을." 그는 뒤로 물러나 망친 메시지를 확인하고는 미안한 얼굴로 나를 본다.

나는 웃음을 터뜨린다. "보기보다 어렵다고 말씀드렸죠?"

그는 내게 다시 나무 막대를 건넨다. "당신의 뛰어난 예술적 기량에 경의를 표해요. 발자국이 없었다 하더라도 제 작업물은 그리 인상적이지 않아요. 글씨 크기가 제각각이거든요."

"용감한 시도였어요." 그에게 이렇게 밀하고는 주위를 둘러보며 보우를 찾는다. 게를 갖고 노느라 여념이 없는 그 녀석을 부른다.

"이건 어때요?" 패트릭이 말한다. 나는 그가 다시 "고마워요"라고 쓴 줄 알고 모래를 쳐다본다.

'한잔 어때요?'

"나아요. 하지만 이런 주문은 없는데." 이렇게 말하다가 바보가 된 것 같은 생각에 멈춘다. "아, 무슨 말씀인지 알겠어요."

"크로스 오크 어떠세요? 오늘 저녁에요." 패트릭이 약간 더듬거리며 말하는 것을 보고 그 역시 초조하고 있다는 사실을 깨닫는다. 그러자 자신감이 생긴다.

머뭇거리다가 쿵쾅거리는 가슴을 금세 억누르고 말한다. "좋아요."

그날 내내 충동적으로 초대에 응한 데 후회했고 저녁이 되자 몸이 떨릴 정도로 불안해졌다. 좋지 않은 시나리오를 하나하나 따져 보고 패트릭이 내게 말한 모든 것을 다시 한 번 떠올리며 위험한 조짐이 있는지 생각해본다. 겉으로 보이는 것처럼 솔직한 남자인가? 그런 사람이 있던가? 펜파흐 마을로 걸어가 동물 병원에 전화해 약속을 취소하는 방안을 생각해본다. 하지만 그럴 용기가 없다는 사실을 잘 안다. 시간을 보내려고 뜨거운 물로 목욕을 한다. 물이 어찌나 뜨거운지 피부가 분홍색으로 익는다. 그런 다음 침대에 앉아 무엇을 입을지 생각해본다. 10년 만에 하는 데이트라서 두렵기 짝이 없다. 베선은 체중이 불어 입지 못하게 된 옷을 계속해서 내게 주었다. 대부분 너무 크지만 진보라색 치마를 입어본다. 허리께를 스카프로 졸라매야 하지만 그리 나빠 보이지는 않는다. 방을 돌아다니며 다리에 느껴지는 낯선 감각을 만끽한다. 옷감이 허벅지를 휘감을 때 감촉이 좋다. 잠시나마 어릴 때로 되돌아간 기분이 들지만 거울을 보니 무릎 위로 껑충한 치맛단 아래 다리가 훤히 드러났다. 치마를 벗어서 돌돌 말아 옷장 구석에 처박아두고는 조금 전 벗은 청바지를 다시 입는다. 깨끗한 상의를 찾아서 입고 머리를 빗는다. 한 시간 전과 똑같은 모습이다. 여느 때와 다르지 않다는 말이다. 몇 시간씩 들여 외출을 준비하던 여자아이가 떠오른다. 그녀는 음악을 틀어둔 채 욕실 여기저기에 화장품을 늘어놓고는 공기가 무거워질 정도로 향수를 뿌려대곤 했다. 그때만 해도 인생이 무엇인지 전혀 알지 못했다.

　패트릭을 만나기로 한 야영장으로 걸어간다. 집을 나서기 직전 보우를 데려가기로 마음먹었다. 보우가 곁에 있으니 아침 해변에 있을 때처럼 대담해진다. 목적지에 닿으니 패트릭이 상점의 열린 문 옆에 서서 문간에 몸을 내밀고 있는 베선과 대화하는 모습이 보인다. 무슨 이야기를 하는지 그들은 소리 내어 웃는다. 내 이야기를 하는 걸까? 호기심을 참을 수 없다.

베선이 나를 보자 패트릭이 몸을 돌려 내게 미소 짓는다. 처음에는 그가 내 뺨에 입 맞추려는 줄 알았다. 그러나 그는 내 팔에 가볍게 손을 얹으면서 인사한다. 나는 두려운 감정이 표정에 드러나지는 않을까 걱정한다.

"두 사람 얌전하게 놀아요!" 베선이 온 얼굴에 미소를 띠우고 말한다.

패트릭이 소리 내어 웃는다. 우리는 마을을 향해 걷는다. 그는 술술 대화를 풀어나간다. 동물 환자들의 행동을 과장해서 말한다는 점은 분명하지만 그의 이야기를 즐겁게 듣는다. 마을에 도착할 때쯤 조금이나마 긴장이 풀렸다.

크로스 오크의 주인은 요크셔 출신으로 나보다 불과 2~3년 전에 펜파흐로 이주한 데이브 비숍이다. 데이브와 그의 아내 엠마는 지역사회에 완전히 자리 잡아 펜파흐 토박이나 마찬가지다. 모든 사람의 이름과 직업을 꿰뚫고 있다. 데이브가 운영하는 퍼브에 가본 적은 없지만 우체국에 딸린 잡화점에 가는 길에 이따금 마주치면 인사 정도는 하고 지냈다.

조용하게 술을 마시고 싶다는 바람은 퍼브로 들어가는 순간 물거품이 되고 만다.

"패트릭 선생님! 선생님이 한잔 살 차례 아닌가요?"

"우리 로지를 보러 왕진 좀 와주세요. 아직도 상태가 안 좋아요."

"아버지는 어떠세요? 웨일스 날씨가 그립지 않으시대요?

대화가 정신없이 이루어지고 퍼브 공간이 좁아 불안해진다. 보우의 가죽 목줄이 축축한 손바닥에 파고들 정도로 꽉 쥔다. 패트릭은 말을 거는 사람들에게 빠짐없이 대답하면서도 일부러 멈춰

서지는 않는다. 그는 내 등에 손을 댄 채로 계산대 근처에 빽빽하게 서 있는 사람들을 조심스레 밀치며 나를 이끈다. 그의 손이 닿은 부위가 따뜻해진다. 그가 손을 떼고 계산대에 두 팔을 올려놓자 안도감과 동시에 실망감이 든다. "무엇을 드시겠어요?"

그가 먼저 주문했으면 한다. 차가운 병맥주를 마시고 싶다. 맥주를 마시는 여자가 있는지 확인하려고 퍼브 안을 둘러본다.

데이브가 조심스럽게 기침 소리를 내자 나는 허둥지둥 대답한다. "진토닉이요." 한 번도 진을 마셔본 적이 없다. 내 결정 장애는 어제오늘 일이 아니지만 언제 시작되었는지 도무지 기억나지 않는다.

패트릭이 벡스 맥주 한 병을 주문하고 나는 술잔 바깥에 맺힌 냉기를 바라본다.

"블라인 케디에 머무는 사진작가 맞으시죠? 어디에 숨어 계시는지 모두 궁금해했어요."

내게 말을 건네는 남자는 이에스틴과 비슷한 또래로 트위드 모자를 쓰고 희끗희끗한 구레나룻을 기르고 있다.

패트릭이 말한다. "제나를 소개합니다. 제나는 사업을 시작한 지 얼마 되지 않아서 할아버지들과 맥주를 들이킬 시간이 없어요."

노인이 껄껄 웃고 나는 얼굴이 빨개진다. 어쨌든 내 은둔 생활을 간단하게 설명해줘서 고맙다. 우리는 구석 테이블에 앉는다. 내게 쏟아지는 시선이 따갑고 가십이 한창 무르익으리라는 사실을 깨닫는다. 하지만 모여 있던 남자들은 잠시 뒤 다시 맥주를 마시기 시작한다.

말을 너무 많이 하지 않으려 애쓴다. 다행히 패트릭은 이야깃거리와 이 지역 역사에 대한 흥미로운 정보를 늘어놓는다.

"살기 좋은 곳이에요." 내가 말한다.

그는 긴 다리를 앞으로 쭉 편다. "그렇죠. 이곳에서 자랄 때는 그렇게 생각하지 않았지만요. 아이들은 아름다운 시골 풍경을 즐길 줄 모르죠. 공동체 의식도 없고요. 그렇지 않나요? 저는 부모님께 스완지로 이사하자고 끊임없이 졸라댔어요. 이사만 하면 제 인생이 바뀔 거라 확신했거든요. 갑자기 인기가 폭발해서 엄청나게 잘나가고 여자 친구도 줄줄이 생길 거라 믿었죠." 패트릭이 환하게 웃는다. "하지만 부모님은 이사할 생각이 없으셨고 저는 동네에 있는 공립 중학교에 가야했죠."

"늘 수의사가 되고 싶으셨어요?"

"아기 때부터 그랬어요. 집 복도에 봉제 인형을 전부 줄 세우고는 수술해야 한다며 어머니께 하나씩 주방으로 가져다달라고 했죠." 패트릭은 말할 때 역국 절제에 생동간이 흐른다. 미소 짓기 직전에 눈가에 잔주름이 잡히는 식이다. "A 레벨Advanced Level, 영국 학생이 만 18세에 치르는 대학 입학 시험을 간신히 통과해서 리즈 대학 수의과에 입학했어요. 그곳에서 그토록 열렬하게 바라던 사교 생활을 할 수 있었죠."

"여자 친구도 줄줄이 생기던가요?" 내 말에 패트릭이 웃는다.

"한두 명 생겼어요. 하지만 필사적으로 노력해서 웨일스를 탈출하고 나자 그곳이 미친 듯이 그리웠어요. 졸업하고 리즈 근교에 일자리를 얻었지만 포트 엘리스 동물 병원에 공동 운영자 자리가 나자 곧바로 기회를 잡았어요. 어머니와 아버지도 연로해지셨고 바닷가로 돌아가고 싶어 좀이 쑤셨죠."

"그럼 부모님께서도 포트 엘리스에 사세요?" 부모와 끈끈한 사이를 유지하는 사람들에게 늘 호기심을 느낀다. 부러운 것이 아니라 짐작이 가지 않기 때문이다. 아버지가 계셨다면 나도 부모님과

155

가까워졌을지 모른다.

"어머니가 이곳 태생이세요. 아버지는 10대 때 가족을 따라 이 곳으로 이사했고 열아홉 살에 어머니와 결혼하셨죠."

"아버지도 수의사세요?" 너무 많은 것을 묻고 있지만 그러지 않았다가는 질문을 받을까봐 두렵다. 향수에 젖은 미소를 띤 채로 가족사를 들려주는 것을 보니 패트릭도 내 질문 공세에 개의치 않는 것 같다.

"아버지는 엔지니어셨어요. 지금은 은퇴하셨지만 일평생 스완지의 가스 회사에 다니셨죠. 인명 구조원으로 자원하게 된 것도 아버지 덕택입니다. 아버지께서 오랫동안 하시던 일이었어요. 일요일마다 점심을 드시는 둥 마는 둥 하고 자원봉사를 하러 나가셨죠. 어머니는 모두 안전하게 뭍으로 구조할 수 있도록 저희와 함께 기도하셨고요. 어릴 때는 아버지가 진짜 슈퍼 히어로인 줄 알았어요." 그는 맥주를 한 모금 들이켰다. "옛날에 펜파흐에 구조소가 있던 때의 일이에요. 지금 포트 엘리스에 있는 곳은 새로 지어진 겁니다."

"호출이 자주 오나요?"

"상황에 따라 달라요. 여름에 야영장이 꽉 찰 때는 많이 와요. 절벽이 위험하고 밀물이 최고조로 들이칠 때 수영하지 말라는 표지판을 제아무리 많이 세워놓아도 소용없더군요. 아무도 눈여겨보지 않으니까." 패트릭 표정이 갑자기 심각해진다. "만에서 수영할 때는 조심하셔야 해요. 수면 밑 물살이 거세거든요."

"수영을 잘 못해서 수심이 무릎을 넘는 곳에는 들어가본 적 없어요."

"앞으로도 그렇게 하세요." 패트릭이 말한다. 강렬한 그의 눈빛에 두려움을 느끼고는 의자에 앉은 채로 몸을 이리저리 움직인다.

패트릭은 시선을 내리깔더니 맥주를 쭉 들이킨다. "물살에 휩싸이면 옴짝달싹할 수 없습니다."

나는 고개를 끄덕이면서 수영하지 않겠다고 약속한다.

"희한하게 들리겠지만 해변에서 멀리 떨어진 곳에서 수영하는 것이 가장 안전하죠." 패트릭의 눈이 빛난다. "여름에는 배를 타고 만을 벗어나는 곳까지 나가서 깊은 물에 바로 잠수하는 것이 좋아요. 괜찮다면 언제 한번 모시고 나갈게요."

가벼운 제안이지만 몸이 떨린다. 패트릭과, 아니 그 누구라도 다른 사람과 단 둘이 바다 한가운데에 있다고 생각만 해도 엄청난 두려움이 엄습한다.

"여기 물은 생각보다 차갑지 않죠." 패트릭이 내가 불편해하는 까닭을 오해하고는 말한다. 그가 말을 멈추자 어색한 침묵이 흐른다.

나는 몸을 숙여 테이블 아래 삼는 보우를 쓰다듬고는 말할 기리를 찾는다. "부모님께서는 아직도 이곳에 사시나요?" 겨우 생각해 낸 말이 이거다. 항상 이렇게 덜떨어진 인간이었나? 어떤 모임이든 항상 중심이 되던 대학 시절을 떠올려본다. 친구들은 내가 무슨 말만 하면 머리를 앞뒤로 흔들며 웃어댔다. 지금은 대화를 이어나가기조차 벅차다.

"몇 년 전에 스페인으로 이사하셨어요. 운 좋은 분들이죠. 어머니께 관절염이 있어서 날씨가 따뜻한 편이 좋을 것 같았어요. 적어도 어머니는 관절 때문에 이사했다고 말씀하세요. 당신 부모님은요? 아직 두 분 다 계시죠?"

"정확히 말하면 그렇진 않아요."

나는 패트릭이 궁금해하는 것을 보고 간단하게 "아뇨"라고 대답하지 않은 것을 후회했다. 숨을 깊이 들이쉰다. "사실 어머니와 사이가 좋은 적이 없었어요. 제가 열다섯 살 때 어머니가 아버지를 내쫓았고 그 이후로 아버지를 본 적이 없어요. 그 일로 어머니를 결코 용서할 수 없고요."

"어머니도 이유가 있었겠죠?" 그가 질문조로 말함에도 나는 방어를 풀지 않는다.

"아버지는 대단한 분이셨어요. 어머니에게는 과분했어요."

"그럼 어머니와도 만나지 않나요?"

"몇 년 동안은 보고 살았지만 어떤 일 이후에 사이가 틀어졌어요. 저는……." 나는 말을 멈춘다. "어머니와 연락을 끊었어요. 그러다 몇 년 전 언니에게 어머니가 돌아가셨다고 편지가 왔어요." 패트릭의 눈에서 연민을 보지만 애써 무시한다. 어쩌면 나는 이렇게 모든 일을 망치는가. 나는 패트릭에게 익숙한 단정한 삶에 들어맞지 않는 인간이다. 패트릭은 내게 술 한잔하자고 말한 것을 분명 후회하리라. 잡담할 거리가 다 떨어지자 더 이상 할 말을 찾을 수 없다. 패트릭의 머릿속을 꽉 채우고 있을 질문들을 생각하니 두려워진다. 내가 어째서 펜파흐로 왔는지, 어쩌다 브리스톨을 떠나게 되었는지, 이곳으로 혼자 온 이유는 무엇인지 물으려 하겠지. 그는 예의상 질문하려는 것일 뿐 진실을 알고 싶지는 않을 것이다.

"이만 들어가봐야겠어요." 내가 말한다.

"지금요?" 겉으로 드러내진 않지만 패트릭은 안심하는 듯 보인다. "아직 이른 시간인데요. 한 잔 더 마시거나 뭐라도 먹죠."

"아니에요. 가봐야 할 것 같아요. 술 잘 마셨어요." 나는 그가 마음에도 없이 다시 만나자는 말을 하기 전에 자리에서 일어난다.

"집까지 같이 걸어가죠."

머릿속에서 경고의 종소리가 울린다. 어째서 나와 함께 나가려는 것일까? 퍼브 안은 따뜻하고 친구들도 잔뜩 있는 데다 맥주가 반이나 남았는데. 머리가 쿵쿵 울린다. 오두막이 얼마나 외떨어져 있는지 기억해낸다. 그가 떠나길 거부하더라도 아무도 도와줄 사람이 없다. 패트릭은 사람 좋고 솔직해 보이지만 나는 사람이 얼마나 빨리 변하는지 잘 안다.

"감사하지만 됐어요."

퍼브에 모여 있는 현지 주민들을 밀고 나간다. 그 사람들이 나를 어떻게 생각할지는 중요하지 않다. 퍼브 밖으로 나가 모퉁이를 돌 때까지 걷다가 곧바로 미친 듯이 달려 야영장으로 간 다음 집까지 이어진 해안 길로 접어든다. 갑자기 바뀌는 속도에 놀라서 보우가 내 꽁무니를 쫓아온다. 얼어붙을 듯한 공기에 폐가 아프지만 오두막에 닿을 때까지 달리기를 멈추지 않는다. 이번에도 자물쇠에 넣은 열쇠가 돌아가지 않아 고투를 벌인다. 마침내 안으로 넘어가자 따뜻하게도 빗장을 걸어 잠그고 문에 등을 기댄다.

심장이 거세게 뛰고 숨을 고르기가 힘들다. 지금도 내가 두려워하는 것이 패트릭인지 확신할 수 없다. 날마다 나를 사로잡는 공포와 그가 머릿속에서 뒤섞여버린 것 같다. 더 이상 직감을 믿지 않는다. 잘못된 직감 때문에 수없이 낭패를 보았다. 멀리 떨어져 있는 쪽이 가장 안전하다.

15

레이는 몸을 뒤척이다가 블라인드 틈새로 스며드는 아침 햇살을 피하려고 베개에 얼굴을 묻었다. 마음속에 묵직하게 내려앉은 감정이 정확히 무엇인지 가늠하지 못했지만 잠시 뒤에 그 감정이 죄책감이라는 사실을 깨달았다. 대체 무슨 생각이었을까? 15년간 결혼 생활을 하면서 단 한 번도 매그즈를 속이고 바람피우려는 유혹을 느낀 적 없었다. 그는 전날 밤 있었던 일들을 머릿속에서 돌이켜보았다. 자기가 케이트를 이용한 것일까? 그 생각을 떨쳐버리기도 전에 레이는 그녀가 자기를 고발할지도 모른다는 불안감에 휩싸였다. 그러나 곧이어 그 따위로 생각한 스스로가 한심해졌다. 케이트는 그런 사람이 아니었다. 그런데도 걱정이 죄책감을 압도할 지경이 되었다.

옆에서 숨소리가 고르게 들렸다. 깨어 있는 사람은 레이뿐이었다. 그는 침대에서 몸을 일으켜 이불을 머리까지 끌어올린 채 잠든 아내를 흘깃 보았다. 매그즈가 알아낸다면……. 생각하기조차 두려웠다.

그가 일어나자 이불이 약간 움직였다. 레이의 몸이 얼어붙었다. 비겁한 생각이지만 그는 아내와 대화를 나누지 않고 몰래 빠져나가려고 했다. 어떻든 그녀와 얼굴을 맞대야 하겠지만 어제 일어난 일을 온전히 이해하려면 몇 시간은 있어야 했다.

"몇 시야?" 매그즈가 잠결에 물었다.

"6시 지난 지 얼마 안 됐어." 레이가 목소리를 낮춰 말했다. "일찍 출근할 거야. 밀린 서류를 처리해야 하거든."

매그즈가 투덜거리더니 다시 잠에 빠졌다. 레이는 들리지 않게 안도의 한숨을 내쉬었다. 그는 가능한 한 빠르게 샤워를 마친 후 30분이 좀 지나서 사무실에 도착해 문을 닫고는 어제 일어난 일을 지워버리기라도 하듯이 쌓인 서류를 처리해나갔다. 다행히 케이드가 외근 수사 중이어서 점심시간이 되자 스텀피와 함께 구내식당까지 가는 모험을 감행했다. 두 사람은 빈 자리를 발견했고 레이는 표시된 것과 달리 라자냐와 비슷한 데가 거의 없는 음식 두 접시를 날랐다. 급식 담당자인 모이라는 칠판에 적힌 '오늘의 요리' 옆에 친절하게도 이탈리아 국기를 분필로 그려넣었고 레이와 스텀피의 주문을 받자 환한 웃음을 지었다. 그 모습에 레이는 잠에서 깬 이후로 사그라질 생각을 하지 않는 욕지기를 참으면서 잔뜩 담긴 자기 몫을 남자답게 해치우려고 애썼다. 모이라는 체격이 크고 정확한 나이를 가늠할 수 없는 여자로, 카디건을 벗을 때면 팔에서 은빛 버짐이 우수수 떨어져 나갈 정도로 심한 피부 질환을 앓고 있는데도 명랑함을 잃지 않았다.

"경위님, 괜찮으세요? 고민이 있으신가봐요?" 스텀피가 남은 음식을 포크로 끌어모으면서 말했다. 위가 튼튼한 그는 모이라의 음식을 참아내는 경지를 넘어서서 맛있어하는 것처럼 보였다.

"괜찮아." 레이는 스텀피가 더 이상 캐묻지 않는 데 안도했다. 그는 고개를 들었다가 구내식당으로 들어온 케이트를 보고는 더 빨리 먹지 못한 것을 후회했다. 스텀피가 일어서자 금속으로 된 의자 다리가 바닥에 끌리는 소리가 났다. "사무실에서 봬요, 경위님."

레이는 스텀피를 다시 부르거나 식사를 중단할 만한 그럴싸한 이유를 찾지 못한 채로 있다가 케이트가 자기 앞에 앉자 억지로 미소를 짜냈다. "안녕, 케이트." 그는 홍조가 온 얼굴에 퍼지며 화끈거리는 것을 느꼈다. 입이 바싹 마르고 침을 삼키기도 어려웠다.

"네." 그녀는 자리에 앉아 샌드위치 포장을 벗겨냈는데 그의 불편한 심정을 눈치채지 못한 듯했다.

헤아리기 어려운 케이트의 얼굴을 보자 레이는 욕지기가 치밀어 올랐다. 그는 구토하느니 모이라의 분노를 사고 말겠다는 결심으로 음식을 한쪽으로 치우고 들을 만한 사람이 없는지 주위를 살폈다.

"어젯밤 일 말야……." 그는 10대 소년이라도 된 듯이 어설프게 말을 꺼냈다.

케이트가 불쑥 끼어들었다. "너무 죄송해요. 무슨 생각으로 그랬는지 모르겠어요. 괜찮으세요?"

레이가 한숨을 쉬었다. "그럭저럭. 자네는?"

케이트가 고개를 끄덕였다. "사실 좀 민망하네요."

"자네는 민망해할 것 전혀 없어." 레이가 말을 이었다. "내가 그러지 말았어야 하는데."

"절대 일어나지 말아야 할 일이었어요." 케이트가 말했다. "하지만 키스만 했잖아요." 그녀가 레이를 보고 싱긋 웃더니 샌드위치를 한 입 베어 물고는 입안 가득 치즈와 피클을 씹으면서 말했다. "멋지긴 했어도 키스였을 뿐이죠."

레이는 천천히 한숨을 뱉었다. 괜찮아질 것이다. 일어나서는 안 될 일이 일어났고 매그즈가 알게 된다면 그 충격이 엄청나겠지만 당장은 문제없었다. 두 사람 모두 성인 남녀였고 좋은 교훈을 얻은 셈 치고 아무 일 없었다는 듯이 지내면 됐다. 레이는 열두 시간이 지난 이제야 그토록 활기와 생동감이 넘치는 사람과 키스한 것이 얼마나 기분 좋은 일이었는지 실감했다. 다시금 심장이 뛰면서 얼굴이 달아오르자 그런 기분을 애써 억누르려 헛기침을 했다.

"자네만 괜찮으면 돼." 그가 말했다.

"괜찮아요. 정말이에요. 걱정되시나 본데 제가 경위님을 고발할 일은 없어요."

레이의 얼굴이 붉어졌다. "말도 안 돼! 그런 생각은 한 적도 없어. 알겠지만 난 그저 내가 기혼이라는 것과."

"그리고 제가 만나는 사람이 있다는 거죠." 케이트가 대놓고 말했다. "우리 둘 다 서로 어떤 사정인지 잘 알고 있고요. 그러니 없던 일로 해요. 아셨죠?"

"좋아."

"사실." 케이트가 갑자기 사무적으로 말했다. "제가 여기 온 이유는 제이콥 조던 사건 1주기를 맞아 제보를 호소하면 어떨지 경위님께 여쭤보고 싶어서였어요."

"벌써 1년이 됐나?"

"다음 달에 돼요. 큰 반향을 이끌어 내진 못하겠지만 누군가 제보한다면 적어도 첩보를 얻을 수는 있을 테니까요. 게다가 마침내 양심의 가책을 덜어내기로 결심한 사람이 있을 가능성도 배제할 순 없죠. 누가 그 차를 몰았는지 아는 사람이 분명히 있을 거예요."

케이트가 눈을 반짝거리며 말했다. 그녀 얼굴에는 그가 익히 알고 있는 단호한 표정이 떠올랐다.

"그렇게 하지." 레이는 그 제안에 청장이 어떻게 대답할지 상상할 수 있었다. 자기 경력에 도움이 되지 않는다는 사실도 알았다. 그러나 1주기를 맞아 제보를 호소하자는 제안은 묘안이었다. 실제로는 수사를 진행하지 않는다 해도 경찰이 완전히 손을 뗀 것이 아니라고 유가족을 안심시킬 목적으로 미제 안건에 자주 쓰는 방법이었다. 한번 시도해볼 만한 일이었다.

"좋아요. 오늘 아침에 일어난 사건 관련해서 처리해야 할 서류가 좀 있지만 오후에 뵙고 제보 캠페인 계획을 짜요." 케이트가 구내식당을 나가면서 모이라에게 쾌활하게 손을 흔들었다.

레이는 자기도 케이트처럼 전날 밤에 일어난 일들을 한구석으로 밀어놓을 수 있으면 좋겠다고 생각했다. 케이트를 보면 자기 목을 감았던 그녀 팔이 저절로 떠올랐다. 그는 먹다 남은 라자냐를 종이 냅킨에 숨기고는 접시에 담아 문간에 있는 선반에 올려놓았다. "모이라, 아주 맛있었어요." 그가 음식이 나오는 창구를 지나가면서 말했다.

"내일은 그리스 특선이에요!" 모이라가 그의 뒤에 대고 말했다.

레이는 샌드위치를 싸와야겠다고 다짐했다.

레이가 통화하고 있을 때 케이트가 노크 없이 사무실 문을 열었다. 레이가 바쁘다는 사실을 알아챈 그녀가 입 모양으로 미안하다고 말하고는 나가려 하는데 레이가 앉으라고 손짓했다. 그녀는 조심스레 문을 닫고 나지막한 의자에 앉아 그의 통화가 끝나기를 기다렸다. 케이트가 책상에 놓인 매그즈와 아이들 사진을 흘긋하는 모습에 레이는 다시 한 번 죄책감이 밀려와 청장과 대화하는 데 집중하려고 애썼다.

"정말 필요한 일인가, 레이?" 올리비아 리폰 청장이 말을 이었다. "누군가 제보할 확률도 낮은 데다 무엇보다 우리가 아이를 죽인 자를 잡아들이지 못했다는 사실만 부각될까봐 걱정되는군."

'죽은 아이 이름은 제이콥입니다.' 레이는 1년 전쯤 제이콥 어머니가 했던 말을 떠올리며 마음속으로 말했다. 그리고 자신의 상사가 겉모습과 마찬가지로 실제로도 매정한 성격이 아닐까 생각했다.

"게다가 정의를 외치는 사람도 없는데 그 모든 일을 다시 환기시킨다는 게 괜한 일 같아. 다가오는 경위 위원회로 이미 해야 할 일이 많은 상황 아닌가?"

그 말이 함축하는 바는 분명했다.

"자네에게 크레스틴 답지의 마약 수사를 맡기려고 했어. 하지만 오래된 사건에 초점을 맞추고 싶다면야……." 브레이크 작전이 성공하고 몇 주가 흐르는 동안 청장이 레이에게 훨씬 더 큰 사건을 맡기겠다는 식으로 당근을 흔들어댄 것은 한두 번이 아니었다. 그는 잠시 주저하다가 케이트와 눈이 마주쳤다. 그녀는 뚫어져라 그를 바라보고 있었다. 레이는 케이트와 일하면서 자기가 까마득히 오래전에 경찰이 된 이유를 기억해낼 수 있었다. 경찰 일에 품었던 열정을 되찾았고 앞으로도 상사 비위에 맞추기보다 옳은 일을 하기로 했다.

"두 사건 모두 할 수 있습니다." 그가 딱 잘라 말했다. "시민 제보를 호소할 겁니다. 그렇게 하는 것이 옳다고 생각해요."

잠시 침묵이 흐르고 올리비아가 입을 열었다. "〈브리스톨 포스트〉에 기사를 한 꼭지 싣고 길가에 현수막을 몇 개 걸도록 하지. 그 이상은 안 돼. 그리고 1주일 안에 모두 철거해야 해." 청장이 전화를 끊었다.

초조해진 케이트가 펜으로 의자 팔걸이를 톡톡 치면서 그가 말하길 기다렸다.

"하기로 했어." 레이가 말했다.

케이트는 얼굴 가득 미소 지었다. "잘됐네요. 화내시던가요?"

"풀릴 거야." 레이가 말했다. "청장은 그저 본인이 찬성하지 않는다는 점을 확실히 하고 싶은 것뿐이야. 그렇게 해야 역효과가 나서 사람들 신뢰가 곤두박질치더라도 자기만큼은 욕먹지 않으니까."

"냉소적인 분석이군요!"

"자네가 윗분들 생리를 몰라서 그래."

"아직도 진급하고 싶으세요?" 케이트가 눈을 반짝거리며 묻자 레이가 웃음을 터뜨렸다.

"이 자리에 영원토록 머물 수는 없지." 그가 대답했다.

"왜 안 돼요?"

레이는 진급과 관련된 직장 내 역학 관계에 신경 쓰지 않고 업무에만 집중할 수 있으면 좋겠다고 생각했다. 일만이 그가 관심을 쏟고 싶은 대상이었다. "대학에 보낼 두 아이가 있으니까." 마침내 그가 말했다. "어찌 되든 나는 다른 사람들처럼 되지 않을 거고 현장 일이 어떤지 잊지 않을 거야."

"경위님이 청장 자리에 오르시면 지금 하신 말씀을 상기시켜드릴게요. 그런데 그때가 되면 제게 제보 캠페인을 벌이지 말라고 명령하시겠죠."

레이가 웃었다. "〈브리스톨 포스트〉에 말해뒀어. 수지 프렌치는 우리가 자기네 신문 덕을 보려 한다면서 의기양양해하더군. 목격자와 단서가 될 정보와 기타 등등을 찾는 1주기 특집 기사를 실을 거래. 제이콥의 배경을 다룬다는데, 수지에게 제보 세부 사항과 전화번호를 알려줘. 제보하는 사람의 익명을 최대한 보장하겠다는 경찰의 공식 입장도 전달해주고."

"그렇게 할게요. 제이콥 어머니에 관해서는 어떻게 해야 할까요?"

레이가 어깨를 들썩했다. "어머니를 배제하고 진행해야겠지. 제이콥이 다니던 학교 교장에게 신문사와 인터뷰할 수 있는지 알아봐줘. 가능하다면 새로운 관점을 확보할 필요가 있어. 학교에 제이콥이 만들었던 공작품이나 그림이 있을 거야. 제보 캠페인으로 나오는 것이 있는지 두고 본 다음에 제이콥 어머니를 찾아야 할 거야. 현재로서는 지구 상에서 완전히 사라진 사람 같지만 말야."

레이는 제이콥 어머니를 예의 주시하지 않은 가족 연락관에게 분노가 치밀었다. 그렇다고 그녀가 사라졌다는 사실 자체에는 놀라지 않았다. 누군가를 잃었을 때 사람들이 보이는 반응이 둘로 나뉜다는 것을 그는 경험으로 잘 알고 있었다. 어떤 이는 다시는 이사하지 않기로 결심하고 죽은 이의 방을 일종의 성소로 생각해 예전과 똑같은 상태로 유지했다. 과거와 깨끗이 단절하는 사람도 있었다. 자신의 세계가 송두리째 바뀌었는데 아무 일도 일어나지 않았다는 듯이 일상을 사는 일 자체를 견디지 못했기 때문이다.

케이트가 나가자 레이는 지금도 벽에 걸린 코르크판에 꽂혀 있는 제이콥의 사진을 한참 동안 바라보았다. 사진 테두리가 약간 말려 올라간 것을 보고 코르크판에서 사진을 떼서 손으로 폈다. 그러고는 좀더 자주 보려고 매그즈와 아이들 사진이 든 액자에 받쳐놓았다.

1주기 제보 캠페인은 마지막으로 남은 수단이었고 성공할 가능성도 거의 없었지만 아무것도 하지 않는 것보다 나았다. 이번에도 아무런 성과를 거두지 못한다면 관련 서류를 보관함에 넣고 잊어 버리리라 결심했다.

16

랩톱을 앞에 두고 무료요 개씌 기을씌민 릭 납실에서 납년 화배기 무늬 스웨터로 감싸고 주방 식탁에 앉아 있다. 레인지 바로 옆에 있지만 몸이 떨려서 스웨터 소매를 끌어당겨 손을 감싼다. 점심시간도 아닌데 한 잔 가득 레드 와인을 따라놓았다. 검색 엔진에 검색어를 입력하고는 손을 멈춘다. 인터넷을 찾아보면서 스스로를 괴롭히던 때로부터 꽤 오랜 시간이 흘렀다. 그래봐야 이제까지 그랬던 것처럼 아무런 도움이 되지 않을 것이다. 하지만 다른 날도 아니고 오늘 같은 날 어떻게 그 아이를 생각하지 않을 수 있을까?

와인을 한 모금 마시고 검색 단추를 누른다.

몇 초 만에 화면 가득 그 사건을 다룬 신문 기사와 게시판과 제이콥을 추모하는 글들이 뜬다. 링크 색을 보니 내가 이미 방문했던 사이트들이다.

그런데 내 세상이 무너진 그날로부터 정확히 1년이 지난 오늘 〈브리스톨 포스트〉 온라인 판에 새 기사가 떠 있었다.

손가락 마디가 하얘지도록 주먹을 꽉 쥔 채로 꺼억꺼억 흐느낌을 토해낸다. 짧은 기사를 집어삼키듯 읽고 앞부분부터 다시 읽는다. 진전은 없었다. 경찰 단서도, 차량 정보도 없이 위험한 운전으로 사망을 초래한 용의자를 경찰이 수배하고 있다는 사실을 다시 한 번 알릴 뿐이다. 기사 문구를 보니 속이 메스꺼워져서 인터넷 창을 닫아버리지만 펜파흐 만을 담은 배경 화면도 마음을 달래지 못한다. 처리해야 할 주문들이 있지만 내가 한 행동이 너무 부끄러워서 해변에서 그를 마주칠지도 모른다고 생각하니 나갈 수가 없다. 데이트 다음 날 잠에서 깨자마자 공포를 느꼈다는 사실 자체가 터무니없이 느껴졌다. 그에게 전화해서 사과할 수 있겠다는 생각도 들었다. 그러나 시간이 갈수록 용기는 사라졌고 그날로부터 2주 가까이 흘렀다. 그동안 패트릭도 내게 연락하지 않았다. 갑자기 욕지기를 느낀다. 개수대에 와인을 쏟아붓고는 보우를 데리고 해안 길을 산책하기로 결심한다.

우리는 포트 엘리스로 이어지는 곳을 따라 몇 킬로미터는 되는 듯한 거리를 걷는다. 아래로 보이는 회색 건물이 구조소임을 깨닫고 잠시 멈춰 서서 그 안에 있는 자원봉사자들이 사람을 구해내는 장면을 상상한다. 해안 길을 따라 걷다 보니 나도 모르게 패트릭이 생각난다. 뚜렷한 계획 없이 그저 계속 걸어 포트 엘리스에 도착한 다음 동물 병원으로 가기로 한다. 병원 문을 열고 머리 위로 작게 종소리가 들리고 나서야 무슨 말을 하면 좋을지 고민하기 시작한다.

"어떤 일로 오셨나요?" 얼굴은 기억나지 않지만 색을 입힌 명찰을 보니 전과 같은 접수원이다.

"잠깐 패트릭 선생님 좀 뵐 수 있을까요?" 그제야 이유를 대야 했다는 생각이 들지만 그녀는 이유를 묻지 않는다.

"금방 다시 올게요."

어정쩡한 자세로 대기실에 선다. 그곳에는 어린아이를 데리고 온 어떤 여자가 무엇인가 담긴 광주리를 들고 앉아 있다. 나는 목줄을 끌어당기는 보우를 잡아당긴다.

몇 분 뒤에 발소리가 들리더니 패트릭이 나타난다. 그는 갈색 코듀로이 바지와 격자무늬 셔츠를 입고 있다. 머리는 손가락을 넣어 헤집은 듯 덥수룩하다.

"보우에게 문제가 생겼나요?" 그는 정중하게 묻지만 미소는 짓지 않는다. 나는 결심이 옅어진다.

"아뇨. 선생님과 이야기할 수 있을까 해서 왔어요. 잠깐이요."

패트릭이 머뭇거리는 것을 보자 그가 거절하리라 확신한다. 뺨이 타는 듯 달아오르고 우리를 보는 접수원이 눈빛이 따갑게 느껴진다.

"들어오세요."

그를 따라 보우가 처음 검진받았던 방으로 따라 들어간다. 그는 개수대에 등을 기댄다. 아무런 말도 하지 않는 것을 보니 내 마음을 편하게 해줄 생각은 없는 듯하다.

"저는……. 저는 사과드리고 싶어요." 눈 뒤가 따끔거린다. 울지 않으려 안간힘을 쓴다.

패트릭이 쓸쓸하게 웃는다. "전에도 퇴짜 맞아본 적 있지만 이렇게 빨리 맞은 일은 드물어요." 그의 눈빛이 부드러워진 것을 보고 용기를 내어 살짝 웃는다.

"정말 미안해요."

"제가 무슨 잘못을 했나요? 제 말 때문이었나요?"

"아뇨. 전혀 아니에요. 패트릭 선생님은……." 나는 꼭 맞는 단어를 찾으려 애쓰다가 포기한다. "제 잘못이에요. 이런 일에 그리 익숙하지 않아요."

정적이 흐른 뒤에 패트릭이 내게 밝게 웃는다. "연습하셔야겠어요."

나도 모르게 웃음을 터뜨린다. "그럴까봐요."

"환자 둘만 더 진료하고 나면 오늘 일이 끝나요. 저녁을 만들어 드려도 될까요? 우리가 말하는 지금도 스튜가 슬로쿠커 안에서 보글보글 끓고 있을 겁니다. 2인분이 넘는 분량이죠. 보우에게 덜어 줘도 충분할 정도예요."

지금 대답하지 않는다면 다시는 그를 볼 수 없으리라.

"그렇게 하죠."

패트릭이 시계를 본다. "한 시간 뒤에 여기서 봐요. 그때까지 괜찮으시겠어요?"

"괜찮아요. 전부터 마을 사진을 몇 장 찍고 싶었거든요."

"잘됐군요. 그럼 곧 다시 봐요." 그의 미소가 잔주름이 진 눈가에 걸릴 정도로 커진다. 그를 따라 진료실 밖으로 나오자 접수원이 나를 바라본다.

"이야기 마치셨어요?"

내가 패트릭을 보러 온 이유를 접수원이 어떻게 생각할지 신경 쓰이지만 상관하지 않기로 한다. 나는 용감하게 행동했다. 도망칠 수도 있었지만 되돌아왔고, 오늘 밤에는 내 과민한 태도에도 굴하지 않을 만큼 나를 좋아하는 남자와 저녁을 먹을 것이다.

시계를 자주 들여다본다고 해서 시간이 더 빨리 가는 것은 아니라서 보우와 내가 마을을 몇 바퀴 순회한 다음에야 동물 병원으로 되돌아갈 시간이 된다. 안으로 들어가고 싶지는 않은데 방수 재킷을 입은 패트릭이 환하게 웃으면서 나오는 모습을 보니 안심이 된다. 그는 보우의 귀를 쓰다듬는다. 우리 둘은 병원의 다음 거리에 있는 작은 연립주택까지 걷는다. 그는 나를 거실로 안내하고 보우는 기다렸다는 듯 벽난로 앞에 눕는다.

"와인 한잔 어때요?"

"부탁드려요." 나는 자리에 앉지만 초조해져서 곧바로 일어선다. 거실은 작지만 바닥 대부분에 깔개가 깔려 분위기가 안락하다. 벽난로 양쪽에 놓인 안락의자를 보니 어느 것이 패트릭 것인지 궁금해진다. 둘 중 어느 의자를 더 자주 사용했는지 나타내는 흔적은 전혀 없다. 소형 텔레비전은 구색을 맞추려고 들여놓은 것처럼 보이고 대형 책장 두 개는 안락의자 옆 우묵한 공간을 꽉 채우고 있다. 나는 머리를 기울여 책 제목을 읽는다.

"제 집에는 책이 너무 많아요." 패트릭이 레드 와인 두 잔을 들고 오면서 말한다. 손을 가만히 놓아두지 않아도 된다는 사실에 안도하며 한 잔을 받는다. "몇 권은 정말 버려야 하지만 결국은 계속 보관하게 되는군요."

"책 읽는 걸 좋아해요." 내가 말한다. "여기 온 이후로 책 한 권 집어본 적 없지만요."

패트릭은 안락의자 중 한 곳에 앉는다. 나는 그를 따라 다른 의자에 앉아서 와인 잔 손잡이를 만지작거린다.

"사진작가로는 얼마 동안 일하셨어요?"

"사실 전 사진작가가 아니에요." 나 스스로도 내 솔직함에 놀란다. "조각가예요." 정원에 있던 작업실을 생각한다. 부서진 점토 덩어리와 완성해서 배송할 준비를 마친 조각품에서 떨어져 내린 부스러기가 떠오른다. "적어도 과거에는요."

"지금은 조각을 하지 않으시나요?"

"할 수가 없어요." 나는 머뭇거리다가 손바닥과 손목에 걸쳐 벌 겋게 흉터가 진 왼손을 펼친다. "사고를 당했어요. 지금은 다시 손 을 쓸 수 있지만 손끝에 감각이 전혀 느껴지지 않아요."

패트릭이 나지막한 휘파람 소리를 낸다. "안타깝군요. 어쩌다 사고가 일어났나요?"

1년 전 그날 밤 일이 주마등처럼 스치지만 그 장면을 마음속 깊 이 밀어 넣는다. "보기보다 나쁘진 않아요." 내가 말한다. "좀더 조 심해야 했어요." 패트릭을 바라볼 수가 없지만 다행히 그가 재빨 리 주제를 바꾼다.

"배고프세요?"

"배고파 죽겠어요." 주방에서 풍기는 맛있는 냄새에 위가 꼬르 륵거린다. 그를 따라 소나무 옷장이 벽면 하나를 가득 메운 꽹장 히 넓은 방으로 들어간다. "할머니가 쓰시던 거예요." 그가 슬로 쿠커 전원을 끄면서 말한다. "돌아가신 뒤에는 부모님이 쓰시다 가 몇 년 전에 외국으로 이사하시면서 제가 물려받았어요. 어마어 마하죠? 그 안에 온갖 물건이 꽉 채워져 있어요. 무슨 일이 있어도 열면 안 됩니다."

패트릭은 접시 두 개에 조심스럽게 스튜를 떠 넣고는 접시 가장 자리에 튄 그레이비를 행주로 닦아내다 훨씬 더 큰 얼룩을 남긴다.

그는 따끈따끈한 접시를 식탁으로 들고 와 그중 하나를 내 앞에 놓는다. "제가 만들 줄 아는 유일한 음식이나 다름없어요." 그가 미안한 얼굴로 말한다. "맛이 괜찮아야 할 텐데요." 그가 쇠 그릇 에 스튜를 조금 떠 넣자 때맞춰 보우가 주방 안으로 달려 들어온 다. 보우는 패트릭이 그릇을 바닥에 내려놓을 때까지 참을성 있게 기다린다.

"아직은 안 돼, 이 친구야." 패트릭이 말한다. 그는 포크로 그릇

안에 든 고기를 뒤집어 식힌다.

　나는 웃음을 감추려 고개를 숙인다. 동물을 대하는 태도를 보면 그 사람에 관해 많은 것을 알 수 있다. 패트릭에게 호감이 절로 솟아난다. "맛있어 보여요. 잘 먹을게요." 내가 말한다. 누가 이렇게 나를 챙겨준 것이 얼마 만인지 기억도 나지 않는다. 요리하고 집 안을 정돈하는 등 가사를 돌보는 사람은 항상 나였다. 행복한 가정을 만들려고 오랫동안 노력했지만 삶이 무너져 내리는 결과만 얻었다.

　"어머니의 조리법이에요." 패트릭이 말한다. "제 집에 오실 때마다 새로운 조리법을 알려주시려고 해요. 본인이 안 계실 때는 제가 아버지처럼 피자와 감자튀김으로 때운다고 생각하시나봐요."

　내가 웃음을 터뜨린다.

　"올 가을이 되면 두 분이 같이 하신 지 40년이에요." 그가 말한다. "상상하기 어렵지 않나요?"

　상상할 수 없다. "결혼하신 적 있으세요?" 내가 묻는다.

　패트릭 얼굴이 어두워진다. "아뇨. 딱 한 번 결혼을 생각해봤지만 마음대로 되지 않았어요."

　잠시 침묵이 흐른다. 내가 이유를 묻지 않으리라는 점이 분명해지자 패트릭에게 안도하는 표정이 떠오른 것 같다.

　"제나는요?"

　나는 숨을 깊게 들이마신다. "잠깐 결혼 생활을 했어요. 결국에는 각자 원하는 바가 달랐어요." 내 억제된 표현에 웃음이 나온다.

　"블라인 케디에서 완전히 고립된 삶을 사시잖아요." 패트릭이 말한다. "힘들진 않으세요?"

　"블라인 케디가 좋아요. 집도 아름답고 보우가 동무가 되어줘서 괜찮아요."

"근처에 다른 집이 없는데 외롭지는 않으세요?"

잠을 설치며 비명을 지르다 깨어나도 아무도 달래줄 이가 없는 밤을 생각한다. "거의 매일 베선을 만나요."

"베선은 좋은 친구가 될 거예요. 저와도 오랫동안 알고 지냈죠."

패트릭과 베선이 얼마나 가까운 사이인지 궁금해진다. 그는 자기와 베선이 허락도 받지 않고 아버지의 배를 빌려 만까지 노를 저어간 적이 있다는 이야기를 들려준다.

"몇 분도 되지 않아 눈에 띄고 말았어요. 아버지가 베선의 아버지 옆에서 팔짱을 끼고 뭍에 서 있는 모습이 보였어요. 우리 둘은 엄청난 곤경에 처했다는 사실을 깨닫고는 계속해서 배 안에 머무르다가 해변에서 꼼짝 않고 있었어요. 몇 시간은 된 것 같았죠."

"어떻게 됐나요?"

패트릭이 소리 내어 웃었다. "당연히 항복했죠. 노를 저어 되돌아와서는 벌을 받았어요. 베선이 저보다 몇 살은 더 많아서 호되게 꾸중을 들었고 저도 2주 동안 외출을 금지당했어요."

그가 슬픈 척하면서 고개를 흔드는 모습에 나는 미소를 짓는다. 지금처럼 머리가 부스스한 데다 장난기 가득한 소년이 떠오른다.

내 빈 접시는 애플 크럼블과 커스터드 소스가 잔뜩 담긴 그릇으로 바뀐다. 알싸한 계피 향을 맡으니 침이 고인다. 커스터드를 덜어내고 버터가 흘러내리는 윗부분을 먹는데 무례해 보이지 않으려고 깨작거리는 정도에 불과하다.

"맛이 없어요?"

"맛있어요." 내가 말한다. "원래 디저트를 먹지 않아서요." 다이어트 하느라 들인 습관을 깨기란 어렵다.

"즐거움을 놓치고 계신 겁니다." 패트릭은 몇 숟갈 만에 자기 디저트를 모두 먹는다. "제가 만든 것이 아니라 직장에 있는 사람이 가져다준 거예요."

"죄송해요."

"괜찮습니다. 좀더 식혀서 보우에게 주면 깨끗이 먹어치울 거예요."

자기 이름을 듣자 보우가 귀를 쫑긋 세운다.

"정말 사랑스러운 녀석입니다." 패트릭이 말한다. "운도 좋고요."

나는 고개를 끄덕여 동의를 표한다. 이제는 보우에게 내가 필요한 만큼 내게도 보우가 필요해졌다. 나야말로 운이 좋다. 패트릭은 식탁에 팔꿈치 한쪽을 얹고 손바닥으로 턱을 괸 채로 보우를 쓰다듬는다. 비밀이나 고통 없는 남자 특유의 편안하고 만족스러운 모습이다.

패트릭이 고개를 들어 자기를 보는 내 눈길을 잡는다. 민망해져 고개를 돌리자 주방 한구석에 놓인 다른 책장이 보인다. "책이 더 있어요?"

"저도 자제가 안 돼요." 패트릭이 웃으면서 말한다. "대부분 그동안 어머니가 제게 주신 요리책이지만 범죄 소설도 있어요. 구성만 괜찮으면 어떤 책이든 가리지 않고 읽어요."

그가 식탁을 치우기 시작하고 나는 의자에 등을 기대고 앉아 그를 바라본다.

'이야기 하나 해드릴까요, 패트릭?'

제이콥과 사고에 관한 이야기 말이다. 새로 시작하는 것 외에는 달리 살 방법을 찾지 못해 도망친 이야기. 기억을 결코 떨칠 수 없어 밤마다 비명을 지르는 이야기.

'그 이야기를 들려드릴까요?'

패트릭이 내 이야기를 듣는 모습을 상상한다. 브레이크가 끼익하더니 제이콥의 머리가 차창에 쿵 하고 부딪히는 대목에서 눈이 커지겠지. 그가 식탁 너머로 손을 뻗어 내 손을 잡아주길 바라지만 그런 광경은 상상조차 되지 않는다. 그가 다 이해한다고, 내 잘못이 아니라고, 누구나 당할 수 있는 일이라고 말해주길 기다린다. 하지만 그는 고개를 젓더니 식탁에서 일어나 나를 밀친다. 넌더리를 낸다. 혐오감을 보인다.

절대 그에게 말할 수 없을 것 같다.

"괜찮으세요?" 패트릭이 나를 낯선 표정으로 바라본다. 아주 잠깐 그가 내 생각을 읽은 듯한 기분이 든다.

"식사 맛있었어요." 내가 말한다. 패트릭과 멀어지든가, 그에게 진실을 숨기든가, 둘 중 하나를 택해야 한다. 거짓말하기는 싫지만 그를 놓아버리는 것은 참을 수 없다. 벽에 걸린 시계를 본다. "가야 할 것 같아요."

"이번에도 신데렐라처럼 도망가시는 건 아니겠죠?"

"이번에는 아니에요." 나는 얼굴이 빨개지지만 패트릭은 웃고 있다. "펜파흐로 가는 막차가 9시에 있어요."

"차는 없으신지?"

"운전하는 걸 좋아하지 않아서요."

"모셔다 드릴게요. 작은 잔으로 와인 한 잔 마셨을 뿐이니 괜찮을 겁니다."

"정말 저 혼자 집으로 돌아갔으면 해요."

패트릭의 두 눈에 화난 기색이 떠오른 것 같다.

"내일 아침 해변에서 뵐 수 있겠죠?" 내가 말한다.

그가 누그러진 표정으로 미소 짓는다. "좋은 생각이에요. 제나

씨를 다시 만나 정말 반가웠어요. 돌아오셔서 기쁩니다."

"저도 그래요."

그가 내 물건을 챙겨 나오고 우리는 좁은 복도에 서서 코트를 입는다. 간신히 팔꿈치를 움직일 정도로 좁은 공간이다. 그와 가까이 있다는 사실에 행동이 굼떠진다. 지퍼를 놓친다.

"여기 있어요." 그가 말한다. "제가 채워드릴게요."

그의 손이 조심스레 옷깃을 여민 다음 지퍼를 끌어올리는 것을 본다. 초조해서 온몸이 굳지만 그는 내 턱이 닿기 직전에 손을 멈추고 내 목에 목도리를 둘러준다. "됐어요. 집에 도착하시면 전화해주시겠어요? 제 번호를 알려드릴게요."

그가 걱정한다는 사실에 깜짝 놀란다. "그러고 싶지만 전화기가 없어요."

"휴대전화도 없으세요?"

그가 못 미더워하는 모습에 웃음이 터져 나올 것 같다. "없어요. 오두막에 인터넷을 연결하는 전화회선이 있긴 하지만 연결할 전화기가 없어요. 정말 괜찮을 거예요."

패트릭이 내 어깨에 두 손을 올리더니 뭐라 반응하기도 전에 몸을 구부려 내 뺨에 부드럽게 입 맞춘다. 그의 숨결을 온 얼굴로 느끼고는 갑자기 휘청거린다.

"고마워요." 내가 말한다. 부적절하고 진부한 반응이지만 그는 내가 의미심장한 말이라도 한 듯 미소를 짓는다. 바라는 바가 많지 않은 사람과 함께 있으니 얼마나 마음이 편해지는지 새삼 깨닫는다.

보우에게 목줄을 채우고 작별 인사를 한다. 패트릭은 분명 우리를 바라보고 있으리라. 길모퉁이를 돌 때 아직도 문가에 서 있는 그의 모습이 보인다.

17

레이가 아침 식사를 하려고 자리에 앉는데 휴대전화가 울렸다. 브라우니단Brownie, 만 7~10세의 여아로 조직된 걸스카우트에서 요리 배지를 따려고 노력 중인 루시는 오늘 아침 식사를 유난히 심각하게 여기는 눈치였다. 아이는 혀끝을 입가에 내민 채로 타버린 베이컨과 흐물거리는 달걀을 부모의 접시에 조심스럽게 옮겨 담았다. 톰은 밤샘 파티가 열리는 친구 집에 가서 점심시간에 돌아올 예정이었다. 톰에게 친구가 생겨서 기분 좋다는 매그즈 말에는 레이도 동의했지만 그가 마음속으로 원한 것은 문을 쾅 닫는 소리와 신경질적인 고함 소리가 들리지 않는 평화로운 분위기였다.

"맛있어 보이는구나, 귀염둥이야." 레이가 호주머니에서 전화기를 꺼내 화면을 응시하고는 매그즈를 보았다. "일 때문이야." 레이는 펠컨 작전에 관한 새 소식이 들어온 건 아닐까 궁금해졌다. 펠컨은 크레스턴 단지의 마약 소탕 작전에 붙은 이름이다. 청장은 1주일 동안 레이 눈앞에 당근을 흔들어대더니 결국은 펠컨 작전에만 집중하라고 신신당부하면서 그의 무릎에 당근을 던져주었다. 1주기 제보 캠페인에 관해서는 불필요하다고 생각했는지 아무 말도 하지 않았다.

매그즈는 접시에 음식을 배열하는 데 열중한 루시를 흘낏 바라보더니 남편에게 말했다. "제발 식사부터 해."

레이는 마지못해 수신 거부 버튼을 눌러 전화가 음성 메시지함으로 넘어가도록 했다. 그가 포크에 베이컨과 달걀을 얹는 순간 집 전화가 울렸다. 매그즈가 전화를 받았다.

"아, 안녕하세요, 케이트. 급한 일인가요? 아침 식사 중이라서요."

레이는 갑자기 꺼림칙한 기분이 들었다. 무엇인가 할 일이 필요해진 그는 블랙베리에 뜬 이메일 목록을 획획 넘기며 경직된 어깨만 보아도 방해받아 불쾌해하는 것이 분명한 매그즈를 슬쩍 올려다보았다. 어째서 케이트가 집으로 전화했을까? 그것도 일요일에? 그는 전화선 너머로 들려오는 케이트의 목소리를 들으려고 귀를 쫑긋 세웠지만 그녀가 무슨 말을 하는지 전혀 알아들을 수 없었다. 지난 며칠 동안 그를 줄기차게 괴롭히던 욕지기가 다시 밀려왔다. 베이컨과 달걀을 보아도 식욕이 전혀 동하지 않았다.

매그즈는 아무 말 없이 레이에게 수화기를 건넸다.

"안녕하세요, 레이 경위님." 케이트는 레이 집안의 갈등을 전혀 눈치채지 못했는지 쾌활하게 인사했다. "뭐 하고 지내셨어요?"

"집안일만 했어. 무슨 일이야?" 그는 매그즈의 시선을 느끼며 자신이 평소와 다르게 통명스레 대꾸하고 있다고 깨달았다.

"휴일에 전화드려서 죄송해요. 하지만 내일까지 기다리고 싶어 하지 않으실 것 같아서요." 케이트가 냉랭해진 말투로 말했다.

"무슨 일인데?"

"뺑소니 사고 제보 캠페인에 반응이 왔어요. 목격자가 나타났어요."

레이는 30분도 못 되어 사무실에 도착했다.

"그래, 무슨 내용을 확보했지?"

케이트가 경찰 문의 센터로 전달된 이메일 인쇄본을 훑어보았다.

"어떤 남자 말이 사고가 일어나던 시각에 난폭 운전을 하던 빨간색 차가 자기 차 앞으로 불쑥 끼어들었대요. 신고하려다 참았다는군요."

레이는 갑자기 아드레날린이 용솟음쳤다. "왜 1차 제보 캠페인이 나갔을 때 연락하지 않았지?"

"이 지역 사람이 아니에요." 케이트가 말했다. "생일을 맞은 누이 집을 방문하러 올라온 거죠. 날짜를 확실히 기억하는 것도 그 때문이고요. 하지만 그날 다시 본머스로 내려가서 뺑소니 사고에 대해 아무것도 듣지 못했대요. 어쨌든 어젯밤에야 누이와 통화하면서 제보 캠페인에 대해 하는 말을 듣고 깨달은 거예요."

"믿을 만한 사람인가?" 레이가 물었다. 목격자는 도무지 종잡을 수 없는 경우가 대부분이었다. 어떤 사람은 기억력이 뛰어나서 사소한 것까지 떠올리는 반면 당장 확인하지 않으면 자기가 무슨 색 셔츠를 입었는지조차 알지 못하고 틀리게 말하기 일쑤인 사람도 있었다.

"모르겠어요. 아직 직접 말해보지 못했어요."

"도대체 왜 안 한 거지?"

"지금 9시 30분이에요." 케이트가 스스로를 방어하느라 톡 쏘는 말투로 대답했다. "경위님한테 전화하기 5분 전쯤에야 받은 정보고 경위님이 그 사람과 직접 이야기하고 싶어 하실 거라 생각했죠."

"미안해."

케이트가 그의 사과를 못 들은 척했다.

"그리고 아까 전화했을 때 무뚝뚝하게 말한 것도 미안해. 좀 난처하더군."

"별문제 없으시죠?"

그 질문에는 많은 뜻이 함축되어 있었다. 레이는 고개를 끄덕였다.

"괜찮아. 그저 거북했을 뿐이야."

두 사람은 잠시 서로를 바라보았다. 레이가 먼저 시선을 돌렸다.

"좋아. 그럼 그 남자를 부르지. 그가 그 차량에 관해 우리에게 줄 수 있는 사항을 하나도 남김없이 알아내고 싶어. 제조사, 색상, 차 번호, 무엇이든 간에 그 차를 몰던 사람에 관한 정보를 말야. 수 ᆞᆞ헤블 민틴 제보인 깃 같은데 이민에는 세내노 애보사고."

"빌어먹을, 단서가 하나도 없잖아!" 레이는 굳이 좌절감을 감추려 하지도 않고 자기 방 창가를 왔다 갔다 했다. "운전자가 몇 살인지, 흑인인지 백인인지도 말 못하다니, 세상에! 남자인지 여자인지조차 모르더군!" 그는 자극을 주면 묘안이 떠오르기라도 하듯이 머리를 마구 문질렀다.

"시야가 안 좋았잖아요." 케이트가 그에게 일러주었다. "게다가 그 사람은 주행속도를 유지하는 데 집중했대요."

레이는 아량을 베풀 기분이 아니었다. "비가 조금 내린다고 그렇게 신경 쓸 정도라면 차를 갖고 나오지 말아야지." 그는 자리에 털썩 주저앉아 후루룩 소리를 내며 커피를 마시다 커피가 차갑게 식은 것을 알고 얼굴을 찌푸렸다. "이런 날에는 커피를 한 번에 들이켜고 싶어져." 그가 투덜거렸다.

"차 번호가 J로 시작되는 포드 자동차에 금이 간 차창. 피에스타나 포커스일 가능성이 있어요. 적어도 뭔가 나오긴 했네요." 케이트가 말했다.

"뭐, 아무것도 없는 것보다는 낫군." 레이가 대꾸했다. "시작하자고. 우선 제이콥 어머니부터 찾아줘. 우리가 용의자를 검거하면 아이 어머니가 보고 우리가 자기 아들을 포기하지 않았다는 사실을 알았으면 해."

"알겠습니다." 케이트가 말했다. "제보 캠페인 때문에 전화했을 때 제이콥의 교장과 말이 잘 통했어요. 지금 다시 전화해서 정보를 좀더 캐내야겠어요. 제이콥 어머니와 연락하고 지내는 사람이 분명 있을 거예요."

"맬컴에게 차를 조사해보라고 지시할 거야. 국가 경찰 전산망으로 브리스톨에 등록된 피에스타와 포커스를 전부 확인할 거고 다들 인쇄물을 검토하는 동안 나는 자네가 먹을 점심을 사올게."

레이는 모이라가 파에야라며 자신 있게 내놓은 음식을 먹다 말고 접시를 옆으로 밀어놓은 뒤 눈앞에 쌓여 있는 서류 더미에 손을 올렸다. "942대." 그는 휘파람을 불었다.

"이 동네에 있는 것만 그 정도예요." 케이트가 말했다. "지나가는 차량이었으면 어쩌죠?"

"범위를 좀더 좁힐 수 있는지 알아봐야겠어." 그가 인쇄물을 접어서 케이트에게 건넸다. "자동 번호 판독기에 찍힌 차량과 대조해봐. 뺑소니 사고 30분 전부터 30분 후 정도를 범위로 하고. 그중에서 그 시간대에 주행한 차량을 파악한 다음에 그렇지 않은 차량을 목록에서 제거해나가야겠지."

"머지않았어요." 케이트가 눈을 반짝이며 말했다. "그렇다는 걸 직감할 수 있어요."

레이가 환히 웃었다. "너무 앞서가진 말자고. 현재 다른 사건은 뭘 맡고 있지?"

케이트가 손가락으로 꼽아가며 맡은 사건 수를 셌다. "론디스 강도, 아시아계 택시 기사를 대상으로 한 연쇄 폭행, 교대조가 떠넘긴 성폭행 추정 사건이 있어요. 아, 다음 주에는 이틀 동안 다양성 교육을 들어야 해요."

레이가 코웃음 쳤다. "웬만하면 다양성 교육은 빠지도록 해. 그리고 다른 사건은 내게 넘겨. 내가 다시 할당할 테니. 자네가 뺑소니 사건에 전념하면 좋겠어."

"이번에는 공식적으로요?" 케이트가 눈썹을 추켜올리며 물었다.

"숨기지 말고 정정당당하게." 레이가 웃으며 대답했다. "하지만 야근은 적당히 해."

18

버스가 포트 엘리스에 도착하는데 패트릭이 벌써부터 나를 기다리고 있다. 우리는 지난 2주 동안 매일 아침 해변에서 만났다. 그가 근무가 없는 오후를 함께 보내자고 제안했을 때 내가 머뭇거린 시간은 찰나에 불과했다. 일생을 두려워하면서 보낼 수는 없다.

"어디로 가는 거예요?" 내가 실마리를 찾아 두리번거리면서 묻는다. 우리는 그의 집과 반대 방향으로 가고 있는 데다 마을의 퍼브도 들르지 않고 지나친다.

"알게 될 거예요."

마을을 떠나 바다로 향하는 내리막길을 따라간다. 서로의 손가락을 낀 채로 손을 잡고 걷는다. 전기가 오르는 듯한 자극을 느끼지만 그가 잡고 있는 손의 긴장을 푼다.

패트릭과 내가 같이 시간을 보낸다는 소식은 삽시간에 펜파흐 전체로 퍼져나갔다. 어제 마을 상점에서 맞닥뜨린 이에스틴은 이렇게 말했다.

"앨런 매슈스의 아들을 만난다면서요." 그가 입꼬리 한쪽을 늘어뜨리며 웃는다. "패트릭은 착한 아이예요. 그 아이만큼 괜찮은 사람을 찾을 수는 없을 거요." 얼굴이 달아오르는 것이 느껴졌다.

"제 현관문은 언제쯤 봐주실 수 있을까요?" 내가 화제를 바꾼다. "계속 같은 상태예요. 자물쇠가 딱 달라붙어서 열쇠가 절대 돌아가지 않아요."

"그거라면 걱정할 필요 없어요." 이에스틴이 대답했다. "이곳에는 물건을 훔칠 만한 사람이 없거든요."

문 잠그는 습관 자체를 이에스틴이 희한하게 생각한다는 사실을 알기에 잠시 호흡을 가다듬고 말한다. "그래도 문이 수리되면 마음이 편할 것 같아요."

이에스틴은 어제도 오두막으로 와서 문제를 해결해주겠다고 약속했지만, 오늘 점심시간에 집을 떠날 때까지도 나타나지 않았다. 이번에도 문을 꽉 닫느라 10분을 허비해야 했다.

내리막길은 점점 더 좁아진다. 길 끝에 서니 바다 너울이 보인다. 회색을 띤 바닷물은 가차 없이 몰아친다. 거세게 이는 파도의 흰색 포말이 허공으로 튀어오른다. 갈매기 떼는 만 근처에서 사방을 에워싼 바람에 갈피를 잡지 못하고 현란하게 원을 그린다. 이제야 패트릭이 나를 어디로 데려가려는지 알아차린다.

"인명 구조소로군요! 들어가도 돼요?"

"그러려고 해요. 동물 병원에는 와보셨으니 이곳을 보면 좋을 거라고 생각했어요. 제가 병원만큼 많은 시간을 보내는 곳이니까요."

포트 엘리스 인명 구조소는 꼭대기에 있는 망루가 아니면 공장 부지로 오해할 정도로 특이해 보이는 무허가 건물이다. 망루는 네 면의 유리창 때문에 항공관제탑을 연상시킨다.

우리는 앞쪽에 있는 커다란 푸른색 미닫이문을 지나쳐서 측면에 있는 작은 문 앞에 선다. 패트릭은 그 옆에 달린 회색 박스에 출입 암호를 입력한다.

"들어오세요. 제가 구경시켜드릴게요."

구조소 안으로 들어가니 땀 냄새와 바다 내음과 옷에 밴 짠 내가 코를 찌른다. 보트 창고에는 패트릭이 '구명정'이라 부른다고 알려준 견고한 주황색 고무보트가 보관되어 있다.

"지금은 묶여 있어요." 그가 말한다. "하지만 날씨가 나쁠 때는 배 안에 있는 것 말고는 다른 도리가 없죠."

보트 창고를 둘러보는데 압정으로 문에 고정된 공지와 하루도 빠짐없이 꼼꼼하게 체크되어 있는 장비 목록이 눈에 띈다. 벽에는 1916년 목숨을 잃은 자원봉사자 세 사람을 추모하는 명판이 붙어 있다.

"타수舵手 P. 그랜트와 승선원 해리 엘리스 및 글린 배리." 나는 소리를 내어 명판을 읽는다. "너무 안됐어요."

"그들은 가워 반도 앞바다에서 조난당한 증기선을 구조하던 중이었어요." 패트릭이 곁으로 다가와 한 팔을 내 어깨에 두르며 말한다. 그런 말을 하는 것으로 보아 내 표정을 보았음이 분명하다. "그때는 상황이 딴판이었어요. 지금 우리가 보유한 장비 절반도 갖추지 못했으니까요."

그는 내 손을 잡고 보트 하우스를 나와 작은 방으로 안내한다. 그곳에는 푸른색 플리스를 입은 남자가 커피를 타고 있다. 그 사람은 평생을 바깥에서 보낸 사람이 흔히 그러하듯 가죽처럼 거칠고 짙은 얼굴을 하고 있다.

"잘 지냈어요, 데이비드?" 패트릭이 말한다. "제나를 소개할게요."

"패트릭이 요령을 알려주던가요?" 데이비드가 내게 눈을 찡긋한다. 나는 이곳에서 통용되는 농담임이 분명한 그의 말에 미소 지었다.

"전에는 구명정에 대해 깊이 생각해본 적 없어요. 구명정이 존재한다는 사실을 당연하게 받아들였죠."

"우리가 싸워서 지키지 않는다면 구명정은 얼마 못 가 이곳에서 사라질 거예요." 데이비드가 이미 진득해진 커피를 설탕이 수북한 스푼으로 휘저으며 말한다. "유지비를 정부가 아니라 영국 왕립 구명정 협회가 내고 있어서 자원봉사자를 모집해야 하는 것은 물론이고 계속해서 자금을 모금해야 합니다."

"데이비드는 우리 업무 팀장이에요." 패트릭이 말한다. "인명구조소를 운영하고 우리 모두를 감독하는 분이죠."

데이비드가 웃음을 터뜨린다. "그리 틀린 말은 아니에요."

날카로운 전화벨 소리가 비어 있는 승선원실을 울리자 데이비드는 양해를 구하고 자리를 뜬다. 몇 초 후에 돌아온 그는 플리스의 지퍼를 열고 보트 창고로 달려간다.

"로실리 만 앞바다에서 카누가 전복됐어!" 그가 패트릭에게 외친다. "아버지와 아들이 실종 상태야. 헬렌이 게리와 알레드에게 전화했대."

패트릭은 사물함을 열어 뒤엉켜 있는 노란색 고무줄, 빨간색 구명조끼, 암청색 방수복을 꺼낸다. "미안해요, 제나. 가봐야 해요." 그는 청바지와 티셔츠 위로 방수복을 뒤집어쓴다. "열쇠를 줄 테니 집에서 기다리고 있어요. 금방 갔다 올게요." 패트릭은 잽싸게 움직여 내가 대답도 하기 전에 보트 창고로 달려간다. 때마침 남자 둘이 미닫이문을 활짝 열어젖히고 달려들어온다. 다시 나갈 준비를 하는 것이다. 몇 분도 안 되어 네 남자는 구명정을 끌고 물가로 내려가서 가뿐히 배에 올라탄다. 누구인지는 알 수 없지만 승선한 사람 중 하나가 줄을 당겨 선체 바깥에 부착된 모터에 시동을 걸자 구명정이 일렁이는 파도를 가르며 해변에서 빠르게 멀어진다.

오렌지색 점이 점점 작아지다가 회색에 묻혀 보이지 않을 때까지 그대로 서서 지켜본다.

"빠르죠?"

고개를 돌리니 승선원실 문에 등을 기대고 선 여자가 보인다. 짙은 색 머리 사이사이로 눈에 띄는 흰머리로 볼 때 50대를 훌쩍 넘긴 그녀는 무늬가 있는 블라우스 가슴 한쪽에 왕립 구명정 협회 배지를 달고 있다.

"헬렌이라고 해요." 그녀가 말한다. "주로 전화를 받고 방문객을 안내하는 일을 하죠. 패트릭 여자 친구이신가봐요."

그녀의 스스럼없는 말에 얼굴을 붉힌다. "전 제나예요. 머리가 빙글빙글 도네요. 시작부터 끝까지 15분 이상 걸리지 않는군요."

"12분 35초 걸리죠." 헬렌이 말한다. 그녀는 놀란 내 표정을 보고 미소 짓는다. "고함 소리가 날 때마다 얼마나 빨리 대응하는지 빠짐없이 시간을 기록해야 해요. 우리 자원봉사자들은 모두 이곳에서 몇 분밖에 떨어지지 않은 곳에 살죠. 개리는 길 위쪽에 살고 알레드는 큰길가에서 정육점을 해요."

"알레드가 호출을 받으면 가게는 어떻게 하죠?"

"문에 팻말을 걸어놓아요. 이곳 주민들은 늘 겪는 일이에요. 알레드는 이 일을 20년 동안 했으니까요."

고개를 돌려 이제 저 멀리 떨어진 대형 선박 이외에는 배 한 척 없는 바다를 바라본다. 묵직한 구름이 낮게 깔려 수평선을 가렸고 하늘과 바다는 한 덩어리가 되어 회색으로 소용돌이친다.

"괜찮을 거예요." 헬렌이 부드럽게 말한다. "걱정을 완전히 멈출 수는 없지만 적응이 되더군요."

나는 호기심을 느끼고 그녀를 본다.

"데이비드가 남편이거든요." 헬렌이 설명한다. "은퇴하고는 집보다 구조소에 있는 시간이 많았어요. 그러다 보니 막을 수 없으면 같이 해야겠다는 생각이 들더군요. 처음에는 고함 소리를 듣자마자 달려나가는 꼴이 너무 싫었죠. 집에서 배웅할 때는 몰랐는데 실제로 구조원들이 구명정에 타는 걸 보는 일은 힘들었어요. 게다가 날씨까지 이럴 때는요. 어쨌든……." 그녀가 가볍게 몸을 떤다. "하지만 모두 돌아와요. 언제나 돌아오죠."

헬렌은 내 팔에 손을 얹는다. 나보다 어른인 그녀의 배려가 고맙다. "알 수 있지 않나요?" 내가 말한다. "얼마나……." 내가 생각해도 받아들이기 어려운 내용이라 나는 말을 멈춘다.

"얼마나 간절히 그들이 돌아오기를 바라는지?" 헬렌이 차분하게 말한다. 나는 고개를 끄덕인다. "네."

"구조소를 좀더 둘러보실래요?"

"아뇨, 괜찮아요." 내가 대답한다. "패트릭 집에 가서 기다려야겠어요."

"패트릭은 좋은 사람이에요."

그 말이 맞는지 궁금해진다. 어떻게 아는지도. 언덕을 올라가는 동안 몇 발자국 내딛을 때마다 오렌지색 배가 다시 눈에 들어오기를 기대하며 고개를 돌린다. 하지만 아무것도 보이지 않는다. 불안감으로 속이 뒤틀린다. 나쁜 일이 일어날 거라고 직감한다.

패트릭의 집에서 그 없이 혼자 있으려니 기분이 이상하다. 위층으로 올라가 구경하고 싶은 마음을 억누른다. 할 일이 아무것도 없어서 라디오를 틀어 지역 방송국에 주파수를 맞추고는 개수대에 잔뜩 쌓인 그릇을 씻는다.

"로실리 만에서 1.6킬로미터 떨어진 바다에서 카누가 전복되면서 아버지와 10대 아들이 실종되었습니다."

라디오에서 칙칙거리는 잡음이 섞여 나오자 나는 더 나은 신호를 찾으려고 주파수 버튼을 만지작거린다.

"주민들이 경보를 울린 직후 포트 엘리스의 구명정이 출동했지만 현재까지 실종자 두 명을 구조하지 못하고 있습니다. 추가 소식이 들어오는 대로 전해드리겠습니다."

바람에 강타당한 나무가 거의 꺾일 정도로 휜다. 이 집에서 바다가 보이지 않는다는 사실을 다행으로 생각해야 할지, 이끌리는 대로 구조소까지 내려가 그곳에서 작은 오렌지색 점이 보이는지 두 눈으로 확인해야 할지 갈피를 잡을 수 없다.

설거지를 마치고 행주로 손을 닦으면서 주방 안을 돌아다닌다. 종이로 높이 받쳐진 채 엉뚱한 장소에 있는 옷장을 보니 신기하게도 마음이 편해진다. 손잡이에 손을 올리는데 패트릭이 했던 말이 떠오른다.

'무슨 일이 있어도 열면 안 됩니다.'

무엇이 들어 있길래 내게 보여주고 싶지 않은 걸까? 나는 그가 당장 걸어 들어오기라도 하듯 뒤를 살피면서 과감하게 옷장 문을 연다. 그러자 뭔가 내게 떨어지고, 나는 헉 하고 숨을 내쉬며 한 손으로 꽃병을 잡는다. 하마터면 타일 바닥으로 떨어져 산산조각 날 뻔했다. 뒤죽박죽으로 쌓인 유리그릇 사이에 꽃병을 놓는다. 옷장 안에 쌓인 리넨 제품에서 퀴퀴한 라벤더 향이 희미하게 풍겨온다. 꺼림칙한 물건은 전혀 없고 그저 추억이 담긴 잡동사니만 가득하다.

문을 닫으려는 순간 식탁보 더미 사이로 삐져나온 은색 액자 테두리가 눈에 띈다. 조심스럽게 액자를 꺼낸다. 패트릭이 짧은 금발에 이가 희고 고른 여자의 어깨에 팔을 두른 사진이다. 두 사람 다 카메라가 아닌 서로를 보며 웃고 있다. 그 여자가 누구인지, 패트릭이 어째서 이 사진을 숨기려 했는지 알고 싶다. 결혼하려고 했다는 여자일까? 사진을 들여다보면서 언제 찍은 것인지 알려줄 단서를 찾으려 한다. 패트릭은 지금과 똑같아 보인다. 그래서 그 여자가 과거의 인물인지, 아니면 아직도 그의 삶에서 일부를 차지하는지 도무지 알 수 없다. 비밀을 감추고 있는 사람은 나뿐만이 아닌 것 같다. 액자를 식탁보 사이에 끼워 넣고 내용물들을 처음처럼 정리한 다음 옷장 문을 닫는다.

주방을 왔다 갔다 해보지만 불안감 때문에 피로해진다. 차를 한 잔 끓이고 식탁에 앉아 차를 마신다.

쏟아지는 빗발 때문에 얼굴이 얼얼하고 눈이 흐릿하며 어슴푸레한 형체가 시야를 꽉 채운다. 바람을 뚫고 엔진 소음이 희미하게 들린다. 아이가 보닛에 부딪힐 때 나던 굉음과 아스팔트에 떨어질 때 나던 쿵 소리를 듣는다.

갑자기 빗물이 바닷물이 된다. 차에서 나던 엔진 소음은 구명정이 칙칙 하는 소리로 바뀐다. 비명은 내가 지르는 것이 아니지만 나를 올려다보는 그 얼굴은, 젖은 속눈썹이 뭉쳐져 있는 그 깊은 눈은 제이콥이 아니라 패트릭의 것이다.

"미안해요." 소리 내어 말하고 있다는 사실도 모르고 말한다. "결코 그러려고 한 것이 아닌데."

내 어깨를 흔드는 손이 느껴지자 갑자기 잠에서 깨어난다. 혼란스러운 상태로 내 숨결 때문에 아직도 온기를 유지하고 있는, 정사각형 나무 식탁에 포개어놓은 두 손에서 고개를 든다. 그러자 주방의 찬 공기가 얼굴에 와 닿는다. 강렬한 전등 빛 때문에 눈을 찡그리고 팔을 들어 얼굴을 감싼다. "안 돼!"

"제나, 일어나요. 제나, 지금 꿈꾸고 있는 거예요."

천천히 팔을 내리고 눈을 떠서 내 의자 앞에 무릎을 꿇고 있는 패트릭을 본다. 입을 열지만 악몽에 시달리던 나는 그가 집에 왔다는 안도감 때문에 말이 떨어지지 않는다.

"무슨 꿈을 꿨어요?"

나는 어눌하게 말을 잇는다. "잘, 잘 모르겠어요. 무서웠어요."

"이제 무서워하지 않아도 돼요." 패트릭이 말하면서 내 관자놀이에 붙은 젖은 머리카락을 가다듬고 두 손으로 내 얼굴을 감싼다. "내가 여기 있잖아요."

그는 창백한 안색에 머리와 속눈썹이 빗물로 젖어 있다. 평소에 환하게 빛나던 두 눈은 표정 없고 어둡다. 낙담한 듯 보인다. 생각할 겨를도 없이 몸을 숙여 그의 입술에 입을 맞춘다. 패트릭은 내 얼굴을 두 손으로 잡고는 굶주린 사람처럼 내 입을 탐하더니 갑자기 나를 놓고 이마를 내 이마에 갖다 댄다.

"수색을 중단했어요."

"중단했다고요? 아직도 실종 상태라는 말인가요?"

패트릭이 고개를 끄덕인다. 그의 눈에 차오른 감정의 무게를 깨닫는다. 그는 무릎을 꿇은 채 주저앉는다. "동이 트자마자 다시 나갈 거예요. 하지만 이제 낙관적으로 말하는 사람은 없어요." 그는 눈을 감고 내 무릎에 머리를 대더니 모든 위험 신호에도 굴하지 않고 의기양양하게 배를 타고 나갔던 아버지와 아들을 위해 소리 내어 운다.

나도 그의 머리를 쓰다듬으면서 흐르는 눈물을 참지 않는다. 바다에 혼자 있을 10대 소년을 생각하며 울고 그 아이의 어머니가

가여워서 운다. 밤마다 나를 괴롭히는 꿈 때문에, 제이콥 때문에,
내 아들 때문에 운다.

19

사체가 물에 떠밀려 온 것은 패트릭과 다른 구조원이 수색을 중단한 날로부터 며칠 지난 크리스마스 이브였다. 조류는 예측할 수 없다는 사실을 깨달을 때도 되었건만 나는 순진하게도 두 사람이 함께 발견되리라 믿었다. 부드러운 잔물결에 실려 로실리 만으로 떠내려온 아들이 먼저 발견되었다. 아버지는 그곳에서 1.6킬로미터 떨어진 해안으로 떠밀려 왔는데 잔잔한 바다가 입혔다기에는 너무도 끔찍한 상처가 나 있었다.

패트릭과 해변에 있는데 그가 전화를 받는다. 그의 턱이 경직되는 것을 보고 좋은 소식이 아님을 깨닫는다. 그는 나를 보호라도 하듯 조금 떨어진 곳으로 걸어가 몸을 돌리고 바다를 보면서 아무 말 없이 데이비드의 이야기를 듣는다. 통화가 끝나자 붙박인 듯 그 자리에 서서 해답이라도 찾듯이 수평선을 바라본다. 다가가 팔에 손을 얹으니 그가 깜짝 놀란다. 내가 있었다는 사실을 잊기라도 한 듯하다.

"정말 유감이에요." 적절한 표현을 찾으려다 속절없이 말한다.

"만나던 여자가 있었어요." 그는 바다에서 눈을 떼지 않은 채로 말한다. "대학 때 만나서 리즈에서 같이 살았죠."

이야기가 어디로 흐를지 종잡지 못하고 그저 듣기만 한다.

"이곳으로 돌아올 때도 함께였어요. 여자 친구는 이곳에 오고 싶어 하지 않았지만 나와 떨어지지 않으려고 직장을 그만두고 함께 포트 엘리스로 와서 살았죠. 그녀는 포트 엘리스를 싫어했어요. 너무 작고 조용하고 느리게 돌아가는 곳이라고 생각했죠."

방해꾼이라도 된 것처럼 불편하다. 그만하라고, 이야기해주지 않아도 된다고 말하고 싶지만 그런다고 해서 패트릭이 말을 멈출 것 같지는 않다.

"어느 한여름 날 우리는 말다툼을 했어요. 항상 똑같은 내용이었죠. 여자 친구는 리즈로 돌아가고 싶다고 했고 나는 이곳에 살면서 병원을 개업하려고 했어요. 그녀는 말다툼 도중에 뛰쳐나가 파도를 타려고 해변으로 내려갔지만 이안류riptide, 파도가 밀려와서 해변의 특정 장소에 모여 있다가 갑자기 바다 쪽으로 되돌아가는 흐름에 휩쓸려서 실종됐어요."

"아, 패트릭." 목이 막힌다. "너무 가여워요!"

그러자 패트릭은 고개를 돌려 나를 본다. "서핑 보드는 다음 날 떠밀려 왔지만 우리는 사체를 찾지 못했어요."

"우리라면, 패트릭 당신이 직접 수색에 참여했다는 말인가요?" 상상조차 할 수 없을 정도로 고통스러운 경험이었으리라.

패트릭은 어깨를 으쓱하면서 말했다. "구조원 모두가 참여했죠. 그게 우리 일이잖아요?"

"그렇죠. 하지만……" 말끝을 흐린다. 직접 수색에 나서는 것이 당연하다. 어떻게 그러지 않겠는가?

패트릭을 안자 그는 내 목에 얼굴을 대고 기댄다. 이제까지 그의 삶이 완벽한 줄로만 알았다. 겉으로 드러나는 그의 모습이 시종일관 유쾌하고 여유롭기 때문이다. 그러나 그 역시 나처럼 실재하는 유령과 싸우고 있다. 난생 처음으로 내게 필요한 만큼 내 존재가 절실한 사람을 만났다.

우리는 천천히 오두막으로 걸어간다. 그곳에 도착하자 패트릭은 차에서 가져올 것이 있다며 잠시 기다려 달라고 말한다.

"뭔데요?" 내가 호기심을 느끼고 묻는다.

"기다려봐요." 두 눈에 광채가 되돌아온 것을 보고 그토록 슬픈 일을 겪고도 잘 극복해낸 그에게 감탄한다. 흐르는 세월이 그에게 힘을 준 것일까. 나도 언젠가는 힘을 얻게 되었으면 좋겠다.

패트릭은 크리스마스트리를 어깨에 대충 둘러 멘 채로 돌아온다. 크리스마스가 다가올 때마다 얼마나 들떴는지를 생각하니 가슴이 아프다. 어릴 때 이브 언니와 나는 크리스마스 장식을 할 때마다 엄격한 절차를 따랐다. 맨 먼저 전구를 달고 나서 반짝이를 두르고 그다음에 사뭇 진지하게 방울을 달았으며 마지막으로 나무 꼭대기에 낡은 천사 장식을 위태롭게 올려놓았다. 지금도 언니는 아이들과 함께 그 전통을 따르고 있을 것이다.

집 안에 트리를 들여놓고 싶지 않다. 크리스마스 장식은 아이들이 있는 가족이나 하는 일이기 때문이다. 하지만 패트릭은 고집을 꺾지 않는다. "가져가지 않을 거예요." 그는 현관문으로 나무를 끌고 들어오면서 말한다. 마루에 솔잎이 흩어진다. 그는 조잡한 목제 받침대에 나무를 올려놓고 똑바로 세워졌는지 확인한다. "게다가 크리스마스잖아요. 집에 트리가 있어야 해요."

"하지만 장식할 것이 전혀 없단 말이에요!" 내가 항의한다.

"내 가방 안을 보세요."

패트릭의 감색 배낭을 여니 두꺼운 고무줄로 동여맨 낡은 구두 상자가 보인다. 상자를 여니 오래되어 여기저기 긁힌 빨간색 유리 방울이 열두 개쯤 들어 있다.

"어머, 너무 예뻐요." 감탄사가 절로 나온다. 방울 하나를 집어 올리니 내 얼굴을 비추면서 빙글빙글 돈다.

"할머니가 갖고 계시던 방울이에요. 할머니가 물려주신 옷장에 온갖 물건이 다 들어 있다고 말했던 것 기억할 거예요."

그 옷장을 뒤지다가 익사했다는 여자 친구임이 분명한 여인과 패트릭이 찍은 사진을 발견한 생각이 나서 얼굴이 붉어지려 하지만 간신히 억누른다.

"참 예뻐요. 고마워요."

우리는 함께 나무를 장식한다. 패트릭이 갖고 온 줄 전구와 내가 집에서 찾아낸 리본을 나뭇가지에 두른다. 방울은 열두 개밖에 되지 않지만 그 사이로 전구가 별똥별처럼 빛을 쏘아댄다. 이처럼 행복한 순간을 영원히 담아두길 바라며 소나무 내음을 맡는다.

장식을 끝내고 패트릭의 어깨에 머리를 기대고 앉아 춤추듯 넘실대는 전구 빛이 유리 방울에 반사되어 벽에 그림자를 만드는 광경을 지켜본다. 그는 맨살이 드러난 내 손목에 동그라미를 그린다. 지난 몇 년 동안 그 어느 때보다도 마음이 편하다. 고개를 돌려 그에게 입을 맞추며 그의 혀를 찾는다. 눈을 뜨니 그 역시 눈을 뜨고 있다.

"위층으로 가요." 내가 속삭인다. 어째서 지금 이 순간 그러고 싶은 것인지 나 자신도 알 수 없지만 내 몸이 그와 결합하기를 원한다.

"정말 그러고 싶어요?" 패트릭이 약간 뒤로 물러나 내 눈을 직시한다.

나는 고개를 끄덕인다. 솔직히 정말 하고 싶은지는 확신할 수 없지만 확인해보고 싶다. 달라질 수 있는지 알아내고 싶다.

그는 두 손으로 내 머리를 쓸어내리면서 목과 볼과 입술에 키스한다. 그러더니 몸을 일으켜서 살며시 나를 계단으로 이끈다. 그러는 동안에도 잠시라도 나를 애무하지 않고는 견딜 수 없다는 듯이 내 손바닥을 엄지손가락으로 어루만진다. 그는 내 뒤를 따라 좁은 계단을 올라오면서 내 허리에 가볍게 손을 얹는다. 심장이 뛴다.

침실은 난로와 열을 내는 레인지와 멀리 떨어져 춥다. 하지만 추위가 아닌 기대로 몸이 떨린다. 패트릭은 침대에 앉아 나를 자기 옆에 부드럽게 눕힌다. 한 손을 들어 내 얼굴에 흩어진 머리카락을 뒤로 넘기고 손가락으로 내 귀와 목을 쓰다듬어 내린다. 불안감이 물밀듯 밀려온다. 내가 얼마나 따분하고 매력 없으며 관능적이지 못한지 실감한다. 패트릭이 그 사실을 깨닫고도 나와 함께 있고 싶어 할지 의구심이 든다. 하지만 나는 그를 절실히 원하고, 일찍이 경험해본 적 없는 욕망이 솟구쳐 한층 더 자극적이다. 패트릭 곁으로 좀더 가까이 다가간다. 누가 내쉬는 숨결인지 구분할 수 없을 정도로 가깝다. 그렇게 몸을 붙이고 누운 지 족히 1분은 지난 것 같다. 우리는 서로 입을 맞추는 대신 입술을 스치기만 하고 혀로 애무하는 대신 피부만 맞댄다. 패트릭은 잠시도 내게 눈을 떼지 않으면서 천천히 내 셔츠의 단추를 푼다.

더 이상 참을 수 없다. 그의 청바지에 손을 뻗어 단추를 풀고 바지를 끌어내리려다가 난폭하고 성급하게 발로 차서 벗긴다. 우리는 격렬하게 입을 맞추면서 옷을 벗는다. 패트릭은 실오라기 하나 걸치지 않았고, 나는 팬티와 티셔츠만 남았다. 그가 내 티셔츠의 밑단을 잡자 나는 미약하게 고개를 젓는다.

정적이 흐른다. 나는 그가 밀어붙이리라 생각하지만 그는 잠시 내 눈을 바라보더니 고개를 숙여 부드러운 면직에 감싸인 내 가슴에 입술을 댄다. 그가 아래로 내려올수록 내 몸은 활처럼 휘고 나는 그의 손길에 스스로를 내맡긴다.

시트와 팔다리에 감긴 채로 잠이 들려는데 패트릭이 몸을 뻗어 침대 머리맡 전등을 끄는 것을 느낌으로 알아차린다.

"그대로 놔둬요." 내가 말한다. "제발요." 패트릭은 이유를 묻지 않는다. 대신 팔로 나를 감싸고 내 이마에 입 맞춘다.

잠에서 깨자마자 무언가 달라졌다고 깨닫지만 잠결에 무엇이 달라졌는지 곧바로 알지는 못한다. 그것은 침대에 다른 사람과 함께 누워 있다는 사실이 아니라 내가 잠다운 잠을 잤다는 사실이다. 미소가 서서히 입꼬로 피서 나산다. 시실로 심에서 쌨나는 깨달음 때문이다. 비명 때문도, 브레이크가 끼익 하는 소리나 두개골이 유리에 부딪히는 굉음 때문도 아니다. 1년여 만에 처음으로 그 사고에 대한 꿈을 꾸지 않았다.

일어나서 커피를 끓이려다가 침대가 따뜻해서 다시 이불을 덮고 패트릭의 벗은 몸을 휘감는다. 그의 옆구리를 쓸어내리고 그의 팽팽한 복부와 탄탄한 허벅지를 어루만진다. 다리 사이로 묘한 감각이 느껴지자 미칠 듯이 애무를 바라는 내 몸의 반응에 다시 한번 놀란다. 패트릭이 몸을 뒤척이다가 고개를 조금 들고 눈을 감은 채 내게 미소 짓는다.

"메리 크리스마스."

"커피 마실래요?" 그의 맨어깨에 키스하면서 내가 묻는다.

"나중에요." 그는 나를 이불 안으로 끌어들인다.

우리는 정오가 되도록 침대에 누워 서로를 탐닉하고 보드라운 롤에 달콤하고 진한 열매 잼을 발라 먹는다. 패트릭은 커피를 더 마시려고 아래층으로 내려갔다가 어젯밤 크리스마스트리 밑에 조심스럽게 놓아둔 선물을 들고 온다.

"코트네요!" 패트릭이 서툴게 포장해서 약간 찌부러진 상자를 건네주자 내가 포장지를 벗겨내며 외친다.

"그리 로맨틱한 선물은 아니지만, 4계절 내내 해진 레인코트를 입고 해변에 나갈 수는 없잖아요. 그러다 얼어 죽어요." 그가 멋쩍게 말한다.

당장 그 옷을 걸쳐본다. 두껍고 따뜻하며 방수 처리가 된 레인코트에는 깊숙한 호주머니와 모자가 달렸다. 오두막으로 이사하던 날 현관에 걸려 있어서 쭉 입어온 레인코트와는 비교도 되지 않을 정도로 멋졌다.

"몸을 따뜻하게 해주는 것만큼 로맨틱한 선물이 있을까요." 내가 패트릭에게 키스하면서 말한다. "정말 마음에 들어요. 고마워요."

"주머니를 확인해봐요." 패트릭이 말한다. "선물은 아닌데 제나에게 꼭 필요한 물건이라고 생각했어요."

주머니에 손을 넣어 꺼내보니 휴대전화다.

"집에 굴러다니던 오래된 전화기예요. 신기한 기능은 없지만 작동은 되고 무엇보다 통화할 일이 있을 때 야영장까지 걸어가지 않아도 돼요."

내가 전화를 걸 사람은 당신밖에 없다고 대꾸하려다 패트릭도 그런 뜻으로 말했음을 눈치챈다. 나와 연락이 닿지 않는 것을 좋아하지 않는다는 사실을 깨닫는다. 어떤 기분인지 나 자신도 잘 모르겠지만 그에게 고맙다고 말한다. 마음속으로는 전원을 켜둘 필요는 없으리라 생각한다.

패트릭이 건넨 두 번째 선물은 짙은 보라색 종이와 리본으로 능숙하게 포장한 상자에 담겨 있다. "내가 포장한 건 아니에요." 그가 굳이 사실을 고백한다.

나는 조심스럽게 종이를 풀고 예우를 갖춰 작은 상자를 연다. 한눈에도 그렇게 하는 것이 합당해 보인다. 상자 안에는 조가비 모양 자개 브로치가 들어 있다. 불빛을 받은 자개 표면이 색색으로 일렁인다.

"어머 패트릭, 아름다워요." 내가 얼떨떨해서 말한다. 브로치를 꺼내 새 코트에 달아본다. 패트릭에게 주려고 그린 포트 엘리스 해변의 연필화를 꺼내놓으려니 민망하다. 구명정이 출동하는 것이 아니라 해안으로 무사히 귀환하는 광경을 담은 그림이다.

"제니, 당신은 재능이 뛰어나요." 그가 액자에 든 그림을 들고 경탄한다. "이곳에서 썩히기에는 아까운 재능이에요. 전시회를 열어서 이름을 알려요."

"안 돼요." 이유를 덧붙이지는 않는다. 새 코트를 시험해보고 싶기도 하고 보우도 산책시켜야 한다는 구실로 패트릭에게 해변까지 걷자고 제안한다.

바닷물이 저 멀리까지 빠져나간 해변에는 아무도 없이 옅은색 모래만 광활하게 펼쳐져 있다. 절벽을 내리누를 듯 잔뜩 낀 구름은 짙푸른 바다와 대비되어 한층 더 새하얗게 보인다. 상공을 선회하며 갈매기 떼가 내는 애처로운 울음소리가 텅 빈 해변에 메아리치고 파도는 일정한 간격을 두고 모래에 부딪힌다.

"발자국을 남기는 것도 미안해요." 살며시 패트릭의 손을 잡고 걷는다. 오늘만큼은 카메라를 들고 오지 않았다. 바다로 걸어 들어가 얼음장 같은 물거품에 부츠 발끝이 휩싸이도록 내버려둔다.

"어머니는 크리스마스마다 습관처럼 바다에서 수영하세요." 패트릭이 말한다. "그것 때문에 아버지와 말다툼하시곤 했어요. 조수가 얼마나 위험한지 잘 아는 아버지는 어머니더러 무모하게 행동한다고 말하셨죠. 하지만 어머니는 크리스마스 양말을 모두 열어보자마자 수건을 들고 해변으로 달려가 수영하셨어요. 우린 당연히 그 상황을 재미있어 하면서 해변에 서서 환호했어요."

"말도 안 돼요." 내가 익사한 여자를 생각하면서 말한다. 어떻게 그러한 비극을 겪고 나서도 용케 물가에 나갈 수 있는지 놀라울 뿐이다. 보우가 파도로 달려들어 솟구치는 바닷물을 물려고 한다.

"제나는 어때요?" 패트릭이 묻는다. "특이한 가풍이 있나요?"

잠시 생각에 잠기다가 어린 시절 크리스마스 휴일이 시작될 때마다 들뜨던 생각을 하고 웃는다. "그런 건 없어요. 하지만 가족과 함께 보내던 크리스마스가 무척 좋았어요. 부모님은 10월이면 크리스마스 준비를 시작하셨고 찬장 속이며 침대 밑이며 신기한 상자가 잔뜩 있었어요. 아버지가 집을 나가신 다음에도 크리스마스 준비는 계속됐지만 예전과는 달랐죠."

"아버지를 찾으려고는 해봤어요?" 패트릭이 내 손을 꼭 쥔다.

"네. 대학에 다닐 때요. 찾긴 했는데 아버지가 새 가정을 꾸리셨다는 사실을 알게 됐어요. 아버지께 편지를 썼고 과거는 과거로 남겨두는 것이 최선이라는 답장을 받았죠. 가슴이 아팠어요."

"그럴 수가."

나는 신경 쓰지 않는다는 듯 어깨를 으쓱한다.

"언니와는 사이가 좋아요?"

"전에는 좋았어요." 자갈을 집어 들어 물수제비를 뜨려 하지만 파도치는 속도가 너무 빠르다. "언니는 아버지가 떠난 후 어머니 편을 들었고 전 아버지를 내쫓은 어머니에게 화가 났어요. 그래도 서로를 챙기긴 했지만 언니를 만나지 않은 지 오래됐어요. 몇 주 전에 카드를 보냈는데 받았는지 모르겠어요. 살던 집에 그대로 사는지도 확실하지 않아요."

"사이가 틀어진 건가요?"

고개를 끄덕인다. "언니는 제 남편을 마음에 들어 하지 않았어요." 그 말을 입 밖에 낸 것이 위험하다는 생각에 두려워져서 어깨가 떨린다.

"그 사람을 좋아했어요?"

특이한 질문이라 나는 잠시 생각에 잠긴다. 오랜 세월 동안 이안을 증오했고 두려워했다. 마침내 대답한다. "한때는 그랬죠." 그가 얼마나 매력적이었는지, 서툴게 더듬어대고 저질 유머나 구사하던 남학생들과 얼마나 달랐는지 돌이켜본다.

"이혼한 지는 얼마나 됐어요?"

그의 말을 바로잡지 않는다. "조금 됐어요." 그에게 대답하고는 자갈을 한 움큼 들어 바다로 던지기 시작한다. 사랑받고 보살핌받는다는 기분을 마지막으로 느낀 때에서 지난 햇수만큼 돌을 던진다. "그가 돌아올지도 모른다는 생각이 들 때도 있어요." 짧은 웃음을 터뜨리지만 내 귀에도 헛헛하게 들린다. 패트릭이 생각에 잠긴 표정으로 나를 바라본다.

"그럼 아이는 없나요?"

몸을 구부려 자갈을 찾는 척한다. "남편이 갖고 싶어 하지 않았어요." 사실과 완전히 동떨어진 말은 아니다. 이안은 자기 아들 일에는 전혀 관심이 없었다.

패트릭이 내 어깨에 팔을 두른다. "미안해요. 너무 이것저것 캐물었네요."

"괜찮아요." 내 대답은 진심이다. 패트릭과 있으면 안심이 된다.

우리는 천천히 해변에서 위로 올라간다. 언 길은 미끄럽고 나는 패트릭의 팔이 나를 잡고 있다는 사실에 안도한다. 그에게 원래 의도보다 말을 많이 했지만 전부 다 털어놓을 수는 없다. 말한다 면 그는 떠날 테고 그랬다가는 내 추락을 막을 사람이 아무도 없 을 것이다.

20

레이는 낙천적인 기분으로 잠에서 깼다. 그는 크리스마스 연휴에 연차를 냈다. 휴가를 보내면서 몇 번 사무실에 들르고 집으로 일거리를 들고 오기도 했지만 휴식은 분명히 도움이 되었다. 그는 케이트가 뺑소니 사건을 어떻게 수사해나가고 있는지 궁금했다.

브리스톨에 등록된 빨간색 포드 포커스와 피에스타는 900여 대에 이르렀는데 그 가운데 차량 번호 자동 판독기에 찍힌 차량은 마흔 대 남짓이었다. 판독기에 저장된 사진은 90일 후에 삭제되었지만 케이트는 차량 번호 목록을 토대로 등록자를 일일이 추적했다. 뺑소니 사고가 있던 날 행적을 묻기 위해서였다. 지난 4~5주 동안 그녀는 빠르게 목록을 줄여나갔지만 결과는 좀처럼 나오지 않았다. 제대로 된 서류 절차 없이 판매된 차와 새 주소를 남기지 않고 이사한 차량 등록자가 너무 많았기 때문이다. 시기까지 감안한다면 이만큼 단축한 것도 놀라웠다. 연휴가 끝나면 분명 돌파구를 찾게 될 터였다.

레이는 톰의 침실 문을 열고 머리를 들이밀었다. 수북한 이불 밑으로 톰의 정수리만 보였다. 레이는 살그머니 문을 닫았다. 새해를 희망차게 맞이했지만 아들에 대해서만큼은 낙관할 수 없었다. 교장이 두 차례나 경고장을 전달할 정도로 수업 태도가 갈수록 나빠졌다. 두 번째 경고장은 유기 정학으로 이어졌다. 이미 결석 일수가 출석 일수를 넘어선 데다 등교 자체를 끔찍이도 싫어하는 아이가 받기에는 터무니없는 징계였다.

"루시는 아직 자?" 매그즈가 주방으로 들어간 레이에게 물었다.

"둘 다 자."

"오늘 밤에는 일찍 재워야겠어. 사흘 뒤면 개학이니까."

"깨끗한 셔츠 있을까?" 레이가 말했다.

"당신이 한 장도 안 빨았다는 말이야?" 매그즈가 다용도실 안으로 사라지더니 다린 셔츠를 한 팔에 잔뜩 걸치고 돌아왔다. "누군가 빨아놨으니 다행이지. 어쨌든 오늘 밤 이웃들과 한잔하기로 한 것 잊지 마."

레이가 앓는 소리를 냈다. "꼭 가야 해?"

"응." 매그즈가 그에게 셔츠를 건넸다.

"새해 첫날 바로 다음 날에 이웃들을 불러 모으는 사람은 누구지?" 레이가 말했다. "이런 날 파티를 하다니 어처구니가 없군."

"엠마 말이 크리스마스와 새해 첫날에는 다들 너무 바빠서 오늘로 했대. 축제 기분이 가시고 난 지금 이렇게 기분을 북돋는 행사가 필요하다는 거지."

"그렇지 않아." 레이가 말했다. "골치만 아파질 뿐이야. 항상 그래. 다들 나를 붙잡고 어린이 보호 구역과는 거리가 먼 시속 50킬로미터 구간에서 시속 60킬로미터로 달리다가 잡혔다거나 정의가 땅에 떨어졌다는 이야기만 해대지. 파티가 아니라 경찰을 맹비난하는 장이야."

"그냥 이야기 나누려고 그러는 거잖아." 매그즈가 인내심을 잃지 않고 대답했다. "당신과 자주 만나는 사람들이 아니니까."

"그럴 수밖에 없잖아."

"당신한테 말을 걸 거리라고는 일밖에 없는 거지. 편하게 생각해. 그렇게 듣기 싫으면 주제를 바꿔. 잡담을 나누라고."

"잡담은 싫어."

"알았어." 매그즈가 팬을 조리대에 내리치듯이 쾅 하고 내려놓았다. "그럼 가지 마. 그런 기분으로 참석하려면 가지 않는 게 나을 거야."

레이는 아내가 자기에게 자식을 대하듯 말하지 않았으면 좋겠다고 생각했다 "가지 않는다고 한 건 아니야. 그저 따분할 거라는 말이야." 매그즈가 고개든 돌려 그를 바라보았다. 재촉이 있다기보다 실망한 표정이었다. "살면서 신나는 일만 있는 건 아냐, 레이."

"두 사람, 새해 복 많이 받아." 범죄수사과로 들어선 레이가 스텀피의 책상에 퀄리티 스트리트Quality Street, 양철통에 각종 초콜릿과 캐러멜을 넣은 제품를 내려놓았다. 스텀피가 말했다. "크리스마스와 새해에 근무한 건 이걸로 보상이 되겠네요" 휴일 동안 범죄수사과는 최소한의 인력으로 운영되었다. 이번 크리스마스 연휴에는 제비뽑기에서 걸린 스텀피가 근무했다.

"하지만 새해 첫날부터 아침 7시에 출근했는데 초콜릿 한 상자 정도로 때우시면 안 되죠."

레이가 웃었다. "어쨌든 스텀피 자네도 심야 파티를 하면서 마시고 놀기에는 나이가 많잖아. 매그즈와 나는 새해 전야 자정이 되기 한참 전에 잠들었어."

"저는 아직도 회복이 덜 됐어요." 케이트가 하품하면서 말했다.

"신나는 파티였어?" 레이가 물었다.

"기억하는 한은 그랬어요." 그녀가 깔깔 웃었다. 레이는 부러워서 가슴이 아렸다. 케이트의 파티에서는 그날 저녁 자신이 참석하기로 되어 있는 파티와는 달리 과속 딱지와 쓰레기 투기 따위의 따분한 주제로 대화가 이어지는 일은 없을 터였다.

"오늘은 무슨 일이 있지?" 그가 물었다.

"경위님이 반가워할 소식이 있어요." 케이트가 대답했다. "차량 번호를 확보했어요."

레이가 함박웃음을 지었다. "이제야 나왔군. 그 차량 번호인 건 확실한가?"

"확실해요. 뺑소니 사고 이후로는 자동 판독기에 찍힌 일이 없더군요. 세금을 미납했는데도 법정 비주행 선고를 받지 않았어요. 그래서 제 생각에는 차량을 버렸거나 불태웠을 것 같아요. 제이콥이 사고당한 곳에서 8킬로미터 정도 떨어진 뷰포트 크레슨트 주소로 등록된 차량이고요. 어제 경사님과 함께 가보았지만 비어 있더군요. 임대주택이라서 오늘 경사님이 토지 등기소로 집주인에게 연락해서 세입자의 새 주소를 알고 있는지 확인할 거예요."

"이름은 확보했겠지?" 레이가 솟구치는 흥분을 감추지 못한 채 말했다.

"확보했어요." 케이트가 활짝 웃었다. "국가 경찰 전산망이나 선거 명부에 기록이 없고 인터넷에서도 아무런 정보를 찾지 못했지만 오늘은 꼭 찾아낼 거예요. 통신사 개인정보 보호를 면제받았으니 크리스마스 연휴가 끝난 오늘 연락이 오기 시작할 거예요."

"제이콥 어머니에 대해서도 어느 정도 진척이 있었어요." 스텀피가 말했다.

"잘됐군." 레이가 말했다. "연차를 좀더 자주 내야겠어. 연락해 봤어?"

"전화번호가 없어요." 스텀피가 말했다. "케이트가 성 마리아 학교에서 그 여자를 아는 기간제 교사를 찾아냈어요. 사고가 난 이후 제이콥 어머니는 모두가 자기를 비난한다고 생각한 것 같았 대요. 죄책감에 사로잡힌 데다 운전자가 달아나도록 놔뒀다는 것 에 격분해서⋯⋯."

"달아나도록 놔뒀다고?" 레이가 말했다. "우리가 수수방관하고 아무것도 안 했나?"

"들은 이야기를 전달하는 것뿐이에요." 스텀피가 말했다. "어쨌 든 새롭게 출발하려고 모든 관계를 끊고 브리스톨을 떠났대요." 스텀피가 누르는 과일은 데이가 마시막으로 봤을 때보나 누께 가 1인치는 더 늘어난 것 같았다. "현지 경찰이 이메일을 받아봐 야 알겠지만 오늘 저녁 무렵에는 주소를 확보할 수 있을 겁니다."

"잘했어. 재판으로 가게 되면 아이 어머니에게 협조받는 것이 굉장히 중요해. 경찰에 반감이 심한 독불장군이 용의자를 기소하 는 데 어떻게 1년 넘게 걸릴 수 있냐고 신문에 떠들어대는 것만은 피하고 싶어."

케이트 전화기가 울렸다.

"범죄수사과 에반스 형사입니다."

레이가 자기 사무실 방향으로 몸을 돌리려는 순간 케이트가 그 와 스텀피에게 마구 손짓하기 시작했다.

"다행이에요!" 케이트가 전화기에 대고 말했다. "정말 고맙습니 다." 그러고는 책상에 놓인 A4 크기 메모장에 무엇인가를 정신없 이 휘갈겼다. 잠시 뒤 수화기를 내려놓은 다음에도 그녀는 여전히 웃음을 머금고 있었다.

"운전자를 잡았어요." 그녀가 의기양양하게 메모장을 흔들며 말했다.

웃는 일이 드문 스텀피까지도 환하게 웃었다.

"BT^{영국 통신사}에서 온 전화였어요." 케이트가 의자에서 폴짝폴짝 몸을 튕기면서 말했다. "우리에게 자료 보호 면제를 요청받고 전화번호부에 기재되지 않은 번호를 조회하다가 용의자 주소를 찾았대요!"

"어디래?"

케이트가 메모장에서 앞장을 뜯어 스텀피에게 주었다.

"훌륭해." 레이가 말했다. "당장 움직이자고." 그가 벽에 붙은 철제 서랍장에서 자동차 열쇠 다발을 두 개 꺼내어 그중 한 다발을 스텀피에게 던지자 스텀피가 능숙하게 받아냈다. "스텀피, 제이콥 어머니 수사 파일을 가져가. 현지 경찰서로 가서 전화를 기다릴 여유가 없다고 말해. 지금 당장 그 주소가 필요해. 그 여자를 찾기 전까지는 돌아올 생각 하지 마. 찾게 되면 그 여자한테 누가 되든 처벌을 면하지 못할 거라는 점을 확실하게 전달해. 경찰이 무슨 수를 써서라도 제이콥을 죽인 사람을 재판정에 세울 거라고 말해. 케이트와 나는 가서 운전자를 체포할 테니까." 레이는 잠시 말을 멈추고 케이트에게 남은 열쇠 다발을 던져주었다. "다시 생각해보니 자네가 운전하는 게 낫겠어. 오늘 저녁 일정을 취소해야 해."

"어디 좋은 데 가시기로 했나봐요?" 케이트가 말했다.

레이가 웃었다. "단언컨대 차라리 여기 있는 게 나아."

21

문 두드리는 소리에 떨어오른 듯 놀란다. 시간이 벌써 그렇게 되었나? 사진을 편집하다 보면 시간 가는 줄을 모른다. 보우가 귀를 쫑긋 세우지만 짖지는 않는다. 나는 보우의 머리를 헝클면서 현관문까지 간다. 그러고는 빗장을 벗긴다.

"현관문을 잠그는 사람은 당신밖에 없을 거예요." 패트릭이 웃으면서 투덜거린다. 안으로 들어온 그는 내게 입을 맞춘다.

"도시 사람의 습관 같은 거예요." 내가 가볍게 대꾸한다. 다시 빗장을 걸고 문을 잠그려고 열쇠를 힘껏 돌려본다.

"이에스틴이 아직도 고쳐주지 않았나요?"

"이에스틴을 잘 알잖아요." 내가 말한다. "수리해주겠다고 되풀이해서 약속하지만 실제로는 그럴 짬을 내지 못하죠. 오늘 저녁에 들른다고 했지만 오리라고 기대도 안 해요. 내가 문을 잠그고 싶어 한다는 사실 자체를 이상하게 생각하는 것 같아요."

"음, 이에스틴 말이 맞는 것 같은데요." 패트릭이 문에 기댄 채

213

커다란 열쇠를 쥐더니 자물쇠 안으로 힘껏 밀어 넣는다. "1954년 이후로 펜파흐에 절도가 일어난 적은 없을걸요." 패트릭이 놀리듯 웃지만 나는 못 본 척한다. 혼자 있는 날이면 밤마다 집 구석구석을 살피고 밖에서 소음이 들릴 때마다 깜짝 놀라 잠을 깬다는 사실을 그는 모를 것이다. 악몽은 멈추었을지 몰라도 두려움은 남아 있다.

"아가 옆으로 와서 몸 좀 녹이세요." 내가 말한다. 패트릭은 매서운 추위로 꽁꽁 언 모습이다.

"한동안은 이런 날씨가 계속될 거예요." 그는 내가 권한 대로 낡은 아가 옆에 선다. "장작은 충분한가요? 내일 조금 가져다줄 수 있어요."

"이에스틴이 몇 주 치를 가져다 줬어요." 내가 말한다. "매달 첫날 집세를 받으러 올 때마다 짐칸에 장작을 잔뜩 실어서 오는데 돈을 주려고 해도 절대 안 받아요."

"좋은 분이에요. 이에스틴 아저씨와 우리 아버지는 오랜 친구예요. 두 분은 밤새 퍼브에 계시다가 집에 몰래 들어와서는 어머니에게 취하지 않은 척하셨죠. 그렇게 딴사람처럼 변하셨다는 사실이 놀랍기만 해요."

그 장면을 상상하고 소리 내어 웃는다. "저도 이에스틴이 좋아요." 냉장고에서 맥주 두 병을 꺼내어 패트릭에게 한 병 건넨다. "그런데 수수께끼의 저녁 식사 재료는 뭐죠?"

패트릭은 오늘 아침 전화를 걸어 저녁거리를 가져오겠다고 했다. 나는 그가 현관문 옆에 놓아둔 아이스 팩 속에 무엇이 들었는지 궁금하다.

"오늘 손님 한 분이 고맙다면서 들고 온 거예요." 패트릭이 말한다. 그는 아이스 팩을 열어 그 안으로 손을 넣는다. 모자에서 토끼를 꺼내는 마술사처럼 윤기 흐르고 푸른색과 검은색이 뒤섞인 바닷가재를 꺼낸다. 바닷가재는 나를 향해 집게발을 느릿느릿 흔든다.

"어머, 세상에!" 나는 몹시 기쁘면서도 바닷가재 요리를 만들 생각에 주눅이 든다. 그렇게 까다로운 요리를 시도조차 해본 적 없기 때문이다. "손님들이 바닷가재로 진료비를 내는 일이 많나요?"

"놀랄 정도로 많죠." 패트릭이 대답한다. "어떤 사람은 꿩이나 토끼로 내기도 해요. 미리 지급하겠다고 하고는 문간에 물건을 놓고 가는 사람도 있고요." 그가 미소 짓는다. "이런 일을 겪다 보니 정확히 어디에서 온 물건인지 묻지 않게 됐어요. 세금을 꿩으로 낼 수는 없지만 다행히 수표로 지불하는 사람도 많아서 그럭저럭 유지가 돼요. 치료비가 없다고 해서 아픈 동물을 내친 수는 없잖아요."

"당신은 보기와 달리 속이 여려요." 그의 목에 팔을 두르고 입술에 입을 맞춘다.

"쉿. 내가 쌓아온 마초 이미지를 망칠 셈이에요? 보송보송한 토끼 가죽을 벗기거나 바닷가재를 삶지 못할 정도로 여리지는 않아요." 패트릭은 만화에 나오는 악당처럼 과장되게 웃는다.

"바보 같아요." 내가 그를 놀린다. "당신이 요리법도 알고 있기를 바랄 뿐이에요. 난 어떻게 하는지 잘 모르거든요." 내가 겁먹은 표정으로 바닷가재를 바라본다.

"보고 배우세요, 마님." 패트릭이 한 팔에 행주를 두르더니 과장되게 허리를 굽힌다. "곧 저녁을 올리겠습니다."

아가에 물을 끓이는 동안 가장 큰 냄비를 꺼낸 다음 개수대에 물을 채워 양상추를 씻는다. 패트릭은 바닷가재를 다시 아이스 팩에 조심스럽게 넣는다. 우리가 이렇게 다정한 침묵 속에서 일하는 동안 보우는 이따금씩 다리 사이로 고개를 들이밀고 점잖게 자기 존재를 알린다. 편하고 안전한 분위기다. 소스를 만드는 데 여념 없는 패트릭을 쳐다보면서 슬며시 미소 짓는다.

"괜찮은 거예요?" 내 시선을 느낀 그가 냄비에 나무 숟가락을 받쳐두고 묻는다. "무슨 생각해요?"

"아무 생각도 안 해요." 내가 다시 샐러드를 보면서 말한다.

"아, 그러지 말고 말해줘요."

"우리 둘에 대해 생각하고 있었어요."

"그렇다면 반드시 말해줘야죠!" 패트릭이 웃으면서 말한다. 그는 개수대에서 손을 적셔 내게 물방울을 튀긴다.

비명을 지른다. 그러지 않고는 배길 수 없다. 눈앞에 있는 사람이 패트릭이라고 논리적으로 판단할 새도 없이 그에게서 몸을 획 돌리고 머리를 감싼다. 본능적이고 충동적으로 맥박이 마구 뛰고 손바닥이 축축해진다. 주변 공기가 소용돌이치더니 잠시 다른 시간, 다른 장소로 이동한 것 같다.

온몸으로 정적을 느낀다. 그렇게 있으니 심장이 가슴을 세차게 때려 천천히 몸을 펴고 일어선다. 패트릭이 겁에 질린 채 두 손으로 내 허리를 잡는다. 말하려고 하지만 입이 바짝 마르고 공포심이 목구멍에 걸려서 나오지 않는다. 패트릭 얼굴에서 당혹감과 죄책감을 보고 그에게 설명해야 한다는 사실을 깨닫는다. "정말 미안해요." 말을 이으려 한다. "내가……." 충격에 휩싸여 두 손으로 얼굴을 감싼다.

패트릭이 한 발자국 다가선다. 나를 안으려고 하지만 내가 보인 반응이 부끄럽고 그에게 자초지종을 털어놓으려는 갑작스러운 충동을 억누르려고 그를 밀어낸다.

"제나, 무슨 일이 있었나요?" 그가 조심스럽게 묻는다.

그때 문을 두드리는 소리가 들리자 우리는 서로 바라본다.

"내가 나갈게요." 패트릭이 말하지만 내가 고개를 젓는다.

"이에스틴일 거예요." 말을 돌릴 수 있는 기회에 안도하고는 손으로 얼굴을 훔친다. "금세 돌아올게요."

문을 열자마자 무슨 일인지 정확하게 깨닫는다.

난 그저 도망치고 싶었다. 사고가 일어나기 전에 내가 살던 삶이 다른 사람의 삶인 양 위장하고 싶었고 다시 행복질 수 있으리라 스스로를 기만하고 싶었다. 발각된다면 내가 어떻게 반응할지 스스로도 궁금하곤 했다. 다시 돌아가야 한다면 어떤 기분일지, 돌아가지 않으려 애쓸지 알고 싶었다.

하지만 경찰관이 내 이름을 내뱉기 그저 고개만 끄덕일 뿐이다.

"제 이름 맞아요." 내가 말한다.

짙은 머리카락을 짧게 깎은 경찰관은 나보다 나이가 많고 칙칙한 양복을 입고 있다. 상냥해 보이는 그의 얼굴을 보고 그 사람이 어떤 삶을 살았는지, 아내와 아이는 있는지 궁금해진다.

그 옆에 서 있던 여자가 다가온다. 나보다 어려 보이는 그녀 얼굴은 짙은 곱슬머리로 감싸여 있다. "케이트 에반스 형사입니다." 그녀가 가죽 지갑을 열어 금속 배지를 흔들며 말한다. "브리스톨 범죄수사과예요. 난폭 운전으로 사망자를 발생시키고 사고 현장에서 정차하지 않은 혐의로 체포합니다. 당신은 묵비권을 행사할 수 있지만 질문받고도 대답하지 않은 사항은 앞으로 재판을 받을 경우 당신에게 불리하게 작용할 수 있습니다."

두 눈을 감고 천천히 숨을 내쉰다. 거짓 삶을 멈춰야 할 때다.

2부

22

처음 본 날 너는 학생회관의 바 건구석에 앉아 있었다. 그때 수 많은 학생 사이에서 정장을 입은 사람은 나 하나뿐이었기에 내가 네 눈에 띌 법도 했다. 그런데도 너는 나를 보지 못했고 친구들에 둘러싸여 눈물을 닦아낼 정도로 신나게 웃었다. 커피를 들고 그 옆 테이블로 가서 신문을 넘기며 네가 하는 대화를 엿들었는데 여자들의 대화가 대개 그러하듯 중구난방으로 떠들어대는 이야기라 무슨 말을 하는지 거의 알아들을 수 없었다. 결국 나는 신문을 내려놓고 너를 쳐다보는 데만 열중했다. 그러다 너와 친구들이 모두 미대생이고 마지막 학년이라는 사실을 간신히 알아낼 수 있었다. 너는 멀리 떨어져 있는 친구들을 큰 소리로 부르고 다른 사람이 어떻게 생각할지 개의치 않고 깔깔 웃으면서 바의 분위기를 주도했다. 그러한 여유와 자신감만 보더라도 네가 졸업을 앞두었음을 알 법했다. 그때 네 이름이 제나라는 것도 알았다. 그 이름을 듣고는 다소 실망했다. 네 풍성한 머리채와 창백한 피부색에서 라파

엘 전파 Pre-Raphaelite, 1848년에 시작되어 1854년에 사그라지기 시작한 영국의 예술 운동으로 르네상스 회화 이전의 중세 회화로 돌아갈 것을 주장함의 그림에 나오는 여자를 연상했기 때문이다. 네 이름이 오렐리아나 엘리너처럼 고전적일 줄 알았다. 어찌 되었든 너는 단연코 무리에서 가장 매력적이었다. 네 친구들은 너무 자신만만하고 너무 빤했다. 너는 그들과 같은 나이임이 확실해 보였으니 나보다 열다섯 살은 어렸을 텐데도 얼굴에서 성숙함이 엿보였다. 누군가를 찾는 듯 바를 둘러보던 네게 미소를 보냈지만 너는 나를 쳐다보지 않았다. 나는 몇 분 뒤 강의에 들어가려고 자리를 떠나야 했다.

어느 날 네가 다니던 대학에서 내게 여섯 번에 걸쳐 객원 강의를 해달라고 제안했다. 대학생들에게 경제계 현실을 알리는 것이 목표라고 했다. 강의 내용은 어렵지 않았다. 학생들은 졸거나 기업가 정신에 대한 설명을 하나도 빠뜨리지 않겠다는 듯 몸을 앞으로 빼고 열심히 집중했다. 대학 문턱에도 가보지 못한 내가 대학에서 강의하다니 꽤 괜찮은 성과였다. 경영학 강의인데도 수강하는 여학생들이 상당히 많았던 것도 놀라웠다. 첫 강의가 있던 바로 그날, 여학생들이 강의실로 들어선 나를 보고 서로 시선을 교환하는 것을 놓치지 않았다. 남학생들보다는 나이가 많지만 교수와 정식 강사들에 비해서는 어린 내가 그들 눈에는 신기한 존재였을 것이다. 나는 은색 커프스 버튼이 달리고 몸에 딱 들어맞는 셔츠와 수제 슈트를 입고 있었다. 그때는 흰머리도 전혀 없었고 가려야 할 뱃살도 없었다.

매주 강의를 하면서 중간에 말을 멈추고 다른 여학생과 눈을 마주치는 것이 습관이 되었다. 내 시선과 미소를 받은 여학생들은 얼굴을 붉히면서 미소 짓다가 강의를 계속하면 시선을 내리깔기 일쑤였다. 그런 여학생들이 강의가 끝난 뒤면 온갖 거짓 핑계로 강의실에 남아서 책을 들고 나가려는 내게 기를 쓰고 접근하려는 모습은 흥미를 자극했다. 나는 한 손으로 몸을 지탱하고 앞으로 숙인 채 책상 끄트머리에 앉아 여학생들의 질문을 들었다. 내가 데이트를 신청하지 않으리라는 사실을 깨달을 때면 그들의 눈에 떠올랐던 희망도 사그라졌다. 그들은 그 이상으로는 흥미를 자극하지 못했다. 너와는 달랐다.

그 다음 주에도 너는 친구들과 함께 학생회관에 있었다. 그리고 네 테이블을 지나치는 나를 보고 미소 지었다. 예의로 웃는 것이 아니라 눈까지 활짝 웃는 미소였다. 너는 검은색 브래지어 끈과 레이스 테두리가 비치는 연푸른색 민소매 티셔츠와 헐렁한 밀리터리 바지를 엉덩이에 낮게 걸쳐 입고 있었다. 그 사이로 햇볕에 그을린 매끄러운 살이 잔물결을 그리며 삐져나와 있었다. 나는 네가 그 사실을 알고 있는지, 알고 있다면 어째서 그대로 놔두는지 의아했다.

대화 주제는 강의에서 남자로 옮겨갔다. 너는 '남자'라고 했지만 내 생각에는 남학생들 이야기 같았다. 네 친구들이 목소리를 낮춰 말하는 바람에 잔뜩 주의를 기울여야 했다. 그리고 하룻밤 사랑과 불장난에 관한 장황한 수다에 네가 장단을 맞출지도 모른다는 생각에 마음을 준비했다. 하지만 내 판단이 옳았다. 너는 그저 깔깔거리고 웃으면서 친구들을 장난스레 꾸짖을 뿐이었다. 그들과는 달랐다.

그 주 내내 너만 생각했다. 어느 날은 너와 마주치지 않을까 기대하며 점심시간에 교정을 산책했다. 그러다 키가 크고 머리를 염색한 네 친구를 보았다. 잠깐 그 뒤를 따라 걸었지만 그녀는 도서관 안으로 사라졌다. 하지만 도서관 안으로 들어갈 수 없었기에 그녀가 너를 만나러 들어간 것인지 알 길이 없었다.

네 번째 강의가 있던 날 학교에 일찍 도착한 데 대한 보상을 받았다. 그날 너는 첫 번째와 두 번째로 보았을 때 앉아 있던 그 테이블에 혼자 있었다. 편지를 읽으며 울고 있었다. 믿기지 않겠지만 마스카라가 눈 밑으로 번진 네 모습은 평소보다 훨씬 더 아름다웠다. 커피를 들고 네가 앉아 있는 테이블로 갔다.

"여기 앉아도 될까요?"

너는 편지를 가방 안에 밀어 넣었다.

"앉으세요."

"지난번에도 여기에서 본 것 같아요." 나는 네 맞은편에 앉으며 말했다.

"그런가요? 죄송하지만 기억이 안 나요."

네가 그토록 쉽게 나를 잊었다는 사실에 화가 났지만 속상해서 기억력이 흐려졌으리라 생각했다.

"요즘 이곳에서 강의하고 있어요." 가르치는 사람이라고 하면 여학생들이 곧바로 흥미를 느낀다는 사실을 강의 초반에 깨달았다. 내가 일자리를 구해주리라 기대해서인지 10대를 갓 벗어난 남학생들과 달라서인지 확실치는 않았지만 강사라고 하면 여학생들은 어김없이 내게 관심을 보였다.

"정말요?" 네 눈이 반짝 빛났다. "무슨 과목이죠?"

"경영학이에요."

"어머." 광채가 사라졌다. 네가 경영학처럼 중요한 학문을 아무것도 아닌 듯 치부해버리는 것을 보고 분통이 터졌다. 네가 전공하는 미술로 가족이 먹을 음식과 입을 옷을 마련하거나 도시를 재건하기란 어렵지 않은가.

"그럼 강의가 없을 때는 무슨 일을 하세요?" 네가 물었다.

네가 어떻게 생각하든 전전긍긍할 까닭은 없었지만 돌연 네게 깊은 인상을 주어야겠다는 생각이 들었다. "소프트웨어 회사를 운영하고 있어요. 세계 각국에 컴퓨터 프로그램을 팔죠." 나보다 20퍼센트 많은 60퍼센트의 지분을 소유한 더그는 이야기하지 않았다. "세계 각국"이 현재로서는 '아일랜드'만을 의미한다는 사실도 밝히지 않았다. 어쨌든 사업은 번창하고 있었다. 대출을 신청하며 은행 담당자에게도 말하지 않은 사실을 네게 털어놓을 필요는 없었다.

"졸업반이죠?" 내가 주제를 바꾸었다.

네가 고개를 끄덕였다. "제 전공은."

내가 한 손을 들었다. "말하지 마세요. 알아맞혀볼게요."

너는 게임을 한다는 생각에 신이 났던지 소리 내어 웃었고 나는 생각에 잠긴 척하면서 시간을 끌었다. 그러는 동안 눈으로 네가 입은 줄무늬 스판 원피스와 머리에 묶은 스카프를 더듬었다. 그때 너는 지금보다 좀더 통통했고 불룩한 젖가슴 때문에 가슴 부근의 천이 터질 듯 팽팽했다. 유두의 윤곽이 드러난 것을 보고 네 유두가 옅은 색인지 짙은 색인지 궁금해서 미칠 지경이었다.

"미술을 전공하는 것 같은데." 마침내 내가 입을 열었다.

"맞아요!" 네가 놀란 표정으로 물었다. "어떻게 아셨어요?"

"미술가처럼 보이잖아요." 내가 당연하다는 듯이 말했다.

넌 아무 말도 하지 않았지만 양 볼을 붉혔고 얼굴 전체로 퍼져나가는 미소를 감추지 못했다.

"이안 피터슨입니다." 손을 내밀어 악수를 청했다. 손가락에 닿은 차가운 살결을 음미하면서 필요 이상으로 오랫동안 네 손을 잡고 있었다.

"제나 그레이예요."

"제나." 그 이름을 읊어보았다. "특이한 이름이네요. 애칭인가요?"

"제니퍼의 애칭이에요. 하지만 제나라는 이름 말고는 불려본 적 없어요." 네가 깔깔 웃었다. 눈물의 흔적이 완전히 사라졌고 그와 함께 내가 눈을 떼지 못할 정도로 매력적으로 느꼈던 나약한 모습도 사라졌다.

"실례지만 기분이 좀 안 좋아 보였어요." 내가 열린 가방에 쑤셔 박힌 편지를 가리켰다. "나쁜 소식을 들었나요?"

네 얼굴이 금세 어두워졌다.

"아버지에게서 온 편지예요."

나는 고개를 한쪽으로 기울일 뿐 아무 말도 하지 않고 기다렸다. 여자들은 부탁하지 않아도 고민거리를 술술 털어놓는 법이다. 너도 예외는 아니었다.

"아버지는 제가 열다섯 살때 집을 나가셨고 그 이후로 전 아버지를 만난 적이 없어요. 지난달에 아버지 주소를 알게 돼서 편지를 보냈지만 아버지는 저를 궁금해하지 않으셨어요. 새 가정을 꾸리셨고 '과거는 과거로 남겨둬야' 한다고 하셨어요." 너는 억지로 냉소적인 표정을 지으면서 허공에 물음표를 찍었지만 표정에 드러난 씁쓸함은 감추지 못했다.

"속상하겠어요. 누가 나를 보고 싶어 하지 않는 걸 상상할 수 없어요."

너는 금세 기분을 풀었고 얼굴을 붉혔다. "그분 손해예요." 그렇게 말하면서도 다시 눈물이 그렁그렁해졌다. 너는 고개를 숙여 테이블을 바라보았다.

내가 몸을 앞으로 숙였다. "커피 한잔 갖다드릴까요?"

"그렇게 해주시면 고맙죠."

내가 테이블로 돌아오자 네 옆에는 친구들이 몰려와 있었다. 본 적 있는 두 명과 모르는 여학생 한 명, 귀에 피어싱을 하고 머리를 기른 남학생도 있었다. 그들이 의자를 전부 차지하는 통에 다른 테이블에 있는 의자를 가져와 그들과 떨어진 곳에 앉았다. 네가 커피를 건네받은 직후에 네 친구들에게 나와 대화하고 있다고 전하길 기대했지만 넌 커피를 가져다줘서 고맙다고 말하더니 친구들을 소개할 뿐이었다. 나는 그 이름들을 듣는 즉시 잊어버렸다.

네 친구 하나가 내게 질문했지만 나는 네게서 눈을 떼지 못했다. 너는 학년 말 과제에 관해 머리 긴 남학생과 진지하게 대화하고 있었다. 머리카락이 얼굴로 흘러내리자 너는 성급한 몸짓으로 머리카락을 귀 뒤로 넘겼다. 그러고는 시선을 느꼈던지 내게로 고개를 돌렸다. 미안해하는 듯한 미소를 보자 무례한 친구들을 둔 너를 곧바로 용서할 수밖에 없었다.

커피가 식었다. 다른 사람들이 내 이야기를 할까봐 맨 먼저 자리를 뜨기는 싫었지만 몇 분 후면 강의가 시작될 터였다. 나는 자리에서 일어나 너와 눈이 마주칠 때까지 기다렸다.

"커피 잘 마셨어요."

다시 만날 수 있을지 물어보고 싶었지만 친구들이 너를 에워싸고 있는 상황에서 어떻게 그런 질문을 했겠는가?

"다음 주에 보겠네요?" 나는 전혀 중요한 일이 아니라는 듯이 가볍게 말했다. 하지만 너는 이미 친구들과 대화하고 있었고 그곳을 떠나는 내 귓가에는 네 웃음소리만 울렸다.

그 웃음소리 때문에 그다음 주에는 학생회관에 들르지 않았다. 그리고 2주 후에 너와 마주쳤을 때 네 얼굴에 안도하는 기색이 떠오르는 것을 보고 내 결정이 옳았음을 실감했다. 그날은 앉아도 되냐고 묻지 않았다. 대신 커피 두 잔을 들고 다가가서 아무 말 없이 각설탕 한 개가 든 블랙커피를 건넸다.

"제가 어떤 커피를 좋아하는지 기억하고 계셨군요!"

사실 내게는 처음 만난 여자의 커피 취향을 메모해두는 습관이 있었다. 너와 처음 만난 날도 예외는 아니었다. 하지만 나는 별일 아니라는 듯 어깨를 으쓱했다.

그날은 일부러 네게 사적인 질문을 좀더 많이 했다. 그랬더니 너는 이슬을 기다리는 잎사귀처럼 느슨해졌다. 심지어 직접 그린 데생을 보여주기까지 했다. 능숙하지만 독창성은 부족한 그 데생을 훑어보고는 작품이 출중하다고 말했다. 네 친구들이 나타났을 때 내가 일어서서 의자를 가져오려 했더니 너는 그들에게 지금은 나와 대화하고 있으니 나중에 이야기하자고 말했다. 그 순간 조금이나마 품었던 불안이 완전히 사라졌다. 내가 뚫어지게 바라보자 너는 얼굴이 붉어져 시선을 피하며 미소 지었다.

"다음 주에는 볼 수 없을 거예요." 내가 말했다. "오늘이 마지막 강의거든요."

네 얼굴에 실망감이 역력해지는 것을 보고 기뻤다.

너는 입을 열어 무엇인가 말하려 하다가 머뭇거렸고, 나는 무슨 말이 나올지 기대하면서 가만히 있었다. 무슨 말을 하려 했냐고 물어볼 수도 있었지만 네가 먼저 말을 꺼냈으면 했다.

"언제 술이나 한잔할까요?" 네가 제안했다.

나는 곧바로 대답하지 않았고, 생각해본 적도 없다는 식으로 뜸을 들이다 말했다. "저녁은 어때요? 새로 연 프랑스 식당이 있던데 이번 주말에 한번 가볼까요?"

너는 사랑스럽게도 기쁨을 감추지 못했다. 나는 매사에 쌀쌀맞고 무심하던 마리를 생각했다. 그녀는 돌발 사태에도 당황하지 않았고 인생 자체를 따분해했다. 그때는 그녀가 그러는 것이 나이 때문이라는 사실을 깨닫지 못했다. 그런데 고급 식당에서 저녁을 먹을 생각에 천진한 아이처럼 즐거워하는 너를 보니 어린 여자 찾기를 참 잘했다는 생각이 들었다. 어려야 세상 물정에 밝지 않으므로. 물론 나도 네가 순진하기만 하리라고는 생각하지 않았다. 하지만 적어도 삐딱하고 의심 많은 여자와는 거리가 멀다는 확신이 들었다.

기숙사로 너를 데리러 갔을 때 지나가는 학생들이 내게 호기심 어린 시선을 쏟아부었지만 나는 개의치 않았다. 그저 우아한 검정 원피스를 입은 네 모습에, 불투명한 검은색 스타킹으로 감싼 네 다리에 감탄했을 뿐이다. 내가 차 문을 열어주었을 때 너는 뛸 듯이 놀랐다.

"이런 일에 익숙하지 않아서요."

"제니퍼, 정말 멋져요." 네가 웃음을 터뜨렸다.

"내게 제니퍼라 부담 가짐은 없었어요."

"싫어요?"

"아뇨. 괜찮아요. 그냥 어색해서요."

그 프랑스 식당은 내가 접했던 극찬 일색의 평가에는 미치지 못했지만 너는 흡족해했다. 네가 볶은 감자와 닭고기 요리를 주문하자 내가 한마디 했다. "체중이 불어날까 신경 쓰지 않는 여자는 드문데 말이에요." 그러고 나서 농담임을 전달하려고 미소 지었다.

"저는 다이어트를 하지 않아요." 네가 말했다. "인생은 너무 짧으니까요." 그런데도 너는 닭고기 요리의 크림소스는 먹되 감자는 남겼다. 웨이터가 디저트 메뉴를 건네주려 하자 내가 손사래 쳤다.

"커피만 주세요." 너의 실망감이 느껴졌다. 그러나 지방이 가득한 디저트를 먹는 일만큼은 막고 싶었다. "졸업하면 무슨 일을 할 건가요?" 내가 물었다.

네가 한숨을 쉬었다. "모르겠어요. 언젠가는 화랑을 열고 싶은

데 지금은 그저 일거리를 찾아야겠다는 생각뿐이에요."

"미술가로 일할 건가요?"

"그렇게 되기만 하면 얼마나 좋겠어요! 저는 주로 조각을 해요. 직접 제작한 조각을 팔려고 하는데 그러려면 임시직을 구해야 해요. 예를 들어 바에서 서빙을 한다든가 상점에서 물건을 정리해서 생계를 꾸려야죠. 어쩌면 집으로 돌아가 어머니와 함께 살아야 할 수도 있어요."

"어머니와 사이가 좋으신가 봐요?"

네가 어린아이처럼 코를 찡그렸다. "아뇨. 어머니와 언니는 사이가 좋지만 저는 사사건건 부딪혀요. 아버지가 작별 인사도 하지 않고 떠난 게 어머니 때문이거든요."

나는 너와 내 잔에 와인을 따랐다. "어머니가 어떻게 하셨길래요?"

"아버지를 쫓아냈어요. 제게 미안해하면서도 본인 인생을 생각해야 한다고, 더는 그렇게 살 수 없다고 말씀하셨어요. 그러더니 그 일에 대해서 입도 뻥끗 못하게 하셨죠. 살면서 어머니처럼 이기적인 사람은 본 적 없는 것 같아요."

네 눈에서 상처를 감지한 나는 손을 뻗어 네 손에 얹었다.

"아버지께 답장할 건가요?"

너는 세차게 고개를 내저었다. "제게 더는 연락하지 말라는 뜻을 확실하게 전달했어요. 어머니가 무슨 짓을 했는지는 모르겠지만 아버지가 저희를 다시 보고 싶어 하지 않는 걸 보면 어떤 일이 있었는지 대충 짐작이 가요."

나는 너와 손가락을 깍지 끼고는 엄지로 네 엄지와 검지 사이의 부드러운 부분을 쓰다듬었다. "안타깝게도 부모를 선택할 순 없죠." 내가 말했다.

"부모님과 친하세요?"

"두 분 다 돌아가셨어요." 나 스스로도 때로 사실인가 싶을 정도로 자주 내뱉는 거짓말이었다. 심지어 이제는 거짓말이 아닐 수도 있었다. 사실인지 아닌지 내가 어떻게 알겠는가? 남부로 내려온 이후로 부모님에게 새 주소를 알려드린 적도 없었다. 게다가 내가 떠났다고 해서 밤잠을 설치고 걱정할 분들도 아니었다.

"유감이에요."

내 손을 움켜쥐는 네 눈이 연민으로 반짝였다.

나는 사타구니가 꿈틀거리는 것을 느끼고는 시선을 내리깔았다. "오래전 일이에요."

"그렇다면 우리 사이에 공통점이 있네요." 네가 말했다. 그러더니 나를 이해한다는 듯 침착한 미소를 지었다. "아버지의 존재가 버겁기는 데에서 밀이에요."

그 말이 아버지가 없다는 의미인지 보고 싶다는 의미인지 확실하지 않았지만 어떤 의미든 내게는 들어맞지 않았다. 어쨌든 잠자코 있었다. 네가 나를 잘 안다고 착각하도록 내버려두고 싶었다. "그분은 그만 잊어요, 제니퍼. 당신은 그렇게 취급받기에는 아까운 사람이에요. 그런 아버지는 없는 편이 나아요."

너는 고개를 끄덕였지만 내 말에 수긍하지 않는 듯했다. 적어도 그때는 그랬다.

너는 내가 기숙사로 따라오길 바랐지만 학생용 1인실에서 이 빠진 머그잔으로 싸구려 커피를 마시면서 시간을 보낼 마음은 전혀 없었다. 내 집으로 데려갈 수도 있었지만 아직도 집 안에 굴러다니는 마리의 물건을 보면 네가 기겁할 것이 뻔했다. 여느 때와 다른 감정이었다. 너와의 하룻밤만이 아니라 너 자체를 원했다.

내가 문 앞까지 데려다주었을 때 네가 농담처럼 말했다.

"기사도 정신이 아직 살아 있군요."

그 말에 내가 살짝 허리를 굽히자 네가 웃음을 터뜨렸다. 나로 인해 행복해하는 모습을 보니 미칠 듯이 기뻤다.

"제대로 된 신사와 데이트한 적이 한 번도 없었던 것 같아요."

"그렇다면." 내가 네 손을 잡아 내 입술에 잠시 갖다 대면서 말했다. "이런 데이트를 정기적으로 해야겠군요."

너는 얼굴을 붉히며 입술을 깨물었다. 그러고는 내 키스를 기다리듯 턱을 살짝 들었다.

"잘 자요." 내가 말했다. 몸을 돌려 차로 걸어가는 동안 한 번도 뒤를 돌아보지 않았다. 너도 나를 원한다는 점은 분명했다. 하지만 그 정도로는 충분하지 않았다.

23

레이━ 세나 ━레이가 냅ㅁ긴 대도에 ▌인사 망망했나. 그녀는
분노로 울부짖지도, 한사코 부정하지도, 회한을 쏟아내지도 않았
다. 케이트가 체포하는 동안 그가 찬찬히 살펴본 제나의 얼굴에는
안도하는 기색이 희미하게 스칠 뿐이었다. 레이는 허공에 발이 뜬
듯 까닭 모르게 불안했다. 1년 넘도록 제이콥의 살인범을 수사한
끝에 찾아낸 제나 그레이는 그가 범인일 것이라고는 상상조차 하
지 않은 인물이었다.

그녀는 예쁘다기보다는 독특한 매력이 있었다. 코는 날렵하고
도 길었고 창백한 피부를 뒤덮은 주근깨는 군데군데 이어져 반점
처럼 보였다. 위로 살짝 치킨 초록색 눈 때문에 인상이 고양이 같
았고 짙은 적갈색 머리카락이 어깨 위에서 찰랑거렸다. 화장기는
전혀 없었다. 헐렁한 옷 때문에 몸매가 드러나진 않았지만 가녀린
손목과 목만 보아도 체격이 말랐음을 알 수 있었다.

제나는 잠깐 물건 몇 가지를 챙겨도 되냐고 물었다. "지금 집에

친구가 있어요. 그 사람에게 이야기해줘야 해요. 1~2분 정도 자리를 비켜주시겠어요?"그녀 말소리가 너무 작아서 레이는 몸을 숙여서 들어야 했다.

"그건 곤란합니다."그가 말했다. "저희와 같이 가서 말씀하세요."

제나는 입술을 깨물며 잠시 아무런 말도 하지 않았다. 그러더니 뒤로 물러나 레이와 케이트를 안으로 들였다. 어떤 남자가 한 손에 와인 잔을 든 채로 주방에 서 있었다. 제나 얼굴에서는 찾아볼 수 없던 감정이 그녀의 남자 친구로 추정되는 사람의 얼굴에 역력히 드러나 있었다.

레이는 어수선한 거실을 둘러보며 집이 너무 작아서 그 남자가 들었다 해도 놀랄 일은 아니라고 생각했다. 벽난로 위에 질서 있게 배열된 자갈에는 먼지가 끼어 있었고 그 앞에 놓인 짙은 진홍색 깔개는 여기저기에 조그맣게 탄 자국이 있었다. 담요로 감싼 소파는 다채로운 색깔로 볼 때 집 안 분위기를 밝히려는 가구가 분명했다. 하지만 조명은 어두웠고 천장이 너무 낮아서 목을 움츠리지 않으면 거실과 주방을 잇는 들보에 머리를 부딪힐 지경이었다. 어떻게 이런 곳에서 살았을까. 인가와 멀리 떨어진 데다 불을 지펴도 얼어붙을 듯 추운 집이었다. 그는 그녀가 이 집을 선택한 이유가 궁금했다. 그 어디에 가도 이곳에 있는 쪽이 숨어 지내기에 좋으리라 생각했을까.

"이분은 패트릭 매슈스 씨에요."제나가 사교 모임에서 만나기라도 한 듯이 소개했다. 그런 다음 그녀가 곧바로 등을 돌리는 것을 보고 레이는 자신이 방해꾼이라도 된 듯했다.

"여기 계신 경찰관분들과 함께 가야 해요."그녀는 담담하고도 딱 부러지는 어조로 말했다. "작년에 끔찍한 일이 일어났는데 제가 바로잡아야 해요."

"무슨 일이에요? 당신을 어디로 데려가는 거죠?"

레이는 그 남자가 제나가 한 짓에 대해 전혀 아는 바가 없거나 능숙한 거짓말쟁이일 거라고 생각했다. "브리스톨로 갈 겁니다." 그가 앞으로 나서 패트릭에게 명함을 건넸다. "그곳에서 취조를 받으실 거예요."

"내일 처리하면 안 됩니까? 내일 아침에는 제가 직접 스완지까지 태워다줄 수 있거든요."

"매슈스 씨." 인내심이 바닥난 레이가 말했다. 펜파흐까지 오는 데 세 시간, 블라인 케디 오두막을 찾는 데 한 시간이 걸렸다. "작년 11월에 다섯 살 아이가 차에 치어 죽었는데 그 차는 그대로 달아났습니다. 안타깝게도 아침까지 기다릴 만한 일이 아닙니다."

"그런데 그 일이 제나와 무슨 상관입니까?"

잠시 정적이 흘렀다. 패트릭은 레이를 보더니 제나에게 시선을 돌렸다. 그는 천천히 고개를 내저었다. "아니에요. 분명 착오가 있을 거예요. 당신은 운전도 못하잖아요."

제나가 패트릭을 바라보았다. "착오는 없어요."

레이는 그녀의 차가운 목소리를 듣고 오싹한 기운이 등줄기를 타고 내리는 것을 느꼈다. 지난 한 해 동안 그는 죽어가는 아이를 놔두고 도망칠 정도로 비정한 사람이 대체 어떤 모습일지 상상해보려 애썼다. 그런데 그 사람과 얼굴을 맞대고 있으려니 전문가답게 평정을 유지하기가 어려웠다. 성범죄자와 아동 학대범을 정중하게 대하기가 어렵듯 레이뿐 아니라 그의 동료들도 그녀를 마주하는 일이 고역일 것이다. 레이는 케이트를 흘깃 보고 그녀 역시 비슷한 기분임을 알았다. 가능한 한 빨리 브리스톨로 돌아가는 쪽이 나았다.

"지금 떠나야 합니다." 그가 제나에게 말했다. "서에 도착하면 취조받게 될 겁니다. 그럼 그때 저희에게 자초지종을 말씀해주세요. 그때까지는 사건에 관해 대화를 나눌 수 없습니다. 아시겠습니까?"

"네." 제나가 의자 등받이에 걸려 있던 작은 배낭을 들었다. 그러고는 패트릭을 보았다. "여기 계속 머물면서 보우를 돌봐주실래요? 어떤 일인지 알게 되면 전화할게요."

그는 고개를 끄덕였지만 말은 하지 않았다. 레이는 그가 무슨 생각을 하는지 궁금했다. 자신이 잘 안다고 생각했던 사람에게 기만당했다는 사실을 알면 어떤 기분일까?

레이는 너무 꽉 조이지는 않는지 확인하면서 제나 손목에 수갑을 채웠고 그러는 동안 그녀가 미동 한 번 하지 않는다는 데 주목했다. 순간 손바닥의 흉터가 눈에 들어왔지만 그녀가 주먹을 쥐자 흉터는 사라졌다.

"아쉽게도 차가 상당히 먼 곳에 주차되어 있습니다." 레이가 말했다. "야영장 너머로는 들어올 수 없었습니다."

"그럴 거예요." 제나가 말했다. "여기에서 800미터 떨어진 곳에서 길이 끝나니까요."

"다 챙기셨습니까?" 레이가 말했다. 케이트와 함께 힘겹게 걸어왔던 길은 실제 거리보다 더 멀게 느껴졌다. 레이가 차 트렁크에서 찾아낸 손전등은 전지가 거의 다 떨어져 몇 미터마다 한 번씩 흔들어줘야 불빛을 냈다.

"가능한 한 빨리 전화해줘요." 레이와 케이트가 제나를 밖으로 호송하는데 패트릭이 말했다. "그리고 변호사를 불러요!" 그가 뒤에서 소리쳤지만 깜깜한 밤공기가 그의 말을 집어삼켰고 제나는 그의 말에 대답하지 않았다.

야영장까지 비틀거리며 걸어가는 세 사람은 누가 보더라도 희한했을 것이다. 그래도 레이는 제나가 협조적이어서 다행이라고 생각했다. 그녀는 날씬하면서도 레이만큼 키가 컸고 레이나 케이트와는 비교할 수 없을 정도로 길을 잘 알았다. 레이는 바로 옆에 벼랑이 있다고 해도 모를 정도로 방향감각을 완전히 잃었다. 이따금 들리는 파도 소리가 어찌나 큰지 레이 뺨에 물보라가 튈 것만 같았다. 그는 야영장에 무사히 도착하자 안도했다. 그가 경찰 표시등이 없는 코르사 뒷문을 열자 제나는 말없이 올라탔다.

그와 케이트는 이야기를 나누려고 차에서 몇 미터 떨어진 곳으로 갔다.

"저 여자 지금 제정신일까요? 케이트가 말했다. "두 마디도 안 했을걸요."

"나라고 알겠냐만 충격이 크겠지."

"이만큼 시간이 흘렀으니 영원히 잡히지 않으리라 생각한 것 같아요. 어쩜 저렇게 비정할 수 있을까요?" 케이트가 머리를 저었다.

"일단 저 여자가 무슨 말을 하는지 들어보자고. 알겠지?" 레이가 말했다. "옭아매기 전에 말야." 마침내 운전자 신원을 파악했을 때 느낀 환희와는 대조적으로 체포 자체는 유난히도 맥이 빠졌다.

"얼굴 반반한 여자들도 살인을 저지를 수 있다는 거 아셨어요?" 케이트가 말했다. 레이를 놀리고 있었다. 하지만 그가 대답하기도 전에 그녀는 그의 손에서 자동차 열쇠를 빼내더니 씩씩하게 차로 걸어갔다.

길게 늘어선 차량들이 느릿느릿 움직이는 탓에 M4 고속도로를 타고 돌아가는 길은 지루했다. 레이와 케이트는 목소리를 낮추고 사내 정치, 신형 자동차, 주보週報에 올라온 중죄수사과 채용 공고

등 사건과 관계없는 주제를 이야기했다. 그는 제나가 잠들었으리라 생각했지만 뉴포트에 다다를 때쯤 그녀가 말을 걸었다.

"저를 어떻게 찾아내셨나요?"

"그리 어려운 일은 아니었어요." 레이가 묵묵히 있자 케이트가 대답했다. "당신 이름으로 가입한 광대역 인터넷 계정이 있더군요. 임대주에게 우리가 알아낸 주소가 맞다는 것을 다시 확인했고요. 굉장히 협조적인 분이더군요."

레이는 제나가 어떻게 반응하는지 보려고 고개를 돌렸지만 그녀는 창밖 너머로 도로를 꽉 메운 차들을 바라볼 뿐이었다. 그녀 마음이 편하지 않다는 사실을 알려주는 증거는 무릎 위로 단단히 쥔 주먹밖에 없었다.

"괴로우셨을 거예요." 케이트가 말을 이었다. "그런 짓을 저질러 놓고 살려니."

"케이트." 레이가 경고했다.

"물론 제이콥 어머니가 더 괴로웠겠지만요……."

"그만하면 됐어, 케이트." 레이가 말했다. "할 말은 취조를 위해 남겨둬." 그가 케이트에게 경고하는 눈빛을 보냈지만 그녀는 굴하지 않고 그의 시선을 맞받아쳤다. 길고 긴 밤이 될 터였다.

24

어두운 경찰차 안에서 흐르는 눈물을 내버려둔다. 형사가 내게
말을 걸자 꼭 쥔 주먹 위로 뜨거운 눈물이 흘러내린다. 그녀는 목
소리에 드러난 경멸을 감추려 하지도 않는다. 그런 취급을 받을
만하지만 그래도 받아들이기는 쉽지 않다. 단 한 번도 제이콥의
어머니를 잊은 적 없다. 단 한 순간도 그녀의 상실을 생각하지 않
은 적 없다. 그녀가 잃은 것은 나와는 비교되지 않을 만큼 컸다.

앞에 앉은 경찰관들의 주의를 끌지 않으려고 깊고 침착하게 호
흡해 흐느낌을 감춘다. 그들이 이에스틴 집 문을 두드리는 장면을
떠올리자 수치심으로 두 뺨이 타오른다. 내가 패트릭과 교제한다
는 소식이 삽시간에 마을 곳곳으로 퍼졌듯이 이 망신스러운 일에
관한 소문도 이미 모르는 사람이 없을 것이다.

무엇보다도 견디기 힘든 것은 내가 경찰과 주방으로 들어갔을
때 패트릭의 눈에 떠오른 기색이었다. 그의 얼굴에서 3미터 길이
로 쓴 글자만큼이나 뚜렷한 배신감을 읽었다. 그가 나에 관해 믿

고 있었던 것은 모조리 거짓말, 더욱이 용서받지 못할 범죄를 은폐하고자 꾸며낸 거짓말이었다. 그러므로 그런 표정을 지었다고 해서 비난해서는 안 된다. 누구든 가까이 하는 우를 범하지 말았어야 한다. 누가 내게 다가오도록 하지 말았어야 한다.

차는 이미 브리스톨 외곽으로 들어섰다. 생각을 정리해야 한다. 저들은 나를 취조실로 데려가 변호사를 부를 생각이 있으면 부르라고 할 것이다. 경찰의 질문에 가능한 한 침착하게 대답해야 한다. 울지도, 핑계 대지도 않겠다고 마음먹는다. 경찰이 나를 고발해서 내가 법정에 서면 모든 일이 끝날 터다. 마침내 정의가 실현되리라. 실제로도 그렇게 진행되는지는 알 수 없다. 경찰 업무에 대한 지식이라고는 추리소설과 신문기사를 읽으면서 얻은 것이 전부다. 내가 이런 상황에 처하리라고는 상상해본 적도 없으므로. 잔뜩 쌓인 신문이 눈앞에 보이는 듯하다. 그 신문에는 얼굴 잔주름이 하나하나 보일 정도로 크게 확대된 내 사진과 살인범의 얼굴이라는 표제가 실릴 것이다.

"제이콥 조던의 죽음과 관련하여 한 여성이 체포되었다."

신문들이 내 이름을 내보낼지는 알 수 없지만 그러지 않는다 해도 기사를 실을 것은 확실하다. 한 손을 가슴에 대자 손바닥에 쿵쿵거리는 박동이 느껴진다. 열병이라도 걸린 듯 열이 나고 땀이 난다. 모든 것이 산산이 흩어지는 느낌이다.

차가 느려지더니 우중충한 회색 건물 단지에 딸린 주차장으로 꺾어서 들어간다. 출입구 위에 달린 에이본 서머셋 경찰 지구대의 문장이 없었다면 주변 사무용 건물들과 별다른 점이 없어 보이는 곳이었다. 우리가 탄 차는 경찰 표시가 있는 차량들 사이의 작은 공간으로 능숙하게 이동했다. 차가 멈추자 여형사가 뒷문을 연다.

"괜찮으세요?" 그녀가 묻는다. 아까 내게 심한 말을 쏟아부은 것을 후회라도 하듯 한결 부드러워진 목소리다.

나는 측은해 보일 정도로 고마워하면서 고개를 끄덕인다.

문을 활짝 열 만한 공간이 없는 데다 손목이 수갑으로 결박되어 차에서 내리기가 불편하다. 그 때문에 어설프게 움직일 수밖에 없자 한층 더 두렵고 혼란스럽다. 이런 기분을 느끼게 하는 것이 수갑의 진짜 목적이 아닐까 하는 생각마저 든다. 어쨌든 지금 도망친다면 어디로 가야 할까? 뒤뜰은 높은 담장으로 둘러싸여 있고 출입구는 전기로 작동되는 문이 가로막고 있다. 에반스 형사는 내가 마침내 똑바로 서자 내 팔 윗부분을 잡고 차에서 다른 곳으로 이끈다. 그리 세게 붙잡지는 않았지만 팔을 잡혔다는 사실만으로도 밀실에 갇힌 듯 두렵다. 형사의 팔을 떨쳐내고 싶은 충동을 억누른다. 그녀가 나를 철문 앞으로 데려가자 남자 형사가 버튼을 누르고 인터폰에 말한다.

"스티븐스 경위야." 그가 말한다. "에반스 형사와 여성 한 명도 같이 있어."

묵직한 철문이 찰칵 소리를 내며 열렸고 우리는 때가 탄 흰색 벽으로 둘러싸인 큰 방으로 들어간다. 등 뒤로 철문이 쾅 하고 닫히는 소리가 한참 동안 귓가를 울린다. 천장에 달린 공기정화기가 소음을 내며 돌아가고 있지만 방에서는 퀴퀴한 냄새가 난다. 방 중심부에서 벽까지 연결된 배관으로 쿵쿵거리는 소리가 일정한 간격으로 들려온다. 방 한구석에 고정된 회색 철제 벤치에 앉은 20대 남자가 손톱을 물어뜯어 바닥에 뱉어내고 있다. 그는 밑단이 너덜너덜한 파란색 운동복 바지와 운동화, 로고가 거의 지워진 지저분한 회색 티셔츠를 입고 있다. 몸에서 나는 악취 때문에 숨이 막힐 것 같다. 그가 내 눈빛에서 두려움과 연민을 감지하기 전에 눈을 돌린다.

그러나 이미 늦었다.

"내 얼굴 구경 잘했어, 아가씨?" 남자의 목소리는 소년처럼 높고 비음이 섞여 있다. 다시 그를 곁눈질하면서 아무 말도 하지 않는다.

"이리 와서 내 물건이나 확인하지 그래!" 그가 가랑이를 움켜쥐면서 웃음을 터뜨린다. 그 웃음소리가 칙칙한 회색 상자 같은 방에서 부자연스럽게 울린다.

"닥쳐, 리." 스티븐스 경위가 말하자 젊은 남자가 히죽히죽 웃더니 털썩 벽에 기대고는 자신의 재치에 감탄한 듯 웃음을 멈추지 않는다.

에반스 형사가 다시 내 팔꿈치를 잡아 방을 가로질러 높직한 책상 앞까지 데리고 간다. 그러는 동안 그녀의 손톱이 내 살을 파고든다. 컴퓨터 뒤에는 불룩한 배 때문에 터질 것만 같은 흰색 셔츠와 정복을 입은 경찰관이 꼼짝 않고 앉아 있다. 그는 에반스 형사에게 고개를 끄덕이면서 내게는 잠시 눈길만 스친다.

"무슨 상황이지?"

에반스 형사가 내 수갑을 풀자마자 호흡이 좀더 자유로워진 것 같다. 손목에 파인 붉은색 흉터를 문지르면서 찌릿한 통증을 느낀다. 변태적인 즐거움이다.

"경사님, 이분은 제나 그레이 씨예요. 2012년 11월 26일 피시폰즈 주택단지에서 제이콥 조던이 차에 치었어요. 운전자는 정차하지 않았죠. 용의 차량의 차종은 붉은색 포드 피에스타, 차량 번호는 J634 OUP, 등록자는 제나 그레이로 파악됐어요. 오늘 웨일스의 펜파흐 인근에 있는 블라인 케디 오두막에 들러서 19시 33분에 그레이 씨를 체포했어요. 위험한 운전으로 사망을 초래하고 충돌 현장을 벗어난 혐의로요."

유치장 구석의 벤치에서 낮은 휘파람 소리가 들려오자 스티븐스 경위가 고개를 돌려 경고하는 눈빛으로 리를 노려본다. "저 녀석은 왜 여기 있지?" 경위가 누구에게랄 것도 없이 묻는다.

"자기 변호사를 기다리고 있어요. 방해되지 않도록 조치하겠습니다." 구류 담당 경사가 고개를 돌리지 않은 채로 소리친다. "샐리, 로버츠를 다시 2번 방에 넣어줄래?" 몸매가 다부지고 커다란 열쇠 꾸러미를 허리띠에 매단 여자 간수가 경사의 책상 뒤에서 나타난다. 무엇인가를 먹고 있었는지 넥타이에서 부스러기를 털어낸다. 간수가 리를 유치장에서 가장 깊숙한 곳으로 데려간다. 리는 모퉁이를 돌면서 내게 혐오스럽다는 표정을 지어 보인다. 내가 어린아이를 죽였다는 사실을 알게 된다면 다른 재소자들이 어떻게 반응할지 짐작이 간다. 역겹다는 표정을 짓고 내가 지나갈 때마다 고개를 돌리겠지. 그러다 그보다 훨씬 더 끔찍한 일이 펼쳐지리라는 사실을 깨닫고는 아랫입술을 깨문다. 두려움으로 뱃속이 조여들고 내가 과연 이 일을 견뎌낼 수 있을지 처음으로 불안해진다. 그러나 이보다 더 좋지 않은 일도 견뎌냈다고 상기한다.

"허리띠요." 유치 담당 경사가 비닐봉투를 내민다.

"무슨 말씀이세요?" 그는 내가 이곳 규칙에 빠삭하다는 듯 말하지만 나는 어리둥절할 뿐이다.

"당신 허리띠 말이에요. 풀어요. 하고 있는 장신구는 없어요?" 그가 짜증스럽게 말하자 나는 간신히 허리띠를 풀어 청바지 고리에서 벗겨낸 다음 비닐봉투 안에 던져넣는다.

"네. 장신구는 없어요."

"결혼반지는요?"

나는 본능적으로 내 약지에 희미하게 난 반지 자국을 만져보다가 고개를 젓는다. 에반스 형사가 내 가방 안을 확인하고 있다. 딱히 개인적인 물건은 없지만 절도범이 내 집을 뒤집어엎는 장면을 보고 있는 기분이다. 카운터 위로 탐폰이 굴러떨어진다.

"쓸 일 있으세요?" 그녀가 묻는다. 사무적인 목소리다. 스티븐스 경위나 경사나 아무 말도 하지 않지만 얼굴이 활활 타오르는 것만 같다.

"아뇨."

에반스 형사는 비닐봉투에 탐폰을 넣고 내 지갑을 열어 카드 몇 장을 꺼낸 뒤 동전들을 옆으로 치운다. 영수증과 은행 카드 사이로 옅은 파란색 명함이 뜬다. 심장박동이 가슴팍을 두드리는 소리가 들리지 않을까 싶을 정도로 갑자기 주위가 조용해진다. 에반스 형사를 힐끗 쳐다본다. 그녀가 하던 일을 멈추고 나를 똑바로 쳐다보고 있다는 것을 깨닫는다. 그녀와 눈을 마주치기 싫지만 눈길을 떨어뜨리고 싶지 않다. 마음속으로 외친다. '놔둬요. 그냥 그대로 놔둬요.' 에반스 형사는 일부러 느릿느릿 그 명함을 들어 올려 살펴본다. 명함에 대해 물어볼 것이라는 예상과 달리 그녀는 서식을 작성해서 내 소지품이 든 비닐봉투에 넣는다. 나는 천천히 숨을 내쉰다.

경사가 하는 말에 집중하려 애쓰지만 장황한 규칙과 권리를 들으니 그저 혼란스러울 뿐이다. 내가 여기 있다고 아무에게도 알리고 싶지 않으며 변호사는 필요 없다고 답한다.

"확실합니까?" 스티븐스 경위가 끼어든다. "아실지 모르겠지만 여기 있는 동안 무료로 법률 자문을 받을 수 있습니다."

"변호사는 필요 없어요." 내가 조용히 말한다. "제가 한 짓이에요."

그러자 침묵이 감돈다. 세 경찰관이 서로 시선을 주고받는다.

"여기에 서명하세요." 경사가 말한다. "그리고 여기, 여기, 여기에도요." 펜을 들어 굵게 그려진 검은색 십자 표시 옆에 내 이름을 휘갈겨 쓴다. 경사가 스티븐스 경위를 보고 묻는다. "곧바로 취조하실 건가요?"

취조실 안은 숨 막힐 듯 답답하다. 떨어지기 일보 직전인 '금연' 스티커가 벽에 붙어 있지만 표지가 무색하게 담배 냄새가 찌들어 있다. 스티븐스 경위가 손짓으로 내가 앉을 곳을 알려준다. 의자를 테이블 쪽으로 바짝 당겨 앉으려 하다가 의자가 바닥에 고정된 것을 알아챈다. 테이블 표면은 누군가 볼펜으로 새긴 욕설로 뒤덮여 있다. 스티븐스 경위가 옆에 놓인 검은색 박스의 스위치를 누르자 고음이 울린다. 그는 목청을 고른다.

"2014년 1월 2일 목요일 22시 45분 현재 우리는 브리스톨 경찰시 3번 취조실에 있다. 나는 경찰번호 431번 레이 스티븐스 경위이며 3908번 케이트 에반스 수사 순경과 함께 있다." 그는 나를 쳐다본다. "녹음할 수 있도록 이름과 생년월일을 말씀해주시겠습니까?"

마른침을 삼키고 간신히 입을 연다. "제나 앨리스 그레이, 1976년 8월 28일."

가만히 앉아 그가 하는 말을 듣는다. 그는 내 혐의가 얼마나 심각한지, 뺑소니가 가정과 공동체 전반에 어떠한 결과를 초래하는지 말할 뿐 내가 모르는 이야기는 하지 않는다. 그가 어떤 말을 한다 해도 이미 나를 짓누르고 있는 죄책감을 가중시킬 수는 없다.

마침내 내 차례가 온다.

두 눈을 테이블 중앙에 고정한 채로 경위가 내 말을 끊지 않길 바라면서 조용히 말한다. 한 번만 말하고 싶을 뿐이다.

"그날은 기나긴 하루였어요. 강 건너편에서 전시회를 하느라 피곤했어요. 비가 와서 앞이 잘 보이지 않았고요." 침착하고 차분한 목소리를 잃지 않으려 애쓴다. 어떻게 해서 그 일이 일어났는지 설명하고 싶지만 방어적이라는 인상은 주고 싶지 않다. 무슨 말로 그 일을 변명할 수 있겠는가? 이런 상황이 된다면 어떻게 말할지 마음속으로 수없이 되뇌어봤지만 막상 그 상황이 닥치니 내 말이 어색하고 가식적으로 들린다.

"그 아이가 불쑥 튀어나왔어요." 내가 말한다. "길이 텅 비어 있었는데 그다음 순간 그 아이가 뛰어들었어요. 파란색 털모자와 빨간색 장갑을 낀 그 어린아이가요. 너무 늦어서, 너무 늦어서 아무것도 할 수 없었어요."

과거가 나를 집어삼킬 것 같다는 생각에 두 손으로 테이블 가장자리를 움켜쥐며 자신을 현실에 붙박아두려고 한다. 끼익 하는 브레이크 소리가 들리는 것만 같고 젖은 아스팔트에 고무가 마찰되어 나는 매캐한 탄내가 코끝에 느껴지는 듯하다. 제이콥이 차창에 부딪히던 그 순간 그 아이는 내게서 불과 몇 센티미터 떨어진 곳에 있었다. 유리 사이로 손을 뻗어 아이 얼굴을 만질 수 있을 정도로 가까웠다. 그러나 그의 몸은 빙그르르 돌면서 내게서 멀어졌고 허공에 붕 뜨더니 도로로 쿵 하고 떨어졌다. 그제야 아이의 어머니가 눈에 들어왔다. 그녀는 생명을 잃은 아이 위로 몸을 굽혀 맥박을 찾았다. 맥이 없자 그녀가 비명을 질렀다. 마지막 숨결 하나하나까지 쥐어짜는 듯한 원초적인 비명이었다. 나는 겁에 질려 흐릿한 차창 너머로 아이 머리 아래에 낭자하게 고인 핏물이 젖은 도로를 물들이고 전조등의 빛줄기에 반사되어 붉게 반사되는 모습을 지켜보았다.

"어째서 차를 세우지 않은 겁니까? 밖으로 나오지 않은 까닭은요? 왜 구조를 요청하지 않았나요?"

애써 정신을 차리니 다시 취조실이고 눈앞에는 스티븐스 경위가 있다. 그가 거기에 있다는 사실을 하마터면 잊을 뻔했다.

"세울 수 없었어요."

25

"분명 세울 수 있었을 거예요!" 케이트가 책상과 창가 사이의 짧은 거리를 왔다 갔다 하면서 말했다. "아주 냉정한 여자예요. 그 여자를 보니 등골이 오싹해지더군요."

"자리에 앉지 그래?" 레이가 커피를 들이켜고는 터져 나오는 하품을 참았다. "그러고 있으니까 보는 내가 더 피곤해." 두 사람이 제나를 재우려고 마지못해 인터뷰를 중단했을 때는 이미 자정이 지나 있었다.

케이트가 자리에 앉았다. "1년도 더 지난 지금 저 여자가 저렇게 순순히 자백하는 이유가 뭐라고 생각하세요?"

"모르겠어." 레이가 몸을 뒤로 젖히고 스텀피의 책상에 발을 올려놓으면서 대꾸했다. "뭔가 석연치 않은 점이 있어."

"어떤 점이요?"

레이가 고개를 저었다. "그냥 감이야. 피곤해서 그런 생각이 드는지도 몰라." 범죄수사과 문이 열리더니 스텀피가 들어왔다. "늦었군. 런던은 어땠어?"

"정신없죠." 스텀피가 말했다. "왜 그런 곳에 살고 싶어 하는지 이해가 안 돼요."

"제이콥 어머니가 협조하겠다던가?"

스텀피가 고개를 끄덕였다. "지금 당장은 경찰을 적극적으로 지지하지 않겠지만 어쨌든 우리 편에 선대요. 제이콥이 죽은 뒤에 이 지역 사람들이 자신을 맹비난하는 것이 느껴졌대요. 외국인 취급을 받으며 사는 것도 녹록지 않았는데 그 사고가 불난 데 기름을 붓는 격이었겠죠."

"언제 떠났대요?" 케이트가 물었다.

"장례식 직후에. 아냐가 머문 곳은 런던의 대규모 폴란드인 거주 지역에 있는 사촌네 다세대주택이에요. 생각해보니 영국에서 일할 수 있는 비자가 없을지도 몰라요. 행적을 파악하기 어려웠던 것도 그 때문일 거예요."

"자네와 기꺼이 대화하려 하던가?" 레이가 두 팔을 앞으로 뻗어 손가락 마디를 꺾었다. 케이트가 눈살을 찌푸렸다.

"네." 스텀피가 말했다. "사실 제이콥에 대해 이야기할 수 있어서 안도하는 인상을 받았어요. 그거 아세요? 고향에 있는 가족들에게는 사고 이야기를 하지 않았대요. 스스로가 너무 부끄러워서요."

"부끄럽다고? 어째서 아이 어머니가 부끄러워해야 하지?" 레이가 말했다.

"그럴 만한 사연이 있더군요." 스텀피가 말했다. "아냐가 영국에 온 건 열여덟 살 때였어요. 어떻게 오게 되었는지는 말을 피했지만 글리손 산업 단지의 사무실들을 청소해주고 현금으로 일당을 받았대요. 그러고는 그곳에서 일하는 남자 하나와 가까워졌고 그러다 임신을 했대요."

"아이 아버지와는 헤어졌나요?" 케이트가 말했다.

"응. 아냐 이야기를 종합해보건대 그녀 부모님은 딸이 사생아를 낳았다는 사실에 충격받아서 폴란드로 돌아오라고 종용했나 봐. 눈에 보이는 곳에 딸을 두고 싶었겠지. 하지만 아냐는 돌아가지 않았어. 혼자서도 잘 키울 수 있다는 걸 보여주고 싶었대."

"그러고는 이제 자기 자신을 탓하는 건가." 레이가 고개를 가로 저었다. "딱하게 됐군. 몇 살이지?"

"스물여섯 살이요. 제이콥이 죽었을 때 자기가 부모님 말을 듣지 않아서 벌을 받은 거라는 생각이 들었대요."

"너무 속상해요." 가슴으로 무릎을 당기고 조용히 앉아 있던 케이트가 말했다. "하지만 그녀 잘못이 아니었어요. 그 망할 놈의 차를 운전한 사람 잘못이죠!"

"당연히 나도 그렇게 말했지. 하지만 그 모든 일에 대해 죄책감이 이만저만 아니더군. 어쨌든 경찰이 용의자를 구류했고 고발할 예정이라는 사실을 알려줬어. 자네와 경위님이 임무를 무사히 수행했다는 전제하에 말야." 스텀피가 케이트를 곁눈질하면서 말했다.

"저 좀 놀리지 마세요." 케이트가 말했다. "너무 늦은 시간이라 제 유머 감각이 탈출해버렸거든요. 때마침 그레이에게 자백을 받아냈는데 시간이 너무 늦어서 아침까지 자라고 했어요."

"나야말로 잠이 필요해." 스텀피가 말했다. "경위님만 허락하시면요. 자도 돼요?" 그가 넥타이를 풀었다.

"두 사람 다 자도록 해." 레이가 말했다. "자 케이트, 이제 마무리할 시간이야. 아침에 다시 그레이와 이야기해서 차가 어디 있는지 털어놓도록 유도하자고."

세 사람은 주차장까지 함께 걸어갔다. 차에 탄 스텀피가 한 손을 들어 작별 인사를 하고 커다란 철문을 빠져나가자 깜깜한 어둠 속에 두 사람만 남았다.

"긴 하루였어." 레이가 말했다. 피곤한데도 갑자기 집에 가고 싶지 않았다.

"맞아요."

희미하게 향수 내음이 느껴질 정도로 케이트와 레이는 아주 가까이 서 있었다. 레이는 심장이 쿵쾅거리며 가슴을 두드리는 것을 느꼈다. 지금 케이트에게 입을 맞춘다면 돌이킬 수 없는 일을 저지르게 되리라.

"안녕히 주무세요." 케이트가 말했다. 그러면서 몸은 움직이지 않았다.

레이는 한 걸음 물러났고 호주머니에 손을 넣어 열쇠를 찾았다. "잘 기, 케이트, 꼭 쉬어."

그는 차를 몰고 떠나면서 깊은 한숨을 내쉬었다. 하마터면 선을 넘을 뻔했다.

간발의 차이로.

레이는 새벽 2시가 조금 넘어 잠자리에 들었다가 몇 초같이 느껴지는 시간 뒤에 알람 소리를 듣고 일어나 출근했다. 그는 케이트에 대한 생각을 멈추지 못해 잠을 설쳤다. 아침 브리핑 시간에도 안간힘을 다해 머릿속을 비우려 했다.

두 사람은 아침 10시에 구내식당에서 마주쳤다. 레이는 케이트도 자기 생각으로 밤잠을 설쳤는지 알고 싶었다. 그러나 곧바로 그렇게 생각한 자신을 꾸짖었다. 정말 말도 안 되는 짓이었고 가능한 한 빨리 잊어야 한다고 생각했다.

"야근하기에는 너무 늦었어." 아침 식사를 주문하려고 줄 서 있던 그가 케이트에게 말했다. 모이라의 아침 특선은 동맥경화를 유발할 만한 음식들로 구성되어 있어 경찰들 사이에서 '심장마비'라는 이름으로 불렸다. 레이는 차라리 케이트가 자기 말을 반박했으면 좋겠다고 생각하다가 얼마나 우스운 생각인지 깨달았다.

"더 이상 교대 근무를 하지 않는다는 사실이 고마울 뿐이에요." 그녀가 말했다. "새벽 3시 근무 기억나세요?"

"세상에. 내가 진짜 그 일을 했나? 졸지 않으려고 애쓰면서 필사적으로 차량을 추적하곤 했지. 그래야 아드레날린이 분출되니까. 지금 하라면 못할 거야."

두 사람은 베이컨, 소시지, 달걀, 블랙 푸딩^{black pudding, 돼지나 양의} ^{피와 곡물로 속을 채운 소시지}, 버터를 발라 구운 빵이 담긴 접시를 들고 빈자리에 앉았다. 케이트는 먹는 동안 〈브리스톨 포스트〉를 읽었다. "오늘도 다사다난하네요." 그녀가 말했다. "시의원 선거, 학교 바자회, 개똥에 대한 불평." 그녀는 신문을 접어 한구석으로 치웠다. 일면에 실린 제이콥의 사진이 그들을 올려다보고 있었다.

"오늘 아침에 그레이에게서 더 알아낸 것 있어?" 레이가 물었다.

"어제와 똑같은 이야기를 하더군요." 케이트가 말했다. "적어도 일관성은 있는 여자예요. 하지만 차가 어디 있으며 어째서 차를 세우지 않았냐는 질문에는 대답하지 않으려고 해요."

"글쎄. 다행히도 우리 임무는 어째서 그 일이 일어났는지가 아니라 무슨 일이 일어났는지 알아내는 거야." 레이가 일깨웠다. "고발할 죄목은 충분히 확보했어. 오늘 검찰에 기록을 넘기고 기소 여부가 결정될 때까지 지켜보자고."

케이트는 생각에 잠긴 표정이었다.

"무슨 일 있어?"

"어젯밤 경위님이 뭔가 석연치 않다고……." 그녀는 말끝을 흐렸다.

"계속 말해봐." 그가 재촉했다.

"저도 그런 느낌이 들어요." 케이트가 차를 한 모금 마신 뒤 찻잔을 조심스럽게 테이블에 내려놓았다. 그러고는 해결책이라도 찾을 듯이 찻잔을 뚫어지게 바라보았다.

"그 여자가 이야기를 지어냈다는 건가?"

그런 일이 없지는 않았다. 특히 이번처럼 큰 관심을 끈 사건의 경우 엉뚱한 사람이 나타나 범행을 자백하는 일이 종종 있었다. 그 경우에 계속 취조하다 보면 자백한 당사자가 그 범행을 저질렀을 리 없다는 사실을 깨닫게 마련이다. 허위 자백을 하는 이들은 너나없이 결정적인 사실을 빼놓고 말한다. 경찰이 언론에 공개하지 않은 기밀을 말하지 못해서 이야기 전체가 무너지는 것이다.

"아뇨. 지어낸 건 아니에요. 그 여자 차가 맞잖아요. 아냐 조던이 한 말과도 거의 정확히 일치하고요. 그저⋯⋯." 케이트가 몸을 뒤로 젖히고 레이를 보았다. "취조할 때 그 여자가 말한 충격 시점 있잖아요."

레이가 계속 이야기하라고 고개를 끄덕였다.

"제이콥의 차림새를 너무 자세하게 묘사했어요. 무슨 옷을 입었고 어떤 가방을 들었는지⋯⋯."

"기억력이 좋은 거겠지. 그런 일은 뇌에 각인되고 계속 생각나는 법이니까." 그는 경감과 청장이 어떻게 말할지 예상하며 일부러 반대 의견을 내놓았다. 그러나 머릿속에는 그 전날 그를 줄곧 괴롭히던 생각이 그대로 있었다. 제나 그레이는 무언가 감추고 있었다.

"타이어 흔적으로 볼 때 그 차는 속도를 늦추지 않았어요." 케이트가 계속해서 말했다. "그리고 그레이는 제이콥이 '난데없이'

나타났다고 말했죠." 그녀는 허공에다 물음표를 그렸다. "사고가 그 여자 말처럼 순식간에 일어났다면 어떻게 그 많은 것을 볼 수 있었을까요? 반대로 갑자기 일어난 사고가 아니라서 아이를 포착하고 무엇을 입었는지 볼 수 있을 정도로 시간이 충분했다면 어째서 아이를 친 걸까요?"

레이는 잠시 침묵을 지켰다. 잠을 조금밖에 자지 못했을 텐데도 케이트는 눈을 반짝이며 말했다. 레이는 그녀의 표정에서 확고한 생각을 읽을 수 있었다. "무슨 이야기를 하려는 거야?"

"아직은 기소하지 않았으면 해요."

레이가 천천히 고개를 끄덕였다. 범행을 전부 자백한 용의자를 풀어준다면 청장이 노발대발할 것이다.

"차량부터 찾고 싶어요."

"그런다고 달라질 건 없어." 레이가 말했다. "기껏해야 보닛에서 제이콥의 DNA와 핸들에 묻은 그레이의 지문을 채취하는 것이 전부일걸. 우리가 알지 못하는 단서가 나올 가능성은 전혀 없어. 그보다 그 여자의 휴대전화를 찾았으면 해. 본인 말로는 다른 사람의 연락을 받고 싶지 않아서 브리스톨을 떠날 때 없었다는데 증거라서 버린 건 아닐까? 사고를 낸 직전과 직후에 누구와 통화했는지 알고 싶어."

"그럼 보석으로 풀어줘야겠네요." 케이트가 질문하는 눈길로 레이를 바라보며 말했다.

그는 망설였다. 쉬운 길을 택하려면 제나를 기소해야 했다. 그러면 아침 회의에서 박수갈채가 쏟아지고 청장이 격려할 것이 분명했다. 하지만 드러나지 않은 사실이 있을지 모른다는 것을 알고도 기소를 강행할 수 있을까? 증거와 그의 직감이 서로 정반대 방향을 가리키고 있었다.

레이는 애너벨 스노든을 생각했다. 그녀의 아버지는 아직 숨이 붙어 있는 애너벨을 집 안에 숨겨놓은 채 유괴범을 찾아달라며 경찰을 붙잡고 사정했다. 레이는 뭔가 이상하다고 느꼈지만 직감을 따르지 않았다.

제나를 몇 주 동안 보석으로 풀어주면 사건의 진상을 좀더 정확하게 파악할 가능성이 컸다. 그녀를 법정에 세우기 전에 샅샅이 수사해서 석연치 않은 점을 확인하고 싶었다.

레이는 케이트에게 고개를 끄덕였다. "풀어줘."

26

첫 데이트 이후 1주일 가까이 지나서야 네게 전화했다. 그때 네 목소리에서 반신반의하는 기색을 느꼈다. 내 행동을 잘못 해석한 것은 아닌지 말실수를 하지는 않았는지, 옷을 잘못 입지는 않았는 지 여러 가지로 고민했을 것이다.

"오늘 밤 시간 괜찮아요?" 내가 말했다. "오늘도 제니퍼 양과 데 이트하고 싶어서요." 이렇게 말하며 너를 얼마나 많이 보고 싶어 했는지 실감했다. 1주일 간 뜸을 들이는 것은 상상 외로 힘들었다.

"그랬으면 좋겠지만 이미 다른 계획이 있어요." 네 목소리에 서 아쉬움을 느꼈지만 그 진부한 수작에 속지 않았다. 관계 초기 에 여자들은 온갖 술수를 구사하지만 대부분 속이 빤히 들여다보 인다. 네가 친구들과 데이트 결과를 분석했으리라는 점은 의심할 여지가 없었다. 네 친구들은 일하다 쉬러 나온 세탁부들처럼 온갖 조언을 쏟아냈겠지.

'안달복달하는 인상을 주면 안 돼.'

'튕겨야 해.'

'그 남자가 전화하면 바쁜 척해.'

짜증 나고 유치한 짓거리였다. "안타깝군요." 나는 아무렇지도 않은 척했다. "오늘 밤 펄프 공연을 보려고 티켓 두 장을 간신히 구했어요. 제니퍼 당신도 가고 싶어 할 줄 알았죠."

네가 머뭇거리자 승리감을 느꼈다. 그러나 너는 만만치 않았다.

"정말로 안 돼요. 너무 죄송해요. 오늘 밤 세라와 단둘이서 아이스 바에 가서 놀기로 했어요. 세라가 최근에 남자 친구와 헤어져서 저까지 세라 기분을 망칠 순 없어요."

설득력 있는 이야기였다. 네가 그 거짓말을 미리 준비해둔 것인지 궁금할 따름이었다. 나는 일부러 말을 하지 않고 뜸을 들였다.

"내일 밤은 괜찮은데요?" 네가 말끝을 위로 올리는 바람에 질문처럼 들렸다.

"아쉽게도 내일은 선약이 있어서요. 나중에 또 기회가 있겠죠. 저녁 즐겁게 보내요." 전화를 끊고 잠시 전화기 옆에 앉아 있었다. 파르르 떨리는 눈을 짜증스럽게 비벼댔다. 네가 수작을 부릴 줄은 몰랐다. 그런 짓이 필요하다고 생각했을 네가 실망스러웠다.

남은 시간 동안 마음을 진정시킬 수 없었다. 집 안을 청소하고 모든 방에서 마리의 물건을 빼내 침실에 쌓아놓았다. 생각보다 물건이 많았지만 이제 와서 그녀에게 돌려줄 수는 없었다. 쓰레기 버리는 곳에 가져다 놓으려고 그 물건들을 여행 가방에 쑤셔 넣었다.

저녁 7시에는 맥주를 한 병 마셨다. 그러고는 또 한 병 비웠다. 바보 같은 퀴즈 프로그램을 틀어놓고 커피 테이블에 발을 올린 채 소파에 앉아서 너를 생각했다. 기숙사에 전화해서 메시지를 남길까도 했다. 하지만 그랬다가 네가 방에 있다는 사실을 확인하게 되면 기분이 말이 아닐 것 같았다. 세 병째 맥주를 반쯤 비웠을 때 그러지 않기로 마음을 굳혔다.

대신 차를 몰고 아이스 바로 가서 입구와 멀지 않은 곳에 주차했다. 한동안 차에 앉아서 안으로 들어가는 사람들을 하나하나 지켜보았다. 초미니스커트를 입은 여자들이 지나갔지만 습관적인 호기심 이외에는 아무 감정도 들지 않았다. 너를 생각하고 있었기 때문이다. 그때도 네가 내 머릿속을 독차지했다는 사실에 마음이 편치 않았다. 게다가 네가 내게 진실을 말했는지 여부가 무엇보다 중요했다. 내가 그곳에 간 까닭은 네 거짓말을 들춰내기 위해서였다. 혼잡한 바를 뒤져서 네가 거기 없다는 사실을 확인하기 위해서였다. 너는 기숙사 방에서 싸구려 와인 한 병을 홀짝이면서 맥 라이언이 나오는 영화나 보고 있었을 테니까. 그러나 내 속마음은 그와 정반대였다. 나는 네가 실연당한 친구와 둘만의 시간을 보내려고 내 차를 스쳐 지나가기를 바랐다. 내가 틀렸다는 것이 증명되길 바랐다. 처음 느끼는 감정이라 웃음이 터져 나올 뻔했다.

차에서 내려 술집 안으로 들어갔다. 벡스 맥주를 사서 사람이 꽉 들어찬 실내를 이리저리 헤치며 앞으로 나아갔다. 누군가 나를 거칠게 밀치는가 하면 내 구두에 맥주를 쏟기도 했다. 하지만 너를 찾는 데 여념이 없어서 사과를 요구할 정신이 아니었다.

그러다 너를 보았다. 너는 주문을 하려고 계산대 끝 쪽에 서서 바텐더에게 10파운드짜리 지폐를 흔들고 있었다. 하지만 바텐더들은 네 줄은 될 법한 사람들의 주문을 처리하느라 네 쪽으로 고개도 돌리지 않았다. 이윽고 나를 본 네가 어디서 보았는지 기억나지 않는다는 듯 멍하니 있었다. 그러다 곧 미소를 지었다. 그러나 지난번에 봤을 때보다 조심스러운 미소였다.

"여기서 뭐하고 계세요?" 내가 사람들을 밀치고 다가가자 네가 물었다. "펄프를 보러 가신 줄 알았어요." 다소 경계하는 듯했다.

여자들은 뜻밖의 일을 좋아한다고 말한다. 하지만 사실 그들은 무엇이든 미리 알고 싶어 한다. 그래야 사전에 대비할 수 있기 때문이다.

"동료에게 줬어요. 혼자서는 가고 싶지 않더군요."

내 계획이 너 때문에 바뀌었다는 사실을 알자 너는 겸연쩍은 표정을 지었다. "하지만 어쩌다 여기에 오셨어요? 전에도 와본 적 있으세요?" 네가 물었다.

"친구와 마주쳤거든요." 내가 선견지명을 발휘해 사둔 벡스 두 병을 흔들어 보였다. "맥주를 사 오니 친구를 찾을 수 없군요. 좋은 일이 생겼나봐요!"

네가 소리 내어 웃었다. 나는 벡스 한 병을 내밀었다. "버릴 순 없잖아요?"

"이제 다시 주무하러 가야 해요. 술은 사기로 했거든요. 기능하다면 말이죠. 세라가 저쪽 테이블에 앉아 있어요." 너는 바 한 구석을 눈으로 가리키며 말했다. 키가 크고 머리를 염색한 여자가 작은 테이블에 앉아 20대 중반쯤 되는 남자와 이야기를 주고받고 있었다. 우리는 그 남자가 몸을 앞으로 숙여 세라에게 키스하는 것을 보았다.

"같이 있는 남자는 누구죠?" 내가 물었다.

네가 잠시 머뭇거리다가 천천히 고개를 내저었다. "모르겠어요."

"예전 남자 친구에게서 정말 큰 상처를 받았나보네요." 내가 말하자 당신이 웃음을 터뜨렸다.

"그럼……." 내가 다시 맥주를 내밀자 네가 환하게 웃으면서 맥주를 받아들었다. 쨍그랑 술병을 부딪히고는 한 모금 깊이 들이켜고 술병을 입에서 떼면서 아랫입술을 빨았다. 나를 자극하려는 행

동이 분명했다. 그곳이 단단해졌다. 너는 맥주를 한 모금 더 들이
켜면서 나를 도발적으로 쳐다보았다.

"내 집으로 가요." 내가 불쑥 말했다. 세라는 새로 사귄 남자와
사라진 것 같았다. 그놈은 그렇게 쉬운 여자가 좋을까, 하는 의문
이 들었다.

너는 나를 바라보며 잠시 머뭇거리더니 어깨를 살짝 추켜올렸
고 미끄러지듯 내 손을 잡았다. 사람들로 들썩이는 바에서 너를
놓치지 않으려고 네 손을 힘껏 잡은 채 앞을 헤치며 나아갔다. 네
가 나를 따라가고 싶어 한다는 사실에 짜릿함과 실망감을 동시에
느꼈다. 네가 얼마나 자주, 어떤 놈과 이랬는지 궁금한 마음을 참
을 길이 없었다.

우리는 후끈한 열기로 가득한 아이스 바에서 거리로 나왔다. 차
가운 공기가 닿자 네가 몸을 떨었다.

"코트 가져왔어요?"

네가 고개를 젓는 것을 보고 나는 코트를 벗어 네 어깨에 둘러
주고 차로 갔다. 고마워하는 네 미소를 보니 내 몸까지 따뜻해지
는 것 같았다.

"운전하셔도 돼요?"

"괜찮아요." 내가 짤막하게 대답했다. 차를 타고 가는 동안 우리
는 한동안 아무 말도 하지 않았다. 치마가 위로 올라간 것을 보고
왼손을 뻗어 네 무릎 바로 위에 얹었다. 손가락으로 허벅지 안쪽
을 쓰다듬었다. 그러자 네가 다리를 살짝 움직여서 허벅지를 피했
다. 하지만 아주 조금만 움직여서 아무런 어려움 없이 네 무릎으
로 손을 가져갈 수 있었다.

"오늘따라 환상적으로 아름답군요."

"정말 그렇게 생각하세요? 고마워요."

나는 네 무릎에서 손을 떼고 기어를 변속했다. 그런 다음 무릎에서 몇 센티미터 올라간 곳에 다시 손을 얹고는 네 살결을 부드럽게 어루만졌다. 너는 더 이상 내 손길을 피하지 않았다.

집에 도착하자 너는 거실 안을 왔다 갔다 하면서 물건들을 집어들고 구경했다. 그러는 것을 보니 불안해져서 될 수 있는 대로 빨리 커피를 끓였다. 커피는 아무 의미 없는 의례 행위에 불과했다. 너도 커피를 마시겠다고는 했지만 나와 마찬가지로 정말로 커피를 마실 생각은 없었을 것이다. 나는 표면이 유리로 된 테이블에 커피 잔을 올려놓고 소파에 앉았다. 그러자 네가 내 옆에 앉아 고개를 반쯤 돌리고 나를 보았다. 나는 네 머리를 귀 뒤로 쓸어 넘기고 잠시 얼굴 전체를 더듬었다. 그러다 몸을 앞으로 숙여 네 입술에 입 맞췄나 너는 금세 반응했다. 혀를 넣어 내 입안을 탐색했고 손으로 내 등과 어깨를 어루만졌다. 나는 키스를 계속하면서 너를 천천히 뒤로 누이고 내 밑으로 오게 했다. 네가 다리로 내 다리를 휘감았다. 너처럼 적극적이고 반응이 빠른 사람과 관계한다는 사실에 더 크게 흥분했다. 마리와는 달랐다. 그녀는 몸을 건성으로 움직이고 항상 딴생각을 했다. 유령과 하는 것처럼 느낄 때도 있었다.

나는 네 다리 윗부분으로 손을 가져가 허벅지 안쪽의 부드럽고 매끄러운 살결을 만끽했다. 내 손끝이 팬티의 레이스를 스치자 네가 키스를 멈추고 내 손아귀를 빠져나갔다.

"너무 급한 것 같아요." 그러나 네 미소를 보니 본심이 아니었다.

"참을 수 없어." 내가 말했다. "제니퍼, 네가 죽여주게 매력적이라 나도 자제가 안 돼."

네 얼굴이 금세 분홍색으로 물들었다. 나는 한 팔로 몸을 지탱하고 다른 팔로 네 치마를 허리까지 끌어올렸다. 그러고는 팬티의 고무줄 바로 밑으로 손가락을 가져가 살살 움직였다.

"아직은."

"쉿." 네게 키스하면서 말했다. "이 순간을 망치지 마. 제니퍼, 넌 이 세상에서 가장 사랑스러운 여자야. 너 때문에 너무 흥분돼."

그러자 네가 다시 키스를 시작했고 더 이상 가식하지 않았다. 내가 너를 원하는 만큼 너도 나를 갈망했다.

27

기차로 브리스톨에서 스완시까지 가는 데는 두 시간 가까이 걸린다. 잠깐이라도 바다를 보고 싶어 미칠 지경이지만 이렇게 혼자서 생각에 잠길 수 있는 시간을 누리게 되어 기쁘다. 유치장에서는 아침이 되기만을 기다리면서 이런저런 생각을 할 뿐 뜬눈으로 밤을 지새웠다. 눈을 감으면 다시 악몽을 꾸게 될까봐 겁이 났다. 그래서 얇은 플라스틱 매트리스에 앉아 복도 이쪽저쪽에서 들려오는 고함 소리와 벽을 치는 소리를 들으며 깨어 있었다. 오늘 아침 여성 유치장 간수가 콘크리트로 담을 두른 모퉁이를 가리키며 샤워를 하라고 했다. 타일은 젖어 있었고 수챗구멍에는 몸을 움츠린 거미처럼 보이는 머리카락 뭉치가 달라붙어 있었다. 결국 나는 샤워하라는 제안을 사양했다. 아직도 옷에서 유치장 악취가 난다.

여자 형사와 나이 든 경위가 다시 한 번 나를 취조했다. 그들은 내가 입을 다물자 답답해했지만 더 이상 자세한 내용을 밝히지 않겠다는 내 결심은 확고했다.

"내가 그 아이를 죽였어요." 내가 같은 말을 반복했다. "그걸로 충분하지 않나요?"

마침내 두 사람은 두 손을 들었고 유치 경사의 책상 옆에 놓인 철제 벤치에 나를 앉힌 다음 목소리를 낮춰 경사와 어떤 이야기를 주고받았다.

"보석으로 풀려나실 거예요." 스티븐스 경위가 말했다. 내가 그를 멍하니 바라보자 그는 무슨 뜻인지 설명해주었다. 풀려나리라고는 전혀 예상하지 못했지만 앞으로 몇 주 동안 자유를 누리리라는 이야기를 듣고 마음이 놓였다. 그러고는 곧 죄책감을 느꼈다.

통로 건너편에 앉았던 여자 둘이 쇼핑한 물건과 코트를 두고 내릴 뻔해서 한바탕 소란을 떨며 카디프에서 내렸다. 그러면서 그들은 오늘자 〈브리스톨 포스트〉를 두고 내렸다. 한번 읽어볼까 해서 손을 뻗어 그 신문을 가져온다.

"뺑소니 운전자가 체포되다"라는 기사가 일면에 있었다.

기사에 내 이름이 나오지 않았는지 살펴보면서 호흡이 가빠진다. 그러다 이름이 실리지 않았다는 사실에 안도의 한숨을 내쉰다.

"30대 여성이 2012년 11월에 피시폰즈의 뺑소니 사고로 목숨을 잃은 제이콥 조던(5세)의 사망과 관련하여 체포되었다. 보석으로 석방된 이 여성은 다음 달 브리스톨 중앙 경찰서에 출두할 예정이다."

브리스톨의 온 가정이 이 신문을 읽고 있는 장면이 떠오른다. 다들 머리를 내젓고 자기 아이들을 가까이 끌어안을 것이다. 조금 전에 내가 사는 곳이 드러나는 대목을 놓치지 않았는지 확인하려고 기사를 한 번 더 읽는다. 그러고는 그 기사가 보이지 않도록 신경 써서 신문을 접는다.

스완지 버스 정류장에서 쓰레기통을 발견하고는 코카콜라 캔과 패스트푸드 포장지 밑으로 신문을 밀어 넣는다. 잉크가 손에 묻어나서 문지르니 손가락이 시커메진다.

펜파흐로 가는 버스가 제시간에 오지 않아서 마을에 도착하니 사방이 어두워지고 있다. 우체국 상점이 아직 열려 있다. 식료품 몇 가지를 고르려고 장바구니를 든다. 상점 양쪽 끝에 하나씩 있는 계산대는 네리스 매덕이 담당하는데 그녀의 열여섯 살짜리 딸이 수업을 마치면 도우러 오곤 한다. 식료품용 계산대에서는 편지봉투를 살 수 없고 우체국 판매대에서는 참치 캔이나 사과 같은 식료품을 살 수 없다. 그래서 네리스가 한쪽 계산대를 잠근 다음에 상점을 가로질러 반대편 계산대로 느릿느릿 갈 때까지 기다려야 하는 상황이 자주 있었다. 다행히 오늘은 그녀의 딸이 식료품 계산대 뒤에 있다. 달걀, 우유, 과일, 개 사료 한 봉지를 담은 장바구니를 판매대에 놓으나 항상 상냥하던 그 소녀에게 미소를 짓는다. 그녀는 잡지에서 고개를 들지만 말은 하지 않는다. 나를 잽싸게 훑어보더니 금세 계산대로 시선을 내리깐다.

"안녕?" 내가 말한다. 점점 더 불안해지면서 말끝이 질문처럼 올라간다.

출입구 위의 작은 종이 울리고 안면이 있는 노부인이 상점으로 들어온다. 소녀가 일어서더니 옆방을 향해 웨일스어로 말을 한다. 잠시 후 네리스가 나와서 딸의 옆에 선다.

"네리스, 잘 있었어요? 이것 좀 계산해주세요." 내가 말한다. 네리스도 그녀의 딸처럼 냉랭한 표정이다. 두 사람이 말다툼이라도 한 것일까 의아하다. 그녀는 나를 지나쳐 내 뒤에 선 노부인을 부른다.

"alla i eich helpu chi?도와드릴까요?"

그들이 대화를 시작한다. 여느 때와 마찬가지로 그들의 웨일스어 대화를 알아듣지 못한다. 하지만 가끔씩 내 쪽으로 던지는 시선과 네리스의 표정에 역력한 혐오감만 보아도 무슨 뜻인지 분명하다. 두 사람은 내 이야기를 하고 있는 것이다.

노부인이 내 너머로 손을 뻗어 신문값을 내밀자 네리스가 그 돈을 현금 수납함에 넣는다. 그러고는 식료품이 든 내 장바구니를 들어 자기 발밑으로 던지더니 그 자리를 뜬다.

뺨이 달아오르고 얼굴이 뜨거워진다. 지갑을 가방에 넣고 몸을 돌려 필사적으로 상점을 빠져나가려 하다가 진열대에 부딪힌다. 그러자 인스턴트 그레이비가 든 종이곽이 우르르 쏟아진다. 내가 문을 열기도 전에 못마땅해하면서 혀를 차는 소리가 들린다. 누군가와 또 마주칠까봐 옆도 보지 않고 재빨리 걸어 마을을 빠져나온다. 야영장에 도달할 때쯤에는 참지 못하고 눈물이 쏟아져 나온다. 상점 창문의 블라인드가 올라가 있는 것을 보니 베선이 안에 있겠지만 차마 그녀를 찾아갈 용기가 나지 않는다. 오솔길을 걸어 오두막으로 향하다가 상점 앞 주차장에 패트릭의 차가 없었다는 것을 깨닫는다. 그 차가 아직도 그곳에 세워져 있어야 할 이유는 없다. 경찰서에 가서 전화하지도 않았는데 패트릭이 내가 돌아온다는 사실을 알 리가 없다. 하지만 그의 차가 없었다는 생각에 불안해진다. 그가 머물기는 했을까. 경찰이 나를 연행해간 즉시 떠난 것은 아닐까. 더 이상 나와 엮이는 일이 없기를 바라지는 않을까. 그가 미련 없이 내 곁을 떠나더라도 보우를 저버리는 일은 없으리라 생각하며 자신을 달랜다.

열쇠를 꺼내는 순간 대문 위로 보이는 빨간색 형태가 착시나 저무는 해가 아니라 발치에 떨어져 있는 풀 한 포기로 조잡하게 휘갈긴 페인트 글씨임을 깨닫는다. 돌로 된 문간에 페인트 얼룩이 묻은 것을 보니 서둘러 쓴 글씨였다.

꺼져.

고개를 돌려 누가 나를 지켜보고 있는지 확인한다. 어스름이 내려앉아 1미터 앞도 보이지 않는다. 몸을 떨면서 열쇠와 씨름하다가 통 말을 안 듣는 자물쇠 때문에 자제심을 잃고는 발로 대문을 힘껏 찬다. 마른 페인트 조각이 휘날린다. 계속해서 문을 찬다. 억눌러고 있던 감정이 갑작스럽고 광적인 분노로 표출된다. 물론 그런다고 해서 자물쇠가 말을 듣지는 않는다. 이윽고 동작을 멈추고 마음이 가라앉을 때까지 나무 문에 이마를 기대고 있다가 다시 한번 열쇠를 돌려본다.

오두막은 춥다. 나를 환영하지 않는 것 같다. 나를 내쫓고 싶어 하는 마을 사람들 뜻에 동참이라도 한 것 같다. 불러보지 않아도 보우가 없다는 것을 알 수 있다. 레인지가 켜졌는지 확인하려고 주방에 들어가자 식탁에 메모지가 놓여 있다.

"보우는 동물 병원 애견 숙소에 있어요. 돌아오는 대로 메시지 보내요. P."

이 내용만 봐도 우리 사이가 끝났음을 알 수 있다. 차오르는 눈물을 참을 수 없다. 눈물이 뺨으로 흘러내릴까봐 두 눈을 있는 힘껏 감는다. 내가 택한 길이므로 그 길을 걸어야 한다고 스스로 다짐한다.

패트릭의 퉁명스러운 말투를 본떠 한 줄짜리 문자메시지를 보낸다. 그러자 그가 일이 끝나고 보우를 데려오겠다고 답한다. 다른 사람을 보내지 않을까, 하는 생각도 했기에 그가 직접 온다니 보고 싶기도 하고 걱정도 된다.

패트릭이 도착하려면 두 시간은 지나야 한다. 밖은 어둡지만 집 안에 있고 싶지는 않다.

다시 코트를 걸치고 밖으로 나간다.

해변은 밤 시간에 산책하기에는 별난 장소다. 그래선지 절벽 위에 아무도 없다. 바다가 시작되는 곳으로 걸어 내려가 얕은 물에 발을 담그고 선다. 몇 초에 한 번씩 파도 끝자락이 몰려올 때마다 부츠가 보이지 않는다. 앞으로 한 걸음 나아가니 바닷물이 바지 밑단을 핥아댄다. 축축한 기운이 다리를 타고 올라온다.

계속 걷는다.

펜파흐의 모래 언덕은 바닷속에서도 100미터 정도 완만하게 이어지다가 대륙붕이 끝나는 지점에서 급경사를 이룬다. 수평선을 바라보면서 한 발씩 옮기자 모래가 발을 빨아들이는 것이 느껴진다. 바닷물이 무릎을 넘어서고 손에 포말을 튀긴다. 이브 언니와 바다에서 놀던 때를 생각한다. 해초가 가득 든 양동이를 움켜쥔 채 거품으로 뒤덮여 몰려드는 파도를 펄쩍펄쩍 뛰어다니던 기억이 난다. 얼어붙을 정도로 추운 날씨라서 물이 허벅지를 휘감자 숨이 막히지만 계속 움직인다. 더 이상은 아무 생각도 하지 않는다. 그저 걷고 또 걸어서 바다 안으로 들어갈 뿐이다. 노호하는 소리가 들리지만 그 소리가 바다에서 나는 것인지, 내게 경고하는 소리인지, 나를 부르는 소리인지 가늠할 수 없다. 가슴팍까지 차오른 묵직한 바닷물이 앞으로 향하려는 다리를 붙잡고 늘어져서 더는 움직이기 어렵다. 간신히 한 걸음 내딛는데 발이 닿지 않아서 몸이 기울고 수면 밑으로 미끄러지듯 가라앉는다. 스스로에게 수영하지 말라고 지시하지만 팔은 그 명령을 묵살하고 자발적으로 허우적거리기 시작한다. 갑자기 파도에 휩쓸려 바위에 부서지고 물고기에 뜯어먹힌 내 시체를 수색해야 할 패트릭이 생각난다.

뺨이라도 한 대 맞은 사람처럼 머리를 거칠게 젓고 숨을 들이쉰다. 이렇게 해서는 안 된다. 평생 실수를 저질러놓고 도망쳐서는 안 된다. 공포에 질려 더 이상 뭍이 어디 있는지 보이질 않는다. 팔을 휘저으면서 제자리를 맴도는데 구름이 걷히고 달이 나타나면서 해변 위로 우뚝 솟은 절벽들이 보인다. 수영하기 시작한다. 모래바닥에서 발을 헛디딘 이후로 한참을 떠내려왔기에 발 디딜 곳을 찾아 아래쪽을 차보아도 얼음장 같은 물 이외에는 아무것도 닿지 않는다. 파도가 나를 때리고 짠물을 들이마셔 숨이 막힐 지경이다. 숨을 쉬려고 켁켁거리는데 헛구역질이 난다. 젖은 옷 때문에 바닷속으로 가라앉을 것만 같다. 아무리 발을 허둥거려도 끈 달린 부츠는 벗겨지지 않고 내 몸을 밑으로 묵직하게 끌어당길 뿐이다.

팔이 아프고 가슴이 답답하지만 정신은 또렷해서 숨을 참고 잠수하기로 한다. 정확한 손놀림으로 물살을 헤친다. 숨을 쉬려고 고개를 드니 해변에 좀더 가까이 온 것 같다. 그 후로도 계속해서 같은 동작을 되풀이한다. 그러다 발밑을 차보니 부츠를 신은 발끝에 무엇인가 닿는다. 몇 차례 더 팔을 지나가 다시 발을 차본다. 이제는 단단한 바닥에 설 수 있다. 폐와 귀와 눈에 짠물이 들어찬 상태로 수영하고 달리고 기다시피 해서 바다 밖으로 나온다. 바싹 마른 모래에 닿는 순간 엉금엉금 기어 어지러움을 떨쳐버리고 두 다리로 일어선다. 추위는 말할 것도 없고 내가 천인공노할 짓을 저지를 수 있는 인간이라는 자각 때문에 주체할 수 없을 정도로 몸이 떨린다.

오두막에 도착해 주방 바닥에 옷을 벗어 던지고 위층으로 올라간다. 따뜻하고 잘 말린 옷을 걸치고 아래층으로 내려가 불을 지핀다. 패트릭이 걸어오는 소리는 들리지 않지만 보우가 짖는 소리를 듣고는 패트릭이 두드리기 전에 활짝 문을 연다. 보우에게 인사하고 패트릭을 다시 만나는 것에 대한 불안감을 숨기려고 쭈그려 앉는다.

"들어오실래요?" 결국 몸을 일으켜 그에게 묻는다.

"가봐야 해요."

"1분이면 돼요. 부탁이에요."

그는 잠시 주저하다가 안으로 들어와서 문을 닫는다. 그가 앉을 기색을 보이지 않아 우리는 보우를 사이에 두고 잠시 그대로 서 있다. 패트릭이 내 뒤에 있는 주방을 본다. 흠뻑 젖은 옷에서 나온 물이 웅덩이를 이루고 있다. 얼굴에 혼란스러운 표정이 서리지만 그는 아무 말도 하지 않는다. 그제야 패트릭이 내게 품었던 감정이 남김없이 사라져버렸음을 실감한다. 그는 내 옷이 흠뻑 젖고 자기가 사준 코트에서 물이 뚝뚝 떨어지는 이유에는 전혀 관심이 없다. 그저 내가 그에게 말하지 않은 그 끔찍한 비밀에만 관심이 있을 뿐.

"미안해요." 이 상황에 부적절하지만 진심을 담은 말이다.

"뭐가 미안한데요?" 순순히 넘어가지 않을 것임을 드러내는 말투다.

"당신에게 거짓말했잖아요. 진작 말해야 했어요. 내가……." 말하다 말자 패트릭이 나선다.

"사람을 죽였다는 사실을?"

눈을 감는다. 다시 눈을 뜨니 패트릭이 문으로 걸어가고 있다.

"어떻게 말을 꺼내야 할지 망설였어요." 급한 마음에 기를 쓰고 말을 쏟아낸다. "당신이 어떻게 생각할지 두려웠어요."

그는 어떻게 생각하면 좋을지 모르겠다는 듯 머리를 가로젓는다. "이 이야기만 해줘요. 그 아이를 놔두고 달아난 겁니까? 사고를 낸 건 이해할 수 있어요. 하지만 차를 세우고 돕지도 않은 채로 차를 몰고 가버린 건요?" 그의 눈이 내 눈을 보며 대답을 요구하지만 나는 아무런 대답도 할 수 없다.

"네." 내가 말한다. "사실이에요."

그는 내가 한 걸음 뒤로 물러날 정도로 문을 거칠게 열어젖히더니 그대로 떠난다.

28

처음 관계한 날 너는 내 집에서 하룻밤 묵었다. 이불로 우리 둘을 감싸고 누워 네가 잠드는 모습을 지켜보았다. 너는 투명한 눈꺼풀 아래로 동공을 조금씩 깜박거리며 평온하고 근심 걱정 없는 얼굴로 잠들었다. 네가 잠들고 나니 너에게 흠뻑 빠졌다는 사실을 들키지 않으려고 냉정을 가장할 필요가 없어졌다. 그제야 마음껏 네 머리 냄새를 맡고 입술에 키스하고 부드러운 숨결을 느낄 수 있었다. 잠든 너는 완벽했다.

아침이 되자 너는 눈을 뜨지도 않은 채 미소 지었다. 그러더니 아무런 재촉 없이 내게 손을 뻗었다. 나는 가만히 누운 채 네게 주도권을 맡겼다. 다른 때와는 달리 아침까지 누군가 나와 같은 침대에 있다는 사실이 기분 좋았다. 그리고 네가 떠나지 않았으면 했다. 어처구니없는 소리처럼 들릴까봐 참았지만 그때 그 자리에서 네게 사랑한다고 말하고 싶었다. 그러는 대신에 네가 만든 아침 식사를 한 뒤 다시 침대로 데려가서 너를 얼마나 사랑하는지

몸으로 보여줬다.

네가 다시 만나자고 했을 때 다음 한 주 내내 전화할 때만을 노리면서 외롭게 지내지 않아도 된다는 생각에 안도했다. 그래서 네가 주도권을 쥐고 있다고 생각하도록 내버려두었다. 그리고 그날 밤에도, 이틀 뒤 밤에도 함께 외출했다. 얼마 지나지 않아 너는 매일 밤 우리 집에 들르게 되었다.

"여기에다 물건을 놔두지 그래." 어느 날 내가 말했다.

너는 놀란 표정을 지었고 그때 내가 규칙을 위반했다는 사실을 깨달았다. 그때까지는 남자인 내가 관계를 진전시키지 않는 것을 철칙으로 삼던 터였다. 그러나 날마다 일을 마치고 집에 돌아올 때마다 건조대에 엎어놓은 머그잔만으로 네가 다녀갔다는 흔적을 확인할 수 있다는 허무한 현실에 불안함을 견딜 수 없었다.

그날 밤, 너는 작은 가방을 들고 와서 새로 산 칫솔을 욕실 유리컵에 꽂고 내가 미리 치워둔 서랍에 깨끗한 속옷을 넣었다. 아침이 되자 나는 침대에 누워 있는 네게 차를 날랐고 출근하는 길에는 입을 맞췄다. 그러고는 사무실까지 차를 몰고 가는 동안 입술에 남아 있는 네 흔적을 맛보았다. 사무실에 도착해서는 책상에 앉자마자 집에 전화를 걸었다. 목소리가 쉰 듯한 것을 보니 한숨 더 잔 것 같았다.

"무슨 일이에요?" 네가 물었다.

네 목소리를 또 듣고 싶어서 전화했다는 말을 어떻게 할 수 있었겠는가?

"오늘은 자고 난 자리를 정돈해줄 수 있겠어?" 내가 말했다. "한 번도 한 적이 없더군."

네 웃음소리를 듣고는 전화한 사실을 후회했다. 퇴근해서 집에 도착하자마자 구두도 벗지 않은 채 위층으로 올라갔다. 다행히 네 칫솔이 아직 그 자리에 있었다.

옷장 속에 네가 쓸 공간을 마련했다. 내 옷장 안을 차지하는 네 옷의 비중이 점점 더 늘어났다.

"오늘 밤은 자고 갈 수 없어요." 어느 날 내가 침대에 앉아 넥타이를 매고 있는데 네가 말했다. 너는 머리가 헝클어지고 지난밤에 한 눈 화장을 지우지 않은 채 침대에 앉아 차를 마시고 있었다. "같은 수업을 듣는 남자애들과 만나기로 했어요."

나는 짙푸른 넥타이로 완벽한 매듭을 짓는 데 집중할 뿐 아무 말도 하지 않았다.

"괜찮죠?"

나는 고개를 돌렸다. "오늘이 우리가 학생회관에서 만난 지 3개월째 되는 날인 건 알고 있었어?"

"그런가요?"

"오늘밤 르 프티 루쥬에 테이블을 예약해두었단 말야. 첫 데이트 때 내가 데려갔던 식당 기억하지?" 나는 침대에서 일어나 재킷을 걸쳤다. "네게 미리 확인해야 했는데. 그런 사소한 것까지 기억하리라 믿은 내가 생각이 부족했어."

"기억해요!" 너는 찻잔을 내려놓고 이불을 옆으로 밀치더니 내가 서 있는 침대 머리맡으로 와 무릎을 꿇었다. 네가 벗은 몸으로 내 목에 팔을 두르자 셔츠 안으로 따뜻한 젖가슴이 느껴졌다. "그날 일은 모두 기억해요. 당신이 얼마나 신사적이었는지, 내가 얼마나 당신을 다시 만나고 싶어 했는지."

"네게 줄 것이 있어." 내가 불쑥 말했다. 그 물건이 침대 머리맡 테이블 서랍에 그대로 있기를 바랐다. 서랍 속에 손을 넣어 뒤지다가 콘돔 곽에 깔려 있던 그것을 찾아냈다. "여기 있어."

"내가 생각한 것이 맞을까요?" 네가 환히 웃으며 허공에서 열쇠를 흔들었다. 은으로 만든 하트가 햇빛을 받은 채 빙글빙글 돌아가는 것을 보고 나서야 마리의 열쇠고리를 벗겨내지 않았다는 사실을 깨달았다.

"매일 오니까 열쇠가 필요할 거야."

"고마워요. 신경 써줘서 기분 좋아요."

"일하러 가야 해. 오늘 밤 즐겁게 보내." 나는 네게 키스하면서 말했다.

"아니에요. 약속 취소할 거예요. 당신이 일부러 예약까지 했고 저도 저녁 먹으러 나가고 싶어요. 게다가 이제 이것도 생겼고요." 네가 열쇠를 들어 보였다. "당신이 퇴근해서 올 때까지 여기 있을게요."

차를 몰고 출근하는 동안 내 두통은 점점 더 사그라졌다. 르 프티 누슈에 전화해서 그날 밤 앉을 테이블을 예약하고 나서야 두통이 완전히 멈췄다.

집에 오니 약속한 대로 네가 기다리고 있었다. 관능적인 곡선미를 강조하고 햇볕에 그을린 긴 다리를 드러내는 드레스 차림이었다.

"어때요?" 네가 빙그르르 돌더니 한 손을 골반에 댄 채로 멈춰서서 나를 보고 웃는다.

"훌륭해."

누구라도 눈치챌 수밖에 없는 무미건조한 말투에 너는 취했던 포즈를 풀었다. 두 어깨가 처지고 골반에 댔던 손이 드레스 앞으로 늘어졌다.

"너무 꼭 끼나요?"

"보기 좋아." 내가 말했다. "다른 옷은 뭐가 있지?"

"꼭 끼는 거 맞죠? 어제 입은 청바지랑 깨끗한 티셔츠만 있어요."

"잘됐네." 네게 한 걸음 가까이 다가가서 키스하면서 말했다. "이런 다리는 바지를 입어야 돋보이지. 그리고 넌 청바지 입은 모습이 정말 멋져. 가서 옷 갈아입고 와. 그런 다음 나가서 한잔하고 식사하러 가지."

네게 열쇠를 준 것이 실수가 아니었나 하는 걱정도 들었지만 너는 난생 처음 해보는 집안일에 재미를 느낀 것 같았다. 퇴근하고 돌아오면 갓 구운 케이크나 통닭구이 냄새가 나를 반기는 날이 많았다. 초보 수준이던 네 요리 솜씨는 나날이 발전했다. 물론 네가 입에 맞지 않는 음식을 만들면 손도 대지 않았다. 그럼 너는 금세 더 노력해서 요리 솜씨를 개선하려 했다. 하루는 네가 펜과 종이를 옆에 둔 채로 요리책을 읽고 있는 모습을 보았다.

"루 소스가 뭘까요?" 네가 물었다.

"내가 어떻게 알겠어?" 나는 하루를 고되게 보내고 지쳐 있었다.

너는 그 사실을 눈치채지 못한 것 같았다. "지금 라자냐를 만들려고 해요. 시판 소스를 넣지 않고 제대로요. 재료는 다 있는데 조리법을 보니 외국어로 된 것처럼 이해할 수 없어요."

나는 조리대에서 반들반들한 빨간 피망, 토마토, 당근, 다진 소고기 등의 재료를 보았다. 채소는 청과물 가게의 갈색 종이봉투에 담겨 있었고 고기는 슈퍼마켓이 아닌 정육점에서 사온 것 같았다. 오후 내내 식사를 준비한 것이 분명했다.

무슨 이유로 네 수고에 찬물을 끼얹는 행동을 했는지는 나도 알 수 없다. 너의 그 자랑스러운 표정 때문이었을 수도, 너무도 편안하고 안정감 있어 보이는 분위기 때문이었을 수도 있다. 그래, 너는 너무 안정적인 것이 문제였다.

"사실 그다지 배가 고프지 않아."

네가 머리를 축 늘어뜨리는 모습에 기분이 좋아졌다. 상처에 붙인 반창고를 떼고 딱지를 뜯어낼 때와 비슷한 기분이었다.

"미안해." 내가 말했다. "준비하느라 수고가 많았지?"

"아니에요. 괜찮아요." 그렇게 말했지만 분명 기분이 상한 것 같았다. 너는 책을 덮고 이렇게 말했다. "다음에 만들게요." 나는 네가 저녁 내내 뽀로통해 있지 않기를 바랐다. 다행히 넌 불쾌한 기분을 떨쳐버린 것 같았다. 그러더니 즐겨 마시던 싸구려 와인을 땄다. 나는 내가 마실 위스키를 조금 따른 다음 네 맞은편에 앉았다.

"다음 달에 졸업한다는 사실이 믿기지 않아요." 네가 말했다. "시간이 정말 빨리도 흘렀어요."

"앞으로 뭘 할지 좀더 생각해봤어?"

네가 콧등을 찡그렸다. "아뇨. 여름에 쉬면서 여행이나 할까 해요."

그때 나는 처음으로 네게 여행을 떠나고 싶어 하는 욕구가 있다는 것을 깨달았다. 그리고 대체 누가 네 머릿속에 그런 생각을 불어넣었는지, 네가 누구와 갈 계획인지 궁금해서 미칠 지경이었다.

"이탈리아에 가는 건 어때? 베네치아에 데려가고 싶어. 너도 그곳 건축물에 반할 거야. 굉장한 미술관도 몇 군데 있지."

"재미있겠네요. 세라와 이지가 한 달 동안 인도에 간다고 해서 저도 그 틈에 껴서 2주 정도 같이 다닐지도 몰라요. 아니면 인터레일 패스를 끊어 유럽 일주를 할까 싶기도 해요." 네가 웃음을 터뜨렸다. "아, 잘 모르겠어요. 다 가보고 싶어요. 그게 문제예요!"

"잠시 기다리지 그래." 나는 남은 위스키가 빙빙 돌도록 잔을 흔들었다. "여름이 오면 다들 여행을 떠날 거야. 그런 다음 죄다 돌아와서 동시에 취업을 하려고 하겠지. 그러니 남들이 여기저기 외국을 돌아다니는 동안 네가 먼저 기회를 잡는 것이 좋아."

"그렇겠죠."

네가 내 말에 완전히 동의하지 않는 것이 분명했다.

"예전부터 네가 대학을 졸업하면 어떻게 할지 생각해봤는데, 내 집으로 완전히 들어왔으면 좋겠어."

너는 문제라도 있는 듯 눈을 치켜떴다.

"합리적으로 생각해 봐. 어쨌든 지금도 이곳에 사는 거나 마찬가지잖아. 게다가 네가 목표로 하는 일자리로는 혼자 살 집을 얻을 형편이 되지 않을 거야. 결국 다른 사람들과 지저분한 아파트를 얻어 살겠지."

"당분간은 집으로 돌아가서 지낼 작정이었어요." 네가 말했다.

"아직도 어머니와 상종할 생각을 한다니 놀라워. 널 아버지에게서 떼어놓은 사람이잖아."

"어머니는 좋은 분이에요." 예전과 달리 그리 확신에 찬 목소리는 아니었다.

"우리 둘이서도 좋잖아." 내가 말했다. "어째서 이 상황을 바꾸려고 하지? 네 어머니 집은 한 시간 넘는 거리에 있어. 거기로 떠나면 앞으로 너와 내가 만날 일은 없겠지. 나와 함께 지내고 싶지 않아?"

"당연히 같이 있고 싶죠!"

"들어와서 살면 돈 걱정할 필요도 없어. 내가 공과금을 다 낼 테니 넌 포트폴리오를 채우고 조각을 파는 데만 신경 쓰면 돼."

"하지만 그렇게 하면 공평하지 못해요. 제가 뭐든 부담하게 해주세요."

"요리 조금 하고 집을 치우는 일 정도면 돼. 물론 반드시 그 일을 해야 한다는 이야기는 아냐. 매일 아침 너와 함께 잠에서 깨어나고 퇴근해서 돌아왔을 때 네가 기다리고 있는 것만으로 충분해."

네 온 얼굴로 미소가 퍼져 나갔다. "확신할 수 있어요?"

"이제까지 한 일 가운데 이 정도로 확신을 가져본 일이 없어." 너는 마지막 학기가 끝나던 날 기숙사 벽에서 뗀 포스터와 소지품을 세라에게서 빌린 차에 싣고 내 집으로 들어왔다.

"다음 주말에 어머니에게 가서 남은 물건들을 가져올게요." 네가 말했다. "잠시만요. 차에서 가져와야 할 것이 하나 더 있어요. 당신에게 줄 깜짝 선물 같은 거예요. 사실 우리 두 사람을 위한 거죠."

네가 현관문 밖으로 뛰어나가 조수석을 열자 발밑 공간에 실린 마분지 상자가 보였다. 그 상자를 하도 조심스럽게 들고 들어오기에 그 안에 깨시기 쉬운 물건이라도 들어 있는 줄 알았다. 하지만 상자를 받아보니 도자기나 유리라고 하기는 너무 가벼웠다.

"열어봐요." 네가 잔뜩 신이 나서 말했다.

상자 덮개를 들어 올리자 자그만 솜뭉치 같은 것이 나를 올려다보고 있었다. "고양이군." 내가 냉랭한 목소리로 말했다. 나는 단 한 번도 동물을 키우고 싶지 않았다. 특히 개나 고양이처럼 여기저기 털이나 날리고 산책과 애정과 늘 함께해주기를 바라는 반려동물을 키우는 사람들을 이해할 수 없었다.

"새끼 고양이예요!" 네가 말했다. "이렇게 사랑스러운 녀석 못 보셨죠?" 그러더니 상자 안에서 고양이를 들어 올려 가슴에 끌어안았다. "이브 언니의 고양이가 갑자기 새끼를 낳았어요. 다른 새끼는 모두 분양하고 이 녀석은 저를 위해 남겨두었대요. 이름이 기즈모예요."

"내 집에 새끼 고양이를 데려오기 전에 내게 물어봐야 한다는 생각은 들지 않았어?" 나는 목소리를 누그러뜨리려 하지도 않고 성질대로 말했다. 내 말을 듣자마자 너는 울음을 터뜨렸다. 너무 한심하고 빤한 수작이라 훨씬 더 화가 났다. "반려동물을 기르기 전에 심사숙고하라는 광고도 못 봤어? 이러니 그 많은 동물이 버려지는 거야. 너처럼 충동적으로 결정하는 사람들이 그러는 거라고!"

"당신도 좋아할 거라고 생각했어요." 네가 계속 흐느끼며 말했다. "당신이 일하러 나간 동안 내 친구가 되어줄 거라 생각했어요. 작업하는 동안 외롭지 않을 것 같았고요."

나는 잠시 가만히 있었다. 내가 집에 없는 사이에 고양이가 네 놀이 상대가 되어줄 수 있다면 괜찮겠다는 생각이 들었다. 너를 만족시킬 수 있다면 고양이를 상대하는 것쯤은 감수할 수 있으리라 믿었다.

"무슨 일이 있어도 내 슈트에 가까이 가는 것만은 막아." 내가 말했다. 그러고는 위층으로 올라갔다. 아래로 내려오니 주방에 이미 고양이 침대와 먹이 그릇 두 개가 놓여 있었다. 그리고 주방 문 옆에는 배변통이 보였다.

"밖에 나갈 수 있을 때까지만 사용할 거예요." 네가 말했다. 조심스러운 눈빛이었다. 내가 성질부리는 모습을 들켰다는 사실에 불쾌해졌다. 내가 애써 새끼 고양이를 어루만지자 넌 안도의 한숨을 내쉬었다. 그러고는 다가와 내 허리를 휘감으면서 말했다. "고마워요." 그 이후 이제까지 어김없이 섹스를 유도했던 바로 그 키스가 이어졌다. 내가 어느 때보다도 부드럽게 네 어깨를 뒤로 젖히자 너는 아무런 저항 없이 그대로 무너졌다.

너는 날이 갈수록 새끼 고양이에게 집착이 심해졌다. 어찌 된 일인지 집을 치우거나 저녁식사를 만드는 일보다 고양이 먹이와 장난감과 배변통에 더 관심을 기울였다. 심지어 나와 이야기하는 것보다도 고양이가 훨씬 더 큰 관심사였다. 너는 줄에 매단 장난감 쥐를 바닥에 질질 끌고 다니면서 새끼 고양이와 저녁 내내 장난을 치고 놀았다. 낮에는 포트폴리오 작업을 한다고 했지만 어느 날 집에 돌아와 거실에 들어서니 네 물건들이 전날과 똑같은 위치에 널브러져 있었다.

네가 들어와 산 지 2주 정도 지난 어느 날 나는 주방 식탁에 놓인 쪽지를 발견했다.

"세라와 외출해요. 기다리지 말고 자요!"

여느 때와 마찬가지로 그날 아침에도 두세 차례 대화를 나누었지만 너는 외출 이야기를 전혀 꺼내지 않았다. 음식을 차려놓지 않고 나간 것을 보면 세라와 나가서 식사한다는 생각에 내가 밥을 먹든 말든 관심이 없었던 것 같다. 냉장고에서 맥주 한 병을 꺼냈다. 새끼 고양이가 야옹 하고 울더니 발톱으로 내 다리를 딛고 바지 위로 기어오르려 했다. 그놈을 흔들어 바닥으로 떨어뜨렸다. 그런 다음 주방에 가두고 텔레비전을 켰지만 집중이 되지 않았다. 머릿속은 너와 세라가 지난번에 외출했을 때 했던 일로 가득했다. 세라가 방금 알게 된 남자와 순식간에 사라졌으며 네가 순순히 내 집에 따라왔다는 사실이 머리를 떠나지 않았다.

'기다리지 말고 자요.'

저녁 내내 홀로 우두커니 앉아 있으려고 네게 함께 살자고 제안한 것이 아니었다. 이미 다른 여자 때문에 바보가 된 일이 있었고 같은 일이 재발하는 것만은 무슨 수를 써서라도 막을 작정이었다. 새끼 고양이는 계속해서 울었고 나는 맥주 한 병을 더 가져오려고 냉장고로 다가갔다. 주방 안쪽에서 들려오는 새끼 고양이 울음소리에 문을 왈칵 열고 그놈을 발로 차서 저쪽으로 미끄러뜨렸다.

보기만 해도 웃기는 광경이어서 잠시 기분이 좋아졌다. 그러다 거실로 돌아와 네가 어질러놓은 물건들을 보았다. 넌 거실 한구석에 그 물건들을 대충 쌓아두려고 했다. 신문지로 싼 점토 덩어리가 거실 바닥에 굴러다니고 거무튀튀한 물질로 가득 찬 잼 병이 공구함에 잔뜩 쌓여 있는 꼴이 눈에 띄었다. 점토 덩어리에서 배어난 물감이 나무로 된 마루를 물들였을 것이 분명했다.

고양이가 야옹거렸다. 나는 맥주를 한 모금 들이켰다. 텔레비전에서는 야생동물에 관한 다큐멘터리가 방영되고 있었다. 여우가 토끼를 갈기갈기 물어뜯는 장면이 나왔다. 텔레비전 소리를 키웠는데도 여전히 새끼 고양이 울음소리가 들렸다. 그 울음소리가 소용돌이처럼 머릿속을 뚫고 들어왔고 그놈이 한 번씩 울 때마다 내 안에 들끓던 분노가 점점 더 치솟아 오르다가 급기야는 최고조에 이르렀다. 깨달을 수 있어도 통제할 수는 없는 분노였다. 벌떡 일어서서 주방으로 갔다. 네가 돌아온 때는 자정이 지나서였다. 나는 어두운 주방에서 빈 맥주병을 손에 쥐고 앉아 있었다. 네가 극도로 조심하며 현관문을 닫더니 부츠를 벗고 발끝으로 복도를 지나 주방을 향해서 오는 소리가 들렸다.

"재미있었어?"

너는 비명을 질렀다. 내가 그토록 화나지 않았다면 웃음이 터졌을 상황이었다.

"세상에, 이안. 당신 때문에 놀라서 숨이 멎을 뻔했어요. 불도 켜지 않고 여기에서 뭐하고 있었어요?" 네가 전등을 켜자 형광등이 들어왔다.

"널 기다리고 있었어."

"늦을 거라고 했잖아요."

혀가 살짝 꼬인 것을 들으니 네가 술을 얼마나 많이 마셨는지 알고 싶어졌다.

"퍼브에 있다가 다시 세라네 집으로 몰려갔어요. 그런 다음······." 네가 내 표정을 보더니 말을 멈췄다. "뭐가 문제죠?"

"너 혼자서 이 일을 알게 될까봐 일부러 깨어 있었어."

"뭘 알게 돼요?" 갑자기 취기가 가신 듯했다. "무슨 일이 일어났는데요?"

나는 바닥에 놓인 배변통 옆을 손가락으로 가리켰다. 그곳에는 새끼 고양이가 엎드린 자세로 움직이지 않고 뻗어 있었다. 지난 한두 시간 동안 몸이 굳었는지 한 다리는 허공으로 뻗어 있었다.

"기즈모!" 네 두 손이 입으로 향하는 걸 보고 나는 네가 구토할 것이라 생각했다. "세상에, 맙소사! 무슨 일이 있었던 거예요?"

일어서서 너를 달랬다. "모르겠어. 퇴근하고 왔더니 녀석이 거실에 먹은 것을 토해났더군. 어떻게 할지 몰라서 인터넷을 검색했지만 30분도 못 돼서 녀석이 죽었어. 제니퍼, 네가 그토록 예뻐하던 녀석이었는데. 너무 안됐어."

네가 울음을 터뜨렸다. 내가 꼭 껴안자 너는 내 셔츠에 얼굴을 대고 흐느꼈다.

"내가 나갈 때만 해도 괜찮았어요." 네가 답을 찾듯이 나를 올려다보았다. "어째서 이런 일이 일어났는지 이해할 수 없어요."

그러더니 갑자기 몸을 뗐다. 내 얼굴에서 주저하는 기색을 본 것이 분명했다.

"무슨 일이죠? 나한테 말하지 않은 것이 있죠?"

"상관없는 일일지도 몰라." 내가 말했다. "네가 알면 더 속상해할까봐 말을 못하겠어."

"말해요!"

내가 한숨을 내쉬었다. "집에 오니 녀석이 거실에 있었어."

"여느 때처럼 주방 안에 가둬두었어요." 네가 반박했지만 이미 스스로도 확신을 잃은 말투였다.

내가 어깨를 으쓱했다. "집에 오니 주방 문이 열려 있던데. 기즈모가 당신 작품 옆에 쌓여있던 물건 중에서 신문을 빼서 갈기갈기 찢어놨더군. 신기한 물건들을 보고 신이 났던 것 같아. 빨간색 이름표가 붙은 잼 병에 뭐가 들어 있었는지 모르겠지만 뚜껑이 열렸더군. 그리고 기즈모가 병 속에 코를 박고 있었어."

네 안색이 창백해졌다. "그건 조각에 바르는 유약이에요."

"독성 물질인가?"

네가 고개를 끄덕였다. "탄산바륨이 들어 있어요. 굉장히 위험한 물질이라 항상, 정말 한 번도 잊지 않고 안전하게 보관했는데. 세상에, 모두 내 잘못 때문이에요. 불쌍해서 어떡해요. 가여운 기즈모."

"자기야, 자책하지 마." 두 팔로 너를 끌어당겨 꼭 껴안고는 네 머리에 입 맞췄다. 네게서 담배 냄새가 풍겼다. "사고잖아. 넌 너무 많은 걸 하려고 해. 재료를 꺼내놨으면 집에서 조각을 완성했어야지. 세라도 네 사정을 이해하지 않았겠어?" 너는 내게 몸을 기댔고 흐느끼는 소리가 조금씩 잦아들었다. 나는 네 코트를 벗기고 가방을 식탁 위에 올려놓았다. "자, 위로 올라가자고. 아침에 너보다 더 일찍 일어나서 기즈모를 처리해야 할 테니까."

침실에 들어서자 너는 울음을 완전히 그쳤다. 나는 네가 양치와 세수를 마칠 때까지 가만히 있다가 불을 끄고 침대에 들어갔다. 너는 어린아이처럼 바싹 다가와 나를 껴안았다. 내가 네게 그토록 필요한 존재라는 사실이 무척 좋았다. 동그라미를 그리며 네 등을 쓰다듬다가 목에 키스했다.

"오늘 밤에는 하지 않으면 안 될까요?" 네가 말했다.

"하면 도움이 될 거야. 네 기분이 나아졌으면 해."

넌 아무 말 않고 내 아래 누워 있었지만 내가 키스하는데도 아무 반응을 보이지 않았다. 반응을 이끌어내려고 네 안으로 거세게 밀고 들어가 힘껏 움직였지만 넌 두 눈을 감은 채 신음 한 번 하지 않았다. 너 때문에 완전히 김이 샜다. 자기 기분밖에 생각하지 못하는 네게 화가 나서 더 거칠게 움직였다.

29

"그게 뭐지?" 케이트 뒤로 다가온 레이가 명함 한 장을 손에 들고 앞뒤로 뒤집어 보는 그녀에게 물었다.

"그레이가 지갑 안에 간직하고 있던 거예요. 제가 이걸 꺼내니까 그 여자 얼굴이 하얘지더군요. 거기 있었다는 사실에 충격받은 듯했어요. 이 명함의 정체를 알아보려고요."

명함은 일반적인 크기였다. 연푸른색 바탕에 두 줄로 인쇄된 브리스톨 도심 주소 외에는 아무런 글씨도 쓰여 있지 않았다. 레이는 케이트의 손에서 명함을 빼내어 엄지와 검지 사이에 끼우고 문질러보았다.

"싸구려 재질이군." 그가 말했다. "이 로고는 뭘까?" 맨 윗부분에 쓰다 만 것처럼 보이는 8자 비슷한 검은색 도형 두 개가 서로 맞물리게 인쇄되어 있었다.

"모르겠어요. 처음 보는 로고예요."

"그 주소, 우리 전산망에 넣어도 결과가 나오지 않았지?"

"아무런 정보도 얻지 못했어요. 선거 명부에도 없더군요."

"그 여자가 전에 쓰던 명함일까?" 그가 다시 한 번 로고를 꼼꼼히 살펴보았다.

케이트가 고개를 가로저었다. "제가 꺼냈을 때 그 여자가 보인 반응을 보면 그런 것 같지는 않아요. 이걸 보고 뭔가 떠오른 게 분명해요. 제게 숨기고 싶은 일인 듯해요."

"좋아. 그럼 알아보라고." 레이가 벽에 세워놓은 철제 서랍장으로 성큼성큼 걸어가서 자동차 열쇠 꾸러미를 꺼냈다. "의문을 풀 수 있는 방법은 한 가지뿐이야."

"어디로 가는 건가요?"

레이가 대답하는 대신 푸른색 명함을 들어 보이자 케이트는 코트를 챙겨 그의 뒤를 따라나섰다.

레이와 케이트가 끝을 알 수 없을 정도로 길게 이어진 그랜섬가에서 127번지를 찾아내기까지는 시간이 상당히 걸렸다. 어찌된 일인지 그 거리는 홀수 번지와 짝수 번지가 서로 멀찍이 떨어져 있었다. 두 사람은 건축미라고는 찾아볼 수 없는 반분리형 벽돌 주택 앞에 잠시 서서 잡목이 우거진 앞마당과 유리창마다 드리워진 때투성이 망사 커튼을 살펴보았다. 옆집 마당에 놓인 더블 매트리스 위에는 조심스러워 보이는 고양이가 쉬고 있다가 마당을 지나 현관문으로 다가가는 두 사람을 보고 야옹 하고 소리를 냈다. 싸구려 강화플라스틱으로 된 이웃집 현관문과 달리 127번지의 현관문은 깔끔하게 칠이 되고 밖을 내다보는 구멍이 난 나무 문이었다. 우체통은 따로 없었지만 문 측면 바로 옆에 있는 벽에 맹꽁이자물쇠가 달린 철제 우편함이 붙박여 있었다.

레이가 초인종을 눌렀다. 케이트가 상의 주머니에 손을 넣어 신분증을 꺼내려 했지만 레이가 손을 뻗어 그녀 팔을 잡았다. "여기에 누가 사는지 알고 난 다음에 꺼내는 것이 나아."

두 사람은 누군가 타일이 깔린 바닥을 걸어오는 소리를 들었다. 발걸음이 멈추는 소리를 듣고 레이가 문 가운데에 난 작은 구멍에 바짝 얼굴을 댔다. 어떤 기준이 적용되었는지는 몰라도 그들이 시험에 통과한 것은 분명했다. 몇 초 뒤에 자물쇠를 여는 소리가 났기 때문이다. 자물쇠가 돌아가자마자 체인이 걸린 문이 10센티미터 정도로 열렸다. 과도한 보안 절차에 레이는 그 집에 노인이 살 것이라 짐작했지만 문틈으로 내다보는 사람은 그와 나이가 비슷한 여성이었다. 그 여자는 몸에 둘러 입는 원피스 위에 짙푸른 카디건을 걸치고 목에는 매듭으로 묶은 연노랑 스카프를 두르고 있었다.

"무슨 일이시죠?"

"친구를 찾고 있어요." 레이가 말했다. "친구 이름은 제나 그레이예요. 이 동네에 산 건 분명한데 도무지 주소가 기억이 나질 않아서요. 혹시 제나를 아시나요?"

"죄송한데 모르는 사람이에요."

레이가 어깨 너머로 집 안을 훑는 것을 보자 여자는 문을 살짝 닫고 그의 눈을 똑바로 쳐다보았다.

"이곳에 오래 사셨어요?" 여자의 과묵한 태도에 아랑곳하지 않고 케이트가 물었다.

"꽤 오래 살았죠." 여자가 딱딱한 말투로 대답했다. "그럼 실례가 안 된다면……."

"귀찮게 해서 죄송합니다." 레이가 케이트의 팔을 잡아끌면서 말했다. "여보, 이제 그만 가지. 주소를 아는 사람이 있는지 전화나 몇 통 걸어봐야겠어." 그가 전화기를 흔들면서 말했다.

"하지만."

"아무튼 고맙습니다." 레이가 감사 인사를 하고는 케이트를 쿡 찔렀다.

"알았어요." 그녀가 그제야 신호를 알아차리고 말했다. "전화로 알아봐야겠네요. 시간 내주셔서 감사해요."

레이는 문이 꼭 닫힌 뒤 열쇠 두 개가 차례로 돌아가는 소리를 들었다. 그는 그 집 안에서 보이지 않는 위치에 닿기까지 케이트의 팔을 놓지 않았다. 그러면서 서로 딱 붙어 있다는 사실을 민감하게 의식했다.

"어떻게 생각하세요?" 두 사람이 차에 탔을 때 케이트가 물었다. "그레이가 살았던 집일까요? 아니면 거기 사는 그 여자가 자기 말보다 많은 것을 알고 있을까요?"

"그 여자는 분명 뭔가 알고 있어." 레이가 말했다. "어떤 옷을 입고 있는지 봤어?"

케이트가 잠시 생각에 잠겼다. "원피스와 짙은 색 카디건이요."

"그리고?"

케이트가 알 수 없다는 표정으로 고개를 저었다.

레이가 전화기 버튼을 누르자 화면이 켜졌다. 그는 케이트에게 전화기를 건넸다.

"그 여자 사진을 찍으신 거예요?"

레이가 싱긋 웃었다. 그는 손가락으로 화면의 사진을 늘려 여자가 두르고 있던 노란색 스카프의 매듭을 가리켰다. 스카프에 작은 원형 마크가 보였다.

"핀으로 고정하는 배지야." 그가 말했다. 사진을 더 크게 확대하자 무언가 드러났다. 서로 맞물린 8자 모양의 검은색 도형 두 개가 굵게 그려져 있었다.

"명함에 있던 로고예요!" 케이트가 말했다.

"그래, 맞아."

"제나가 그 집과 어떤 식으로든 관련이 있는 건 분명해." 레이가 말했다. "하지만 어떤 관련이 있을까?"

30

너는 내가 네 가족을 만나기를 간절이 원했지만 느무지 그 이
유를 이해할 수 없었다. 어머니와 사이도 좋지 않은 데다 1주일에
한두 번씩 언니 이야기를 꺼내긴 했지만 그 언니란 사람은 동생
을 보러 단 한 번도 브리스톨에 오지 않았다. 그런데도 언니가 오
라고 할 때마다 옥스퍼드까지 그 먼 길을 가야 했을까? 너는 말 잘
듣는 어린이처럼 언니를 보러 하루 이틀씩 집을 비웠다. 그곳에
가서 어떤 짓을 할지는 뻔했다. 날이 갈수록 부풀어 오르는 언니
의 배를 보며 감탄하고 돈 많은 형부에게 알랑거렸을 것이다. 너
는 매번 내게 함께 가자고 했지만 그럴 때마다 제안을 거절했다.

"언니 부부는 내가 당신이라는 존재를 지어낸 줄 알 거예요."
너는 농담이라는 듯 웃으며 말했지만 목소리에는 절박함이 배어
났다. "올해는 당신과 함께 크리스마스를 보내고 싶어요. 작년에
당신 없이 보내려니 허전했거든요."

"그럼 언니에게 가지 말고 나와 같이 보내." 선택은 간단했다.

나 하나로 충분하지 않은 이유가 무엇인가?

"하지만 가족과도 함께 보내고 싶어요. 굳이 자고 오지 않아도 돼요. 점심만이라도 먹고 와요."

"술도 마시지 못하는데 말이지? 크리스마스 정찬 한번 대단할 것 같군!"

"내가 운전할게요. 부탁이에요, 이안. 정말 당신을 자랑하고 싶단 말이에요."

너는 말 그대로 내게 애원했다. 전에 비해 점점 더 옅게 화장했지만 그날만큼은 붉은 립스틱을 바르고 있었다. 내게 간곡히 부탁하는 네 그 붉고 굴곡진 입술을 바라보았다.

"좋아." 내가 어깨를 으쓱했다. "하지만 내년 크리스마스에는 단둘이 보내야 해."

"고마워요!" 너는 활짝 웃으며 두 팔로 나를 감싸 안았다.

"선물을 들고 가야 할 것 같은데. 네 언니 부부의 재력을 생각하면 선물이 필요할까 싶지만."

"다 준비해두었어요." 너는 너무 기쁜 나머지 내 말에 가시가 있다는 걸 눈치채지 못했다. "이브 언니는 향수면 돼요. 제프 형부는 스카치위스키 한 병이면 만족하고요. 정말 즐거운 시간이 될 테고 당신도 우리 언니와 형부가 마음에 들 거예요."

나는 그렇게 생각하지 않았다. '레이디 이브'에 관해서는 귀에 못이 박히도록 들어서 어떤 여자인지 판단이 섰다. 다만 네가 언니라면 죽고 못 사는 이유가 무엇인지 궁금할 따름이었다. 단 한 번도 형제가 없다는 사실을 아쉬워한 적이 없었기에 네가 언니 이야기를 그처럼 자주 하는 것이 거슬렸다. 나는 네가 언니와 통화할 때마다 주방에 가곤 했다. 네가 하던 말을 갑자기 멈추면 둘이서 내 이야기를 하고 있었다고 짐작할 수 있었다.

"오늘은 어떻게 보냈어?" 화제를 바꾸려고 내가 물었다.

"멋진 하루였어요. '세 기둥'에서 주최한 공예가 오찬 모임에 갔어요. 일종의 사교 모임인데 예술계에 종사하는 사람들을 위한 거예요. 나와 비슷한 일을 하는 사람이 정말 많아서 놀랐어요. 다들 집에 조그만 작업실을 만들어놓고 혼자 일하더군요. 아니면 주방 식탁에서……." 네가 갑자기 말을 멈추고 미안한 표정을 지었다.

언제부터인가 주방에서 식사할 수 없었다. 하루도 빼놓지 않고 물감과 점토 부스러기, 도안 자국으로 식탁이 어지러웠기 때문이다. 네 물건이 사방에 널려 있어 집 안에서 내가 휴식을 취할 수 있는 곳은 한 군데도 없었다. 처음 샀을 때만 해도 이 집은 그리 작아 보이지 않았다. 마리가 들어와 살 때만 해도 둘이 살기에 충분하다고 여겼다. 마리는 너보다 말수가 적었다. 너처럼 기운이 넘치지도 않았다. 이런 면에서는 함께 살기에 더 편했다. 거짓말하는 버릇만 문제였다. 이제는 그런 짓거리에 대처하는 법을 깨우쳐 다시는 호구 잡히지 않을 자신이 있었다.

너는 계속해서 그날 갔던 점심 모임에 대해 이야기했고 나는 애써 네 말에 귀를 기울이려 했다.

"그래서 우리 여섯 명이 분담하면 월세를 낼 수 있을 것 같아요."

"무슨 월세?"

"공동 작업실을 빌리려고요. 혼자서는 감당할 수 없지만 수업으로 돈을 벌고 있는 데다 동업까지 하면 월세 정도는 낼 수 있을 거예요. 그렇게 해서 제대로 된 가마를 갖출 수도 있을 거고요. 게다가 이런 재료들을 모두 집에서 옮겨놓을 수도 있어요."

그때까지도 나는 네가 수업으로 조금이나마 소득을 얻고 있다는 사실을 전혀 몰랐다. 애당초 도예 강좌는 내가 제안한 일이었다. 점토 공예품을 쥐꼬리만큼 받고 파느니 가르치는 편이 시간을 한층 더 유익하게 활용할 수 있는 길이라 생각했기 때문이다. 네가 동업인지 뭔지를 하겠다고 나서기 전에 내 주택 대출금을 함께 갚자고 제안하지 않은 것이 서운했다. 바른 대로 말하자면 너는 내 집에 들어와서 산 이후로 집세 한 푼 내지 않았다.

"자기 계획은 이론상으로는 근사해. 하지만 다른 사람이 빠지겠다고 하면 어쩔 거야? 그 사람이 내던 몫은 누가 부담하지?" 나는 네가 충분히 생각하지 않고 결정했음을 알 수 있었다.

"이안, 어디든 일할 곳이 필요해요. 가르치는 일도 괜찮지만 계속해서 하고 싶은 일은 아니에요. 내 조각품이 조금씩 팔리기 시작했어요. 그러니까 좀더 빨리 완성할 수 있다면 의뢰가 더 많이 들어올 거예요. 괜찮은 사업으로 키울 수 있을 거 같아요."

"하지만 조각가와 화가 중에 그 정도로 성공한 사람이 몇이나 될까?" 내가 말했다. "내 말은 좀더 현실적으로 생각하라는 거야. 자칫하면 푼돈 정도 버는 취미로 그칠 수도 있어."

너는 진실을 들으려 하지 않았다.

"공동체를 만들면 서로에게 득이 되는 점이 많아요. 에이브릴의 모자이크 작품은 내가 만드는 조각과 조화를 이룰 거예요. 그랜트는 정말 멋진 유화를 그리고요. 대학 친구 몇 명을 참여시키고 싶지만 소식이 끊긴 지 너무 오래됐어요."

"문제투성이 사업이라니까." 내가 말했다.

"그럴지도 모르죠. 좀더 생각해볼게요."

하지만 네가 이미 단단히 결심했음을 알 수 있었다. 이대로 있다가는 그 꿈같은 새 프로젝트에 너를 빼앗겨버릴 것이 분명했다. "잘 들어봐." 초조한 심정을 애써 감추며 말했다. "그동안 집을 옮길까 생각하던 참이었어."

"그랬어요?" 네가 미심쩍어하는 얼굴로 물었다.

내가 고개를 끄덕였다. "외부 공간이 널찍한 집을 찾으면 마당에 네가 쓸 작업실을 지어줄게."

"혼자 쓸 작업실 말이에요?"

"가마까지 갖춰서 지어줄게. 그럼 마음껏 어질러도 돼."

"날 위해서 그렇게까지 한다고요?" 환한 미소가 네 얼굴 가득 피어났다.

"너를 위해서라면 뭐든 할 거야, 제니퍼. 너도 잘 알잖아."

그 말은 진심이었다. 너를 계속 소유할 수 있다면 하지 못할 일이 없었다.

네가 샤워하는 동안 전화벨이 울렸다.

"세라인데요, 세나 있나요?"

"안녕하세요, 세라. 지금 친구와 외출 중인데 어쩌죠? 지난번에 전화한 뒤에 제나와 통화 못했어요? 메시지 전했는데요."

세라는 잠시 아무 말도 하지 않았다.

"네."

"어쨌든 전화 왔다고 제나에게 전할게요."

네가 아직 위층에 있는 동안 네 핸드백을 뒤졌다. 의심 가는 물건은 하나도 없었다. 영수증은 모두 네가 갔다고 말한 곳에서 발행됐다. 차오르던 긴장감이 갑자기 빠져나갔다. 언제나 그렇듯 네 지갑을 열고 지폐 칸을 확인해봤다. 아무것도 없었지만 손끝에 두툼한 감촉이 느껴졌다. 좀더 꼼꼼하게 살펴보니 안감에 긴 틈이 나 있었고 그 사이에 작게 접은 지폐 다발이 슬며시 끼워져 있었다. 그것을 내 호주머니에 넣었다. 네가 살림 비용을 안전하게 보관하려고 그렇게 둔 것이라면 내게 그 돈을 본 적 있는지 물어볼 것이었다. 그렇지 않으면 내게 숨기는 비밀이 있다는, 내 돈을 훔쳤다는 이야기였다.

너는 내게 그 돈에 대해 묻지 않았다.

처음에는 네가 집에서 나갔다는 사실조차 눈치채지 못했다. 그저 집에 오기만을 기다렸다. 그러다 잠자리에 눕고 나서야 네 칫솔이 없어졌다는 사실을 깨달았다. 여행 가방이 없어졌는지 확인했지만 작은 가방 한 개 이외에는 그대로 있었다. 그놈이 네게 필요한 것들을 사준다고 했을까? 네가 갖고 싶은 것이라면 무엇이든 주겠다고 했을까? 그렇다면 너는 그 대가로 무엇을 주려고 했을까? 네가 역겹다. 하지만 나는 네가 가도록 내버려두었다. 너 없이 더 잘 살 수 있다고 되뇌었다. 네가 경찰서로 쪼르르 달려가 경찰들이 틀림없이 '학대'라고 부를 혐의로 나를 신고하지 않는 한 네가 집을 나가 어디로 가든 내버려두려고 했다. 너를 찾아낼 수도 있었지만 그러고 싶지 않았다. 그걸 알고 있는가? 난 너를 원하지 않았다. 오늘 〈브리스톨 포스트〉에 조그맣게 실린 기사만 아니었어도 그대로 놓아두려고 했다. 이름은 실리지 않았지만 그 당사자가 너라는 사실을 내가 모를 거라 생각했나?

네가 경찰에게 살아온 삶과 남자관계를 취조당하는 장면을 상상했다. 널 유도심문하며 시험하는 장면도 떠올렸다. 네가 울면서 전부 털어놓는 모습이 눈에 선했다. 너는 경찰 앞에서 무너질 인간이었다. 그러니 경찰이 내 집 현관문을 두드리고 사건과 상관도 없는 질문을 해댈 날도 머지않았다. 그놈들은 내게 아내를 괴롭히고 학대하며 두드려 패는 인간이라고 하겠지. 하지만 나는 그 어디에도 해당하지 않는다. 모두 네가 자초해서 일어난 일이었다.

내가 오늘 어디에 갔다 왔는지 알아맞혀봐. 짐작해봐. 머리를 굴

리라고. 싫다고? 나는 오늘 네 언니를 만나러 옥스퍼드에 다녀왔
다. 네가 지금 어디에 있는지 아는 사람이 하나라도 있다면 그건
네 언니일 것이라 생각해서였다. 5년이 지났는데도 그 집은 그리
달라지지 않았다. 현관문 양쪽에 완벽하게 다듬은 월계수 나무도,
짤랑거리며 신경을 거스르던 초인종도 그대로였다.

나를 보자마자 이브의 얼굴에서 미소가 가셨다.

"이안, 뜻밖이에요." 이브가 냉랭하게 말했다.

"오랜만이군요." 내가 말했다. 그녀는 나에 대한 생각을 노골적
으로 드러낼 정도로 배짱 있는 여자가 아니었다. "이렇게 있다가
는 집안의 온기가 죄다 빠져 나가겠어요." 내가 흑백 타일이 깔린
현관으로 들어서면서 말했다. 이브는 옆으로 비켜설 뿐 달리 어찌
하지 못했다. 그녀 가슴에 팔을 스치듯 거실로 들어갔다. 이브는
어쨌든 자신이 이 집의 안주인이라는 사실을 알리려는 듯 허둥지
둥 내 뒤를 따라왔다. 꼴이 한심했다.

이브가 싫어할 것을 알고도 제프의 의자에 앉았고 그녀는 내 맞
은편에 앉았다. 그녀가 내게 어쩐 일로 자기를 찾아왔냐고 묻고
싶은 것을 간신히 참고 있다는 점은 두말할 나위도 없었다.

"제프는 집에 없어요?" 내가 물었다. 질문하자마자 이브의 두
눈이 번쩍 빛나는 것을 놓치지 않았다. 그녀는 내가 무서웠던 것
이다. 그렇게 생각하니 이상하게도 자극됐다. 레이디 이브가 잠자
리에서 어떨지, 너처럼 열정을 감추고 있는 여자는 아닐지 궁금했
던 것이 그때가 처음은 아니었다.

"아이들을 데리고 시내에 나갔어요."

그녀는 자세를 바꾸어 앉았다. 나는 그녀가 견딜 수 없을 때까
지 침묵이 흐르도록 가만히 있었다.

"여긴 무슨 일로 오셨어요?"

"지나가는 길에 들렀어요." 내가 널찍한 거실을 둘러보며 말했다. 우리가 지난번에 방문했을 때와 거실 실내장식이 달라졌다. 네마음에 들 것 같았다. 네가 주방에 칠하고 싶어 했던 단조로운 파스텔 색조로 바뀌었기 때문이다. "정말 오랜만이에요, 이브."

이브는 동조한다는 듯 고개를 까닥하면서 대답은 하지 않았다.

"제니퍼를 찾고 있어요." 내가 말했다.

"무슨 말이에요? 마침내 당신을 떠났다는 말은 아니겠죠?" 이브가 내뱉듯이 말했다. 어느 때보다도 말투에 감정이 실려 있었다.

그녀가 비꼬는 말을 못 들은 척했다.

"제나는 괜찮은가요? 어디에 살죠?"

이브는 뻔뻔하게도 당신을 걱정했다. 이제까지 그토록 심한 말이란 말은 다 해놓고. 겉과 속이 다른 년이다.

"당신에게 곧장 달려오지 않았다는 말인가요?"

"그 아이가 어디에 있는지 몰라요."

"아, 그렇군요." 나는 그녀 말을 전혀 믿지 않았다. "하지만 둘이 그렇게 가까웠는데 어디에 있는지 짐작은 할 것 아니에요." 눈가 근육이 경련하기 시작했다. 경련을 멈추려고 눈가를 비볐다.

"우린 5년 동안 연락하지 않았어요, 이안." 그녀가 일어섰다. "이제 그만 가보세요."

"그렇게 오랫동안 제니퍼에게 소식 한 번 듣지 못했다는 말인가요?" 나는 두 다리를 뻗은 채 상체를 뒤로 젖혔다. 언제 떠날지는 내 마음이었다.

"네." 이브가 말했다. 그녀 눈이 벽난로 위 선반으로 잽싸게 움직이는 것을 보았다. "이제 그만 가주셨으면 해요."

이브의 벽난로는 매끈한 가스 불꽃과 가짜 석탄으로 분위기만 내는 흔하디 흔한 물건이었다. 흰색으로 칠한 선반에는 카드와 초대장 몇 장이 사각 탁상시계를 받침대로 해서 늘어서 있었다.

이브가 내게 보여주고 싶지 않은 것이 무엇인지 단박에 알아차렸다. 제니퍼, 그렇게 뻔한 것을 보낼 때는 좀더 신중했어야지. 절벽 위에서 내려다본 해변 사진은 금박 테두리가 쳐진 초대장 사이에서 유독 튀었다. 모래사장에는 '레이디 이브'라는 글자가 쓰여 있었다.

몸을 일으켜 현관문으로 안내하는 이브를 따라나섰다. 내가 몸을 숙이고 뺨에 입 맞추자 그녀가 몸을 움찔했다. 내게 거짓말한 대가로 그녀을 벽에다 밀어붙여버리고 싶은 충동을 억눌렀다.

이브가 현관문을 열자 나는 열쇠를 찾는 척하다가 말했다. "열쇠를 안에 놔두고 왔나봐요. 잠깐만 들어갔다 올게요."

그녀를 현관에서 기다리게 하고 거실로 돌아왔다. 우편엽서를 듬이 뒤로 돌려보았지만 새기게 낼끼 수쇼기 쓰이 있끼 않았나. 그저 이브에게 보낸 낯간지러운 안부 인사만이 네 특유의 어수선한 글씨로 적혀 있었다. 너는 내게 쪽지를 써서 베개 밑이나 서류 가방 안에 넣어놓는 습관이 있었다. 그 일을 그만둔 이유가 무엇이었지? 목구멍 근육이 조여들었다. 엽서의 사진을 자세히 살펴보았다. 너는 대체 어디 있는가? 긴장감이 터지기 일보 직전이었다. 엽서를 반으로 찢은 다음에 계속해서 갈기갈기 찢다 보니 금세 기분이 나아졌다. 찢은 조각을 탁상시계 뒤로 밀어 넣은 바로 그때 이브가 거실로 들어왔다.

"열쇠 찾았어요." 내가 주머니를 두드리며 말했다.

그녀는 흐트러진 데가 없는지 확인하려는 듯 방 안을 둘러보았다. 나는 그녀가 알아차리기를, 내가 찢어놓은 엽서를 발견하기를 바랐다.

"다시 만나서 반가웠어요, 이브. 다음에 옥스퍼드에 올 때도 꼭 들를게요." 나는 다시 현관문을 향해 발걸음을 옮겼다.

이브는 입을 열었지만 아무 말도 하지 않았다. 내가 대신 말했다.

"다시 만날 날을 기다리겠습니다."

집에 오자마자 인터넷을 검색하기 시작했다. 해안의 세 면을 둘러싼 우뚝 솟은 절벽이나 불길한 구름으로 뒤덮인 잿빛 하늘이 영국 풍경임은 확실했다. '영국 해변'으로 검색해서 나온 이미지들을 스크롤 하면서 살펴보기 시작했다. 계속해서 다음 페이지를 클릭했지만 찾아낸 것이라고는 아이들이 해변을 뛰놀며 즐거워하는 여행지 안내 사진뿐이었다. '절벽이 있는 영국 해변'으로 검색어를 바꿔서 계속 스크롤 했다. 제니퍼, 널 찾아내고 말 거야. 네가 어디로 갔든 찾아낼 거라고.

그리고 널 데리러 갈 거야.

31

배선이 틸실로 뜬 모자를 깊이 눌러쓰고 내게 큰 보폭으로 걸어 온다. 아직 나와 한참 멀리 있는데도 그녀는 말부터 시작한다. 역시 배선은 머리가 좋다. 그녀 말이 들리지 않지만 적어도 내게 말하고 있는 동안만큼은 그녀에게서 달아날 수 없다. 나는 가만히 서서 배선이 가까이 올 때까지 기다린다.

그때 보우와 나는 절벽 꼭대기와 물결치는 바다로 가지 않는 대신에 들판을 가로지르던 참이었다. 이제 너무 겁이 나서 다시는 바다 가까이에 가지 못할 것 같다. 내가 두려워하는 존재는 바다가 아니라 내 마음이었다. 내가 미쳐가고 있다는 사실을 깨닫는다. 아무리 많이 걷는다 해도 그 사실을 피할 수 없음을 안다.

"위에 있는 사람이 제나 당신일 줄 알았어요."

이곳은 야영장에서 보일락 말락 한 위치에 있다. 언덕 중턱에 선 내 모습은 작은 점에 지나지 않을 것이다. 배선은 저번에 이야기를 나눈 뒤로 아무 일 없었다는 듯 여전히 환하고 따사롭게 웃는다. 하지만 그녀도 내가 보석으로 풀려났다는 사실을 알 것이다. 마을 전체가 아니까.

"산책하려던 참이에요." 그녀가 말한다. "같이 산책할래요?"

"베선은 걷는 거 안 좋아하잖아요."

베선 입가가 살짝 씰룩거린다. "음, 그러니까 그만큼 제나가 보고 싶었다는 것 아니겠어요?"

우리는 보조를 맞추어 걷고 보우는 보이지도 않는 토끼를 찾으려고 앞으로 달려 나간다. 상쾌하고 맑은 날, 걸으면서 내뱉는 숨결이 김이 되어 피어오른다. 정오가 다 됐지만 아침에 내린 서리가 아직도 녹지 않아 땅이 단단하다. 한참 지나야 봄이 올 것만 같은 날씨. 요즘은 달력 날짜를 지우는 것이 습관이 되었다. 경찰에 출두해야 하는 날은 검은색 십자가로 커다랗게 표시해놓았다. 열흘 남았다. 구류되었을 때 건네받은 인쇄물을 보고 재판까지는 좀더 기다려야 할지도 모른다는 사실을 알았다. 어쨌든 다가오는 여름을 펜파흐에서 보낼 가능성은 거의 없었다. 얼마나 많은 여름을 놓치게 될지 알고 싶을 따름이다.

"베선도 이야기 들었을 거예요." 더 이상 침묵을 참을 수 없어서 말한다.

"펜파흐에 살면 듣지 않을 수 없죠." 베선이 숨을 헐떡거려서 발걸음을 약간 늦춘다. "하지만 난 뜬소문에 신경 쓰지 않는 편이에요. 당사자에게서 듣고 싶었어요. 하지만 당신이 나를 피한다는 느낌을 어렴풋이 받았어요."

그 말을 부정하지 않는다.

"그 일에 관해 이야기하고 싶어요?"

조건반사적으로 아니라는 대답이 튀어나오지만 사실은 그러고 싶다. 호흡을 고른다.

"남자아이를 죽였어요. 아이 이름은 제이콥이었죠."

베선이 조그맣게 내는 소리를 듣는다. 숨소리일 수도, 머리를 내젓는 소리일 수도 있다. 그러나 그녀는 아무 말도 하지 않는다. 절벽에 가까워지자 얼핏 바다가 보인다.

"깜깜하고 비가 내리고 있었어요. 그 아이를 보았을 때는 이미 늦었어요."

베선이 길게 한숨을 내쉬고는 말한다. "사고였군요."

질문이 아니다. 변함없는 그녀의 우정에 감동한다.

"네."

"그게 다는 아니죠?"

펜파흐의 소문 전파 속도가 놀랍다.

"네, 그게 다는 아니에요."

우리는 절벽 위에 도착하자 왼쪽으로 몸을 틀어 만 쪽으로 걷기 시작한다. 차마 말이 나오지 않는다.

"나는 차를 세우지 않았어요. 아이와 아이 엄마를 길에 내버려 둔 채 차를 몰고 도망쳤어요." 베선을 볼 낯이 없다. 그녀도 몇 분 동안 말하지 않는다. 이윽고 입을 연 그녀가 단도직입해서 묻는다.

"왜요?"

가장 대답하기 어려운 질문이지만 적어도 이번만큼은 진실을 말할 수 있다.

"겁이 났거든요."

용기를 내어 베선을 훔쳐보지만 그녀 표정을 읽을 수 없다. 먼 바다를 지켜보는 베선 옆에 가만히 선다.

"내가 저지른 짓을 생각하니 너무 싫죠?"

베선이 슬프게 웃어 보인다. "제나, 당신은 끔찍한 짓을 저질렀어요. 그리고 앞으로 사는 동안 날마다 대가를 치를 거예요. 그 자체가 징벌이라고 생각해요. 그렇지 않나요?"

"마을 상점에서 내게 물건을 팔지 않으려 해요." 이 와중에 식료품점에 대한 푸념이나 늘어놓다니 내가 옹졸한 인간이라는 생각이 든다. 그때 굴욕감을 느끼고 상처받았다는 것을 인정하기 싫지만 사실이다.

베선이 어깨를 으쓱한다. "웃기는 사람들이에요. 그 집 사람들은 외지인을 좋아하지 않죠. 외지인을 성토할 핑계 거리만 있으면……."

"어떻게 해야 할지 모르겠어요."

"무시해요. 다른 동네에서 물건을 사고 고개를 바로 들고 다녀요. 처벌은 법원이 결정할 일이지 다른 사람이 참견할 바가 아니니까요."

그녀에게 고마움을 담아 미소 짓는다. 현실적인 의견을 들으니 마음이 든든하다.

"어제 고양이 한 마리를 동물 병원에 데려가야 했어요." 베선이 주제를 바꾸려는 듯 가볍게 말한다.

"패트릭과 이야기해봤어요?"

베선이 걸음을 멈추고 고개를 돌려 나를 본다. "당신에게 무슨 말을 해야 좋을지 모르는 걸 거예요."

"마지막으로 봤을 때 잘 지내는 것 같았어요." 그의 차가운 목소리와 냉정한 눈빛이 떠오른다.

"패트릭도 남자예요, 제나. 단순한 동물이라고요. 그에게 이야기해요. 내게 했던 것처럼요. 얼마나 겁이 났는지 말해요. 그럼 당신이 어느 정도로 그 일을 후회하는지 그도 깨달을 거예요."

패트릭과 베선이 어릴 때 친한 친구였다는 말이 생각난다. 그래서 베선 말이 맞지는 않을까, 잠시나마 기대하게 된다. 내게 아직 그와 잘해볼 기회가 남아 있을까? 하지만 베선은 패트릭이 어떤 표정으로 나를 봤는지 모른다.

"아뇨. 이제 다 끝났어요." 내가 말한다.

그러는 동안 만에 닿았다. 개를 데리고 바다로 걸어 내려가는 남녀 한 쌍 외에는 아무도 없다. 밀물이 들어오고 있다. 바닷물이 서서히 해변으로 밀려들면서 모래를 핥는다. 갈매기가 해변 한가운데에 서서 게 껍질을 부리로 쪼고 있다. 나는 베선에게 작별 인사를 하려다가 바닷물이 들어차기 일보 직전인 모래에서 글씨를 발견한다. 눈을 감았다 뜨고 다시 보지만 파도 때문에 모래가 흐트러져서 뭐라고 쓰여 있는지 보이지 않는다. 다시 한 번 파도가 치자 그 글씨는 완전히 사라지고 만다. 하지만 무언가 내 눈에 띄었다는 것만은 분명하다. 갑자기 한기가 들어 코트를 바짝 여민다. 우리 뒤에 있는 긴 쪽에서 뭔 그림지 들린다. 몸을 놀리지만 실에는 아무것도 없다. 해안 길과 절벽 위와 해변을 샅샅이 훑는다. 어딘가에 이안이 있는 걸까? 나를 보고 있는 걸까?

베선이 놀란 표정으로 나를 본다. "왜 그래요? 무슨 일 있어요?"

베선을 쳐다보지만 그녀가 보이지 않는다. 그 대신 어떤 글이 눈앞에 떠오른다. 해변에서 본 것인지, 내 머리로 생각해낸 것인지 확실하지 않다. 흰 구름이 나를 휘감고 피가 콸콸 흐르는 소리가 귀를 때리는 느낌에 바닷소리조차 잘 들리지 않는다.

"제니퍼." 내가 조용히 읊는다.

"제니퍼요?" 베선이 묻는다. 그녀는 고개를 숙여 바닷물이 쓸고 나가 매끈해진 모래를 본다. "제니퍼가 누구예요?"

침을 삼키려 하지만 목구멍에 달라붙은 듯 내려가지 않는다.

"나예요. 내가 제니퍼예요."

32

"미안해." 레이가 말했다. 그는 케이트의 책상 가장자리에 걸터앉아 그녀에게 서류를 한 장 건넸다.

케이트는 그 서류를 책상에 올려놓았지만 눈길을 주지는 않았다. "검찰에서 기소하기로 결정한 건가요?"

레이가 고개를 끄덕였다. "제나가 비밀을 감추고 있다는 가설을 뒷받침할 증거가 없어. 경찰 측에서도 더 이상은 시간을 끌 수 없고. 그 여자가 오늘 오후에 경찰에 출두하기로 되어 있으니까 그때 기소하기로 하지." 그가 케이트의 표정을 살폈다. "수고했어. 자네는 드러난 증거 이상을 찾으려 했어. 훌륭한 형사라는 말이야. 하지만 훌륭한 형사라면 멈춰야 할 때도 아는 법이지."

레이는 자리에서 일어나 케이트의 어깨를 부드럽게 쥐었다 놓고는 검찰의 기소 결정서를 훑어보는 그녀를 뒤로하고 자리를 떠났다. 실망이 이만저만 아니었지만 직감을 따를 때는 좌절할 것을 각오했다. 직감이 항상 옳지는 않으므로.

2시에 안내 데스크에서 제나가 도착했다고 알렸다. 레이는 그녀를 유치장에 데려가 등록하고 벽 옆에 있는 철제 벤치에 가 있으라고 했다. 그러는 동안 사건 기록부를 준비시켰다. 제나는 머리를 뒤로 넘겨 하나로 묶어서 높은 광대뼈와 창백하고 투명한 피부가 드러났다.

레이는 유치 담당 경사에게서 사건 기록부를 받아 벤치로 갔다. "당신은 2012년 11월 26일 무모하게 운전해 제이콥 조던을 사망에 이르게 한 혐의로 도로교통법 1988 제1조에 따라 기소됐습니다. 또한 차량 정지와 사고 보고의 의무를 다하지 않은 혐의로 도로교통법 1988 제170조 제2항에 따라 추가 기소됐습니다. 하실 말씀 있나요?"

레이는 제나가 두려워하고 충격받았는지 보려고 자세히 살폈다. 하지만 그녀는 눈을 감고 고개를 저었다.

"없어요."

"내일 아침, 브리스톨 치안 법원magistrate, 일반인 치안판사가 변호사 자격이 있는 서기의 보조를 받아 재판하는 영국 법원으로 모든 형사사건의 1심 법원에서 재판을 받기 전까지 재구류하겠습니다."

대기 중이던 간수가 앞으로 다가섰으나 레이가 제지했다.

"내가 갈게." 그는 제나의 팔꿈치 위를 가볍게 잡고 여성 전용 유치장으로 향했다. 두 사람이 독방 구역을 지나자 고무를 댄 구두 밑창 소리를 들은 수감자들이 불협화음처럼 요구 사항을 터뜨렸다.

"나가서 담배 한 개비 피워도 될까요?"

"제 변호사 아직 안 왔어요?"

"담요 한 장만 더 갖다주세요."

레이는 담당 경사의 영역에 끼어들어서는 곤란하다는 것을 잘 알기에 무슨 소리를 듣든 묵살했다. 그러자 수감자들의 외침이 나지막하게 구시렁거리는 소리로 잦아들었다. 레이는 7번 방 밖에 멈춰 섰다.

"신발 벗으세요."

제나는 부츠 끈을 풀고 엄지발가락으로 발꿈치에서 부츠를 벗겨냈다. 그녀가 벗은 부츠를 문 밖에 놓자 모래가 날려 반들반들한 회색 바닥에 흩뿌려졌다. 그녀는 레이가 빈 방을 향해 고갯짓하는 것을 보고 그곳으로 들어가 파란 비닐 매트리스 위에 앉았다.

레이가 문틀에 기대서서 물었다.

"우리에게 말하지 않은 사실이 있죠, 제나?"

그녀가 갑자기 고개를 돌려 그를 정면으로 쳐다보았다. "무슨 말씀이신가요?"

"달아난 이유가 뭡니까?"

제나는 대답하지 않았다. 그러고는 얼굴에 흘러내린 머리를 쓸어 넘겼다. 그때 손바닥을 가로지르는 끔찍한 흉터가 다시 한 번 레이 눈에 띄었다. 화상이나 산재로 생긴 흉터 같았다.

"어쩌다 상처를 입었나요?" 그가 흉터를 가리키며 물었다.

제나는 답하지 않으려는 듯 눈을 돌렸다. "재판은 어떻게 진행될까요?"

레이가 한숨을 쉬었다. 제나 그레이에게서 더 이상 말을 끄집어낼 수 없으리라는 점만은 확실했다. "내일은 1차 심리일 뿐이에요." 그가 말했다. "당신에게 유무죄에 관한 답변서를 제출하라고 할 겁니다. 제출하고 나면 사건이 형사 법원으로 넘어가죠."

"그런 다음에는요?"

"형이 나올 거예요."

"감옥에 가게 될까요?" 제나가 눈을 살짝 들어 레이를 보면서 물었다.

"그럴 겁니다."

"얼마나 오랫동안요?"

"최대 14년까지 나올 수 있어요." 마침내 그녀 얼굴에서 스멀스멀 두려움이 피어올랐다.

"14년." 그녀가 되뇌더니 침을 삼켰다.

레이는 숨을 죽였다. 잠시나마 그녀가 그날 밤 차를 세우지 않고 도망간 이유를 털어놓으리라고 기대해서였다. 그러나 제나는 몸을 돌리고 매트리스에 누워 눈을 꼭 감았다.

"지금부터 잠을 청하려고 하니 부탁드려요."

레이는 잠시 그녀를 보고 서 있다가 떠났다. 그의 뒤로 독방 문이 굳게 닫히는 소리가 울렸다.

"수고했어." 매그즈가 집으로 들어오는 레이 뺨에 입 맞췄다. "뉴스에서 봤어. 그 사건 포기하지 않기를 잘했어."

제나의 태도에 계속해서 마음이 편치 않던 그는 아내의 칭찬에도 어정쩡하게 반응했다.

"청장은 결과에 만족하시던가?"

레이는 매그즈를 따라 주방 안으로 들어가서 그녀가 유리컵에 따라 건네준 맥주를 받았다.

"당연히 신났지. 1주기 제보 캠페인을 생각해낸 것도 본인이라면서⋯⋯." 그가 비웃으며 말했다.

"신경 쓰이지 않아?"

"괜찮아." 레이는 맥주를 한 모금 마시고 만족스럽게 한숨을 내쉬면서 컵을 내려놓았다. "제대로 수사할 수 있고 법정에서 판결만 받을 수 있다면 누가 내 공을 가로채든 상관없어. 게다가 이번 사건에서 고생한 건 케이트야."

착각인지는 몰라도 레이는 매그즈가 케이트 이름을 듣고 꺼림
칙한 표정으로 고개를 살짝 치켜드는 것을 본 듯했다. "그레이라
는 여자한테 형량이 얼마나 주어질 것 같아?" 그녀가 물었다.

"6~7년쯤 나오겠지? 어떤 판사가 맡느냐에 따라 달라질 수 있
어. 판사가 본때를 보여주려고 하면 형량이 늘어날 수도 있지. 어
린아이가 관련된 사건을 맡다 보면 감정이 이입되기 마련이니까."

"6년이면 아무것도 아니네." 레이는 아내가 톰과 루시를 생각하
고 있음을 알 수 있었다.

"6년이 너무 무거운 형량이 될 수도 있어." 그가 말했다. 어느
정도는 혼잣말이라고도 할 수 있었다.

"무슨 말이야?"

"전체적으로 약간 이상한 점이 있어."

"어떤 면에서?"

"우리에게 털어놓은 것보다 뭔가 더 있는 느낌이 들어. 하지만
이제 기소했으니 그걸로 끝이지. 케이트에게 가능한 한 철저하게
수사하도록 했는데."

매그즈가 날카롭게 그를 쳐다보았다. "나는 수사에 혼선을 초래
하는 사람이 당신인 줄 알았어. 그런데 밝혀지지 않은 것이 있다
고 생각한 사람이 케이트였던 거야? 케이트 말을 듣고 그레이를
보석으로 풀어준 거였어?"

레이는 매그즈의 매서운 말투에 놀라 고개를 들었다. "아냐." 그
가 뜸을 들이면서 대답했다. "그 여자를 풀어준 건 시간을 들여 사
실을 입증하고 진범을 기소하는 것이 맞는지 확인해야 할 근거가
있어서였어."

"설명 고맙습니다, 스티븐스 경위님. 나도 절차는 잘 알아. 애들

310

을 여기저기 실어 나르고 도시락이나 싼다고 해도 한때 형사였거든. 그러니 아무것도 모르는 사람에게 하듯이 가르치려 들지 마."

"미안해. 내 죄를 인정할게." 레이가 범인 흉내를 내며 두 손을 들었지만 매그즈는 웃지 않았다. 그녀는 뜨거운 물을 틀어 행주를 적시고는 빠른 손놀림으로 개수대 위를 닦기 시작했다.

"놀랐을 뿐이야. 그 여자는 사고 현장에서 달아나 차를 버리고 외딴 시골구석으로 잠적했어. 그리고 그로부터 1년 뒤 발각되자 모든 죄를 인정했어. 빼도 박도 못하는 사실 아닌가."

레이는 짜증을 감추려 애썼다. 기나긴 하루를 보냈으니 그저 앉아서 맥주나 마시며 쉬고 싶었다. "그 정도로 간단한 이야기가 아니야." 그가 말했다. "그리고 나는 케이트를 믿어. 직감이 뛰어난 형사야." 레이는 얼굴이 달아오르는 것을 느꼈다. 케이트를 지나치게 옹호하지나 않았는지 걱정됐나

"직감이 뛰어나?" 매그즈가 냉랭하게 말했다. "잘됐네."

레이가 깊게 한숨을 토해냈다. "무슨 일 있었어?"

매그즈는 말없이 개수대만 닦았다.

"톰 때문이야?"

그녀가 갑자기 울음을 터뜨렸다.

"맙소사. 매그즈, 왜 진작 말하지 않았어? 무슨 일이 있었는데?" 그는 자리에서 일어나 한 팔로 매그즈를 감싸 개수대에서 돌려 세우고는 손에서 살며시 행주를 뺏었다.

"톰이 물건을 훔치는 것 같아."

레이는 격한 분노에 사로잡혀 잠시 아무런 말도 할 수 없었다.

"왜 그런 말을 하는 거야?" 한 가닥 남은 희망이 사라지는 기분이었다. 수업을 빼먹거나 사춘기 호르몬 때문에 성질을 내고 집안을 쿵쿵거리며 돌아다니는 것은 이해하려 했다. 하지만 도둑질

이라니?

"나도 잘은 몰라." 매그즈가 말했다. "아직 톰에게는 아무 말도 하지 않았어." 그녀는 레이 얼굴을 흘끗 보더니 경고의 표시로 한 손을 들었다. "말하고 싶지 않아, 사실을 알기 전에는."

레이가 숨을 깊이 들이마셨다. "전부 말해줘."

"오전에 톰 방을 청소하는데." 매그즈는 떠올리기조차 싫다는 듯 잠시 눈을 감았다. "침대 아래서 물건이 든 상자를 발견했어. 그 안에 아이팟과 DVD 몇 장, 과자 봉지 여러 개, 새 운동화 한 켤 레가 있었어."

레이는 고개를 저으면서 아무 말도 하지 못했다.

"톰은 돈이 없단 말야." 매그즈가 말했다. "지난번에 깨뜨려서 새로 갈아 끼운 유리창 값을 아직도 갚고 있거든. 훔치지 않았다 면 어떻게 해서 그 물건들을 갖고 있는지 알 수가 없어."

"기가 막히는군." 레이가 말했다. "이러다 철창신세를 질 거야. 꼴좋겠군. 그렇잖아? 경위 아들이 들치기로 유치장에 갇힌다면 말 야."

매그즈가 경악한 표정으로 그를 보았다. "생각한다는 게 고작 그런 것뿐이야? 당신 아들은 1년 6개월 동안 말도 못하게 불행한 하루하루를 보냈어. 한때 밝고 차분하고 영리하던 아이가 이제는 수업에 빠지고 물건을 훔친단 말야. 그런데 그 이야기를 듣자마자 한다는 생각이 '내 승진에 어떤 영향을 끼칠 것인가?' 따위라니." 매그즈는 쏟아내던 말을 멈추고 물러나라는 듯이 두 손을 들었다. "지금은 이 일로 당신과 아무 말도 하지 않을래."

그녀는 몸을 돌려 주방 입구 쪽으로 걷다가 빙그르르 돌아서더 니 레이를 보았다. "톰 일은 나한테 맡겨. 당신이 나서면 상황만 나빠질 거야. 게다가 당신한테는 이런 일보다 중요한 걱정거리가 있잖아."

계단으로 달려 올라가는 소리가 들리더니 침실 문이 쾅 하고 닫혔다. 레이는 그녀를 따라가봐야 아무 소용도 없다는 사실을 알았다. 매그즈가 그와 대화를 나눌 기분이 아님은 확실했다. 그에게 경력은 첫 번째 관심사가 아니라 여러 관심사 가운데 하나일 뿐이었다. 게다가 그 혼자서 돈을 벌어 가족 생계를 꾸려가는 상황에서 매그즈가 "승진 따위"라고 폄하하는 말을 들으니 어처구니없었다. 톰의 문제는 매그즈에게 맡길 작정이었다. 그것이 매그즈가 원하는 바이기도 했지만 어디서부터 시작해야 할지 알 수 없다는 것이 레이의 속마음이었다.

33

뷰포트 크레센트의 집은 그전 집보다 훨씬 컸다. 집값 전부를 이자가 싼 주택 담보 대출로 충당할 수 없어서 일반 대출을 받아야 했다. 앞으로 대출금을 다 갚을 수 있기를 바랄 뿐이었다. 대출금을 상환하려면 고생을 각오해야 했지만 그럴 만한 가치가 있었다. 그 집에는 길이가 긴 마당이 있어서 네 작업실을 만들기에 적합했다. 둘이서 작업실 지을 곳을 표시했을 때 너는 두 눈을 반짝거리며 말했다.

"너무 멋져요. 이곳에서 필요한 모든 것을 얻게 될 거예요."

새 집으로 이사한 주에 며칠 휴가를 내어 작업실을 짓기 시작했고 너는 그 답례로 나를 극진하게 보살폈다. 작업실 부지인 마당 끝까지 모락모락 김이 나는 찻잔을 나르는가 하면 수프와 빵을 직접 만들어놓고 나를 안으로 불렀다. 그런 상황이 계속되길 바랐다. 그래서 거의 무의식적으로 작업 속도를 늦추기 시작했다. 원래는 매일 아침 9시에 마당에 나갔으나 언제부터인가 10시에 작업을 시작했다. 점심시간은 점점 더 길어졌고 오후에는 나무로 외관만 만들어놓은 작업실에 앉아 네가 나를 불러들일 때까지 시간이 흐르기만을 기다렸다.

너는 "이렇게 캄캄할 때 일하면 안 돼요"라거나 "봐요, 손이 꽁꽁 얼었어요! 들어와요. 내가 따뜻하게 녹여줄게요"라고 말하고는 내게 입 맞추며 너만의 작업 공간을 갖게 되어 얼마나 신나는지 모른다고 이야기했다. 지금껏 이렇게 정성스럽게 널 보살펴준 이가 없으며 나를 사랑한다고도 했다.

휴가가 끝나자 주말에 작업실 내부를 꾸며주겠다고 약속하고는 다시 회사에 나갔다. 그날 집에 돌아오자 네가 이미 낡은 책상을 질질 끌어서 안으로 들여놓고 그 위에 유약과 도구를 펼쳐놓았음을 알 수 있었다. 새 가마는 작업실 한 귀퉁이에, 물레는 한가운데에 놓은 상태였다. 너는 작은 스툴에 앉아서 손가락 사이로 섬토를 돌리는 데 열중하고 있었다. 나는 작업실 창문 너머로 네가 아주 기본적인 손놀림만으로 항아리 형태를 잡아가는 광경을 지켜보았다. 내가 거기에 있다는 것을 네가 알아차리길 바랐지만 고개를 들지 않기에 작업실 문을 열었다.

"멋지지 않아요?"

너는 여전히 내게 시선을 주지 않은 채 말했다.

"여기 나와 있으니 정말 좋아요." 네가 페달에서 발을 떼자 물레가 서서히 멈추었다. "가서 옷 갈아입고 저녁을 차릴게요." 너는 내 옷에 손이 닿지 않도록 조심하면서 내 뺨에 가볍게 입을 댔다.

잠시 작업실 벽면을 바라보았다. 그곳에 선반을 짜넣으려고 구상했다. 귀퉁이에는 특수 책상을 설치하려고 계획했다. 한 걸음 앞으로 나아가 한쪽 발로 물레 페달을 아주 잠깐 밟았다. 그러자 물레가 움직이더니 한 바퀴 가까이 돌았다. 네 능숙한 손도 없는 상황에서 물레가 회전하자 항아리는 한쪽으로 기울더니 그대로 주저앉았다.

그 이후로 너를 못 보고 지나가는 날이 계속되는 듯했다. 급히 난방기를 설치하자 너는 작업실에서 시간을 더 오래 보냈다. 심지어 주말에도 동이 트자마자 점토가 튄 옷을 주워 입고는 작업실로 향했다. 나는 벽면에 선반을 짜 넣었지만 책상을 설치하려던 계획은 접었다. 중고 용품점에서 사온 책상이 이만저만 거슬리는 것이 아니었다.

내가 파리로 출장을 간 것은 그 집으로 이사한 지 1년쯤 지났을 때였다. 당시 더그에게 새 고객을 확보할 수 있는 연줄이 생겼다. 더그와 나는 고객이 될지도 모르는 사람들에게 좋은 인상을 심어 소프트웨어 주문을 대량으로 따내려고 했다. 사업이 부진해서 더그가 내게 약속했던 것보다 배당금 액수도 적었고 지급되는 횟수도 줄었다. 정기적으로 너를 데리고 나가 저녁 식사를 하고 네게 꽃을 사주려고 현금 대신 신용카드를 사용했다. 대출금을 상환하기가 점점 더 어려워졌다. 파리의 고객만 확보한다면 사업은 다시 안정 궤도로 들어설 터였다.

"따라가도 돼요?" 네가 물었다. 네가 내 사업에 관심을 보인 것은 그때가 유일했다 해도 과언이 아니다. "파리를 좋아하거든요."

마리를 회사 파티에 데려갔을 때 더그는 그녀에게 음흉한 시선을 던졌다. 그리고 마리 역시 그에게 장단을 맞췄다. 그런 실수를 되풀이할 수 없었다.

"쉬지 않고 일만 할 거라서 네가 무척 심심할 거야. 바쁘지 않을 때 같이 가. 너도 꽃병을 완성해야 하잖아."

너는 몇 주는 될 듯한 기간 동안 작품 견본을 들고 브리스톨의 선물 가게와 화랑을 돌아다니는 일을 계속했는데, 두 곳에서만 성과를 거뒀다. 그 가게들은 수수료를 받는 대가로 각각 항아리와 꽃병 열두어 개를 판매하기로 했다. 너는 로또라도 당첨된 듯 기뻐했고 꽃병과 항아리를 만드는 데 전과 비교되지 않을 정도로 엄청난 노력을 쏟아부었다.

"시간을 많이 들일수록 시간 대비 수입이 줄어드는 법이야." 내가 경고했지만 너는 내가 사업에서 얻은 경험을 들으려 하지 않고 계속해서 그림을 그려넣고 유약을 바르는 데 몇 시간을 투자했다.

파리에 도착해서 네게 전화를 걸었다. 네 목소리를 듣는 순간 고통스러울 정도로 집이 그리워졌다. 더그는 고객과 저녁을 먹으러 나가고 나는 편두통을 핑계로 호텔 방에 머무르면서 룸서비스로 스테이크를 주문했다. 그러는 동안 너를 데리고 올걸, 하고 후회했다. 완벽하게 정돈된 침대는 크기만 하고 휑했다. 시계가 11시를 가리키자 호텔 바로 내려갔다. 위스키를 주문해 카운터에서 마시다가 첫 잔도 비우기 전에 둘째 잔을 주문했다. 네게 문자메시지를 보냈지만 너는 답하지 않았다. 네가 작업실에 있어서 알림을 듣지 못하는 것이라 짐작했다.

내가 앉은 카운터와 가까운 테이블에 어떤 여자가 앉아 있었다. 그 여자는 세로줄 무늬 회색 정장과 검은색 하이힐 차림이었다. 업무용 복장이었다. 옆 의자에 놓인 서류 가방이 열린 것으로 보아 서류를 검토하려던 것 같았다. 고개를 들어 나와 눈이 마주치자 그녀는 서글프게 미소 지었다. 나도 미소를 보냈다.

"영국인이시군요." 그 여자가 말했다.

"제 얼굴에 쓰여 있나요?"

그녀가 웃음을 터뜨렸다. "여행을 많이 다니다 보면 특징을 잡아낼 수 있게 돼요." 여자가 보고 있던 서류를 들더니 서류 가방에 던져 넣고는 쾅 하고 가방을 닫았다. "하루 할 일은 이만하면 충분해요."

그녀는 자리를 뜰 조짐을 보이지 않았다.

"합석해도 될까요?" 내가 물었다.

"그럼요."

그 일은 계획에는 없었지만 정확히 내가 필요로 하던 바였다. 다음 날 아침 수건으로 몸을 감은 그 여자가 욕실에서 나올 때에야 이름을 물었다.

"엠마예요." 여자가 대답했다. 그녀는 내 이름을 묻지 않았다. 그 여자가 수많은 도시의 이름조차 알 수 없는 호텔에서 얼마나 자주 이런 짓을 하고 돌아다닐지 짐작이 갔다.

여자가 가고 난 뒤 네게 전화를 걸어 네가 하루를 어떻게 보냈는지, 특히 선물 가게 주인이 네 꽃병을 보고 얼마나 감탄했는지, 나를 당장이라도 보고 싶어 얼마나 괴로운지를 들었다. 내가 그립고 떨어져 있어서 싫다는 이야기를 들으니 안도감이 퍼져나갔다. 다시 안전해진 기분이었다.

"사랑해." 내가 말했다. 네가 나를 위해 하는 모든 일과 보살핌만으로는 만족할 수 없었다. 사랑한다는 말을 들어야 직성이 풀릴 듯했다. 네가 조그맣게 한숨을 쉬었다.

"나도 사랑해요."

더그가 저녁 식사를 하는 동안 고객의 환심을 사려고 애썼다는 점은 분명해 보였다. 게다가 아침 회의 때 고객과 주고받는 농담을 들으니 다 같이 스트립 클럽에 갔음이 확실했다. 점심시간쯤에는 계약을 성사시킬 수 있었고 더그가 거래 은행에 전화를 걸어 우리가 다시 한 번 상환 능력을 갖추게 되었다고 알렸다.

나는 호텔 접수원에게 택시를 불러달라고 부탁하고는 이렇게 물었다. "고급 보석 상점은 주로 어느 동네에 있나요?"

접수원이 다 안다는 듯 미소 짓자 짜증이 났다. "손님, 여자분을 위한 작은 선물을 찾으세요?"

그 말을 못 들은 척했다. "어느 동네냐니까?"

미소 짓던 접수원의 표정이 조금 굳었다. "포부르 생토노레입니다, 손님." 택시를 기다리는 동안에도 그는 세심한 배려를 아끼지 않았지만 그 주제 넘는 태도 때문에 팁을 주지 않았다. 택시로 목적지에 도착해서야 짜증이 가라앉았다.

나는 포부르 생토노레를 주욱 걷다가 자그만 보석상을 보고 걸음을 멈췄다. '미셸'이라는 진부한 이름이 붙은 그곳의 검은색 진열대에는 번쩍거리는 다이아몬드가 밤하늘의 별처럼 박혀 있었다. 시간을 들여 고르고 싶었다. 하지만 점잖게 정장을 입은 직원이 도움이 필요하냐느니 제안을 해도 되겠냐느니 물으면서 주위를 떠도는 통에 집중할 수 없었다. 결국 나는 알이 가장 큰 물건을 골랐다. 단순한 백금 링에 사각형 흰색 다이아몬드를 얹은 그 반지를 너는 절대로 마다할 수 없을 것이었다. 신용카드를 건네면서 네가 이 정도 가치가 있는 여자라고 스스로에게 말했다.

다음 날 아침 나는 갖고 있던 돈을 전부 다 치르고 산 작은 가죽 상자를 코트 주머니에 넣어서 집으로 돌아왔다. 원래는 너를 데리고 나가 저녁을 먹을 작정이었지만 문을 열자마자 달려와서 나를 와락 껴안는 너를 보니 한순간도 기다릴 수 없었다.

"결혼해줘."

너는 웃음을 터뜨렸지만 내 눈을 보고 진심임을 알아챈 것이 분명했다. 웃음을 멈추고 한 손을 입으로 가져갔기 때문이다.

"사랑해. 너와 떨어져서는 살 수 없어."

네가 아무 말도 하지 않자 불안해졌다. 네 반응은 내가 예상했던 바와 달랐다. 네가 나를 두 팔로 휘감아 키스하는 것은 물론 울지도 모른다고 생각했다. 무엇보다도 "좋아요"라고 대답할 줄 알았다. 주머니를 뒤져 보석 상자를 꺼내 네 손에 쥐어줬다. "정말이야, 제니퍼. 네가 변함없이 내 여자로 있었으면 좋겠어. 제발 그러겠다고 말해줘."

너는 머리를 가볍게 내저으며 상자를 열었다. 그러자 네 입이 살짝 벌어졌다. "뭐라 말해야 할지 모르겠어요."

"좋다고 말해."

침묵이 꽤 길게 이어졌다. 네가 거절할지도 모른다는 생각에 두려웠다. 잠시 뒤, 너는 그러겠다고 대답했다.

34

금속성 굉음에 번 눈이 놀란다. 기나긴 그 더븐 경위가 이곳을 떠난 뒤, 콘크리트 바닥에서 매트리스를 통해 온몸으로 스미는 추위를 느끼면서 페인트가 벗겨져 나간 천장을 뚫어져라 쳐다보다가 나도 모르는 새에 슬금슬금 몰려온 잠에 빠졌다. 누워 있던 몸에 힘을 주어 똑바로 앉으니 사지가 쑤시고 머리가 지끈거린다.

문에서 무엇인가 덜컹거리는 소리가 난다. 그제야 조금 전에 들은 굉음이 문 중앙의 사각형 해치를 떨어뜨리는 소리라는 사실을 깨닫는다. 해치를 열고 나온 손이 거칠게 플라스틱 식판을 내민다.

"어서요. 빨리 받아요."

식판을 받는다. "진통제 좀 얻을 수 있을까요?"

간수가 해치 옆쪽으로 서 있어서 그녀 얼굴을 볼 수 없다. 검은색 제복과 흘러내린 금발 머리 몇 가닥만 보일 뿐이다.

"이곳엔 의사가 없어요. 법원에 갈 때까지 기다려야 할 거예요."

그녀가 말을 끝마치기 무섭게 해치가 쾅 하고 올라가고 방 전체가 울린다. 곧이어 저쪽으로 걸어가는 간수의 발걸음 소리가 묵직하게 들린다.

침대에 앉아 차가 넘쳐 엉망이 된 식판에서 컵을 든다. 너무 달고 미지근하지만 허겁지겁 마신다. 그제야 어제 점심 이후로 아무것도 먹지 못했다는 사실을 깨닫는다. 아침 식사는 전자레인지 용기에 담긴 소시지와 콩이다. 용기 가장자리를 따라 플라스틱이 녹아내렸고 콩에는 밝은 주황색 소스가 말라붙어 있다. 식판에 빈 컵을 올려놓고 화장실을 사용한다. 화장실이라고 해봐야 시트도 달리지 않은 금속제 변기통과 거친 두루마리 휴지가 전부다. 간수가 돌아오기 전에 볼일을 마치려고 서두른다.

내버려둔 음식이 식은 지 한참 지나서야 간수 발소리가 다시 들린다. 문 앞에서 그 소리가 멎고 열쇠 꾸러미가 쨍그랑거리는 소리가 들리더니 육중한 문이 활짝 열린다. 그러자 퉁명스러워 보이는, 갓 스무 살에 접어들었을 법한 여자가 나타난다. 검은색 제복과 기름진 금발로 볼 때 내게 아침을 가져다 준 간수다. 나는 매트리스에 놓인 식판을 가리킨다.

"죄송한데, 먹지 못했어요."

"당연하죠." 간수가 코웃음 치며 말한다. "나라도 굶어 죽을지언정 먹지 않을 거예요." 담당 경사 책상 맞은편에 있는 철제 벤치에 앉아 부츠를 신는다. 내 옆에는 남자 세 명이 앉아 있다. 셋 다 일종의 제복일까 싶을 정도로 비슷한 트레이닝 바지와 후드 티셔츠를 입고 있다. 어정쩡하게 앉은 나와 달리 그들은 자기 집에라도 온 듯 벽에 등을 기댄 채 늘어져 있다. 몸을 돌려 머리 위 벽면에 붙은 갖가지 공지사항을 읽어본다. 하지만 변호사나 통역사에 관한 정보와 '참작이 되는' 범법 행위 목록 등 무슨 말인지 알 수 없는 내용뿐이다. 일이 어떻게 돌아가는지 알고 있어야 하지 않을까? 두려움에 휩싸일 때마다 내가 한 짓을 생각하고 내게는 두려워할 권리도 없음을 스스로에게 일깨운다.

30분 남짓 기다렸을 때 버저가 울리고 담당 경사가 고개를 들어 벽에 붙은 CCTV 화면을 본다. 흰색 대형 화물 차량이 화면을 꽉 채우고 있다.

"이봐, 리무진이 도착했어." 그가 말한다.

옆에 앉은 청년이 쯧쯧거리면서 내가 알아들을 수도, 알고 싶지도 않은 말을 중얼거린다.

경사가 보안 요원 두 명에게 문을 열어준다. "오늘은 네 명이야, 애쉬." 그가 남자 요원에게 말한다. "어이, 어젯밤 경기에서 브리스톨 시티가 참패했잖아. 괜찮아?" 그는 안됐다는 듯 천천히 고개를 내저으면서도 활짝 웃으며 말한다. 그러자 애쉬라고 불린 보안 요원이 짓궂게 경사의 어깨를 두드린다.

"설욕할 때가 올 거야." 애쉬가 말한다. 그러더니 그제야 우리가 있는 쪽으로 시선을 던진다.

"이 사람들 서류는 준비된 거지?"

두 남자가 다시 축구 이야기를 하는 동안 여자 요원이 내게 다가온다.

"아가씨, 괜찮아요?" 그녀가 말한다. 통통하고 제복과 어울리지 않게 인자한 분위기가 흐르는 그 요원이 건네는 말에 뜬금없이 울고 싶어진다. 그녀는 내게 일어서라고 하더니 손바닥으로 내 양팔과 등과 다리를 훑는다. 손가락으로 허리 밴드 안쪽을 확인하고 셔츠 속에 손을 넣어 브래지어 밴드를 만져본다. 벤치에 앉은 청년들이 서로 쿡쿡 찌르는 모습에 발가벗겨진 듯 부끄럽다. 요원은 내 오른쪽 손목과 자기의 왼쪽 손목에 수갑을 채워 연결하고는 나를 밖으로 데리고 나간다.

우리는 칸막이가 쳐진 대형 호송 차량을 타고 법원으로 간다. 어릴 때 어머니를 따라 이브 언니와 시골 장터에 간 일이 있는데 그곳에서 본 말 운반용 화물차와 비슷하다. 호송차가 모퉁이를 돌자 좁디좁은 좌석에서 굴러떨어지지 않으려고 애쓴다. 양 손목 모두 칸막이 폭만큼 긴 사슬이 달린 수갑에 채워져 있어서 쉽지 않다. 비좁은 공간에 있으려니 밀실 공포가 느껴진다. 흐릿한 유리창 너머로 시선을 돌리자 형태와 색상이 가지각색인 브리스톨 건물들이 주마등처럼 스쳐 지나간다. 구불구불한 길에 적응하려 하지만 차가 기울 때마다 멀미가 나서 차가운 창에 이마를 대고 눈을 감는다.

얼마 뒤 움직임을 멈추지 않던 칸막이 감옥에서 치안 법원 깊숙한 곳에 있는 독방으로 옮겨진다. 법원 사람들이 (이번에는 다행히도 따뜻한) 차와 토스트를 준다. 토스트는 목구멍으로 넘어가 성냥개비처럼 잘게 쪼개진다. 나를 담당할 사무 변호사가 10시에 도착할 거라는 이야기를 듣는다. 어떻게 아직 10시도 되지 않았단 말인가? 이미 평생을 다 산 것처럼 긴 하루를 보냈는데.

"그레이 씨?"

젊고 무심해 보이는 사무 변호사가 나를 부른다. 대담한 줄무늬가 들어간 고급 정장을 입고 있다.

"사무 변호사를 요청한 적 없는데요."

"법률 대리인을 내세우지 않으려면 그레이 씨가 직접 변호하셔야 합니다. 직접 변호하시겠습니까?" 그는 아주 멍청한 사람만 그 방법을 선택한다는 듯 활 모양으로 눈썹을 치켜뜨고 묻는다.

고개를 젓는다.

"좋습니다. 음, 그레이 씨가 난폭 운전으로 사망자를 발생시키고 차를 세우지 않았을 뿐만 아니라 그 사실을 신고하지 않은 혐의를 경찰에게 인정하셨다고 들었습니다. 맞습니까?"

"네."

그는 가져온 파일에서 빨간색 리본을 풀어 테이블 위에 대충 던져놓고는 파일 안의 서류를 한 장 한 장 넘긴다. 여태껏 내 얼굴을 보지 않았다.

"유죄를 인정하시겠습니까? 아니면 무죄를 주장하실 건가요?"

"유죄예요." 처음으로 입 밖에 낸 말이 허공을 맴도는 듯하다. 나는 유죄다.

사무 변호사가 그 한 단어보다 훨씬 더 긴 내용을 적는다. 그 어깨 너머로 무슨 내용을 썼는지 읽고 싶다. "제가 그레이 씨를 대신해서 법정 보석을 신청할 텐데 받아들여질 승산이 큽니다. 전과도 없고 경찰 보석 조건을 준수했으며 제때에 경찰서에 출두하셨으니까요. 그레이 씨의 현장 도주는 말할 것도 없이 재판에 불리하게 작용할 겁니다. 정신 건강에 문제는 없으십니까?"

"없어요."

"안타깝군요. 그래도 걱정하지 마세요. 제가 최선을 다할 테니까요. 지금 질문 있으십니까?"

수십 가지는 될 것이다.

"없어요."

"전원 기립."

예상보다 방청객이 적다. 법원 정리廷吏. 재판의 진행을 돕는 법원 직원가 언론석이라고 일러준 구획에 어떤 남자가 지루한 표정을 하고 필기장을 쥔 채로 앉아 있을 뿐 이렇다 할 사람은 눈에 띄지 않는다. 사무 변호사는 내게 등을 보인 채 법정 한가운데에 있는 긴 테이블에 앉아 있고 감색 스커트 차림을 한 여자가 그 옆에 앉아 인쇄물을 형광펜으로 표시해가며 읽고 있다. 같은 테이블이지만 몇십 센티미터 떨어진 곳에는 그들과 대동소이한 한 쌍이 자리 잡고 있다. 검찰 측 사람들이다.

옆에 앉은 서기가 소매를 잡아당기고서야 서 있는 사람이 나뿐이라는 사실을 알아챈다. 얼굴이 수척하고 머리숱이 적은 치안판사가 도착하자 재판이 시작된다. 심장이 쿵쾅거리고 얼굴이 수치심으로 달아오른다. 방청석에 앉아 있는 몇 사람이 박물관의 전시물을 구경할 때처럼 호기심에 찬 눈으로 나를 바라본다. 갑자기 언젠가 읽었던 프랑스 공개 처형에 관한 글이 생각난다. 그 글에 따르면 모든 주민이 볼 수 있도록 마을 광장에 단두대를 설치했고 여자들은 뜨개바늘을 놀리며 처형이 일어나기를 기다렸다고 한다. 내가 오늘의 구경거리가 되었다는 사실에 등골이 오싹하다.

"피고인은 자리에서 일어나시겠습니까?"

나는 다시 일어서서 서기가 묻는 대로 이름을 댄다.

"피고인의 답변은 무엇입니까?"

"유죄입니다." 목소리가 가느다랗고 높게 나와 가볍게 기침해서 목을 가다듬는다. 하지만 그 후로는 내게 답변을 요구하지 않는다.

변호인 측과 검찰 측이 장황하게 말을 주고받으며 보석에 관해 논쟁하는 것을 들으니 머리가 어지럽다.

"위험 요소가 너무 많습니다. 피고인은 도주할 겁니다."

"피고인은 보석 조건을 준수했고 앞으로도 준수할 겁니다."

"종신형을 숙고해야 합니다."

"한 사람의 삶을 숙고해주십시오."

그들이 치안판사를 통해 서로에게 말하는 장면은 부모를 통해 말다툼을 벌이는 어린아이들을 연상시킨다. 텅 빈 법정을 생각하면 그들의 과장되고 감정을 자극하는 언어와 현란한 몸짓이 아깝기까지 하다. 형사재판이 있는 날까지 나를 재구류해야 한다는 입장과 보석으로 석방해 재판일까지 집에서 기다리도록 해야 한다는 입장이 맞부딪친다. 변호사가 내 석방을 주장하고 있음을 깨닫자 그의 소매를 잡아당겨 보석으로 풀려날 의향이 없다고 알리고 싶다. 집에는 보우를 제외하면 나를 기다리고 그리워할 이가 아무도 없다. 게다가 감옥에 있으면 안전이 보장된다. 하지만 그렇게 행동했다가는 어떤 인상을 줄지 알 수 없어서 두 손을 무릎 위에 올린 채 아무 말 없이 앉아 있다. 누가 나를 보고 있어서가 아니다. 이곳에서 나는 보이지 않는 존재다. 누가 말싸움에서 이기고 있는지 가늠하려고 변호사와 검사의 논쟁에 애써 귀를 기울인다. 하지만 그들의 연극적인 언사를 듣다 보니 이내 정신이 혼미해진다.

재판정이 고요해지고 치안판사가 내게 감정 없는 시선을 고정한다. 터무니없게도 그를 향해 나는 이 재판정에 서는 사람들과 부류가 다르다고 외치고 싶다. 나도 당신과 같은 가정에서 자라났고 대학을 졸업했으며 디너파티를 열었고 친구도 있었다고 말하고 싶다. 한때 자신감 있고 사교적인 사람이었다고. 작년까지 법을 어긴 적이 한 번도 없으며 그날 있었던 일은 끔찍한 실수였다고. 하지만 그의 무심한 눈을 보자 그가 나라는 사람에게는 전혀 관심이 없다는 사실을 깨닫는다. 그의 법정에 들어온 범죄자 가운데 하나일 뿐이라고. 다른 범죄자와 전혀 다르지 않다고. 다시 한 번 내게서 정체성이 분리되는 느낌이다.

"변호인 측은 당신에게 보석의 권리가 있음을 열렬히 변호했습니다, 그레이 씨." 치안판사가 말한다. "피고인이 다시 도주할 가능성은 달나라로 비행할 가능성만큼 적다고 장담하더군요." 방청석에서 키득거리는 소리가 나서 보니 노부인 두 명이 보온병을 앞에 두고 둘째 줄에 앉아 있다. 뜨개질하는 여인의 현대판이다. 치안판사의 입가가 재미있다는 듯 씰룩거린다. "변호인은 피고인이 진정으로 가증스러운 그 범죄 현장에서 도주한 것이 평소 인격과 관계없이 일시적인 광기에서 비롯되었으므로 앞으로는 그러한 행동이 되풀이되지 않을 것이라 말합니다. 부디 우리 모두를 위하여 변호인의 말이 옳기만을 바랄 뿐입니다, 그레이 씨." 치안판사가 말을 멈추자 나는 숨죽이고 기다린다.

"보석을 허락합니다."

나는 안도하는 것처럼 들릴지도 모를 한숨을 내쉰다.

언론석에서 소리가 나서 보니 아까 그 젊은 남자가 필기장을 상의 주머니에 아무렇게나 쑤셔넣고는 옆걸음질로 좌석을 빠져나가고 있다. 그는 판사석을 향해 고개를 까닥하고는 문도 닫지 않고 법정을 빠져나간다.

"전원 기립."

치안판사가 법정을 떠나자 두런거리는 소리가 한층 커진다. 내 사무 변호사가 검사 쪽으로 몸을 숙이고 있는 것이 보인다. 두 사람이 뭔가 이야기하며 웃는다. 그러다 변호사가 피고인석으로 다가와 말을 건넨다.

"결과가 좋아요." 그는 아까와 달리 싱글벙글 웃으면서 말한다. "형사법원에서 선고 공판이 열리는 3월 17일까지는 재판이 휴정됩니다. 무료 법률 상담이나 변호사 선임에 관한 정보가 그레이 씨에게 전달될 겁니다. 안녕히 귀가하십시오, 그레이 씨."

24시간 동안 유치장에 있다가 법정에서 자유롭게 걸어 나오려니 기분이 묘하다.

법원 구내식당으로 가서 들고 나올 커피를 산다. 경찰서의 차보다 진한 음료를 맛보고 싶은 마음에 사자마자 그 커피를 마시다가 혀를 덴다.

브리스톨 치안 법원의 출입구를 내려다보는 유리 지붕 아래에 가랑비를 피하려고 몰려든 몇몇 사람이 담배를 피우는 중간중간 빠른 말로 대화를 나누고 있다. 계단을 내려가는데 반대편으로 가고 있던 여자가 나를 밀치는 바람에 꽉 닫히지 않은 플라스틱 뚜껑 틈으로 커피가 쏟아져 내 손을 적신다.

"죄송합니다." 내가 습관적으로 말한다. 발을 멈추고 얼핏 쳐다보니 그 여자가 그 자리에 선 상태로 마이크를 들고 있다. 갑자기 터지는 플래시에 깜짝 놀라 고개를 들었다가 몇십 미터 떨어진 곳에 있는 카메라맨을 발견한다.

"교도소에 들어갈 생각을 하니 기분이 어떤가요, 제나?"

"네? 저는."

마이크가 입술에 스칠 정도로 바싹 다가온다.

"오늘 유죄를 인정했는데 그대로 밀고 나갈 건가요? 지금 제이콥의 가족은 기분이 어떨 거라 생각하시죠?"

"저, 네, 저는."

사람들이 여기저기에서 나를 밀고 무슨 뜻인지 가늠할 수 없는 구호를 외치는 와중에 기자가 큰 소리로 질문을 던진다. 축구 경기장이나 공연장에 온 것처럼 커다란 함성이 들린다. 숨을 쉴 수 없어 몸을 돌리자 반대 방향으로 밀린다. 누군가 코트를 잡아당기는 통에 균형을 잃고 쓰러져 다른 사람의 몸을 내리누른다. 그러자 그 사람이 나를 거칠게 일으켜 세운다. 소규모 시위대가 어설프게 만든 피켓을 머리 위로 들고 흔든다. 누가 썼는지 첫 글자부터 너무 크게 써서 마지막 글자 몇 개는 귀퉁이에 다닥다닥 붙어 있다. "제이콥을 위한 정의 구현!"이라고 쓰여 있다.

그래, 지금 들리는 구호가 바로 이거다.

"제이콥을 위한 정의 구현! 제이콥을 위한 정의 구현!"이 구호가 반복되면서 사방에서 함성이 나를 에워싼다. 빈 공간을 찾아 옆을 바라보지만 그곳도 사람들이 메우고 있다. 손에서 놓친 커피 컵이 땅바닥에 떨어지면서 뚜껑이 열리는 바람에 커피가 구두에 튀고 계단을 타고 흘러내린다. 또 다시 발을 헛디딘다. 이러다가는 계단에서 떨어져 분노한 폭도의 발에 짓밟혀 죽을 것이라는 생각이 스친다.

"인간쓰레기!"

분노로 일그러진 입과 좌우로 흔들리는 커다란 링 귀걸이 한 쌍이 눈에 들어온다. 그 주인공은 목구멍 깊숙이 그렁그렁하는 소리를 내더니 끈적끈적한 결과물을 내 얼굴에 뱉는다. 때맞춰 고개를 돌리지만 뜨뜻한 가래가 내 목을 맞히고 코트 깃 아래로 흘러내린다. 그 여자에게 주먹으로 맞은 것만큼 충격이 크다. 비명을 지르고 팔을 들어 얼굴을 가린 채로 그다음 공격을 기다린다.

"제이콥을 위한 정의 구현! 제이콥을 위한 정의 구현!"

어떤 사람이 내 어깨를 잡는 것을 느끼고는 바짝 긴장한다. 그 손아귀에서 벗어나려고 몸을 비틀며 정신없이 탈출구를 찾는다.

"한적한 길로 갈까요?"

스티븐스 경위다. 엄숙하고 단호한 표정을 한 그의 손에 이끌려 다시 계단을 오르고 법원 안으로 들어간다. 무사히 경비를 통과하자 그가 내 어깨를 놓아주고 아무 말도 하지 않는다. 말없이 그를 따라 이중문 바깥에 있는 조용한 뒤뜰로 나간다. 그가 손으로 큰 문을 가리킨다.

"저쪽으로 나가면 버스 정류장이 있습니다. 괜찮으신가요? 부를 분 있으면 제가 대신 연락해드릴까요?"

"괜찮아요. 고맙습니다. 경위님께서 그곳에 계시지 않았다면 어찌할 바를 몰랐을 거예요." 내가 잠시 눈을 감는다.

"들개 같은 것들." 스티븐스 경위가 내뱉는다. "언론은 할 일을 하는 것뿐이라 주장하죠. 하지만 그럴듯한 기사를 뽑아내기 전까지는 절대 가만히 있지 않을 겁니다. 이것만 알아두세요. 시위대로 말하자면, 잘 씻지도 않으면서 그때그때 다른 플래카드를 들고 설치는 인간들이 섞여 있어요. 쟁점이 뭔지 관심도 없으면서 항상 법원 계단에서 시위하죠. 너무 깊게 받아들이지 마십시오."

"그럴게요." 어색하게 웃고는 몸을 돌려 자리를 뜨려 한다. 그때 경위가 나를 멈춰 세운다.

"그레이 씨?"

"네?"

"혹시 그랜섬 가 127번지에 사신 적 있습니까?"

얼굴에서 피가 빠져나가는 걸 느끼며 억지로 웃는다.

"아뇨, 경위님." 조심스럽게 말한다. "아니에요. 그런 곳에 산 적 없어요."

그가 무엇인가를 생각하는 얼굴로 고개를 끄덕이더니 한 손을 들어 작별을 알린다. 문을 통과해 걸어 나오면서 뒤돌아보니 그는 여전히 거기에 서서 나를 보고 있다.

매우 다행스럽게도 스완지로 가는 기차에는 사람이 거의 없다. 의자에 몸을 파묻고 눈을 감는다. 아직도 시위대와 마주친 일을 생각하면 몸이 떨린다. 창밖을 바라보며 웨일스로 돌아간다는 데 안도의 한숨을 내쉰다.

4주다. 4주 뒤면 감옥에 가야 한다. 상상할 수 없지만 어쨌든 더 이상 어떻게 해볼 수 없는 것이 현실이다. 베선에게 전화해 오늘 밤 집으로 돌아가게 되었다고 말한다.

"보석을 받은 거예요?"

"3월 17일까지요."

"잘됐어요. 그렇지 않나요?" 그녀는 맥없는 내 말투에 당황한다.

"오늘 해변까지 산책했어요?" 베선에게 묻는다.

"점심 때 강아지들을 데리고 절벽 위를 따라 걸었어요. 왜요?"

"모래 위에 아무것도 없었나요?"

"항상 있는 것 말고는 아무것도 없던데요." 그녀가 웃으면서 말한다. "뭘 기대했길래 그래요?"

안도하며 한숨을 쉰다. 애초에 그 글자를 보기나 했는지 의문이 든다. "아무것도 아니에요. 조금 이따 봐요."

상점에 들르자 베선은 잠깐 앉아서 식사하고 가라고 말한다. 하지만 베선을 즐겁게 해줄 자신이 없어서 미안하다고 말하고 떠나려 한다. 그녀는 내게 뭔가를 들려 보내야 한다고 한사코 우긴다. 그녀가 플라스틱 통에 수프를 담을 때까지 기다리기로 한다. 결국 그로부터 한 시간 가까이 지나서야 베선에게 작별 키스를 하고 보우와 함께 오두막으로 걸어온다.

오두막 대문이 악천후에 너무 많이 휘어지는 바람에 열쇠가 돌아가지도, 문이 열리지도 않는다. 어깨를 대고 힘껏 밀자 문이 살짝 움직이며 자물쇠가 헐거워지고 열쇠가 돌아간다. 그러나 이제는 자물쇠 안에서 헛돈다. 보우가 맹렬히 짖어댄다. 조용히 하라고 명령한다. 문을 고장 낸 것 같지만 미안하지 않다. 처음에 열쇠가 낀다고 말했을 때 이에스틴이 고쳐줬더라면 간단하게 끝났을 일이다. 열쇠를 자물쇠에 억지로 쑤셔넣는 일을 반복해야 했기에 그의 일거리만 늘어난 셈이다.

베선이 준 수프를 냄비에 부어 빵과 레인지에 올린다. 오두막이

추워서 껴입을 스웨터를 찾지만 아래층에는 없다. 보우가 초조해하며 거실을 이리저리 뛴다. 24시간보다 훨씬 더 오랫동안 떨어져 있었다는 듯이.

계단이 달라 보이는데 무엇이 달라졌는지 알 수 없다. 집 안에 들어왔을 때만 해도 사방이 깜깜하지 않았다. 그런데도 층계참 위에 난 작은 창문에서 아무런 빛도 흘러나오지 않는다. 무엇인가 창문을 막고 있는 것이다.

계단 맨 위에 올라서야 그 정체를 알아차린다.

"약속을 어겼더군, 제니퍼."

이안이 한쪽 무릎을 굽히더니 발로 내 가슴을 찬다. 잡고 있던 나무 난간을 놓치고 뒤로 쓰러져 계단 아래로 굴러떨어지다가 돌바닥에 부딪힌다.

35

사흘 뒤 네가 반지를 뺐을 때 주먹으로 한 대 얻어맞은 기분이었다. 너는 반지를 망가뜨릴까봐 걱정되기도 하고 일하느라 자주 빼놓다 보니 잃어버릴 것 같아서라고 설명했다. 그 대신 얇은 금 사슬에 매달아 목걸이처럼 착용하기 시작했다. 그래서 너를 데리고 나가 결혼반지를 사주었다. 장식이 없고 무난해서 늘 끼울 수 있는 반지였다.

"지금 끼워봐." 보석상을 나서면서 말했다.

"하지만 결혼식은 6개월 뒤잖아요."

너는 내 손을 잡고 있었고 나는 길을 건너며 네 손을 꽉 움켜쥐었다. "약혼반지 대신 끼우라는 말이야. 손가락에 뭔가 끼우고 있어야지."

너는 내 말을 알아듣지 못했다.

"정말 괜찮아요, 이안. 결혼할 때까지 기다리면 돼요."

"반지가 없으면 다른 사람들이 네가 약혼한지 어떻게 알겠어?"

그대로 넘어갈 수 없어서 너를 멈춰 세우고 네 어깨에 손을 올렸다. 너는 분주하게 쇼핑하러 돌아다니는 사람들 눈치를 보면서 내 손을 떨쳐내려 했지만 내가 더 빨리 널 붙잡았다. "나와 함께 산다는 걸 어떻게 알겠어? 반지를 끼우고 다니지 않으면 말야." 내가 말했다.

네 눈에서 익숙한 표정을 보았다. 반발심과 경계심이 뒤섞인 그 표정을 마리의 눈에서도 본 적이 있다. 그때와 마찬가지로 이번에도 화가 났다. 어떻게 나를 두려워할 수 있지? 온몸에 힘이 들어갔다. 그러니 네 얼굴에서 고통이 스쳐 지나갔다. 내가 네 어깨를 할퀴듯 움켜쥐었기 때문이다. 네 어깨에서 두 손을 내렸다.

"날 사랑해?" 내가 물었다.

"사랑한다는 거 알잖아요."

"그럼 왜 우리가 결혼한다는 사실을 알리지 않으려고 하지?"

나는 비닐 쇼핑백에 든 작은 상자를 꺼내서 열었다. 네 눈에서 그 표정을 지우고 싶었기 때문이다. 나는 충동적으로 한쪽 무릎을 꿇고 너를 향해 열린 상자를 내밀었다. 지나가는 쇼핑객들이 웅성거리자 네 얼굴에 선홍색 빛이 퍼져 나갔다. 주위를 지나던 사람들이 발걸음을 늦추더니 구경하려고 멈춰 섰다. 난 네가, 내 아름다운 제니퍼가 내 여자라는 사실에 가슴이 터질 듯이 자랑스러웠다.

"나와 결혼해주겠어?"

너는 어쩔 줄 모르는 얼굴이었다. "네."

네 대답은 처음 물어봤을 때보다 훨씬 더 빨리 나왔다. 그 대답을 들으니 가슴속에 맺혀 있던 응어리가 일순간에 사라졌다. 나는 네 약지에 반지를 끼우고 일어서서 네게 키스했다. 그러자 주위에서 환호성이 일어났고 누군가 내 등을 토닥거렸다. 웃음을 참을 수 없었다. 처음부터 이래야 했다. 이벤트를 좀더 자주 마련하고 기념일을 잘 챙겼어야 했다. 너는 그런 것들을 누릴 가치가 있는 여자니까.

너와 손을 잡고 분주한 브리스톨 거리를 걸으면서 오른손 엄지로 네 결혼반지를 문질렀다.

"당장 결혼하자." 내가 말했다. "등기소로 가자. 지나가는 사람들을 증인으로 세워서 해버리자."

"하지만 결혼식은 9월로 정했잖아요! 식구들도 다 올 텐데요. 지금 강행하면 안 돼요."

애당초 너는 교회에서 화려한 결혼식을 올릴 이유가 없다고 주장했다. 식장에 같이 들어갈 아버지도 없고 더 이상 만나지도 않는 친구들을 불러 파티를 열어봐야 돈 낭비라는 말이었다. 결국 우리는 하객 스무 명을 초대해 일반 예식을 올리고 점심식사를 하기로 결정하고 코트야드 호텔에 예약했다. 신랑 들러리를 서기로 한 더그 이외에는 손님을 부르지 않았으므로 나머지는 모두 네 손님이었다. 부모님이 우리 옆에 서 있는 모습을 상상하려 했지만 머릿속에 떠오르는 것이라고는 마지막으로 만났을 때 아버지가 내게 짓던 표정뿐이었다. 실망감과 혐오감이었다. 나는 그 모습을 떨쳐버렸다.

너는 단호했다. "지금 와서 계획을 바꿀 수는 없어요, 이안. 6개월밖에 남지 않았다고요. 기다리지 못할 정도로 한참 뒤도 아니에요."

네 말이 맞았다. 하지만 네가 피터슨 부인이 될 날만을 손꼽아 기다리던 내게 6개월은 너무 길었다. 그날이 오면 기분이 낫고 마음이 편해질 거라 생각했다. 네가 나를 사랑하고 내 곁에 머물 거라고 확신할 수 있으리라 믿었다.

결혼식 전날 밤 네가 호텔에 묵고 있는 이브와 함께 자겠다고 고집했기에 나는 제프와 더그를 불러 퍼브에서 썰렁하게 저녁 시간을 보냈다. 더그는 내게 제대로 된 총각 파티를 열어주겠다고 했지만 행동은 말을 따르지 못했다. 급기야 내가 잠자리에 일찍 들어야겠다고 했을 때 아무도 반대하지 않았다.

다음 날 호텔로 가서 위스키 더블을 마시며 날카로워진 신경을 진정시키려 했다. 제프는 내 팔을 토닥이며 나를 멋진 친구라고 띄워주었지만 우리는 공통점이 하나도 없었다. 그는 술 한잔하라는 내 제안을 거절했다. 그러다 예식이 시작하기 30분 전 그가 턱으로 문을 가리켜서 보니 감색 모자를 쓴 여자가 서 있었다.

"장모 만날 준비는 된 거야?" 제프가 말했다. "단언컨대 그렇게 형편없는 여자는 아닐 거야." 제프를 만난 적은 많지 않았지만 만날 때마다 억지로 말을 걸며 친한 척하는 것이 몹시 거슬렸다. 그러나 그날만큼은 그의 수다스러움이 고마웠다. 네게 전화해서 그곳에 올지 확인하고 싶었고 네가 나를 식장에 세워둔 채로 나타나지 않을지도 모른다는, 너 때문에 하객들 앞에서 망신을 당할지도 모른다는 두려움을 떨칠 수 없었다.

나는 제프와 함께 문까지 걸어갔다. 네 어머니가 뻗은 손을 잡고 몸을 숙여 그 메마른 뺨에 입을 댔다.

"뵙게 되어 기쁩니다. 어머님 말씀은 많이 들었어요."

너는 어머니와 닮은 데가 하나도 없다고 말했지만 그날 보니 네 높은 광대뼈는 어머니에게서 물려받은 것이었다. 피부와 눈과 머리 색과 예술적인 유전자는 아버지에게서 물려받았는지 모르겠지만 여윈 체형과 살피는 듯한 표정은 어머니 그레이스를 닮았다.

"나도 똑같이 말할 수 있으면 얼마나 좋을까요." 그레이스가 재미있다는 듯 한쪽 입가를 올리며 말했다. "제나가 어떻게 살고 있는지 알려면 이브에게 물어보는 수밖에 없어요."

그 말에 나는 공감 어린 표정을 지으려 애썼다. 나 역시 너의 소통 불능에 시달리고 있다는 듯. 마실 것을 권하자 그레이스는 샴페인 한 잔을 고르고 이렇게 말했다. "축하하는 의미로요." 하지만 건배는 하지 않았다.

너는 신부의 권리를 행사하려는지 나를 15분 동안 세워두었다. 더그가 반지를 잃어버린 시늉을 했고 영국 어느 호텔에서나 볼 수 있을 법한 결혼식이 시작될 터였다. 그러나 통로를 걸어오는 너는 세상 어느 신부보다도 아름다웠다. 하트 모양으로 파인 깃과 골반을 스치듯 감싸며 바닥까지 내려오는 새틴 스커트로 이루어진 네 드레스는 단순했다. 너는 흰 장미 부케를 들고 있었고 뒤로 넘겨 늘어뜨린 고수머리에서는 윤기가 흘렀다.

나란히 서 있는 동안 나는 등기소 공무원의 주례에 귀 기울이는 너를 훔쳐보았다. 서로에게 서약할 때 너는 내 눈을 뚫어지게 바라보았다. 그러자 제프든 더그든 네 어머니든 아무도 신경 쓰이지 않았다. 그 방에는 우리를 포함해서 1000명은 되는 사람이 있었을 것이다. 하지만 눈에 보이는 사람은 너뿐이었다.

"이제 두 사람이 남편과 아내가 되었음을 선포합니다."

머뭇거리며 조금씩 박수가 터져 나왔고 나는 네게 키스하고 몸을 돌려 함께 통로를 걸었다. 호텔 측은 바 앞의 공간에 마실 것과 카나페를 차려놓았다. 나는 네가 그곳을 다니며 사람들의 찬사를 듣고 반지 낀 손을 내밀어 감탄을 자아내는 장면을 보았다.

"오늘 제나 아름다워 보이죠?"

그러는 새에 이브가 옆으로 다가온 사실도 몰랐다. "원래 아름답습니다." 내가 말을 바로잡자 이브가 동의한다는 듯 고개를 끄덕였다.

고개를 돌리자 이브는 네게서 눈을 떼고 나를 보고 있었다. "제나 마음을 아프게 하면 안 돼요. 아시겠죠?"

소리 내어 웃었다. "어떻게 결혼식을 갓 마친 신랑에게 그렇게 당부할 수 있죠?"

"누가 뭐래도 가장 중요한 이야기잖아요?" 이브가 말했다. 그녀는 샴페인을 한 모금 마시고는 나를 빤히 쳐다보았다. "제부는 우리 아버지와 참 비슷해요."

"제나가 그 점 때문에 저를 좋아하나보죠." 내가 퉁명스럽게 대꾸했다.

"그런가봐요." 이브가 말했다. "난 그저 제부가 아버지처럼 제나를 실망시키지만 않았으면 좋겠어요."

"당신 동생을 놔두고 떠날 생각은 꿈에도 해본 적 없습니다. 당신이 참견할 일도 아니고요. 제나는 성인이지 바람둥이 아버지 때문에 혼란스러워하는 어린아이가 아닙니다."

"우리 아버지는 바람둥이가 아니었어요." 이브는 아버지를 변호하는 것이 아니라 사실을 말했지만 그렇든 말든 관심 없었다. 사실 그전까지는 그가 다른 여자 때문에 가정을 떠난 것이라 생각하고 있었다.

"그렇다면 어째서 집을 나갔죠?"

이브가 내 질문을 못 들은 척하고 넘어갔다. "제나에게 잘해주세요. 사랑받을 자격이 충분한 아이예요."

더 이상은 그녀의 자신감 넘치는 얼굴을 보거나 그 시의적절하지 못하고 잘난 체하는 당부를 듣고 싶지 않았다. 이브를 바에 내버려두고 네게 다가가서 너를 한 팔로 감싸 안았다. 내 새 신부인 너를.

나는 신혼여행지로 약속했던 베네치아를 하루라도 빨리 네게 보여주고 싶어 좀이 쑤셨다. 공항에 도착하자 너는 득의만면해서 항공사 직원에게 새로 만든 여권을 건넸고 네 이름이 불리는 것을 듣고 활짝 웃었다.

"너무 이상하게 들려요!"

"곧 익숙해질 거예요, 피터슨 부인." 내가 말했다.

너는 내가 비행기 좌석을 상향 조정한 것을 알고 신나서 어쩔 줄 몰라 하며 제공되는 혜택을 빠짐없이 이용할 것이라 말했다. 비행은 두 시간에 불과했지만 그동안 너는 안대를 써보고 이 영화 저 영화를 잠깐씩 돌려보는가 하면 샴페인을 마셨다. 네가 나로 인해 그토록 행복해한다는 사실에 뿌듯해하며 너를 바라보았다.

환승이 지연되는 바람에 우리는 밤늦게야 호텔에 도착했다. 기내에서 마신 샴페인 때문에 머리가 아팠고 형편없는 기내 서비스에 피곤하고 기분이 상했다. 영국으로 돌아가는 길에 환승한 비행기에 대해 환불을 요구하리라 마음먹었다.

"짐을 놔두고 지금 바로 나가요." 대리석이 깔린 호텔 로비에 도착했을 때 네가 말했다.

"여기에 2주 동안 있을 거야. 룸서비스를 주문하고 짐을 풀자. 베네치아가 밤새 어디로 사라지는 것도 아니고 말야. 게다가." 내가 네게 한 팔을 슬쩍 두르고 네 엉덩이를 움켜쥐며 말을 이었다. "결혼식 날 밤이잖아."

그 이야기를 들은 너는 쏜살같이 혀를 입안으로 넣어 내게 키스했지만 곧바로 몸을 떼고 내 손을 잡았다. "아직 10시도 안 됐다고요! 제발 이 주위라도 산책해요. 그리고 어디 가서 한잔하고 바로 들어와요. 약속할게요."

호텔 프런트 직원이 우리가 그 자리에서 아웅다웅하는 모습에 재미있다는 듯이 미소 지었다. "사랑싸움이군요?"

내가 인상을 썼는데도 그는 웃음을 터뜨렸다. 더 끔찍한 일은 너도 그를 따라 웃었다는 사실이다.

우리 방은 양탄자가 깔린 복도 맨 끝에 있었다. 카드 키를 밀어 넣은 즉시 빼내고 잠금쇠가 풀렸음을 알리는 찰칵 소리가 나기만을 초조하게 기다렸다. 그러고는 문을 밀어 바퀴가 달린 내 여행 가방을 끌고 들어갔다. 네 얼굴이 문에 치일 거라는 사실을 알면서도 개의치 않았다. 방안은 따스하다 못해 더웠지만 창문이 열리지 않았다. 공기가 통하도록 옷깃을 벌렸다. 귀에서 피가 고동치는 소리가 들렸지만 너는 계속해서 떠들어댔다. 아무것도 잘못한 일이 없다는 듯 내게 망신을 준 것도 모르고 수다를 멈추지 않았다.

부지불식간에 주먹이 쥐어졌다. 손가락 마디가 굳고 그 위를 덮은 피부가 팽팽해졌다. 조금씩 끓어오르던 압박감이 가슴이 터질 듯 팽창해 폐가 한쪽으로 밀려날 것만 같았다. 여전히 깔깔거리며 재잘대고 있는 너를 바라보면서 주먹을 들어 네 얼굴을 갈겼다.

그러는 즉시 압박감이 사그라졌다. 섹스나 운동으로 아드레날린이 분비되고 난 다음처럼 갑자기 평온해졌다. 두통이 가라앉고 눈가 근육이 경련을 멈췄다. 네가 깔딱깔딱 숨이 넘어가는 소리를 냈지만 너를 쳐다보지도 않았다. 방을 나와서 엘리베이터를 타고 1층으로 내려가 프런트 데스크에 눈길도 주지 않은 채 호텔을 빠져나와 거리로 나갔다. 어느 바에 들어가 바텐더가 말을 붙이려는 수작을 무시하고 맥주를 두 병 마셨다.

한 시간 뒤에 호텔로 돌아왔다.

"얼음 좀 주시겠어요?"

"알겠습니다, 손님." 프런트 직원이 어디론가 사라지더니 얼음이 든 통을 들고 나타났다. "와인 잔도 드릴까요, 손님?"

"아뇨, 괜찮습니다."

나는 안정을 되찾았고 호흡도 진정되었다. 조금이라도 늦게 방에 돌아가려고 계단을 이용했다.

방문을 열었을 때 너는 침대에 웅크리고 누워 있었다. 그러다 일어나더니 침대 끝 쪽으로 가 침대 머리에 몸을 기댔다. 머리맡 테이블에 놓인 피 묻은 휴지 뭉치를 보니 피를 닦아내려 한 듯했지만 윗입술에 피가 말라붙어 있었다. 콧등과 한쪽 눈에는 이미 멍이 올라와 있었다. 너는 나를 보자 눈물을 흘리기 시작했다. 턱으로 붉은 눈물이 흘러내렸고 곧이어 셔츠를 분홍색으로 물들였다.

탁자에 얼음 통을 올려놓고 냅킨을 깔고는 그 위에 얼음을 덜어서 얼음주머니를 만들었다. 그러고는 네 곁에 앉았다. 너는 몸을 떨었다. 조심스러운 손길로 네 얼굴에 얼음주머니를 댔다.

"멋진 바를 찾아냈어." 내가 말했다. "너도 좋아할 거야. 한 바퀴 돌아보면서 네가 마음에 들어 할 만한 식당들도 봐뒀어. 내일 기분 괜찮으면 점심 먹으러 가지."

얼음주머니를 떼자 네가 그 크고 조심스러운 눈으로 나를 빤히 쳐다봤다. 너는 계속해서 몸을 떨었다.

"추워? 이리 와. 담요로 감싸줄게." 침대에서 담요를 벗겨내 네 어깨에 둘렀다. "긴 하루를 보내고 지쳤을 거야." 네 이마에 입 맞췄지만 너는 울음을 그치지 않았다. 네가 우리 첫날밤을 망쳐버리지 않기만을 바랐다. 너만은 다를 줄 알았다. 그래서 다시는 그렇게 분출할 필요가 없을 줄 알았다. 싸움을 치른 뒤에 따라오는 황홀한 평온함을 느끼는 일은 없으리라 생각했다. 그런데 그 일을 겪으니 너도 다른 여자와 마찬가지라 실망스러울 따름이었다.

36

숨을 쉬려 안간힘을 다한다. 보우가 낑낑거리며 내 얼굴을 핥고 제 코를 내게 갖다 댄다. 머리를 굴리고 몸을 움직이려 애쓰지만 충격 여파로 호흡이 곤란해지고 몸을 일으킬 수 없다. 몸을 움직이려 하니 몸속에서 무슨 문제가 생긴 것처럼 주위가 빙빙 돌더니 점점 더 작게 보인다. 갑자기 브리스톨이 나타난다. 이안이 어떤 기분으로 귀가할지 안절부절못하는 나로 돌아간다. 얼굴에 뒤집어쓸지도 모른다고 생각하며 이안의 저녁을 만든다. 작업실 바닥에 몸을 웅크린 채 쏟아지는 주먹질로부터 머리를 보호하려 애쓰는 모습도 보인다.

이안이 조심스레 계단을 내려와 반항이라도 꾸짖듯이 머리를 가로젓는다. 나는 그를 실망시키지 않은 적이 없다. 아무리 노력해도 적절하게 말하거나 행동할 수 없었다. 이안은 사근사근한 어조로 말한다. 누구든 그 내용을 듣지 않는 한 그를 사려 깊다고 여길 것이다. 하지만 나는 그 목소리만 들어도 얼음장에 누운 듯 온몸이 덜덜 떨린다.

이안이 다리 사이에 내 몸을 두고 서서 느긋하게 나를 훑는다. 바지는 칼같이 빳빳하게 주름이 잡혀 있고 벨트 죔쇠는 겁에 질린 내 얼굴이 비칠 정도로 반들반들하다. 그가 상의에서 실밥을 발견하고 떼어내자 그것이 느리게 회전하며 바닥에 떨어진다. 보우가 계속 낑낑거리자 이안은 정확히 보우의 머리를 발로 찬다. 그 바람에 보우는 1미터쯤 나가떨어진다.

"개는 다치게 하지 마요, 제발!"

보우는 끙끙 앓으면서도 일어나서 주방 안으로 몸을 숨긴다.

"경찰서에 갔더군, 제니퍼." 이안이 말한다.

"미안해요." 속삭이듯 말이 나와 그가 듣지 못했을지도 모르겠다. 하지만 같은 말을 반복하면 이안은 내가 변명한다고 여겨 더 심하게 화를 낼 것이 분명하다. 어쩌면 이렇게 빨리 옛날과 같은 상황이 다시 재현되는지 신기할 정도다. 무엇이든 하라는 대로 해야 하고 조금이라도 한심한 모습으로 비춰지면 분노하는 아슬아슬한 상황. 지난 몇 년 동안 그의 의중을 정확히 알아차리기보다 실수하는 일이 훨씬 많았다.

숨을 삼키고 말한다. "미, 미안해요."

그는 두 손을 주머니에 넣고 있다. 느긋하고 여유로워 보인다. 하지만 나는 그를 잘 안다. 그가 얼마나 빨리 돌변할 수 있는지 잘 안다.

"이 빌어먹을 넌이 미안하다고 한 거야?"

그는 단숨에 내 위로 몸을 구부려 무릎으로 내 팔을 바닥에 내리꽂는다. "미안하다고 하면 다 될 줄 알았어?" 이안은 몸을 숙여 무릎 뼈로 내 팔의 이두박근을 지근지근 누른다. 통증 때문에 솟아나오는 비명을 참으려 혀를 깨물지만 이미 늦었다. 이안은 고통을 참지 못하는 내가 혐오스럽다는 듯 입을 비죽인다. 목구멍까지 차오른 담즙을 삼킨다.

"경찰한테 내 이야기 했겠지?" 그의 입가에 고여 있던 침이 내 얼굴에 튄다. 법원 앞에서 마주쳤던 시위대가 떠오른다. 몇 시간 전이 아니라 훨씬 오래된 일 같다.

"아뇨, 안 했어요."

우리는 옛날에 하던 게임을 다시 하고 있다. 이안이 질문을 던지면 내가 맞받아치는 게임. 나도 한때는 그 게임에 자신 있었다. 처음에는 그의 눈에서 존경스러운 빛을 보았다고 생각한 적도 있다. 그럴 때면 그는 갑자기 중간에 말을 끊고 텔레비전을 켜거나 밖으로 나갔다. 하지만 내 실력이 시원찮아졌는지 그가 게임의 규칙을 바꿨는지 언제부터인가 매번 정답을 맞히는 데 실패했다. 하지만 지금만큼은 그가 내 답변에 만족한 듯하다. 그러자 그가 갑자기 주제를 바꾼다.

"요즘 만나는 놈 있지?"

"아니, 없어요." 재빨리 대답한다. 진실을 말할 수 있어 다행이지만 그가 내 말을 믿지 않으리라는 것은 불 보듯 훤하다.

"거짓말하고 앉아 있네." 그가 손등으로 내 뺨을 휘갈긴다. 회초리 소리처럼 무엇인가 날카롭게 찢어지는 소리가 난다. 그가 다시 입을 열자 말소리가 귀에 윙윙 울린다. "네 웹사이트 개설을 도와준 인간이 있더군. 이 집도 구해주고 말야. 어떤 인간이야?"

"아무도 없어요." 입안에 고인 피 맛을 느끼면서 말한다. "나 혼자서 했어요."

"넌 혼자 할 수 있는 일이 아무것도 없잖아, 제니퍼." 그가 얼굴이 닿을 정도로 몸을 숙인다. 나는 몸을 움직이지 않으려 갖은 애를 쓴다. 조금이라도 움찔하면 그가 미친 듯이 분노하리라는 것을 잘 알기 때문이다.

"너는 제대로 도망도 못 치지? 그거 알아? 네가 어디에서 사진을 찍었는지 알아내고 나니 너를 찾는 건 일도 아니었어. 게다가 펜파흐 사람들도 옛 친구를 찾으러 온 외지인을 도와주지 못해 안달이더군."

이안이 나를 어떻게 찾았는지는 궁금하지도 않았다. 언젠가는 반드시 그가 나를 찾아내리라 믿었으므로.

"네 언니에게 보낸 엽서가 참 멋지더군."

툭 던지는 말에 얼굴을 한 대 맞은 것처럼 충격을 받는다. 세상이 다시 빙글빙글 돈다. "이브 언니에게 무슨 짓을 한 거죠?" 내 경솔한 행동 때문에 이브 언니와 조카들에게 무슨 일이라도 생겼다면 나 자신을 용서하지 못할 것이다. 아직도 언니를 잊지 않고 있다는 사실을 알리려는 마음에 언니가 위험에 처할 수도 있다는 생각은 미처 하지 못했다.

이안이 웃음을 터뜨린다. "내가 그 여자한테 무슨 짓을 할 이유라도 있나? 너뿐 아니라 이브에게도 관심 없어. 제니퍼, 넌 한심하고 아무짝에도 쓸모없고 헤픈 년이야. 내가 없으면 넌 아무것도 아냐. 네까짓 년이 뭔데?" 나는 아무 대답도 하지 않는다.

"말해봐. 너 뭐야?"

피가 목구멍으로 조금씩 넘어가 질식할 지경이지만 안간힘을 다해 대답한다. "아무것도 아니에요."

그는 다시 웃으며 나를 내리깔고 있던 몸을 튼다. 그러자 팔을 내리누르던 통증이 조금 가라앉는다. 이안은 내 얼굴에 손가락을 대더니 뺨과 입술을 더듬어 내려간다.

어떤 일이 일어날지 뻔하지만 미리 안다고 해서 괴로움이 덜어지지는 않는다. 그는 천천히 내 셔츠 단추를 풀고 조금씩 벗겨내고는 안에 입은 민소매 티셔츠를 끌어올려 가슴이 드러나게 한다. 일말의 욕망도 찾아볼 수 없는 냉정한 눈으로 나를 훑어 내리면서 바지 지퍼에 손을 가져간다. 나는 움직이지도, 말하지도 못한 채로 눈을 감고 내 안으로 침잠한다. 지금 소리를 지르거나 싫다고 말하면 어떤 일이 일어날지 잠시 생각해본다. 반항하거나 그냥 그를 밀어버리면 어떨까. 하지만 전에도 그랬듯이 이번에도 그러지 않는다. 그저 나 자신이 원망스러울 뿐이다.

얼마나 오랫동안 그 자리에 누워 있었는지 알 수 없다. 오두막 안이 어둡고 춥다. 청바지를 끌어올리고 몸을 굴려 무릎을 안고 옆으로 눕는다. 다리 사이가 얼얼한 데다 피가 났는지 축축하다. 정신을 잃었는지 이안이 떠났는지도 기억나지 않는다.

보우를 부르다 짧지만 고통스러운 적막이 흐르고 보우가 잔뜩 경계한 채 주방에서 살금살금 나온다. 다리 사이에 꼬리를 감추고 귀를 내려 머리에 붙이고 있다.

"미안해, 보우." 내게 다가오도록 보우를 달래지만 내가 한 손을 뻗으니 보우가 짖는다. 그러나 단 한 번에 그친다. 문 쪽으로 고개를 돌리고 경고하는 의미로 짖은 것이다. 몸을 일으키려는데 날카로운 통증이 온몸을 파고들어 눈살이 찌푸려진다. 그때 문 두드리는 소리가 난다.

방 한가운데에서 엉거주춤한 자세로 일어나 보우 목걸이에 손을 얹는다. 보우는 나직하게 으르렁거리지만 이번에는 짖지 않는다.

"제나? 안에 있어요?"

패트릭이다.

안도감이 밀려온다. 잠겨 있지 않던 문을 활짝 열자 그 앞에 패트릭이 서 있다. 새어 나오는 흐느낌을 억누른다. 불을 켜두지 않은 거실은 깜깜하다. 그 어두움이 이미 얼굴에 올라왔을 멍 자국을 가려주길 바란다.

"괜찮은 거예요?" 패트릭이 묻는다. "무슨 일 있었어요?"

"소, 소파에서 잠든 것 같아요."

"베선에게 당신이 돌아왔다고 들었어요." 그는 머뭇거리다가 시선을 내리깔더니 다시 나를 본다. "사과하러 왔어요. 제나, 당신에게 그런 식으로 말한 걸 후회했어요. 충격이 너무 컸거든요."

"괜찮아요." 그의 뒤로 보이는 깜깜한 절벽 꼭대기를 바라보며 이안이 그곳에서 우리를 감시하고 있지는 않은지 걱정한다. 패트릭과 있는 모습을 들켜서는 안 된다. 이브와 마찬가지로 패트릭이 다치는 것만은 반드시 막아야 한다. 나와 어떤 식으로든 인연이 닿은 사람이라면 누구든 지키고 싶다. "더 할 말 없으시죠?"

"들어가도 돼요?" 패트릭이 들어오려 하지만 나는 고개를 내젓는다.

"제나, 무슨 일이에요?"

"패트릭, 당신을 보고 싶지 않아요." 내가 내뱉는 말을 들으며 그 말을 취소해서는 안 된다고 다짐한다.

"당신을 비난하지 않아요." 패트릭은 며칠 동안 제대로 잠을 자지 못한 듯 얼굴에 주름이 늘어났다. "당신에게 매정하게 군 것 인정해요. 어떻게 하면 그 행동을 보상할 수 있을까요. 당신에게 어떤 일이 일어났는지 알았을 때 너무 크게 충격받아서 똑바로 생각할 수가 없었어요. 찾아올 수 없었던 것도 그 때문이에요."

울음을 터뜨린다. 도저히 참을 수 없다. 패트릭이 내 손을 잡는다. 그가 손을 떼지 않았으면 좋겠다.

"난 알고 싶어요, 제나. 충격받지 않은 척, 힘들지 않은 척 할 수는 없지만 무슨 일이 일어났는지 알고 싶어요. 당신에게 도움이 되고 싶어요."

아무 말도 하지 않는다. 내가 할 수 있는 말은 하나뿐이다. 패트릭이 다치는 일을 막는 방법은 그 말을 하는 것뿐이다.

"보고 싶었어요, 제나." 패트릭이 나직하게 말한다.

"다시는 보고 싶지 않아요." 손을 빼내고는 믿음을 더하려고 마음에도 없는 말을 내뱉는다. "당신과는 어떤 식으로든 엮이고 싶지 않아요."

패트릭은 내가 주먹으로 한 대 치기라도 한 듯 뒷걸음친다. 핏기가 빠져나간 얼굴이다. "대체 왜 그러는 거예요?"

"바라는 바를 이야기한 것뿐이에요." 거짓말을 하는 마음이 찢어질 듯 괴롭다.

"내가 떠났기 때문인가요?"

"당신 때문이 아니에요. 모두 당신에게는 아무 상관 없는 일이니까 그냥 나 좀 내버려줘요."

패트릭이 나를 바라본다. 갈등하는 심정을 들키지 않길 바라며 그와 억지로 시선을 맞춘다. 갈팡질팡하는 마음이 분명 눈에 드러났을 것이다. 마침내 그가 손을 들어 패배를 인정하고는 내게서 몸을 돌린다.

패트릭은 잠시 휘청거리는가 싶더니 갑자기 달음박질친다.

문을 닫고 바닥에 주저앉아 보우를 끌어안은 채 보우의 털에 얼굴을 묻고 소리 내어 운다. 제이콥을 구할 수는 없었지만 패트릭은 구할 것이다.

몸을 추스르자마자 이에스틴에게 전화해서 부서진 자물쇠를 고쳐달라고 부탁한다. "이제는 열쇠가 전혀 돌아가지 않아요. 완전히 망가져서 밖에서 문을 잠글 수 있는 방법이 없어요."

"걱정하지 마요." 이에스틴이 말한다. "이 동네에 물건을 훔치는 사람은 없으니까."

"당장 고쳐주세요!" 단호하게 요구하자 이에스틴과 나 모두 충격받는다. 잠시 정적이 흐른다.

"금방 올라갈게요."

이에스틴은 그로부터 한 시간도 지나지 않아 도착해서 재빨리 일에 착수한다. 내가 차를 권하자 거절한다. 그는 나직하게 휘파람을 불면서 자물쇠를 빼내 기름칠하고 고장난 부분을 고치고는 열쇠가 얼마나 매끄럽게 돌아가는지 시연해 보인다.

"감사합니다." 안도감으로 눈물이 나올 지경이다. 이에스틴이 나를 이상하다는 듯 보자 나는 카디건을 단단히 여민다. 팔뚝 전체가 얼룩덜룩한 멍투성이다. 멍 자국 가장자리에 피가 맺혀 압지 위의 잉크 얼룩처럼 보인다. 마라톤을 뛰고 난 다음처럼 온몸이 쑤시고 왼쪽 뺨은 부어올랐으며 치아 하나가 덜렁거린다. 머리를 내려 손상이 가장 심한 부분을 가린다.

이에스틴이 대문에 묻은 빨간색 페인트를 본다.

"제가 닦아낼게요." 내 말에 이에스틴은 아무런 대답도 하지 않는다. 그는 작별 인사로 고개를 끄덕이고 떠나려다 마음을 바꾼 듯 고개를 돌려 나를 보고 말한다. "펜파흐는 작은 동네라서 남이 무슨 일을 하는지 빠삭하다오."

"잘 알아요." 내게서 변명을 들으리라 생각했다면 이에스틴은 실망스러울 것이다. 벌을 받더라도 마을 사람이 아닌 법에 의해 벌을 받으리라.

"말씀 감사합니다." 내가 쌀쌀맞게 말한다.

그런 다음 문을 닫고 위로 올라가 목욕물을 튼다. 몸을 델 정도로 뜨거운 물속에 앉아 피부 위로 올라온 멍 자국을 보지 않으려고 눈을 꼭 감는다. 가슴과 허벅지 여기저기에 난 작은 손가락 자국이 창백한 피부와 대비되어 섬세한 무늬처럼 보인다. 과거에서 벗어날 수 있다고 생각했다니 멍청하다. 아무리 빨리, 아무리 멀리 도망친다 해도 과거로부터 달아날 수는 없을 것이다.

37

"도와줄 일 없어?" 레이는 언제나 그렇듯 이번에도 매그즈가 모든 일을 스스로 해내리라는 것을 알면서도 도와주겠다고 말했다.

"다 됐어." 그녀가 앞치마를 벗으며 말했다. "칠리를 곁들인 쌀밥은 오븐에, 맥주는 냉장고에 있어. 후식은 브라우니야."

"맛있겠네." 레이가 말했다. 그는 어울리지 않게 주방을 어슬렁거렸다.

"도와주고 싶으면 식기세척기에서 그릇 좀 꺼내줘."

레이는 깨끗이 닦인 접시를 꺼내기 시작했다. 그러는 동안 말싸움으로 번지지 않을 만한 무난한 대화 주제를 생각해내려 머리를 굴렸다.

오늘 밤 모임은 매그즈가 제안한 것이었다. 매그즈는 어떤 식으로든 사건 해결을 축하해야 한다고 말했다. 레이는 매그즈가 말다툼을 사과하는 표시로 이런 의견을 냈을 수도 있다고 여겼다.

"제안해줘서 다시 한 번 고마워." 더 이상 침묵을 견디지 못하고 레이가 말했다. 그가 식기세척기에서 식기구 전용칸을 들어올리자 바닥에 물이 흘렀다. 매그즈가 그에게 행주를 건넸다.

"당신이 맡은 사건 가운데 가장 이목을 끈 사건이잖아. 당연히 자축해야지." 그녀는 레이에게서 행주를 받아 개수대에 떨어뜨렸다. "게다가 당신네 셋이서 내그즈 헤드에서 밤새 술 마시는 것보다는 여기 와서 밥을 먹고 맥주 몇 병 하는 편이……."

레이는 아내가 비난조로 하는 말을 묵묵히 받아들였다. 저녁 모임의 진짜 이유가 명확해졌다.

두 사람은 살얼음 위라도 걷는 듯 서로 조심하면서 몸을 움직였다. 레이가 소파에서 밤을 보내고 톰이 훔친 물건을 침실에 숨겨둔 일이 없었던 것처럼. 그는 매그즈를 슬쩍 보았지만 표정을 읽을 수는 없었다. 조용히 있는 것이 최선책이라 판단했다. 최근 들어 매그즈는 그가 하는 말을 모두 틀린 것처럼 받아들였다.

레이도 매그즈를 케이트와 비교하는 일이 어리석다는 것을 잘 알지만 어쨌든 직장에서는 마음이 한결 편했다. 케이트는 뚜렷한 이유 없이 불쾌감을 드러내는 일이 전혀 없었다. 무슨 말을 하더라도 머릿속으로 생각해보고 말하지 않아도 되었다. 반면 매그즈에게 난감한 주제를 꺼내려면 할 말을 미리 연습해야 했다.

그는 케이트가 오늘 밤 저녁 초대에 기꺼이 응할지 확신할 수 없었다.

"참석하고 싶지 않다고 해도 이해할게." 그가 이 말을 했을 때 케이트는 무슨 말인지 모르겠다는 표정을 지었다.

"왜 제가." 케이트가 입술을 깨물었다. "아, 알겠어요." 그녀는 레이의 심각한 표정을 흉내 내려다가 포기하고는 장난스럽게 눈을 반짝이며 말했다. "말씀드렸을 텐데요. 다 잊었다고. 경위님은 어떨지 몰라도 저는 그 상황을 충분히 감당할 수 있어요."

"나도 감당할 수 있어." 레이가 말했다.

그도 감당할 수 있기를 바랐다. 그러나 매그즈와 케이트가 같은 방에 나란히 앉아 있으리라 생각하니 몹시 불안해졌다. 전날 밤 소파에 뜬눈으로 누워 있을 때도 그는 그와 케이트가 키스한 사실을 매그즈가 알아차리고는 그에게 경고하려고 케이트를 초대했다는 생각을 떨칠 수 없었다. 매그즈가 남들이 보는 앞에서 싸움을 거는 사람이 아니라는 사실을 알았지만 오늘 밤 겪을지도 모를 갈등을 생각하니 식은땀이 났다.

"학교에서 오늘 톰한테 편지를 들려 보냈어." 매그즈가 말했다. 왈칵 말을 쏟아내는 것을 보니 레이가 퇴근한 뒤로도 그 생각에 여념 없었던 듯했다.

"무슨 일로?"

매그즈가 앞치마 주머니에서 편지를 꺼내 레이에게 건넸다.

스티븐스 씨와 스티븐스 부인께,

교내에서 발생한 문제로 나눌 말씀이 있으니 제 사무실을 통해 약속을 잡고 방문해주시면 감사하겠습니다.

이만 줄이겠습니다.

앤 컴벌랜드

몰랜드 다운스 중학교 교장

"올 것이 왔군!" 레이가 말하며 손등으로 편지를 쳤다. "학교에서 문제가 있다는 걸 인정하는군. 오래도 걸리네."

매그즈가 와인을 땄다.

"1년 넘게 톰이 왕따를 당한다고 말했는데 학교에서는 우리 이야기를 검토조차 하지 않았잖아?"

매그즈가 그를 바라보았다. 잠시 그녀 얼굴이 일그러지는가 싶더니 방어적인 표정이 사라졌다.

"어떻게 이런 일을 모르고 지나쳤을까?"그녀가 휴지를 찾아 카디건 주머니 안을 더듬었다. "엄마 노릇을 못한 것 같아!"다른 쪽 주머니를 뒤졌지만 그곳에도 휴지는 없었다.

"이봐 매그즈, 그러지 마."레이가 손수건을 꺼내 매그즈의 눈 밑으로 흘러내리는 눈물을 부드럽게 닦아주었다. "당신이 놓친 게 아냐. 우리 둘 다 모르고 지나간 게 아니라고. 톰이 중학교에 들어간 이후로 뭔가 잘못되고 있다는 것을 알았어. 처음부터 문제를 헤결헤딜라고 강력하게 요구했나 막야."

"하지만 문제를 해결하는 건 학교가 할 일이 아냐."매그즈가 코를 풀었다. "부모인 우리가 할 일이지."

"그럴 수도 있어. 하지만 문제가 발생한 곳은 집이 아니라 학교 잖아? 어쨌든 학교에서 인정했으니 실질적인 조치를 취할 거야."

"조치를 취했다가 톰이 더 좋지 않은 상황에 처하는 일이 없기를 바랄 뿐이야."

"몰랜드 다운스를 담당하는 치안 보조관과 이야기해볼게."레이가 말했다. "학교를 불시에 방문해서 왕따 행위를 적발할 수 있는지 알아봐야겠어."

"안 돼!"

매그즈의 격한 반응에 놀라 레이는 말을 멈추었다.

"이 일은 학교와 협력해서 해결하자. 경찰이 나서는 게 능사가 아냐. 이번만큼은 우리 가족 안에서 처리하자고. 알았지? 직장에서 톰 이야기를 하지 않았으면 좋겠어."

그 말이 끝나기 무섭게 초인종이 울렸다.

"오늘 괜찮겠어?" 레이가 물었다.

매그즈는 고개를 끄덕이고는 얼굴을 닦은 뒤 레이에게 손수건을 건넸다. "괜찮아."

레이는 현관 거울로 힐끗 자기 모습을 보았다. 안색이 회색으로 변해서 지쳐 보였다. 케이트와 스텀피를 돌려보내고 매그즈와 단둘이 있고 싶었다. 하지만 오후 내내 음식 준비를 한 것이 헛수고가 되면 매그즈가 좋아하지 않을 것이었다. 그는 한숨을 쉬고 문을 열었다.

케이트는 청바지에 무릎까지 오는 부츠를 신고 검은색 브이넥상의를 입고 있었다. 딱히 화려한 복장은 아니었지만 직장에서보다 젊고 여유로워 보였고 전체적으로 요염한 분위기를 풍겼다. 레이는 한 걸음 물러나 그녀를 현관으로 맞았다.

"정말 멋진 제안을 해주셨어요. 초대해주셔서 고맙습니다." 케이트가 말했다.

"와줘서 내가 고맙지." 레이가 말했다. 그는 케이트를 데리고 주방으로 향했다. "자네와 스텀피는 요 몇 달 동안 말도 못하게 열심히 일했어. 그런 두 사람의 노고를 치하하고 싶었던 것뿐이야." 그가 씩 웃었다. "좀더 정확하게 말하자면 이건 매그즈의 제안이야. 그러니 내게 고마워하지 않아도 돼."

매그즈가 온화하게 미소 지으며 그의 말이 맞다는 사실을 드러냈다. "안녕하세요, 케이트. 드디어 만나서 반가워요. 집 찾기 힘들지는 않던가요?" 매그즈와 케이트가 마주한 광경을 보고 레이는 두 여자의 차이에 깜짝 놀랐다. 매그즈는 옷을 갈아입을 틈이 없었기에 가슴에 소스가 점점이 튄 티셔츠를 그대로 입고 있었다.

여느 때와 마찬가지로 따사롭고 친근하며 상냥한 모습이었지만 케이트 옆에 서니 왠지 모르게…… 레이는 한참 생각한 뒤에 정확한 단어를 생각해낼 수 있었다. 매그즈는 케이트에 비해 '세련미'가 떨어졌다. 그렇게 생각하자마자 레이는 가슴을 찌르는 죄책감을 느끼고는 매그즈 옆으로 바짝 다가섰다. 가까이 다가서면 부정한 생각이 사라지기라도 하듯.

"주방이 무척 좋군요." 케이트가 오븐에서 막 꺼내 화이트 초콜릿을 뿌리고 식힘망에 올려둔 브라우니를 보았다. 그녀는 상자에 든 치즈케이크를 내밀었다. "디저트를 가져왔는데 지금 보니 좀 초라해 보이네요."

"정말 고마워요." 매그즈가 한 걸음 나아가 케이트에게서 상자를 받아 들며 말했다. "저는 다른 사람이 만든 케이크가 훨씬 더 맛있는 것 같더군요. 그렇지 않나요?"

케이트가 미소로 고마움을 표시했고 레이는 두려워한 만큼 저녁이 불편하지 않으리라는 생각에 천천히 안도의 한숨을 내쉬었다. 물론 스텀피가 빨리 온다면 더할 나위 없겠지만.

"자, 마실 것은 뭘 드릴까요?" 매그즈가 말했다. "레이는 맥주를 마실 테고. 와인도 있는데 어떠세요?"

"와인 좋죠."

레이가 계단 위를 향해 소리쳤다. "톰, 루시, 내려와서 인사드려. 둘 다 인사성이 없구나."

쿵쿵거리는 소리와 함께 아이들이 계단을 뛰어 내려왔다. 두 아이는 주방으로 와서 어색한 자세로 문간에 서 있었다.

"이분은 케이트야." 매그즈가 말했다. "아버지 팀의 수습 형사님이셔."

케이트를 깔아뭉개는 말에 레이는 눈이 휘둥그레졌지만 케이트는 아무렇지도 않은 듯했다.

"몇 달 지나면 정식 형사가 될 거야. 어떻게 지내니?"

"잘 지내요." 루시와 톰이 동시에 대답했다.

"네가 루시구나." 케이트가 말했다.

루시는 엄마에게서 물려받은 금발을 제외하고는 레이와 판박이였다. 두 아이를 본 사람들은 누구나 둘 다 레이를 꼭 닮았다면서 놀라곤 했다. 레이는 깨어 있는 아이들을 볼 때면 각자 개성이 너무 뚜렷하게 드러나서 자기와 닮은 점을 전혀 느끼지 못했다. 하지만 잠든 채로 가만히 누워 있는 아이들을 보면 자기 얼굴을 거울에 비춰보는 듯했다. 레이는 자기도 현재의 톰처럼 적대적으로 보일 때가 있지는 않은지 걱정스러워졌다. 톰은 바닥 타일에 원한이라도 품은 듯 찌푸린 표정으로 시선을 내리깔고 있었다. 젤을 발라 삐죽삐죽 세운 머리는 그의 표정만큼이나 도전적으로 보였다.

"이쪽이 톰 오빠예요." 루시가 소개했다.

"인사드려, 톰." 매그즈가 말했다.

"인사드려, 톰." 톰은 바닥에서 눈을 떼지 않은 채 그대로 따라 말했다.

매그즈는 화가 나서 톰을 행주로 가볍게 쳤다. "미안해요, 케이트."

케이트가 톰에게 활짝 웃었다. 톰은 계속해서 그 자리에 세워둘 것인지를 확인하려는 듯 매그즈를 흘낏 보았다.

"아이들이란!" 매그즈가 화난 목소리로 말했다. 그녀는 샌드위치 접시에서 랩을 벗겨내 톰에게 건넸다. "'노땅'들과 있고 싶지 않으면 둘이 위층에 가서 이거나 먹어." 그녀는 그런 단어를 뱉은 스스로에게 깜짝 놀란 척하며 눈을 크게 떴고 이에 루시가 깔깔거렸다. 하지만 톰은 눈을 치켜뜰 뿐이었다. 두 아이는 곧 위층으로 사라졌다.

"착한 아이들이에요." 매그즈가 말했다. "평소에는요." 매그즈는 혼잣말을 한 것인지 다른 사람에게 하는 말인지 알 수 없을 정도로 나지막하게 마지막 말을 덧붙였다.

"왕따 관련해서는 더 이상 문제가 생기지 않았나요?" 케이트가 물었다.

레이는 신음을 삼켰다. 매그즈를 바라보자 그녀는 그의 시선을 대놓고 피했다. 턱이 딱딱하게 굳어 있었다.

"모두 우리가 처리할 수 있는 문제예요." 매그즈가 딱 잘라 말했다.

레이는 찡그린 표정으로 케이트를 보면서 매그즈가 눈치채지 못하도록 사과를 전달하려 했다. 매그즈가 톰에 관한 일이라면 얼마나 예민하게 반응하는지 케이트에게 미리 말해주지 않은 것을 후회했다. 잠시 불편한 침묵이 흘렀다. 그때 레이의 휴대전화기에 문자메시지 수신음이 울렸다. 그는 안도하면서 호주머니에서 전화기를 꺼냈다. 그러나 화면을 본 순간 가슴이 철렁 내려앉았다.

"스텀피가 못 오게 됐대." 그가 말했다. "어머니가 또 넘어지셨다는군."

"크게 다치신 건 아니지?" 매그즈가 물었다.

"그런 것 같아. 지금 병원에 가는 길이래." 레이는 스텀피에게 답을 보내고 전화기를 다시 호주머니에 넣었다. "그럼 셋뿐이네."

케이트가 레이와 매그즈를 차례대로 보았다. 그러자 매그즈가 몸을 돌려 칠리를 젓기 시작했다.

"저." 케이트가 말을 꺼냈다. "다음에 스텀피가 올 수 있을 때 모이면 어떨까요?"

"무슨 소리야?" 레이가 명랑하게 말했지만 그가 듣기에도 가식적이었다. "이 많은 칠리를 어떻게 하라고. 누가 도와주지 않으면 절대 해치울 수 없는 양이야." 그는 매그즈를 바라보았다. 어느 정도는 매그즈가 케이트의 말을 받아들여 저녁을 취소하길 바랐다. 하지만 그녀는 계속해서 칠리를 휘저을 뿐이었다.

그러다 잠시 뒤 밝게 말했다. "맞는 말이야." 그녀가 오븐 장갑 두 짝을 레이에게 건넸다. "오븐에서 캐서롤을 꺼내주겠어? 케이트, 이 접시들을 식당에 가져다주겠어요?"

정해진 자리는 없었지만 레이는 무의식적으로 식탁의 상석에 자리를 잡았고 케이트가 그 옆에 앉았다. 매그즈는 쌀밥이 든 냄비를 식탁에 올려놓고 주방에 가서 치즈 가루가 든 그릇과 사워크림이 든 통을 들고 나왔다. 매그즈가 케이트 맞은편에 앉자 세 사람은 서로 접시를 전달하고 음식을 더느라 정신이 없었다.

본격적으로 식사를 시작하자 포크와 나이프가 그릇에 부딪혀 쩽그랑거리는 소리로 침묵이 한층 더 두드러졌다. 레이는 대화할 거리를 찾으려고 머리를 짜냈다. 그와 케이트가 일 이야기를 떠들어대면 매그즈가 탐탁치 않아 하겠지만 그것만큼 안전한 주제는 없었다. 말을 꺼내려는 찰나에 매그즈가 접시 옆에 포크를 내려놓고 말했다.

"범죄수사과에서 일해보니 어때요, 케이트?"

"정말 좋아요. 근무시간이 엄청나게 길지만 일은 재밌어요. 제가 정말 하고 싶던 일이니까요."

"경위가 아주 끔찍한 상사라 들었는데요."

레이가 매그즈를 흘겼지만 그녀는 유쾌한 미소를 띠며 케이트를 보고 있었다. 그래도 그를 엄습했던 불편한 심정은 사라지지 않았다.

"그렇게 끔찍하진 않아요." 케이트가 레이를 곁눈질하며 말했다. "다만 이렇게 지저분한 분을 어떻게 참고 사시는지 모르겠어요. 경위님 방은 엉망진창이에요. 마시다 만 커피 컵이 여기저기 널려 있어요."

"그건 일을 너무 열심히 하느라 커피 한 잔 비울 틈도 없어서야." 레이가 반박했다. 현재 상황을 생각하면 그의 낭비 습성에 관한 농담을 감수하는 것쯤은 아무 일도 아니었다.

"저이는 항상 옳죠. 그렇고 말고요." 매그즈가 말했다.

케이트가 잠시 생각하는 척하다 대꾸했다. "틀릴 때를 제외하면요."

그러고는 둘 다 웃음을 터뜨렸고 그러는 새에 레이도 긴장을 풀 수 있었다.

"경위님은 댁에서도 항상 〈불의 전차〉 주제곡을 흥얼거리시나요?" 게이드가 물었다. "직장에서저럼요?"

"낸들 아나요." 매그즈가 능수능란하게 받아쳤다. "집에서 볼 수가 없는데요."

유쾌하던 분위기가 사라졌고 그들은 한동안 침묵 속에서 먹기만 했다. 레이가 헛기침을 하자 케이트가 고개를 들었다. 미안하다는 듯한 그의 미소에 그녀가 어깨를 으쓱했다. 그가 고개를 돌리자 매그즈가 이마를 살짝 찡그린 채 두 사람을 보고 있었다. 그녀는 포크를 내려놓고 접시를 테이블 가장자리로 밀었다.

"일하던 때가 그리우세요?" 케이트가 물었다.

케이트 말고도 다들 매그즈가 아직도 서류 작업, 들쭉날쭉한 근무시간, 발을 닦고 나와야 할 정도로 지저분한 현장을 그리워하는지 물었다.

"네." 매그즈가 망설이지 않고 답했다.

레이가 고개를 들었다. "그래?"

매그즈는 레이 말을 듣지 못했다는 듯 케이트에게 계속 말했다. "정확히 말하자면 일이 그립다기보다 그 시절의 나로 돌아가고 싶어요. 할 말이 있고 남들에게 가르쳐줄 만한 것이 있었던 때라 그리워요." 레이가 먹던 동작을 멈추었다. 매그즈는 옛날과 다름없는 매그즈였다. 앞으로도 변함 없을 것이다. 경찰 신분증을 소지하고 말고가 그 사실을 바꿀 수는 없었다.

케이트가 무슨 말인지 알겠다는 듯 고개를 끄덕였다. 레이는 대화를 이어가려 애쓰는 그녀에게 고마웠다. "복귀하실 건가요?"

"무슨 수로요? 우리 집 남매를 누가 돌보겠어요?" 매그즈가 아이들 침실이 있는 위층을 눈으로 가리켰다. "저 사람은 말할 것도 없고요." 그녀는 레이를 보았지만 미소는 짓지 않았다. 레이는 아내 눈에 나타난 표정의 의미를 간파하려 했다. "사람들이 하는 말이 있잖아요. 큰일하는 남자 뒤에는 항상……."

"맞는 말이야." 레이가 갑자기 끼어들었다. 그의 활달한 어조는 지금까지 이어진 차분한 대화에 어울리지 않았다. 그는 매그즈를 바라보았다. "당신이 있어서 모든 일이 유지되는 거야."

"디저트 먹죠!" 매그즈가 별안간 자리에서 일어나면서 말했다. "칠리를 더 들고 싶지 않다면 말이에요. 어때요, 케이트?"

"디저트 좋아요. 제가 도와드릴까요?"

"오래 걸리지 않으니 그냥 계세요. 여기 좀 치우고 위층에 들러서 아이들이 말썽을 피우지 않는지 확인하고 올게요." 매그즈가 식기를 챙겨서 주방으로 갔다. 잠시 후 위층으로 올라가는 가벼운 발소리가 들리더니 루시의 침실에서 나직한 속삭임이 이어졌다.

"미안해." 그가 케이트에게 말했다. "아내가 갑자기 왜 저러는지 모르겠어."

"저 때문일까요?" 케이트가 물었다.

"아니, 그렇게 생각하지 마. 최근 매그즈 기분이 별로야. 톰 때문에 걱정이 많은 것 같아." 그는 케이트를 안심시키려고 미소 지었다. "다 내 잘못이야. 항상 그렇지."

두 사람은 다시 계단을 내려오는 매그즈의 발소리를 들었다. 잠시 뒤 매그즈가 브라우니 접시와 크림 병을 들고 나타났다.

케이트가 일어서서 말했다. "저, 디저트는 생략해야 할 것 같아요."

"그럼 과일이라도 드실래요? 멜론이 있는데 어때요?"

"아뇨. 너무 피곤해서 그래요. 정말 긴 한 주였거든요. 저녁 맛있게 잘 먹었어요. 고맙습니다."

"그렇다면 할 수 없죠." 매그즈가 브라우니를 내려놓고 말했다. "그레이 사건을 축하한다는 인사를 아직 못했어요. 레이 말로는 모두 케이트 덕분이라던데요. 이렇게 빨리 좋은 성과를 거두었으니 경력에 큰 도움이 될 거예요."

"글쎄요. 다같이 노력해서 해결한 걸요." 케이트가 말했다. "훌륭한 팀에 있는 덕분이죠."

레이는 케이트가 범죄수사과 전체를 말한다는 것을 알았다. 하지만 그녀가 팀 이야기를 하면서 자기를 쳐다보자 매그즈를 바라볼 용기가 나지 않았다.

세 사람이 현관으로 갔을 때 매그즈가 케이트의 뺨에 입을 댔다. "또 놀러오세요. 그럴 거죠? 만나서 반가웠어요." 레이는 아내의 목소리에서 위선을 감지한 것이 자기뿐이길 바랐다. 그는 케이트에게 입을 대야 할지 잠깐 망설였지만 매그즈의 시선을 느끼고 작별 인사만 했다. 레이는 케이트가 길을 걸어 내려가는 것을 보고 문을 닫아 잠근 다음에야 마음을 놓았다.

"음, 나라면 이런 브라우니를 마다하지 못할 텐데." 그가 짐짓 명랑하게 말했다. "당신도 먹을 거야?"

"다이어트 중이야." 매그즈가 말했다. 그녀는 주방으로 가서 다리미판을 펼치고는 다리미에 물을 넣고 데워지길 기다렸다. "스텀피 주려고 칠리와 쌀밥이 든 타파웨어를 냉장고에 넣어놨어. 내일 가져다줄래? 밤새 병원에 있으면 식사를 제대로 못 할 거야. 내일도 요리하고 싶지 않을 거고."

레이가 브라우니 접시를 주방으로 들고 들어가서 선 채로 먹었다. "고마워."

"스텀피는 좋은 사람이야."

"그렇지. 나는 동료 복이 있어."

매그즈가 잠시 침묵을 지켰다. 그녀는 바지 한 장을 다리기 시작했다. 그러다 무심하게 말했다. 다리미 끝으로 옷감을 꽉 누른 채였다.

"예쁘더라."

"케이트 말이야?"

"아니, 스텀피 말이야." 매그즈가 화난 얼굴로 레이를 보았다. "당연히 케이트 이야기지."

"그런 것도 같아. 실제로 그렇게 생각해본 적은 없지만 말야." 터무니없는 거짓말이었다. 그리고 매그즈만큼 그를 잘 아는 사람도 없었다.

그녀가 눈살을 찌푸렸지만 레이는 그녀의 미소를 보고 마음이 놓였다. 그는 위험을 무릅쓰고 가벼운 농담을 시도했다. "질투하는 거야?"

"전혀 아냐." 매그즈가 말했다. "솔직히 그 여자가 다림질을 해준다면 들어와서 살라고 하고 싶어."

"케이트에게 톰 이야기를 해서 미안해." 레이가 말했다.

매그즈가 다리미 버튼을 누르자 수증기가 쉬익 소리를 내며 바지에 닿았다. 그녀는 말하는 동안에도 다리미에서 눈을 떼지 않았다. "레이, 당신은 자기 일을 사랑하고 나도 당신이 사랑하는 일을 좋아해. 일도 당신 일부니까. 하지만 당신에게는 아이들과 내가 뒷전인 것 같아. 내가 보이지 않는 존재가 된 기분이야."

레이가 반박하려 입을 열었지만 매그즈가 고개를 내저었다.

"당신은 나보다 케이트에게 더 말을 많이 해." 그녀가 말했다. "오늘 저녁에 알게 된 사실이 있어. 두 사람 사이에는 교감이 있더군. 난 바보가 아니라서 당신이 누군가와 종일 일할 때 어떻게 하는지 잘 알아. 그 사람에게 별 이야기를 다하지. 그래, 그래도 좋아. 하지만 나한테 말하지 말라는 법은 없잖아." 그녀는 다시 수증기가 뿜어져 나오게 하고는 다리미를 앞뒤로 힘껏 움직였다. "임종 때 직장에서 더 많은 시간을 보낼걸 하고 후회하는 사람은 없어." 그녀가 말했다. "당신은 아이들이 자라나는 과정을 놓치고 있어. 얼마 뒤면 아이들이 집을 떠날 테고 당신도 은퇴하겠지. 그러면 당신과 나뿐인데 우리는 서로 할 말이 전혀 없을 거야."

레이는 아내 말이 틀렸다고 생각했고 그 생각을 표현할 말을 찾았지만 목구멍에 걸려 나오지 않았다. 그저 그녀 말을 떨쳐내려는 듯 고개를 흔들었다. 그에게 매그즈의 한숨 소리가 들린 것 같았다. 다시 한 번 수증기가 뿜어져 나오는 소리일 수도 있었다.

38

너는 그날 밤 베네치아에서 내가 한 일을 절대로 용서하지 않았다. 이후로는 내게 경계를 풀지도 않았고 완전히 항복하지도 않았다. 네 콧등에 든 멍이 희미해지고 그 일이 우리 둘의 기억에서 가물가물해진 뒤에도 네가 그 생각을 떨쳐버리지 못했다는 사실을 알고 있었다. 너는 언제나 괜찮다고 말했지만 맥주를 꺼내려 방을 가로지르는 내 움직임을 좇는 눈길이나 내게 대답하기 전에 머뭇거리는 말투에서 생각을 읽었다.

결혼기념일에 우리는 저녁을 먹으러 나갔다. 나는 채플 로의 고서적상에서 로댕에 관한 가죽 장정본을 발견하고는 예식일에 챙겨둔 신문지로 싸서 네게 건넸다.

"원래 결혼 1주년 선물은 신문지야." 내 말에 네 눈이 환해졌다.

"멋져요!" 너는 조심스레 신문지를 접어 책 안에 넣었다. 그 안에서 "나날이 더 많이 사랑하게 되는 제니퍼를 위해"라고 쓴 메모를 발견하고는 내 입술에 열렬하게 키스하고 이렇게 말했다. "내가 당신을 정말 사랑한다는 거 알 거예요."

어떤 때에는 그 말이 사실인지 확신할 수 없었다. 하지만 너에게 느끼는 감정만큼은 늘 확신했다. 두려울 정도로 너를 너무 많이 사랑했다. 누군가를 미친 듯이 원한 나머지 그를 곁에 두기 위해서라면 무슨 짓이든 할 수 있다는 사실을 전에는 깨닫지 못했다. 너를 다른 사람들에게서 떼어놓을 수만 있다면 무인도라도 데려가고 싶은 심정이었다.

"이번에 성인반을 맡아달라는 부탁을 받았어요." 식당에서 자리를 안내받으며 네가 말했다.

"돈은 얼마나 준대?"

네가 콧등을 찌푸렸다. "형편없죠. 하지만 우울증이 있는 사람들에게 할인된 가격으로 제공하는 치료 과정이에요. 정말 보람 있을 거예요."

내가 코웃음 쳤다. "웃기는 소리 하네."

"창작 활동과 사람의 기분 사이에는 강력한 상관관계가 있어요." 네가 말했다. "그 사람들의 회복에 도움이 된다는 사실을 확인하면 정말 기쁠 것 같아요. 그리고 8주 과정밖에 되지 않아요. 다른 수업들 사이사이에 끼어넣으면 돼요."

"그렇게 해도 네 일을 할 시간이 충분하면 상관없어." 어느새 네 작품을 진열하는 상점이 다섯 군데로 늘어났다.

네가 고개를 끄덕였다. "괜찮을 거예요. 정기적으로 들어오는 주문은 감당할 수 있어요. 그리고 당분간은 의뢰 건수를 조절하려고 해요. 뭐랄까, 이렇게 수업을 많이 맡게 될 줄은 생각지도 못했거든요. 내년에는 줄여야겠어요."

"음, 흔히 하는 말이 있잖아." 내가 웃으며 말했다. "유능한 자들은 일선에서 일하고 무능한 자들은 교사가 된다!"

너는 아무 말도 하지 않았다.

우리가 주문한 음식이 나오자 웨이터가 필요 이상으로 요란을 떨면서 네 냅킨을 펼치고 와인을 따랐다.

"일 관련해서는 별도로 은행 계좌를 개설하는 쪽이 좋을 수도 있겠어요." 네가 말했다.

"왜 그래야 하는데?" 네가 누구에게서 그런 이야기를 주워들었는지, 어째서 그 사람들과 우리의 재정 상황에 대해 이야기를 나누었는지 알고 싶었다.

"세금을 신고할 때 수월해질 거예요. 모든 거래가 한 계좌로 이루어지니까요."

"그렇게 해봐야 서류 작업만 늘 뿐이야." 나는 스테이크를 반으로 잘라 내가 요구한 만큼 익혔는지 확인하고 기름기를 떼어내 접시 가장자리에 두었다.

"상관없어요."

"아냐. 계속해서 내 계좌로 입금돼야 일이 편해." 내가 말했다. "어쨌든 주택 담보 대출을 갚아나가고 생활비를 내는 사람은 나야."

"그렇죠." 네가 리조토를 깨작거렸다.

"현금이 더 필요한 거야?" 내가 말했다. "원한다면 이번 달에 생활비를 좀더 많이 줄게."

"조금 더 필요하긴 해요."

"어디에 쓸 건데?"

"쇼핑하러 가고 싶었어요." 네가 대답했다. "옷을 몇 벌 사야 하거든요."

"나와 같이 가지 그래? 너도 네가 옷 살 때 어떻게 되는지 알잖아. 네가 고른 옷들은 집에 와서 입어보면 항상 끔찍하지. 결국 그중 절반은 반품하잖아." 나는 소리 내어 웃고는 맞은편으로 손을

368

뻗어 네 손을 꽉 잡았다. "휴가를 하루 낼 테니까 나가서 즐겁게 시간을 보내자. 괜찮은 식당에서 점심을 먹고 상점을 돌아다니면서 신용카드를 마음껏 긁는 거지. 좋은 생각이지?"

네가 고개를 끄덕이는 것을 보고 나는 스테이크를 먹는 데 몰두했다. 잠시 뒤 레드 와인을 한 병 더 주문했다. 한 병 다 비우고 나니 식당 안에는 우리 말고는 아무도 없었다. 나는 지나칠 정도로 팁을 많이 남겨두고 내 코트를 들고 온 웨이터에게 쓰러졌다.

"미안해요." 네가 말했다. "남편이 술을 좀 많이 마셨어요."

웨이터가 정중하게 미소 지었다. 나는 가만히 있다가 밖으로 나온 뒤 네 팔을 엄지와 검지로 꼬집었다.

"다시는 나를 대신해서 사과하지 마."

너는 충격받은 표정이었다. 왠지는 나도 몰랐다. 베네치아의 그날 밤 이후로 네가 기대앴던 것이 이런 일 아니었나?

"미안해요." 네 말에 내가 네 팔을 풀고 손을 잡았다.

집에 도착했을 때는 늦은 시각이었고 너는 곧바로 위층으로 올라갔다. 아래층 전등을 끄고 네게로 갔지만 너는 이미 잠자리에 누워 있었다. 내가 네 옆에 눕자 너는 내 쪽으로 몸을 돌려 키스하고 내 가슴을 어루만졌다.

"미안하고 사랑해요." 네가 말했다.

눈을 감고 네가 이불 밑으로 살며시 들어오기를 기다렸다. 물론 그래봐야 아무 소용없으리라는 사실을 잘 알았다. 와인을 두 병이나 마신 데다 네가 키스했을 때 그리 흥분되지 않았기 때문이다. 나는 네가 애쓰도록 잠시 내버려두다가 네 머리를 밀쳐냈다.

"이제는 널 봐도 흥분이 되지 않아." 그리고는 벽 쪽으로 돌아누워 눈을 감았다. 너는 일어나 욕실로 들어갔다. 네 울음소리를 들으며 잠에 빠졌다.

결혼하고 나서 바람피우려고 의도한 적은 없었지만 너는 더 이상 잠자리에서 나를 즐겁게 하려고 노력하지 않았다. 한눈이라도 팔지 않으면 관계하는 내내 눈을 감고 있는 마누라와 정상 체위밖에 할 수 없는데 네가 나를 비난할 수 있을까? 나는 금요일마다 퇴근 뒤면 밖으로 나돌기 시작했다. 그러면서 잠자리 상대를 만나 실컷 데리고 놀다가 새벽에야 집으로 돌아왔다. 너는 전혀 신경 쓰지 않는 듯했고, 얼마 지나지 않아 나는 외박을 일삼기 시작했다. 토요일 점심시간 때쯤 집으로 기어들어 와서 작업실로 너를 찾아가면 너는 어디 갔다 왔는지, 누구와 있었는지 물어보는 법이 없었다. 내게 그 일은 일종의 게임이 되었다. 너를 얼마나 더 몰아붙이면 나를 배신자라고 비난할지 확인하고 싶었다.

네가 그렇게 말한 날 나는 축구를 보고 있었다. 발을 뻗고 앉아 차가운 맥주를 마시면서 맨체스터 유나이티드가 첼시를 상대로 펼치는 경기를 보고 있었다. 그때 네가 텔레비전을 가리고 섰다.

"당장 비켜! 지금 연장전이 시작됐단 말야!"

"샬럿이 누구죠?" 네가 물었다.

"무슨 말이야?" 나는 화면을 보려고 목을 길게 뺐다.

"당신 코트 주머니 안에 있던 영수증에 그 이름과 전화번호가 쓰여 있더군요. 그 여자 누구예요?"

마지막 호각이 울리기 직전에 맨체스터 유나이티드가 득점을 올리자 텔레비전에서 환호성이 터져 나왔다. 나는 한숨을 쉬고는 리모컨에 손을 뻗어 텔레비전을 껐다.

"이제 만족해?" 담배를 피우면 화가 폭발하리라는 사실을 알면서도 담배에 불을 붙였다.

"밖에 나가서 피우면 안 돼요?"

"응, 안 돼." 한 줄기 연기를 네 얼굴에 불면서 말했다. "여긴 네

집이 아니라 내 집이니까."

"샬럿이 누구예요?"너는 몸을 떨면서도 내 앞에서 비키지 않고
서 있었다.

내가 웃음을 터뜨렸다. "나도 몰라." 사실이었다. 그 여자에 대
해 기억나는 것이 하나도 없었다. 그저 그렇고 그런 여자 중 하나
였겠지. "나한테 홀딱 반한 웨이트리스쯤 되겠지. 영수증을 확인
하지도 않고 코트 주머니에 넣었을 거야." 변명하는 기색 하나 없
이 술술 말했더니 네가 머뭇거리기 시작했다.

"별것도 아닌 일로 몰아세우지 않았으면 좋겠어." 나는 네 눈을
도전적으로 쳐다보았다. 하지만 너는 고개를 돌리고 더는 말하지
않았다. 웃음이 터져나올 뻔했다. 너는 만만한 상대였다.

자리에서 일어났다. 그날 넌 브래지어를 입지 않은 채 민소매
티셔츠를 입고 있었다. 가슴골 윤곽이 드러나고 옷감 밑으로 유두
가 비쳤다. "그런 차림으로 밖에 나가?"내가 물었다.

"가게에 갈 때만요."

"그렇게 젖꼭지를 다 드러내고?"내가 말했다. "남들한테 헤프
게 보이고 싶은 거야?"

너는 두 손을 가슴께로 올렸고 나는 그 손을 밀어냈다.

"생판 모르는 놈들은 봐도 되고 나는 안 된다는 거야? 너한테는
선택할 여지가 없어, 제니퍼. 창녀이거나 그렇지 않거나 둘 중 하
나지."

"난 그런 여자가 아니에요." 네가 차분하게 말했다.

"하지만 내가 서 있는 자리에서는 그렇게 보여." 나는 손을 올
려 담배꽁초로 네 가슴 사이를 눌러 자근자근 비볐다. 방을 나가
는데 네 비명이 들렸다.

39

아침 회의를 마치고 방으로 성큼성큼 걸어가는 레이를 접수계 직원인 레이첼이 멈춰 세웠다. 레이첼은 50대 초반의 날씬한 여성으로 단정하고 오목조목한 이목구비와 짧게 자른 은발이 특징이었다.

"레이, 당신이 오늘 당직 경위인가요?"

"네." 그 질문 다음에 좋은 이야기가 이어진 적 없다는 사실을 잘 아는 레이가 석연찮은 얼굴로 대답했다.

"이브 매닝스라는 여성이 접수계로 찾아와서 신변 위협을 신고하고 싶대요. 여동생이 걱정된다는군요."

"정복조가 맡으면 되잖아요?"

"모두 나갔어요. 신고자가 많이 걱정하고 있어요. 접수계에 말하려고 벌써 한 시간이나 기다렸고요." 레이첼은 그 이외에는 아무 말도 하지 않았다. 그럴 필요 없이 그저 수수하고 테 넓은 안경 너머로 레이를 바라보고 그가 옳은 일을 할 때까지 잠자코 있으면 됐다. 그런 그녀를 보면 레이는 상냥하면서도 엄격한 숙모에게 꾸지람을 듣는 기분이었다.

레이첼 뒤를 보니 어떤 여자가 접수계 앞에 서서 휴대전화로 무엇인가를 하고 있었다.

"저 사람인가요?"

이브 매닝스는 경찰서보다 커피숍에 있는 것이 더 어울릴 법했다. 큼직한 단추와 꽃무늬 안감이 돋보이는 밝은 노란색 코트를 입고 고개를 숙여 휴대전화를 들여다보는 동안 윤이 나는 갈색 머리가 어깨에서 찰랑거렸다. 얼굴이 상기되어 있었는데 심리 상태 때문만은 아닐 수 있었다. 경찰서의 중앙난방 시스템은 북극과 열대라는 두 가지 설정만 갖춘 듯했고 그날은 열대로 설정된 것이 분명했다. 레이는 경찰관이 직접 신변 위협 신고를 받아야 한다고 명시한 규정을 마음속으로 욕했다. 레이첼만큼 유능한 직원이면 순분히 그런 신고를 받을 수 있다고 생각했다.

레이가 한숨을 쉬었다. "좋아요. 누구든 내려보내서 만나보라고 할게요."

레이첼이 만족한 표정으로 접수계로 돌아갔다.

위층으로 올라간 레이는 자리에 앉아 있는 케이트를 봤다. "접수계로 내려가서 신변 위협 신고 좀 처리해주겠어?"

"정복조가 하면 되잖아요?"

레이가 케이트의 표정을 보고 웃었다. "나도 그렇게 물어봤는데 다들 나갔대. 가봐. 20분 이상 걸리지 않을 거야."

케이트가 한숨을 내쉬었다. "제가 거절하지 못할 걸 아시니 제게 부탁하시는 거죠?"

"그런 말을 하는 상대가 누군지 잊지 말도록." 레이가 씩 웃었다. 케이트는 눈을 치켜떴지만 보기 좋은 홍조가 그녀 뺨을 물들였다.

"그럼 무슨 일인지 이야기해주실래요?"

레이가 레이첼에게서 받은 종이를 케이트에게 건넸다. "이브 매 닝스란 여자야. 아래층에서 기다리고 있어."

"좋아요. 하지만 저한테 술 한잔 사셔야 해요."

"그럴게!" 레이가 범죄수사과를 나서는 케이트에게 소리쳤다. 얼마 전 그는 케이트에게 저녁 식사에서 어색한 분위기가 흘렀던 일을 사과했다. 그녀는 아무렇지 않다고 말했고, 이후 두 사람은 그 이야기를 꺼내지 않았다.

레이는 자기 방으로 들어갔다. 서류 가방을 열자 수첩에 매그즈 가 붙여놓은 포스트잇이 눈에 띄었다. 다음 주 학교에서 있을 면 담 일시가 적혀 있었다. 매그즈는 그가 잊어버릴까봐 붉은 펠트펜 으로 동그라미까지 쳐놓았다. 레이는 그 포스트잇을 컴퓨터 앞에 붙였는데 그곳에는 중요하다고 생각해서 붙여놓은 포스트잇이 가 득했다.

그가 미결함의 서류를 한참 훑어보고 있는데 케이트가 문을 두 드렸다.

"방해하지 말아줘." 레이가 말했다. "일에 몰두하고 있거든."

"오늘 받은 신변 위협 신고에 관해서 말씀드려도 될까요?"

레이가 하던 일을 멈추고 케이트에게 앉으라고 손짓했다.

"무슨 일 하세요?" 그녀가 책상 위에 산더미같이 쌓인 서류를 보고 물었다.

"행정적인 일이지. 대부분 서류 정리와 지난 6개월 동안 썼던 경비 처리야. 회계 부서에서 오늘까지 제출하지 않으면 정산해주 지 않겠대."

"경위님은 비서를 두셔야 해요."

"그보다는 이런 잡스러운 일을 할 필요 없이 경찰 일을 했으면 좋겠어. 미안해. 신고자에게 들은 이야기를 해봐."

케이트가 메모한 내용을 보면서 말했다. "이브 매닝스는 옥스퍼드에 살지만 동생인 제니퍼는 브리스톨에서 남편인 이안 피터슨과 산대요. 이브는 5년 전 동생과 사이가 틀어진 이후로 동생이나 제부를 본 적이 없었대요. 그런데 몇 주 전 피터슨이 예고도 없이 이브 집으로 찾아와서 동생 행방을 묻더라네요."

"동생이 집을 나간 건가?"

"그런가봐요. 몇 달 전 동생에게서 카드를 받았는데 어디 소인 인지 알 수 없어서 봉투를 버렸대요. 그런데 그 카드가 조각조각 찢긴 채로 선반 탁상시계 뒤에 숨겨져 있었다는군요. 매닝스 부인은 자기 집에 왔던 제부가 그런 짓을 했을 거라 확신하고 있어요."

"어째서 그 사람이 그랬을 거라고 생각한대?"

케이트가 어깨를 으쓱했다. "모르겠어요. 매닝스 부인도 그 이유는 설명하지 못했어요. 하지만 그 일로 엔기 모그에 볼인에게서 동생을 실종 신고하고 싶대요."

"하지만 동생이 실종되지 않은 건 분명하잖아." 레이가 버럭 화를 내며 말했다. "카드를 보냈다면 실종된 게 아냐. 그냥 아무도 찾지 못하는 곳으로 잠적한 거지. 실종과 잠적은 완전히 달라."

"저도 그렇게 말했어요. 어쨌든 경위님 보시라고 내용을 적어뒀어요." 그녀가 손 글씨 적힌 종이를 넣은 투명 파일을 레이에게 전달했다.

"고마워. 한번 볼게." 레이가 받아서 책상을 가득 메운 서류 사이에 놓았다. "이 서류를 다 훑어보려면 늦어질 텐데 그때까지 있다가 술 한잔할까? 난 한잔 마셔야 할 것 같아."

"기다릴게요."

"좋아." 레이가 말했다. "톰이 방과 후에 어딜 간다고 해서 7시에 태우러 가기로 했어. 시간이 많지는 않아."

"괜찮아요. 톰에게 친구들이 생기고 있는 건가요?"

"그런 것 같아." 레이가 말했다. "어떤 친구들인지 말은 하지 않지만. 다음 주에 학교에 가보면 좀더 자세히 알게 되겠지. 하지만 마음을 놓은 건 아냐."

"음, 이따 퍼브에서 공명판 역할을 해드릴 테니 다 털어놓고 마음을 비우세요." 케이트가 말했다. "뭐, 제가 10대 청소년에 관해 조언할 수는 없지만요."

레이가 껄껄 웃었다. "10대 청소년을 제외한 주제라면 뭐든 환영이야."

"그렇다면 기꺼이 경위님 기분을 전환시켜드릴게요." 케이트가 환하게 웃자 갑자기 레이의 머릿속에 그날 밤 그녀의 아파트 앞에서 있었던 일이 떠올랐다. 케이트도 그 일을 생각했을까? 물어볼까 생각했지만 케이트는 이미 방을 나가 자기 자리로 향하고 있었다.

레이는 매그즈에게 문자메시지를 보내려고 휴대전화를 꺼냈다. 그는 화면을 들여다본 채로 매그즈의 분노를 불러일으키거나 새빨간 거짓말이 아닌 내용을 생각해내려 머리를 짜냈다. 조금이라도 진실을 왜곡해서는 안 된다고 생각했다. 케이트와 한잔하는 것이나 스텀피와 한잔하는 것이나 다를 바가 없지 않은가. 레이도 머릿속으로는 그 두 가지가 어째서 같지 않은지 알고 있었지만 내면의 목소리를 애써 무시했다.

그는 한숨을 쉬고 문자메시지를 보내지 않은 채로 전화기를 다시 호주머니에 넣었다. 아무것도 말하지 않는 편이 훨씬 마음 편했다. 열린 방문 사이로 자기 자리에 앉아 있는 케이트의 머리가 흘낏 보였다. 그녀가 기분을 전환해주는 것은 분명했다. 다만 그녀를 그렇게 생각하는 것이 올바른지 확신할 수 없었다.

40

다시 사람들 앞에 모습을 드러내야 할 때까지 2주가 남았다. 그 내쯤이면 팔에 난 멍도 보라색에서 연초록색으로 옅어지겠지. 피부에 난 타박상 흔적이 얼마나 망측하게 보일지 생각하니 정신이 번쩍 든다. 2년 전만 해도 그런 자국은 머리카락 색처럼 나를 이루는 특징이나 다름없었다.

개 사료가 필요해서 어쩔 수 없이 밖에 나간다. 스완지로 가는 버스를 타려고 보우를 집에 두고 왔다. 그곳 슈퍼마켓에서라면 포근한 날씨에 스카프로 목을 감싸고 바닥에 시선을 고정한 여자를 아무도 눈여겨보지 않을 것이다. 야영장으로 이어진 오솔길을 따라 걷지만 누가 나를 보고 있다는 기분을 떨칠 수 없다. 뒤를 돌아보고는 엉뚱한 방향으로 가려 했다는 사실을 알고 겁에 질린다. 방향을 틀자 길이 없다. 시야를 가리는 검은 반점 때문에 제대로 볼 수 없어서 제자리에서 맴돈다. 그 물체는 어느 방향을 보든 짜증 날 정도로 시야를 가로막는다. 극심하게 두려워서 심장이 아플 정도다. 금방이라도 공황 상태에 빠질 것만 같다. 야영장과 베선의 상점이 있는 낮은 건물이 보일 때까지 뛰다 걷기를 반복한다. 마침내 심장 고동이 잦아들고 다시 마음을 추스르려고 안간힘을 다한다. 이럴 때면 이렇게 살 바에야 감옥에 가는 것이 반가운 해결책이라고 생각한다.

베선의 주차장은 야영장에 머무르는 사람들을 위한 것이지만 해변에 가까워서 해안 길을 따라 산책하려는 사람들도 자주 이용했다. 베선은 성수기에만 '전용 주차장'이라는 큰 팻말을 세워놓을 뿐 평소에는 누가 이용하든 개의치 않으며 차에서 피크닉 용품을 내리는 가족을 볼 때면 상점에서 나와 주차료를 부과했다. 야영장이 문을 닫는 이맘때쯤이면 개를 산책시키는 사람이나 대담한 하이커가 주차해둔 차만 간간히 눈에 띄었다.

"당연히 제나도 이용할 수 있어요." 그녀가 처음 만난 날 한 말이다.

"저는 차가 없어요."

베선은 내 방문객들도 자기네 주차장을 써도 된다고 했고 찾아올 사람이 없다는 내 이야기에는 별다른 말을 하지 않았다. 사실 내 방문객이라고는 패트릭뿐이었다. 그는 항상 베선의 주차장에 랜드로버를 세워두고 내 집까지 걸어왔다. 그 기억이 나를 사로잡기 전에 머리에서 떨쳐낸다.

지금은 차가 몇 대 없다. 베선의 낡은 볼보와 처음 보는 승합차와……. 눈을 꼭 감고 고개를 흔든다. 그럴 리 없다. 저기에 내 차가 있을 리 없다. 땀이 솟는다. 공기를 들이마시면서 지금 눈앞에 보이는 것이 무엇인지 알아내려 한다. 앞 범퍼는 금이 갔고 차창 한가운데에는 주먹만한 크기로 거미줄 모양의 균열이 나 있다.

내 차다.

전혀 이해할 수 없다. 브리스톨을 떠날 때 차를 두고 왔다. 경찰이 찾아낼 거라 생각해서라기보다는(물론 그런 생각이 스치기는 했지만) 차마 쳐다볼 용기가 나지 않아서였다. 잠시 정신이 혼미한 상태에서 경찰이 차를 찾아낸 다음 내가 어떻게 반응하는지 시험해보려고 여기로 가져온 것이 아닌지 의심해본다. 무장 경찰관들이 달려들기라도 할까봐 주차장을 둘러본다.

제정신이 아니기에 이 차가 얼마나 중요한지, 사건과 관련이 있기는 한지 가늠할 수 없다. 하지만 중요하지 않다면 경찰이 나더러 차를 어떻게 했는지 말해보라고 추궁하지 않았을 것이다. 당장 이 차를 없애야 한다. 이제까지 본 영화들을 생각해본다. 절벽에서 밀어서 떨어뜨릴까? 불에 태울까? 성냥과 라이터 기름이나 석유가 필요할 것이다. 하지만 어떻게 베선에게 들키지 않고 차에 불을 붙일 수 있을까?

상점을 흘낏 보지만 칭가에 배신의 모습이 보이지 않는다. 숨을 깊이 들이마시고 주차장을 가로질러 내 차로 다가간다. 열쇠는 시동 장치에 꽂혀 있다. 주저하지 않고 차 문을 열어 운전석에 앉는다. 즉시 사고의 기억이 나를 괴롭힌다. 제이콥의 어머니가 지르던 비명과 내가 겁에 질려 울부짖던 소리가 들린다. 머리를 흔들고 침착함을 되찾으려 한다. 시동이 한 번에 걸린다. 펜파흐로 몰고 가려고 재빨리 주차장을 빠져나온다. 이제 베선이 밖을 내다보더라도 내 모습을 들킬 위험은 없다. 그저 달리는 차와 그 뒤로 이는 자욱한 먼지만 보일 것이다.

"다시 운전대를 잡으니 기분 좋아?"

이안이 침착하고 건조하게 말한다. 나는 급히 브레이크를 밟는다. 차는 왼쪽으로 방향을 확 틀고 핸들에서 두 손이 미끄러진다. 차 문에 손을 뻗치고 나서야 그 목소리가 CD 플레이어에서 흘러나온다는 것을 알아차린다.

"네가 이 작은 차를 그리워하고 있을 거라 생각해. 그렇지? 이 차를 되돌려준다고 해서 내게 고마워할 필요는 없어."

그의 목소리를 듣자마자 영향을 받는다. 갑자기 작아진 듯하고 안으로 숨으려는 듯 운전석에 등을 기대며 몸을 움츠린다. 손이 뜨겁고 축축하다.

"우리가 한 결혼 서약 잊었어, 제니퍼?"

미친 듯이 고동치는 심장을 진정시키려 손으로 가슴을 누른다.

"너는 내 옆에 서서 우리가 살아 있는 한 나를 사랑하고 내게 순종할 거라 맹세했어."

그는 나를 조롱하고 있다. 내가 오래전에 한 결혼 서약을 박자를 넣어 읊지만 그에 어울리지 않게 목소리는 차갑다. 이안은 정신이상이다. 지금에야 그 사실을 깨닫는다. 그 오랜 세월 동안 그 사람이 어떤 짓을 저지를 수 있는 사람인지도 모르고 그 옆에 누워서 잤다는 것을 생각하니 공포스럽다.

"경찰서로 달려가 내 이야기를 하는 건 나를 공경하는 행동이 아니잖아, 제니퍼? 경찰한테 우리 사이에 무슨 일이 일어나고 있는지를 일러바치는 것도 내게 순종하는 사람이라면 할 수 없는 짓이야. 이것만 기억해둬. 나는 항상 네가 달라고 한 것만 줬다는 사실을⋯⋯."

더 이상 들을 수 없다. 버튼을 누르자 CD가 괴로울 정도로 천천히 나온다. 플레이어에서 CD를 잡아채어 두 동강으로 분지르려 하지만 휘어질 기미도 보이지 않는다. 그 반짝거리는 표면에 악을 쓰는 내 얼굴이 일그러져 비친다. 차에서 나와 CD를 산울타리로 던져버린다.

"나 좀 내버려둬! 그냥 좀 내버려두라고!"

높이 쳐 있는 산울타리를 따라 미친 듯이, 위험하게 차를 몰고 펜파흐를 빠져나와 시골로 향한다. 사시나무 떨 듯 몸을 떨면서 변속할 수 있을 리 만무하다. 2단에 놓고 달리려니 차가 끼익끼익 소리를 내며 반항한다. 이안의 목소리가 머릿속에서 끊임없이 울린다.

'우리가 살아 있는 한.'

길에서 조금 벗어난 곳에 무너져 내린 헛간이 보인다. 근처에 다른 집이 눈에 띄지도 않는다. 울퉁불퉁한 농로로 방향을 틀어 그 헛간으로 차를 몰고 간다. 가까이 가 보니 지붕이 없어져 헐벗은 서까래가 하늘로 치솟아 있다. 헛간 한쪽 끝에는 타이어 더미와 녹슨 기계가 잔뜩 쌓여 있다. 그거면 된다. 다른 쪽 끝으로 가서 헛간 한구석에 차를 밀어 넣는다. 바닥에 쌓인 방수포를 질질 끌고 와서 펼치자 접힌 부분에 고였던 물이 내게 쏟아진다. 악취가 진동한다. 방수포로 차를 덮는다. 그렇게 놔두는 건 모험이지만 실은 초록색 방수포를 뒤집어 쓴 차는 헛간에 동화되어 보이지 않는다. 게다가 옮겨진 물건은 아무것도 없는 듯 보인다.

집까지 먼 길을 걷기 시작한다. 펜파흐에 처음 도착했던 날이 떠오른다. 앞에 펼쳐진 미래가 두고 온 과거보다 훨씬 더 불투명하던 때였다. 이제는 미래에 어떤 일이 있을지 알 수 있다. 펜파흐에서 2주 더 있다가 브리스톨로 돌아가 선고를 받으면 안전해질 것이다.

앞에 버스 정류장이 있지만 발걸음 소리를 벗 삼아 계속해서 걷는다. 마음이 차츰 가라앉는다. 이안은 게임을 하고 있을 뿐이다. 나를 죽일 작정이었다면 오두막에 왔을 때 죽였을 것이다.

늦은 오후가 돼서야 오두막에 도착한다. 하늘에는 먹구름이 모여들고 있다. 집에 잠깐 들러 방수 재킷을 걸쳐 입고 바깥에서 보우를 부른다. 보우가 뛸 수 있도록 해변으로 내려간다. 바다와 가까운 곳으로 내려가자 다시 호흡이 편해진다. 앞으로 이 모든 것을 그리워하리라.

견딜 수 없을 정도로 감시당하고 있다는 기분이 든다. 몸을 돌려 바다를 등지고 선다. 절벽 꼭대기에 나를 향해 선 형체를 보자 공포감이 엄습하고 심장이 빨라진다. 보우를 불러 목걸이에 손을 얹었지만 보우는 짖으면서 내게서 벗어나더니 모래를 가로질러 하늘을 배경으로 윤곽만 드러난 남자가 서 있는 곳으로 이어지는 길을 향해 달린다.

"보우, 돌아와!"

보우는 내 목소리를 듣지 못하고 계속해서 질주한다. 나는 그 자리에서 꼼짝도 못한다. 보우가 해변 끝까지 가서 길을 따라 절벽 꼭대기로 껑충껑충 뛰어 올라갈 때에야 그 형체가 움직인다. 남자는 몸을 숙여 보우를 쓰다듬는다. 그 익숙한 몸동작의 주인공을 알아본다. 패트릭이다.

마지막으로 만난 이후로 패트릭과 마주치는 것을 전보다 더 두려워했을지도 모른다. 하지만 지금 그를 보니 이루 말할 수 없이 안도감이 들어 의식하지 못하는 새에 보우가 모래에 남겨놓은 발자국을 따라 패트릭과 보우에게 간다.

"어떻게 지내요?" 패트릭이 인사한다.

"잘 지내요." 우리는 잘 모르는 사람처럼 서로 안부를 물으며 걷는다.

"음성 메시지를 남겼어요."

"알아요." 그 메시지들을 듣지 않았다. 처음에는 들었지만 이후로는 내가 그에게 한 짓을 직면할 용기가 나지 않아 듣지도 않고 지워버렸다. 그러다 결국 전화기를 끄고 지냈다.

"보고 싶었어요, 제나."

그의 분노를 이해하고 감당할 수 있었다. 하지만 이렇게 차분하게 애원하는 그를 보니 결의가 무너져 내렸다. 오두막으로 걷기 시작한다. "여기에 있으면 안 돼요." 감시당하고 있는지 주위를 둘러보고 싶은 마음을 애써 참는다. 이안이 우리 둘이 있는 것을 볼까봐 두렵다.

뺨에 떨어지는 빗방울을 느끼고 재킷에 달린 모자를 뒤집어쓴다. 패트릭이 내 곁에서 성큼성큼 걷는다.

"제나, 나와 이야기해요. 그만 도망쳐요!"

내가 평생 한 짓이 바로 도망치는 것이었기에 뭐라 변명할 수 없다.

번개가 번쩍 하더니 숨이 멎을 정도로 세차게 비가 쏟아진다. 우리 그림자가 사라질 정도로 하늘이 갑자기 어두워진다. 보우는 귀를 눌러뜨린 채 땅바닥에 볼을 붙이고 긴는다. 오두막까지 달려가 문을 비틀어 열자 천둥이 친다. 보우가 패트릭과 나를 지나쳐 위층으로 달려 올라간다. 내가 부르지만 돌아오지 않는다.

"가서 보우가 괜찮은지 볼게요." 패트릭이 계단을 올라가고 나는 대문에 빗장을 지르고는 금세 그를 따라 올라간다. 패트릭은 침실 바닥에 앉아 파르르 떨고 있는 보우를 안고 있다. "이 녀석들은 똑같아요." 그가 살짝 웃으면서 말한다. "아주 예민한 푸들이나 거친 마스티프나 종을 불문하고 천둥과 불꽃을 싫어하죠."

그 옆에 무릎을 꿇고 앉아 보우의 머리를 쓰다듬는다. 보우가 잠시 우는 소리를 낸다.

"이게 뭐죠?" 패트릭이 묻는다. 나무 상자가 침대 아래 비죽이 드러나 있다.

"제 거예요." 퉁명스럽게 대답하고는 그 상자를 거칠게 차서 침대 밑으로 밀어 넣는다.

패트릭은 눈이 휘둥그레지며 아무 말도 하지 않더니 어정쩡하게 일어서서 보우를 데리고 아래로 내려간다. "이럴 때 라디오를 들려주는 것도 효과적이에요." 그는 수의사로서 고객을 대하듯 말한다. 습관에서 비롯한 말투인지, 나를 정리하기로 결심해서인지 알 수 없다. 패트릭은 보우를 소파에 앉히고 담요를 덮어주고는 작은 천둥소리는 묻어버릴 정도로 크게 클래식 라디오를 튼다. 그는 아까보다 한결 부드럽게 말한다.

"당신 대신 내가 보우를 돌봐줄게요."

내가 입술을 깨문다.

"떠날 때 이곳에 두고 가요." 그가 말한다. "나를 볼 필요도, 나와 말하지 않아도 돼요. 그냥 여기 두면 내가 와서 데리고 갈게요. 내가 데리고 있을게요. 당신이……." 그가 말을 멈추다가 다시 잇는다. "당신이 없는 동안에요."

"몇 년이 될 수도 있어요." 몇 년이라고 말하는 내 목소리가 갈라진다.

"하루하루를 있는 그대로 받아들입시다." 패트릭은 몸을 숙이고 내 이마에 말로 표현할 수 없이 부드러운 입맞춤을 계속한다.

나는 주방 서랍에서 꺼낸 여분의 열쇠를 그에게 준다. 그는 다른 말 없이 오두막을 떠난다. 울 자격도 없는 내 눈에서 솟아오르려는 눈물을 억지로 참는다. 자초한 일이니 아무리 고통스럽더라도 참아내야 한다. 하지만 5분도 되지 않았을 때 문을 두드리는 소리를 들으니 여전히 심장이 뛴다. 어떤 이유로든 패트릭이 돌아온 거라 짐작한다.

문을 활짝 연다.

"오두막을 비워줬으면 해요." 이에스틴이 단도직입적으로 말한다.

"무슨 말씀이세요?" 몸을 지탱하려고 벽에 손을 댄다. "왜요?"

이에스틴은 내 눈을 피하더니 손을 뻗어 보우의 귀를 당기고 주둥이를 쓰다듬는다. "아침까지 나가줘요."

"하지만 이에스틴, 그럴 수 없어요! 제가 어떤 상황인지 아시잖아요. 보석 조건을 지키려면 재판 때까지 이 주소에 머물러야 해요."

"내가 알 바 아니지." 마침내 이에스틴이 나를 보고 말한다. 그는 마지못해 이 이야기를 전달하러 왔다. 표정이 딱딱하게 굳은 채 힘들어하는 눈으로 고개를 천천히 젓는다. "이봐요, 제나. 당신이 어린아이를 쳐서 체포됐다는 사실을 펜파흐 전체가 알아요. 당신이 이곳에 있는 이유가 내가 세를 내줘서라는 사실도 다들 알고. 이웃들이 보기에는 나도 그 차를 몬 사람이나 다를 바 없어요. 이런 일이 분명 또 일어날 거고요." 문질러 씻어내려 했는데도 끈덕지게 내문에 남아 있는 낙서를 그가 가리킨다. "더 심한 일이 일어날지도 모르지. 우편함에 개똥을 넣고 폭죽을 놓고 석유를 붓고, 당신도 신문에서 그런 이야기를 읽었을 거요."

"갈 곳이 아무데도 없어요, 이에스틴." 간곡하게 호소해보지만 그는 결심을 꺾지 않는다.

"마을 상점에서 앞으로 내 유제품을 들여놓지 않을 거래요." 그가 말한다. "내가 살인자에게 거처를 제공해준 것이 말도 못하게 역겹대요."

나는 급히 숨을 들이쉰다.

"그리고 오늘 아침에는 글레니스를 내쳤어요. 내게 뭐라고 하는 건 괜찮아도 내 아내를 공격하는 일은……."

"이에스틴, 그저 며칠만 더 있으면 돼요." 내가 애원한다. "2주 뒤에 법원에서 선고 공판이 있어요. 그런 다음에는 영영 돌아오지 않을 거예요. 이에스틴, 제발 그때까지만 머무르게 해주세요."

이에스틴이 주머니에 두 손을 밀어 넣고 잠시 먼 바다를 응시한다. 무슨 말을 해도 그는 마음을 바꾸지 않을 것이다. 나는 가만히 기다린다.

"2주예요. 그 이상은 하루도 안 돼요. 그리고 조금이라도 생각이 있다면 그때까지 마을에는 얼씬도 하지 마요."

41

너는 낮 동안 작업실에서 나오지 않았고 내가 뭐라고 하지 않는 한 저녁에도 다시 그리로 사라졌다. 넌 내가 주중에 얼마나 열심히 일하는지 알려고 하지 않았다. 내가 저녁에 돌아와 잠깐이라도 휴식을 취하고 싶어 하고 하루를 어떻게 보냈는지 물어봐줄 사람이 있었으면 한다는 것도 네 관심사 밖이었다. 기회만 있으면 허둥지둥 작업실로 사라지는 네가 내 눈에는 쥐새끼 같았다. 어떻든 너는 이 지역에서 잘 알려진 조각가가 되었다. 손으로 빚은 항아리보다는 재료를 깎아낸 20센티미터 높이의 작은 조각상 덕분이었다. 얼굴이 뒤틀리고 팔다리 비례가 맞지 않는 조각상들이 내 눈에는 아무런 매력이 없었지만 주문을 맞추지 못할 정도로 팔리는 걸 보면 그런 물건을 원하는 구매층이 있는 것 같았다.

"오늘 밤에 볼 DVD를 사왔어." 어느 토요일 네가 물을 끓이러 주방으로 들어왔을 때 내가 말했다.

"알았어요." 너는 무슨 영화냐고 묻지 않았고 나도 알지 못했다. 이따 나가서 하나 골라오려고 했기 때문이다.

주전자에서 물이 끓는 동안 너는 청바지 호주머니에 엄지를 걸친 채 조리대에 몸을 기대고 있었다. 머리카락을 늘어뜨렸지만 귀 뒤로 넘겨서 옆얼굴에 난 찰과상이 눈에 띄었다. 너는 내 시선을 느끼고는 머리카락으로 뺨을 가렸다.

"커피 마실래요?" 네가 물었다.

"부탁해." 너는 머그잔 두 개에 물을 부었지만 커피는 한 잔에만 따랐다.

"커피 안 마실 거야?"

"몸이 좀 안 좋아요." 네가 레몬을 조각내 네 잔에 떨어뜨렸다. "며칠 동안 몸 상태가 이상해요."

"진작 말하지. 여기에 앉아." 너를 위해 의자를 빼주었지만 너는 고개를 저었다.

"괜찮아요. 그저 기운이 좀 없을 뿐이에요. 내일이면 분명 나을 거예요."

나는 두 팔로 너를 감싸 안고 내 뺨을 네게 맞댔다. "가여워라. 내가 보살펴줄게."

너도 내게 팔을 둘렀다. 너를 부드럽게 달래는데 네가 몸을 뺐다. 네가 내게서 벗어날 때가 너무 싫었다. 너를 위로하려 온갖 애를 다 쓰는데 그렇게 몸을 떼다니 거부당하는 듯했다. 턱이 경직되는 것을 느끼자마자 네 눈에 경계심이 스쳤다. 그 표정을 보니 다행스러웠다. 네가 아직도 내 생각과 행동에 신경을 쓴다는 의미였으니까. 하지만 그와 동시에 짜증이 치솟았다.

내가 머리로 손을 올리자 너는 눈을 꼭 감은 채로 움찔하면서 헉 하고 숨을 들이마셨다. 나는 손을 진정시켜 네 이마를 어루만지다가 네 머리에서 무엇인가를 살며시 떼어냈다.

"돈거미군." 내가 주먹을 펼쳐 네게 보여주면서 말했다. "재수 좋은 일이 생기겠어. 그렇지 않아?"

너는 다음 날에도 나아지지 않았다. 나는 네게 침대에 누워 있으라고 신신당부했다. 울렁거리는 네 속을 달래주려고 짭짤한 크래커를 가져다주고 머리가 지끈거린다고 할 때까지 네게 책을 읽어주었다. 의사를 부르고 싶었지만 너는 월요일에 병원 문이 열리는 대로 진료받겠다고 약속했다. 네 머리를 쓰다듬으면서 자는 네 눈꺼풀이 파르르 떨리는 것을 보았다. 네가 무슨 꿈을 꾸는지 궁금했다.

월요일 아침 침대에 누워 있는 너를 두고 나가면서 병원에 꼭 가보라는 메모를 네 베개 옆에 남겼다. 회사에서 집으로 전화를 걸었지만 받지 않았다. 그때부터 30분에 한 번씩 전화했지만 너는 받지 않았고 휴대전화도 꺼둔 상태였다. 걱정되어 미칠 것만 같았다. 점심시간이 되면 집으로 가서 네가 괜찮은지 확인하기로 했다.

네 차는 집 밖에 주차되어 있었다. 열쇠를 넣자 문이 열려 있었다. 너는 머리를 감싼 채 소파에 앉아 있었다.

"괜찮아? 미쳐버리는 줄 알았어!"

너는 고개를 들었지만 입을 열지 않았다.

"제니퍼! 아침 내내 네게 전화했어. 왜 받지 않았어?"

"잠시 나갔다 왔어요." 네가 말했다. "그리고……." 너는 말끝을 흐리더니 아무 말도 하지 않았다.

분노가 치밀어 올랐다. "내가 얼마나 걱정할지 생각도 하지 않았어?" 네 스웨터의 앞부분을 그러쥐고 너를 억지로 일으켜 세웠다. 네가 비명을 지르자 그 소리에 정신을 차릴 수 없었다. 거실 저쪽 벽에 너를 밀어붙이고 손가락으로 네 목을 눌렀다. 빠르고 세찬 맥박이 느껴졌다.

"제발 이러지 마요!" 네가 울부짖었다.

서서히, 그리고 부드럽게 손가락으로 네 목을 누르는 동안 움켜 쥔 내 손에 점점 더 힘이 들어갔다. 다른 사람 손인 것만 같았다. 네가 숨통이 막히는 소리를 냈다.

"나 임신했어요."

나는 너를 손에서 놓았다. "그럴 리 없어."

"임신이에요."

"하지만 피임약을 먹고 있잖아."

너는 울음을 터뜨리더니 바닥에 주저앉아 두 팔로 무릎을 감쌌 다. 나는 네 옆에 서서 내가 들은 말이 무엇인지 다시 한 번 생각 해보았다. 네가 임신했다는 이야기였다.

"분명 지난번에 내가 아팠을 때 일이에요." 네가 말했다.

쭈그리고 앉아 네게 팔을 둘렀다. 일평생 말 붙이기조차 어려울 정도로 냉정했던 아버지가 떠올랐다. 내 자식에게는 절대로 그런 아버지가 되지 말아야겠다고 다짐했다. 아이가 아들이기를 바랐 다. 내 아들은 나를 우러러보고 나처럼 되고 싶어 할 거 믿었다. 얼굴에 피어오르는 미소를 참을 수 없었다.

너는 무릎을 안고 있던 팔을 풀고는 나를 쳐다보았다. 여전히 몸을 떨고 있었다. 그런 네 뺨을 어루만졌다. "우리에게 아기가 태 어나는군!"

네 눈은 아직도 눈물로 젖어 있었지만 네 얼굴에서 서서히 긴장 이 걷혔다. "화나지 않아요?"

"왜 화가 나?"

넘치게 행복했다. 네 임신으로 모든 것이 바뀔 터였다. 뱃속의 아이 때문에 살이 오르고 배가 불룩해진 네 모습을, 내게 의지해 서 건강을 유지하고 내가 발을 주물러주거나 차를 가져다줄 때마다 고마워할 네 모습을 상상했다. 아기가 태어나면 너는 일을 그만둘 테니 내가 두 사람을 부양해야겠다고 생각했다. 머릿속에서 미래가 펼쳐졌다. "기적 같은 아기야." 내가 네 어깨를 잡자 너는 긴장했다. "최근 우리 사이가 완벽하지 않았다는 거 알아. 하지만 이제 전부 달라질 거야. 내가 널 보살펴줄게." 네가 내 눈을 응시하자 죄책감이 물밀듯 엄습했다. "이제부터 다 좋아질 거야. 너를 아주 많이 사랑해, 제니퍼."

네 눈에 다시 눈물이 차오르더니 넘쳐흘렀다. "나도 당신을 사랑해요."

미안하다고 말하고 싶었다. 네게 저지른 모든 짓을, 네게 상처를 주었던 그 많은 시간을 빌고 싶었다. 하지만 형체를 갖추지 않은 말들이 목에 걸렸다. "아무한테도 말하지 마." 이 말만 나올 뿐이었다.

"무슨 말을요?"

"우리 다툼에 대해서. 아무한테도 말하지 않는다고 약속해줘." 네 어깨를 잡은 내 손가락 사이로 네 어깨가 팽팽하게 긴장했다. 네 눈이 겁에 질린 듯 커졌다.

"절대 안 해요." 네가 숨소리보다 조금 크게 속삭였다. "그 누구에게도 말하지 않아요."

내가 미소 지었다. "이제 그만 울어. 아기에게 스트레스를 주면 안 되잖아." 일어서서 손을 뻗어 너를 일으켜 세웠다. "속이 메슥거려?"

네가 고개를 끄덕였다.

"소파에 누워. 담요 가져다줄게." 너는 괜찮다고 했지만 소파로 데려가 눕혔다. 너는 내 아들을 품고 있었고 나는 둘 다 지키고 싶었다.

너는 첫 번째 검진을 걱정했다. "잘못된 것이 있으면 어쩌죠?"

"왜 잘못된 게 있겠어?" 내가 말했다.

나는 하루 휴가를 내서 차를 몰고 너와 함께 병원으로 갔다.

"이맘때쯤이면 벌써 손가락을 모을 수 있대요. 신기하지 않아요?" 수없이 사다놓은 출산 관련 서적 중 하나를 읽으면서 네가 말했다. 너는 임신이라는 주제에 사로잡혀서 잡지를 끝도 없이 사들이고 분만과 수유 정보를 찾아 인터넷을 샅샅이 훑었다. 내가 무슨 말을 꺼내도 대화는 아기 이름이나 사야 할 용품 목록 이야기로 빠졌다.

"신기하네." 내가 말했다. 지난번에도 들은 얘기였다. 임신은 내가 기대한 방향으로 흘러가지 않았다. 너는 전과 똑같은 방식으로 일을 계속하리라 작정한 것 같았다. 차를 가져다주고 발을 마사지해주겠다는 내 제안을 받아들였지만 고마워하는 기색은 보이지 않았다. 네 앞에 있는 남편보다 태어나지도 않은, 아직 자기 이야기를 하고 있는지도 모르는 아이에게 더 관심을 기울였다. 그 아기의 탄생에 내가 기여했다는 사실을 망각한 채로 고개 숙여 갓 태어난 아기를 바라보는 네 모습을 상상할 수 있었다. 네가 몇 시간씩 새끼 고양이와 놀았던 기억이 갑자기 떠올랐다.

초음파 진단사가 네 배에 젤을 바르자 너는 내 손을 붙잡았다. 심장박동 소리가 미약하게 들리고 화면에 작은 점이 움찔대는 것이 보일 때까지 꼭 움켜쥐고 있었다.

"여기가 머리예요." 초음파 진단사가 말했다. "그리고 팔도 보이실 거예요. 보세요. 이 녀석이 엄마에게 손을 흔들고 있네요!"

네가 소리 내어 웃었다.

"녀석이라고요?" 내가 기대에 차서 말했다.

초음파 진단사가 고개를 들었다. "말이 그렇다는 거죠. 얼마 더 지날 때까지는 성별을 알 수 없어요. 하지만 모두 정상적으로 보이고 크기도 임신 주수에 맞네요." 그녀가 영상을 출력해서 네게 건넸다. "축하드려요."

30분 뒤에 조산사와 약속이 있어서 우리는 대여섯 커플과 함께 대기실에 앉아 있었다. 대기실 저쪽에는 기괴할 정도로 배가 커져서 다리를 벌리고 앉은 여자가 보였다. 나는 시선을 돌렸고 우리 이름이 호명되자 안도했다.

조산사가 네게서 파란색 폴더를 받아 들고는 네가 쓴 정보를 확인하더니 네게 식이와 산모 건강에 관한 자료를 건넸다.

"아내는 이미 전문가가 다 됐어요." 내가 말했다. "책을 수없이 많이 읽어서 모르는 것이 없어요."

조산사가 나를 들여다보았다. "그럼 피터슨 씨는 어떠세요? 피터슨 씨도 전문가가 다 되셨나요?"

"저는 그렇게까지 빠삭할 필요가 없죠." 그 여자의 시선을 맞받아치며 말했다. "제가 아기를 가진 게 아니니까요."

조산사는 내 말에 대꾸하지 않았다. "제나, 혈압만 확인하면 돼요. 소매를 걷고 책상에 팔을 올려놓으세요."

너는 머뭇거렸다. 그 이유를 알아차리는 데는 그리 오래 걸리지 않았다. 이를 악물었지만 의자에 등을 기대고는 아무렇지 않은 척하며 그 과정을 지켜보았다.

네 팔뚝에는 얼룩덜룩한 초록색 멍이 나 있었다. 요 며칠 새에 상당히 옅어졌지만 언제나 그렇듯 그 자리에서 사라지지 않았다. 네가 어떤 일이 있었는지 내게 상기시키려고, 내게 죄책감을 불러일으키려고 일부러 멍을 그대로 두는 것은 아닐까 의심도 했다. 불가능하다는 것을 알면서도 그런 생각이 들었다.

조산사가 아무 말도 하지 않자 너도 어느 정도 긴장을 풀었다. 조산사는 혈압을 재고 약간 높게 나온 수치를 기록했다. 그러더니 내게 얼굴을 돌렸다.

"괜찮다면 대기실로 가 계세요. 잠깐 제나와 둘이서 이야기할 것이 있어요."

"그럴 필요 없을 텐데요. 우리는 서로 감추는 것이 없어요."

"일반적인 절차예요." 조산사가 단호하게 말했다.

뚫어져라 쳐다보았지만 그 여자는 꿈적도 하지 않았다. 일어서서 말했다. "알겠습니다." 일부러 미적거리며 천천히 진찰실을 나서서 진찰실 문이 보이는 커피 머신 옆에 서 있었다.

주위를 둘러 다른 커플들을 보았다. 혼자서 기다리는 남자는 없었다. 이런 취급을 받는 사람은 아무도 없었다. 황급히 진찰실로 걸어가 노크 없이 문을 열었다. 너는 손에 들고 있던 것을 산모 수첩 사이에 끼워 넣고 있었다. 작은 직사각형 명함이었다. 연푸른색 바탕에 맨 윗부분 한가운데에는 로고 같은 표식이 있었다.

"제니퍼, 지금 차 빼야 해. 주차 허가를 한 시간밖에 못 받았단 말야."

"아, 알았어요. 죄송합니다." 마지막 말은 나를 완전히 무시한 채로 네게 미소 짓고 있던 조산사에게 한 것이었다. 그녀는 몸을 앞으로 기울여 네 팔에 손을 얹었다.

"우리 번호는 산모 수첩 표지에 있으니까 무엇이든 걱정되는 일이 있으면 문의하세요. 어떤 일이든 괜찮아요."

우리는 차를 타고 집으로 가는 동안 아무 말도 하지 않았다. 너는 초음파 사진을 무릎 위에 꼭 쥐고 있다가 네 안에 느껴지는 것과 손에 쥔 것을 일치시키려는 듯 가끔씩 한 손을 배에 얹었다.

"그 여자는 네게 뭘 물어보고 싶었던 거야?" 집에 도착해서 네게 물었다.

"그냥 내 병력을 물어본 거예요." 대답이 너무 빨리 튀어나왔다. 연습한 흔적이 역력했다.

네가 거짓말하고 있다는 것을 알았다. 네가 잠이 든 후 둥근 로고가 있던 연푸른색 명함을 찾아내려고 산모 수첩을 들춰보았다. 하지만 명함은 그곳에 없었다.

배가 점점 불어 오르면서 너는 서서히 변했다. 나를 많이 필요로 할 거라 생각했지만 오히려 너는 자립심이 강해졌고 한층 유연해졌다. 너를 그 아기에게 빼앗기리라는 사실이 분명해졌지만 어떻게 하면 너를 되찾을 수 있는지 몰랐다.

무더웠던 그해 여름, 너는 튀어나온 배 아래로 치마를 끌어내리고 그 위로는 배 끼에서 위로 올기는 드레스를 입은 새로 신나서 집 안을 돌아다녔다. 튀어나온 네 배꼽을 차마 쳐다볼 수 없었다. 어째서 그런 차림으로 집 안을 돌아다니고 심지어 현관문을 열어주는지 이해할 수 없었다.

출산 예정일까지는 몇 주가 남았지만 네가 일을 중단하기에 청소 도우미에게 그만 오도록 했다. 네가 종일 하는 일 없이 집에 있는데 돈을 주고 다른 사람에게 청소를 시키는 것은 말이 되지 않았다.

어느 날 다림질 거리를 두고 나갔다. 집에 돌아오자 네가 옷을 모두 다려놓고 집에 먼지 하나 없이 청소해놓은 것을 알 수 있었다. 너는 지쳐 보였지만 네 헌신적인 태도에 감동했다. 그래서 목욕물을 받아주고 널 조금 편안하게 해줘야겠다고 마음먹었다. 음식을 포장해올까, 직접 요리할까 생각해보기도 했다. 위층으로 셔츠를 들고 올라가서 욕조 수도꼭지를 틀고는 너를 불렀다.

옷장에 셔츠를 거는데 무엇인가 눈에 띄었다.

"이게 뭐야?"

너는 그 말을 듣자마자 당황했다. "눌어붙은 자국이에요. 정말 미안해요. 전화가 울려서 잠시 정신을 놓았어요. 밑단이라 바지 속에 넣으면 보이지 않을 거예요."

너는 몹시 슬퍼 보였다. 하지만 별일 아니었다. 그저 셔츠 한 장이었다. 그 셔츠를 내려놓고 다가가서 너를 껴안았다. 하지만 너는 움찔하면서 보호하려는 듯 한 팔로 배를 감싸더니 얼굴을 돌리고는 내가 상상조차 하지 않은 일에 대비해 눈을 꼭 감았다.

하지만 정말 그 일이 일어났다. 다 네가 자초해서 일어난 일이었다.

42

레이가 주차장에서 마지막으로 남은 공간에 차를 넣으려는데 휴대전화가 울렸다. 그는 핸즈프리 승인 버튼을 누르고 얼마나 더 후진할 수 있는지 보려고 고개를 돌렸다.

리폰 청장은 곧바로 용건을 말했다. "팰컨 작전 브리핑을 오늘 오후로 앞당겼으면 해."

레이의 몬데오가 뒤에 주차된 파란색 볼보에 살짝 닿았다.

"제기랄."

"전혀 기대하지 못했던 반응이군." 청장은 전에 없이 재미있어했다. 무슨 일이 있기에 그녀 기분이 이토록 좋은지 의아할 따름이었다.

"청장님, 죄송합니다."

레이는 볼보 차주가 나올 경우에 대비해 열쇠를 시동 장치에 둔 채로 차에서 내렸다. 볼보 범퍼를 흘깃 살폈지만 눈에 띄는 자국은 없었다. "무슨 말씀을 하셨던가요?"

"팰컨 작전 브리핑이 월요일로 잡혔어." 청장이 여느 때와 달리

조바심을 내지 않고 말했다. "하지만 나는 브리핑을 앞당기고 싶어. 오늘 아침 뉴스를 봤는지 모르겠는데 다른 지역 경찰청들이 마약 소지에 느슨하게 대응한다고 욕을 먹고 있더군."

'아.' 레이는 그녀 기분이 좋은 이유를 알 수 있었다.

"그러니까 지금이야말로 '마약에 강경한' 우리 입장을 표명하기에 더할 나위 없이 좋은 기회야. 이미 전국적으로 브리핑을 잡아놓았으니 자네는 며칠 일찍 적합한 인력을 끌어모아줘."

레이는 피가 싸늘하게 식는 듯했다. "오늘은 안 됩니다." 그가 말했다.

청장이 침묵했다.

레이는 그녀가 말하기를 기다렸지만 침묵이 견딜 수 없을 정도로 길게 이어지자 의무감으로 입을 열었다. "오늘 점심에 아들 학교 선생들과 면담이 있거든요."

올리비아 리폰은 전화로 자녀들 학교에서 열리는 학부모 회의에 참석한다는 소문이 있었다. 레이는 그녀가 자기 이야기에 꿈쩍도 하지 않으리라는 것을 잘 알았다.

"레이." 그녀 목소리에서 유쾌한 분위기가 가셨다. "알다시피 나는 딸린 식구가 있는 경찰들을 최대한 지원해. 실제로 자녀가 있는 경찰들을 위해 유연 근무제 도입을 적극 지지하고 있고. 하지만 자네에게는 아내가 있다고 알고 있어. 내가 잘못 알고 있나?"

"아닙니다."

"그럼 오늘 자네 아내도 면담에 참석하나?"

"네."

"그렇다면 뭐가 문제인지 물어봐도 될까?"

레이는 뒷문 옆 벽에 기대어 그럴듯한 핑계를 찾으려고 하늘을 올려다봤다. 하지만 그의 눈에는 온통 묵직하게 깔린 먹구름만 보였다.

"청장님, 제 아들이 왕따를 당하고 있습니다. 심각한 상황 같아요. 학교에서 문제가 있다고 인정한 이후로 처음 갖는 면담 기회예요. 제 아내도 제가 함께 가길 바라고 있습니다." 레이는 매그즈 핑계를 대는 자기 자신을 저주했다. "저도 가고 싶어요. 꼭 가야합니다."

올리비아의 어조가 약간 누그러졌다. "그 이야기를 들으니 안타깝군, 레이. 자식은 늘 걱정거리지. 면담에 가야 한다면 당연히 가야지. 하지만 브리핑은 오늘 아침에 강행할 거야. 브리핑 장면을 전국적으로 보도해서 우리 경찰청이 진취적이고 관용 없는 정책을 펼친다는 이미지를 굳힐 거고. 자네가 이끌 수 없다면 자네를 내신할 사람을 찾아봐야겠어. 한 시간 뒤에 다시 전화하겠네."

"홉슨의 선택이 이런 거로군." 레이가 휴대전화를 호주머니에 넣으면서 중얼거렸다. 선택은 그만큼 간단해서 경력 아니면 가족이었다. 레이는 위층으로 올라가 자기 방 문을 닫고 손가락 끝을 모아 튕겼다. 오늘 작전은 큰 건수였다. 그런 만큼 이 일이 시험이라고 착각하지 않았다. 그에게 경찰에서 이 이상 진급할 만한 능력이 있을까? 이제는 그 스스로도 확신할 수 없었다. 심지어 그가 바라는 것이 진급인지도 확실하지 않았다. 그는 필요한 것들을 생각해보았다. 1년쯤 뒤에는 차를 바꿔야 하고, 조만간 아이들이 외국에서 휴가를 보내자고 요구할 것이다. 매그즈도 지금보다 더 넓은 집에 살 자격이 있었다. 대학에 진학해야 할 영리한 아이도 둘이나 있다. 레이가 계속해서 사다리를 타고 올라가지 않으면 그 돈을 어디에서 마련하겠는가? 그는 희생 없이는 아무것도 얻을 수 없다고 생각했다.

그는 깊은 숨을 들이쉬고는 수화기를 들어 집으로 전화했다.

팰컨 작전 개시를 알리는 발표회는 성공적이었다. 30분짜리 브리핑은 언론 기자들이 초대된 가운데 본청 회의실에서 열렸다. 청장은 '우리 청에서 가장 유능한 형사 중 하나'로 레이를 소개했다. 그는 브리스톨 지역 마약 문제의 심각성과 단속에 대한 경찰의 입장을 묻는 질문에 대답하고 노상 거래를 근절해서 지역사회 안전을 재건하는 데 총력을 기울이겠다고 다짐하면서 아드레날린이 솟구치는 것을 느꼈다. ITN 방송국 기자가 마지막 발언을 부탁하자 레이는 카메라를 정면으로 바라보면서 거리낌 없이 말했다. "거리를 활보하면서 마약을 거래하고 경찰이 자신들을 저지하지 못할 거라고 믿는 사람들이 있습니다. 하지만 우리 경찰에게는 힘과 어떤 일을 당해도 일어서는 회복력이 있습니다. 우리는 쉬지 않고 마약 범죄자들을 길거리에서 몰아낼 것입니다." 간간히 박수가 터져 나왔고 청장은 레이에게 아주 살짝 고개를 끄덕였다. 발표회가 있기 전에 영장을 발부했는데 여섯 개 주소지에서 열네 명이 체포되었다. 가택수색을 끝마치는 데는 몇 시간 정도 걸릴 예정이었다. 그는 케이트가 증거물 수집 담당으로서 역할을 잘해내고 있는지 궁금해졌다.

짬이 나자 즉시 케이트에게 전화했다.

"절묘한 타이밍에 전화하셨네요. 청에 계세요?"

"내 방이야. 왜?"

"10분 뒤에 구내식당에서 봬요. 보여드릴 것이 있어요."

그는 5분 뒤에 구내식당에 도착해 초조한 마음으로 케이트를 기다렸다. 환한 웃음을 머금은 그녀가 식당 문을 열고 뛰다시피 들어왔다.

"커피 마실래?" 레이가 물었다.

"그럴 시간 없어요. 다시 가봐야 해요. 어쨌든 이것부터 보세요." 그녀가 투명한 비닐봉투를 건넸다. 그 안에는 연푸른색 명함이 들어 있었다.

"제나 그레이의 지갑에 들어 있던 것과 같은 명함이로군. 어디서 났어?"

"오늘 아침 급습한 집에 있던 거예요. 아주 똑같진 않지만요." 케이트는 레이가 명함에 적힌 글자를 읽을 수 있도록 비닐을 반듯하게 폈다. "같은 재질, 같은 로고에 주소만 달라요."

"흥미로워. 누구 집에 있던 거지?"

"도미니카 레츠요. 변호사가 여기로 오기 전까지는 입을 열지 않을 거예요." 케이트가 레이의 손에 비닐봉투를 찔러넣었다. "이긴 형에님이 갖고 께세요. 끼느 복시끈이 있어요." 그녀는 다시 안 번 싱긋 웃고는 사라졌다. 레이는 명함을 살펴보았다. 명함에 적힌 주소는 그랜섬 가와 마찬가지로 주거지였고 별다른 점이 없었다. 하지만 로고에서 정보를 좀더 많이 얻을 수 있을지도 몰랐다. 맨 아래 부분이 트인 8자 모양이 러시아 인형처럼 겹쳐진 로고였다.

레이는 머리를 흔들었다. 어쨌든 집에 가기 전에 유치 담당 경사에게 들러 내일 있을 그레이의 선고 공판 준비가 끝났는지 확인하기로 했다.

레이는 밤 10시가 좀 지나서 집에 가려고 차에 탔다. 아침 이후 처음으로 가족보다 일을 우선한 자신의 결정을 후회했다. 집까지 운전해서 가는 동안 스스로를 합리화하려고 애썼고 집에 도착했을 때는 자신이 옳은 선택을 했다고 확신하게 되었다. 솔직히 '유일한' 선택안이었다고 믿었다. 열쇠를 문에 밀어 넣고 매그즈의 울음소리를 듣기까지는.

"맙소사. 매그즈, 무슨 일이 있었던 거야?" 그는 현관에 가방을 내던지고 소파 앞에 쭈그리고 앉아 매그즈의 머리를 들어 올리고 얼굴을 보았다. "톰은 괜찮아?"

"아니, 괜찮지 않아!" 그녀가 레이의 손을 밀어냈다.

"학교에서 뭐라고 했는데?"

"적어도 1년은 계속된 것 같대. 하지만 교장 말로는 증거를 잡기 전까지는 아무것도 할 수 없었대."

"지금은 증거를 확보했대?"

매그즈가 날카로운 웃음소리를 냈다. "아, 물론 증거가 있대. 인터넷에 쫙 깔렸다는군. 상점 절도 미션 같은 짓들을 해피 슬래핑 happy slapping. 피해 학생이 맞는 장면을 촬영해 SNS에 공개하는 왕따 행위처럼 죄다 동영상으로 촬영해서 온 세상 사람이 보도록 유튜브에 올렸다는 거야."

레이는 가슴이 죄어드는 듯 고통스러웠다. 톰이 겪은 일을 생각하니 온몸이 아파왔다.

"톰은 잠들었어?" 레이가 위층 침실을 고개로 가리켰다.

"잠들었을 거야. 기진맥진했을 테니까. 내가 조금 전까지 한 시간 반 동안 야단쳤거든."

"톰을 야단쳤다고?" 레이가 몸을 일으켰다. "세상에, 매그즈. 톰이 이제까지 겪은 것으로도 충분하다고 생각하지 않아?" 그가 위층으로 올라가려 하자 매그즈가 뒤에서 잡아당겼다.

"당신은 아무것도 모르잖아?" 그녀가 말했다.

레이가 멍하게 아내를 바라보았다.

"당신은 사건을 해결하는 데만 몰두해서 집에서 무슨 일이 일어나는지 까맣게 모르고 있어. 톰은 왕따 피해자가 아니야, 레이. 가해자란 말야."

레이는 한 대 얻어맞은 듯했다.

"누가 그 아이를 부추겨서……."

매그즈가 그의 말을 끊고 좀더 부드럽게 말했다. "톰을 부추긴 아이는 없어." 그녀가 한숨을 쉬면서 다시 자리에 앉았다. "톰은 작지만 영향력 있는 '조직'의 우두머리 같아. 필립 마틴과 코너 액스텔을 포함해서 여섯 명 정도로 된 조직이래."

"그럴 줄 알았어." 레이가 두 아이의 이름을 듣더니 침울한 얼굴로 말했다.

"한결같이 나오는 이야기는 톰의 영향력이 가장 강하다는 거야. 땡땡이치는 것도 톰 아이디어고, 특수 교육원 학생들이 나오길 숨어서 기다리다가……."

레이는 구토할 것만 같았다.

"그럼 톰 침대 아래 있던 물건들은?" 그가 물었다.

"명령에 따라 훔친 물건 같아. 톰이 훔친 물건은 없어. 여러 사람 말을 종합해보면 톰은 자기 손을 더럽히려 하지 않는대." 매그즈가 그토록 신랄한 어조로 말하는 것은 처음이었다.

"이제 무슨 조치를 취해야 하지?" 직장에서 문제가 생기면 규약, 법규, 안내서 등 지침으로 삼을 규칙들이 있었다. 주위에 도와줄 사람들이 있었다. 레이는 사지가 떨어져 나간 듯 무력했다.

"우리가 해결해야지." 매그즈가 딱 잘라 말했다. "톰이 상처를 준 사람들에게 사과하고 훔친 물건들을 돌려줘야 해. 무엇보다도 그 아이가 왜 그런 짓을 하는지 알아내야 해."

레이가 잠시 침묵을 지켰다. 입을 열 힘조차 내기 어려웠지만 머릿속에 어떤 생각이 들자 말하지 않고서는 배길 수 없었다. "이 일이 내 잘못이라는 거야? 내가 그 아이와 함께 있지 않았기 때문이라는 거야?"

매그즈가 그의 손을 잡았다. "그러지 마. 그러다가는 화가 나서 미칠 거야. 당신 잘못만큼 내 잘못도 커. 나도 몰랐으니까."

"어쨌든 내가 집에서 시간을 더 많이 보내야 했어."

매그즈가 그의 말을 부정하지 않았다.

"정말 미안해, 매그즈. 계속 이러지는 않을 거라고 약속할게. 경정으로 진급해야 하는데 그러고 나면."

"하지만 당신은 경위 업무를 좋아하잖아."

"그렇지. 하지만."

"그럼 왜 진급해서 경위 업무를 그만하려고 하는 거야?"

레이는 잠시 말문이 막혔다. "글쎄, 우리 가족을 위해서야. 내가 진급하면 더 큰 집으로 옮길 수 있고 당신도 다시 일할 필요가 없잖아."

"난 다시 일하고 싶어!" 매그즈가 화난 얼굴로 그를 보았다. "아이들도 종일 학교에 가 있고 당신은 직장에 있고……. 나도 나를 위해 뭔가 하고 싶어. 새 일을 시작하려고 계획을 세우면서 목적의식이 생겼어. 이런 일은 몇 년 만에 처음이야." 매그즈의 표정이 부드러워졌다. "아, 이 어리석은 인간아."

"미안해." 레이가 다시 한 번 사과했다.

매그즈가 몸을 숙여 그의 이마에 입 맞췄다. "오늘 밤에는 톰을 놔둬. 내일 학교에 보내지 않을 테니까 톰과는 아침에 이야기하자. 지금은 우리 이야기만 해."

레이가 잠에서 깨어나자 매그즈가 침대 머리맡에 찻잔을 놓는 모습이 보였다.

"오늘은 당신이 일찍 일어나고 싶어 할 것 같았어. 그레이의 선고 공판일이지?"

"응. 하지만 케이트가 가면 돼." 레이가 일어났다. "오늘 집에 있으면서 당신과 톰이랑 이야기할 거야."

"영광의 순간을 놓치시려고? 정말 괜찮으니 가봐. 톰과 나는 집에서 한가하게 시간을 보낼 거야. 톰이 어렸을 때처럼 말야. 그 아이에게 필요한 것은 꾸지람이 아니라 경청이라는 생각이 들어."

레이는 아내의 현명함에 감탄했다. "당신은 훌륭한 교사가 될 거야, 매그즈." 그가 그녀 손을 잡았다. "내게는 아까운 사람이야."

매그즈가 미소 지었다. "그럴지도 모르지만 당신이 나를 놔주지 않으니 어쩔 수 없지." 그녀는 레이의 손을 꼭 쥐어주더니 아래층으로 내려갔다. 레이는 차를 마셨다. 그는 자신이 언제부터 가족보다 일을 우선하게 됐는지 기억을 더듬어보다가 그러지 않았던 때가 없다는 사실을 깨닫고는 부끄러웠다. 이제부터라도 우선순위를 바꿔 매그즈와 아이들을 가장 중요하게 여겨야 한다고 마음먹었다. 어쩌면 그렇게 아내가 무엇을 바라는지도 몰랐을까? 어떻게 아내가 다시 일하길 '원한다'는 사실을 깨닫지 못했을까? 자신뿐 아니라 매그즈 역시 사는 게 재미없다고 느꼈을 것이다. 매그즈는 새로운 일을 준비하면서 사는 재미를 되찾으려 했다. 그렇다면 자신은 어떻게 문제를 해결하려 했던가? 그는 케이트를 떠올리고는 자괴감에 얼굴이 달아올랐다.

레이는 샤워를 마치고 옷을 입고는 아래층으로 내려가 정장 상의를 찾았다.

"여기 있어." 매그즈가 거실에서 상의를 들고 나왔다. 그녀는 호주머니에서 삐죽이 나온 비닐봉투를 만져보며 물었다. "이게 뭐야?"

레이가 봉투를 꺼내 아내에게 건넸다. "그레이 사건과 연관이 있을 수도, 없을 수도 있는 물건이야. 거기 새겨진 로고가 무엇인지 알아내려 하고 있어."

매그즈가 그 봉지를 들어 올려 명함을 보았다. "사람이잖아?" 그녀는 주저하지 않고 말했다. "두 팔로 다른 사람을 껴안고 있는 사람이야."

레이의 입이 떡 벌어졌다. 매그즈가 설명한 의미가 곧바로 눈에 들어왔다. 이제야 균형도 맞지 않고 쓰다만 것 같은 8자가 사실은 머리와 어깨였음을 깨달았다. 그 도형의 팔 부분이 크기가 작은 도형을 감싸고 있다는 것도 알 수 있었다.

"그렇군!" 그가 외쳤다. 그랜섬 가에 있던 집 현관문에 잠금장치 여러 개가 달려 있고 창문마다 누가 들여다보지 못하도록 망사 커튼이 쳐져 있던 기억이 떠올랐다. 그는 제나 그레이를, 항상 겁에 질려 있던 그녀의 눈빛을 생각했다. 그러자 서서히 어떤 그림이 그려지기 시작했다.

계단에서 소리가 들리더니 몇 초 뒤 톰이 불안한 표정으로 나타났다. 레이는 그 아이를 바라보았다. 몇 달 동안이나 자기 아들이 피해자인 줄로만 알았다. 그러나 드러난 현실은 딴판이었다.

"모든 게 내 착각이었어." 그가 큰 소리로 말했다.

"무슨 착각을 했는데?" 매그즈가 물었다. 하지만 레이는 이미 집을 나가고 없었다.

43

브리스톨 형사 법원은 스몰 가라는 이름에 어울리는 좁은 길 뒷골목에 있디,

"손님, 여기에 내려드려야 할 것 같아요." 택시 운전사가 말한다. 그도 오늘 아침 신문에서 내 사진을 보았을지 모르지만 겉으로는 알아본 내색을 하지 않는다. "오늘 법원 밖에서 무슨 일이 있는 것 같은데 그 떼거리 앞으로는 지나가고 싶지 않아요."

그는 길모퉁이에서 정차한다. 그 앞으로 점심을 먹으며 낮술을 마신 정장 차림 남자들이 올바원All Bar One, 영국의 프랜차이즈 바에서 흡족한 얼굴로 삼삼오오 몰려나오고 있다. 그 가운데 한 남자가 나를 보고 이죽거린다. "아가씨, 한잔할래요?"

얼굴을 돌린다.

"목석같은 년이네." 그가 투덜거리자 같이 있던 친구들이 박장대소한다. 숨을 깊이 들이쉬며 공포심을 가라앉히려 애쓰면서 거리에 이안이 있지는 않은지 훑으며 걷는다. 그가 여기 와 있을까? 지금 나를 지켜보고 있을까?

높은 건물 두 개가 서로를 내리누를 듯 서 있어서 그늘이 지고 조그만 소리도 반향을 일으킨다. 이런 길을 걸으려니 몸이 떨린다. 몇 발자국도 못 가서 택시 운전사가 이야기한 것이 무엇인지 깨닫는다. 길의 한 구역이 방벽으로 막혀 있고 그 뒤로 서른 명 정도 되는 시위대가 모여 있다. 그 가운데 몇 명은 피켓을 어깨에 대고 서 있다. 시위대 바로 앞에 있는 방벽에 걸린 대형 용지에는 "살인자!"라는 단어가 붉은 페인트로 굵게 쓰여 있다. 글자 각각에서 붉은 방울이 맨 아래까지 흘러내려와 있다. 시위대 옆에는 형광색 상의를 입은 경찰관 두 사람이 보인다. 그들은 내가 선 스몰 가 이쪽 끝까지 들리는 반복적인 구호에도 무심한 표정이다.

"제이콥을 위한 정의 구현! 제이콥을 위한 정의 구현!"

스카프나 짙은 선글라스를 가져오지 않은 것을 후회하면서 머뭇머뭇 법원으로 다가간다. 시야 한쪽으로 보도 맞은편에 선 남자의 모습이 들어온다. 그는 벽에 기대서 있다가 나를 보더니 몸을 똑바로 하고 호주머니에서 전화기를 꺼낸다. 나는 가능한 한 재빨리 실내로 들어가려고 발걸음을 빨리한다. 맞은편에 있는 그 남자도 서두르기 시작한다. 그는 몇 초 정도 통화한다. 주머니 밖으로 카메라 렌즈임이 확실한 물건들이 비어져 나온 베이지색 조끼를 입고 어깨에는 검은색 가방을 둘러멨다. 남자가 그 가방을 열고 카메라를 꺼내면서 앞으로 달려온다. 그러더니 오랫동안 연마한 끝에 익힌 듯한 유연한 동작으로 렌즈를 끼우고 나를 찍는다.

가쁜 숨을 내쉬며 그 앞에 선 사람들을 무시하리라 마음먹는다. 아무도 보이지 않는다는 듯 곧바로 법원으로 들어가기로 한다. 경찰과 방벽이 그들을 막고 있으니 아무도 나를 해치지 못할 것이다. 그러니 거기에 아무도 없다는 듯 행동하면 된다.

하지만 법원 입구로 향하다 몇 주 전 치안 법원을 떠나는 내게 말을 걸었던 기자를 본다.

"제나, 〈브리스톨 포스트〉지에 한 말씀 해주실래요? 당신 이야기를 전달할 기회인데요."

몸을 돌리고 나서 시위대와 정면으로 마주한 것을 깨닫고 얼어붙는다. 연이어 외치던 구호가 분노한 함성과 야유로 바뀌고 사람들이 갑자기 나를 향해 달려들려 한다. 자갈 깔린 길에 방벽이 쓰러져 쿵 소리를 낸다. 그 소리가 길 양옆 높은 건물에 부딪혀 총성처럼 울린다. 경찰이 팔을 뻗으며 느릿느릿 다가가서 시위대를 저지선 밖으로 안내한다. 아직도 고함을 치는 사람들이 있지만 대부분은 쇼핑이라도 하러 온 듯 옆에 있는 이들과 수다를 떨면서 웃음을 터뜨린다. 그들에게는 신나는 하루 외출이다.

시위대가 뒤로 물러서고 경찰이 지정된 시위 구역 주위에 다시 방벽을 세우는 동안 어떤 여자가 내 앞에 와서 선다. 그녀는 20대 정도로 나보다 어려 보이고 다른 사람들과 달리 배너나 피켓을 들지 않은 대신 한 손에 뭔가를 움켜쥐고 있다. 약간 짧은 갈색 원피스 아래로 때 묻은 흰색 즈크화와 어울리지 않는 검은색 스타킹을 신은 차림이다. 추위에도 여미지 않은 코트가 팔락거린다.

"정말 착한 아이였어요." 여자가 나직하게 말한다.

순간 그녀 얼굴에서 제이콥의 이목구비가 보인다. 살짝 치켜 올라간 연푸른색 눈과 작고 뾰족한 턱으로 이어진 하트 모양 얼굴.

시위대가 조용해진다. 모두 우리를 보고 있다.

"잘 울지도 않았고, 아플 때도 내게 기댄 채 나를 올려다보면서 나을 때까지 참는 아이였어요."

그녀는 완벽하지만 어디 출신인지 잘 알 수 없는 억양이 섞인 영어로 말한다. 동유럽 억양인 것 같다. 목소리는 암송한 내용을 읊을 때처럼 침착하다. 이렇게 내 앞에 서 있지만 그녀는 나만큼이나 이 만남을 두려워하는 듯하다. 어쩌면 나보다 훨씬 더 두려울 것이다.

"아주 어릴 때 그 아이를 가졌어요. 나 역시 아직 어린아이일 때에요. 아이 아버지는 내가 아기 낳기를 원하지 않았지만 도저히 아기를 지울 수 없었어요. 이미 그 아기를 너무 사랑했거든요." 그녀는 감정을 드러내지 않고 차분하게 말한다. "제이콥은 내가 가진 전부였어요."

눈물이 차오른다. 제이콥의 어머니도 울지 않는데 이렇게밖에 반응하지 못하는 내가 경멸스럽다. 휘청거리는 몸을 다잡으려 애쓰면서 눈물을 닦아내고 싶지만 참는다. 제이콥 어머니 역시 그날 밤 일을 생각하고 있으리라. 그때 그녀는 눈부신 전조등 때문에 눈을 찡그린 채 빗줄기로 흐려진 차창을 응시했다. 둘 사이에 아무것도 없는 오늘은 상대의 모습이 뚜렷하게 보인다. 그녀가 내게 달려들어 주먹으로 얼굴을 때리거나 깨물거나 할퀴지 않는 것이 놀랍다. 내가 그녀라면 그 정도로 자제할 수 있을지 모르겠다.

"아냐!" 시위대 사이에 있던 남자가 제이콥 어머니의 이름을 부르지만 그녀는 들은 체도 하지 않는다. 제이콥 어머니는 팔을 뻗어 내 손에 사진 한 장을 밀어 넣는다.

처음 보는 사진이다. 신문이나 인터넷에서 본 사진은 교복을 입은 제이콥이 이가 빠진 채 활짝 웃으며 카메라를 향해 살짝 고개를 돌린 모습이었다. 이 사진 속의 제이콥은 더 어려 보인다. 서너 살 때 찍은 것 같다. 엄마 품에 안긴 채 민들레 솜털이 군데군데 난 풀숲에 누워 있는 모습이다. 각도로 볼 때 팔이 사진 안에 담기지 않도록 아냐가 직접 촬영한 사진이다. 제이콥은 햇볕 때문에 눈을 가늘게 뜨고 밝게 웃고 있다. 아냐도 웃는 모습이지만 제이콥을 바라보고 있어 두 눈에 아이가 조그맣게 비친다.

"정말 죄송해요." 내가 말한다. 그 말이 얼마나 무책임하게 들리는지 잘 알기에 혐오하지만 다른 말을 찾을 수 없다. 그렇다고 그녀의 슬픔 앞에서 차마 침묵을 지킬 수도 없다.

"당신도 아이가 있나요?"

아들 생각이 난다. 병원 담요에 싸인 가볍디가벼운 몸과 가실줄 모르던 자궁의 통증이 떠오른다. 자식이 없거나 자식을 잃어 반쪽짜리 삶을 살아야 하는 어머니를 일컫는 낱말이 있어야 한다고 생각한다.

"아뇨." 달리 할 말을 찾지만 더 이상 아무 말도 할 수 없다. 아냐에게 사진을 건네지만 그녀는 고개를 젓는다.

"나는 필요 없어요. 이 안에 제이콥의 얼굴이 들어 있으니까요." 그녀는 손바닥을 가슴에 댄다. "하지만 당신은…… 당신은 잊지 말아야 해요. 제이콥이 어린아이였다는 걸, 엄마가 있었다는 걸, 그리고 엄마의 심장이 찢어지고 있다는 걸 기억해야 해요."

그녀는 돌아서서 방벽 아래로 몸을 숙여 들어가더니 자취를 감춘다. 물속에 갇혀 있다가 나온 사람처럼 공기를 들이마신다.

내 재판을 담당하는 법정 변호사는 40대 여성이다. 그녀는 경비가 문밖을 지키고 선 작은 상담실로 급하게 들어오면서 침착하면서도 호기심 어린 눈길로 나를 바라본다.

"루스 제퍼슨이에요." 변호사가 빳빳한 손을 내민다. "오늘은 간단하게 진행될 거예요, 그레이 씨. 이미 유죄를 인정했으니 오늘 공판에서는 선고만 받을 겁니다. 점심시간 끝나고 나서 첫 공판이고요. 아쉽게도 킹 판사가 담당하게 됐어요." 그녀와 나는 탁자를 사이에 두고 앉는다.

"어떤 분이길래요?"

"형량을 관대하게 선고하는 분은 아니라는 것만 말씀드릴게요."
변호사가 고르고 하얀 이를 드러낸 채로 부자연스럽게 웃으며 대답한다.

"형량은 어떻게 될까요?" 내가 참지 못하고 묻는다. 이제는 어떻든 상관없다. 지금은 옳은 일을 하는 것만이 중요하다.

"예측하기가 쉽지 않아요. 사고를 내고 정차와 신고의 의무를 다하지 않은 경우 면허가 취소되고, 난폭하게 운전해서 사람을 죽게 하는 경우에는 무조건 2년 이상 면허 자격이 박탈돼요. 그러니 더는 이야기할 필요도 없죠. 확실치 않은 건 징역형이에요. 위험하게 운전해서 사망을 유발하면 최대 형량이 14년인데, 지침에 따르면 2년에서 6년 사이로 형량을 내리도록 권고하고 있어요. 킹 판사는 그중 상한 형량을 내리려 할 테고 저는 2년이 적절하다고 판사를 설득해야죠." 변호사가 검은색 만년필 뚜껑을 벗긴다. "정신 질환을 앓은 적 있으신가요?"

내가 머리를 내젓자 변호사 얼굴에 실망하는 빛이 스친다.

"그럼 사고에 대해 이야기해보죠. 제가 듣기로는 기상 조건 때문에 시야가 아주 나빴다고 하던데요. 충격 시점 이전에 그 아이를 보셨나요?"

"아뇨."

"만성 질환이 있으신가요?" 변호사가 질문한다. "이런 경우에 지병이 있으면 유리하거든요. 특정한 날 몸 상태가 안 좋아지는 편인가요?"

얼빠진 표정으로 보자 그녀가 혀를 찬다.

"그레이 씨는 지금 상황을 어렵게 만들고 계세요. 어떤 종류든 알레르기가 있으세요? 예를 들어 충격 시점 이전에 발작적으로 재채기를 했다든지요."

"이해할 수 없어요."

변호사가 한숨을 쉬더니 아이를 대하듯 천천히 말한다. "킹 판사는 그레이 씨의 선고 전 보고서를 검토하고 이미 형량을 생각해뒀을 거예요. 제가 할 일은 이 사건이 운이 나빠 일어난 사고에 지나지 않는다고 제시하는 겁니다. 피할 수 없는 사고였고 그레이 씨가 이 사고를 일으킨 데 극도로 자책하고 있다는 점을 부각시켜야 해요. 그레이 씨에게 답을 주입하려는 건 아니지만 예를 들어." 그녀는 나를 날카롭게 쳐다보더니 말을 잇는다. "발작적인 재채기로 맥을 못 췄다면."

"하지만 그러지 않았는걸요." 원래 이렇게 돌아가는 걸까? 가장 낮은 형량을 받기 위해 거짓말에 또 거짓말을 하라는 말이다. 영국 사법제도에 이토록 결함이 많았던가? 역겹다.

루스 제퍼슨은 메모를 훑다가 갑자기 고개를 든다. "그 아이가 아무런 경고 없이 그레이 씨 앞으로 달려들었나요? 아이 어머니 진술에 따르면 그 길에 가까이 갔을 때 아이 손을 놓아서."

"아이 어머니 잘못이 아니에요!"

변호사가 세심하게 다듬은 눈썹을 추켜올리더니 부드럽게 말한다. "그레이 씨, 우리는 잘못한 사람을 가려내려고 여기 앉아 있는 게 아니에요. 불운하게 이어진 이 사고를 정상참작할 수 있는 사유를 이야기하자는 거죠. 감정적으로 받아들이지 말아주세요."

"죄송해요." 내가 말한다. "하지만 정상참작 사유는 없어요."

"그걸 찾아내는 것이 제 일입니다." 변호사가 대답한다. 그녀는 파일을 내려놓고 몸을 앞으로 숙인다. "제 말을 믿으세요, 그레이 씨. 징역 2년형과 6년형은 차이가 커요. 그레이 씨가 다섯 살배기를 죽이고는 정차하지도 않고 그대로 달아난 데 그럴 만한 이유가 있다면 지금 말하셔야 해요."

그녀와 내가 서로 바라본다.

"저도 있었으면 좋겠어요."

44

레이는 잠시 멈춰 서서 코트를 벗을 생각도 하지 않고 곧바로 컴퓨터를 켜고 발견물을 체크했다. 케이트가 밤새 일어난 사건들을 훑어보고 있었다. "내 방으로 와줘. 지금."

그녀가 일어서서 그를 따라왔다. "무슨 일 있나요?"

레이는 대답하지 않았다. 그는 컴퓨터를 켜고 연푸른색 명함을 책상 위에 놓았다. "이 명함이 누구한테서 나왔다고 했지?"

"도미니카 레츠요. 우리 표적 중 한 놈의 동거녀예요."

"그 여자가 입을 열던가?"

"아무 말도 하지 않아요."

레이가 팔짱을 꼈다. "여성 쉼터야."

케이트가 어리둥절한 표정으로 그를 보았다.

"그랜섬 가의 그 집 말야." 레이가 말했다. "그리고 여기 이 주소도." 그가 연푸른색 명함을 고개로 가리켰다. "내 생각에 가정 폭력 피해자 쉼터 같아." 그는 의자에 몸을 파묻고 두 손을 머리 뒤에 댔다. "도미니카 레츠는 가정 폭력 피해자로 알려졌어. 그래서 팰컨 작전이 와해될 뻔했고. 출근길에 이 명함의 주소를 지나왔는데 그랜섬 가의 그 집과 아주 똑같더군. 현관문에 동작 감지기가 보이고 창문마다 망사 커튼이 드리워져 있었어. 집 앞에 우체통도 없었고."

"제나 그레이도 가정 폭력 피해자라고 생각하세요?"

레이가 천천히 고개를 끄덕였다. "그 여자가 눈을 마주치지 않으려 한다는 거 알았어? 그레이는 안절부절못하고 초조한 표정을 지었어. 게다가 비난받을 때마다 입을 꼭 다물더군."

레이가 자신의 가설을 마저 설명하기 전에 전화기가 울리고 화면에 접수계 내선 번호가 떴다.

"방문객이 있어요, 경위님." 레이첼이 말했다. "패트릭 매슈스라는 남자분이에요."

들어본 적이 없는 이름이었다.

"난 기다리는 사람 없어요, 레이첼. 메시지를 받고 돌려보내줄래요?"

"그러려고 했지만 고집을 꺾지 않는군요. 경위님에게 할 이야기가 있대요. 여자 친구인 제나 그레이에 대해서요."

레이는 휘둥그레져서 케이트를 보았다. 제나의 남자 친구라, 레이가 그 남자의 배경을 조사한 결과 학생 때 술을 마시고 난동부려서 경고받은 일을 제외하고는 아무것도 나오지 않았다. 하지만 드러난 것 외에 뭔가 있을까?

"데리고 와줘요." 기다리는 동안 레이는 케이트에게 누가 찾아왔는지 이야기했다. "경위님 생각에는 그 남자가 학대 당사자 같아요?" 그녀가 물었다.

레이가 고개를 가로저었다. "그런 사람으로는 보이지 않아."

"외모만 보면 절대 모르죠." 케이트가 말했다. 그러다 레이첼이 패트릭 매슈스와 함께 나타나자 갑자기 말을 멈췄다. 패트릭은 낡은 방수 코트 차림으로 한쪽 어깨에 배낭을 메고 있었다. 레이가 케이트 옆의 의자를 손짓으로 가리키자 그는 언제든 일어나려는 듯 의자 가장자리에 걸터앉았다.

"제나 그레이에 관한 정보가 있으시다고요." 레이가 말했다.

"글쎄요, 사실 정보는 아니에요." 패트릭이 말했다. "그보다는 직감이죠."

레이가 시계를 흘낏 보았다. 점심시간 직후에 제나의 공판이 열릴 예정이었고 그는 법원에 가서 그녀가 선고를 받을 때 그 자리에 있고 싶었다. "어떤 직감입니까, 매슈스 씨?" 케이트가 그에게 보일 듯 말 듯 어깨를 으쓱했다. 패트릭 매슈스는 제나가 두려워하는 남자가 아니라는 제스처 같았다. 그렇다면 그 사람은 누굴까?

"패트릭이라고 불러주세요. 음, 경위님도 제가 어떤 말을 할지 아실 테지만, 전 제나에게 죄가 없다고 생각해요."

레이는 호기심이 일었다.

"뭔지는 몰라도 사고가 있던 밤에 무슨 일이 일어났는지 제나가 제게 말하려 하지 않는 사실이 있어요." 패트릭이 말했다. "아무에게도 말하려 하지 않을 겁니다." 그는 소리 내어 웃었지만 눈은 웃고 있지 않았다. "우리에게 미래가 있을 거라 생각했어요. 하지만 제나가 말하려 하지 않는다면 무슨 미래가 있겠습니까?" 그가 절망스럽다는 듯 두 손을 뻗었다. 그는 패트릭의 말을 듣고 매그즈가 한 말을 생각했다. '당신은 나한테 절대로 말을 하지 않아.'

"제나가 뭘 감춘다고 생각하세요?" 패트릭이 의도한 것 이상으로 날카롭게 물었다. 그의 머릿속에 '어느 인간관계에나 비밀이 있는 걸까?'라는 의문이 떠올랐다.

"제나가 침대 밑에 넣어둔 상자가 있어요." 패트릭이 편치 않은 표정을 지었다. "제나의 물건을 뒤진다는 건 꿈도 꾸지 않았지만, 무슨 일이 일어났는지 제게 아무런 말도 하지 않았고 그러다 제가 그 상자를 잡으려고 하자 놔두라고 쏘아붙이더군요. 저는 그 상자에서 답을 찾을 수 있기를 바랐습니다."

"그래서 들여다보셨군요." 레이가 생각에 잠긴 눈으로 패트릭을 뜯어보았다. 공격적인 남자로 보이지는 않았지만 남의 소지품을 뒤져보는 것은 통제를 원하는 사람의 행동이라고 생각해서였다.

패트릭이 고개를 끄덕였다. "제게 오두막 열쇠가 있거든요. 오늘 아침 제나가 법원으로 떠나고 집에 들러 강아지를 데려오기로 이야기한 상태였어요." 그가 한숨을 쉬었다. "지금은 괜히 봤다는 후회도 들어요." 그러고는 레이에게 봉투 하나를 건넸다. "안을 보세요."

레이가 봉투를 열자 영국 여권의 빨간색 표지가 보였다. 여권을 펼치자 지금보다 젊고 머리를 뒤로 넘겨 느슨하게 묶은 제나가 웃음기 없는 표정으로 그를 보고 있었다. 오른쪽에는 제니퍼 피터슨이라는 글씨가 보였다.

"기혼이야." 레이가 케이트를 힐끗 보았다. 어떻게 이런 정보를 놓쳤을까? 유치장에 수감되는 사람은 누구나 신원 조사를 거쳐야 했다. 개명 같은 기본적인 사항을 놓칠 리는 없지 않은가? 레이는 패트릭을 보면서 물었다. "알고 계셨나요?"

앞으로 10분 뒤면 재판이 시작될 터였다. 레이는 손가락으로 책상을 쳤다. 피터슨이라는 이름이 왠지 모르게 그를 잡고 놓아주지 않았다. 익숙하게 느껴지는 이름이었다.

"결혼한 적이 있다고 말했어요. 저는 이혼했을 거라고 생각했고요."

레이와 케이트가 시선을 교환했다. 레이는 수화기를 들어 법원에 전화했다. "여왕R 또는 Regina. 영국의 형사재판에서 피고인에게 공소를 제기하는 국가를 상징하며 왕일 경우에는 Rex를 씀 대 그레이 사건의 재판이 이미 개정되었습니까?" 그는 법원의 접수계 직원이 재판 목록을 확인하는 동안 기다렸다.

그레이가 아니라 피터슨이었다. 어떻게 이런 실수를 했을까.

"네, 고맙습니다." 그가 수화기를 내려놓았다. "킹 판사가 늦는다니까 30분 정도 여유가 있어."

케이트가 앞으로 당겨 앉았다. "며칠 전 접수계를 찾아온 여자를 상대하라고 저를 보내셨죠. 그때 제가 쓴 보고서 어디에 두셨어요?"

"미결함 안에 있을 거야." 레이가 대답했다.

케이트가 책상에 쌓인 서류를 뒤지기 시작했다. 그녀는 미결함 맨 위에 놓인 파일 세 개를 집어 들었는데 책상 위에 빈 공간이 없자 파일들을 바닥에 던졌다. 그러고는 남은 서류를 뒤적이면서 재빠르게 불필요한 서류를 솎아냈다.

"여기 있어요!" 그녀가 의기양양하게 외치며 비닐 폴더에서 보고서를 꺼내 레이의 책상에 던졌다. 그러자 보고서 위에 놓여 있던 찢긴 사진 조각들이 날렸고 패트릭이 그중 한 조각을 잡았다. 그는 신기한 듯 그 조각을 보더니 고개를 들어 레이에게 말했다.

"괜찮을까요?"

"그럼요." 레이는 패트릭이 무엇에 대한 허락을 구하는지 정확히 알지 못한 채 답했다.

패트릭이 사진 조각을 모아 짜 맞추기 시작했다. 이윽고 펜파흐 만 사진이 눈앞에 나타나자 레이가 나지막하게 휘파람을 불었다. "이브 매닝스가 그토록 걱정하던 동생이 제나 그레이로군."

레이는 민첩하게 행동을 개시했다. "매슈스 씨, 여권을 가져와

주서서 감사합니다. 죄송하지만 법원에 가서 저희를 기다려주시기 바랍니다. 접수계의 레이첼이 안내해드릴 거예요. 가능한 한 빨리 갈게요. 케이트, 5분 있다가 DAU에서 봐."

케이트가 패트릭을 아래층으로 데려가자 레이가 전화기를 들었다. "나탈리, 범죄수사과의 레이 스티븐스야. 이안 피터슨 좀 조사해주겠어? 백인 남성이고 40대 후반에……."

레이는 한달음에 계단을 뛰어 내려가 복도를 달려 보호 서비스라는 표지가 붙은 문으로 들어갔다. 잠시 뒤 케이트가 도착했고 두 사람은 가정학대과 버저를 눌렀다. 검은 머리를 짧게 자르고 큼지막한 액세서리를 한 여자가 명랑한 얼굴로 문을 열었다.

"찾아낸 거 있어, 나탈리?"

그녀는 두 사람을 안으로 데리고 들어가 그들이 볼 수 있도록 컴퓨터 화면을 돌렸다. "이안 프랜시스 피터슨은 1965년 4월 20일에 태어났어요. 음주운전과 가중 폭행으로 전과가 있고 현재는 접근 금지 명령 대상이에요."

"혹시 제니퍼라는 여자에 대한 명령인가요?" 케이트가 묻자 나탈리가 고개를 흔들었다.

"마리 워커에 대한 거예요. 6년 동안 계획적으로 학대당했죠. 우리는 그녀를 도와 피터슨을 떠나도록 했어요. 마리가 고발했지만 피터슨은 처벌받지 않았죠. 접근 금지 명령은 민사법원에서 내린 거였고 현재도 유효해요."

"마리 이전에도 비슷한 일이 있었나?"

"애인에 대해서는 없었어요. 하지만 10년 전에 일반 폭행으로 경고 조치를 받은 적이 있어요. 자기 어머니를 폭행한 혐의였어요."

레이 목구멍에서 쓴물이 치밀어 올랐다. "우리는 피터슨이 제이콥 조던의 뺑소니 사고에 연루된 여자의 남편이라고 생각해." 그가 말했다. 나탈리가 일어나서 금속으로 된 회색 서류 캐비닛이 빽빽이 들어찬 벽 쪽으로 걸어갔다. 그녀가 캐비닛 서랍을 빼서 그 안에 든 내용물을 재빨리 넘겨보았다.

"여기 있어요." 그녀가 말했다. "여기에 제니퍼와 이안 피터슨에 관해 우리가 파악한 모든 정보가 있어요. 물론 읽어서 기분 좋은 내용은 아니에요."

45

네가 여는 전시회는 따분했다. 개조한 창고, 작업실, 공장 등 장소는 매번 달랐지만 오는 사람들은 변함없이 요란한 스카프를 두르고 큰 소리로 떠들어대는 진보주의자들이었다. 제모도 하지 않는 독선적인 여자들과 재미없고 쫀다 같은 남자들뿐이었다. 내놓는 와인마저 개성이 없었다.

11월 전시회 주간이 다가오자 너는 유달리 까탈을 부렸다. 내 도움을 받아 사흘 먼저 창고로 작품을 옮겼고 그 주 내내 준비하는 데에 시간을 쏟았다.

"조각 몇 점 진열하는 데 뭐가 그리 오래 걸리지?" 네가 이틀 연속으로 늦게 들어오던 날 내가 말했다.

"조각으로 이야기를 들려주려고 해요. 관람객들은 전시실 안에서 발걸음을 옮기면서 작품을 하나하나 감상할 거예요. 그때 조각품들이 내가 의도한 이야기를 정확히 전달해야 해요."

내가 웃음을 터뜨렸다. "네 말을 네가 직접 들어봐야 해! 순전히 헛소리야. 가격표를 읽기 쉽게 만들어서 잘 붙여놓는 데나 신경

써. 그것 아니면 중요할 것도 없어."

"당신은 오고 싶지 않으면 안 와도 돼요."

"내가 가는 게 싫어?" 내가 너를 수상쩍다는 듯 쳐다보았다. 네 눈이 다소 지나치게 반짝거리고 턱은 좀 지나치게 도전적인 분위기를 풍겼다. 왜 그렇게 갑자기 삶의 환희를 느끼게 됐는지 궁금했다.

"당신이 지루해하는 게 싫을 뿐이에요. 우리가 알아서 할 수 있어요."

바로 그거였다. 네 눈에 뜻을 알 수 없는 빛이 섬광처럼 스쳤다.

"우리라니?" 내가 눈을 치켜뜨며 물었다.

너는 당황해 내게서 고개를 돌리고 분주하게 설거지를 하는 척했다. "필립이요. 전시를 책임지는 큐레이터예요."

니는 내가 물에 남가둔 냄비 안쪽을 수세미로 낚기 시작했다. 나는 네 뒤에 서서 몸으로 너를 개수대에 밀어붙이고 네 귀에 대고 말했다. "아, 큐레이터라고? 너는 너와 자는 놈을 그렇게 부르나보지?"

"그런 거 아니에요." 네가 대꾸했다. 임신한 이후로 너는 내가 말할 때마다 평소와는 다른 말투로 대답했다. 빽빽거리는 어린아이나 정신병자를 달래듯 지나치게 차분했다. 그게 싫었다. 내가 조금 뒤로 물러나자 네가 숨을 내쉬었다. 난 다시 너를 앞으로 밀었다. 네가 숨찬 소리를 내더니 두 손으로 개수대 가장자리를 잡고 숨을 돌리려 했다.

"너 필립과 자고 다니는 거 아니지?" 네 뒷목에 대고 그 말을 내뱉었다.

"아무하고도 안 자요."

"그래. 나와 자지 않는 것만은 확실하지. 적어도 최근에는 말야." 네 몸이 굳는 것을 느끼고 네가 내 손을 네 두 다리 사이로 넣어주길 기다리고 있음을, 심지어 갈망하고 있음을 눈치챘다. 네 기대를 들어주지 못해서 미안할 뻔했다. 하지만 이미 네 앙상한 엉덩이를 보고 별 매력을 느낄 수 없었다.

전시회 날 침실에 있는데 네가 옷을 갈아입으러 올라왔다. 너는 머뭇거렸다.

"한 번도 본 적 없는 옷이군." 내가 말했다. 나는 깨끗한 셔츠를 찾아 옷장 손잡이에 걸어놓았고 너는 네 옷을 침대에 펼쳐놓았다. 네가 운동복 바지를 발로 벗고 상의를 벗어 다음 날 입으려고 개는 것을 보았다. 너는 흰색 브래지어와 팬티를 입고 있었다. 골반에 든 멍을 두드러지게 하려고 일부러 그 색상을 고른 게 아닐까 의심했다. 부기는 여전히 눈에 띌 정도로 남아 있었고 너는 그 사실을 강조하듯 인상을 찡그리며 침대에 앉았다. 너는 통이 넓은 리넨 바지를 입고 같은 감으로 된 풍성한 상의를 뼈만 남은 어깨에 걸쳐 입었다. 나는 네 화장대에 놓인 나무 모양의 액세서리 걸이에서 알이 굵은 초록색 구슬 목걸이를 뺐다.

"내가 걸어줄까?"

너는 주저하더니 작은 스툴에 앉았다. 나는 두 팔을 네 머리 위로 올려 네 앞으로 목걸이를 뺐었고 너는 머리카락을 들어 올려 내가 목걸이를 걸도록 했다. 네 뒷목으로 손을 가져가 아주 잠시 목걸이를 팽팽하게 당겨 네 목을 조이자 네가 긴장했다. 나는 소리 내서 웃으며 걸쇠를 채웠다. "아름다워." 몸을 숙여 거울에 비친 너를 바라보았다. "오늘 바보짓 하지 않도록 조심해, 제니퍼. 넌 이런 일만 있으면 항상 술을 너무 많이 마신다든가 손님들에게 알랑거려서 망신을 자초하더군."

일어나서 셔츠를 입고 그에 어울리는 연분홍색 넥타이를 골랐다. 상의를 걸치고 거울에 내 모습을 비춰 보니 만족스러웠다. "오늘은 네가 차를 몰도록 해. 술을 안 마실 거잖아."

여러 차례에 걸쳐 네게 새 차를 사주겠다고 했지만 너는 낡아빠진 구형 피에스타를 그대로 몰겠다고 고집했다. 그 차에 타는 일만큼은 피하고 싶었지만 그렇다고 네게 내 아우디를 빌려줄 생각은 없었다. 기껏 빌려주었더니 주차한다면서 찌그러뜨린 일이 있어서다. 어쩔 수 없이 네 똥차 조수석에 타서 전시회장까지 운전을 맡겼다.

도착하자 이미 바 주위에 사람들이 떼 지어 있었다. 우리가 전시실을 가로지르니 소곤거리며 감탄사가 들렸다. 누군가 손뼉을 치자 다른 사람들도 가세했다. 박수갈채라 하기에는 거기에 있는 사람들이 너무 적었고, 결과적으로 민망할 정도로 소리가 작았다.

너는 내게 샴페인을 건네고 너도 한 잔 집어 들었다. 짙은 고수머리를 한 남자가 우리에게 다가왔다. 네 눈이 지난번처럼 반짝거리는 것을 보고 그 사람이 필립임을 알았다.

"제나!" 그는 네 양 볼에 키스했고, 너는 내가 눈치채지 못할 거라 생각했는지 아주 잠시 그의 손에 네 손을 댔다. 찰나라서 우연히 스쳤다고 볼 수도 있었지만 난 그것이 우연이 아님을 알았다.

네가 내게 필립을 소개하자 그는 내게 악수했다. "제나가 무척 자랑스러우시겠어요."

"아내는 엄청난 재능을 타고났죠. 당연히 자랑스러울 수밖에요."

필립이 다시 입을 열기 전까지 잠시 침묵이 흘렀다. "실례지만 제나와 남편분을 떼놓아야 할 것 같아요. 몇 사람한테 소개해야 하거든요. 제나의 작품에 상당히 관심이 있고……." 그가 말을 멈추더니 엄지와 검지를 문지르며 내게 윙크했다.

"판매를 방해할 생각은 추호도 없습니다." 내가 말했다.

난 너와 필립이 전시실을 돌아다니는 모습을 지켜보았다. 필립의 손은 네 등의 잘록한 부분에서 떠날 줄을 몰랐다. 그때 두 사람이 바람피우고 있다는 사실을 눈치챘다. 전시회가 끝날 때까지 어떻게 견딜지 막막했지만 네게서 눈을 떼지 않았다. 샴페인을 비우고는 와인을 마셨고 굳이 오갈 필요 없이 바 옆에 서 있었다. 계속해서 너를 감시했다. 내게는 더 이상 보여주지 않는 미소를 띤 너를 보니 오래전 학생회관에서 친구들과 깔깔거리던 소녀가 언뜻 눈앞을 스쳐갔다. 넌 더 이상 소리 내어 웃지 않았던 것 같다.

마시던 와인병이 비자 한 병 더 따라고 했다. 바텐더끼리 시선을 교환했지만 그들은 내 말대로 했다. 사람들이 떠나기 시작했다. 네가 그들에게 작별 인사하는 모습을 보았다. 어떤 이에게는 키스하고 어떤 이와는 악수했다. 그 누구에게도 네 큐레이터만큼 다정하게 대하지 않았다. 전시실에 몇 명만 남았을 때 네게 다가갔다. "갈 시간이야."

네가 껄끄러운 표정을 지었다. "아직 갈 수 없어요, 이안. 아직 관람객이 있잖아요. 치우는 일도 도와야 해요."

필립이 나섰다. "제나, 괜찮아요. 가엾게도 이안은 오늘 당신을 거의 못 봤어요. 당신과 단둘이서 제대로 축하할 자리를 갖고 싶을 거예요. 여기는 내가 정리할 테니까 작품들은 내일 와서 가져가요. 오늘 전시회, 엄청나게 성공했어요. 수고했어요!" 그가 네 뺨에 키스했다. 이번에는 한 뺨에만 했지만 내 안에 차곡차곡 쌓인 분노가 끓어 넘치기 일보 직전이어서 말조차 나오지 않았다.

네가 끄덕였다. 너는 필립에게 실망한 눈치였다. 그놈이 네게 남아달라고 하길 바랐나? 나를 보내버리고 너를 그곳에 붙잡아두길 기대했나? 네가 그놈과 이야기하는 동안 네 손을 잡고 힘껏 움켜 쥐었다. 네가 내색하지 않을 테니 서서히 힘을 가했고 급기야 네 손의 연골이 내 손가락 밑에서 물컹거렸다. 마침내 필립이 말을 마쳤다. 그가 악수를 청해서 네 손을 놓을 수밖에 없었다. 너는 숨을 내쉬더니 내가 쥐었던 손을 다른 손으로 감쌌다.

"만나서 반가웠어요, 이안." 필립이 말했다. 그러고는 너를 잽싸게 보더니 다시 내게 눈을 돌렸다. "제나를 잘 보살펴주실 거죠?"

대체 네가 저놈에게 뭐라고 말했는지 의아할 따름이었다.

"항상 잘 보살펴줍니다." 내가 능청맞게 대답했다.

출구로 향하면서 네 팔꿈치에 손을 올리고는 엄지손가락으로 세게 눌렀다.

"아파요." 네가 속삭이듯 말했다. "사람들이 보겠어요."

네가 그런 목소리로 말하는 것은 한 번도 들어본 적 없었다. 대체 어디에서 그렇게 말하는 법을 배웠는지 궁금했다.

"이게 어떻게 감히 날 바보로 만들어?" 내가 목소리를 낮춰 씩씩거렸다. 우리를 보고 점잖게 미소 짓는 커플을 지나쳐 계단을 내려갔다. "그 많은 사람 앞에서 저녁 내내 그놈과 시시덕거리고 만지고 키스하고!" 주차장까지 가는 동안 나는 목소리를 낮추려고 하지 않았다. 내 목소리가 밤공기를 타고 울려 퍼졌다. "너 그놈이랑 자는 거 맞지?"

너는 대답하지 않았다. 네 침묵이 화를 북돋웠다. 네 팔을 잡아 뒤로 비틀었고 네가 비명을 지를 때까지 점점 더 세게 꺾었다. "나를 갖고 놀려고 여기로 부른 거지?"

"아니에요." 눈물이 네 얼굴을 타고 흘러내리면서 상의에 짙은 얼룩을 남겼다.

나도 모르게 주먹에 힘이 들어갔지만 팔뚝에 미세한 떨림을 느긴 순간 어떤 남자가 우리 주위를 지나쳤다.

"안녕하세요." 그가 말했다.

떨리는 팔을 진정시켰다. 그 남자의 발걸음 소리가 사라질 때까지 우리는 50센티미터쯤 떨어진 채로 가만히 있었다.

"차에 타."

네가 운전석 문을 열어 올라탔고 세 번 시도한 끝에 시동 장치에 열쇠를 끼워서 돌렸다. 4시밖에 되지 않았지만 밖은 이미 깜깜했다. 종일 비가 내려서 맞은편에서 차가 올 때마다 불빛이 젖은 아스팔트에 부딪혀 흩어졌고 너는 그때마다 눈을 찡그렸다. 여전히 울음을 그치지 않은 채 손으로 콧등을 문질렀다.

"지금 네 꼴을 봐." 내가 말했다. "필립은 네가 이런 여자인 줄 알까? 걸핏하면 생쥐 꼴로 훌쩍거리기나 하는 한심한 인생이라는 걸 알까?"

"난 필립과 잔 적 없어요." 네가 강조하려는 듯 단어 사이사이를 끊어 말했다. 나는 주먹으로 계기판을 쳤다.

네가 움찔했다. "난 필립 타입이 아니에요. 그 사람은."

"날 바보 취급하지 마, 제니퍼! 나도 눈이 있어. 둘이 무슨 일을 벌이고 있는지 다 보인다고."

너는 빨간불에 급브레이크를 밟았고 초록불로 바뀌자마자 액셀러레이터를 힘껏 밟았다. 나는 너를 보려고 자리에서 몸을 비틀었다. 네 표정을 보고 무슨 생각을 하는지 알고 싶었다. 그놈을 생각하고 있지나 않은지. 너는 숨기려고 애썼지만 나는 네가 그놈 생각에 잠겨 있다는 걸 알았다.

집에 가자마자 그놈 생각을 멈추게 하리라 다짐했다. 네가 더 이상 생각 자체를 못하게 해주리라 마음먹었다.

46

브리스톨 형사 법원은 치안 법원에 비해 건물이 낡았다. 벽에 묵뀌올 데 회릿을 따라 위숙한 분위기가 깐려 있다. 정리늘에 검은색 가운 자락을 펄럭이면서 잰걸음으로 법정 안팎을 오가는 통에 서기의 책상에 놓인 서류들이 흩날린다. 도서관에 가면 말하면 안 된다는 압박 때문에 비명을 지르고 싶어지듯 이곳의 고요한 분위기도 마음을 불편하게 한다. 손바닥의 볼록한 부분으로 눈두덩을 세게 누른다. 손을 떼니 법정이 초점 밖으로 헤엄쳐 가는 듯 보인다. 흐릿해진 선과 어렴풋해진 형체 때문에 이제 법정이 덜 위압적이고 덜 진지하게 보인다. 이 상태가 계속되면 좋겠다.

법정 안에 들어오니 두려워진다. 아무렇지도 않다는 듯 오늘을 준비했지만 오늘 이곳에 들어오는 순간 마음속으로 부리던 허세가 싹 가셨다. 무죄로 풀려나도 이안이 내게 할 짓이 무섭지만 유죄 판결을 받고 수감되어 겪을 일도 두렵다. 손톱이 왼손을 파고들 정도로 두 손을 맞잡고 꽉 움켜쥔다. 금속으로 된 통로를 쩌렁쩌렁 울리도록 걷는 발걸음 소리로 머릿속이 가득 찬다. 회색 감방의 비좁은 침상과 비명이 새어나가지 않을 정도로 두꺼운 벽이 떠오른다. 날카로운 아픔을 느끼고 내려다보니 손에서 피가 난다. 피를 닦아내자 분홍색 얼룩이 손등을 덮는다.

내가 배치된 구역에는 몇 사람이 더 앉을 수 있는 공간이 있다. 극장에서처럼 위로 젖힐 수 있는 의자 두 줄이 바닥에 고정되어 있고 세 면에 고풍스러운 분위기와 어울리지 않는 유리벽이 둘러져 있다. 법정에 사람들이 차기 시작하자 그들의 시선을 의식하고 앉은 자리에서 몸을 꼰다. 1차 공판과는 비교도 할 수 없을 만큼 방청객이 많다. 1차 공판에 뜨개질감을 들고 온 방청객들 얼굴에 가벼운 호기심이 어려 있었다면 오늘 공판을 찾은 방청객들 얼굴에서는 정의 구현에 관심이 지대한 사람 특유의 격렬한 증오심이 읽힌다. 가무잡잡한 피부에 두 치수 정도 큰 가죽 재킷을 걸친 남자가 자리에 앉아 목을 빼고 나를 본다. 그 남자는 소리 없는 분노로 입술을 실룩거리며 내게서 눈을 떼지 않는다. 내가 울음을 터뜨리자 그는 고개를 흔들면서 혐오스럽다는 듯 입을 삐죽인다.

제이콥 사진이 든 주머니에 살짝 손을 넣어 손가락으로 사진 끄트머리를 만지작거린다.

법조인 수도 지난 재판에 비해 불어났다. 법정 변호사와 검사가 저마다 거느리고 나타난 법조인들만 좌석 여러 줄을 차지할 정도다. 그들이 몸을 숙여 서로 황급히 대화를 주고받는다. 이 법정 안에서 마음이 편해 보이는 사람은 정리와 법정 변호사들뿐이다. 자기들끼리 모여 다 들릴 정도로 큰 목소리로 농담을 주고받는 그들을 보며 법정 분위기에 의구심이 든다. 사법제도가 법의 도움이 필요한 일반인들을 그토록 기를 쓰고 소외시키려 하는 이유가 무엇인지 새삼 궁금하다. 삐걱거리는 소리와 함께 문이 열리더니 불안하고 조심스러운 표정을 한 사람들이 연이어 들어온다. 아나를 보자 숨을 쉴 수 없다. 그녀는 맨 앞줄로 들어가 가죽 재킷을 입은 남자 옆에 앉고, 그 남자는 그녀의 한 손을 잡는다.

'당신은 제이콥이 어린아이였다는 걸, 엄마가 있었다는 걸, 그리고 엄마의 심장이 찢어지고 있다는 걸 기억해야 해요.'

이 법정에서 사람이 없는 공간은 열두 자리뿐이다. 오늘 재판에 필요하지 않아 빈 배심원석이다. 배심원석에 남녀 배심원이 앉아 증언을 듣고 내가 진술하는 모습을 지켜보며 죄 유무를 평결하는 장면을 상상해본다. 유죄를 인정했기에 그들은 그런 수고를 하지 않아도 된다. 자신의 판단이 옳은지 고뇌하지 않아도 된다. 아냐 역시 아들의 죽음으로 법정에 모인 사람들이 고통스러워하는 것을 보지 않아도 된다. 루스 제퍼슨은 내 결정이 형량을 정하는 데 유리하게 작용할 거라고 말했다. 판사들은 유죄를 인정해서 재판 비용을 줄여주는 피고인에게 선감을 준다 긴대히게 선고히는 경향이 있다는 말이었다.

"전원 기립."

판사는 수천 가정의 사연이 얼굴에 새겨진 듯한 노인이다. 그는 날카로운 눈으로 입추의 여지가 없는 법정을 찬찬히 둘러보면서 내게 시선을 멈추지 않는다. 연속해서 만만치 않은 판결을 내린 그의 판사 생활에서 나는 지나치는 피고인에 불과할 것이다. 그가 이미 나에 대해 결정하지 않았을까, 내 복역 기간을 이미 정하지는 않았을까 생각한다.

"존경하는 재판장님, 국가는 제나 그레이를 기소하며⋯⋯." 서기가 명료하고 사무적인 어조로 들고 있는 종이를 읽는다. "그레이 씨, 당신은 위험한 운전으로 사망을 일으키고 정차와 사고 신고의 의무를 다하지 않은 혐의로 기소되었습니다." 그녀가 고개를 들어 나를 본다. "유죄입니까, 무죄입니까?"

주머니에 든 제이콥 사진에 한 손을 댄 채로 대답한다. "유죄입니다."

방청석에서 나지막하게 흐느끼는 소리가 새어 나온다.

'엄마의 심장이 찢어지고 있다는 걸 기억해야 해요.'

"피고인은 착석하십시오."

검사가 일어난다. 그는 앞 탁자에 놓인 유리 물병을 들어 올려 일부러 느릿느릿 물을 따른다. 잔을 채우는 물소리만 들릴 뿐 법정은 조용하다. 모든 눈이 자기에게 향한 것을 깨닫자 그가 말을 시작한다.

"존경하는 재판장님, 피고인은 다섯 살짜리 제이콥 조던을 죽게 한 데 유죄를 인정했습니다. 피고인은 작년 11월 사고가 나던 날 밤 자신이 합리적인 운전 기준에 크게 미치지 못하게 운전했다는 점을 시인했습니다. 실제 경찰 수사로 그레이 씨의 차량이 충격 시점 직전에 차도를 벗어나 인도로 올라갔으며 피고인이 제한 속도 시속 48킬로미터를 크게 웃도는 시속 61킬로미터에서 68킬로미터 사이로 차를 몰았다는 사실이 밝혀졌습니다."

두 손을 꼭 맞잡는다. 호흡을 고르려 애써보지만 가슴에 단단한 덩어리가 맺혀 숨을 제대로 들이마실 수 없다. 머릿속을 울리는 심장박동 소리에 눈을 감는다. 지금도 차창에 쏟아지던 빗물이 보이고 비명이 들리는 것만 같다. 인도에 서 있던 사내아이가 달려오면서 고개를 돌려 자기 엄마한테 뭐라고 외쳤을 때 내가 지른 그 비명.

"존경하는 재판장님, 더욱이 피고인은 제이콥 조던을 쳐서 즉사시킨 것으로 추정되는데 그 뒤에도 차를 멈추지 않았습니다." 검사가 법정을 둘러본다. 감명을 줄 배심원도 없는 법정에는 아까운 웅변이다. "피고인은 차에서 나오지 않았습니다. 도움을 청하지도 않았습니다. 자책하지 않았을 뿐 아니라 실질적인 구호 조치도 제공하지 않았습니다. 그러기는커녕 엄청나게 충격받은 어머니 팔 안에 다섯 살 제이콥 조던을 내버려둔 채 차를 몰고 도주했습니다."

그녀가 몸을 숙여 코트로 아들 몸을 감싸고 비를 맞지 않게 하려던 장면이 떠오른다. 전조등이 그 모습을 낱낱이 비췄고 숨을 쉴 수 없을 정도로 두려워 두 손으로 입을 막았다.

"재판장님께서는 그러한 초기 반응이 충격 탓이라고 생각하실지도 모릅니다. 피해자가 공황 상태에 빠져 그대로 달아나버렸지만 몇 분이나 몇 시간 뒤, 아니면 하루가 지나서라도 정신을 되찾고 의무를 다했으리라 생각하셨을 겁니다. 하지만 재판장님, 피고인은 그러기는커녕 도주해서 160킬로미터나 떨어진, 자신을 아무도 알지 못하는 마을로 잠적했습니다. 피고인은 자수하지 않았습니다. 오늘 피고인이 유죄를 인정했다고 생각하실지도 모릅니다. 하지만 피고인은 더 이상 도망갈 곳이 남아 있지 않다고 인식해서 유죄를 말한 것입니다. 국가는 재판장님께서 그러한 사실을 선고에 감안해주십사 정중하게 부탁드리는 바입니다."

"고맙습니다, 래사이터 씨." 판사가 공책에 무엇인가를 써넣는다. 검사는 머리 숙여 인사하고는 법복 자락을 뒤로 휙 젖히며 자리에 앉는다. 손바닥이 축축해진다. 방청석에서 증오에 찬 웅성거림이 들려온다.

제퍼슨 법정 변호사가 서류를 한데 모은다. 유죄라 답변했는데도, 그날 일어난 일의 대가를 치러야 함을 알면서도 루스 제퍼슨이 내 편에 서서 싸워주었으면 좋겠다. 이번이 사실을 밝힐 수 있는 마지막 기회라 깨닫자 욕지기가 치민다. 잠시 뒤 판사가 형을 선고하고 나면 때는 이미 늦을 것이다.

루스 제퍼슨이 일어선다. 그녀가 입을 떼기도 전에 법정 문이 큰 소리를 내며 벌컥 열린다. 날카롭게 고개를 치켜드는 판사 얼굴에 못마땅한 기색이 역력하다.

잠시 알아보지 못할 정도로 패트릭은 법정에 전혀 어울리지 않는다. 그는 방탄유리 상자에 갇혀 수갑을 차고 있는 내 모습을 보더니 눈에 띄게 몸을 떤다. 여기서 무엇을 하고 있는 걸까? 그제야 그 옆에 있는 남자가 스티븐스 경위임을 알아챈다. 경위는 판사에게 고개를 까딱하고는 법정 한가운데로 가서 검사에게 나지막하게 무슨 말을 한다.

검사는 그 이야기를 열심히 듣고는 뭔가를 끄적이더니 팔을 뻗어 긴 좌석 저쪽에 있는 루스 제퍼슨에게 쪽지를 전달한다. 모두 숨을 참고 있기라도 하듯 법정 안이 무겁게 침묵한다.

제퍼슨 변호사가 쪽지를 읽고 천천히 자리에서 일어선다. "재판장님, 잠시 휴정을 허락해주시겠습니까?"

킹 판사가 한숨을 쉰다. "제퍼슨 씨, 내가 오늘 오후에 재판이 몇 건이나 있는지 이 자리에서 일깨워드려야겠습니까? 제퍼슨 씨는 의뢰인과 상의할 시간이 6주나 있었던 것으로 압니다만."

"사과드립니다, 재판장님. 하지만 제 의뢰인의 감형에 중대한 영향을 끼칠 수도 있는 사실이 밝혀졌습니다."

"좋습니다. 15분간 휴정을 선언합니다. 단, 15분 뒤에는 반드시 당신 의뢰인에게 형을 선고할 작정입니다."

그가 서기에게 고갯짓을 한다.

"전원 기립." 서기가 외친다.

킹 판사가 법정을 떠나고 보안 요원이 피고인석으로 다가와서 나를 다시 독방으로 데리고 내려간다.

"무슨 일이죠?" 그에게 묻는다.

"나라고 알겠냐마는 항상 이런 식이에요. 빌어먹을 요요처럼 오르락내리락."

보안 요원은 공기가 통하지 않는 방으로 나를 호송한다. 이곳에서 제퍼슨 변호사와 대화를 나눈 지 한 시간도 채 지나지 않았다. 내가 들어가자마자 제퍼슨 변호사가 스티븐스 경위를 데리고 들어온다. 그녀는 미처 문이 닫히기도 전에 입을 연다.

"그레이 씨, 거짓 진술로 정의 구현을 방해하는 행위에 대한 처벌이 가볍지 않다는 사실을 아십니까?"

아무 말도 하지 않는다. 제퍼슨 변호사는 자리에 앉아 가발 밖으로 삐져나온 짙은 머리카락을 안으로 밀어 넣는다.

스티븐스 경위가 주머니에 손을 넣어 여권을 꺼내더니 테이블에 떨어뜨린다. 열어보지 않아도 내 여권임을 안다. 격분한 표정의 제퍼슨 변호사와 경위를 차례로 쳐다보다가 손을 뻗어 여권을 더듬는다. 결혼식 전에 이름을 변경하려고 서식을 채웠던 일이 떠오른다. 그때 이안에게 어떤 서명이 가장 어른스러워 보이고 나다운지 물어보면서 100번은 써본 것 같다. 새로 나온 여권은 내 신분이 바뀌었음을 입증하는 최초의 명확한 증거였고, 당장이라도 그 여권을 공항 카운터에 건네고 싶어서 좀이 쑤셨다.

스티븐스 경위가 내 얼굴과 일직선이 되도록 몸을 숙이고 두 손을 테이블에 얹는다. "더 이상 그 사람을 보호하지 않아도 돼요, 제니퍼."

움찔한다. "그렇게 부르지 마세요."

"무슨 일이 있었는지 말해주세요."

잠자코 있다.

스티븐스 경위가 차분하게 말한다. 그의 침착한 태도에 한결 안심되고 현실을 인식하게 된다.

"우리는 그 사람이 다시는 제나 씨를 해치지 못하도록 할 겁니다."

그들이 알아냈구나. 천천히 숨을 내쉬면서 스티븐스 경위와 제퍼슨 변호사를 차례대로 본다. 갑자기 기진맥진해진다. 경위가 표지에 '피터슨'이라 쓰인 갈색 파일을 연다. 내 결혼 뒤의 성이자 이안의 성이다.

　"전화가 수도 없이 걸려왔어요." 경위가 말한다. "이웃들도, 의사들도, 행인도 전화를 했어요. 하지만 제나 씨에게는 한 통도 없었어요. 단 한 번도 경찰에 전화하지 않았더군요. 경찰이 찾아가도 아무것도 말하지 않으려 했고 고발도 하지 않았어요. 경찰 도움을 받지 않으려던 이유가 있었나요?"

　"그러면 그가 날 죽였을 테니까요."

　잠시 침묵이 흐르다가 스티븐스 경위가 다시 입을 연다. "그 사람이 처음으로 때린 게 언제였습니까?"

　"이 사건과 관련이 있는 질문인가요?" 제퍼슨 변호사가 시계를 보며 묻는다.

　"네." 스티븐스 경위가 단호하게 대답하자 그녀가 눈을 가늘게 뜨며 다시 자리에 앉는다.

　"결혼식 날 밤에 시작됐어요." 눈을 감자 난데없는 아픔과 시작도 하기 전에 결혼에 실패했다고 수치심을 느낀 일이 떠오른다. 이안이 제정신으로 돌아와 내게 얼마나 다정하게 대했는지, 아픈 내 얼굴을 얼마나 부드럽게 어루만졌는지도 생각난다. 그때 나는 미안하다고 말했고 그 후로도 7년 동안 그 소리를 반복했다.

　"그랜섬 가의 쉼터에 가신 건 언제였습니까?"

　이토록 많이 알고 있다니 놀랍다. "한 번도 간 적 없어요. 병원 사람들이 제 멍을 보고 결혼 생활에 대해 물어봤어요. 아무 말도 하지 않았지만 그들은 제게 명함을 주면서 필요해지면 언제든 그곳을 찾아가라고 했어요. 거기 가면 안전하게 지낼 수 있다고 했죠. 그들 말을 믿지 않았어요. 이안과 그렇게 가까운 곳에 안전하게 숨어 있을 수 있다는 말이 믿기지 않았죠. 하지만 명함은 가지고 있었어요. 그걸 보면 조금은 덜 외로웠거든요."

"집을 나오려고 한 적은 없었나요?" 스티븐스 경위가 묻는다. 그의 두 눈에는 미처 숨기지 못한 분노가 엿보인다. 나를 향한 분노가 아님은 확실하다.

"여러 번 있었죠. 이안이 출근만 하면 저는 짐을 싸기 시작했어요. 집을 돌아다니면서 추억을 곱씹고 현실적으로 제가 가져갈 수 있는 것이 무엇인지 곰곰이 생각했어요. 그 짐을 모두 차에 실으려고 했죠. 아시다시피 차는 제 명의였으니까요."

스티븐스 경위가 고개를 저어 내 말을 부정했다.

"아직도 결혼하기 전 성으로 등록되어 있어요. 일부러 그런 건 아니었어요. 결혼 뒤에 잊어버리고 하지 못한 일 가운데 하나였죠. 하지만 나중에는 그대로 놓아둘 필요가 있겠다는 생각이 점점 더 커졌어요. 차를 제외하면 집이며 사업체며 모두 이안의 소유였으니까…… 제가 더 이상 이 세상에 존재하지 않는 것 같았고 이안의 소유물이 되어버린 듯했어요. 그래서 명의를 변경하지 않았어요. 물론 작은 것이지만……." 어깨를 으쓱한다. "매번 짐을 전부 싸서 조심스럽게 밖으로 운반했다가 제자리에 도로 갖다 놓았어요. 항상 그랬어요."

"왜 그러셨죠?"

"그 사람이 분명 저를 찾아냈을 테니까요."

스티븐스 경위가 파일을 획획 넘긴다. 놀랄 정도로 두꺼운 그 파일에는 경찰에 신고가 접수된 사건들이 들어 있다. 입원을 요하는 갈비뼈 골절과 뇌진탕이 그 결과였다. 겉으로 드러난 상처나 멍은 실제로 생긴 것의 10분의 1도 되지 않았다.

루스 제퍼슨이 파일에 한 손을 올린다. "봐도 될까요?"

눈으로 묻는 스티븐스 경위에게 고개를 끄덕인다. 제퍼슨 변호사는 경위에게서 파일을 받아 검토하기 시작한다.

"하지만 뺑소니 사고 뒤에는 떠나셨습니다." 스티븐스 경위가 말한다. "어떤 변화가 있었죠?"

숨을 깊이 들이마신다. 용기를 되찾았다고 말하고 싶지만 사실은 그와 전혀 다르다. "이안이 저를 협박했어요." 나지막하게 이야기한다. "경찰에 가면, 누구에게든 어떤 일이 일어났는지 말하면 저를 죽일 거랬어요. 그 사람은 진심이었어요. 그날 밤 사고 뒤에 그는 저를 사정없이 때렸어요. 몸을 일으킬 수도 없었죠. 그런 다음 저를 억지로 일으켜 세우고 제 팔을 개수대에 고정시키더니 손에 뜨거운 물을 끼얹었어요. 저는 고통을 못 참고 정신을 잃었어요. 잠시 뒤 저를 질질 끌어 작업실로 데려가더군요. 그 사람은 제가 보는 앞에서 이제껏 제가 만든 작품을 남김없이 부쉈어요. 하나도 빠지지 않고요."

차마 스티븐스 경위를 쳐다볼 수 없다. 이 상황에서 내가 할 수 있는 일은 사실을 들려주는 것뿐이다. "그러고 이안은 달아났어요. 어디로 갔는지는 저도 알지 못해요. 첫날 밤은 주방 바닥에서 보내다가 2층으로 기어 올라가 침대에 누워 자는 동안 죽게 해달라고 기도했어요. 그래야 이안이 돌아오더라도 더 이상 아프지 않을 테니까요. 하지만 그는 돌아오지 않았어요. 이안이 며칠째 나타나지 않자 저도 점점 더 용기가 생겼어요. 영영 저를 떠났다는 상상도 했어요. 하지만 자기 물건을 그대로 두고 나갔기에 언제든 돌아올 것임을 알았어요. 이대로 같이 살다가는 언젠가 이안이 저를 죽일 거라는 사실을 깨닫고는 집을 나왔죠."

"제이콥에게 무슨 일이 일어났는지 말씀해주세요."

주머니에 한 손을 넣어 사진을 더듬는다. "이안과 저는 다퉜어요. 그날 제 전시회가 있었는데 어느 때보다도 규모가 컸어요. 필립이라는 전시 기획자와 며칠에 걸쳐 전시회를 준비했고요. 전시회를 낮에 열었는데도 이안은 만취했죠. 그러고는 제가 필립과 바람을 피운다고 비난했어요."

"그런 일이 있었습니까?"

사적인 질문에 얼굴이 달아오른다. "필립은 동성애자였어요. 하지만 이안은 제 이야기를 들으려 하지 않았어요. 울고 있어서 전방이 잘 보이지 않았어요. 비가 내리고 있었고 쉴 새 없이 비쳐드는 전조등 때문에 눈이 부셨죠. 이안이 저더러 헤픈 여자, 매춘부라며 계속해서 소리를 질렀어요. 교통 정체를 피하려고 피시폰즈를 통과할 때 이안이 길가에 차를 세우라고 하더군요. 일어설 수 없을 정도로 술에 취한 상태에서 저를 때리고 열쇠를 빼앗았어요." 말을 이었다.

"그러더니 미친 사람처럼 차를 몰면서 제게 따끔한 맛을 보여줄 거라고 쉴 새 없이 소리를 질렀어요. 주거지 전용 도로를 따라 주택단지를 지나갈 때 이안은 점점 더 속력을 올렸어요. 정말 무서웠어요." 나는 무릎 위에 둔 손을 비튼다.

"그러다 그 아이를 봤어요. 비명을 질렀지만 이안은 전혀 속도를 늦추지 않았어요. 차가 그 아이를 쳤을 때 아이 어머니도 차에 치인 것처럼 주저앉았어요. 차에서 나가려고 했지만 이안이 문을 잠그고 후진하기 시작했어요. 그리고 그곳으로 돌아가려는 저를 막았어요."

숨을 크게 들이쉬었다 내쉬자 낮은 통곡이 되어 나온다.

작은 방에 침묵이 감돈다.

"이안이 제이콥을 죽였어요. 하지만 제가 죽인 것 같았어요."

47

패트릭이 조심스럽게 차를 몬다. 질문이 수없이 많이 쏟아지리라는 생각에 마음을 준비하지만 그는 브리스톨의 지평선이 뒤로 한참 물러날 때까지 아무 말도 하지 않는다.

도시가 푸르른 들판으로 바뀌고 들쭉날쭉한 해안선이 모습을 드러내자 패트릭이 내게로 고개를 돌린다.

"감옥에 갈 수도 있었어요."

"그러려고 했어요."

"왜요?" 그의 말에서 비난하는 어조는 느껴지지 않는다. 그저 당황한 것이다.

"누군가는 일어난 일에 대해 대가를 치러야 했으니까요. 누군가는 법정으로 가야 했어요. 아들의 목숨을 앗아간 사람이 대가를 치르게 됐다는 것을 알아야 제이콥 어머니가 밤잠을 잘 수 있을 거라 생각했어요."

"하지만 그 누군가가 당신은 아니잖아요, 제나."

법정을 떠나기 전, 아냐에게 어떻게 말해야 할지 스티븐스 경위에게 물었다. 아들을 죽였다고 생각한 사람의 재판이 갑자기 결렬돼 충격이 클 것이었다.

"이안이 아무 탈 없이 구금될 때까지 기다렸다가 그때 아냐에게 말하겠습니다." 경위가 말했다.

제이콥 어머니는 내 행동 때문에 그 모든 고통을 다시 한 번 겪어야 한다.

"여권이 든 상자에서 아기, 아기 장난감을 봤어요." 패트릭이 갑자기 말을 꺼내다가 질문을 덧붙이지 않고 멈춘다.

"아들 장난감이었어요." 내가 말한다. "이름이 벤이었죠. 임신했을 때 두려웠어요. 이안이 몹시 화내리라 생각했거든요. 하지만 그 사람은 열광했어요. 아기가 태어나면 전부 바뀔 거라고 말했죠. 말로는 표현하지 않았지만 나를 그렇게 대해서 미안해한다는 사실을 알 수 있었어요. 아기가 우리 인생의 선환선이 돼서 다 함께 행복한 가족이 될 수 있다고 이안도 깨달으리라 믿었죠."

"하지만 바뀐 건 없었겠죠."

"맞아요. 바뀐 건 없었어요. 처음에는 무척 살뜰히 보살펴줬어요. 지극정성으로 제 시중을 들어줬죠. 먹어야 할 음식과 먹지 말아야 할 음식까지 챙겼어요. 하지만 배가 부를수록 그 사람은 냉랭해졌어요. 제가 임신한 사실을 싫어하는 사람처럼 행동했어요. 심지어 원망하기까지 했죠. 7개월째에 다림질을 하다가 그 사람의 셔츠에 눌어붙은 자국을 냈어요. 전화를 받고는 바보같이 한참 동안 정신을 놓은 거죠. 이안은 미친 듯이 화를 냈고 제 배를 세게 쳐서 하혈이 시작됐어요."

패트릭이 길가에 차를 세우고 시동을 끈다. 나는 차창 밖으로 길가 옆 공터를 바라본다. 넘쳐날 정도로 가득 찬 쓰레기통에서 떨어진 포장지가 산들바람에 춤을 춘다.

"이안이 앰뷸런스를 불렀어요. 제가 넘어졌다고 하면서요. 그들은 믿지 않았겠지만 달리 어떻게 했겠어요? 병원에 도착할 때쯤에는 하혈이 멈췄지만 초음파 검사를 하기도 전에 아기가 죽었다는 걸 알았어요. 느낄 수 있었거든요. 병원에서는 제왕절개를 권했지만 그런 식으로 제게서 아기를 떼어내고 싶지 않았어요. 자연 분만을 하게 해달라고 부탁했죠."

패트릭이 내게 한 손을 올렸다 내가 잡지 않자 운전석으로 손을 가져간다.

"분만 유도제를 맞고 다른 산모들과 병동에서 기다렸어요. 초기 진통, 아산화질소와 산소 흡입, 조산사와 의사 회진, 우리는 모두 같은 과정을 겪었어요. 다른 점이라면 내 아기가 죽었다는 것뿐이었죠. 마침내 제가 분만실로 가려고 휠체어를 탔을 때 옆 침대에 있던 산모가 손을 흔들며 행운을 빌어줬어요. 분만하는 동안 이안이 자리를 지켰어요. 그 사람이 제게 한 짓 때문에 증오스러웠지만 힘을 줄 때 그 손을 잡고 그가 내 이마에 키스해도 가만히 있었어요. 왜냐고요? 제게는 그 사람 말고는 아무도 없었으니까요. 그저 셔츠를 태우지 않았더라면 벤이 아직도 살아 있을 텐데라는 생각만 들었죠."

몸이 떨리기 시작한다. 떨리는 몸을 고정하려는 듯 손바닥을 무릎에 올려놓는다. 벤이 죽고 나서 몇 주 동안 몸은 나를 엄마로 착각하도록 이끌었다. 젖이 불어 가슴이 아팠고, 샤워하다가 젖가슴 살을 눌렀다 떼면 모유의 달콤한 내음이 뜨거운 물 사이로 퍼져 나갔다. 한번은 고개를 들었더니 이안이 욕실 문간에 서서 나를 바라보고 있었다. 내 배는 그때도 임신했을 때와 마찬가지로 불룩했고 가죽이 늘어져 있었다. 부풀어 오른 젖가슴에 파란 핏줄이 비쳤고 젖이 몸으로 흘러내렸다. 이안은 혐오스러워하는 얼굴로 몸을 돌렸다.

그에게 벤에 관해 이야기하려고 했다. 한 번이라도 좋았다. 아이를 잃은 고통이 극심해서 땅에 발을 디딜 수도 없었던 그때 벤에 대해 대화하고 싶었다. 누구든 좋으니 그 비통한 마음을 나누고 싶었다. 그때 내 곁에는 다른 사람이 아무도 없었다. 이안뿐이었다. 그러나 그는 내 말허리를 잘랐다. "일어나지 않은 일이야. 그런 아이가 이 세상에 존재한 적도 없고."

숨을 쉬지 않았을지 몰라도 벤은 생명이었다. 내 안에서 살아 있었고 내 산소를 호흡하고 내가 먹은 음식을 섭취했으며 내 일부였다. 그 후로는 단 한 번도 벤 이야기를 꺼내지 않았다.

패트릭을 볼 용기가 나지 않는다. 한번 이야기를 시작하니 봇물 터진 듯 말이 쏟아져 나온다. "벤이 태어나자 섬뜩할 정도로 조용했어요. 누군가 시신을 만졌고 그런 다음 벤을 제게 살며시 안겨줬어요. 아기가 다치기라도 할까봐 조심하는 태도였어요. 그러고는 저와 벤 둘만 있을 수 있도록 다들 나갔어요. 아주 오랫동안 그 자리에 누워서 벤의 얼굴과 속눈썹과 입술을 바라보았어요. 손바닥을 쓰다듬으면서 벤이 내 손가락을 쥐는 상상도 했죠. 하지만 결국 그들이 돌아와서 벤을 떼어 냈어요. 난 비명을 질렀어요. 그들이 진정제를 놓을 때까지 아기에게서 떨어지지 않으려고 했어요. 잠들고 싶지 않았어요. 잠에서 깨면 다시 나 혼자 남으리라는 것을 잘 알았으니까요."

말을 끝내고 패트릭에게 고개를 돌리니 그의 눈에 눈물이 고여 있다. 괜찮다고, 이제 아무렇지도 않다고 말하려다가 나도 울음을 터뜨리고 만다. 우리는 길가에 세워놓은 차 안에서 한참 동안 서로를 안는다. 해가 지기 시작하자 다시 차를 움직여 집으로 향한다.

패트릭이 야영장 전용 주차장에 차를 세운다. 우리 둘은 오솔길을 따라 오두막까지 걷는다. 이번 달 집세는 말일까지 쳐서 치렀지만 지난번에 이에스틴이 내게 나가달라면서 했던 말과 노골적인 혐오감을 떠올리니 발걸음이 느려진다.

"이에스틴에게 전화해뒀어요." 패트릭이 내 마음을 읽기라도 한 듯 말했다. "전부 다 설명했어요."

패트릭은 내가 긴 투병 끝에 차도를 보이기 시작한 환자라도 되는 듯 나를 침착하고 다정하게 대한다. 그의 손을 잡고 있으니 안심이 된다.

"가서 보우를 데려와주실래요?" 오두막집에 도착했을 때 그에게 부탁한다.

"원하신다면 그렇게 하죠."

내가 고개를 끄덕인다. "그저 모든 것을 평소대로 되돌려놓고 싶어요."

패트릭이 커튼을 올리고 내게 차를 끓여준다. 그는 내가 따뜻해하고 편안해한다는 사실에 기뻐하는 표정을 지으면서 가볍게 입을 맞추고 밖으로 나간다. 나는 사진과 조가비와 주방 바닥에 놓인 보우의 물그릇을 둘러본다. 펜파흐 만에서의 삶을 담은 기념사진과도 같은 물건들이다. 브리스톨에서는 한 번도 느껴본 적 없는 안락함을 이곳에서 느낀다.

버릇처럼 옆에 놓인 테이블 램프 전원에 손을 뻗는다. 아래층에서 전등이라고는 이 램프밖에 없지만 전원을 켜니 거실이 따사롭고 은은한 살구색 빛에 휩싸인다. 전원을 끄자 암흑 속에 빠져든다. 가만히 있어본다. 심장박동이 규칙적이며 손바닥도 마른 상태 그대로다. 뒷목이 오싹해지는 공포심도 들지 않는다. 더는 두려움을 느끼지 않는다는 사실에 미소 짓는다.

48

"주소는 정확한가?" 레이가 물었다. 직무은 스텀피에게 했시만 그는 방에 있는 나머지 사람들을 둘러보았다. 형사 법원을 떠난 지 두 시간도 안 되어 그는 공공질서과 경찰관들을 소집했고 그러는 동안 스텀피는 지역정보과에 연락해 이안 피터슨의 주소를 찾도록 했다.

"확실해요, 경위님." 스텀피가 말했다. "선거 명부에 나와 있는 주소가 앨버콤 테라스 72번지인데 지역정보과가 운전면허청 명부에도 같은 주소로 올라와 있는 걸 확인했어요. 피터슨이 몇 달 전에 과속으로 3점 벌점을 받았을 때도 그 주소로 면허증을 반환했대요."

"좋아." 레이가 말했다. "그렇다면 그자가 집에 있기를 바라야겠군." 그는 고개를 돌려 지루해서 어쩔 줄 몰라하는 공공질서과를 상대로 사건 개요를 설명했다. "피터슨을 체포하는 것은 조던 사건의 해결뿐 아니라 제나의 안전을 위해서도 반드시 필요해. 피터슨이 오랫동안 저지른 가정 폭력은 뺑소니 사고 이후 정점으로 치달아서 결국 제나가 집을 나가기에 이르렀지.”

경찰관들은 엄숙한 결의에 찬 표정으로 고개를 끄덕였다. 그들 모두 이안 피터슨이 어떤 부류의 인간인지 잘 알고 있었다.

“놀랍지도 않지만 국가 경찰 전산망에 따르면 그자는 폭력으로 몇 차례 경고 조치를 받은 적이 있어. 게다가 음주운전과 난동 전과가 있지. 그자를 놓치는 모험은 하고 싶지 않아. 곧바로 진입해서 수갑을 채우고 데리고 나와야 해. 알겠나?”

“알겠습니다.” 공공질서과가 이구동성으로 대답했다.

“그럼 출동하지.”

앨버콤 테라스는 흔히 볼 수 있듯 좁은 길에 비해 주차된 차가 너무 많았다. 창문마다 커튼이 드리워져 있다는 점만이 72번지와 이웃한 집들을 구별할 수 있는 특징이었다.

레이와 케이트는 인접한 길에 차를 세우고 공공질서과의 경찰관 두 명이 피터슨의 집 뒤쪽으로 접근했다는 무전을 받을 때까지 차에서 기다렸다. 케이트가 시동을 끄자 엔진이 냉각되면서 탁탁하는 소리만 날 뿐 두 사람 사이에는 침묵이 감돌았다.

“괜찮아?” 레이가 물었다.

“네.” 케이트가 사무적으로 대답했다. 어둡고도 결의에 찬 표정 뒤로 케이트가 어떤 감정을 숨기고 있는지 레이로서는 전혀 감을 잡을 수 없었다. 레이는 분노가 혈관을 타고 퍼져 나가는 것을 느꼈다. 치솟은 아드레날린 덕분에 잠시 뒤면 임무를 완수하겠지만 당장은 분출할 곳이 없었다. 그는 클러치 페달을 발로 툭툭 치면서 다시 케이트를 보았다.

“조끼는 입고 있어?”

케이트가 대답 대신 주먹으로 자신의 가슴을 치자 티셔츠 안에 입은 방탄조끼에서 둔탁한 소리가 들렸다. 칼은 숨기기 쉽고 즉석에서 휘두를 수 있는 흉기다. 레이는 경찰관들이 칼에 찔릴 뻔한 상황을 한두 번 목격한 것이 아니었다. 그는 상의 안으로 찬 벨트를 더듬어 경찰봉과 호신용 스프레이가 잘 달려 있는지 확인하고서야 간신히 안심했다.

"나한테 바짝 붙어 있어. 그놈이 칼을 꺼내면 죽을힘을 다해 그 자리를 떠야 해."

케이트가 눈썹을 추켜올렸다. "제가 여자라서요?" 그녀는 어이없다는 듯 코웃음을 쳤다. "경위님이 달아나시면 저도 그렇게 할게요."

"지금은 그놈의 정치적 공정성은 집어치워, 케이트!" 레이가 손등으로 핸들을 쳤다. 그러고는 말없이 차창 밖으로 텅 빈 거리를 바라보았다. "자네가 다치는 꼴은 보고 싶지 않아."

누구 한 사람이 입을 열기도 전에 무전기가 지지직 울렸다. "06 상황입니다, 경위님."

진입조가 현장에서 대기하고 있다는 신호였다.

"알았어." 레이가 응답했다. "그자가 뒷문으로 나오면 체포해. 우리는 현관문으로 갈 테니까."

"알겠습니다." 레이가 케이트를 쳐다보았다.

"준비됐어?"

"만반의 준비가 되어 있어요."

차에서 나온 두 사람은 모퉁이를 돌아 재빨리 집 앞으로 다가갔다. 레이는 현관문을 치면서 발끝을 세워 문에 달린 쇠고리 위로나 있는 작은 유리 구멍으로 안을 들여다보았다.

"안이 보이나요?"

"아니." 그가 다시 문을 두드리자 그 소리가 텅 빈 거리에 울려 퍼졌다.

케이트가 무전기에 대고 말했다. "탱고 찰리 461이 브라보 폭스트로트 275와 연결해줄 것을 작전 본부에 요청한다."

"듣고 있다."

그녀는 건물 뒤쪽에 있는 경찰관 두 명과 무전기로 대화했다. "움직이는 기미가 보이는가?"

"아니다."

"알았다. 잠시 그 자리에 대기하라."

"대기하겠다."

"작전 본부, 연결 감사하다." 케이트가 무전기를 다시 호주머니에 넣고 레이에게 고개를 돌렸다. "크고 빨간 열쇠를 쓸 때가 왔어요."

그들은 내부 진입 특공대가 문을 향해 빨간색 금속제 공성 망치를 반원형으로 휘두르는 모습을 지켜보았다. 엄청난 충격음과 함께 나무가 쪼개지면서 문이 열리더니 비좁은 복도 벽에 쾅 하고 부딪혔다. 레이와 케이트가 뒤로 물러섰고 안으로 달려 들어간 공공질서과 경찰관들은 2인 1조로 흩어져서 각 방을 수색하며 이안의 흔적을 찾았다.

"이상 없습니다!"

"이상 없습니다!"

"이상 없습니다!"

레이와 케이트도 그들을 따라 안으로 들어가 상대방이 보이는 위치에 서서 피터슨이 발견되었다는 보고를 기다렸다. 2분도 채되지 않아 공공질서과의 경사가 계단을 내려오더니 고개를 가로저었다.

"작전 실패입니다, 경위님." 그가 레이에게 말했다. "집이 완전히 비었습니다. 침실이 깨끗하고 옷장도 비어 있습니다. 욕실에 아무것도 없고요. 줄행랑친 것 같습니다."

"제기랄!" 레이가 주먹으로 난간을 쳤다. "케이트, 제나 휴대전화로 연락해봐. 지금 어디에 있는지 물어보고 거기에 그대로 있으라고 해." 레이가 서둘러 차로 걸어갔고 케이트가 그의 뒤를 따라 달렸다.

"전원이 꺼져 있어요."

레이는 운전석에 앉아 시동을 걸었다.

"어디 가시게요?" 케이트가 안전벨트를 매면서 물었다.

"웨일스." 레이가 어두운 표정으로 대답했다.

그는 가는 동안 케이트에게 큰 소리로 지시했다. "지역정보과에 피터슨에 관해 알아낼 수 있는 정보는 전부 알아내라고 해. 템스 밸리 경찰청에 연락해서 옥스퍼드에 있는 이브 매닝스 집으로 경찰관을 보내라고 하고. 그놈은 이미 매닝스를 위협한 적이 있지. 다시 찾아갈 가능성이 다분해. 사우스 웨일스 경찰청에는 제나 그……." 레이는 하던 말을 바로잡았다. "피터슨이 신변에 위협을 받고 있다고 신고하고. 누구든 오두막집으로 보내서 제나가 무사한지 확인했으면 해."

케이트는 레이가 지시한 사항을 재빨리 받아 적고는 행동을 취했고 통화가 끝날 때마다 레이에게 결과를 보고했다.

"오늘 밤에는 펜파흐에 당직 경찰관이 없어서 스완지에 있는 경찰관을 보내겠대요. 하지만 오늘 스완지가 선덜랜드를 상대로 홈경기를 치르는 날이라서 그 일대가 혼잡할 거라네요."

레이가 울화통에 찬 한숨을 내쉬었다. "그 사람들은 제나가 가정 폭력 피해자였다는 걸 알고 있나?"

"네. 그래서 최우선 사항으로 처리하겠다고 했어요. 다만 그곳에 언제 도착할 수 있을지는 단언할 수 없대요."

"맙소사." 레이가 말했다. "웃기는 소리 하고 있네."

케이트는 패트릭의 휴대전화로 전화를 거는 동안 펜으로 유리창을 톡톡 쳤다. "신호만 가고 받지 않아요."

"다른 사람을 찾아야 해. 현지 사람 말야." 레이가 말했다.

"이웃에 연락해보면 어떨까요?" 케이트가 자세를 바로 하고 휴대전화로 인터넷에 접속했다.

"거긴 이웃이 전혀 없어." 레이가 케이트를 보며 말했다. "아, 야영장이 있지!"

"접수했습니다." 케이트가 인터넷에서 번호를 찾아 전화기를 눌렀다. "제발 받아라, 받아⋯⋯."

"스피커폰으로 해봐."

"여보세요. 펜파흐 캠핑카 야영장의 베선입니다."

"안녕하세요. 저는 브리스톨 경찰서 범죄수사과의 케이트 에반스 형사예요. 제나 그레이를 찾고 있는데, 오늘 본 적 있으세요?"

"오늘은 못 봤어요, 형사님. 브리스톨에 있지 않나요?" 베선의 목소리에 경계하는 어조가 실렸다. "뭐가 잘못된 건가요? 법정에서 무슨 일이 생겼나요?"

"제나는 무죄로 풀려났습니다. 저기, 재촉해서 죄송합니다만 제나가 브리스톨에서 3시에 출발했는데 집에 무사히 도착했는지 확인해야 합니다. 패트릭 매슈스의 차를 타고 갔어요."

"두 사람 다 오늘 못 봤어요." 베선이 말했다. "생각해보니 제나가 돌아온 건 확실해요. 해변에 내려간 흔적이 있어요."

"어떻게 아셨나요?"

"조금 전에 강아지들을 산책시키러 해변에 갔을 때 제나가 쓴 글씨를 봤거든요. 다만 제나가 평소에 쓰던 글씨와는 달리 굉장히 특이했어요."

레이는 불안감이 온몸을 엄습하는 것을 느꼈다. "뭐라고 쓰여 있던가요?"

"뭐라고 쓰여 있냐니요?" 베선이 날카롭게 받아쳤다. "저한테 말씀하시지 않은 뭔가가 있죠?"

"뭐라고 쓰여 있었습니까?" 레이는 의도와 달리 베선에게 큰 소리로 외쳤다. 그러고는 잠시 베선이 전화를 끊었다고 생각했다. 마침내 입을 연 베선은 뭔가 크게 잘못되었다는 사실을 알아챘는지 주저하는 목소리로 말했다.

"'배신자'요."

49

생각지도 못하게 잠에 취했다. 문을 두드리는 소리에 머리를 쳐들고 뻣뻣해진 목을 주무른다. 잠시 뒤에야 내가 집에 있다는 사실을 기억해낸다. 그때 다시 노크 소리가 들린다. 이번에는 좀더 끈질기게 두드린다. 패트릭을 얼마나 오랫동안 세워두었는지 알 수 없다. 간신히 몸을 일으키는데 정강이에 쥐가 나서 움찔한다.

열쇠를 돌릴 때 속삭이는 공포의 목소리를 들은 듯하지만 미처 반응하기도 전에 벌컥 열린 문이 나를 벽에 밀어붙인다. 이안이 상기된 얼굴로 거친 숨을 몰아쉬고 있다. 주먹에 대비해 몸을 긴장하지만 아무 일도 일어나지 않는다. 그가 다시 천천히 빗장을 거는 동안 심장박동 수를 센다.

하나, 둘, 셋.

심장이 빠르고 세차게 내 가슴을 두드린다.

일곱, 여덟, 아홉, 열.

그때 준비를 마친 이안이 내게로 몸을 돌리고는 내 미소만큼이나 잘 아는 그 특유의 미소를 띤다. 눈까지는 퍼지지 않는 미소다. 내게 닥칠 일을 암시하는 미소다. 종말이 다가오고 있지만 그 과정이 결코 신속하지 않을 것임을 넌지시 알려주는 미소다.

이안은 내 목덜미를 문지르면서 척추 맨 윗부분 뼈를 자신의 엄지로 세게 누른다. 불편하지만 아프지는 않다.

"제니퍼, 네가 경찰에게 내 이름을 불었더군."

"내가 아니라."

이안이 전광석화와 같은 속도로 내 머리를 한 움큼 잡고는 자기 쪽으로 홱 잡아당긴다. 온몸으로 퍼져나갈 아픔을 생각하면서 눈을 찡그린다. 그때 그가 내 코를 이마로 쳐서 부러뜨린다. 다시 눈을 뜨니 그의 얼굴이 1인치 앞으로 다가와 있다. 위스키와 땀이 섞인 냄새가 난다.

"거짓말하지 마."

눈을 감고 이 시련을 견뎌낼 수 있다고 스스로에게 말한다. 하지만 몸의 모든 부분이 그에게 지금 죽여달라고 애원한다.

이안이 남은 손으로 내 턱을 쥐고 검지로 입술을 쓰다듬더니 손가락 하나를 입안으로 밀어넣는다. 그가 손가락으로 혀를 누르는 동안 토하고 싶은 충동을 가까스로 억누른다.

"이년이 어디서 배신을 때려." 그 말이 나에 대한 찬사인 양 매끄럽게 흘러나온다. "제니퍼 넌 분명 약속했어. 경찰에 가지 않겠다고. 그런데 오늘 내가 무슨 꼴을 봤는지 알아? 네가 내 자유를 팔아서 네 자유를 사는 꼴을 봤어. 내 이름이, 내 빌어먹을 이름이! 〈브리스톨 포스트〉에 도배된 꼴을 봤어."

"내가 신문사에 말할게요." 입안에 든 그의 손가락 때문에 말소리가 뚜렷하지 않게 흘러나온다. "사실이 아니라고 말할게요. 내가 거짓말했다고 할게요." 입에서 침이 흘러나와 자신의 손을 덮자 그가 혐오스럽다는 듯 나를 쳐다본다.

"아니. 넌 누구에게도 아무 말도 할 수 없을 거야."

이안은 내 머리채를 잡은 왼손을 그대로 둔 채 오른손을 내 턱에서 떼더니 얼굴을 세차게 후려친다. "위층으로 올라가."

손을 들어 얼굴을 만져보고 싶지만 그러면 안 된다는 것을 알기에 주먹을 움켜쥐고 옆구리에 댄다. 얼굴이 맥박에 맞춰 욱신거린다. 입안에서 피가 나지만 조용히 삼킨다. 내가 들어도 새되고 부자연스러운 목소리로 말한다. "제발, 제발⋯⋯." 그의 화를 가장 덜 돋울 만한 말을 생각해내려고 애쓴다. 내가 하고 싶은 말은 이것이다. '나를 강간하지 마세요.' 더 이상 마음 쓰지 않을 정도로 여러 차례 당했지만 그의 몸이 다시 나를 내리누르고 내 안으로 들어와 억지로 소리를 내도록 해 그를 그토록 증오한다는 사실을 허위로 만들리라는 것을 생각하면 참을 수 없다.

"난 하고 싶지 않아요." 이안이 갈라진 내 목소리를 듣는다. 얼마나 간절하게 부탁하는지 알리라 생각하니 내가 저주스럽다.

"너랑 섹스를 한다고?" 그가 내 얼굴에 끈적끈적한 침을 뱉는다. "꼴값 떨지 마." 그가 손을 놓고 나를 아래위로 훑는다. "위층으로 올라가."

계단을 향해 몇 발자국 옮기는데 다리에 힘이 풀려 주저앉을 것만 같다. 그가 뒤따라오는 것을 느끼며 난간에 매달려 위로 올라간다. 패트릭이 돌아오려면 얼마나 더 있어야 하는지 계산해보려하지만 시간 감각을 완전히 상실한 것이 분명하다.

이안이 나를 욕실로 몰아넣는다.

"옷 벗어."

그 말에 그처럼 순순히 응하는 자신이 부끄럽다.

그는 팔짱을 끼고 내가 옷을 벗느라 낑낑거리는 모습을 지켜본다. 그의 분노를 자극하리라는 사실을 알면서도 목 놓아 운다. 참을 수 없어서다.

이안이 욕조 마개를 막는다. 찬물을 틀면서 더운물이 나오는 손잡이에는 손도 대지 않는다. 벌거벗고 서서 떠는 내 몸을 역겹다는 눈빛으로 바라본다. 그가 내 어깨뼈에 키스하다가 부드러운, 심지어 경건하기까지 한 손길로 어깨선부터 가슴골과 배까지 쓸어내리던 일이 떠오른다.

"다 네가 자초한 거야." 이안이 한숨을 쉬면서 말한다. "언제든 마음만 먹으면 너를 끌고 올 수 있었지만 떠나보냈어. 더는 널 원하지 않았으니까. 입만 닥치고 있었으면 이곳에서 죽을 때까지 비루하게 살 수 있었을 거야." 그러더니 고개를 흔든다. "하지만 넌 그러지 않았잖아? 경찰에 가서 모든 일을 실토했어." 그는 물을 잠그더니 말한다. "들어가."

저항하지 않는다. 이제 와서 그래봐야 아무 소용없기 때문이다. 욕조에 들어가서 몸을 낮춰 눕는다. 얼음처럼 차가운 물 때문에 숨이 멎을 것 같다. 뱃속을 쥐어뜯는 통증이 느껴진다. 따뜻한 물속에 있다고 자기최면을 건다.

"이제 네 몸을 깨끗이 씻어."

그는 변기 옆에 놓인 표백제 통을 집어 들고 마개를 비틀어 연다. 입술을 꼭 깨문다. 그는 전에도 내게 표백제를 마시게 한 적이 있었다. 대학 동기들과 식사를 하고 늦게 들어온 날이었다. 그에게 시간이 그렇게까지 된 줄 몰랐다고 했지만 그는 표백제를 와인 잔에 따르고는 내가 입에 대는 모습을 지켜보았다. 한 모금 마시니 그제야 나를 말리며 웃음을 터뜨리고는 바보나 그런 것을 마신다고 말했다. 밤새 구토했고 그 후로도 며칠 동안 입에서 화학약품 맛이 가시지 않았다.

이안이 목욕 수건에 표백제를 붓자 흠뻑 젖은 수건 가장자리에서 표백제가 방울방울 떨어져 수면에 파란색 꽃을 피운다. 압지 위에 번져 나가는 잉크 같다. 그가 내게 그 수건을 건넨다.

"이걸로 몸을 닦아."

수건으로 두 팔을 문지른다. 그러는 동안 표백제를 희석하려 몸에 물을 뿌리려고 애쓴다.

"이제 나머지 부분도 닦아." 그가 말한다. "얼굴 닦는 것도 잊지 마. 제대로 해, 제니퍼. 그러지 않으면 내가 대신 닦아주는 수가 있어. 다 닦아내면 네 잘못도 씻겨 나갈 거야."

이안은 표백제로 온몸을 구석구석 닦도록 명령한다. 피부가 따갑다. 몸이 타 들어가는 듯한 통증을 가라앉히려 얼음장 같은 물속으로 가라앉는다. 그러자 이가 딱딱 부딪힌다. 통증과 모욕감은 죽음보다 끔찍하다. 웬만해서는 종말이 빨리 닥치지 않을 듯하다.

이제는 발에도 감각이 느껴지지 않는다. 손을 뻗어 발을 문지르지만 손가락 역시 다른 사람 것인 듯 아무 느낌이 없다. 이제 추위가 문제가 아니다. 몸을 일으켜 적어도 절반은 물 밖으로 내놓으려 하지만 이안이 나를 억지로 눕히는 바람에 두 다리가 불편하게 구부러진 상태로 비좁은 욕조 측면에 눌린다. 그는 다시 찬물을 틀어 욕조 밖으로 넘칠 때까지 그대로 놓아둔다. 이제 심장박동이 내 귀를 쿵쿵 울리는 대신 불규칙적이고 희미하게 가슴을 두드린다. 멍하고 나른해서 이안의 말이 멀리에서 들려오는 듯하다. 입술을 깨물 정도로 이가 딱딱 부딪히지만 통증은 거의 느껴지지 않는다.

내가 씻고 있는 동안에는 나를 내려다보던 이안이 이제는 뚜껑을 닫은 변기 위에 앉아 있다. 그는 나를 냉정한 얼굴로 주시한다. 나를 익사시킬 작정일 것이다. 오래 걸리진 않겠지. 이미 거의 죽은 상태니까.

"너를 찾아내는 건 식은 죽 먹기더군." 퍼브에 앉아 소식을 주고받는 옛 친구라도 되는 듯 이안이 가볍게 말한다. "기록을 남기지 않고 웹사이트를 개설하기는 어렵지 않아. 하지만 너는 너무 멍청해서 누가 네 주소를 찾아낼 수도 있다는 사실을 몰랐겠지."

나는 잠자코 있지만 애당초 그는 내 대답을 들으려는 마음도 없는 것 같다.

"너 같은 여자들은 혼자서 헤쳐 나갈 수 있다고 믿지." 그가 말한다. "너 같은 여자들은 남자 따위 필요하지 않다고 생각하지만 막상 남자가 자기를 혼자 내버려두면 아무 쓸모도 없어져. 너희 여자들은 다 똑같아. 다들 거짓말쟁이야! 세상에, 계집년들이 거짓말 지껄이는 꼬락서니 좀 봐. 그 갈라진 혀로 술술 잘도 지껄이지."

나는 탈진했다. 지독하게 피곤하다. 수면 아래로 미끄러져 늘어가는 느낌에 고개를 빼고 정신을 차리려고 한다. 허벅지를 손톱으로 찌르지만 감각이 거의 없다.

"너희 여자들은 우리에게 발각되지 않을 거라 착각하지만 우리가 찾아내지 못하는 적은 없어. 거짓말, 배신, 뻔뻔한 낯짝으로 꾸미는 음모, 다 찾아내."

그의 말이 내 몸에 쏟아진다.

"처음부터 나는 아이를 원하지 않는다고 똑똑히 말했어." 이안이 말한다.

눈을 감는다.

"하지만 우리 남자는 그 일에 대해서는 선택권이 없잖아? 여자가 원하는 대로 따라갈 수밖에. 선택 존중pro-choice, 낙태를 합법화하자는 주장? 웃기지 말라 그래. 남자의 선택은 안중에도 없잖아?"

벤을 생각한다. 아들은 충분히 살아서 태어날 수 있었다. 내가

457

몇 주만 더 안전하게 지켜줬더라면…….

"갑자기 아들이라고 안겨주는 거야." 이안이 말한다. "그러고 내가 축하해주길 바라더군! 애당초 내가 낳아달라고 한 적도 없는 아이 탄생을 축하하라니. 그년이 나를 속이지만 않았어도 태어나지 않았을 아이였는데 말야."

눈을 뜬다. 수도꼭지 위의 흰색 타일에 줄무늬 모양의 회색 얼룩이 번져 있다. 눈에 물이 차올라 회색이 흰색으로 흐려질 때까지 그 얼룩을 눈으로 좇는다. 이안은 뜻 모를 이야기를 지껄이고 있다. 내가 그의 말을 알아듣지 못하는 것일 수도 있다. 말을 하고 싶지만 혀가 입안을 가득 채운 듯 무겁다. 나는 이안을 속여서 아이를 가지지 않았다. 우연한 일이었고 그도 기뻐했다. 그는 임신으로 삶이 바뀌었다고 말했다.

이안이 몸을 앞으로 숙이더니 팔꿈치를 무릎에 붙이고 기도라도 하듯 두 손을 모아 자기 입에 댄다. 하지만 주먹을 움켜쥐고 있고 눈가의 근육이 걷잡을 수 없이 떨린다.

"나는 그년에게 사실을 있는 그대로 말해줬어. 딴마음을 품지 말라고도 했지. 하지만 그년은 일을 엉망으로 만들었어. 한 번 자고 끝날 일이었어. 시시한 계집애와의 하룻밤 불장난에 불과했다고. 네가 알 일은 절대로 없었지. 그런데 그년이 임신한 것으로도 모자라 제 나라로 꺼지지도 않고 여기 눌러 살기로 하면서 내 인생은 생지옥이 됐어."

정신을 차리려 애쓰면서 이안이 하는 말을 종합해본다. "아들이 있어요?" 내가 간신히 말을 뱉는다.

그가 나를 보면서 억지웃음을 짓고는 내 말을 바로잡는다. "아니. 그 애가 내 아들이었던 적은 없어. 회사 화장실을 청소하던 폴란드 잡년의 사생아에 불과했지. 나는 정자 기증자였을 뿐이고."

이안은 일어서서 셔츠를 편다. "임신한 걸 알고는 내 방문을 두드리길래 내가 분명히 말했지. 아이를 낳겠다면 혼자 힘으로 키우라고." 그가 한숨을 쉰다. "그 아이가 학교에 들어가기 전까지는 잠잠하더니 그 이후로는 나를 내버려두지 않았어." 그는 입술을 뒤틀면서 동유럽 억양을 엉터리로 흉내 낸다. "아이에게는 아버지가 필요해요, 이안. 나는 제이콥에게 아버지가 누구인지 알려주고 싶어요."

고개를 든다. 고통 때문에 비명이 터져 나오지만 두 손으로 욕조 바닥을 딛고 몸을 일으킨다. "제이콥이라고요? 당신이 제이콥의 아버지예요?"

잠시 적막이 감돌고 이안이 나를 바라본다. 돌연 그가 내 팔을 잡는다. "나와."

욕조 가장자리에 걸려 위청거리다가 바닥에 쓰러진다. 한 시간 가까이 차가운 물속에 있었더니 다리에 힘이 하나도 없다.

"이거 걸쳐." 고마움을 느끼는 내가 너무도 싫지만 그가 던져주는 목욕 가운을 입는다. 머리가 빙글빙글 돈다. 제이콥이 이안의 아들이었던가? 하지만 사고를 당한 사람이 제이콥이라는 사실을 알았을 때 그는 분명……

마침내 진실이 머리를 강타한다. 칼로 배를 찔리는 듯한 충격을 받는다. 제이콥의 죽음은 사고가 아니었다. 아버지에게 아들이 살해당한 사건이었다. 그리고 이제 그는 나까지 죽이려고 한다.

50

"차 세워." 내가 말했다.

네가 차를 대려는 낌새를 보이지 않자 내가 핸들을 움켜쥐었다.

"이안, 안 돼요!" 네가 내게서 핸들을 뺏으려는 와중에 차가 갓돌에 부딪혔다가 다시 길 한가운데로 휙 방향을 틀며 마주 오는 차 한 대를 아슬아슬하게 피했다. 그러자 너도 별 수 없이 액셀러레이터에서 발을 떼고 브레이크를 밟았다. 차는 사선 형태로 길 한가운데에 정차했다.

"내려."

너는 머뭇거리지 않고 내렸지만 즉시 문 옆에 꼼짝없이 버티고 서서 실낱같은 빗줄기를 뒤집어썼다. 차를 돌아 네 옆으로 가서 말했다. "날 봐."

너는 한사코 땅바닥만 쳐다보았다.

"날 보라니까!"

너는 천천히 고개를 들었지만 내 어깨 너머 뒤쪽만 응시했다. 자세를 바꿔 네 시야에 내가 들어오도록 했다. 그러자마자 네가 내 다른 쪽 어깨 너머로 시선을 옮겼다. 네 어깨를 꽉 움켜쥐고 거칠게 흔들어댔다. 네 비명 소리를 듣고 싶었다. 네가 비명을 지르기 시작하면 손을 멈추리라 마음먹었다. 하지만 너는 아무 소리도 내지 않았다. 안간힘을 다해 이를 악물고 있었다. 제니퍼, 너는 나를 상대로 게임을 하려고 했지만 내가 반드시 이길 작정이었다. 어떻게든 네가 비명을 지르도록 만들 작정이었다.

내가 너를 놓자 감출 새도 없이 안도감이 네 얼굴을 스쳤다. 그 순간 주먹을 쥐고 네 얼굴로 날렸다.

손가락 마디가 네 턱 밑에 걸리자 고개가 뒤로 젖혀지면서 자동차 지붕에 부딪혔다. 너는 다리에서 힘이 풀려 길에 미끄러지듯 쓰러졌다. 드디어 네가 소리를 냈다. 발로 차인 개처럼 낑낑거렸다. 소소한 승리라도 거둔 것이 기뻐서 웃음을 참을 수 없었다. 하지만 그것으로는 부족했다. 네가 용서를 빌고 헤프게 굴었음을 인정하고 다른 놈과 잤다는 사실을 자백하길 바랐다.

네가 젖은 아스팔트 위에서 엎치락뒤치락하는 꼴을 보았다. 내 안에서는 백열하는 분노가 여전히 부글부글 끓어오르며 매 순간 기세를 더할 뿐, 평소와 같은 해방감이 느껴지지 않았다. 집에 가서 마무리를 해야 할 것 같았다.

"차에 타."

네가 비틀거리면서 일어서는 모습을 가만히 보았다. 너는 입가로 흘러내리는 피를 스카프로 눌러 지혈하려 했지만 소용없었다. 네가 다시 운전석에 올라타려고 하자 너를 끌어냈다. "다른 쪽에 타." 나는 시동을 켜고는 네가 문을 닫기도 전에 출발했다. 너는 깜짝 놀라서 비명을 지르더니 문을 쾅 닫고 더듬더듬 안전벨트를 맸다. 웃음이 나왔지만 내 안에 들끓는 분노는 가라앉지 않았다. 잠시나마 내가 심장 발작을 일으키는 것은 아닐까 두려웠다. 가슴이 조여드는 듯했고 호흡이 고통스럽고 힘겨웠다. 네가 한 짓 때문이었다.

"속도를 늦춰요." 네가 말했다. "지금 너무 빨리 달리고 있어요." 입안에 가득 찬 피 때문에 끓는 소리가 났다. 조수석 앞 수납함에 피가 튀었다. 너 따위에게 휘둘리지 않는다는 것을 보여주려고 일부러 더 빨리 달렸다. 깔끔한 집들이 늘어선 조용한 주택가로 들어섰다. 일렬로 주차된 차들이 진로를 막고 있었다. 차선을 옮겨 비쳐드는 전조등에도 아랑곳하지 않고 마주 오는 차들을 앞서려고 액셀러레이터를 밟았다. 네가 두 팔로 얼굴을 감쌌다. 요란하게 경적이 울리고 빛이 번쩍거리며 마주 오는 차와 부딪히기 직전에야 방향을 틀어 차선을 옮겼다.

가슴에 맺혔던 응어리가 조금은 풀어졌다. 액셀러레이터에서 발을 떼지 않은 채 좌회전해 가로수가 길게 늘어선 직선 도로로 들어섰다. 그때 갑자기 그곳이 어떤 동네인지 알아차렸다. 한 번밖에 와본 적 없었고 거리 이름도 모르지만 분명 아는 동네였다. 아냐가 사는 곳이다. 그 여자와 잤던 곳이다. 손에서 핸들이 미끄러지며 차가 갓돌을 쳤다.

"이안, 부탁이에요. 속도 좀 낮춰요!"

100미터쯤 앞으로 보이는 인도에 어떤 여자가 어린아이와 걷고 있었다. 아이는 방울이 달린 털모자를 쓰고 있었고 여자는……. 핸들을 단단히 움켜쥐었다. 헛것을 보고 있다고 생각했다. 아냐가 사는 동네를 지나친다는 이유만으로 그 여자를 아냐라고 착각하는 것이라고. 아냐일 리 없다고.

여자가 고개를 들었다. 머리를 길게 내려뜨린 그녀는 그런 날씨에도 모자를 쓰고 있지 않았다. 그녀는 옆에 있던 아이가 달려가는 사이에 나를 정면으로 바라보고 웃었다. 머리가 으스러지는 듯

한 통증을 느꼈다. 아냐가 맞았다.

아냐와 잔 직후에 그녀를 해고했다. 한 번 잔 여자와 다시 자는 일은 취미가 아닌 데다 예쁘지만 멍청해 보이는 그 얼굴로 사무실을 돌아다니는 꼴을 보고 싶지 않았다. 지난달에 다시 나타났을 때는 알아보지도 못했다. 그 여자는 나를 놓아주지 않으려 했다. 아냐가 번쩍이는 전조등 앞으로 걸어오는 모습을 바라보았다.

'제이콥이 아버지에 대해 알고 싶대요. 제이콥은 당신을 만나고 싶어 해요.'

그년이 모든 것을 망치리라, 그 새끼가 모든 것을 망치리라는 확신이 들었다. 네게 시선을 돌렸지만 넌 고개 숙여 무릎을 보고 있었다. 어째서 너는 더 이상 나를 바라보지 않았을까? 한때는 운전하는 내 허벅지에 손을 얹고는 몸을 비틀어 나를 바라보던 네가 이제는 나와 서의 눈을 마주치지 않았다. 그때 이미 너를 빼앗기기 일보 직전이었다. 그런데 네가 그 아이에 대해 알게 된다면 너를 절대로 되찾지 못할 것이었다.

여자와 아이가 길을 건너고 있었다. 머리가 지끈거렸다. 너는 파리가 귀에 들어가 윙윙대는 소리를 내며 훌쩍이고 있었다.

바닥에 닿도록 힘껏 액셀러레이터를 밟았다.

51

"제이콥을 일부러 죽인 거죠?" 간신히 입을 열어 말한다. "대체 왜 그랬어요?"

"그 아이가 일을 모두 망칠 게 뻔했거든." 이안이 딱 잘라 말한다. "아냐만 내게 접근하지 않았다면 아무 일도 당하지 않았을 거야. 자기 잘못으로 아들이 죽은 거지."

형사 법원 밖에서 닳아 해진 운동화를 신고 있던 아냐를 생각한다. "아냐가 돈이 필요하다고 했나요?"

이안이 소리 내어 웃는다. "돈 문제였다면 수월했을 거야. 아냐, 그 여자는 내게 자기 아이의 아버지 노릇을 해달라고 했어. 주말마다 아이를 만나고 자기 집에 머물면서 빌어먹을 생일선물을 사주길." 그는 내가 일어서자 말을 끊는다. 세면대 가장자리를 붙잡고 서서 내 아픈 다리로 체중을 감당할 수 있을지 조심스레 확인한다. 차갑던 두 발이 풀리면서 따끔거린다. 거울을 보지만 거울에 비친 사람이 나라는 사실을 믿을 수 없다.

"너는 그 아이에 대해 알게 됐을 거야. 아냐에 대해서도 그렇고.

그럼 나를 떠났겠지."

뒤에 선 이안이 내 어깨에 부드럽게 두 손을 올려놓는다. 흠씬 두들겨 맞은 다음 날 아침에 수도 없이 보았던 표정이 지금 그의 얼굴에 떠올라 있다. 직접 사과를 받은 일은 한 번도 없지만 한때 그 표정을 보고 그가 회한을 느끼는 것이라고 생각했다. 하지만 이제야 그것이 두려움이라는 사실을 깨닫는다. 내가 자기라는 남자의 실체를 알아차릴까봐 느끼는 두려움. 내가 더 이상 자기를 필요로 하지 않으리라는 두려움.

제이콥의 존재를 알았다면 내가 낳은 아들처럼 사랑했을 것이다. 그 아이를 받아들이고 같이 놀아주며 즐겁게 해주려고 선물을 골라줬을 것이다. 이안은 내게서 한 아이가 아니라 두 아이를 앗아갔다. 생명을 잃은 그 아이들에게서 힘을 얻는다.

기운이 없는 척하면서 세면대를 내려다보다가 마지막 남은 힘까지 끌어 모아 머리를 뒤로 젖힌다. 두개골 뒷부분이 뼈에 부딪히는 순간 소름끼치게도 뼈가 으스러지는 소리가 들린다.

이안이 나를 놓고 두 손으로 얼굴을 감싸자 손가락 사이로 피가 흘러나온다. 그를 지나 침실로 빠져나와 층계참을 잡지만 그가 더 빨랐다. 내가 계단을 내려가기도 전에 그는 내 손목을 잡는다. 피 묻은 손가락이 내 젖은 피부에 닿자마자 미끄럽다. 풀려나려고 발버둥 치면서 팔꿈치로 그의 배를 밀친다. 그러는 동안 나도 주먹을 맞고 헐떡거린다. 층계참 주위가 칠흑같이 깜깜해서 방향감각을 완전히 상실한다. 어느 방향에 계단이 있는 걸까? 맨발로 바닥을 더듬다가 발가락으로 계단 맨 위에 고정된 금속 양탄자 누르개를 찾아낸다.

이안의 팔 밑으로 몸을 숙이고 두 손을 뻗어 벽을 잡는다. 그런 다음 팔굽혀펴기를 하듯 팔꿈치를 구부리고 체중을 한껏 실어 뒤에 있는 그를 힘껏 밀친다. 그가 짧게 비명을 내지르면서 발을 헛디디고 뒤로 넘어가더니 계단 아래로 굴러떨어진다.

아무 소리도 들리지 않는다.

불을 켠다.

이안이 계단 밑에 미동도 없이 누워 있다. 점판암으로 된 바닥에 얼굴을 대고 쓰러졌다. 뒤통수에 입을 벌리고 있는 상처에서 가느다란 핏줄기가 조금씩 흘러나온다. 온몸을 떨면서 그를 내려다본다.

그러다 난간을 단단히 잡고는 맨 밑에 엎드려 있는 형체에서 눈을 떼지 않은 채로 천천히 계단을 내려간다. 그러나 마지막 계단을 디디려는 순간 발을 멈춘다. 이안의 가슴팍이 아주 미세하게 움직였기 때문이다.

얕게 헐떡이는 숨소리를 내면서 발을 뻗어 돌바닥을 가볍게 내딛고는 이안 옆에 선다. 할머니 발자국 놀이grandmother's footsteps, 우리나라의 '무궁화 꽃이 피었습니다'에 해당하는 영국 놀이를 하는 어린아이처럼 잔뜩 긴장했다.

쭉 뻗은 이안의 팔을 타고 넘는다.

그때 그의 손이 내 발목을 붙잡는다. 비명을 내지르지만 이미 늦었다. 얼굴과 두 손이 피투성이가 된 이안이 나를 바닥에 쓰러뜨리고 내 몸에 올라타더니 힘겹게 위로 올라온다. 그는 입을 열지만 소리를 내지 못한다. 말하려고 용을 쓰느라 얼굴이 일그러진다.

이안이 내 어깨를 잡으려고 두 손을 뻗고 몸을 펴서 얼굴로 다가오는 순간 무릎을 세워 그의 사타구니를 있는 힘껏 걷어찬다. 그가 낮게 신음하면서 나를 놓고는 고통으로 몸을 웅크린다. 재빨리 일어선다. 머뭇거리지 않고 현관문으로 달려가 허둥지둥 빗장을 찾는다. 손가락에 닿은 빗장이 두 번 미끄러진 뒤에야 그것을 옆으로 당겨 문을 연다. 밤공기가 차갑다. 구름으로 뒤덮인 하늘에는 가느다란 달만 삐죽이 얼굴을 내밀고 있다. 무작정 뛰는데 그와 동시에 뒤따라오는 이안의 묵직한 발소리가 들린다. 고개를 돌려 그가 얼마나 멀리 떨어져 있는지 확인하지 않는다. 그가 가쁜 숨을 몰아쉬며 한 걸음을 뗄 때마다 끙끙 앓는 소리를 낸다.

자갈이 깔린 오솔길을 맨발로 달리려니 여간 힘들지 않다. 뒤에서 들리는 소리가 점점 더 희미해지는 것을 보니 내가 유리한 상황에 있는 듯하다. 가능한 한 소리를 내지 않고 숨죽인 채 달린다.

해변에 부딪히는 파도 소리를 듣고 나서야 야영장으로 가는 갈림길을 놓쳤다는 사실을 깨닫는다. 내가 얼마나 멍청한지 욕이 나올 지경이다. 이제 해변으로 내려가는 길을 택하느냐, 오른쪽으로 틀어 해안 길을 쭉 달려가 펜파흐로부터 벗어나느냐 하는 두 가지 선택만 남았다. 보우를 데리고 수도 없이 다녔지만 어두워진 뒤에는 걸어본 적이 없는 길이다. 더욱이 절벽 끝에 면해 보우가 미끄러질까봐 늘 노심초사하면서 다녔다. 결정을 내리지 못하고 잠시 고민한다. 하지만 저 아래 해변에 갇힌다고 생각만 해도 두렵다. 계속 달려야 달아날 기회를 잡기가 좀더 쉽지 않을까? 오른쪽으로 틀어 해안 길로 들어선다. 바람이 거세지고 구름이 걷히면서 달이 좀더 밝은 빛을 뿌린다. 용기를 내어 흘깃 뒤를 돌아보지만 길에는 아무도 없다.

속도를 줄여 걷다가 멈춰 서서 소리를 듣는다. 바닷소리 이외에는 고요하다. 심장이 조금 진정되기 시작한다. 파도가 규칙적으로 해변을 때리고 먼 바다에서 희미하게 뱃고동 소리가 들려온다. 숨을 돌리고 현재 위치를 알아내려고 주위를 살핀다.

"네가 도망갈 곳은 아무데도 없어, 제니퍼."

몸을 빙그르르 돌려보지만 이안은 보이지 않는다. 어둠을 응시하던 가운데 풀이 우거진 덤불과 계단으로 된 출입구가 눈에 띈다. 저 멀리 양치기 움막이라 알고 있는 작은 건물도 보인다.

"어디 있어요?" 내가 소리치지만 회초리처럼 내리치는 바람이 내 말을 싣고 바다로 불어간다. 비명을 지르려고 숨을 고르지만 눈 깜짝할 새에 이안이 뒤로 다가와서 팔뚝을 내 목에 두르고 뒤쪽으로 질질 끌고 간다. 숨이 막히기 시작한다. 팔꿈치로 그의 갈비뼈를 찌르자 숨을 들이쉴 수 있을 정도로 손아귀가 풀어진다. 지금 죽지는 않으리라. 성인이 된 후 내 삶은 몸을 숨기고 도망치며 두려워하는 일로 점철되어 있었다. 가까스로 안전하다고 느낀 순간 그가 돌아와 내게서 안전을 빼앗아가려 한다. 이제는 그렇게 하도록 내버려두지 않을 것이다. 용솟음치는 아드레날린을 느끼며 몸을 앞으로 구부린다. 이안이 휘청거리자 몸을 비틀어 그의 손아귀에서 벗어난다.

하지만 나는 도망치지 않는다. 그에게서 달아나는 일이라면 이미 이골이 났다. 이안이 나를 잡으려 하는데도 손을 뻗어 손바닥의 볼록한 부분으로 그의 턱 밑을 세게 친다. 그 충격으로 이안이 뒤로 밀리고 몇 초처럼 느껴지는 순간 동안 절벽 끝에서 비틀거린다. 그가 다시 손을 뻗어 내 목욕 가운을 그러쥐려 한다. 그의 손가락이 옷감을 스친다. 비명을 지르며 뒤로 물러서지만 균형을 잃는다. 순간 그와 함께 추락해 절벽에 이리저리 부딪히다가 바다에 빠지리라는 생각이 든다. 잠시 뒤 정신을 차려보니 나는 절벽 끝에 고개를 숙이고 서서 이안이 추락하는 모습을 지켜보고 있다. 아래를 내려다보는데 허옇게 까뒤집은 이안의 눈이 시야에 스치더니 파도가 그를 바닷속으로 빨아들인다.

52

레이와 케이트가 카디프를 빙 둘러 가고 있을 때 레이의 휴대전
화가 울렸다. 그는 화면을 흘끗 보고 말했다.

"사우스 웨일스의 경위야."

케이트는 레이가 펜파흐 소식을 전해 듣는 모습을 바라보았다.

"정말 다행이군요." 레이가 전화기에 대고 말했다. "괜찮습니다.
알려주셔서 감사합니다."

그가 통화를 마치고 길고 느린 숨을 내쉬었다. "제나가 무사하
대. 진짜 괜찮은 건 아니지만 살아 있어."

"피터슨은요?" 케이트가 물었다.

"제나만큼 운이 좋지 않았나봐. 이야기를 들어보니 피터슨이 해
안 길을 따라 도망가는 제나를 추적한 것 같아. 둘이 몸싸움을 하
다가 피터슨이 절벽 끝에서 추락했대."

케이트가 흠칫 놀랐다. "죽어도 어쩜 그렇게 죽을 수 있을까요."

"그놈이 한 짓을 생각하면 그래도 싸지." 레이가 말했다. "경위
가 한 이야기를 곰곰이 생각해보면 그놈은 엄밀히 말해서 '추락'

한 것이 아냐. 무슨 말인지 알겠지? 하지만 스완지 경찰청 범죄수사과는 이 사건을 제대로 처리했어. 사고로 접수했다더군."

케이트와 레이는 잠시 아무 말도 하지 않았다.

"그럼 지금 우리 경찰서로 돌아가야 하나요?" 케이트가 물었다.

레이가 머리를 흔들었다. "그럴 필요 없어. 제나가 스완지 병원에 있다니 가보자고. 한 시간도 안 걸릴 거야. 한번 맡은 사건은 끝까지 마무리하는 것이 좋아. 그리고 떠나기 전에 스완지에서 간단히 식사하지."

목적지에 가까워지면서 교통 정체가 풀렸고 두 사람이 스완지 병원에 도착했을 때는 7시가 조금 지나 있었다. 응급실 입구는 급조한 팔걸이 붕대를 두르고 발목에 반창고를 붙이거나 눈에 안 보이는 갖가지 부상을 입은 흡연자로 북적였다. 레이는 복통으로 몸을 웅크리고 있으면서도 여자 친구가 입술에 대준 담배를 한 모금 깊이 빨아들이는 남자를 피해 안으로 들어갔다.

응급실로 들어서자 찬 공기 중에 맴돌던 담배 냄새는 간데없이 병원 냄새를 품은 온기가 느껴졌다. 레이는 지쳐 보이는 접수계 여직원에게 신분증을 보여주었다. 레이와 케이트는 이중문 두 개를 지나 C 병동의 조그만 병실로 안내되었다. 그곳에는 제나가 높이 쌓아올린 베개를 대고 누워 있었다.

레이는 환자복 바깥으로 삐져나와 목까지 뻗은 진자주색 멍을 보고 충격에 휩싸였다. 제나는 머리를 힘없이 어깨에 늘어뜨리고 있었고 얼굴에는 피곤하고 아픈 기색이 역력했다. 그녀 옆에는 누가 버리고 간 듯한 신문의 십자말풀이를 펼쳐 든 패트릭이 앉아 있었다.

"안녕하세요." 레이가 조심스럽게 말했다. "좀 어떠세요?"

제나가 힘없이 미소 지었다. "몰골이 엉망이에요."

"큰일을 겪으셨으니까요." 레이가 침대 머리맡으로 갔다. "그 사람을 제때에 잡지 못해서 죄송합니다."

"이제 다 지난 일이에요."

"매슈스 씨가 영웅적인 역할을 하셨다고 들었습니다." 레이가 몸을 돌리면서 말하자 패트릭이 아니라는 듯 손을 올렸다.

"그건 아닙니다. 제가 한 시간만 더 일찍 도착했다면 도움이 되었을지도 모르지만 동물 병원 일이 지체되는 바람에 그곳에 갔을 때는, 음······." 그가 제나를 바라보았다.

"당신이 없었다면 오두막집으로 무사히 돌아갈 수 없었을 거예요." 제나가 말했다. "바다를 내려다본 자세로 계속해서 그곳에 엎드려 있었겠죠." 그녀가 몸을 떨자 레이는 숨 막히도록 더운 실내에 있는데도 몸이 오싹해졌다. 절벽 끝에 걸쳐져 있다면 대체 어떤 기분일까? 짐작도 가지 않았다.

"이곳에 얼마나 오래 입원해 계셔야 하나요?" 레이가 물었다.

제나가 고개를 저었다. "무슨 말인지는 모르겠지만 경과를 지켜봐야 한다고 입원해 있으래요. 하지만 전 이곳에 있는 시간이 하루를 넘기지 않았으면 좋겠어요." 제나가 레이와 케이트 사이에 시선을 두었다. "곤란한 일이 있을까요? 누가 운전했는지 경위님께 사실대로 말하지 않은 일로요?"

"정의 구현의 방해라는 사소한 문제가 있긴 합니다." 레이가 대답했다. "하지만 경찰에서 그 일을 추궁하는 일이 공공의 이익에 부합한다고 결론짓지 않으리라는 점은 확실합니다." 그가 미소를 띠며 말하자 제나가 안도의 한숨을 내쉬었다.

"편히 쉬시도록 저희는 이만 가보겠습니다." 레이가 말했다. 그러고는 패트릭에게 시선을 돌렸다. "잘 돌봐주십시오."

레이와 케이트는 병원을 떠나 가까이 있는 스완지 경찰서로 차를 몰고 가서 기다리던 현지 경위와 이야기를 나누었다. 프랭크 러시턴 경위는 레이보다 몇 살 위로 체구가 경찰서보다는 럭비 구장에 좀더 어울리는 사람이었다. 그는 레이와 케이트를 반갑게 맞이하며 자기 방을 구경시켜주고 커피까지 권했지만 두 사람은 사양했다.

"곧 가봐야 해요." 레이가 말했다. "그렇지 않으면 여기 에반스 형사가 초과근무 수당을 어마어마하게 청구해서 제 예산이 바닥날지도 몰라요."

"안타깝군요." 프랭크가 말했다. "다 같이 커리 먹으러 나가려고 하거든요. 은퇴하는 경사가 있어서 송별회 삼아 회식하려는데 두 분도 함께 가시죠."

"말씀은 고맙습니다." 레이가 말했다. "하지만 가봐야 할 것 같아요. 피터슨의 사체를 이곳에 두실 건가요? 아니면 제가 브리스톨의 검시관 사무실에 연락할까요?"

"경위님이 갖고 계신 번호를 주시면 고맙겠습니다." 프랭크가 말했다. "사체가 발견되면 제가 그쪽으로 전화하죠."

"아직 발견 안 됐습니까?"

"아직 못 찾았습니다." 프랭크가 대답했다. "피터슨은 그레이의 오두막집에서 800미터 정도 떨어진 절벽 끝에서 떨어졌죠. 펜파흐 캠핑카 야영장과 반대 방향에 있는 곳이에요. 현장에 가보신 적 있죠?"

레이가 고개를 끄덕였다.

"그레이를 발견한 패트릭 매슈스가 우리를 그리로 데려갔는데 그곳이 사건 현장임은 의심할 여지가 없었어요." 프랭크가 말했다. "그레이가 말한 몸싸움과 부합하는 흔적이 있었고 절벽 끝에는 갓 긁힌 자국이 나 있더군요."

"하지만 사체는 없고요?"

"솔직히 말해 드문 일은 아닙니다." 프랭크가 레이의 추켜올라간 눈썹을 보고 짧게 웃음을 터뜨렸다. "제 얘기는 사건 직후에 사체를 찾지 못하는 일이 드물지 않다는 겁니다. 이곳에는 절벽에서 뛰어내려 자살하는 사람이나 술 한잔 걸치고 오다가 실족사하는 사람이 적지 않습니다. 그런 사람들의 사체가 떠내려오기까지는 보통 2~3일 이상이 걸리죠. 발견되지 않는 사람도 있고 일부만 수습되는 경우도 있어요."

"일부만 수습되다뇨?" 케이트가 물었다.

"절벽 끝에서 바다까지의 낙하 거리가 60미터 정도예요. 추락하는 동안 바위에 부딪히지 않을 수는 있어도 땅에 부딪히는 순간 수도 없이 박살나게 마련이죠." 프랭크가 어깨를 으쓱했다. "사람의 뼘은 쉽게 낭가져요."

"맙소사." 케이트가 말했다. "이제는 바닷가에 사는 일이 그리 솔깃하지 않네요."

프랭크가 씩 웃었다. "자, 커리 먹으러 가자는 제안을 정말 거절하시는 겁니까? 한때 에이본 서머싯 경찰청으로 전근하려고 고려한 적이 있었어요. 그곳에 관해 들려주신다면 어떤 장점을 놓쳤는지도 알고 좋을 텐데요." 프랭크가 일어섰다.

"출발하기 전에 뭐라도 먹고 가려고는 했어요." 케이트가 레이를 보면서 말했다.

"꼭 오세요." 프랭크가 말했다. "재미있는 시간이 될 거예요. 범죄수사과 부서원들은 물론 정복 경찰들도 몇 명 올 겁니다." 그는 두 사람을 접수계까지 배웅하고 악수했다. "저희는 일을 대충 마무리하고 30분 뒤까지 큰길가에 있는 라지 식당에 갈 겁니다. 이번 뺑소니 사건은 여러분이 거둔 큰 성과 아닌가요? 그러니 이곳에서 하루 묵을 숙소를 잡고 성대하게 자축하시죠!"

작별 인사를 마치고 차로 걸어가는 동안 레이는 배가 꼬르륵거렸다. 오늘같이 긴 하루를 마무리하기에는 닭고기 잘프레지 커리와 맥주 한잔만 한 것이 없었다. 그는 케이트를 흘낏 보면서 스완지 경찰관들과 편안하게 대화하고 가볍게 잡담을 주고받으며 저녁을 보낸다면 참으로 즐거우리라 생각했다. 브리스톨로 곧장 돌아가면 후회할 것이 뻔했다. 미흡한 부분을 매듭지어야 한다는 핑계를 대고 프랭크 말대로 이곳에 하루 머물러도 될 듯했다.

"거기 가요." 케이트가 말했다. 그녀가 걸음을 멈추고 고개를 돌려 레이를 보았다. "재밌을 거예요. 그분 말대로 자축해야죠." 케이트와 몸이 닿을 정도로 가까이 서자 레이는 커리를 먹은 뒤 스완지 사람들을 뇌두고 그녀와 먼저 자리를 뜨는 장면을 머릿속에 그려보았다. 다른 곳에서 칵테일을 한잔 더 마시고 호텔로 걸어 돌아와도 괜찮을 것 같았다. 그러다 그다음에 일어날지도 모르는 일을 생각하고는 숨을 삼켰다.

"다음에 기회가 있겠지." 그가 말했다.

케이트는 잠시 말없이 있다가 천천히 고개를 끄덕였다. "그럼요." 그녀가 차로 걸어가는 동안 레이는 휴대전화를 꺼내 매그즈에게 문자메시지를 보냈다.

'집에 가는 길이야. 저녁 사 갈까?'

53

간호사들은 상냥했다. 내 상처를 침착하고도 능란하게 처치했고 어인에 주었는지 수배 번을 물어본 점 같은데도 귀찮은 내색 한 번 하지 않았다.

"이제 다 끝난 일이에요." 의사가 말한다. "그러니 좀 쉬세요."

해방감이라든가 자유를 얻었다는 기분이 전혀 느껴지지 않는다. 온몸을 내리누르는 피로감만이 끈질기게 나를 괴롭힌다. 패트릭은 내 곁을 떠나지 않는다. 여러 차례 소스라치며 밤잠에서 깬다. 그때마다 악몽을 사라지게 해줄 사람이 바로 옆에 있다는 사실에 안도한다. 결국 간호사 말에 굴복해 진정제를 맞기로 한다. 잠결에 패트릭이 누군가와 통화하는 소리를 들은 것 같지만 누구인지 묻기도 전에 다시 잠에 빠져든다.

다시 눈을 뜨자 창문에 쳐진 블라인드 틈으로 햇살이 밀려들며 침대에 빛의 줄무늬를 그리고 있다. 옆 테이블에는 식판이 놓여 있다.

"차가 다 식었을 거예요."

패트릭이 말한다. "가서 갓 끓인 차를 가져다줄 수 있는지 확인하고 올게요."

"괜찮아요." 내가 힘겹게 몸을 일으켜 앉으면서 말한다. 쓰라린 목을 조심스레 만져본다. 삐 소리가 나자 패트릭이 전화기를 집어서 문자메시지를 확인한다.

"무슨 일이에요?"

"아무것도 아니에요." 그가 대답한다. 그러더니 주제를 바꾼다. "의사 말이 며칠은 아플 거래요. 하지만 부러진 데는 없대요. 표백제 영향을 중화시킬 연고를 줬는데 날마다 발라야 피부가 건조해지지 않아요."

무릎을 세워 패트릭이 내 옆에 앉을 수 있도록 공간을 만든다. 그의 이마에 깊이 파인 주름을 보자 그에게 너무도 큰 근심을 안겼다는 사실에 좌절한다. "나 이제 괜찮아요." 내가 말한다. "정말이에요. 당장 집에 가고 싶어요."

그가 내 얼굴에서 대답을 찾고 있다는 사실을 눈치챈다. 그는 내가 자기를 어떻게 느끼는지 알고 싶어 한다. 하지만 아직은 나자신도 그 답을 알 수 없다. 그저 내 판단력을 신뢰할 수 없다는 점만 확신할 뿐이다. 몸이 다 나았다고 입증하려고 억지로 미소 짓다가 눈을 감는다. 잠을 자기 위해서라기보다 패트릭의 시선을 피하기 위해서다.

병실 바깥에서 난 발걸음 소리에 잠을 깬다. 의사가 온 것이기를 바란다. 하지만 패트릭이 누군가와 이야기하는 소리가 들릴 뿐이다. "네, 여기 있어요. 제나와 단둘이 계실 수 있도록 저는 구내식당에 가서 커피를 마실게요."

누구인지 짐작이 가지 않는다. 문이 활짝 열리고 큰 단추가 달린 밝은 노란색 코트를 입은 날씬한 몸매의 여자를 보고서도 잠시 뒤에야 누구인지 알아본다. 입을 열지만 목에 걸린 응어리 때문에 말이 나오지 않는다.

이브 언니가 재빨리 내 곁으로 다가와 있는 힘껏 꼭 끌어안는다. "너무 보고 싶었어!"

우리는 흐느낌이 진정될 때까지 껴안는다. 그러다 책상다리를 하고 침대에 앉아 서로를 마주 본다. 같이 쓰던 방 이층 침대 아래 칸에 앉아 놀던 어린 시절로 되돌아간 것만 같다.

"머리 잘랐네. 언니한테 잘 어울려." 내가 말한다.

언니가 우쭐해하며 윤기 흐르는 단발머리를 만진다. "제프는 긴 머리를 좋아하지만 나는 이 길이가 좋아. 참, 제프가 너한테 안부 전해달래. 네 조카들이 너를 위해 만든 것도 있어." 가방을 뒤져 꼬깃꼬깃해진 그림을 꺼낸다. 반으로 접힌 병문안 카드였다. "이 모가 병원에 있나고 이니끼 수두를 앓는 줄 알았네."

반점으로 덮인 얼굴을 하고 침대에 누워 있는 내 모습을 보고 웃음을 터뜨린다. "아이들이 보고 싶었어. 언니 식구 모두 보고 싶었어."

"우리도 네가 보고 싶었어." 언니가 깊이 한숨을 쉰다. "네게 그렇게 말하고 후회했어. 너한테 그런 말 할 자격도 없는데."

벤이 태어난 뒤 병원에 누워 있던 때를 떠올린다. 아무도 내 옆에 놓여 있던 아기 침대를 치울 생각을 하지 않았다. 한쪽에 보이는 그 침대가 나를 조롱하는 듯했다. 이브 언니는 소식을 듣기도 전에 병원에 왔는데 언니 얼굴을 보고 간호사들이 선수 쳤다는 사실을 알아챘다. 원래는 아름답게 포장한 듯한 선물이 언니 핸드백에 쑤셔 넣어져 있었다. 언니가 감추려 했던 탓인지 구겨지고 찢겨 있었다. 언니가 그 안에 든 선물을 어떻게 처리할지 알고 싶었다. 내 아들에게 주려고 고른 옷을 다른 아이를 찾아 입히지나 않을지 궁금했다.

언니는 처음에는 아무 말도 하지 않더니 말문이 터지자 멈추지 않았다.

"이안이 너한테 무슨 짓을 한 거니? 무슨 짓 한 거 맞지?"

고개를 돌리고 텅 빈 아기 침대를 보면서 눈을 감았다. 이안은 다른 사람 앞에서 자기 성질을 내보이지 않으려고 각별히 주의를 기울였지만 언니는 그를 신뢰하지 않았다. 나는 문제가 있다는 점을 인정하지 않았다. 처음에는 사랑에 눈이 멀어 관계에 금이 갔다는 점을 눈치채지 못했다. 그러다 내게 그처럼 많은 고통을 안긴 남자와 그토록 오래 살았다는 사실을 털어놓기가 부끄러워서 현실을 부정했다.

언니가 나를 안아주길 바랐다. 그저 나를 꼭 안아서 호흡이 곤란할 정도로 심한 통증을 가라앉혀주길 바랐다. 하지만 언니는 화를 냈다. 언니는 슬플 때면 언제나 그렇듯 대답과 이유와 비난할 사람을 찾았다.

"문제가 많은 남자야." 언니가 말했다. 끝도 없이 이어지는 언니의 비난을 감당하지 못하고 눈을 감았다. "너는 보이지 않을지 몰라도 나는 달라. 임신한 다음에는 그 남자와 같이 살지 말았어야지. 그랬다면 네 뱃속에는 아직도 아기가 있었을 거야. 그 사람만큼 너도 책임이 있어."

깜짝 놀라 눈을 떴다. 그 말에 가슴이 타 들어갈 것 같았다. "당장 나가." 더듬거리면서도 단호한 어조로 말했다. "내 인생에 상관하지 마. 언니는 나한테 이래라저래라 할 자격 없어. 나가란 말야! 다시는 언니 얼굴 보고 싶지 않아."

언니는 제정신이 아닌 상태로 아기가 없는 배에 두 손을 올려놓은 나를 두고 허겁지겁 병실을 떠났다. 언니 말이 모두 사실이었

기에 상처받았다. 언니는 진실을 말했을 뿐이다. 벤의 죽음은 내
잘못이다.

이후 몇 주 동안 언니가 내게 연락을 취했지만 대화를 거부했
다. 결국 언니도 더 이상 시도하지 않았다.

"언니는 이안이 어떤 사람인지 눈치챘어." 이제야 내가 인정한
다. "언니 말을 들어야 했어."

"너는 그 사람을 사랑했던 거야." 언니가 간결하게 말한다. "엄
마가 아빠를 사랑했듯이."

내가 몸을 일으킨다. "무슨 뜻이야?"

대답이 없어서 언니를 보니 내게 무슨 말을 하면 좋을지 몰라
고민하는 표정이다. 내가 고개를 흔든다. 어릴 때 받아들이려 하지
않았던 일이 갑자기 떠올랐기 때문이다. "아빠가 엄마를 때렸지?"

언니가 말없이 고개를 끄덕인다.

잘생기고 다재다능하던 아버지를 생각한다. 항상 재미있는 일
들을 찾아내 나와 나누던 아버지. 아버지는 내가 훌쩍 자란 이후
에도 목마를 태워줬다. 어머니는 늘 조용하고 차갑고 범접하기 어
려운 분위기를 풍겼다. 아버지를 내보낸 일 때문에 얼마나 어머니
를 증오했는지 모른다.

"엄마는 그런 일을 당하고도 몇 년 동안 참았어. 그러던 어느 날
학교에서 돌아와 엄마가 아빠한테 맞는 장면을 봤어. 내가 그만하
라고 비명을 질렀더니 아빠가 몸을 돌려 내 얼굴을 때리더라."

"세상에, 언니!" 우리의 어린 시절 기억이 이렇게도 다르다는
데 욕지기를 느낀다.

"아빠도 충격받았어. 미안하다면서 내가 거기 있는 걸 못 봤다
는 거야. 하지만 난 아빠가 날 때리기 전에 아빠 눈에서 어떤 표정

을 봤어. 그 순간만큼은 나를 증오했던 거야. 솔직히 나를 죽일 수도 있었다고 생각해. 그 모습을 본 엄마가 갑자기 다른 사람이라도 된 듯 아빠에게 집을 나가라고 했어. 그러자 아빠는 두말없이 떠났지."

"내가 발레 교습소에서 돌아오니 아빠가 이미 떠나고 없었어." 아버지가 집을 나갔다는 사실을 알고 느꼈던 슬픔이 아직까지 생생하다.

"엄마는 아빠에게 다시 한 번 우리에게 접근하면 경찰에 신고한다고 말했어. 아빠를 우리와 떼어놓은 일로 엄마도 가슴이 아팠지만 우리를 보호하려면 어쩔 수 없었대."

"나한테는 한 번도 말한 적 없어." 내가 말한다. 하지만 난 어머니에게 말할 기회조차 주지 않았다. 어떻게 해서 그토록 잘못 판단했는지 스스로도 이해되지 않는다. 어머니가 당장 이곳에 있었으면 하고 바란다. 관계를 바로잡고 싶을 뿐이다.

감정이 물밀듯 심장을 채우자 흐느끼기 시작한다.

"알아, 제나. 나도 알아." 언니가 어릴 때처럼 내 머리를 쓰다듬는다. 그러더니 두 팔로 나를 감싸 안고는 함께 운다.

언니가 머문 두 시간 동안 패트릭은 구내식당과 내 침대 곁을 오가며 둘만의 시간을 갖도록 했지만 내가 너무 지칠까봐 안절부절못하는 기색이다.

이브 언니는 내가 읽지 않을 것이 뻔한 잡지를 잔뜩 놓아두고 떠난다. 그 전에 내가 오두막집으로 돌아가는 대로 다시 오겠다고 약속한다. 의사는 내가 하루나 이틀 뒤에 퇴원할 수 있을 거라고 말했다.

패트릭이 내 손을 꼭 잡는다. "이에스틴이 농장 일꾼 두 명을 보내서 오두막집을 청소하고 자물쇠를 교체해줄 거래요. 그렇게 되면 열쇠가 있는 당신만 문을 열 수 있을 거예요. 패트릭은 내 얼굴에 스치는 불안감을 눈치챈 듯하다. "그들은 아무 일도 일어나지 않은 것처럼 집안을 정돈하려는 거예요."

아니, 그렇게 될 수는 없으리라.

하지만 나도 패트릭의 손을 꼭 쥔다. 그의 얼굴에서는 정직과 상냥함 이외에는 아무것도 찾아볼 수 없다. 그동안 많은 일이 있었지만 이 남자와 함께라면 계속해서 살아갈 수 있으리라 믿는다. 심지어 괜찮은 삶을 살 수 있을 것 같다.

에필로그

　해가 점점 더 길어짐에 따라 펜파흐도 원래 속도를 되찾았다. 그 속도를 깨뜨리는 것은 여름철 해변을 찾으려고 갑자기 늘어난 가족 단위 여행객들뿐이다. 공기는 자외선 차단제 향과 바다 내음으로 가득하고 마을 상점의 문 위에 달린 방울이 잠시도 쉬지 않고 딸랑거린다. 야영장도 페인트칠로 새 단장을 마치고 개장했다. 베선의 상점 진열대 위에는 각종 휴가 용품들이 높이 쌓여 있다.

　여행객들은 현지를 떠들썩하게 만든 사건에는 관심을 보이지 않는다. 마을 사람들도 하릴없이 잡담하더니 금세 흥미를 잃었다. 한시름 놓았다. 해가 짧아지면 새로운 정보가 바닥날 테고 베선과 이에스틴이 강력하게 반발하고 있으니 소문도 사그라질 것이다. 두 사람은 사건의 진상을 잘 안다고 주장하는 이들의 잘못을 바로잡는 데 앞장서고 있다. 머지않아 마지막 남은 텐트 한 장이 걷히고 양동이와 삽과 아이스크림이 전부 동날 것이다. 그러면 그 일은 잊힐 것이다. 한때는 비난과 냉대에 둘러싸였지만 이제는 모두 나를 상냥하게 대하고 반갑게 맞이한다.

이에스틴은 약속한 대로 오두막집을 깨끗이 치워놓았다. 자물쇠를 바꾸고 새 창문을 끼우고 나무 대문에 쓰여 있던 낙서에 페인트를 칠해 그곳에서 일어났던 사건의 흔적을 모조리 지워주었다. 그날 밤 일을 머릿속에서 영영 지울 수는 없겠지만 여전히 바람 소리 이외에는 아무것도 들리지 않는 절벽 꼭대기를 즐겨 찾는다. 아직도 오두막집에 만족하고 이안 때문에 그 집에서의 행복한 기억이 파괴되는 것을 단호히 거부한다.

자기 전에 보우에게 마지막으로 산책을 시켜주려고 줄을 잡는다. 내가 코트를 입는 동안 녀석이 조바심을 낸다. 자물쇠를 채우지 않고 밖에 나가는 일은 아직도 상상할 수 없지만 집 안에 있을 때는 더 이상 문을 잠그고 빗장을 걸지 않는다. 노크 없이 베선이 들어와도 놀라지 않는다.

패트릭이 머무는 날이 많지만 그는 내가 가끔은 혼자 있고 싶어한다는 사실을 잘 안다. 심지어 그런 때가 닥치면 나보다 더 빨리 눈치를 채고는 내가 혼자 생각에 잠길 수 있도록 포트 엘리스에 가 있다.

밀물이 들어오는 만을 내려다본다. 해변에는 산책하는 사람들과 그들이 데려온 개들뿐 아니라 갯지렁이를 잡아채려고 모래를 급습하는 갈매기가 남긴 자국이 어지러이 나 있다. 늦은 시각이라 나 말고는 절벽 꼭대기에 난 해안 길을 걷는 사람이 보이지 않는다. 그곳에는 새 울타리와 함께 절벽 끝에 가까이 다가가지 말 것을 경고하는 표지판이 세워져 있다. 혼자 있다는 생각에 갑자기 몸이 떨린다. 오늘 밤에는 패트릭이 돌아왔으면 한다.

물결이 해변의 모래를 때리자 큰 파도가 흰 거품을 일으키며 솟아오르더니 물결이 다시 뒤로 물러나자 흔적도 없이 사라진다. 물결은 칠 때마다 조금씩 전진하고 매끄럽고 반짝이는 모래를 드러낸다. 그러다 몇 초 사이에 다른 물결이 밀려들어 그 공백을 메운다. 몸을 돌리려던 때 모래에 새겨진 어떤 글씨가 눈에 띄지만 눈 깜짝할 새에 사라진다. 이제는 내가 정말 보았는지도 확실하지 않은 그 글씨가 바닷물에 씻겨 내려간다. 저물어가는 햇빛을 받은 바닷물이 어둡고 축축한 모래와 대비를 이루며 반짝거린다. 머리를 흔들고 오두막집으로 방향을 틀지만 무엇인가가 내 발을 잡아당기는 느낌에 다시 절벽 끝으로 간다. 그러고는 최대한 바짝 다가서서 해변을 내려다본다.

해변에는 아무것도 없다.

갑자기 내 주위를 감도는 오싹한 기운을 떨쳐내려고 코트 자락을 잡아당긴다. 헛것을 보는 것뿐이다. 모래에는 아무 글씨도 쓰여 있지 않다. 굵직하고 곧게 새겨진 글씨 따위는 없다. 거기엔 그런 글씨가 없다. 내 이름 같은 건 찾아볼 수 없다.

'제니퍼.'

바다는 흔들림 없이 고요하다. 물결이 다시 모래 위로 밀려와 부서지면서 그 위에 남긴 흔적도 모두 사라진다. 바닷물이 밀려들어오자 갈매기 한 마리가 하루를 마치기 전에 마지막으로 만 주위를 한 바퀴 돌고 해는 수평선 아래로 미끄러진다.

어둠이 깔린다.

작가의 말

나는 1999년에 경찰 훈련을 받기 시작해서 2000년 옥스피드에 배치되었다. 그해 12월 블랙버드 레이스 주택단지에서 아홉 살 소년이 차량 절도범이 몰던 차에 치어 숨졌다. 과실치사 판결이 내려지기까지 4년이라는 시간이 걸렸고 그동안 경찰 수사가 대대적으로 계속되었다. 사건은 경찰관이 된 첫 해에 나를 따라다녔고 3년 후 내가 범죄수사과에 합류할 때까지 계속 수사되었다.

경찰은 꽤 큰 액수의 보상금을 걸었다. 그뿐 아니라 경찰에 연락해 해당 운전자가 누구인지 알려준다면 동승자에 대한 기소를 면제해주겠다는 약속도 내놓았다. 그러는 동안 여러 차례 체포가 이루어졌는데도 기소된 사람은 없었다.

그 사건은 내게 크나큰 후유증을 남겼다. 운전자는 어떻게 그런 짓을 저지르고도 아무렇지 않게 살았을까? 동승자는 어떻게 입을 다물었을까? 아이의 어머니는 어떻게 그토록 엄청난 상실을 감당했을까? 매년 제보 캠페인을 할 때마다 제보가 수없이 많이 들어왔고 그 사실에 감탄했다. 놓친 부분을 찾겠다는 일념하에 모든 정보를 차근차근 조사하는 경찰의 성실함에도 감명받았다.

몇 년 후 상당히 다른 상황이긴 했지만 아들이 죽었을 때 감정 때문에 판단력이 흐려지고 행동이 영향받을 수 있다는 사실을 직접 겪었다. 큰 슬픔과 죄책감은 강력한 감정이다. 그 두 가지 감정이 같은 사고에 전혀 다른 형태로 연루된 두 여성의 삶에 어떠한 영향을 끼치는지 탐구하기 시작했다.

그 결과물이 이 책이다.

옮긴이 서정아

이화여자대학교 영문학과를 졸업하고 외국계 금융기관에서 수년간 근무했으며 이화여대 통역번역대학원을 졸업했다. 《레드 캐피탈리즘》, 《중국이 세상을 지배하는 그날》, 《엔드게임》, 《브레이크아웃 네이션》, 《내가 다시 서른 살이 된다면》, 《좌뇌와 우뇌 사이》, 《성난 군중으로부터 멀리》 등을 우리말로 옮겼다.

너를 놓아줄게

1판 1쇄 발행 2016년 3월 15일
1판 20쇄 발행 2018년 9월 10일

지은이 클레어 맥킨토시
옮긴이 서정아
발행인 오영진 김진갑
발행처 나무의철학

책임편집 심설아
기획편집 임나리 김율리 함초롬
디자인총괄 안윤민
마케팅 박시현 신하은 박준서
경영지원 이혜선

출판등록 2006년 1월 11일 제313-2006-15호
주소 서울시 마포구 월드컵북로5가길 12 서교빌딩 2층
전화 02-332-3310 팩스 02-332-7741
블로그 blog.naver.com/midnightbookstore
페이스북 www.facebook.com/tornadobook

ISBN 979-11-5851-034-3 03840

나무의철학은 토네이도미디어그룹(주)의 자회사입니다.

이 도서의 국립중앙도서관 출판예정도서목록(CIP)은 서지정보유통지원시스템 홈페이지
(http://seoji.nl.go.kr)와 국가자료공동목록시스템(http://www.nl.go.kr/kolisnet)에서 이용하실 수 있습니다.
(CIP제어번호: CIP2016004841)